GEORGIEN
Tiflis
Batumi
ARMENIEN
Trabzon
(Trapezunt)
Erzurum
Malazgirt
(Mantzikert)
IRAN
Kizilirmak
Van-See
Van
Achtamar
Östlicher Taurus
Malatya
2150
Nemrut Dağ
Diyarbakir
Atatürk-
Stausee
Antitaurus
Karatepe
Issos
IRAK
SYRIEN
Karkemisch
Euphrat
Tigris
Kadesch
Wichtige Städte
Hethitische Stätten
Berge
Grenzen
0
N
100

Riemann

One Earth Spirit

TILL BASTIAN

Tödliches Klima

Roman

Riemann
One Earth Spirit

Originalausgabe

Die Reproduktion auf Seite 49 stammt aus der Zeitschrift »loyal. Das deutsche Wehrmagazin«, Heft 11/1992 und ist ein Auszug aus dem Artikel »Wasser ist Macht« von Thomas Hermann. Abdruck mit freundlicher Genehmigung des Verlags.

Die Reproduktion auf Seite 319 stammt aus der Zeitschrift »Der Spiegel«, Heft 5/2000 und ist ein Auszug aus dem Artikel »Gefrorene Geschosse« von Verena von Keitz. Abdruck mit freundlicher Genehmigung der Autorin.

Umwelthinweis:
Dieses Buch wurde auf 100 % Recyclingpapier gedruckt, das mit dem blauen Engel ausgezeichnet ist.
Die Einschrumpffolie (zum Schutz vor Verschmutzung) ist aus umweltfreundlicher und recyclingfähiger PE-Folie.

Der Riemann Verlag
ist ein Unternehmen der Verlagsgruppe Bertelsmann

1. Auflage

Redaktion: Ilse Wagner und Ralf Lay
Satz: Barbara Rabus, Sonthofen
Druck und Bindung:
GGP Media GmbH, Pößneck
Printed in Germany
ISBN 3-570-50012-8
www.riemann-verlag.de

»Streng genommen, erwiderte der
Räuber, sind wir ja alle, die wir Romane und Novellen schreiben, insofern Schurken, als wir mit rücksichtsvoller Rücksichtslosigkeit, zarter Kühnheit, unerschrockener Erschrockenheit, leidender Lustigkeit und lustigem Leid beim Abdrücken unserer Gewehre, will sagen beim Zielen auf unsere hochgeschätzten Modelle vorgehen …«

Robert Walser (1878–1956) »Der Räuber«

Inhalt

Erster Teil: Abflug

Menschliche Aktivitäten haben einen deutlichen Anstieg der Konzentrationen von Treibhausgasen wie zum Beispiel CO_2 in der Atmosphäre verursacht. Ohne Gegenmaßnahmen ist mit gravierenden Klimaänderungen (z. B. Anstieg der Lufttemperatur, Erhöhung des Meeresspiegels, voraussichtlich auch einer Zunahme an extremen Witterungsbedingungen) zu rechnen. Neben den direkten Änderungen der Lebensbedingungen können sich mittelbar Auswirkungen auf die Gesundheit des Menschen ergeben, zum Beispiel durch regionale Zunahme und Ausbreitung von Krankheitserregern oder durch Zunahme wetterbedingter Kreislaufbelastungen.

Bundesministerium für Umwelt, Naturschutz und Reaktorsicherheit
Bundesministerium für Gesundheit,
Aktionsprogramm Umwelt und Gesundheit, Juli 1999

Die Menschheit veranstaltet mit dem Klima der Erde derzeit ein gigantisches Experiment, über das sie bis heute praktisch keine Kontrolle hat und dessen Ausgang sie nicht kennt. Es könnte jedoch dramatische Auswirkungen auf die künftigen Lebensbedingungen der Menschheit haben. Sosehr man sich heute noch über die weitere Entwicklung der Klimaänderung und insbesondere auch ihre Auswirkungen streiten kann, die Anzeichen für eine künftige Verschärfung der Risikosituation sind eindeutig.

topics 2000. Naturkatastrophen – Stand der Dinge,
Jahresbericht der Münchener Rückversicherung, Dezember 1999

1.

Dass Männer so widerlich sein können! Gewiss – nicht alle und nicht immer …, aber ebenso sicher viel zu viele von dieser Sorte Mensch, und das erheblich zu oft. Ja, natürlich, ich weiß, es gibt auch ganz passable Exemplare, mit denen du durchaus anregende Stunden verbringen kannst, jedenfalls für eine Weile, und vorausgesetzt, sie rasten dabei nicht aus und machen dir auch keinen Heiratsantrag hinterher. Aber viele, leider ziemlich viele Einzelexemplare dieser seltsamen Gattung sind wirklich echte Kotzbrocken. Und für jenes Prachtstück, das mir jetzt gegenübersaß, galt dies in besonderem Maß: Paul R. Wiedemayer, seines Zeichens Chefredakteur und, was viel schlimmer war, *mein* Chefredakteur, denn eben deshalb saß er jetzt *mir* gegenüber, mir, Randy Fromm, einer Redakteurin des von ihm gestalteten Magazins. Und eigentlich saß er mir gar nicht *gegenüber*, vielmehr saß er vor mir auf der Schreibtischplatte, auf *meiner* Schreibtischplatte, die ich am liebsten sofort mit Sagrotan desinfiziert hätte – dort, wo er seine dicken Arschbacken auf das Holz gewuchtet hatte, ohne mich mit einem einzigen Wort um Erlaubnis zu fragen. Er machte das immer so, wenn er etwas mit mir erörtern wollte – etwas, das er für wichtig hielt, und auf eine Einladung, sich hinzusetzen, *und zwar auf den Stuhl*, wartete er gar nicht erst – natürlich! Chef ist Chef! Stattdessen hockte er sich mit seinem breiten Hintern auf meinen Schreibtisch, weil er das irgendwie für lässig, für angemessen, für selbstverständlich hielt. So sind sie eben: Männer – fett, fünfzig, Führungskräfte … Verbraucht sind sie, das ist in Wahrheit alles, und verschwitzt obendrein, aber sie halten sich noch immer für unwiderstehlich.

Tja, so war das mit Paul R. Wiedemayer (das R. stand, nebenbei bemerkt, für *Ronaldo,* das wirkte so grotesk, dass es schon wieder ins Gesamtbild passte). So war das – und es war schlicht und einfach ekelhaft. Aber welche Journalistin wird das ihrem Chefredakteur so einfach ins Gesicht sagen? Es laut hinausposaunen: Sie sind ja scheußlich, Sie Fettsack, sofort runter von meinem Schreibtisch, bevor Sie dort noch Flecken hinterlassen ... Eben! Keine wird es sagen, keine einzige – ich auch nicht. Und deshalb schwieg ich, wenn auch zähneknirschend. Aber *irgendwann* werde ich es schaffen, irgendwann, bestimmt – ich hab's mir geschworen. Irgendwann ... Bloß: Wann ist irgendwann?

Seine Schmeichelstimme stand in krassem Gegensatz zu meinen Gefühlen. Die waren nämlich, wie geschildert, von Abscheu und Widerwillen geprägt – gespeist insbesondere aus dem Wissen, dass auch mein Chef sich, wie so viele Männer, nie die Hände wusch, wenn er von der Toilette kam. Niemals.

Mit einer dieser Hände, der rechten – nein, ich will dazu nicht weiter assoziieren! – mit der rechten Hand also fuhr er sich jetzt, ein wenig konfus, durch seine üppig ausladende schwarze Haarlocke, die er als eine Art Markenzeichen betrachtete und die in seltsamem Kontrast zu seiner dicken Hornbrille stand. Ob er sich die Haare dunkel färben ließ? In seinem Alter wären wenigstens einige graue Strähnchen der Normalfall. Aber nur noch eine Minderheit von Männern will sich das eingestehen, und die Haarstylisten – wer spricht heute noch schlicht vom Friseur? – müssen ja auch an das eigene Einkommen denken, und deshalb ...

»Und deshalb möchte ich, dass Sie diese Story über den nächsten Friedensnobelpreis sehr ausführlich recherchieren. Wir brauchen Fakten, Fakten und nochmals Fakten! Das insbesondere dann, falls diese türkische Journalistin den Preis bekommen sollte. Aber der Nobelpreis, wer immer ihn erhält, ist für mich eigentlich nur der Aufhänger bei dieser Sache ... Seit rund hundert Jahren hängt man in Stockholm solchen Leuten eine Medaille um den Hals, aber ist die Welt deshalb friedlicher geworden? Wir sind natürlich kein Blatt für Hobbyphilosophen, aber diese Diskrepanz ist auf jeden Fall auch für uns ein Thema. Diese Kluft zwischen Deklamationen und Taten. Es gibt sie ja gerade dort – in der Türkei, meine ich. Der Kurdenkrieg ist zwar halbwegs zu Ende, aber sonst? Eine Ecke der Welt, in der es vermutlich bald wieder drunter und drüber gehen wird, aber uns hier ist das alles scheißegal. Wie heißt das beim Geheimrat Goethe: Man trinkt sein Glas aus und lässt es sich gut gehen daheim – wenn hinten, weit in der Türkei, die Völker aufeinander schlagen.«

Er sah mich enttäuscht an, als ich ihm keine Antwort gab. Gewiss hatte er Lob und Zuspruch erwartet, wenn er sich hier wie der waltende Weltgeist benahm. Weltgeist im Sparformat. »Was ist denn, Randy? Ich hatte eigentlich erwartet, dass Sie so richtig auf das Thema abfahren. Ich habe es im Urin, dass daraus eine große Sache wird.« Im Urin! Ausgerechnet! Aber bevor ich irgendwie protestieren konnte, fuhr er fort, und zwar auf eine ausgesprochen fiese Tour, wie immer, wenn es nicht sofort nach seinem Kopf ging: »Frauen und Weltfrieden – kommen Sie, Randy! Da können Sie glatt auch noch Ihre Erfahrungen aus dem kulturellen Erbe der DDR einfließen lassen.«

Ich hätte auf diese Bemerkung hin am liebsten zehn Milliliter Rattengift in seinen Kaffee einfließen lassen! Aber dann sagte er noch etwas, was ich so nicht erwartet hätte, und von ihm am allerwenigsten. Richtig bekümmert sah er dabei aus.

»Randy, ich schätze, als Sie geboren wurden, war Ike Eisenhower schon lange tot, aber vielleicht kennen Sie ihn ja aus dem Fernsehen – diesen US-Präsidenten mit dem Glatzkopf, der vorher, im Zweiten Weltkrieg, der oberste General der Amerikaner gewesen ist. Er hat zwei Amtszeiten im Weißen Haus absolviert, die letzte war 1961 zu Ende, und er hat kurz vor seinem Rückzug aus der Politik noch das Wort vom militärisch-industriellen Komplex fallen lassen, der die Vereinigten Staaten regiert. Ein klarer Fall von Altersweisheit – allerdings ohne jede Konsequenz. Wie so oft. Und dieser Ike Eisenhower hat in einer seiner letzten Reden noch so etwas gesagt wie: ›Es wird nicht eher Frieden geben, bis die Völker der Welt aufstehen und danach verlangen.‹ Gut gebrüllt, Löwe! Ein kleines Problem gibt es allerdings: Genau das, was Ike Eisenhower ihnen so warm empfohlen hat, tun die Völker der Welt eben nicht. Damals nicht, und heute nicht. Stattdessen werden Preise vergeben. Friedenspreise! Weil die Menschen nicht genug davon kriegen können, sich die Kehlen durchzuschneiden, hängt man ein paar Zeitgenossen ein Stück Metall um den Hals, weil sie so wortgewaltig den Frieden gepredigt haben! Ist das eine Art Ablasshandel? Sehen Sie – genau diese Frage muss in Ihrem Artikel zu spüren sein. In den Zeilen und zwischen den Zeilen! Alle reden vom Frieden – aber wir sind weiter davon entfernt als je zuvor. Vielleicht können wir eine ganze Serie daraus machen. Kriegsgefahr im neuen Jahrtausend, so was in dieser Art. Verstehen Sie die Richtung? Genau das ist es: warum der Frieden ein Traum bleiben muss. Und die besten Träumer werden dekoriert. Ja, so kommt es gut. Also, machen Sie sich schon mal mit der großen Linie vertraut, wir reden morgen noch über die Einzelheiten. Und dann sollten Sie sich so bald wie möglich auf den Weg machen.«

Abrupt stand er auf und ging, wie immer ohne jede Höflichkeitsfloskel, aber der kräftige Geruch nach eingetrocknetem Schweiß, den er mit einem aufdringlich-grellen Parfüm zu übertünchen pflegte, verschwand leider nicht so schnell wie sein Urheber. Manchmal halte ich meine empfindliche Nase für eine wahre Strafe der Natur.

Auf meinem Schreibtisch hatte Wiedemayer zwar keine Fettflecken, aber ein dickes Bündel Papier zurückgelassen. Dass ich das alles durchzuarbeiten hatte, und zwar ohne Zögern, brauchte er nicht weiter zu betonen. Das war »Art des Hauses«, darüber gab es keine Diskussion.

Ich blickte ihm lange nach, während ich die kleine Blechdose mit den Pfefferminzpastillen aus der Schreibtischschublade kramte und mir eine davon in den Mund schob, um meinen Geruchssinn zu beschwichtigen.

»Alle reden vom Frieden – aber wir sind weiter davon entfernt als je zuvor«, das war ein bemerkenswerter Satz, und leider traf er genau ins Schwarze. Woran das wohl liegen mochte? Die Menschen waren bestimmt nicht schlechter als früher, aber vielleicht zwiespältiger, zerrissener – ich musste ja nur an mein eigenes Leben denken, um ein Beispiel davon vor Augen zu haben. Große Hoffnungen machte sich unter meinen Freunden und Bekannten niemand mehr, alle Visionen und Utopien waren längst beerdigt, und wenn man bei irgendeiner Diskussion über Gerechtigkeit auf der Welt redete, hieß es rasch: Mein Gott, diese Gutmenschen mit ihrem ewigen Moralisieren! Besonders hier im Westen war man mit solchen Reaktionen sehr schnell bei der Hand. Ich hatte ganz schön lange gebraucht, um mich daran zu gewöhnen. Aber dann hatte auch ich irgendwie meinen Frieden mit dieser Attitüde geschlossen, meinen ganz privaten, faulen Frieden. So, wie es alle machen – oder jedenfalls fast alle.

Ich stand auf und packte meine Sachen zusammen – das vom Chef hinterlassene Aktenbündel inklusive. Ich hielt es an diesem Nachmittag einfach nicht mehr aus in meinem Büro.

Als ich aus der Eingangshalle des Hochhauses auf die Straße trat, schien mir das Brausen des Großstadtverkehrs plötzlich irgendwie fremd – es kam mir vor wie ein Film, wie etwas, was nicht wirklich ist, sondern uns nur vorgeführt wird, bloße Kulisse. Aber das stimmte nicht, es stimmte ganz und gar nicht, ich war ja mittendrin und Teil des Geschehens. Ein Mitglied der Komparserie, sozusagen. Darauf wurde ich auch mit aller Deutlichkeit hingewiesen, als ich quer über die Straße zur U-Bahn-Station rennen wollte. Fast hätte mich ein Lieferwagen überfahren, ich hatte ihn erst im letzten Moment bemerkt und blieb mitten im Lauf wie angenagelt stehen, es war wirklich der allerletzte Moment, wer weiß, wo ich sonst gelandet wäre – im Krankenhaus, wenn nicht in der Leichenhalle.

Ich wusste ja selbst nicht, was heute mit mir los war. Ich hatte meine Gedanken nicht mehr richtig beisammen, ich war durcheinander, abgelenkt, fast ein wenig verstört. Ein Befinden, das ich noch nicht an mir kannte. Und dies alles nur wegen dieser einen kurzen Unterredung, wegen dieses einen Projekts? Gewiss war das bloß der Anlass, und ebenso gewiss fühlte ich mich nicht allein deswegen so daneben. Seltsam, es hatte irgendwie ... irgendwie mit der Oberfläche zu tun. Mit der Außenseite der Dinge. Es war, als könne ich mich plötzlich darin spiegeln – ein sonderbares Gefühl, es haftete mir an wie ein unangenehmes Parfüm, und ich konnte es nicht mehr abschütteln. Es war wie ein unerwarteter Blick in einen Spiegel – aber nur ganz kurz, einen Moment lang, kaum genug zum Atemholen. Du siehst genau: Da ist doch irgendetwas, da hat sich etwas verändert mit dir, und du weißt: Es ist peinlich, eigentlich hättest du das gar nicht sehen wollen. Aber jetzt hast du es gesehen, eine Sekunde lang und nur in Umrissen. Aber um *genau* zu erkennen, was es ist – dazu reicht die Zeit nicht. So verflüchtigt sich das Bild, nur dieses Gefühl von Peinlichkeit bleibt zurück, lässt sich nicht mehr loswerden. Wie die Assoziation mit dem schlechten Parfüm, die wurde ich jetzt auch nicht mehr los.

Was für alberne Gedanken – die Zeit reicht eben *nie*, du bist immer zu spät dran und fragst dich: Wie schaffe ich das alles noch? So ist das heute, keiner holt die Zeit ein, jeder bleibt hinter ihr zurück, die CDs stapeln sich, und du kannst sie nicht hören, weil es an Zeit mangelt, die Dias vom letzten Urlaub liegen irgendwo herum, ungerahmt, und Zeit, sie anzuschauen, hast du sowieso nicht – so geht es überall. Du bist der Hase, der sich zu Tode strampelt, und die Zeit ist der Igel, der irgendwo sitzt und, wenn du herangekeucht kommst, hämisch sagt: Ich bin schon weg!

Und heute? Ich war mir nicht sicher, ob die Zeit wenigstens reichen würde, heute Abend noch anständig essen zu gehen.

Aber mit wem, das wäre die nächste Frage ...

Tagebucheintrag vom 4. August
in meiner Wohnung, abends, 23 Uhr

Es war ein Blitz aus heiterem Himmel – W. höchstpersönlich hat mir eine große Story angeboten! Weil er nun mal ein Fiesling ist, habe ich nur mit Mühe kapiert, worum es ihm eigentlich ging. War auch wirklich nicht leicht zu begreifen, was alles in der Sache steckt – eine ganze Menge! W. ist mir widerlich, so weit, so schlecht, aber dass ich es kaum noch schaffe, seine Ideen und Einfälle halbwegs unbefangen zu beurteilen, das geht zu weit und ist gar nicht klug. Ich reagiere sofort widerwillig, wenn er nur den Mund aufmacht, und es fällt mir dann sehr schwer, zu begreifen, worauf er hinauswill. Wie schon gesagt: Schlau ist das nicht – auch ein Unsympath wie er kann ja gute Ideen haben. Sein sicherer Instinkt ist in der Branche sowieso sprichwörtlich. Aber das kann ich einfach nicht gelten lassen. Ich nicht! Mag er auch einen phänomenalen Riecher haben, mir passt seine Nase nicht. Manchmal frage ich mich ganz ernsthaft: Ist das jetzt sein Problem oder ist es meines?

Egal. Zurück zum eigentlichen Thema. Es geht um eine türkische Journalistin, Frau M., oder eigentlich um ein ganzes Journalistenteam. Die Gruppe hat mehrere Bücher mit Interviews veröffentlicht. Interviews mit Soldaten, die im Kurdenkrieg eingesetzt worden sind. Diese Bücher sind dann sehr schnell verboten worden. Ich glaube, es ist auch ein Strafprozess anhängig. Trotzdem sind die Bücher offenbar allgemein bekannt und weit verbreitet. Es ist, wie gesagt, nicht diese Frau allein, sondern eine ganze unabhängige Journalistengruppe, und die hat immer mehr Material über diesen Krieg zu Tage gefördert. Jetzt heißt es, die Autorin, vielleicht auch das ganze Team, habe gute Chancen, mit dem Friedensnobelpreis geehrt zu werden. Schön wäre es ja. W. will es aus sicherer Quelle erfahren haben – und meistens sind seine Quellen durchaus zuverlässig. Aber das hat noch eine andere Seite, denn bereits das Gerücht von der möglichen Auszeichnung könnte türkische Nationalisten auf den Plan rufen. Diese Frau gilt ihnen schon seit langem als Verräterin, und sie ist mehrfach das Ziel von Mordanschlägen gewesen. Das Material, das W. mir überlassen hat, ist sehr, sehr aufschlussreich.

Jedenfalls eine heiße Geschichte. Und auf jeden Fall will W. einen Artikel darüber. Möglicherweise als Initialzündung für ein größeres Projekt. Vielleicht sogar eine Serie. Natürlich geht es ihm auch darum, seine misanthropische Sichtweise breit durchzukauen. Die Welt ist schlecht – wir alle freuen uns, wenn wir es wieder einmal lesen dürfen. Der Tenor des Artikels/der Serie muss dann etwa so lauten: Die Menschen schwätzen deshalb so viel vom Frieden – Preise inklusive –, weil sie ihn nicht in die Tat umsetzen können. Denn in Wahrheit sind sie eben doch Bestien, und die Welt wird sich nie zum Besseren verändern. Träume sind Schäume!

Natürlich reizt es meinen Chef, so ein Thema ausgerechnet mir aufzuhalsen. Deshalb wohl auch diese mokanten Bemerkungen über die DDR. Prost Mahlzeit! Aber irgendwie ist ja doch was dran an dem, was er sagt, und genau das ist es, was mich so verstört. Was mir so peinlich ist. Es fällt irgendwie alles auf mich zurück. Auf meine Illusionen. Meine Besserwisserei. Meine Passivität angesichts der Dinge, die getan werden sollten. Mein schlechtes Gewissen. Ich bin irgendwie nicht im Reinen mit mir.

Jetzt aber genug von diesem Unsympath. Wenn ich zu lange an ihn denke, finde ich am Ende, ich bin selber einer. Ich bin dann doch nicht mehr essen gegangen. Erstens fiel mir niemand ein, den ich so auf die Schnelle hätte fragen können, zweitens war ich schlicht zu müde, irgendwie ziemlich fertig. Habe mir mit einer Pizza aus der Tiefkühltruhe und dem Rest von dem sizilianischen Rotwein beholfen. Dann habe ich im Fernsehen noch die Spätnachrichten gesehen. Nichts Besonderes. Bin fast eingeschlafen dabei.

Behalten habe ich nur eines: In den USA hat die NASA bekannt gegeben, dass das letzte Jahr das wärmste seit Beginn der regelmäßigen Wetteraufzeichnungen gewesen ist. Wieder einmal – diese Meldung gibt es in der letzten Zeit ja fast jährlich. Muss mir morgen von der Wissenschaftsredaktion mal ein paar Daten dazu ausdrucken lassen. Gut, das machen wir. Auch wenn es nicht direkt zu der Recherche passt, in die ich mich demnächst verbeißen muss.

So oder so, jetzt muss ich ins Bett. Wenn ich bloß wüsste, was ich von dieser Türkei-Idee halten soll. Was wird Kevin dazu sagen?

2.

»Ich begreife wirklich nicht, warum du immer gleich so in die Luft gehst«, sagte Kevin und blickte mich halb tadelnd, halb verzeihend an. Ich erriet seine Gedanken: *Du warst ja schon immer so jähzornig, kleine Schwester. Na gut, ich bin's ja gewöhnt.*

Zum Glück fing er nicht damit an, es hätte den ganzen Abend ruiniert. Wir saßen in einer Gastwirtschaft namens »Bodrum«, einem türkischen Restaurant, in das er mich eingeladen hatte – ein seltsamer Zufall, denn ich hatte ihm noch nichts von meinem Türkei-Projekt erzählt, sondern nur (und das heißt: endlos lang), wie sehr ich mich wieder über meinen Chef geärgert hatte. Kevin, mein Bruder, ist nur zehn Monate älter als ich – ja, so kann es gehen, wenn Frauen heute noch davon überzeugt sind, Stillen sei ein hochwirksames Verhütungsmittel. Er hat, ich gebe es ja zu, nicht wenig leiden müssen unter meinem Temperament oder, treffender gesagt, unter meinen Zornesausbrüchen, aber noch heute ist er rührend bemüht, den Stimmungsschwankungen seiner kleinen Schwester ausgleichend gegenzusteuern. Vielleicht ist er auch dankbar. Manchmal habe ich, die kleine Schwester, ihn nämlich durchaus beschützt – vor älteren Jungen zum Beispiel, die drauf und dran waren, ihn mächtig zu vertrimmen. Was das betrifft, habe ich ihm mit meinem Jähzorn mehr als einmal aus der Patsche geholfen.

Doch anders als sonst brachten mich seine Beschwichtigungsversuche heute – heute! – gar nicht erst in Rage. Irgendetwas drängte mich dazu, mich in mich selber zurückzuziehen, statt gegen die Außenwelt zu wüten. War das Scham? Oder etwas anderes in dieser Richtung? Jedenfalls ziemlich ungewohnt.

Und mein Bruder besaß Ausdauer genug, um noch nachzuhaken. »Was ärgert dich denn eigentlich so an ihm?«, fragte er. »Ich meine, es ist mir durchaus klar, dass er kein Sympathiehamster ist – aber die Art, wie du von ihm sprichst, fast immer nur Würg & Kotz, das scheint mir doch ziemlich übertrieben. Vielleicht hat es am Ende mehr mit dir selber zu tun, als du wahrhaben willst, wenn du immer gleich auf achtzig bist. Wenn nicht hundert – oder mehr.«

Jetzt war mir die Sache plötzlich wirklich peinlich. Die weisen Worte meines »großen« Bruders (seinem Gehabe nach belief sich unser Altersunterschied auf mindestens ein Jahrzehnt …) hatten mich getroffen, aber davon durfte er auf keinen Fall etwas merken. Einen Moment stocherte ich ratlos mit der Gabel in den Überbleibseln eines Auberginengerichtes herum, das den klingenden Namen »Der Imam fiel in Ohnmacht« trug, dessen traurige Überreste aber so aussahen, als habe sie schon ein anderer Gast gegessen, ob nun ein Imam oder sonst irgendjemand – mein Blick flatterte ins Leere. Aber dann ging mir das sprichwörtliche Licht auf. Meine Augen blieben jetzt an einem Mann haften, der offenbar gerade von der Toilette kam (aber darüber kein weiteres Wort jetzt!) und sich leicht ächzend wieder hinter den Tisch zwängte, auf dem noch sein Glas und sein Teller standen – ächzend, denn er war dick. Sehr dick sogar. Fett! Sein feister Kopf ruhte unmittelbar auf dem massigen Leib, ohne durch einen Hals oder etwas Ähnliches mit ihm verbunden zu sein – dieser Kopf war kein eigener Körperteil, sondern eine bloße Fortsetzung des fleischig-schweren Rumpfes. Ein Scharfrichter hätte große Mühe mit diesem Menschen gehabt, sowohl mit einem Beil wie mit der Schlinge. Der Kerl sah aus wie ein Metzgermeister, der mit einer Mischung aus Wut und Erregung im Bauch zur nächsten Hausschlachtung fährt.

Blitzartig geschah zweierlei: Erstens fühlte ich mich erleichtert, ein vegetarisches Gericht gegessen zu haben. Und zweitens: Plötzlich, als habe irgendjemand – ratsch! – beherzt und schnell einen Vorhang beiseite gezogen, stand mir klar und deutlich vor Augen, warum mich Paul *Ronaldo* Wiedemayer dermaßen nervte: Es lag daran, dass er so dick war (wenn auch nicht annähernd so fett wie dieses Monstrum am Nebentisch). So dick und dabei auch noch so verschwitzt.

Es mag ja seltsam und anmaßend klingen, aber dicke Menschen sind mir schon immer höchst zuwider gewesen. Ich kann sie einfach nicht ausstehen – ihr ganzes Wesen ist eine bösartige, Raum fordernde Provokation, sie stehlen mir den Platz, sie kommen mir zu nahe. Es ist, als würden sie mir ein Stück von der Welt wegnehmen. Nein, weg*fressen*! Das mag diskriminierend klingen, aber genau so empfinde ich es: Sie holen sich einfach mehr aus der Küche, als ihnen zusteht, und ich werde das Gefühl nicht los, dass das irgendwie auf meine Kosten geht. Mein Vater hat mir einmal erzählt, bei meiner Geburt 1974 hätten mich Mutter und er wegen Randy Newman »Randy« genannt. Von ihm – von Randy Newman – stammt ja auch das Lied »Short People«, mit dem er sich gewaltig in die Nesseln gesetzt hatte: *politically not correct, not at all.* Desto besser! Wenn es nach mir ginge, ich könnte die Vorlage meines Namenspatrons aufnehmen und den Ball weiterspielen. *»Fat people have no reason/fat people have no reason/fat people have no reason to live …«*

Erst jetzt registrierte ich, dass Kevin mich nachdenklich und fast ein wenig erschrocken anstarrte. Wie gut, dass er so schlank ist! Ein hübscher Junge. Wirklich. Wäre er nicht mein Bruder, ich könnte glatt in Versuchung kommen. Haargenau mein Typ.

Aber jäh unterbrach er meine Gedanken: »Und du sollst etwas über den Friedensnobelpreis schreiben? Glaubt dein Boss denn ernsthaft, das Thema sei aktuell? Aktuell, weil eine türkische Journalistin zu den Kandidaten gehört? Um offen zu sein, ich habe da erhebliche Zweifel. Frieden ist out, ebenso alles, was mit Ökologie zu tun hat. Bedauerlich, aber nicht zu ändern. Unsere Welt ist fest entschlossen, sich bis zum Ruin zu amüsieren. Jedenfalls in unseren Breiten. Da gibt es doch nur noch ein Motto. Jetzt leben – und später bezahlen. Na ja, das dicke Ende kommt bestimmt. Da ändert auch kein Nobelpreis etwas dran. Aber wen kümmert das? Spaß muss sein, ganz egal, was es kostet. Wer ist schon ernsthaft bereit, irgendwelche Abstriche zu machen, wenn es um seinen eigenen Lebensstandard geht?« Er hob die Stimme ein wenig und fuchtelte mit dem Messer in der Luft herum. »*Sind wir selber denn dazu bereit, du und ich?* Eben. Die Kluft zwischen Arm und Reich wird immer größer, aber solange wir selber auf der Sonnenseite des Lebens stehen, brauchen wir uns nicht weiter um all diesen Kram zu kümmern. Ist doch so – oder?«

Das waren reichlich seltsame Töne für einen jungen Mann, der eben noch an der Münchner Bundeswehrhochschule studiert hatte, fand ich. »Nun gut, Kevin, aber die Menschen sehnen sich nun einmal nach Frieden, auch dann, wenn sie persönlich nichts dafür tun. Oder jedenfalls zu wenig. Ich bin ja selber auch nicht anders. Erst kommt das Fressen, sprich der Lebensstandard – dann die Moral. Der Frieden, zum Beispiel. Das war doch schon vor tausend Jahren so und ist heute leider auch nicht anders. Ich finde es trotzdem gut, dass man Menschen auszeichnet, die sich um den Frieden verdient gemacht haben. Es ist doch besser, als alles einfach so seinen Gang gehen zu lassen. Auch wenn in der DDR genug Unsinn mit dem Wort Weltfrieden getrieben worden ist. Das diskreditiert doch nur die DDR – und nicht den Frieden. Wem würdest denn *du* den Nobelpreis geben, wenn du könntest?«

Seine Antwort kam ohne jedes Zögern – sie flog über den Tisch zu mir zurück wie ein Ball beim Tischtennis. »Dem, der es schafft, die Klimaerwärmung aufzuhalten. Denn davon geht die allergrößte Gefahr aus, da gibt es keinen Zweifel. Wassermangel zum Beispiel. Der Meeresspiegel steigt, und die Trinkwasserversorgung wird immer problematischer. Kriege, die wegen Wasserversorgung geführt werden, sind jederzeit möglich. Sie sind sogar wahrscheinlich, in vielen Ecken der Welt, und diese Wahrscheinlichkeit wächst mit jedem Tag. Weißt du, vor der Französischen Revolution gab es doch diese Mätresse des Königs, Madame Pompadour.«

»Ja, ich weiß schon, worauf du hinauswillst. Diese berühmte Anekdote – stand doch in jedem Schulbuch! Als man Madame einmal darauf angesprochen hat, dass es so nicht mehr weitergehen könne in Frankreich, hat sie nur geantwortet: Nach uns die Sintflut!«

»Ganz genau, das habe ich wirklich gemeint. Es ist über zweihundert Jahre her – aber sind wir heute so viel schlauer? Oder gar *besser*? Was kümmert es uns, ob Bangladesh von der Landkarte verschwindet, weil das halbe Land überflutet wird? Oder ob es Krieg um das Wasser von Euphrat und Tigris gibt. Nach uns die Sintflut! Aber wen stört's? Hauptsache, wir lassen uns die gute Laune nicht verderben!«

»Ich weiß nicht recht, Kevin ... Es ist mir durchaus klar, dass das mit dem Klima ein Problem ist – aber glaubst du wirklich, es wird so schlimm kommen?«

Der Kellner brachte jedem von uns ein Glas Raki, diesen Anisschnaps, der milchig-trüb wird, wenn man ihn mit Wasser aufgießt. Wie Ouzo in Griechenland. Ich mag seinen Geruch, er erinnert mich an die Anisplätzchen, die meine Tante aus Bayreuth uns jedes Jahr in der Vorweihnachtszeit geschickt hatte, zusammen mit einem Paket Bohnenkaffee. Überhaupt ist die türkische Küche der griechischen ziemlich ähnlich, auch in den Duftnoten: Dominierend ist hier wie dort der Geruch von lauwarmen Auberginen, die in Öl gebadet werden, das nicht immer von höchster Qualität ist. Von Gewürzen ist da nicht mehr viel zu bemerken. Aber ich glaube, von diesen Ähnlichkeiten darf man keinem Türken etwas sagen – und einem Griechen sowieso nicht, sonst bedroht er dich noch mit seinem Souflaki-Spieß, weil er natürlich nicht wahrhaben will, dass Sis Kebap im Grunde genau dasselbe ist. Lächerlich, diese nationale Protzerei. Es liegt vielleicht daran, dass so viele Köche Männer sind, und die rühren eben gerne ihren patriotischen Brei. Die Hausfrauen dieser Erde würden sich vermutlich rasch einigen können, wahrscheinlich schon deshalb, weil es ihnen an Zeit für solchen Unfug fehlt.

Kevin trank einen kräftigen Schluck. »Es kommt vermutlich noch viel schlimmer, würde ich sagen. Aber bloß keine Panikmache, heißt es allenthalben. Weißt du, mit dem Thema Wasser beschäftige ich mich schon seit etlichen Jahren, das ist sozusagen ein Hobby von mir geworden, und ich habe auch eine Seminararbeit darüber geschrieben. Ja, es sieht nicht gut aus. Ich habe irgendwo einen treffenden Satz gelesen: ›Die Zukunft geht zur Neige.‹ Stimmt. Und die Chancen, etwas dagegen zu tun, werden immer weniger. Deshalb habe ich das mit dem Nobelpreis gesagt. Wenn du mir nicht glaubst, frag Peter. Falls du noch mit ihm sprichst ... Er arbeitet doch noch für die Rückversicherung? Wie auch immer, seine Firma gibt jedenfalls seit Jahren ganz hervorragende Berichte heraus, das sind wirklich echte Fundgruben. Wenn du über Umweltkatastrophen etwas wissen willst, musst du dich an die Versicherungen halten. Das sind die Einzigen, die es sich nicht leisten können, die Dinge auf Dauer zu verharmlosen. Also, frag Peter! Er kann dich mit jeder Menge Material versorgen, und er wird dir lange Vorträge halten, wenn du mehr von diesen Problemen wissen willst.«

Kevin hatte vielleicht Nerven! Peter Kutschinsky fragen – ausgerechnet den. »Nein danke«, sagte ich und bestellte mir noch einen zweiten türkischen Mokka. »Das Problem interessiert mich schon, aber Peters Vorträge nicht.« Und vor allem hatte ich keine Lust, jetzt noch länger über Peter zu reden, der war im Augenblick wirklich nicht der passende Gesprächsgegenstand. Also steuerte ich auf einen Themenwechsel zu. »Klima hin, Peter her – mich interessiert noch etwas anderes. Wie bist du eigentlich auf die Idee gekommen, mich heute Abend in ein türkisches Restaurant zu schleppen, Bruderherz?«

»Ich fahre demnächst in die Türkei, Schwesterchen. Übernächste Woche. Eine längere Dienstreise. Ich wollte mich sozusagen schon mal auf diesen Trip einstimmen.«

»Ach was«, erwiderte ich, aber keineswegs begeistert, wie er es wohl erwartet hatte. Ich war überhaupt nicht angetan von diesen Reiseplänen – und erst recht nicht von seiner Art, sie mir so nebenbei unter die Nase zu reiben. Die gesamte Richtung passte mir nicht … aber ich schaffte es nicht, bei Kevin auch nur einen kleinen Teil von meiner üblen Laune abzuladen. Vielleicht, weil es mehr war als Missmut. Ich fühlte mich irgendwie – irgendwie beklommen. Ganz plötzlich spürte ich einen dicken Kloß im Hals. Wie vor einer Prüfung.

3.

Wo das Leben Regie führt, übernimmt meist der Zufall die Rolle des Hauptdarstellers. Eine Primadonna, wie es keine zweite gibt. Eigentlich ist es genau das, was die Sache so spannend macht – aber viele Menschen wollen es nicht wahrhaben und suchen mit aller Macht nach einem Sinn, nach einer Absicht hinter alledem. Der große, göttliche Plan! Ich habe daran noch nie geglaubt. Weil die Menschen mit ihren eigenen Plänen nicht zurechtkommen, reden sie sich ein, dass irgendwo dort oben einer sitzt, der alles besser kann und der richtige Pläne macht, auf die wir uns verlassen können. Blödsinn! Für den Sinn im Leben muss schon jeder selber sorgen. Gott ist tot, und er hat die Welt schon lange sich selber überlassen.

Jedenfalls – der Zufall. Was der so anrichtet! Kein Stückeschreiber, kein Romanautor könnte sich Vergleichbares leisten, alle würden sofort über ihn herfallen und laut widersprechen »Herrje, das ist aber arg konstruiert!« Gestern Abend zum Beispiel: Kevin hatte mich nach Hause gefahren, ich steige die Treppe hoch in meine Bude, höre noch rasch den Anrufbeantworter ab, und wer hat sich dort verewigt? Peter! Ausgerechnet Peter. Und anderthalb Stunden vorher hatte ich noch rasch das Thema gewechselt, um nicht an ihn denken, um nicht über ihn reden zu müssen.

Jetzt redete er. Seine Stimme klang so gefasst, so geschäftsmäßig, dass ich gleich wieder ganz aus dem Häuschen war. Können Kerle wie er nicht einfach sagen, was sie spüren, fühlen, wünschen und hoffen? Nichts von alledem. Wahrscheinlich, weil er sich so geschämt hat über sein Machwerk.

»Hallo, Randy, du wirst von meinem Anruf überrascht sein – wir haben wirklich lange nichts voneinander gehört. Aber es ist so: Ich habe gestern, als ich hier endlich einmal gründlich aufgeräumt habe, noch zwei Bücher und eine CD gefunden, die dir gehören. Tut mir Leid, dass ich so spät damit komme – aber du weißt ja, dass ich in meiner Wohnung nicht der Ordentlichste bin. Ich würde dir die Sachen gerne vorbeibringen – oder du holst sie dir ab, das ist mir egal. Jedenfalls wäre es schön, wenn du dich melden würdest. Okay? Ich freue mich, wenn ich von dir höre. Ciao – Peter.«

Tja, und nun? Dr. Peter Kutschinsky: Er arbeitete für eine Versicherung, eine von denen, die andere Versicherungen versichern – *Rück*versicherungen, wie man das nennt, und soweit ich weiß, verdienen die ihr Geld sozusagen im Schlaf. Er hatte mir nie viel von seiner Arbeit erzählt, ich hatte mich auch nie sonderlich dafür interessiert – und dass seine Firma sich derart stark auf ökologischem Gebiet engagierte, war mir neu. Egal, nicht deshalb hatte ich mich – es ist jetzt vier Jahre her – auf eine heftige Affäre mit ihm eingelassen. Sondern, ja, weswegen eigentlich? Vielleicht wegen seines Lächelns. Es war so jungenhaft – nie wäre ich auf die Idee gekommen, dass einer, der so lächelt, bei einer Versicherung arbeitet, damals, als ich ihn bei Kevins Geburtstagsfest kennen gelernt hatte. Aber er tat es eben doch. Und wie sich herausstellte, war er ein Versicherungsmensch durch und durch, so nett er auch lachen konnte. Seine ganze Art stimmte mit seinem Beruf fabelhaft überein: Er musste die einzelnen Seiten seines Lebensplans quasi immer mit einer großen Sicherheitsnadel zusammenheften, und genau das war, was mein Verhältnis zu ihm betraf, der Anfang vom Untergang gewesen. Es war einfach alles zu betulich für mich, zu seriös. Schade, dass es nicht klappte mit uns, aber der Befreiungsschlag musste sein, sonst wäre ich – möglicherweise gut versichert! – allmählich vertrocknet. Es hätte mich umgebracht – wie die Pflanzen in jenem Herbarium, das ich in meiner Schulzeit geführt und dann kurz vor dem Abi irgendwo auf den Müll geworfen hatte.

Natürlich meldete ich mich bei ihm, schon am nächsten Tag schickte ich ihm aus der Redaktion eine E-Mail in die Firma, und wider Erwarten reagierte er bereits fünf Minuten später.

»Schön, von dir zu hören, Randy. Wenn es dir nichts ausmacht, wäre es wohl das Beste, wenn du zu mir kommst, um deine Sachen abzuholen. Es ist ja nicht viel. Ich schlage vor, heute ab 20 Uhr, ich bin da. Macht es dir eigentlich noch Spaß in deiner Schreibstube? Bitte bestätige kurz, ob du kommen willst. Und grüße Kevin, wenn du ihn siehst. All the best – Peter.«

Ich bestätigte ihm sofort, dass ich gerne zu ihm käme, es könne allerdings etwas später werden als acht. Aber diese Frage nach der »Schreibstube«, zuerst hatte sie mich geärgert, dieses ständige Oberlehrergehabe, das es mir schon früher so schwer gemacht hatte, mit Peter auszukommen. Warum arbeite ich hier, warum du bei deiner blöden Rückversicherung, meine Güte, natürlich deshalb, weil es eine halbwegs passable Art ist, das nötige Kleingeld zu verdienen. Kevin hatte mir mal etwas über »Suttons Gesetz« erzählt: Ein Einbrecher namens Willy Sutton wurde vom Gefängnisdirektor gefragt, warum er immer in Banken einbricht, und er antwortete: »Weil dort das Geld ist.« Na gut, das Geld liegt auf der Bank, aber was gab es hier in meiner Redaktion? Geld? So toll war mein Gehalt nun auch wieder nicht. Warum also ging ich immer wieder hierher in diese Schreibstube? Gute Frage, nur wusste ich keine gute Antwort darauf.

Und dann war da ja auch noch mein dicker Chef. Das heißt, heute kam er nicht persönlich vorbei, er hatte sich nämlich krank gemeldet. Aber er ließ mir immerhin eine persönliche Mitteilung bringen, eins von den berüchtigten Zettelchen, die er, neben seinem wuchtigen W., stets mit einem Smiley-Strichmännchen verzierte.

»Wäre mir lieb, Sie könnten schon bald in die Türkei fliegen. Ich möchte die Sache nicht kalt werden lassen. Material wird in meinem Büro vorbereitet. Zapfen Sie einstweilen alle nahe liegenden Informationsquellen an. Danke! W.« – Und daneben, wie immer, das Mondgesicht mit dem lächelnden Mund.

Zehn nach acht stand ich vor dem Eingang der wohlvertrauten Penthousewohnung. Peter wartete bereits in der geöffneten Tür auf mich. Er hatte sich den Bart abrasiert, und mit einem Mal sah er, der große, vitale Mann, richtig ärmlich aus, nicht arm, sondern ärmlich, also weitaus schlimmer.

»Du hättest dir den Bart nicht abrasieren sollen, Peter. Mit Bart sahst du besser aus.«

Wir standen noch im Flur – und er strich sich nachdenklich mit der Hand übers Kinn, als müsse er vor einer Antwort nochmals überprüfen, ob der Bart auch *wirklich* verschwunden sei. So war er eben – immer *auf Nummer Sicher* gehen. Ein Versicherungsmanager, wie er sein muss. Oder besser gesagt: wie wir glauben, dass er sein muss.

Peter gab mir eine braune Papiertüte, wie man sie im Supermarkt bekommt, wenn man umweltbewusst ist. Diese Tüte hatte auf dem Wohnzimmertisch schon parat gestanden, er hatte meine wenigen Habseligkeiten bereits säuberlich verpackt. Mit einem raschen Blick überprüfte ich, ob er zwischen die Bücher und CDs nicht einen jener Briefe geschmuggelt hatte, mit denen er meine Tränendrüsen immer so wirkungsvoll massiert hatte – früher jedenfalls. Aber es war kein Couvert zu entdecken.

»Hier habe ich deine Sachen eingepackt«, sagte er langsam. »Es ist ja wirklich nicht viel. Aber komm doch rein und setz dich – so schnell musst du hoffentlich nicht wieder abdüsen.«

Wir gingen ins Wohnzimmer hinüber und nahmen auf der Couch Platz, die vor dem Fenster stand. Ja, das Ambiente war mir noch vertraut – sehr vertraut sogar. Auf dieser Couch hatten wir das erste Mal gevögelt – ein echter Quickie, ganz spontan, aus einer Sektlaune heraus. Aber dann ... Plötzlich fiel mir ein, dass der Buchtitel *Sie kam und blieb* eigentlich recht doppeldeutig ist. Damals allerdings war die Lage recht eindeutig gewesen. Verdammt lange her!

Peter strich sich abermals übers Kinn. »Soso, mit Bart war ich also hübscher. Tja, das findest du, Randy, aber andere sehen das ganz anders, weißt du.«

Ich sog den Geruch des Rasierwassers ein, das er jetzt benutzte und das ich noch nicht kannte. Gut ausgewählt, bestimmt von einer Frau, aber eine Spur zu aufdringlich. Zu süßlich, zu blumig.

»Und wie heißt die andere?«

»Miriam – wenn du es unbedingt wissen willst«, erwiderte er stockend und vermutlich ein wenig ärgerlich, dass er sich zu dieser Auskunft hatte hinreißen lassen. Er hatte ja nicht ganz Unrecht – es ging mich wirklich nichts an. Also beschloss ich, nicht an diesem Thema haften zu bleiben.

»Mal was anderes, Peter. Kevin hat mir gestern, als wir zufällig über den Friedensnobelpreis gesprochen haben, die reinste Vorlesung gehalten. Klimaerwärmung als Kriegsursache ... scheint sein Spezialthema zu sein, besonders die Probleme bei Wassermangel. Er hat dich als großen Experten angepriesen. Und ich brauche wirklich ein wenig Nachhilfe. Steht es tatsächlich so schlimm? So eindeutig ist die Sache mit dem Treibhauseffekt ja doch nicht ...«

Ein sehr sparsames Lächeln spielte um Peters Mund. Ich musste daran denken, dass er früher vielleicht öfters so gelächelt hatte, vielleicht – vielleicht hatte ich es bloß nicht bemerkt. Wegen des Bartes. Oder aus anderen Gründen.

»Na ja«, erwiderte er zögernd, »eine Klimaerwärmung gibt es in jedem Fall, bloß über ihr Ausmaß streiten sich die Experten. Das Ausmaß ist aber möglicherweise gar nicht das Hauptproblem. Das Schlimmste ist, dass diese Veränderung so rasch passiert – verglichen jedenfalls mit allen bisherigen Klimaschwankungen der Erdgeschichte. Klimaveränderungen hat es bereits in

Hülle und Fülle gegeben, aber sie erstreckten sich über Jahrhunderte. Heute ist es anders. Was jetzt kommt, passiert sozusagen im Zeitraffertempo.« Er schwieg einen Augenblick. Haben es die Menschen so weit gebracht, dass jetzt selbst die Erde in Hektik verfällt, dachte ich. Es gibt ein türkisches Sprichwort, dass es der Teufel ist, der die Eile erfunden hat. Aber auf die Türkei wollte ich jetzt nicht zu sprechen kommen – noch nicht.

»Deine Firma befasst sich ausführlich mit diesen Problemen, stimmt's?«, fragte ich. »Ihr habt eine eigene Forschungsabteilung dafür?«

»Ja, schon«, gab er zurück. »Es wäre sehr leichtfertig, wenn wir uns nicht darum kümmerten. Das könnte uns teuer zu stehen kommen – wortwörtlich. Uns interessieren natürlich in erster Linie die versicherungsrechtlichen Aspekte. Da ist die Zahl der Stürme, die vermutlich zunehmen wird, und ebenso die der Sturmfluten und der Überschwemmungen. Noch weiter zunehmen, wenn ich genau sein will – denn sie ist bereits gestiegen, über den Daumen gepeilt, um etwa zehn Prozent pro Jahr. Nimm einfach mal den Orkan ›Lothar‹ an Weihnachten 1999 als Beispiel – er hat uns weit über eine Milliarde Mark an Versicherungsleistungen gekostet, bei einem Gesamtschaden von viereinhalb Milliarden Dollar. Das sind schon ganz hübsche Dimensionen. Und die Windgeschwindigkeit nimmt weltweit im Mittel weiter zu. Solche Ereignisse sind also immer öfter zu erwarten … Nun gut, all das schreiben wir seit Jahren in unsere Berichte, es wird zu einer Gebetsmühle, die sich dreht und dreht – aber die Politiker interessiert es nicht. Jedenfalls nicht dann, wenn für die Zukunft geplant werden muss. Versicherungen hingegen *müssen* langfristig denken; bei Politikern ist leider das genaue Gegenteil der Fall. Und Kevin sieht alles natürlich noch mal durch eine andere Brille. Aber das mit dem Konfliktpotential stimmt schon. Es gibt Länder, die sind Wassermonopolisten – Äthiopien und der Sudan zum Beispiel. Ägypten ist total davon abhängig, was den Nil hinunterfließt, und genauso ist es mit Syrien und dem

Irak. Die Quellen von Euphrat und Tigris liegen in der Türkei. Die hat in den achtziger Jahren am Euphrat den riesigen Atatürk-Damm gebaut, und als 1990 der Stausee hinter dem Damm gefüllt wurde, herrschte in Syrien und im Irak einen Monat lang Wassermangel. Im Golfkrieg 1991 hat die Türkei den Wasserdurchfluss durch diesen neuen Damm plötzlich von fünfhundert auf dreihundert Kubikmeter pro Sekunde herabgesetzt – hätte der Krieg länger gedauert, wäre der Irak schon deshalb in eine höchst prekäre Lage geraten.«

Er schwieg und trommelte mit den Fingern auf die Tischplatte aus Travertin. Ich hatte genug gehört, um zu begreifen, dass es sich bei alledem um ein Thema handelte, dessen Brisanz wohl ebenso groß war wie meine Kenntnisse mager – es war Zeit für eine ausführliche Recherche, zumal, wenn ich an die Serie über »Kriegsgefahr im neuen Jahrhundert« dachte, wie sie Wiedemayer soeben angeregt hatte. Offenbar hinderte mich irgendeine Art Unlust, eine instinktive Abscheu, bislang daran, mich näher mit diesem Thema zu befassen, womöglich die Angst, es könnte mich alles zu sehr belasten; aber diesen Aspekt wollte ich jetzt nicht weiter vertiefen.

»Vielleicht kannst du mir ja ein bisschen Literatur ins Büro mailen. Du hast die Türkei erwähnt. Übrigens, Kevin fährt demnächst dorthin. Hat er ebenfalls gestern Abend erzählt.« Über meine eigenen Reisepläne schwieg ich lieber.

»Ach ja? Interessant! Hat er dir denn gesagt, was er dort zu tun gedenkt? Sicher irgendein militärisches Projekt. Seit man beschlossen hat, die Türkei zum offiziellen Beitrittskandidaten der Europäischen Union zu machen, ist da eine ganze Menge in Gang gekommen. Und das Meiste läuft so ziemlich im Verborgenen. Nicht alle europäischen Politiker sind zufrieden damit, wenn alles über die NATO geregelt wird, wo die Amerikaner schon immer das Geschehen dominieren. Die EU will ja auch ihre eigene Eingreiftruppe aufstellen, parallel zur NATO, und offiziell natürlich ohne jede Konkurrenzabsicht – dass man dabei einen Krisenherd par excellence wie die Türkei außer Acht lässt, kann ich mir kaum vorstellen. Na, du kannst Kevin ja mal tüchtig auf den Zahn fühlen, wie er darüber denkt – aber ich bezweifle, dass er sehr gesprächig sein wird.«

Auf den Zahn fühlen – ja, das wollte ich wirklich tun. Ich musste an Wiedemayer und an sein dämliches Grinsen denken. Die besten Informationsquellen liegen oft sehr nahe ... Konnte es sein, dass er damit auf meinen Bruder angespielt hatte? Das schien ziemlich weit hergeholt, aber plötzlich hielt ich alles für möglich.

Peter unterbrach mich. »Sag mal, ich hoffe, du hast nicht nur so düstere Themen drauf. Leider sehen wir uns ja nur noch selten ... Ich habe dich gar nicht gefragt, ob du was trinken willst! Sorry. Wie wäre es mit einem Prosecco?«

Ich blickte ihn nachdenklich an. Wenn er mich damals nicht so arg bedrängt hätte mit seinem Wunsch, wir müssten unbedingt zusammenziehen und dass er außerdem gerne mit mir Kinder haben wolle, am liebsten sofort ... wer weiß, vielleicht wäre dann doch noch was aus uns geworden, trotz des Altersunterschiedes, oft genug war es ja wirklich schön gewesen mit ihm. Ich sah uns beide plötzlich auf dem langen Mauergang von Portoferraio stehen, der die beiden Festungen Fort Stella und Fort Falcone miteinander verbindet – zu unserer Rechten der Palast, in dem Napoleon während seiner Verbannung gewohnt hatte, dahinter das dunkelgrüne Meer, die Wellen mit kleinen Mützchen aus weißem Schaum und der Himmel voll kreischender Möwen, links von uns das verwinkelte rotbraune Dächergewirr der Stadt, und ich wusste heute so genau wie damals, ich fühlte es mit jedem Muskel, jeder Nervenfaser, wie vollkommen glücklich ich dort auf der Insel gewesen war – für eine Weile jedenfalls. Und ging es mir jetzt, ohne ihn, wirklich besser? Gewiss, ich hatte nun das, was ich früher so gerne »meine Freiheit« genannt hatte. Aber der Preis dafür war hoch gewesen, höher, als ich es hatte ahnen können.

Mein Verhältnis zu Männern beschränkte sich seit der Trennung von Peter auf lockere Verabredungen für einen Abend, auf nächtliche Stippvisiten in Kneipen, in denen man andere einsame Leute treffen kann – oder eben nicht. Einerseits war ich auf der Suche, andererseits wollte ich mir doch alle Fluchtwege offen halten. Konnte das auf Dauer gut gehen? Jedenfalls war es ziemlich anstrengend. Du musst cool sein und findest Kontakte eigentlich nur dann, wenn du gut drauf bist. Und bist du nicht gut drauf, kannst du dich nur noch verstecken.

»Was ist denn?«, fragte er, fast ein wenig erschrocken, und legte mir, ohne lange über diese Vertraulichkeit nachzudenken, die Hand auf den Arm. »Du bist ja plötzlich ganz weit weg, Randy. So richtig gedankenversunken. Alles in Ordnung mit dir? Was ist, möchtest du etwas trinken?«

»Ja, gerne. Am liebsten einen einfachen Rotwein, so trocken wie möglich. Und bloß keinen Elbaner! Aber vorher will ich noch was erledigen.«

Ich stand auf und ging hinüber in sein Badezimmer. Wie wenig sich da verändert hatte! Diese Miriam schien sich jedenfalls eher selten hier aufzuhalten. Eine zweite Zahnbürste sah ich nicht und auch sonst nichts von dem Krimskrams, den Frauen im Badezimmer deponieren, wenn sie sich irgendwo eingenistet haben. Neugierig betrachtete ich die Frau, die mir aus dem Spiegel entgegenblickte: groß, blond, das übliche, leicht spöttische Lächeln. Auch wenn ich mir meiner selbst oft unsicher war – auf die Männer schien das alles anziehend zu wirken. Auch auf Peter. Trotzdem hatte er mich mal mit einem Pfefferminzbonbon verglichen – der Kühle wegen!

»Und was willst du erledigen, wenn ich fragen darf?«, hörte ich ihn rufen. Ich hatte die Tür zum Bad offen gelassen.

»Ich will unter die Dusche – wenn ich darf. Und ich würde danach gerne deinen Bademantel anziehen – wenn ich darf. Darf ich?«

Erstaunlich – er hatte gar kein »Aber« parat, das er zwischen uns hätte stellen können. Im Gegenteil. Ich linste durch den Türspalt: Er war aufgestanden, stand mitten im Zimmer – und strahlte wie ein Vierjähriger am Nikolausabend. Mindestens zehn Jahre jünger sah er plötzlich aus.

»Natürlich darfst du. Ist doch klar. Nimm dir einfach ein Handtuch aus dem Wäscheschrank, du kennst dich ja aus. Ich mache inzwischen den Wein auf.«

Während ich mich im Bad auszog, hörte ich ihn telefonieren. Vermutlich sagte er eine Verabredung ab.

Na, mir sollte es recht sein.

4.

Ich verließ Peters Wohnung um sieben Uhr morgens – bevor ich in der Redaktion aufkreuzte, wollte ich mich in meiner eigenen Bude noch kurz renovieren und in Ruhe eine Tasse Kaffee trinken. Ohne Kaffee kein Tagesanfang!

Mit der großen Tasse in der Hand ging ich ins Bad. Betrachtete mich kurz und versonnen im Spiegel. *Was finden die Kerle eigentlich an dir?* Dieses weibliche Urmisstrauen, das sich immer zuerst an die eigene Person heftet, erst in zweiter Linie an alle anderen – an das eigene Unvermögen, Ungenügen, an das jederzeit mögliche Versagen. Gut, nach konventionellen Begriffen war ich hübsch, vielleicht mehr als das. Gerade Peter hatte oft – vielleicht sogar zu oft – betont, dass er mich schön finde (andere vor ihm auch), und das, obwohl mich so viel an mir selber störte: die Körpergröße – 182 Zentimeter –, die allzu kräftigen Hände, die häufig etwas laute Stimme, die zu üppigen Oberschenkel, die großen Brüste, die mir so oft viel zu schwer schienen für meinen recht grazilen Körper.

Andererseits: was für ein verrückter, perfektionistischer, unbarmherziger Maßstab – ebenjene Elle, mit der sich Frauen viel zu oft und viel zu schnell selber messen, immer auf der Hut, immer bereit, sich infrage zu stellen. Sich selber, nicht diese törichten Maßstäbe. Die Männer (oder jedenfalls: etliche Männer) fanden mich attraktiv – das wusste ich. Aber das war nicht das Problem. Jedenfalls nicht hauptsächlich. Und die Hauptsache? Ich erinnerte mich an eine Szene (ja, es war auf Elba gewesen, in einem kleinen Hotel an der Felsbucht von Fetovaia), die schon gestern Abend, in Peters Bad, plötzlich vor meinem inneren Blick aufgetaucht war. Ein kurzer, selbstunsicherer, aber zutiefst glücklicher Moment, als ich mich abends an Peter gekuschelt und schüchtern-vorsichtig gesagt hatte: »Ich weiß gar nicht, was du überhaupt magst an mir.«

Und er hatte, ohne zu zögern, geantwortet: »Es ist die Mischung. Die Mischung stimmt. Zunächst einmal bist du wie ein Pfefferminzbonbon – kühl, aber auch erfrischend. Doch dann stoße ich auf etwas, was anders ist. Du kannst eben auch ganz anders sein: unsicher – aber auch wieder nicht. Weich. Wie Sahne. Erste Sahne.«

Ja, das hatte er tatsächlich gesagt – damals. Gut. Auch wenn wir es beide schön gefunden hatten miteinander gestern Abend, die Zeiten der Gewissheit waren vorbei. Vermutlich für immer. Ich betrachtete nachdenklich die Zahnpastatube und sagte mir: Du kannst die Paste nicht wieder in die Tube zurückdrücken, selbst wenn du das möchtest. Die Dinge laufen immer nur in eine Richtung. Es ist vorbei. Vorüber – unwiederbringlich. Ein weites Feld. Und eine jähe Störung. Kaum war ich dabei, mir – den halb vollen Becher immer noch in der Hand – das Badewasser einzulassen, da klingelte auch schon das Telefon.

Das war kein Geräusch. Das war eine Aufforderung.

O nein, hoffentlich war das nicht Peter, der mir jetzt Lobeshymnen aufs Band flötete, wie schön es heute Nacht gewesen sei und dass er so gerne ... und so weiter, und so fort – er müsste doch langsam begriffen haben, dass er damit wieder alles kaputt macht.

Aber es war nicht Peter. Der Anrufbeantworter sprang an und spulte seine Routinefloskel ab – der Apparat war so laut gestellt, dass ich mithören konnte. Dann, nach dem Signalton, meldete sich der Anrufer zu Wort. Es war Kevin.

»Nanu, niemand zu Hause«, sagte er, und es klang wirklich überrascht. Zu Recht, normalerweise frühstücke ich um diese Zeit, und dabei nehme ich Anrufe entgegen, nur heute Morgen hatte ich keine Lust dazu. »Nun, wie auch immer, es geht um meine Fahrt in die Türkei, ich hatte dir ja schon davon erzählt. Es gibt da ein kleines Problem – ich muss nämlich schon früher los, und zwar übermorgen. Das ist insofern ein bisschen blöd, weil meine Nachbarin erst in zehn oder elf Tagen von ihrer Kur aus Bad Füssing zurückkommt. Sie hätte nämlich Max versorgen sollen, weißt du. So war es abgemacht – aber das nützt mir nichts, denn ich fahre weg, und sie ist noch nicht da. Deshalb wollte ich fragen, ob du …«

Ich rannte zum Apparat und schnappte mir den Hörer. Falls Kevin zum zweiten Mal überrascht war, ließ er es sich jedenfalls nicht anmerken.

»Hör zu, Kurzer«, sagte ich, außer Atem und ein wenig grob (es hatte Kevin immer gewurmt, dass er, obwohl der Ältere, doch der Kleinere von uns beiden war), »um dein Prachtstück von Kater muss sich jemand anders kümmern. Ich fahre nämlich auch in die Türkei. Dienstlich, ja – wie du. Wahrscheinlich nehmen wir sogar dieselbe Maschine. Nach Ankara? Ja genau«, log ich, »ich auch. Du, ich bin gerade eben erst nach Hause gekommen und will jetzt noch in die Badewanne. Ich komme heute Abend um sieben bei dir vorbei, und dann können wir alles bequatschen. Ciao, bis dann.« Und ohne seine Proteste abzuwarten, legte ich den Hörer auf die Gabel.

Ganz schön gemein, dachte ich, als ich die große Zehe in das Wasser tauchte. Warum eigentlich? Dann, als ich mich in das warme Ölbad gleiten ließ – ich liebe Ölbäder –, dachte ich nicht mehr an Kevin, sondern an Peter. Er war wirklich ein verdammt guter Liebhaber. Zärtlich, sehr zärtlich – dabei ruhig und besonnen, ohne irgendwelchen Schnickschnack im Kopf vom angeblichen Superorgasmus der Frau, mit dem manche Kerle das Vögeln zu einer varietéreifen Artistiknummer machen. Aber wenn's drauf ankam, konnte er doch sehr kraftvoll sein, und das war ja eigentlich die ganze Kunst, genau zu wissen, wann es worauf ankommt. Ja! Ich stieg aus der Wanne, bevor mich das wohlig warme Wasser noch auf Ideen brachte, die nicht gut zu einer morgendlichen Fahrt in die Redaktion passten. Warmes Wasser ... Ja, hier gab es genug davon, und den Spaß daran wollte ich mir nicht auch noch verderben lassen. Wie hieß dieser blöde Spruch? »Man gönnt sich ja sonst nichts.« Und wie so viele blöde Sprüche traf auch dieser bisweilen genau ins Schwarze, ins Zentrum der Gefühle. So war das eben, Schluss, aus, basta!

Als ich in unserem Bürogebäude eintraf – eine Mischung aus Taubenschlag und Narrenhaus, dachte ich jeden Morgen, wenn ich die Eingangshalle betrat –, ging ich zuerst in die Reiseabteilung. Die Abwicklung war kein Problem, denn der Chef hatte ihnen schon einen Avis zukommen lassen. Er erledigte das noch immer ganz altmodisch per Zettel, einem vorgedruckten Formular mit der Aufschrift »Wichtige Mitteilung«, das aussah wie aus den fünfziger Jahren – dass so was überhaupt noch im Handel ist! Nachdem ich schließlich an meinem Schreibtisch angekommen war, schickte ich eine E-Mail an Peter.

»Fahre übermorgen in die Türkei, selbe Maschine wie Kevin, kommen am frühen Nachmittag in Ankara an. Meine erste Reise nach Asien, by the way. Hast du Material über Folgen der Klimaerwärmung, Wassermangel etc., die Türkei und ihre Nachbarn betreffend? Wenn du es im positiven Fall schnell rüberwachsen lassen kannst, bin ich sehr dankbar. Wie übrigens auch für den schönen Abend. Er hat bei mir durchaus Eindruck gemacht. Randy.«

»Typisch«, wird er sagen, wenn er das liest – heute.

»Heute Abend machst du deinem Namen aber wirklich alle Ehre«, hatte er zu mir gesagt – gestern, und in einer Situation, als es mir nicht eben leicht fiel, ihm sofort zu antworten.

Tja. Man kann sich seine Vornamen eben nicht aussuchen – aber Eltern sollten sich doch besser überlegen, was sie ihren Kindern möglicherweise antun. Und das auch noch in der triebfeindlichen DDR, wo es Reizwäsche in den Geschäften allenfalls als »Bückware« gegeben hat. Mir war sowieso schleierhaft, wie sie den Namen damals hatten durchsetzen können. Randy Fromm – na ja, die blödesten Witze hatte ich sowieso erst im Westen erdulden müssen: »Wie war der Name? Fräulein Blausiegel?« Und so weiter, und so weiter. Jeder denkt natürlich, er sei der Erste mit dieser geistreichen Idee. Jedenfalls sollten Eltern …

Genau in diesem Moment kam Wiedemayer schwitzend angeschlurft und unterbrach die weiträumige Irrfahrt meiner Gedanken. »Sie wollen schon übermorgen aufbrechen, habe ich gehört. Ausgezeichnet!«, rief er laut und setzte sich schräg auf meine Schreibtischplatte – dort, wo er sich mit der Hand aufgestützt hatte, schimmerte es feucht. Aber dann rieb er die Hände aneinander, richtig verschmitzt schaute er dabei drein – in bestimmten Möbelhäusern kann man in Großserie hergestellte Ölbilder kaufen, mit einem rund- und rotgesichtigen Mönch »Bruder Kellermeister« drauf, genau so sah er jetzt aus. Bruder Ronaldo – der Feiste, Vielgeliebte, Meistgehasste. Aber statt mir aus jenem Krug einzuschenken, den der Kerl auf dem Bild bei sich führt, ließ er seine klugen Reden auf mich abtropfen, wobei er sich noch immer die fleischigen Hände rieb. Worauf es ihm ankäme und was ich besonders beachten solle – und so weiter, und so fort.

»Sie hatten doch vorgestern eine süffisante Bemerkung über meine Ausbildung in der DDR gemacht, nicht wahr? Kulturelles Erbe, Weltfrieden, diese Richtung …«, unterbrach ich ihn. Heute Morgen hatte er besonders viel Parfüm benutzt, und die Mischung aus Duftwasser und Schweißgeruch machte mich aggressiv.

Er sah plötzlich sehr verdutzt aus, nahm die Brille ab und rieb sich die Augen. »Ich erinnere mich nicht mehr genau«, sagte er vorsichtig, »aber mag schon sein. Warum?«

»Ich glaube, ich habe Ihnen noch nie erzählt, wie das damals war in meiner Zeit bei *Die Frau von heute*. Noch 1987 hatte ich ja als junge Volontärin einen Verweis bekommen, weil meine Artikel zu ›lau‹ seien, ›ohne festen Klassenstandpunkt‹. Dann kam die Wende, und wir waren aus dem Häuschen. Endlich konnten wir schreiben, was wir wollten – dachten wir. Dann kaufte der Westen das Blatt, und man setzte uns einen neuen Chefredakteur vor die Nase, den Wittich, früher beim *Stern* – na, das wissen Sie doch. Eigentlich ein netter Kerl. ›Kinder, denkt an die Auflage‹, sagte er immer. Und nachdem wir neun Monate, nur unserer Journalistenehre verpflichtet, geackert hatten wie die Wilden, und zwar mit viel Spaß dabei, wurde das Blatt von einem Tag auf den anderen eingestellt, weil es nur noch rote Zahlen schrieb. Das war eine wichtige Lektion für mich.«

»Hoffentlich«, sagte er, aber es klang nicht bösartig. Er wirkte auf einmal richtig nachdenklich. »Man muss die Marktmechanismen nicht lieben«, sagte er dann. »Wirklich nicht. Der Markt kann nichts und weiß nichts. Aber wir haben ihn nun mal. Und der Markt kümmert sich nur um eines – um Effizienz. Alles andere ist ihm egal. Journalistenehre zum Beispiel. Was nicht heißt, dass Sie Ihren Ehrgeiz über Bord werfen sollen. Als Motivation taugt er eine ganze Menge. Deshalb bin ich auch ganz sicher, dass Sie uns einen Artikel schreiben werden, in den Sie Ihren ganzen journalistischen Ehrgeiz stecken können und der zugleich gut rüberkommt. Das ist es, was wir hier wollen, die Quadratur des Kreises. Die ist nämlich im Grunde ganz einfach. Man muss nur den Kreis ein wenig eckig und das Quadrat ein wenig rund machen ... Kommen Sie morgen um zehn nochmal zu mir ins Büro«, fügte er unvermittelt an die gesammelten Leitsätze seiner Hausmacherphilosophie an, und dann watschelte er wieder hinaus – grußlos wie immer.

Ich unterschätzte ihn, da war ich mir mittlerweile sicher. Möglicherweise ein schwerer Fehler. Aber jetzt tat das nichts zur Sache, jetzt kam es darauf an, dass ich von hier verduften konnte. Ab nach Ankara! Ab nach Anatolien!

Und frohgemut ordnete ich meine Unterlagen.

* * *

Als ich kurz nach sechs das Büro verlassen hatte und in der Tiefgarage zu meinem Wagen ging, machte ich eine merkwürdige Beobachtung. Etwa zehn Parkbuchten von mir entfernt stand ein Lieferwagen, ein Pick-up mit einem zweisitzigen Führerhaus, und auf dem Fahrersitz saß jener halslose, fette Kerl, der mir schon vorgestern Abend im »Bodrum« aufgefallen war. Er saß da und telefonierte mit dem Handy. Ja, das war er – kaum möglich, dass man einen solchen Typen verwechselt. Wirklich ein auffallend hässliches Exemplar der Spezies Mensch.

Na ja, es ist ein großes Haus mit jeder Menge von Büros. Der Zufall schlägt eben die seltsamsten Kapriolen. Das hatte ich ja gestern Morgen selbst bemerkt … und heute Abend stimmte es noch immer.

Tagebucheintrag vom 7. August
in meiner Wohnung, kurz vor Mitternacht

Mit Kevin war es wirklich ziemlich sonderbar, und das nicht wegen seines blöden Katers. Den bringt er jetzt in eine Tierpension – hoffentlich wird er dort auf Diät gesetzt. Wäre wirklich nötig. Das Vieh ist über die Maßen fett geworden. Richtig scheußlich.

Aber Kevin selber – er war so reserviert. Schien sich fast ein wenig zu ärgern, dass ich mit ihm in die Türkei fahren will. Es war die ganze Zeit so, als kaue er auf etwas herum – los, spuck es aus, hatte ich mir gedacht, spuck es aus. Aber das tat er nicht. Er blieb stumm wie ein Fisch.

Egal, wir sitzen in derselben Maschine, das ist schon gebucht. Und mit Details über den Zweck seiner Reise wollte er auch nicht herausrücken. »Ein Studienaufenthalt«! Die Reise habe mit einem Thema zu tun, das er in einem Seminar an der Uni bearbeitet hat, sagt er – das südanatolische Wasserprojekt in der Zeit nach dem Ende des Kurdenkrieges … es klang alles sehr wissenschaftlich, aber ich hatte das Gefühl, dass er mir damit auch ein bisschen was vormachen will. Na ja, ich werde ihn schon noch aushorchen, ich weiß ganz gut, wie ich das anstelle, bereits als kleiner

Junge hat er nie dichthalten können und mir immer verraten, wo die Eltern die Geburtstagsgeschenke versteckt hatten – immer. Aber seit er an der Bundeswehrhochschule studiert hat, gibt er sich oft so hochgestochen. Manchmal ist das richtig schwer zu ertragen. Aber das ist ja bei der ganzen Bundeswehr so, seit sie bei Auslandseinsätzen mitmischen dürfen, tragen sie die Nase wieder ziemlich hoch. Ich glaube, damals in Somalia hat das angefangen, mit diesem Wüstenkrankenhaus von Belet Huen, das sie dort bauen durften und das hinterher niemand brauchen konnte, selbst das Rote Kreuz hat es nicht übernehmen wollen – zig Millionen Mark wortwörtlich in den Sand gesetzt, nur um international beweisen zu können: Wir sind wieder da. Und jetzt im Kosovo war es doch ganz ähnlich, in einem Vierteljahr wurde halb Serbien kaputtgebombt, koste es, was es wolle, aber als es dann an den Wiederaufbau der Region ging, war plötzlich keine Knete mehr da. Was hatte ich mich gefetzt mit Kevin wegen dieses Kriegs, diesem ersten deutschen Krieg seit 1949, bei dem unsere Regierung unbedingt hatte dabei sein wollen. Aber mittlerweile hatte es keinen Zweck mehr, das Thema anzusprechen, da stellte Kevin sofort die Ohren auf Durchzug. Nun, ich bin gespannt, was ich noch alles über sein plötzliches Interesse an der Türkei erfahren werde.

Wenn der dicke W. wüsste, dass mich dieses Thema eigentlich sehr viel mehr interessiert als seine großartige Idee mit der Friedensnobelpreisträgerin. Nun, desto besser, wenn ich das eine mit dem anderen verknüpfen kann. Vielleicht schaffe ich es ja, genug Material für zwei Artikel zu sammeln, schließlich kann ich durchaus das eine tun, ohne das andere zu lassen.

Trotzdem muss ich immer wieder an den Abend im »Bodrum« denken. An meine plötzliche Beklommenheit. Die Reisevorbereitungen haben sie übertüncht. Aber verschwunden ist sie nicht.

Egal, morgen wird gepackt und heute geschlafen.

Gute Nacht, teures Tagebuch!

5.

Unterstützt von einem Tonsignal erlosch das Zeichen *Fasten seat belts*, und obendrein erklärte die Stewardess noch im branchenüblichen Singsang, dass man jetzt die Gurte lösen, die Rückenlehnen verstellen, die vermaledeiten Klapptischchen benutzen könne – und so weiter, und so fort.

Eigentlich ist das Flugzeug das unbequemste aller Verkehrsmittel, und damit man das nicht merkt, gibt es etwas zu essen, ob man nun hungrig ist oder nicht, und außerdem bekommt man ständig Erfrischungstüchlein oder irgendwelchen anderen Blödsinn zugesteckt. Nun, diesmal ging es ja, denn als deutscher Offizier durfte Kevin bei der Kranichlinie Business Class fliegen; bei einer armen Redakteurin wie mir erlauben das die Reisekostenrichtlinien unseres Verlages nicht, aber in meinem Vielflieger-Sparbuch hatten sich so viele Meilen angesammelt, dass ich mir jetzt ein Upgrading leisten konnte.

Kevin war in ein dickes Buch vertieft. Ich linste zu ihm hinüber – ja, es war der Roman *Bessere Verhältnisse* von John Updike, den ich ihm bei seiner letzten Beförderung geschenkt hatte. Befördert – wohin? Was war er eigentlich geworden? Hauptmann? Ich konnte mir das nie merken, obwohl ich wusste, wie sehr ich ihn damit kränkte – das mochte er allerdings nicht zugeben. Es freute mich, dass er Spaß an diesem Wälzer fand. Mir erging es mit dem kleinen Stapel von Dossiers und Dokumenten, den ich vor mir auf dem Klapptischchen abgelegt hatte, leider völlig anders – das alles durchzuarbeiten war kein Vergnügen, sondern bittere Pflicht. Natürlich hatte ich auch den Laptop dabei und das Material, das Peter mir gestern ins Büro gemailt hatte. Es ist jetzt dort gespeichert, aber ich bin in gewisser Weise altmodisch und mag nicht gerne darauf verzichten, Papier in den Fingern zu halten. Nur die Menge sorgt oft für Probleme.

Ich blickte an Kevin vorbei aus dem Fenster. Wir hatten die Alpen überquert und die Adriaküste erreicht, karstige Hügel – auch das eine Folge der Umweltzerstörung, und zwar schon seit langem: Den Wald hatten bereits die alten Römer abgeholzt, um ihre Flotten zu bauen, und was sie übrig ließen, eigneten sich dann die Venezianer an. Der Mensch ist noch nie schonend mit seiner Umwelt umgegangen; das Gerede von alten Zeiten und dem angeblichen Einklang mit der Natur ist doch reiner Nonsens. Das Problem liegt nicht darin, dass der moderne Mensch schlechter wäre, er ist nur leider so furchtbar effektiv und richtet deshalb besonders großen Schaden an.

Wenn ich diese Spielzeugwelt da unten auf dem Erdboden sehe, ist das immer ein sehr eigenartiges Gefühl – irgendwie wirkt alles so künstlich. Ich habe gelesen, dass Flugzeuge, wenn sie abstürzen, nicht plötzlich vom Himmel fallen, sondern noch lange Zeit dahinsegeln, minutenlang – wie es den Menschen in solchen Momenten wohl geht? Es gibt ein Buch mit dem Titel *Black Box*, darin sind die Aufzeichnungen der Voicerecorder abgedruckt, die man nach verschiedenen Flugzeugkatastrophen gefunden hat – diese Endlostonbänder, die unablässig die letzten Minuten der Gespäche im Cockpit aufzeichnen. Ich hatte mir das Buch vor ein paar Wochen gekauft, weil es mich interessierte, zu erfahren, was Menschen miteinander reden, die den sicheren Tod vor Augen haben. Ich war bestürzt, als ich es las: ein Haufen banales Zeug, nicht mehr. Selbst wenn die Katastrophe unmittelbar bevorsteht, machen die Menschen immer noch weiter, als sei nichts geschehen – die meisten jedenfalls. Ist es das, was die Welt zugrunde richtet?

Das Flugzeug legte sich ein wenig schief und flog eine sanfte Rechtskurve. Auf dem Wasser konnte ich Schiffe sehen, und Inseln.

»Was trägt eigentlich der Flugverkehr zum Treibhauseffekt bei, Kevin?«

Er sah ein wenig unwillig von seinem Buch hoch. »Na, die exakten Zahlen habe ich nicht parat, aber es ist auf jeden Fall eine ganze Menge. Das hat natürlich vor allem mit dieser schwachsinnigen Steuerbefreiung für das Flugbenzin zu tun. Müsste die Lufthansa – das größte Luftfrachtunternehmen der Welt – für den Liter Super so viel bezahlen wie du an der Tankstelle, dann käme niemand auf die Idee, zum Beispiel Äpfel aus Neuseeland nach Deutschland zu transportieren. Für jeden Apfel, der auf eine solche Reise um die halbe Welt verfrachtet wird, fließt ein halber Liter Kerosin in den Antrieb des Fliegers, das musst du dir mal vorstellen. Verrückt, nicht wahr?«

»Ja, schon. Aber wir zwei fliegen ja jetzt auch in die Türkei und nehmen nicht den Zug oder das Fahrrad.«

»Klar, und genau das ist das Problem. Viele Menschen denken ›So kann es doch nicht weitergehen!‹ – aber mit den notwendigen Veränderungen soll lieber unser Nachbar anfangen. Die Soziologen nennen das ein ›soziales Dilemma‹. Man kann es vielleicht auch anders ausdrücken. Gerade eben habe ich in dem Buch, das du mir geschenkt hast, einen hübschen Satz gefunden. Hör mal zu …«

Und er nahm das Buch wieder zur Hand und las mit melodiöser Stimme vor (schon als Kind hatte ich schier endlos seinen langen Geschichten zuhören können):

»Mit der Welt geht es unaufhaltsam zu Ende, aber dauernd kommen neue Leute nach, die zu dumm sind, um das zu begreifen, und so tun, als fange der Spaß erst richtig an …«

Er klappte das Buch zu und sah mich erwartungsvoll an – fast wie Beifall heischend. »Genau so ist es. Genau so ist es doch, nicht wahr?«, fragte er nach einer Pause.

»Na ja, ich weiß nicht recht. Ich glaube nicht, dass alles nur ein

Problem der Dummheit ist – obwohl es davon gewiss mehr als genug gibt in der Welt. Aber ich denke, es hat auch viel mit Macht und Ohnmacht zu tun. Und mit knallharten Geschäftsinteressen, versteht sich. Aber zurück zum Thema: Warum interessiert dich an der Klimaveränderung das Thema Wasser so besonders?«

»Na, hör mal, das ist doch klar«, gab er zurück und schob das Buch in seine Aktentasche, nachdem er mit einem Einlegeblatt das Ende seiner kurzen Lektüre markiert hatte. »Ich bin von Berufs wegen für die Sicherheit zuständig. Es gibt beim Militär bestimmt viele Kommissköpfe, die immer nur daran denken, wer die schnellsten Panzer und die treffsichersten Raketen hat. Es gibt aber auch Menschen, die längerfristig denken – ich zum Beispiel. Wassermangel ist ein extremes Sicherheitsrisiko, denn auf Wasser kann man nur kurz verzichten. Eine hungernde Bevölkerung kannst du aus der Luft versorgen, indem du hochkalorische Nahrungskonzentrate aus dem Flugzeug wirfst, aber Wasserpulver hat noch keiner gefunden. Kurzum, wenn kein Wasser vorhanden ist, gibt es große Wanderungsbewegungen. Seuchen können ausbrechen, denn bevor der Mensch verdurstet, trinkt er jeden Dreck. Irgendwann sind Mord und Totschlag die Folge. Das ist die dramatische Seite. Aber auf einem anderen Niveau sind auch zwischenstaatliche Verteilungskämpfe denkbar. Die großen Städte, die Industrie, die Landwirtschaft – der Wasserverbrauch steigt überall. Und das Angebot sinkt. Und eben dabei spielt die Klimaerwärmung eine ganz entscheidende Rolle.«

»Dann werden immer mehr Menschen aus dem Landesinneren an die Küsten wandern müssen?«

»Fragt sich nur, ob ihnen das was bringt. An den Küsten steigt der Meeresspiegel. Der Grundwasserspiegel jedoch sinkt. Und das bedeutet unterm Strich, dass sich in Küstennähe die Salzwasser-Süßwasser-Verteilung ändert. So kann plötzlich Salzwasser ins Grundwasser eindringen – das Problem ist schon vielerorts aufgetaucht, in Israel zum Beispiel, in Süditalien und auch in Spanien. Da hat man dann mit einem Mal Brackwasser im Brunnen, und das macht nicht nur bei der Trinkwasserversorgung große Probleme, sondern selbstverständlich auch in der Landwirtschaft.«

»Verstehe. Und was hast du jetzt in der Türkei zu tun? Hängt das auch mit der Wasserversorgung zusammen – mit Staudämmen, Wasserpipelines und so weiter?«

Kevin seufzte. »Ach Randy, Schwesterherz, bitte gib's auf. Recherchiere du für deine Artikel, aber lass *mich* dabei aus dem Spiel. Du hast dir in den Kopf gesetzt, dass wir ein Stück gemeinsam reisen, also gut. Aber morgen, in Ankara, trennen sich unsere Wege. Und ich kann nun einmal einer Journalistin nicht in allen Einzelheiten auf die Nase binden, was ich dienstlich zu tun habe. Ich darf es nicht! Auch nicht, wenn es meine Schwester ist. Kapier das doch endlich! Es nervt mich, wenn du mich trotzdem immer wieder ausquetschen willst. Ich respektiere deinen Beruf – respektiere du bitte auch den meinen. Deshalb hör auf damit, irgendwelche Details aus mir herausquetschen zu wollen.«

Ich wollte einwenden, dass ich ja gar nicht en détail gefragt hatte und mir eine allgemeine Auskunft, sozusagen en gros, durchaus genügt hätte – aber plötzlich fühlte ich mich ungeheuer müde. Und einsam. Und klein. Vielleicht ist das auch ein Grund für die Schwierigkeiten, die wir bei den ganzen ökologischen Problemen haben, dass wir uns dabei so ungeheuer hilflos fühlen. Das liegt an den Dimensionen, an der Größenordnung dieser Probleme. Du knipst das Flurlicht aus, um Energie zu sparen, und du nimmst das Eierwasser, um die Blumen zu gießen – und in China bauen sie, allen Warnungen zum Trotz, einen Staudamm, für den Millionen von Menschen umgesiedelt werden müssen. So etwas beeindruckt selbst dann noch, wenn es abstoßend ist. Und dann kommen irgendwelche Müslifreaks und reden vom Verzichten, vom Sparen ... Das mag ja ehrenwert sein, aber es ist vermutlich hoffnungslos. Der Mensch ist nun

WASSER IST MACHT

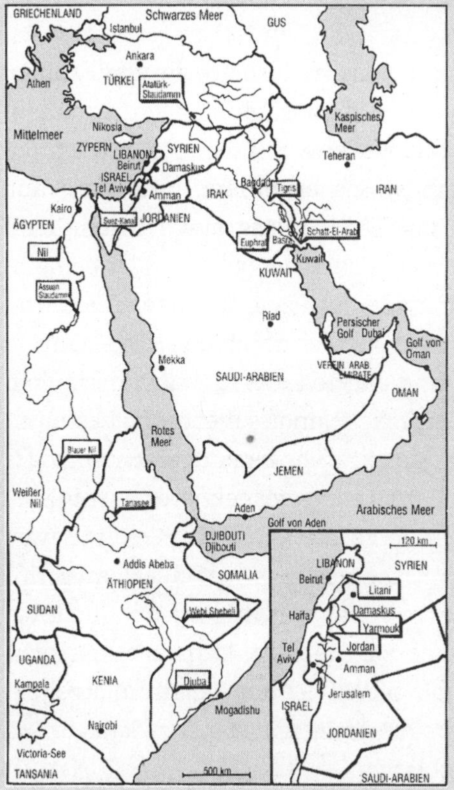

Die zunehmende Wasserknappheit in Nordafrika, dem Nahen und dem Mittleren Osten ist eine in seiner Tragweite von wasserreichen Ländern bislang unbeachtete Entwicklung. Selbst so eindringliche Hinweise, wie der von UNO-Generalsekretär Boutros-Ghali, daß künftige Kriege im Nahen Osten nicht um Erdöl, sondern um Wasser geführt würden, oder auch von US-Außenminister Baker schon Anfang 1991, daß Frieden im Nahen Osten vor allem mit einer gerechten Verteilung des Wassers möglich sei, verhallen nahezu ungehört. Doch in diesen Regionen ist Wasser gleich Macht.

In Israel, einem der wasserreichsten Länder in Nahost, ist das kostbare Naß bisher kein öffentliches Thema. Doch es fehlt in kaum einem Tagesgespräch. Länder, die unter Mangel an Wasser leiden, sind nicht weit entfernt. So war zum Jahresende 1991 schon ein Preis von umgerechnet zwei Mark für den Liter keimfreien Wassers nordafrikanische Realität.

Das Problem hat gemeinsame Ursachen und Bestimmungsfaktoren: dramatisches Bevölkerungswachstum, sich ausbreitender westlicher Lebensstandard, Industrialisierung und Elektrifizierung, Technisierung der Landwirtschaft, mangelhafte Infrastruktur der Wasserversorgung und kurzsichtige Bewässerungsprojekte. Sie führen zu einem derzeit ausweglosen Dilemma. Die betroffenen Staaten können nur mit Maßnahmen zur Industrialisierung, Elektrifizierung und Ausweitung der Landwirtschaft überleben. Die dafür nötigen Programme steigern aber gleichzeitig drastisch den Wasserverbrauch, zusätzlich zum schon knappen Trinkwasser.

Ein weiterer Faktor kommt hinzu: Die »Oberlaufproblematik«. Die jährlichen Wassermengen der großen und kleinen Wasserläufe hängen vom Zufluß aus ihren Quellen und Nebenflüssen ab. Für den Bewohner am Oberlauf bietet diese Tatsache strategische Vorteile, die er nahezu ungehindert ausnutzen kann, wenn er sich Instrumentarien zur Regulierung der Wassermengen schafft. Wie facettenreich das Problem Wasserknappheit im Nahen Osten ist, zeigt sich an den Staaten Ägypten, Türkei und Israel.

Bedrohliche Trockenheit in Nordafrika und Nahost

Ägypten deckt seinen Wasserbedarf zu 90 Prozent aus den Fluten des Nils. Eine mehrtausendjährige Angst, die Wassermassen könnten ausbleiben, hat deshalb ägyptisches Denken und Handeln bis heute bestimmt. Das ehrgeizige Assuan-Projekt hat die Verwundbarkeit eher vergrößert, einmal nicht fürs Maßhalten konstruiert. Er ist anders: Er nimmt, was er kriegen kann. Und selbst, wenn er satt ist, hätte er gerne noch einen Nachschlag. An jedem kalten Büfett lässt sich das beobachten.

Obwohl es dafür keinen verständlichen Anlass gab, fühlte ich mich plötzlich so, als hätte ich diese Reise nie antreten sollen. Eine seltsame Stimmung – unerklärlich, aber doch vorhanden. Es war, als hätte ich aus reinem Trotz mit dem Kopf durch die Wand rennen wollen und als würde ich erst jetzt begreifen, dass das auch verdammt wehtun kann. Es lag etwas in der Luft. Etwas ...

»Möchten Sie zollfrei einkaufen?«, fragte die Stewardess und schob ein Rollwägelchen an uns vorbei durch den Mittelgang.

Ich schüttelte den Kopf und blickte besorgt zu Kevin hinüber. Ich sah ihn in seiner Aktentasche kramen – seine Hand kam mit der Fotokopie eines Zeitungsartikels wieder zum Vorschein, hielt mir die leicht vergilbten Blätter entgegen – fast ein wenig vorsichtig, wie mir schien. Ich nahm die Kopie an mich und warf einen Blick darauf: »Wasser ist Macht«, lautete die Überschrift. Daneben war in eine Karte der Verlauf des Nils von der Quelle bis zur Mündung aufgezeichnet. Wenn ich im Erdkundeunterricht richtig aufgepasst hatte, war der Nil der längste Strom der Erde. Die Zeitung, in der sein Aufsatz erschienen war, hieß *loyal*, offenbar irgendein Bundeswehrblatt.

»Der Artikel ist zwar schon etwas älter, aber dafür habe ich ihn selber geschrieben«, sagte er halb bemüht, halb hilflos. »Vielleicht interessiert er dich ja. Das war, als ich anfing, mich diesem Thema näher zu widmen – 1992. Ja, schon eine ganze Weile her, aber im Prinzip trifft die Analyse immer noch zu. Vielleicht findest du ja irgendwann mal Zeit, dich damit zu befassen.«

Ich legte die Kopie schweigend auf den Papierstapel, der sich auf dem Klapptischchen vor mir aufgetürmt hatte. Der Mann in der Sitzreihe vor mir ließ sich von der Stewardess ein Parfümfläschen nach dem anderen zeigen. Duftwasser ist Macht! Ausgerechnet für *Opium* entschied er sich schließlich. Sonderbar, dass Männer, wenn sie Frauen Parfüm schenken, fast immer danebenliegen – ich konnte es mir gar nicht anders vorstellen, es musste in diesem Fall auch so sein.

Ermattet schloss ich die Augen.

Zweiter Teil: Ankara

Although Turkey, which controls the headwaters of the Tigris and Euphrat rivers, is generously endowed with water, 40 percent of its arable land is in Southeastern Anatolia, which suffers from a general shortage of water. To alleviate this shortage, Turkey in 1983 initiated the South East Anatolia Development Project, also known by its Turkish acronym GAP, a series of 13 subprojects comprising irrigation and hydroelectric dam sites, including the massive Ataturk Dam. Seven of these sites are located on the Euphrates River and the other six on the Tigris …
GAP has raised Syrian and Iraqi anxieties over the availability of water for their own agricultural and industrial projects. Syria and Iraq fear that the Ataturk Dam could divert most of the Euphrates' flow into Turkey's Urfa Plain, forcing Iraqi and Syrian dependence on Turkish water …

Joyce R. Starr, »Water Wars«, *Foreign Policy* 82, 1991, f. 17–36

Wasserexperten aus den USA, Israel und den arabischen Anrainerstaaten haben in jüngster Zeit mehrere Zukunftsvisionen entwickelt, wie ein Krieg ums Wasser verhindert werden kann … In Betracht gezogen wird auch eine Lösung, die der frühere türkische Staatschef Turgut Özal unter dem Schlagwort »Friedens-Pipeline« in die Debatte eingebracht hatte: Die mit Wasser aus Flüssen wie Euphrat und Tigris reichlich gesegnete Türkei soll über zwei riesige Rohrleitungen Israel, das künftige Palästina, Jordanien und auch Syrien versorgen. Dafür spricht, dass die Türkei dadurch die Entwicklung des Südostens ihres Landes finanzieren könnte.

Thorsten Schmitz, »Sprengstoff Wasser. Der Kampf um die knappste Ressource im Nahen Osten wird auch mit Kriegsdrohungen geführt«. *Süddeutsche Zeitung*, 15. März 2000

1.

Ankara ist, selbst an einem heißen, sonnigen Augusttag wie heute, eine Stadt, die düster wirkt. Sie hat nichts Einladendes an sich, sie riecht streng und begegnet dem Fremden abweisend, ja verschlossen. Wenn man mitbekommen hat, dass »Angora« und »Ankara« derselbe Name ist, denkt man vielleicht an etwas Warm-Wolliges, Kuscheliges, aber nichts könnte verkehrter sein. Diese Stadt strahlt Härte aus. Obschon sie vor noch nicht einmal hundert Jahren in den Rang einer Hauptstadt erhoben wurde, ist Ankara alt, uralt – und in jener abweisenden Härte spiegelt sich auch die Härte der türkischen Geschichte wider.

Die Ankunft am Flughafen war höchst unproblematisch, denn Kevin wurde sofort von einem Mann in Empfang genommen, der ihn begrüßte, als seien die beiden von Kindheit an Blutsbrüder. Mich hatte dieser Kumpan zwar offensichtlich erwartet – Kevin hatte ihn natürlich über seine Begleiterin unterrichtet –, aber ebenso offensichtlich nicht als die Person, die ich nun einmal bin. Besonders, dass ich Kevin um einige Zentimeter überrage, hatte er wohl kaum gedacht. Doch bis auf ein nervöses Zucken der linken Augenbraue behielt er sich perfekt unter Kontrolle, und so wurde ich als Mitglied des Geleitzuges akzeptiert, weil man mich nicht loswerden konnte.

Ich war erstaunt, dass sich die bürokratischen Prozeduren auf ein Minimum beschränkten, das in einer ultrakurzen Passkontrolle bestand – immerhin lang genug, um die Daten meines Ausweises in den Computer einzuscannen –, aber vielleicht lag das ja an Mister Güler. Das war der Name, mit dem sich Kevins Geschäftspartner oder was immer er sein mochte, mir vorgestellt hatte. Jedenfalls schien er ein weltgewandter und zielstrebiger Mann zu sein. Während er auf Türkisch einige Sätze mit den »Jandarmas« in ihren grünen Uniformen wechselte, flüsterte ich Kevin zu: »Man könnte fast meinen, ihr hättet im selben Kinderwagen gelegen, so vertraut scheint ihr miteinander zu sein.«

»Ja, das fällt auf«, erwiderte Kevin ein wenig schüchtern. »Aber ich kenne diesen Menschen kaum. Ich sehe ihn auf dieser Reise erst zum zweiten Mal. Er ist vom türkischen Verteidigungsministerium. Ich bin mit ihm in Kontakt gekommen, als ich damals den Verteidigungsminister bei seinem Staatsbesuch in der Türkei begleitet hatte. Der Minister sprach damals übrigens ständig von einem ›erweiterten Sicherheitsbegriff‹, den es hier in der Türkei zu etablieren gelte. Das ist ein wichtiges Stichwort für Leute wie mich. Und das, Schwesterherz, war mein letztes Wort in dieser Sache. Anderes Thema, bitte!«

»Soso. Und was wird jetzt passieren, wenn diesen Herrn Güler sein Soldatenhumor verlässt und wenn er genug mit den Gendarmen geschwatzt hat?«

»Ich schätze, dann bringt er uns ins Hotel. Morgen können wir ja noch zusammen frühstücken, wenn du willst, aber dann trennen sich unsere Wege, Schwesterchen.«

»Ich bringe Sie jetzt ins Hotel«, sagte Herr Güler, der sich uns wieder zugewandt hatte, in ausgezeichnetem Deutsch. Offensichtlich hatte er Kevins letzten Satz gehört. »Aber selbstverständlich darf ich Sie beide zum Abendessen einladen. Morgen werde ich dann mit Ihrem Bruder die Stadt verlassen, Frau Fromm. Dann können Sie ungestört Ihrer Arbeit nachgehen.«

»Ihr Deutsch ist fabelhaft«, erwiderte ich. »Ich wollte, es gäbe wenigstens eine Fremdsprache, die ich so gut beherrsche. Wo haben Sie das gelernt?«

»Ich hatte das Vergnügen, ein Gasthörer der Führungsakademie der Bundeswehr sein zu dürfen«, entgegnete er lächelnd. »In Hamburg-Blankenese. Sollte der dortige Tonfall ein wenig auf mich abgefärbt sein, wäre das gewiss nicht das Schlechteste.«

Ich bemühte mich, mit einem Lächeln zu kaschieren, wie wenig ich diesen Menschen mochte. Herr Güler war ein gut aussehender Mann, schlank, hochgewachsen, Anfang vierzig – kein orientalischer Typ; er hätte gut als Ire oder Belgier durchgehen können. Aber alles an ihm war irgendwie ölig und klebrig, es war, als sei seine ganze Person mit Firnis überzogen, der noch nicht getrocknet war. Hätte ich mit ihm telefoniert, ich hätte hinterher am liebsten den Hörer abwischen mögen. Er war so … so haftend.

Der internationale Flughafen von Ankara liegt rund dreißig Kilometer nördlich der Stadt, die Fahrt ins Zentrum dauert eine halbe Stunde – so steht es jedenfalls in meinem Reiseführer. Ich hatte das Büchlein gestern im Antiquariat erstanden, keine drei Jahre alt und schon auf dem Ramschtisch. Verständlich, denn es tauchten viele Sätze darin auf wie »Ankara ist eine eigenartige Stadt« … Nun gut, immerhin konnte ich dem Band entnehmen, dass die gegen den Anschein uralte Stadt 1919, als sie zum Sitz der kemalistischen Gegenregierung gewählt wurde, nur dreißigtausend Einwohner gezählt hatte – achtzig Jahre später, am Ende des Jahrhunderts, waren es drei Millionen. Dieses Städtewachstum, das man von Neu-Delhi bis São Paulo auf dem ganzen Erdball findet, erinnert irgendwie an das Wuchern einer Krebsgeschwulst – es entzieht seinem »Körper«, dem Umland, alle Kräfte, zehrt es aus und droht es umzubringen.

Wie auch immer, jetzt fuhren wir jedenfalls mitten hinein in die Hauptstadt der Türkei – das war Ankara seit dem Jahr 1923, seit die Großmächte den Neubeginn dieses Landes, das sie noch wenige Jahre zuvor völlig zerstückeln wollten, endgültig anerkannt hatten. Der Verkehr auf dem Autobahnring und auf der Straße ins Zentrum war enorm, doch unser Fahrer – Herrn Güler rechts neben sich – lenkte seine schwere Limousine in einer Art, als müsse er ein Formel-1-Rennen gewinnen.

»Eigentlich hatte ich vor, das Hotel noch lebend zu erreichen«, sagte ich, als es mir zu heftig wurde.

Güler lachte, murmelte dem Fahrer jedoch ein paar Worte zu. »Daran werden Sie sich gewöhnen müssen, die Raserei ist bei uns sozusagen eine Art Nationalsport. Wir sind hier in der Türkei, da geht es nach einem anderen Tone.«

»Das war doch ein Satz aus der ›Entführung aus dem Serail‹, nicht wahr? Eine von den frauenfeindlichen Tiraden des griesgrämigen Osmin, wenn ich mich recht erinnere?«

Güler lachte abermals und hoffte vermutlich, er hätte mich davon abgelenkt, dass wir gerade eine rote Ampel überfuhren.

»Da haben Sie völlig Recht. Es war damals sehr mutig von Mozart, den türkischen Sultan in dieser Oper als einen menschenfreundlichen Fürsten darzustellen, der zu vergeben weiß und seine Gefangenen in die Freiheit entlässt, selbst den Sohn seines ärgsten Feindes. Immerhin hatte der Kaiser Krieg gegen das Osmanische Reich geführt. Übrigens ist die ›Entführung aus dem Serail‹ vor kurzem in einem Innenhof des Topkapi-Serails in Istanbul aufgeführt worden. In deutscher Sprache. Von der Türkischen Staatsoper.«

»Eine tolle Sache«, erwiderte ich vorsichtig, denn mir war nicht klar, worauf er hinauswollte.

»Allerdings. Aber es will fast scheinen, als habe es vor zweihundertdreißig Jahren weniger antiislamische Vorurteile gegeben als heute, wo sie bei manchen Journalisten und ehemaligen Fernsehmoderatoren geradezu Mode sind. Wenn ich nur an dieses eine Buch denke …«

»Hören Sie«, sagte ich rasch, »wir können dieses Thema heute beim Abendessen diskutieren. Falls wir das noch erleben. Unserem Fahrer nützt sein Höllentempo ohnehin nichts, dieser grüne VW-Bus folgt uns schon seit über zehn Minuten.«

Güler blickte sofort in den Rückspiegel, dann drehte er sich zu mir herum. Das Lachen war aus seinem Gesicht verschwunden, er sah ernst und nachdenklich aus und blickte mich lange an. Vermutlich wunderte er sich, dass ich seinem Blick nicht auswich. Ich hatte das schon in der Schule systematisch geübt und galt damals als der Schrecken meiner Lehrer wegen dieser Fähigkeit. Aber das konnte Herr Güler natürlich nicht wissen. Zum ersten Mal las ich so etwas wie ein ruhiges Fragen in seinen Augen, die sonst hektisch hin und her huschten.

»Sie sind eine bemerkenswerte Frau, wenn ich mir das Kompliment erlauben darf«, sagte er langsam, und es klang nicht spöttisch. »Um bei Mozart zu bleiben – niemand würde es wagen, Sie Blondchen zu nennen, aber es gibt gewiss Ähnlichkeiten. Und was unsere Eskorte betrifft: Wenn wir Gäste empfangen, sind wir es gewöhnt, sie mit aller Aufmerksamkeit zu behandeln.«

In diesem Moment bremste der Fahrer, was das Zeug hielt, und kam kurz vor einer großen Kreuzung zum Stehen – gerade noch rechtzeitig, denn der Querverkehr flutete als lärmende Welle herbei. Der VW-Bus wäre fast auf das Heck unseres Wagens aufgefahren.

Wir warteten, bis die Ampel auf Grün sprang. Dann, als der Fahrer Gas gab, lachte Güler wieder und wies mit der Hand vage in alle möglichen Richtungen. »Wir sind jetzt schon in der Innenstadt. Die Straße, der wir jetzt folgen, ist der Atatürk-Boulevard. Rechter Hand ist die Oper und links das berühmte ethnographische Museum. Dort hinten, hinter der Eisenbahnlinie und oben auf dem Berg, sehen Sie das Mausoleum, in dem Mustafa Kemal begraben liegt. Bevor das Mausoleum 1953 fertig gestellt wurde und der Sarg mit Atatürks sterblichen Überresten dorthin umgebettet werden konnte, war er seit seinem Tod 1938 dort aufgebahrt gewesen, wo jetzt das Museum untergebracht ist – da drüben. Dort steht auch sein Reiterstandbild – der Bildhauer war übrigens ein Italiener. Der Beiname ›Atatürk‹, mit dem Mustafa Kemal sich schmücken ließ, bedeutet ›Vater der Türken‹, und so wird er von unserem Volk nach wie vor gesehen. Wenngleich heute bisweilen Kritik geäußert wird, die noch vor zehn Jahren völlig unmöglich gewesen wäre. Nun, wir werden eben zu einer modernen Demokratie. Pluralismus und Meinungsfreiheit – wie es unsere Freunde in der Europäischen Union wünschen. Jetzt geht es unter der Eisenbahn hindurch, und wir kommen in die ›neue Stadt‹ – Yeni Sehir, wie das auf Türkisch heißt. Es ist jetzt wirklich nicht mehr weit. In fünf Minuten sind wir im Hotel, und Sie können sich eine wohlverdiente Dusche gönnen. Ich warte in der Lobby auf Sie, und dann fahren wir gemeinsam zum Essen.«

»Zu Befehl, Sir«, erwiderte ich und legte die Hand an eine imaginäre Mütze.

* * *

Anderthalb Stunden später hatten wir das Hotel schon wieder verlassen und saßen, wie von dem umtriebigen Herrn Güler angekündigt, miteinander beim Abendessen.

Dass man uns im Sheraton einquartiert hatte, war nicht unbedingt nach meinem Geschmack – diese Kettenhotels sehen überall auf der Welt gleich aus und haben nichts zu bieten außer hohen Preisen und dem dienstbeflissenen Charme von Arthur Millers Handlungsreisendem. Nun gut, sobald Kevin nach wer weiß, wohin, abgefahren war, um dort seine geheimen Staatsaffären zu bewältigen, würde ich mir eine andere Bleibe suchen. Aber das Lokal, das Güler ausgesucht hatte, war wirklich Spitze und hatte nur den einen Nachteil, dass man wieder etwa fünfundzwanzig Kilometer fahren musste, um es zu erreichen – es lag Richtung Konya, südlich der Stadt an einem See, und hieß sonderbarerweise »Chez le Belge« – »Beim Belgier«.

Auf der Speisekarte gab es eine Rubrik mit türkischen Spezialitäten, aber darin war das Gericht, das ich suchte, nicht verzeichnet. Es war eine Spezialität, die sich – so hatte ich läuten hören – »Glocken der Heimat« nannte. Als Güler mich fragte, was ich bestellen wolle, erwiderte ich, es gebe doch dieses besondere Gericht, von dem ich schon so viel gehört hätte – gebratene Hammelhoden.

Das schien ihm nicht sonderlich angenehm zu sein, denn er

kaute auf einer Antwort herum wie auf einem zähen Stück Fleisch. »Nun, äh, ja, Sie haben Recht, das ist wirklich eine Spezialität. Ja, sehr wohlschmeckend, durchaus.«

Die beiden Männer sahen etwas beklommen drein, es schien, als störe es sie, solche edlen Teile in der Pfanne brutzeln zu wissen. Dabei handelte es sich keineswegs um ein rein türkisches Problem, diese Verklemmtheit herrscht weltweit – in den USA spricht man von »Prärieaustern«, als wäre es ein Fluch, einen realistischeren Namen auszusprechen. »Kann man das hier ordern?«, fragte ich Güler.

»Nein, das glaube ich nicht«, erwiderte er gefasst. »Wissen Sie, es gibt dieses Gericht, aber nicht in jedem Restaurant, und wenn, dann auch nur bei Vorbestellung. Und was diesen Namen betrifft – der ist mir selber schon zu Ohren gekommen, als ich in Hamburg war, aber den hat bestimmt ein Deutscher erfunden. Von den Einheimischen hier kennt ihn niemand. Schauen Sie sich doch in der Türkei um. Sie sind nicht im katholischen München – mit ›Glocken‹ ist hier nicht viel los, auch wenn die Heimat hoch im Kurs steht und die meisten Türken zweifellos große Patrioten sind.«

»Schade«, sagte ich, »es wäre ein schöner Name. Aber dann muss ich eben etwas anderes essen.«

»Ich fürchte, ja. Aber ich darf noch ein paar Worte sagen, für die diese vermeintlichen Heimatglocken mir den Anstoß geben ... Ich glaube manchmal, dass die vielen Türken, die heute in Deutschland leben, die Verständigung zwischen unseren Ländern eher erschweren. Die Deutschen glauben, sie wüssten über unsere Mentalität Bescheid, weil jeder einen Türken aus dem Laden um die Ecke oder von der nächsten Döner-Bude kennt, dabei ist dieser junge Mann in Castrop-Rauxel oder Milbertshofen geboren, fährt einmal im Jahr nach Kayseri zu den Großeltern und weiß selber nicht mehr viel über das Land, das nicht mehr ›seines‹ ist – was er freilich nicht zugeben wird. So entstehen dann Legenden wie die von den Heimatglocken.«

Ich fühlte mich von diesen Ausführungen ein wenig peinlich berührt. Um das Schweigen zu durchbrechen, das meiner Frage nach den Hammelhoden und nach Gülers diesbezüglichen Erläuterungen folgte, beschloss ich, unseren Gastgeber auf ein anderes Terrain zu locken (Güler hatte inzwischen eine Flasche türkischen Wein geordert, woraus ich den Schluss zog, dass er kein strenggläubiger Muslim sein konnte): »Sie haben das Thema Patriotismus angeschnitten. Mustafa Kemal Atatürk, der Gründer der modernen Türkei, ist unstrittig ein bedeutender Mann gewesen. Sie sprachen vorhin, im Auto, von Kritik an ihm, die neuerdings laut werde und die Sie, wie mir schien, nicht billigen können. Würden Sie einem naiven Blondchen, das auf jedes Märchen über gebratene Hammelhoden hereinfällt und sich als Journalistin mühsam durchs Leben schlägt, kurz erklären, was Sie damit meinen?«

Ganz gegen meine Erwartung ließ sich Güler sehr viel Zeit mit seiner Antwort.

»Wissen Sie, obwohl Mustafa Kemal von seiner politischen Einstellung her durch und durch Antikommunist gewesen ist, hat er doch vieles erstaunlich ähnlich angepackt wie jene Männer, die ab 1917 in der Sowjetunion das Sagen hatten – zwei Jahre bevor 1919 hier in Ankara die kemalistische Gegenregierung zusammentrat. Ich meine damit die Kampagnen zur Modernisierung und vor allem den Kampf gegen die Religion. Atatürk war gewiss kein Feind des Islam, aber er wollte diesen aus allen Staatsgeschäften herausdrängen – er sollte zur reinen Privatsache werden. Aber gerade *das* kann der Islam nach eigenem Selbstverständnis nicht, und unter Druck erst recht nicht. Man hat das Tragen des Fez verboten, man hat die Derwischorden verboten – aber das religiöse Gefühl lässt sich eben nicht per Dekret verbieten. Hätte man die Türkei damals etwas weniger gewaltsam zu europäisieren versucht – vielleicht hätte sich manches Problem vermeiden lassen, das wir heute haben. Sie verstehen, was ich meine?«

Ich verstand. Und ich begann, Qualitäten an dem Mann wahrzunehmen, die ich zunächst hinter der Fassade seiner klebrigen Geschäftigkeit nicht recht hatte erkennen können.

Inzwischen hatte der Kellner eine Flasche Rotwein gebracht – eine türkische Marke namens Villa Doluca. Güler probierte und schien zufrieden. »Die Türkei ist der sechstgrößte Weinproduzent der Welt«, sagte er stolz, während uns die Gläser gefüllt wurden. »Kaum jemand im Ausland weiß das – aber es ist so. Importweine hingegen sind unglaublich teuer. Es heißt übrigens, dass der Weinbau eine Erfindung der alten Hethiter sei. Nun, Sie werden« – er sah mich an und erhob das Glas – »ab morgen hoffentlich Gelegenheit haben, sich mit dieser Kultur vertraut zu machen.«

Das allerdings. »Ich habe vor, morgen das Hethiter-Museum in Ankara zu besichtigen, nicht zuletzt deshalb, weil ich dort ...«

In diesem Augenblick unterbrach mich Kevin, der schon eine geraume Weile merkwürdig still gewesen war.

»Konya liegt, wenn ich es recht sehe, zweihundert Kilometer weiter südlich – das ist doch die Stadt, wo der Derwischorden gegründet worden ist, den Atatürk 1925 verboten hat.«

»Ja. Jalaluddin Rumi hat ihn gegründet – er kam, wie viele große Denker, aus Afghanistan und hat in persischer Sprache gedichtet, aber er hat sich in Konya niedergelassen, das damals die Hauptstadt des seldschukischen Herrscherhauses gewesen ist. Anno 1273 ist Rumi dort gestorben.«

Güler trank mit großem Behagen einen Schluck aus seinem Rotweinglas. Dann begann er mit feierlicher Stimme – und, wie ich fand, mit unpassender Betonung – zu deklamieren: »Einer von Rumis berühmtesten Versen heißt:

Bevor es Garten, Weinstock oder Traube gab in dieser Welt
War unsere Seele bereits trunken vom Wein der Unsterblichkeit.«

»Vom Wein der Unsterblichkeit«, wiederholte Kevin nachdenklich. »Trunken vom Wein der Unsterblichkeit.«

In diesem Augenblick brachte der Kellner ein großes Tablett mit den Vorspeisen. Schade, dass es nun doch nicht möglich war, vor meiner Nase die »Glocken der Heimat« läuten zu lassen. Insgeheim und mit gewisser Wehmut stellte ich mir vor, ich hätte lachend in zwei sichtlich pikierte Männergesichter geblickt, während ich mit Messer und Gabel zur Sache ging. Den beiden Herren hätte ich ja empfehlen können, sich mit einem Glas Raki zu stärken. Doch die Verhältnisse, sie sind nicht so. Höchst bedauerlich.

Tagebucheintrag vom 8. August
Sheraton-Hotel, Ankara, 23 Uhr

Die gefüllten Zucchini, mit denen ich mich gestern Abend zufrieden geben musste, haben wirklich gut geschmeckt, aber offenbar liegen sie schwer im Magen. Es war noch nicht sehr spät gewesen, als wir vom »Belgier« in unser Hotel zurückkehrten, und ich fiel sofort müde ins Bett. Aber schon nach einer halben Stunde fuhr ich schweißgebadet und erschrocken wieder empor. Es war ein Albtraum gewesen, offensichtlich, aber es fällt mir schwer, mich an die Einzelheiten zu erinnern. Ich träume ohnehin selten, was mir leider nur wenige Leute glauben; ich erwähne es meistens gar nicht mehr, denn du machst dich mit einem solchen Bekenntnis sofort zur Zielscheibe der Witzbolde und der Besserwisser: »Man träumt immer, man kann sich bloß nicht mehr daran erinnern«, etwas von dieser Art gibt sofort irgendein Klugscheißer zu bedenken, und der Nächste fügt mit bedenklicher Miene an: »Gibt es denn irgendetwas, was du verdrängen musst?« Ich finde diese Stehpartypsychologie einfach widerlich! Auf der anderen Seite merke ich natürlich auch, dass ich durch meine heftigen Reaktionen viele Menschen vergrätze. »Mäßige dich!«, habe ich noch Mutters Stimme im Ohr. Ich will aber nicht. Lieber ertrage ich, dass die Menschen mich für unreif oder unausgegoren halten. Es sind ja nicht alle.

Heute Nacht habe ich aber wirklich schlecht geträumt, was auch immer der Grund gewesen sein mag. Nur einige Bruchstücke sind meiner Erinnerung jetzt noch zugänglich. Da ist vor allem das Gefühl, das quälende Gefühl »Ich bin durstig«. Durstig gehe ich an den Wasserhahn – ein rostiges Stück Metall über einem verbeulten Emailleausguss, eine seltsame Küche ... Ich drehe den Griff, aber die Leitung will nichts hergeben, nur einige gelbbraune Tropfen quellen aus dem abgeschabten Rohr. In diesem Moment höre ich ein Getöse, ein Gewirr von tausend heiseren Stimmen, ich blicke aus dem Fenster nach draußen und sehe, dass sich vor meinem Haus – es ist eine Art Landhaus, irgendwo mitten in einem steppenartigen Gelände – eine große Menschenmenge versammelt hat: halbnackte Menschen, die meisten in Lumpen gekleidet, ausgezehrt, viele von ihnen verletzt. Sie rufen mir etwas zu, es klingt zornig, und ihr Geschrei wird immer lauter; einige ältere Männer schwingen drohend ihre Stöcke, dann fliegt ein Stein gegen die Fensterscheibe, die klirrend in tausend Stücke zerbirst ...

Und dann stelle ich plötzlich fest, dass nichts von alledem wahr ist, dass ich in meinem Bett liege, schweißüberströmt, in einem türkischen Luxushotel mitten in der Millionenstadt Ankara. Es ist ein Traum, es ist alles nur ein Traum.

Mit dem Schlaf war es erst einmal vorbei. Also setzte ich mich an den kleinen Sekretär. Jetzt, während ich diese Zeilen schreibe, ist es schon kurz nach Mitternacht. Aber es ist mir wichtig, mir diesen Traum von der Seele zu räumen. Genau dafür ist das Tagebuch da. Ein Schuttabladeplatz, eine Deponie für seelischen Sondermüll – das ist es im Wesentlichen.

Dieser Traum hat vielleicht etwas mit den Gesprächen zu tun, die ich mit Peter und auch mit Kevin geführt hatte, auch gestern noch, im Flugzeug – über die drohende ökologische Katastrophe, über die Klimaerwärmung, den Anstieg des Meeresspiegels, die Flüchtlingsströme, die sich in Bewegung setzen werden – die Karawanen der Elenden, vom Wassermangel und von der Angst vor dem Verdursten getrieben. Ich hatte gestern, als wir im Flugzeug saßen, an jenen Fernsehfilm denken müssen, der – eine Produktion der BBC – vor Jahren auch in Deutschland gezeigt worden war. Ich hatte ihn damals im Westfernsehen gesehen, noch zu meiner Schulzeit. »Der Marsch« hieß dieser Film, ein fiktiver Bericht über das Schicksal einer riesigen Menschenmenge, die sich irgendwo in Afrika in Bewegung gesetzt hatte, es war wohl der Sudan gemeint gewesen, obwohl kein Land beim Namen genannt wurde. Diese Karawane des Elends hatte irgendwann nach einer schrecklichen Odyssee die Südküste des Mittelmeers erreicht, nahe der Straße von Gibraltar, wo schon die Truppen der europäischen Staaten auf sie warteten, um zu verhindern, dass tausende von Habenichtsen als »Boat People« an den Küsten Andalusiens anlanden. »Watch us die – schaut uns beim Sterben zu!«, hatte der Führer dieses Trecks den Fernsehreportern der Medienkonzerne entgegengerufen, aber alle Sensationsgier, auch alle Betroffenheit, konnte nicht verhindern, dass dieser Exodus aus dem vertrocknenden Afrika in der Hoffnungslosigkeit stecken blieb.

Wie viele Europäer haben sich wohl damals diesen Film angesehen, teils mit wohligem Gruseln, teils ehrlich verstört? Mir ging es ja auch nicht anders. Und was ist seitdem passiert? Nichts. Wird es so kommen, wie es damals der Drehbuchautor der BBC geschildert hat? Werden Peter und Kevin mit ihren düsteren Prognosen Recht behalten – Peter, der von Berufs wegen um die Bilanzen seiner Versicherungsgesellschaft bangt; Kevin, der von Berufs wegen mit »vorbeugender Sicherheitspolitik« befasst ist? »Sicherheitspolitik«! Ein schöner Name für eine Strategie, mit der, allen Beteuerungen zum Trotz, ja doch in erster Linie das Wohlergehen der Reichen und Mächtigen gesichert werden soll. Hatte das Militär je einen anderen Zweck?

Was wird also geschehen? Nichts? »Watch us die« – ist das am Ende die einzige Alternative? Der Voyeurismus des Medienzeitalters? Eine Schaulust, die auch ich mit meinen Artikeln »bediene«?

Ich sollte versuchen, irgendwann einmal in Ruhe mit Kevin darüber zu sprechen. Aber wie und wann, wenn er schon morgen mit diesem Mister Güler in irgendwelche türkischen Provinzen fährt, von denen ich nicht einmal den Namen kenne? Ich muss morgen eine Gelegenheit finden, in Ruhe darüber nachzudenken.

Aber jetzt brauche ich erst einmal ein paar Stunden Schlaf.

2.

Die Türkei ist gesättigt – fast schon übersättigt – mit den verschiedensten kulturellen Traditionen, die sich überlagern und oft auch miteinander mischen, und die Hinterlassenschaft der Hethiter ist darunter eine der geheimnisvollsten. Ein Sog geht von diesem stummen, steinernen Nachlass aus, ein merkwürdiger Anruf, halb lockend, halb warnend – vielleicht gerade deshalb, weil uns vieles an dieser Überlieferung, an diesen Überresten, so fremd erscheint.

Jahrelang wusste man so gut wie nichts über dieses Volk – und doch hatte es vor viertausend Jahren über ganz Kleinasien geherrscht, ihr König Mursilis plünderte von seiner Hauptstadt Hattusas aus Aleppo und 1595 vor Christus sogar Babylon – bis dann über vierhundert Jahre später, ungefähr in der Ära des allen europäischen Musterschülern bestens bekannten Trojanischen Krieges, das Hethiter-Reich von unbekannten Feinden zerschlagen wurde und seine mächtige Hauptstadt Hattusas in Flammen und Rauch unterging. Erst 1834 wurde das ausgedehnte Ruinenfeld wieder entdeckt, das rund zweihundert Kilometer nordöstlich von Ankara in einer kahlen Gebirgsgegend liegt – und es dauerte noch einmal achtzig Jahre, bis es in der Zeit des Ersten Weltkrieges einem tschechischen Wissenschaftler gelang, die in großer Fülle dort gefundenen Keilschrifttafeln zu entziffern.

In diese Ruinenstadt wollte ich morgen fahren, am zehnten August. Für heute hatte ich mir einen Besuch im Hethiter-Museum von Ankara vorgenommen. Dies allerdings, offen gesagt, weniger aus kulturhistorischem Interesse, das bei mir ohnehin starken Schwankungen unterworfen ist und nicht zuletzt davon abhängt, ob ich in guter Stimmung bin. Fühle ich mich wohl, fällt es mir sehr viel leichter, mich für die Geschicke und die Geschichte der Welt zu interessieren – geht es mir schlecht, neige ich viel stärker dazu, die Schotten dicht zu machen.

Heute also hatte ich mich mit meiner ersten Gesprächspartnerin verabredet – einer Frau aus jener Journalistinnengruppe, die die Interviews mit den im kurdischen Kriegsgebiet eingesetzten türkischen Soldaten zusammengetragen hatte; Interviews, deren Veröffentlichung seinerzeit auf ebenso lebhaftes Interesse wie auf heftigen Widerstand gestoßen war. Sie selbst hatte vorgeschlagen, wir sollten uns in jenem Museum treffen. Danach, hatte sie gemeint, könne man ja immer noch weitersehen. Ich hatte diese Vorsichtsmaßnahme sofort akzeptiert. Meine eigene Neugier war dadurch erheblich gewachsen.

Das Frühstück hatten wir – Kevin und ich – in angespannter Atmosphäre und in gedrückter Stimmung absolviert. Irgendwie war etwas zwischen uns aus der Balance geraten – und zwar schon gestern, als wir am Abend aus dem Lokal »Beim Belgier« in unser Hotel zurückgekehrt waren, müde, schlapp und überfordert von den Eindrücken und Reizen des Reisetages wie auch von Herrn Gülers selten versiegenden Wortkaskaden. Güler wusste durchaus interessant zu erzählen. Aber was genug ist, ist genug. So war ich dann doch froh gewesen, erschöpft ins Bett fallen zu dürfen. Aber der Schlaf war kurz, denn dann schrak ich aus einem Albtraum hoch, und es dauerte eine ganze Weile, bis ich wieder zur Ruhe kam. Ein seltsamer Traum war das gewesen, so nahe, so verletzend … Ich konnte spüren, dass die Sache mit der kurzen, mitternächtlichen Niederschrift ins Tagebuch noch nicht ausgestanden war. Eine leichte Missstimmung haftete noch an mir, nicht abzuschütteln – wie einer von den Zetteln, die dir die Jungs in der Schule heimlich an die Jacke heften, und alle tuscheln und kichern, und du begreifst nicht, warum, du weißt nur, dass da irgendetwas ist, dass du irgendetwas an dir hast, was dich plötzlich zum Außenseiter macht.

Jetzt also, nach dieser aufrüttelnden Nacht, das kulturlose Hotelfrühstück in einem riesigen Saal ohne jede architektonische Finesse. Kevin saß schon am Tisch, als ich in den Frühstücksraum kam. Über eine kaum verständliche Routinegrußformel hinaus sagte erst einmal so gut wie gar nichts, sondern verzehrte stattdessen derart gewaltige Mengen Rührei, dass mir das ebenso verdächtig wie gesundheitsgefährdend vorkam. Fast schien es mir so, als glaube er etwas tun zu müssen für seine Manneskraft, auf die ich in seinen Augen gestern wohl eine Art kulinarischen Angriff gestartet hatte mit meinem vergeblichen Wunsch, gebratene Hoden zu bestellen: die realen Eier von heute Morgen gegen die illusionären von gestern Abend, sozusagen ... Männer! Ihr Imponiergehabe ist, glaube ich, ebenso stark wie ihr Gefühl, bedroht zu werden. Oder anders gesagt: Sie müssen anscheinend immer mächtig auf die Pauke hauen, weil sie Angst haben, demnächst auf dem letzten Loch zu pfeifen. (Hm! Schreib es auf, dachte ich. Echt scharf, dieser Satz – wer weiß, wo er sich noch verwenden lässt.)

Als er dann endlich gesättigt schien – mir wäre schon längst speiübel gewesen –, tupfte er sich mit der Serviette Eigelb aus dem Mundwinkel; dann sah er mich lange und nachdenklich an.

»Ich bin zwar naturwissenschaftlich und ökologisch interessiert, ansonsten aber offensichtlich ein ungebildeter Hohlkopf«, meinte er. »Wie es eben so ist beim Barras. Du musst mir wieder mal auf die Sprünge helfen: Was war das mit Mozart und Blondchen, worüber Güler und du gestern geplaudert habt?«

Hatte ihm das derart lange auf der Seele gelastet? Machte er sich keine anderen Sorgen als die, dass er möglicherweise eine flüchtige Pointe nicht ganz mitbekommen hatte – und dass er sich deshalb ungebildet und banausenhaft fühlte? Ein Weltenrätsel, dieser Mann. Obwohl ich mich mächtig ärgerte, versuchte ich es zunächst auf die milde Tour.

»Was ist dir daran so wichtig, Kevin? Es ging um Mozart, ›Die Entführung aus dem Serail‹. Zwei Frauen sind in türkische

Gefangenschaft geraten – die vornehme Constanze und ihre Zofe Blondchen, eine Engländerin. Auf Constanze ist der türkische Oberboss scharf, er heißt Selim Bassa. Und auf Blondchen hat es sein Polizeichef abgesehen, ein brutaler alter Griesgram namens Osmin. Dieser Osmin erzählt Blondchen, dass Frauen sich in der Türkei den Männern unterzuordnen haben: ›Du Sklavin, ich Gebieter!‹ Aber die Blondine lässt sich nicht unterkriegen: ›Bassa hin, Bassa her‹, sagt sie, ›Mädchen sind keine Ware zum Verschenken‹ – und so fort. Und dein Freund Güler meinte wohl, hieran gewisse Ähnlichkeiten festmachen zu können.«

»Danke für die Belehrung. Er ist übrigens nicht mein Freund, auch wenn du immer wieder auf diesem Thema herumreitest. Ich habe dienstlich mit ihm zu tun – das ist alles, und damit basta. In zehn Minuten wird er hier aufkreuzen, und ich werde mit ihm möglichst rasch aus Ankara verschwinden. Dann gehe ich meiner Wege. In zwölf Tagen treffen wir uns hier in Ankara am Flughafen wieder. Wo soll das Problem sein, bitte schön?«

»Wieso, ich sehe kein Problem – und du?«

Ich spürte, wie sich während dieses Zwiegesprächs, bei dem die Nichtigkeiten wie Pingpongbälle über den Tisch flogen, meine Muskeln und Sehnen immer heftiger verkrampften. Am liebsten hätte ich Kevin gepackt, ihn geschüttelt und angeschrien: »Was soll dieser Blödsinn? Haben wir uns sonst nichts zu sagen? Warum vergeuden wir unsere Zeit mit diesem idiotischen Small Talk?« Ich wusste selbst nicht, weshalb eine so angespannte Atmosphäre zwischen uns beiden entstanden war – eine Stimmung, in der jeder das letzte Wort haben wollte, und ein möglichst nichts sagendes obendrein. Vielleicht lag es daran, dass wir beide das Gefühl hatten, es sei etwas nicht in Ordnung – dies aber nicht zugeben wollten; vor uns selbst nicht und vor dem anderen noch viel weniger. Es stimmte so vieles nicht: Es stimmte nichts zwischen uns, und, vor allem, es stimmte etwas nicht an unserer Anwesenheit hier, es stimmte etwas nicht mit diesem Land, es stimmte etwas nicht mit dem famosen, redseligen Herrn Güler.

Das alles war mit den Händen zu greifen – aber keiner wollte dem anderen zu erkennen geben, dass er es längst begriffen hatte. Irgendwie hatte sich die Atmosphäre zwischen uns verändert, und zwar nicht zum Besseren. Das Klima war nicht mehr in Ordnung, warum? Warum bloß? Ich dachte an die vielen markigen Sätze zur weltweiten Klimaveränderung, die ich in den letzten Tagen von Kevin und Peter gehört hatte, und mir wurde klar, dass allenthalben über Einzelprobleme diskutiert wurde, über drohenden Wassermangel und über den Meeresspiegelanstieg … Aber was ist mit dem Klima zwischen den Menschen? Wie kann es von all diesen Veränderungen unberührt bleiben? Oder bleibt es gar nicht unberührt und ändert es sich bereits?

Ich biss mir auf die Lippen und trank rasch einen Schluck Kaffee. Dann versuchte ich es noch einmal: »Kevin, hör mal zu, ich glaube …«

Aber er hörte mir nicht mehr zu. Sein Interesse an mir war schlagartig auf null abgesunken, sein Blick flüchtete über meine Schulter hinweg an irgendeinen Punkt in der Tiefe des Raumes. Dann richtete er sich in seinem Stuhl auf wie ein Pennäler, den der Lehrer mit einem mahnenden Wort angesprochen hat.

»Da kommt Güler«, sagte er und legte die Serviette auf den Tisch.

»Kevin, verdammt nochmal – mir ist irgendwie mulmig wegen deiner Reise. Bitte pass auf dich auf!«

»Klar doch. Du auch, Randy.«

Wie oft sagt man etwas Derartiges – Wörter, die floskelhaft in den Raum geworfen werden, aber ihre eigentliche Bedeutung wird nicht bedacht. Und im Nachhinein ist der Katzenjammer groß, wenn man begriffen hat, dass alles viel treffender war, als man es selbst hatte wahrhaben wollen. Manchmal glaube ich wirklich, dass das Leben im Wesentlichen aus verpassten Chancen besteht. Man ist eben immer erst hinterher klug.

* * *

Das Hethiter-Museum (sein korrekter Name lautet »Museum der anatolischen Kulturen«) liegt am Fuß der Zitadelle, des ältesten Viertels der Stadt Ankara. Der Bau, mehrfach renoviert, hatte einst als überdachter Basar gedient und ist von Mahmud Pascha in den Jahren 1467 bis 1471 errichtet worden. Man betritt ihn durch einen Vorgarten, in dem römische und byzantinische Säulen und Skulpturen aufgestellt worden sind. Aber im Inneren des Gebäudes dominiert eindeutig die hethitische Kultur, vertreten vor allem durch Statuen und Reliefs. Die Figuren wirkten auf mich seltsam fremd, hatten wenig an sich, was ich vertrauten Stilrichtungen zuordnen konnte.

Wir waren vor einem dieser Reliefs verabredet – aus Basalt gemeißelt und gut einen Meter hoch, zeigte es Kubarta, die uralte Mutter- und Erdgöttin, die bei den Römern Kybele hieß. Hier ist sie auf einem Thron sitzend dargestellt, der auf dem Rücken einer liegenden Löwin ruht. Eine seltsame Faszination ging von dieser kraftvollen Darstellung aus. Sie mutete ruhig und mächtig an, still und zugleich selbstbewusst. In meiner Erinnerung formte sich ein Bild, dessen Einzelteile aber noch nicht recht zusammenpassen wollten. Es war ...

Es war eine Frauenhand, die sich leicht auf meine Schulter legte. Noch während ich mich umdrehte, hörte ich eine angenehme, ein wenig heisere Stimme, die in geläufigem Englisch fragte: »Sie sind sicher die deutsche Reporterin, nicht wahr?«

»Ja, das bin ich. Und Sie sind gewiss Frau Caliskan – meine türkische Kollegin. Freut mich sehr, Sie kennen zu lernen. Und vielleicht kann ich auch von Ihnen lernen – über die Arbeit unter erschwerten Bedingungen zum Beispiel.«

Frau Caliskan, die mit Vornamen Binur hieß, wirkte ganz anders, als ich sie mir vorgestellt hatte – sehr viel jünger, höchstens vierundzwanzig, hoch gewachsen, beinahe so groß wie ich, und dabei außerordentlich dünn, fast schon magersüchtig ... Sie lächelte verlegen und strich sich das kunstlos gescheitelte, dünne schwarze Haar aus der Stirn.

»Ach«, erwiderte sie, »Sie wirken nicht so, als müssten Sie noch viel lernen – und vor allem nicht von mir. Aber sagen Sie, wollen wir nicht ein wenig nach draußen gehen? Es ist heute so ein schöner, sonniger Tag. Hier drinnen kommt es mir vor wie ... wie in einer Gruft. Und all die Statuen – wie auf Gräbern. Bei etlichen war das ja auch der Fall.« Und sie schaute mich fast bittend an.

Ich war überrascht, willigte aber gerne ein. Und eine Viertelstunde später saßen wir auf einer steinernen Bank im Schatten der uralten byzantinischen Mauern, das Tonbandgerät zwischen uns. Plötzlich war es, als hätte ich ein Schleusentor geöffnet: In einem gleichmäßigen Strom floss ihre Rede ungebremst dahin und schien nie mehr verebben zu wollen.

»Sie wissen ja, es fing alles an mit diesem Buch von Frau Nadire Mater. Frau Mater ist eine in der Türkei sehr bekannte, allgemein beliebte Journalistin. Dieses Buch ist 1999 erschienen, Frau Mater war damals fünfzig Jahre alt. Es hieß schlicht und einfach *Mehmetciks Buch – Mehmetin Kitabin* auf Türkisch. ›Mehmetcik‹ ist der Spitzname für die türkischen Soldaten, so werden sie genannt, allesamt – man könnte vielleicht auch sagen ›synonym‹.«

Diese kleine sprachliche Unsicherheit markierte den einzigen Moment, an dem sie kurz zögerte. Doch rasch überwand sie alle Zweifel und setzte ihre Rede in gleichförmigem Tempo fort.

»In *Mehmetciks Buch* ging es um den Kurdenkrieg, der ja insgesamt fünfzehn Jahre gedauert hat und in dem sehr viele Mehmets eingesetzt worden sind, von denen nicht wenige den Tod gefunden haben. Den Tod für das Vaterland, das auf Türkisch übrigens Mutterland heißt. Es ist im Ausland oft unterschätzt worden, was dieser Krieg *wirklich* für unser Land bedeutet hat – für *beide* Seiten.

Im Jahr 1999, als das Buch erschienen ist, wurde, wie Sie wissen, auch der Führer der Kurdischen Arbeiterpartei PKK, Abdullah Öcalan, vom türkischen Geheimdienst aus Kenia entführt und später hier in der Türkei zum Tode verurteilt. Aus dem Gefängnis heraus, noch während des Prozesses, hatte Öcalan seine Partei aufgerufen, den bewaffneten Kampf zu beenden – und das ist auch tatsächlich geschehen. Viele Menschen waren skeptisch, als sie zum ersten Mal von diesem Aufruf hörten – offen gesagt, ich auch. Aber es ist passiert. Der Krieg war zu Ende.

Erst jetzt konnte ein solches Buch wie das von Frau Mater populär werden. Und das wurde es. Es erschien kurz nach Öcalans Gefangennahme, und es waren schon über dreißigtausend Exemplare verkauft, als *Mehmetciks Buch* dann Ende Juni 1999 von der Justiz verboten wurde. Aber zu diesem Zeitpunkt kursierten bereits etwa ebenso viele Raubdrucke – das ist etwas, was hier in der Türkei sehr populär ist. Und, besonders wichtig, es wurden unter demselben Titel noch andere Bücher gehandelt, die mit dem Original von Frau Mater nur noch diesen Titel gemeinsam hatten.

In Frau Maters Buch waren zweiundvierzig Mehmetciks interviewt worden, und ihre Berichte enthielten eigentlich nicht viel Sensationelles – es ging in der Hauptsache um die Gefühle der jungen Männer, um ihre Stimmungen. ›Ich habe keine Hoffnung, dass das aufhört‹, hatte so ein Mehmetcik gesagt. ›Die Jungen werden weiterhin sterben. Und wer sollte das auch anhalten? Höchstens, wenn so einer wie Atatürk käme … ‹

Aber jetzt gab es plötzlich noch ganz andere Berichte, von anderen Mehmetciks, und die zirkulierten alle auf dem schwarzen Markt, und da war von ganz anderen Sachen die Rede, von Folterungen, von Vergewaltigungen, von Übergriffen gegen Zivilisten, von Gewalttaten schlimmster Art – und auch von Waffen, die die türkische Armee gegen die kurdischen Rebellen eingesetzt hatte und die sie eigentlich gar nicht hätte besitzen dürfen, deutsche Panzer zum Beispiel.

Auch das bekannte Interview mit jener Frau, die miterlebt hat, wie ihre deutsche Landsmännin Andrea Wolf, die Frau, die auf Seiten der PKK gekämpft hatte, im Oktober 1998 von türkischen Soldaten gefoltert und ermordet worden ist, ist in jenem Umfeld entstanden. Es hat ja sogar euren Außenminister bewegt, und deutsche Staatsanwälte haben Ermittlungen eingeleitet. Herausgekommen ist dabei nicht viel – wie im Fall jener deutschen Panzer.

Aber so oder so, der Krieg hatte seine Anonymität verloren. Man hörte plötzlich von den jungen Männern, die da kämpften, meist ohne große Begeisterung, man las über die, die starben – und sich vorher gefragt hatten, was das Ganze soll. Es war, als hätte sich ein Schleier gelüftet. Dafür zu sorgen, dass Ereignisse konkret werden – das ist doch die wichtigste Aufgabe von Journalisten. Das ist doch auch Ihr Ziel – oder nicht?«

Ich nickte – verwundert wegen des Wortes »Landsmännin«, beklommen wegen ihrer Mitteilungen, aber zufrieden mit dem Verlauf des »Gesprächs«, denn endlich hatte sie eine kurze Pause in ihrem Monolog eingelegt. Ich hatte mich schon zuvor gefragt, wann sie jemals atmete – wenn überhaupt. Und in diese Pause hinein fragte ich, nachdem ich den Recorder abgestellt hatte: »Und diese anderen Berichte waren natürlich von anderen Journalisten gesammelt worden. Könnte es sein, dass ich Menschen aus diesem Kreis kennen gelernt habe?«

»Es sollen einige davon in Ankara leben«, kicherte sie ein wenig albern und nickte eifrig mit dem Kopf dabei.

Etwas später wechselten wir unseren Aufenthaltsort abermals, weil ich nämlich Frau Caliskan zum Mittagessen einlud, und zwar, auf ihren ausdrücklichen Wunsch, in ein mexikanisches Restaurant, in dem sie sich mit großem Vergnügen eine Margarita bestellte ... das Leben ist eben immer für Überraschungen gut, über die ich mich normalerweise freue. Heute jedoch war meine Stimmung eher niedergeschlagen. Die Ausläufer eines seelischen Tiefdruckgebiets hatten mich erfasst. Woher dieser Wetterumschwung rührte, war mir allerdings nicht ganz klar.

»Ist es möglich, dass ich noch andere Frauen aus Ihrer Journalistengruppe kennen lerne? Ich würde gerne mehr über Ihre Arbeit erfahren. Insbesondere darüber, welche Themen jetzt im Zentrum des Interesses stehen – jetzt, wo der Krieg vorbei ist.«

»Ja, ich denke schon, dass sich darüber reden lässt. Wir könnten Sie auch einmal zu einem unserer Treffen einladen, das ist schon möglich. Ich will nur vorher nachfragen, das werden Sie verstehen. Die Themen der künftigen Arbeit sind uns selber noch nicht ganz klar. Es ist ja noch nicht so lange her, dass der Krieg vorbei ist, und es gibt viele, die nicht an einen dauerhaften Frieden glauben.«

»Das kann ich gut verstehen. Und für Ihre Vorsichtsmaßnahmen habe ich natürlich auch Verständnis. Womit beschäftigen denn Sie selbst sich gegenwärtig am meisten?«

»Na, also, wissen Sie«, erwiderte sie zögernd, während sie mit ihrer roten Zungenspitze den Zucker vom Rand des großen Glases leckte, »ich persönlich glaube, der Krieg ist *in dieser Form* auf Dauer vorbei, da muss man sich neuen Projekten zuwenden, das ist auch wichtig für die eigene Kreativität. Ich glaube, dass die Türkei ein Land mit gewaltigen ökologischen Problemen ist, und der Krieg hat auch einen idealen Vorwand geliefert, davon abzulenken.«

»Ich verstehe. Die Zeiten haben sich geändert, und Sie interessieren sich jetzt vor allem für Umweltfragen ...«

Sie nickte heftig. Und plötzlich blickte sie mit einem kindlichen Verschwörerinnenblick quer durch den Raum, musterte sorgsam die Umgebung, senkte die Stimme, streckte den Kopf näher zu mir hinüber und flüsterte: »Wissen Sie schon etwas über YILDIRIM? Einige aus unserer Gruppe stehen in Kontakt dazu ...«

»Nie gehört. Was bedeutet das Wort?«

»Yildirim heißt auf Türkisch ›Blitz‹. Der Blitz – das war der Ehrenname eines berühmten Sultans. Er hieß Bayazid I. und hatte die christliche Ritterschaft vernichtend geschlagen, als sie das letzte Mal zu einem Kreuzzug nach Jerusalem aufbrechen wollte, im Jahr 1396 war das. Als strahlender Sieger führte Bayazid nun den schmückenden Titel ›Yildirim‹, bis er selber von einem anderen besiegt wurde, von dem Mongolenkhan Timur, und zwar in einer Schlacht hier vor den Toren Ankaras, im Juli 1402. Ohne Yildirims Niederlage wäre Konstantinopel bestimmt kurze Zeit darauf von den Janitscharen erobert worden. So dauerte es noch ein halbes Jahrhundert, bis aus Konstantinopel Istanbul wurde, denn Yildirim starb im März 1403 in mongolischer Gefangenschaft.«

»Aber Sie werden mir doch nicht erzählen wollen, dass Ihre Gruppe jetzt Kontakt zu diesem temperamentvollen alten Herrn aufgenommen hat?«

Sie kicherte, als hätten wir miteinander verabredet, ihren Freund eifersüchtig machen zu wollen. »Nein, natürlich nicht. YILDIRIM, das ist der Name einer Umweltgruppe, die im Verborgenen operiert – sehr geschickt und sehr effektiv. Sie hat sich, wie es heißt, in Zusammenhang mit den Protesten gegen die Welthandelskonferenz 1999 in Seattle gegründet. Es gibt kein Manifest, kein Programm, und über die Gründung ist nur ein kurzer Text aus drei Sätzen der Presse zugespielt worden: ›Unsere Umwelt steht nicht zu unserer freien Verfügung. Deshalb darf sie nicht dem Welthandel überlassen werden. Wer es dennoch tut, wird bestraft.‹ Und genau das tut YILDIRIM tatsächlich – seit damals. Vielleicht erinnern Sie sich: Im selben Jahr 1999 gab es auch einen schweren Tankerunfall im Marmarameer, zum Glück konnte eine Ölkatastrophe so wie in der Bretagne verhindert werden. Aber es war übel genug. Damals ist diese Gruppe zum ersten Mal öffentlich aufgetreten. Sie haben im Büro einer Reederei Altöl in die Klimaanlage gegossen.«

»Keine schlechte Idee.«

»Sehen Sie! Seitdem machen sie immer wieder von sich reden, mit vielerlei Aktivitäten in diesem Stil. Niemand weiß etwas Genaues über die Gruppe – sie scheint sehr klein zu sein, aber sie arbeitet konspirativ und ist bestens organisiert. Diese Leute wissen sehr gut Bescheid. Sie üben keine Gewalt gegen Menschen aus, aber gegen Sachen sehr wohl. In einer Lackfabrik bei Izmit haben sie nachts einen großen Behälter mit Säure neutralisiert –

einer Säure, die dort gar nicht hätte verwendet werden dürfen, weil sie gesundheitsgefährdend und deshalb verboten ist. Kurz vor dem großen Erdbeben war das. Von anderen Aktionen hört man nur Gerüchte. Die Presse steht unter großem Druck seitens der Regierung, so wenig wie möglich darüber zu berichten. Aber natürlich sickert hier und dort doch etwas durch. Und einige von uns haben sich auf diese Spur gesetzt. Ich vermute sogar, dass es zum Teil mehr ist als das. Aber Sie verstehen, dass ich nicht mehr sagen will. Jedenfalls, solange wir uns nicht besser kennen.«

»Natürlich. Aber vielleicht können Sie dafür sorgen, dass ich wirklich irgendwann zu einem Treffen Ihrer Gruppe eingeladen werde? Sie haben vorhin selbst gesagt, es sei durchaus möglich.«

»Natürlich. Das ist kein Problem. Sie müssen aber akzeptieren, dass wir erst in unserem Plenum darüber sprechen.«

»Selbstverständlich. Aber wann?«

»Ach, das ist vielleicht sogar schon morgen möglich, oder spätestens nächste Woche. Sind Sie morgen im Hotel zu erreichen?«

»Ich weiß nicht recht. Ich wollte morgen die Hethiter-Ruinen von Hattusas besichtigen, und es ist ja ein ganz schönes Stück Fahrt bis dorthin. Und dann wollte ich eigentlich in ein anderes Hotel umziehen, das Sheraton ist nicht nach meinem Geschmack.«

»Das kann ich gut verstehen. Nun, Sie haben ja meine Telefonnummer. Rufen Sie mich heute oder spätestens morgen Abend an, ja? Dann reden wir über das nächste Treffen. Es wäre vielleicht sinnvoll, zu wissen, woran Sie besonders interessiert sind. Und was die Ruinen von Hattusas betrifft ...«

»Na ja, vordringlich interessiert bin ich natürlich an der Frage, ob Ihre Gruppe wirklich ein Kandidat für den Friedensnobelpreis ist – das zu recherchieren ist mein offizieller Auftrag seitens der Chefredaktion. Darüber hinaus bin ich aber auch neugierig, was die deutsch-türkische militärische Zusammenarbeit betrifft. Sie haben das Thema Waffenlieferungen ja schon erwähnt. Ganz sicher ist das nicht der einzige Punkt. Es wird ja so viel von der schnellen Eingreiftruppe geredet, die die Europäische Union aufstellen will – und die Türkei ist mittlerweile offiziell ein EU-Beitrittskandidat. Die türkische Regierung hat sich zwar gegen alle derartigen Pläne ausgesprochen, aber glauben Sie nicht auch, dass es einflussreiche Kreise gibt, die unter solchen Umständen plötzlich wieder begeistert von der deutsch-türkischen Waffenbrüderschaft im Ersten Weltkrieg sprechen? Keine Institution ist so konservativ wie das Militär.«

»Da haben Sie wohl Recht. Ich glaube, dass es in der deutschen Militärführung Kreise gibt, die die Türkei als ein nahezu ideales Terrain betrachten, um die Bundeswehr für die Konflikte der Zukunft fit zu machen. Aber ich wollte noch sagen, in Hattusas ...«

»Fit machen für die Konflikte der Zukunft? Wie meinen Sie das? Haben Sie irgendwelche Anhaltspunkte für Ihre These?«

Meine Gesprächspartnerin kicherte plötzlich wieder wie ein Teenager in einem Film mit Leonardo di Caprio und tauchte einen Hühnerschenkel tief in die Schokoladensauce.

»Ist es nicht sonderbar«, sagte die junge Frau lächelnd und mit vollem Mund, denn sie nagte, herzhaft zubeißend, das Fleisch von den Geflügelknochen. »Ist es nicht sonderbar? Zwei Frauen wie wir sitzen hier zusammen beim Mittagessen, und es scheint, als gäbe es für uns nichts Wichtigeres als Waffenlieferungen, Aufmarschpläne und Militärstrategien. Haben Sie eigentlich je Kinder gewollt? Übrigens, was diese hethitischen Ruinen betrifft ...«

Ihre Frage traf mich auf dem falschen Fuß. Allerdings – nachdem ich meinen Ärger niedergekämpft hatte, der plötzlich aufgewallt war wie überkochende Milch im Topf, konnte ich nicht verhehlen, dass diese ironische Intervention durchaus ihre Berechtigung hatte.

»Ja, schon«, gab ich knapp zurück. »Aber die Kinder werden ja auch nicht im Ofen gebacken, irgendwie gehört doch ein Mann dazu. Zumindest als Samenspender. Sorry – mir fällt gerade auf, dass ich Sie in einer anderen Sache mehrfach unterbrochen habe. Sie wollten noch etwas über die Ruinen von Hattusas sagen.«

»Das ist allerdings wahr. Wissen Sie, ich kenne einen britischen Archäologen, der sich mit diesen Hethiter-Kulturstätten sehr gut auskennt. Er gräbt eigentlich nicht hier, sondern weit weg im Südosten, bei Karkemisch, aber zufällig ist er jetzt gerade in Ankara. Ich sage ihm gerne Bescheid, und vielleicht kann er Sie durch Hattusas führen, wenn Sie morgen dort sind. Soll ich das in die Wege leiten?«

»Ja, das wäre nicht schlecht«, erwiderte ich wenig begeistert, aber unfähig zu echtem Widerstand. Ich wusste mittlerweile, dass dieses Vorgehen in der Türkei das Arkadacs-Prinzip heißt, nach dem türkischen Wort *arkadacs* für »Freund«: Ich habe einen Freund, und ich kann dir helfen, dass dieser Freund dir hilft, und wenn du selber einen Freund hast, der vielleicht mir irgendwann behilflich sein kann. Das ist ein Relikt aus den Zeiten der Despotie, aus den Tagen, als es keinerlei Rechtssicherheit gab, als noch der Henker unmittelbar neben dem Thron des ottomanischen Sultans stand und ein kurzer Wink genügte, um ihn in Aktion treten zu lassen. Europäische Beobachter sind oft oberflächlich genug, solche Denkweisen sofort mit »Korruption« gleichzusetzen und fantasieren dann etwas vom »Bakschisch« daher, das alle Türen öffnet, aber das trifft den Kern der Sache nicht. Es ist, aufs Sozialverhalten bezogen, eher so wie bei den Polarforschern, die früher überall in der Eiswüste Proviantdepots angelegt haben, um bei Bedarf darauf zurückzugreifen. Genau diese Bedeutung hat auch das Prinzip »Freundschaft«.

»Ja, gerne«, sagte ich nochmals. »Aber jetzt möchte ich doch noch etwas mehr über diese deutsch-türkischen Vereinbarungen wissen. Und, um zum offiziellen Anlass meiner Reise zurückzukehren, über dieses Gerücht mit dem Friedensnobelpreis.«

»Davon habe ich auch schon gehört, aber in meinen Augen ist das Blödsinn«, erwiderte sie. »Ein haltloses Gerücht. Die Interviews mit den Mehmetciks waren innenpolitisch von großer Bedeutung, aber mit dem Weltfrieden haben sie nicht viel zu tun. Da hat sich Ihr Chefredakteur einen Bären aufbinden lassen. Sammeln Sie ein paar Daten, und nutzen Sie Ihren Aufenthalt hier, um über andere Themen zu recherchieren. Das wäre jedenfalls mein Rat.« Und während ich noch verblüfft schwieg, kam sie wieder auf Hattusas zu sprechen. »Zurück zu Ihrem Ausflug zu den Hethiter-Ruinen: Ich rufe Russell gleich nach dem Essen an«, verkündete sie fröhlich. »So heißt der Brite nämlich – Russell Myers. Aber vielleicht möchte ich noch einen Tequila pur – Sie auch?«

Irgendwie hatte ich das Gefühl, es machte wenig Sinn, das Gespräch an diesem Tag noch fortzuführen.

Als wir wenig später das Lokal verließen – sie heiter beschwingt, ich eher in mich gekehrt, verwickelt in viele weitschweifige Gedanken –, sah ich auf der anderen Seite der Resit Galip Caddesi einen grünen VW-Bus parken.

Schon wieder ein Zufall? Oder eine Fürsorgemaßnahme des alerten Herrn Güler, der mir und meiner Beziehung zu Kevin nicht über den Weg traute?

Wie auch immer – ich beschloss, auf der Hut zu sein.

3.

Die Stadt Hattusas, deren riesige Ruinenfelder man erreicht, wenn man von Ankara in Richtung Schwarzes Meer fährt, war rund vierhundert Jahre die Hauptstadt des hethitischen Großreiches gewesen. In seinen besten, seinen herrschsüchtigsten Tagen hatte sich dieses Imperium bis nach Syrien erstreckt. Ebendort hatten die hethitischen Soldaten gegen die Truppen der anderen Supermacht jener Ära, gegen das Heer des ägyptischen Pharaonenreichs, 1275 vor unserer Zeit die unentschiedene Schlacht bei Kadesch durchgefochten. Vierhundert Jahre – eine Zeitspanne, etwa so lang wie von Martin Luthers Thesenanschlag an der Kirche zu Wittenberg bis zum heutigen Tage, an dem ich nachdenklich, fast ein wenig bedrückt vor der ausgedehnten Trümmerlandschaft stand. Hierher gebracht hatte mich ein von unserem unwiderstehlichen Herrn Güler empfohlener Chauffeur, dessen Dienste abzulehnen ich – nachdem Güler und Kevin gemeinsam abgereist waren – in Ermangelung fundierter Türkischkenntnisse einfach nicht den Mut gefunden hatte.

Vierhundert Jahre, dann ging die dicht bevölkerte Stadt unter dem Ansturm unbekannter Feinde in Flammen auf, und die Hethiter verschwanden aus der Geschichte. Hattusas ist nie wieder aufgebaut worden, und Zentralanatolien blieb über Jahrhunderte hinweg eine menschenleere, fast völlig baumlose Steppe.

Vielleicht mochten ökologische Probleme zum Untergang dieser Kultur das Ihrige beigetragen haben, womöglich war der Angriff der feindseligen Fremden nur der Tropfen, der das Fass zum Überlaufen brachte? Wohin war der Wald verschwunden, der einst – das konnten die Wissenschaftler eindeutig belegen –

einen bedeutenden Teil des anatolischen Hochlandes bedeckte? Hatten schon die Hethiter ihn abgeholzt? In der Antike rühmte man sie für ihre metallurgischen Kenntnisse: Obschon man jene Epoche, in die ihre Blüteperiode fällt, summarisch als »Bronzezeit« bezeichnet, verwendeten die Hethiter bereits Waffen aus Eisen. Ihre militärische Überlegenheit rührte zu einem großen Teil daher. Sind ihren Schmelzöfen die Wälder Anatoliens zum Opfer gefallen? Verschlechterte sich in der Folge die Wasserversorgung? Hatte ihre Zivilisation eine ökologische Schwelle überschritten und war dann an ihren eigenen Altlasten erstickt – ein Schicksal, das auch den Industriestaaten von heute droht?

In dieser melancholischen Stimmung kam mir ein Brecht-Gedicht in den Sinn. Ich zitierte es aus dem Gedächtnis und deklamierte die Verse mit lauter Stimme, während ich zwischen den dreitausend Jahre alten Trümmern stand:

Von diesen Häusern wird bleiben
der durch sie hindurchging … der Wind …
Fröhlich machet das Haus den Esser: Er leert es.
Wir wissen, dass wir Vorläufige sind
und dass nach uns wird kommen: nichts Nennenswertes …

Nichts Nennenswertes … Vielleicht ist wirklich alles, was einen Namen verdient, schon einmal da gewesen? Ich wanderte eine Weile stumm dahin, dann machte ich vor den Ruinen eines riesigen Tempels Halt, der einst dem Wettergott geweiht gewesen war. Der hethitische König – er trug den Titel Tabarna – hatte persönlich den Kult zu Ehren dieser höchsten aller Gottheiten angeführt. Ich bin alles andere als eine Kapazität in diesen Fragen – aber ich hatte in der gestrigen Nacht wieder einmal schlecht geschlafen, und da mein Hotelzimmer über einen Internetzugang verfügte, nutzte ich das aus, um mich entsprechend auf meinen Ausflug vorzubereiten. Ich hatte schlecht geschlafen, ziemlich schlecht sogar. Die Dissonanz zwischen Kevins Abgang zu seinem geheimen Männertreiben und den Informationen der Frau Caliskan machten mich unruhig. Erst zwei Kapseln Chloraldurat und ein längeres Telefongespräch mit Peter konnten mir den lange ersehnten Schlaf ermöglichen. Immerhin war der Traum aus der vorigen Nacht nicht zurückgekehrt, zum Glück, denn auch davor hatte ich mich gefürchtet, während ich mich ruhelos in meinem Bett hin und her wälzte.

Bei all diesen Überlegungen störte mich plötzlich das Motorengeräusch eines Geländewagens. Es war ein Mitsubishi Pinin, der mit hohem Tempo näher kam und dann, quietschend und Staubwolken emporwirbelnd, unmittelbar neben mir hielt. So ein Arschloch, dachte ich, und spürte meinen Adrenalinspiegel steigen.

Der Fahrertür des Wagens öffnete sich, und ein junger Mann stieg aus – leger gekleidet, braun gebrannt und mit langem, dichtem Haar; ein bisschen wie ein Rauschgoldengel sah er aus. Er blinzelte ein wenig kurzsichtig ins Sonnenlicht – ob er Kontaktlinsen trug, ließ sich nicht erkennen.

»Guten Tag«, sagte der Rauschgoldengel leutselig und in gesittetem Englisch. »Sind Sie zufällig Frau Randy Fromm aus München?«

»Ich bin in der Tat Randy Fromm, und zwar keineswegs zufällig. Aber woher kennen Sie meinen Namen? Und wer sind Sie? Man könnte Sie glatt für einen Nachfahren des hethitischen Wettergottes halten. Jedenfalls haben Sie jede Menge Staub aufgewirbelt.«

Der Rauschgoldengel, den ich zum Wettergott erhöht hatte, lachte – und zwar auf eine recht sympathische, jungenhafte Art.

»Besten Dank für das Kompliment. Die Staubwolke bitte ich zu entschuldigen, aber ich hatte Angst, mich zu verspäten. Mein Name ist Russell Myers, und ich bin Archäologe – eigentlich in Karkemisch tätig, weit weg von hier, wo aber die alten Hethiter ebenfalls genug Schutt und Trümmer hinterlassen haben. Und weil ich mich gerade zu einer sauer verdienten Auszeit in Ankara aufhalte, hat eine gemeinsame Bekannte geglaubt, ich könne mich verdient machen, wenn ich eine junge Dame namens Randy Fromm durch die Ruinen von Hattusas führe …«

»Und schon sind Sie herbeigeeilt! Das ist wirklich sehr zuvorkommend, Mister Myers. Haben Sie herzlichen Dank.« Aber diese Antwort stammte nicht aus einem völlig ehrlichen Herzen. Die plötzliche Begegnung stürzte mich in einen Zwiespalt der Gefühle, denn dieser Mister Myers wirkte alles andere als eindeutig auf mich – eine seltsame Mischung aus Apoll und Widerling, gleichzeitig anziehend und abstoßend. Eigentlich sah er eher amerikanisch als britisch aus …

»Sie sind also den weiten Weg aus Ankara hierher gebraust, um einer Unbekannten eine Privatführung durch die anatolische Frühgeschichte zu gewähren? Sie sind ein echter Gentleman. Ich bin beeindruckt und stehe tief in Ihrer Schuld!«

»Beeindruckt dürfen Sie sein – aber was die Schuld betrifft, sollten Sie lieber noch abwarten. Hören Sie, lassen wir doch diesen albernen Smalltalk. Sie interessieren sich ja ganz offensichtlich für all das hier.« Seine Arme ruderten in der Luft herum, als versuchten sie, so die Größe des Grabungsfeldes nachzuzeichnen. »Sonst wären Sie wohl nicht hierher gekommen. Oder? Und ich bin gerne bereit, Ihnen fachmännisch zur Seite zu stehen – wenn Sie wollen. Ist das okay? Es würde mich sehr freuen, wenn …«

»Das Vergnügen ist ganz meinerseits. Also, ich höre auf den Fachmann. Widmen wir uns den ernsten Dingen des Lebens – zum Beispiel der Menschheitsgeschichte und ihren Überresten. Etwa diesen Ruinen hier. Was haben Sie über diesen Tempel zu sagen? Ich erwarte eine Übersicht von etwa drei Druckseiten samt *abstract*, vierzig Fußnoten und einer Literaturübersicht mit mindestens zweihundert Titeln.«

Russell grinste. »Damit wollen Sie sich zufrieden geben? Sie sind wirklich sehr bescheiden …« Dann begann er zu erzählen.

Und er machte seine Sache ausgezeichnet. Er stellte in seiner flüssigen und farbigen Schilderung zunächst einmal die archäologischen und architektonischen Fakten in den Mittelpunkt: dass dieser große Tempel, errichtet auf einer künstlichen Terrasse, einst Kalksteinmauern hatte, die auf einem Granitsockel ruhten; dass man ihn früher durch ein Tor betrat, dessen Schwelle von einem riesigen Monolithen gebildet wurde; dass sich um diesen Tempel achtundsiebzig Lagerräume drängten, in denen zum Teil Opfergegenstände, teils Archivalien aufbewahrt wurden, und so weiter, und so fort. Und dann sprach er über die kultischen Handlungen: dass der Wettergott die höchste Gottheit der Hethiter war; dass der König als sein höchster Priester das diesem Gott gehörende Land nur verwaltete; dass sich hier im Tempelhof der vom König geführte festliche Umzug formierte und dass einst der König Mursilis, der Eroberer Babylons, in einer in Keilschrift aufgezeichneten Rede sagte: *»Ich werde wie der Wettergott donnern und Wolken heranführen, gegen das feindliche Heer einen Sturm entfesseln, es in Massen schlagen und niederwerfen.«*

Was er, der König Mursilis, dann auch tat.

An dieser Stelle legte der talentierte Mister Myers eine Kunstpause ein, und ich warf rasch ein: »Wie wenig sich die Menschen seit damals geändert haben. Solche Sätze – abzüglich Wettergott – könnten doch auch von Maggie Thatcher stammen, vor dem Falklandkrieg, oder von General Schwartzkopf bei der Operation ›Wüstensturm‹. Gegen das feindliche Heer einen Sturm entfesseln, es in Massen niederwerfen – haben die Männer eigentlich nie etwas anderes zu tun?«

Er blinzelte ein wenig irritiert ins Sonnenlicht und putzte die Gläser einer runden Brille, die er plötzlich aus irgendeiner Hosentasche hervorgekramt hatte. (Also ist das mit den Kontaktlinsen auch geklärt, dachte ich mir.) In diesem Moment wirkte er irgendwie maulwurfartig.

»Nun«, meinte er zurückhaltend, »ich bin Archäologe und alles andere als ein Politiker. Natürlich ist etwas dran an dem, was Sie sagen. Manchmal möchte man in der Tat glauben, die Zeiten hätten sich nur sehr wenig geändert. Gerade das macht die Archäologie so spannend. Ansonsten ... Sind Sie denn mit dem Vortrag des Fachmannes einverstanden?«

»Absolut. Sehr einverstanden, ja.«

»Ausgezeichnet. Dann könnten wir uns eigentlich duzen, wenn du damit auch einverstanden bist.«

»Völlig einverstanden. Ich heiße Randy, aber das weißt du ja schon. Nochmals vielen Dank für den Vortrag. Du hast wirklich Talent.«

Wir schlenderten die Straße entlang, die zu den Stadttoren führte – es gab deren vier in der einstigen Doppelmauer, die über sechs Kilometer lang gewesen war.

»Ich bin zwar kein Religionswissenschaftler, aber es fällt doch stark auf, welche Bedeutung der Wettergott für die Menschen von damals hatte«, sagte ich.

»Nun ja. Sie kamen von weit her und haben sich nicht an einer idyllischen Küste niedergelassen, sondern hier, auf dieser nicht gerade lieblichen Hochebene. Und sie kultivierten diesen Landstrich in historisch einmaliger Weise. Es war eine intensive Bewirtschaftung, wie es sie hier zuvor noch nicht gegeben hatte – und, nebenbei bemerkt, hinterher auch nicht mehr. Klar, dass das Wetter für sie eine große Bedeutung hatte. Außerdem dürften sie große Probleme mit der Bodenqualität bekommen haben. Aber was für uns heute eine Frage der Ökologie ist, darin sahen sie den Verlust der göttlichen Gunst.«

»Ja, das kann ich mir vorstellen. Welche ökologischen Probleme hatten sie denn – Überweidung, Erosion, Wassermangel oder so? Wie war denn das Klima damals, vor fast viertausend Jahren? Und hat es sich möglicherweise geändert?«

»Tja«, sagte er und vergrub beide Hände tief in den Taschen seiner gut sitzenden, funkelnagelneuen Armani-Jeans, »da bin ich, offen gesagt, überfragt. Die Verminderung der Bodenqualität gilt als das älteste ökologische Menschheitsproblem, gut möglich, dass auch sie damit zu kämpfen hatten. Ich kann zu den

Einzelheiten leider nichts weiter sagen. Aber es gibt in Ankara einen türkischen Professor, der sich ganz intensiv mit der Klimageschichte des Landes auseinander gesetzt hat. Zu seinem eigenen Pech nicht nur mit der Vergangenheit, sondern vor allem auch mit Gegenwart und Zukunft – jetzt ist er Persona non grata und hat sogar seinen Lehrstuhl an der Universität verloren, das geht hierzulande ganz schnell. Professor Süleyman Erbakan, so heißt dieser Mann, ist ein sehr sympathischer alter Herr. Dem kannst du Löcher in den Bauch fragen zu diesem Thema, und ich bin sicher, er wird um eine Antwort nicht verlegen sein.«

»Das ist genau der richtige Mann für mich. Ich muss ihn unbedingt interviewen. Hast du seine Adresse?«

»Nicht hier, aber wenn ich in Ankara bin, kann ich sie sofort beschaffen. Das heißt, ich könnte das jetzt auch, aber dann müsste ich zum Auto gehen und telefonieren. Lass uns lieber noch ein wenig spazieren gehen.«

»Sehr gerne.«

Wir schlenderten weiter zwischen den Trümmern herum, betrachteten die drei Stadttore – das Königstor, das Sphinxtor und das Löwentor. Die Löwenstatuen mit Mähne, Schnauzbart und Brustfell hatten etwas Bedrohlich-Beeindruckendes an sich, das stark auf mich wirkte, sich aber nur schwer in Worte fassen ließ. Ich glaubte, etwas von jener tief verwurzelten Sorge zu spüren, mit der diese Menschen auf Wetter, Wind und wilde Tiere reagiert hatten, auf all diese Bedrohungen, denen sie in so großem Maße ausgeliefert waren. Vielleicht kam in der Aggressivität, mit der sie sich auf ihre Nachbarstämme und -völker stürzten, um sie zu unterwerfen, auszubeuten und zu versklaven, so etwas wie eine Reaktion auf diese archaische Angst zum Ausdruck – ein Versuch, selbst das Gesetz des Handelns an sich zu reißen. Das war ja allemal besser, als *die Mühsal und die Plagen des wütenden Geschicks erdulden*.

»An was hast du gerade gedacht?«, fragte Russell neugierig.

»An Shakespeare«, erwiderte ich, und als ich sein verdutztes Gesicht sah, zitierte ich die Stelle und registrierte vergnügt, dass seine Verblüffung wuchs.

Wir besichtigten die Überreste der Hethiter-Metropole noch etwa anderthalb Stunden, dann schickte ich Herrn Gülers Fahrer, der laut schnarchend in seinem Auto geschlafen hatte, mit einigen warmen Dankesworten nach Hause. Russell ergänzte meine Komplimente auf Türkisch noch um einige weiterführende Erläuterungen – wahrscheinlich ein Glück, dass ich von diesem kurzen Schwatz unter Männern nichts verstand. Dann stieg ich zu ihm in den Mitsubishi, der innen so neu roch, als sei er erst vor wenigen Tagen vom Fließband gerollt. Außerdem bemerkte ich sofort, dass Russell auf der Fahrt hierher einen Joint geraucht hatte.

»Ich wusste gar nicht, dass Archäologen Großverdiener sind«, sagte ich.

»Das sind sie auch nicht. Ich bin von Haus aus ganz gut gepolstert, weißt du. Das, was ich mit meiner Buddelei verdiene, würde vielleicht gerade für die Stereoanlage reichen.«

»Soso. Gerade eben für die Stereoanlage ...«

Und ich schob eine Cassette ein, die auf dem Beifahrersitz lag, ohne die Beschriftung zu lesen. Ein Blindversuch. Ich hatte etwas angestaubten Rhythm and Blues erwartet, John Mayall oder Bob Dylan, aber was mir jetzt entgegenschallte, war Franz Schubert – das Forellenquintett.

Nun konnte er sich an meiner Verblüffung freuen. Die lustige Forelle ... Ein sonderbarer Klang mitten in dieser staubigen, steinigen Steppe.

* * *

Die Fahrt von Ankara nach Bogazkoy, der »Festung des Engpasses«, jenem kleinen Dorf, in dessen Nähe die Ruinen von Hattusas liegen, hatte wenig Bemerkenswertes geboten. Was die Landschaft betraf, war es auf der Rückfahrt nicht anders.

»Wie lange bist du schon in der Türkei?«

»Verdammte sieben Jahre! Ich arbeite bei Karkemisch, das ist eine Ruinenstadt am Ufer des Euphrat, direkt an der syrischen Grenze. Du brauchst eine Genehmigung des Militärs, wenn du dorthin willst. Die Briten buddeln da seit Jahrzehnten – und seit sieben Jahren auch meine Wenigkeit. Karkemisch erlebte seine Blütezeit erst dann, als die Metropole Hattusas hier oben im anatolischen Hochland bereits vernichtet worden war. Von wem – das ist eines der ungelösten Rätsel der Geschichte.«

Wir schwiegen eine Weile, und Russell fingerte eine andere Cassette aus dem Handschuhfach: »Tales of Mystery and Imagination« von The Alan Parsons Project. Nichts gegen Franz Schubert, aber die Songs nach Texten von Edgar Allan Poe schienen mir doch besser zur Atmosphäre des heutigen Tages, zu den Ruinen von Hattusas, zu unserer Fahrt durch die anatolische Steppe zu passen.

»Sag mal, du hast mir doch so viel vom hethitischen Wettergott erzählt und von Donner und Blitz – ich habe gestern gehört, dass es hier in der Türkei eine konspirativ tätige Gruppe von Umweltaktivisten gibt, die unter dem Decknamen YILDIRIM tätig ist. Weißt du etwas Näheres darüber?«

Russell wich sorgsam einem riesigen Schlagloch aus. »Näheres nicht, leider. Ja, diese Gruppe gibt es, aber man hört nicht mehr viel von ihnen, weil die Regierung alle Nachrichten unterdrückt. Es sind clevere Burschen.«

»Woher willst du wissen, dass keine Frauen dabei sind?«

»Weiß ich natürlich nicht – das war einfach die übliche Ausdrucksweise eines *male chauvinistic pig*, mcp, wie es in good old England heißt. Im Ernst, Randy, es müssen clevere Leute sein in dieser Gruppe YILDIRIM, sie planen ihre Aktionen sehr gut und genau, so ähnlich wie Greenpeace, bloß sind es härtere Schläge, die sie der Industrie und anderen Umweltgangstern versetzen; sie gehen echt zur Sache dabei. Personen verletzen sie nicht, aber sonst schrecken sie vor nichts zurück. Als unten an der Küste im

Töpfergolf ein großes Waldgebiet gerodet werden sollte für ein Luxushotel, obwohl es dort klare Bestimmungen für den Vogelschutz gab, da haben sie das ganze Lager samt den Baufahrzeugen in die Luft gesprengt. Vier Jahre ist das her. Der Nachtwächter wurde mit Chloroform betäubt und mit einem Auto weggefahren, und dann montierten sie ein paar Sprengladungen – rumms, ging der ganze Zinnober in die Luft. Die Baufirma war hinterher pleite, und nicht wenige haben sich darüber diebisch gefreut.«

»Ein gewagtes Spiel.«

»Stimmt genau. Aber ist es nicht verständlich, wenn solche Gruppen entstehen – Gruppen, in denen sich Menschen zusammenfinden, die sagen, es genügt nicht, immer bloß zu palavern, es muss auch etwas geschehen? Da die große Mehrheit offensichtlich so weitermachen will wie bisher, obwohl ringsum alles vor die Hunde geht! Natürlich, es gibt viele Intellektuelle, die von Aktionismus sprechen und sich gewaltig entrüsten dabei. Und bei aller Entrüstung bleiben sie selber untätig und freuen sich über ihr geregeltes Einkommen.«

»Ich weiß nicht recht. Ich bin mir nicht sicher, dass es was bringt, die Menschen zu ihrem Glück zu zwingen – mögen die Ziele auch noch so nobel sein. Meine Eltern haben ziemlich darunter gelitten, als sie erleben mussten, wie ein solcher Versuch grandios gescheitert ist. Sie waren überzeugte Sozialisten, weißt du, auch wenn sie mit der SED nichts am Hut hatten. Über diesen Widerspruch sind sie nie hinweggekommen – meine Eltern, meine ich.« Und jetzt sind sie tot, fügte ich in Gedanken hinzu. Aber das war ein anderes Kapitel, und darin wollte ich jetzt nicht blättern.

»Na klar, solche Träume braucht der Mensch. Kann ich sehr gut verstehen. Selbst Winston Churchill hat einmal gesagt, wer mit zwanzig nicht Kommunist ist, hat kein Herz. Und wer mit fünfzig noch Kommunist ist, hat kein Hirn.«

»Ja, ich kenne diesen Spruch. Da mag ja was dran sein. Aber

Probleme lassen sich mit solchen Bonmots nicht lösen. Im Übrigen ist auch die Alternative falsch. Ich glaube, vieles läuft deshalb schief, weil es zu viele Leute gibt, die mit fünfzig nur noch ihr Hirn, aber kein Herz mehr haben.«

Russell grinste, sagte aber nichts. Eine Weile hing jeder schweigend seinen eigenen Gedanken nach. Ich musste plötzlich an den Albtraum denken, der mir die Nacht vor Kevins Aufbruch vermiest hatte. Kevin war ja auch so einer, der immer so auftrat, als habe er die ökologische Weisheit mit dem großen Löffel gegessen. Und was tat er? Er kungelte mit dem türkischen Militär, fühlte sich wichtig dabei und war selber beeindruckt davon, dass alles, was er tat, furchtbar geheim gehalten werden musste. Es kam mir vor wie ein Indianerspiel. Andere gossen Altöl in die Klimaanlagen korrupter Reedereien. Das mutete alles sehr radikal an, und sehr verzweifelt. Aber vielleicht war es besser als nichts?

»Ich möchte heute Abend gerne in ein anderes Hotel umziehen«, sagte ich nach einer Weile, »das Sheraton ist nicht meine Preislage, in jeder Hinsicht. Hast du nicht einen Tipp für mich?«

In seinen Augen las ich, dass er kurz davor stand, mir den Umzug in das kleine Apartment anzubieten, das er immer dann nutzte, wenn er nach Ankara kam (also beispielsweise jetzt); aber dann entschied er wohl, dass es noch ein wenig zu früh sei für diesen Schritt.

»Aber sicher. Du könntest beispielsweise im Bulvar fragen oder im Mola, liegen beide am Atatürk-Boulevard und sind recht ordentlich. Um diese Zeit im Jahr haben sie alle Zimmer frei. Wir können ja gleich vorbeifahren, wenn du willst. Und während du im Sheraton deine Sachen packst, versuche ich, Professor Erbakan zu erreichen.«

Ich bekundete mein Einverständnis mit einem Kopfnicken. Und wir hielten es dann auch so, wie er vorgeschlagen hatte. Nachdem ich im Bulvar Palace ein Zimmer hatte reservieren lassen, packte ich im Sheraton meine Sachen, und als ich mit meinem Köfferchen in der Lobby erschien, um die Rechnung zu

in Sachen »Beziehungskiste«. Ich glaube, der gute Mister Myers war ziemlich sauer, dass ich mich so früh in mein Hotelzimmer zurückgezogen habe – ohne ihn. Es ist schon wahr, ich war wirklich drauf und dran, mit ihm ins Bett zu gehen. Er ist ein hübscher und charmanter Mann, aber irgendetwas hat mich dann doch gehindert. Ich glaube, es ist passiert, als ich hier im Bulvar nach dem Hotelzimmer fragte. Er stand neben mir an der Rezeption und beobachtete mich schweigend. In diesem Moment ist irgendwas anders geworden. Ich glaube, es lag an seinem Blick. Er taxierte mich plötzlich so abschätzig – einfach ein paar Nummern zu cool. Er wirkte so, als habe er auf einem Grabungsfeld eine hübsche kleine Statue ausgebuddelt und sich dabei gesagt: Wie niedlich – die werde ich in meine Privatsammlung einreihen. Jedenfalls kam es mir vor, als habe er nicht eigentlich mich angestarrt. Und deshalb war es wohl doch besser, gleich eine Stoppmarke zu setzen. Es ist allerdings interessant, dass alles quasi automatisch vor sich ging, fast völlig unbewusst. Erst jetzt, im Nachhinein, wird mir klar, was da abgelaufen ist zwischen ihm und mir.

Ansonsten habe ich eigentlich gar nichts dagegen, wenn Männer klar und deutlich sagen, was sie wollen und was Sache ist – das macht den Umgang mit ihnen eher leicht. Aber manche sind so schrecklich inflexibel und so furchtbar fixiert auf ihr Ziel. Dabei ist das Schöne am Flirten doch genau das, dass du nicht weißt, wie es endet. Nicht, dass Frauen nicht ebenso scharf sein können wie Männer. Diese Geilheit ist aber doch in einen anderen Kontext eingebaut. Mir selber kommt es vor allem auf die Beziehung an, auf eine Atmosphäre, die allmählich immer dichter wird – ein Scherz, ein Lachen, eine flüchtige Berührung: All das versetzt die Luft in Schwingungen, und wenn eine erotische Spannung entsteht, umso besser. Und was noch hinzukommt, ist der Geruch. Der muss absolut stimmen. Klar geht es dann ins Bett, wenn es so weit ist – was sehr schnell der Fall sein kann (jedenfalls bei mir). Aber trotzdem muss die Reihenfolge stimmen, selbst wenn sie im Zeitraffertempo abgespult wird. Doch vielen Männern fällt dieses Spiel schwer. Liegt es daran, dass sie so leistungsfixiert sind? Wie die Betriebe in der alten DDR haben sie ein Plansoll, das sie erfüllen und übererfüllen wollen. Der von heute Abend zum

Beispiel: Wahrscheinlich hat er, als er mich nur vom Hörensagen kannte und erwartungsvoll nach Hattusas fuhr, bereits gedacht: Wenn sie hübsch ist, lege ich sie aufs Kreuz. Bei dem Vornamen! Und als es dann nicht geklappt hat, war ihm der ganze Abend verdorben. Na, das ist sein Problem. Genug davon.

Ich versuche, mir zu vergegenwärtigen, wie Russell Myers gerochen hat. Ich kann diesen Duft noch immer spüren, aber er ist sehr schwer in Worte zu fassen. Parfüm oder Rasierwasser benutzte er offensichtlich nicht, und an seinen Haaren fiel höchstens ein leichter Geruch von Sebamed oder etwas Ähnlichem auf. Nun gut, übermäßig nahe sind wir uns ja nicht gekommen. Aber es gab etwas Klinisch-Kühles, was an ihm haftete.

Egal! Ich werde mir morgen früh ein Taxi nehmen und zu Professor Erbakan fahren, bin sehr gespannt auf diesen alten Knaben. Außerdem wird sich zeigen, ob sich nun endlich ein Gespräch mit Frau Mater selber vereinbaren lässt, sie wollten mir bis morgen Mittag Bescheid geben. Dass meine Gesprächspartnerin die Sache mit dem Nobelpreis für ein übertriebenes Gerücht hält, hat mich sehr verunsichert. Sollte Wiedemayer in diesem Fall einmal völlig danebenliegen? Ich würde es ihm von Herzen gönnen, wird aber schwierig sein, ihm das beizubringen. Er wird womöglich behaupten, ich hätte alles verbockt. Absurd, aber es wäre genau sein Stil.

Irgendwie hätte ich Lust, mit Peter zu telefonieren. Morgen? Aber dann macht er sich gleich wieder falsche Hoffnungen, das ist der Haken dabei. Was Kevin wohl macht?

So viele Fragen.

Ab ins Bett, morgen sehen wir weiter.

4.

Professor Süleyman Erbakan war ein äußerst galanter älterer Herr, kultiviert und gepflegt, geschmackvoll gekleidet und, was mir sofort ins Auge fiel, mit schönen, schlanken Händen, die niemals zur Ruhe kamen. Er begrüßte mich höflich, und sobald ich meine Schuhe ausgezogen hatte, bat er mich in den »Salon«, ein recht geräumiges Wohnzimmer. Nachdem wir in einer kleinen Sitzgarnitur aus Rattangeflecht Platz genommen hatten, bot er mir Tee an, den ich dankend annahm.

Daraufhin verschwand er in der Küche, und ich hatte Gelegenheit, die Umgebung zu mustern und mich zu sammeln – auch dafür war ich dankbar.

Wieder hatte ich sehr schlecht geschlafen, obwohl das diesmal gewiss nicht an einem überdimensionierten Abendessen gelegen hatte. Vielleicht am Ortswechsel? An der scheinbar harmlosen Unstimmigkeit mit Russell, die sich in meinem Inneren wohl doch stärker festgehakt hatte, als ich das zunächst wahrhaben wollte? Ein wenig dunkel, ein wenig verschwommen, aber deutlich bedrückend formte sich ein Rest an Erinnerung. Es schien mir so, als hätte mich auch diese Nacht – womöglich in Bruchstücken, quasi in einzelnen Traumfetzen – wieder jener Albtraum heimgesucht, der Traum vom versiegenden Wasserhahn, von der schreienden, drohenden Menschenmenge vor dem Haus, einem Haus, von dem ich nicht einmal sicher sein konnte, ob es sich um »mein« Haus handelte. Der Traum vom Steinwurf, vom klirrenden Fenster. Ganz sicher war ich mir nicht, aber es schien mir immerhin möglich. Jedenfalls hatte sich diese Szene in meiner Erinnerung eingenistet wie ein Parasit.

Das Frühstück hatte ich mir aufs Zimmer bringen lassen und außer dem Kaffee und einem Croissant nichts angerührt; ich hatte einfach keine Lust, mich als Einzelreisende an diesem Morgen von allen Männern im Frühstücksraum des Hotels begaffen zu lassen.

Nun kehrte der Professor zurück – mit der Miene eines geschäftigen Hausdieners und einem Tablett mit Rechaud, Teekanne und zwei Gläsern in den Händen, das er vorsichtig auf dem Tisch niedersetzte.

»Ich nehme an, Sie haben ein Tonbandgerät mitgebracht«, sagte er freundlich und ruhig. »Es wäre mir lieb, sie ließen es fürs Erste dort, wo es ist, nämlich in Ihrer Tasche. Ich schlage vor, wir unterhalten uns erst einmal so miteinander, frank und frei und ohne Aufzeichnung. Danach überlegen Sie, was Sie mich von Berufs wegen fragen wollen, und ich, was ich antworten will. Ist das in Ordnung?«

»Vollkommen. Es ist vernünftig und fair. Das Erste, was ich Sie fragen wollte, Herr Professor Erbakan, ist ohnehin mehr, äh – privater Natur. Sie wollen bitte entschuldigen, dass ich nicht so gut mit den inneren Verhältnissen der Türkei vertraut bin, wie es wünschenswert wäre – aber immerhin ist mir Ihr Familienname bekannt. Es ist doch der Name eines Politikers, nicht wahr?«

Er reagierte mit einer Mischung aus Lächeln und Seufzen, aber es lag nichts Abweisendes in diesem Verhalten. »Sie nehmen es bitte nicht persönlich, wenn ich mich genauso freimütig äußere. Ich will nicht verhehlen, dass ich oft traurig bin, wenn ich merke, wie wenig die meisten Deutschen über die Türkei wissen. Es wird bei Ihnen gewiss sehr heftig darüber diskutiert, ob es richtig war, unser Land zu einem EU-Beitrittskandidaten zu machen, und für viele Deutsche ist das Wichtigste an dieser Angelegenheit offensichtlich die Frage, wie lange sich dieser Beitritt wohl noch hinauszögern lässt. Aber mit jenen Kenntnissen, die eigentlich das Fundament einer derartigen Debatte bilden müssten, sieht es leider reichlich trübe aus. Obwohl es in jeder

Schulklasse Kinder türkischer Herkunft gibt, von denen man sich informieren lassen könnte.

Nun, um auf Ihre Frage zurückzukommen: Sie haben Recht. Mein Vetter Necmettin Erbakan war Regierungschef bis zum 28. Februar 1997, aber dann wurde sein Kabinett abgesetzt, weil es dem Militär als zu islamistisch galt. Drei Jahre später, im März 2000, hat der Staatsgerichtshof in Diyarbakir meinen Vetter sogar noch zu einem Jahr Haft verurteilt – wegen einer Rede, die er sechs Jahre zuvor, 1994, gehalten hat und die angeblich staatsgefährdend gewesen sein soll. Das alles ist natürlich glatter Unsinn – aber es beweist immerhin eines: Das Militär ist in diesem Land immer noch die eigentliche Regierung. Dieser ›kalte Militärputsch‹ von 1997 war vor allem das Werk eines ehrgeizigen Generals namens Cevik Bir, der sich sehr prowestlich gibt. Er hat 1993 den UNO-Einsatz in Somalia befehligt, über dessen ›Erfolgsbilanz‹ ich hoffentlich nicht viel sagen muss. Und später wäre er gerne Staatspräsident der Türkei geworden, aber dazu ist es zum Glück doch nicht gekommen. Trotzdem, der Einfluss des Militärs ist bei uns immer noch gewaltig.«

»Zurück zu Ihnen, Herr Professor. Stehen auch Sie den Islamisten nahe?«

Er hob die Stimme ein wenig, blieb aber freundlich. »Wenn Sie mit diesen Worten danach fragen, ob ich ein gläubiger Muslim bin, so bejahe ich diese Frage bereitwillig und gerne. Was allerdings ›Islamisten‹ sind, weiß ich nicht – solche Begriffe haben CNN und die anderen westlichen Massenmedien erfunden. Sie hantieren viel zu leichtsinnig damit. Das gilt vor allem für das Wort ›Fundamentalismus‹, vor dem Sie sich hüten sollten, Frau Fromm. Es ist ein billiges Schlagwort, sonst nichts. Übrigens wurde es zuerst benutzt, um kleine Gruppen so genannter bibeltreuer Christen in den USA zu kennzeichnen.«

»Aber Sie werden doch nicht bestreiten wollen, dass die islamische Religion auch in der Türkei eine Renaissance erlebt?«

»Selbstverständlich nicht, und ich freue mich über diese Entwicklung. Es mag für Ihre Ohren seltsam klingen, aber ich halte den Islam für die menschlichste, für die toleranteste Religion dieser Erde.«

Ich schluckte. »Herr Professor Erbakan, auch wenn solche Gefühle zum Teil auf mangelhaften Kenntnissen beruhen mögen – es ist nun einmal so, dass viele Frauen in Europa mit gewissem Argwohn auf jene Länder blicken, die von einer Regierung beherrscht werden, die sich islamisch nennt. Was kann man diesen Frauen zur Antwort geben?«

»Selbstverständlich zunächst einmal, dass es *den* Islam nicht gibt, ebenso wie *das* Christentum. Es gibt Irrende und Verblendete, es gibt aber auch Verbrecher, die sich auf den Propheten berufen – gepriesen sei sein Name –, und die dabei, in seinem Namen, die schlimmsten Verbrechen begehen. Das ist so traurig wie wahr. Aber erging das dem Christengott denn anders? Ist das Evangelium dadurch widerlegt worden, dass es eine große Menge von Päpsten gegeben hat, die nichts anderes als Schwerverbrecher gewesen sind? Oder, um das Gebiet der Religion zu verlassen, ist die ökonomische Lehre von Karl Marx für immer diskreditiert, weil der Staatskapitalismus in der Sowjetunion und in der DDR zusammenbrach?«

Er sah mein bekümmertes Gesicht und lächelte. Meine Reaktion schien ihn anzuspornen, denn er fuhr schwungvoll mit seinem Vortrag fort: »Das Land, aus dem Sie kommen, ist von der Kultur des christlichen Abendlandes geprägt – nebenbei bemerkt, wurde das Frauenwahlrecht erst 1918 eingeführt. Im Christentum galt die Frau so gut wie nichts, und die Sexualität war Teufelswerk, wo sie nicht der Zeugung diente. Wie viel sich bis heute daran geändert hat, mögen Sie selber beurteilen. Im Koran jedenfalls heißt es, dass Mann und Frau auch dafür geschaffen sind, Freude aneinander zu haben – nicht zuletzt in sexueller Hinsicht. Nach islamischem Recht darf sich eine Muslimin scheiden lassen, wenn der Mann impotent ist und sie nicht befriedigen kann. Gewiss, das ist Theorie, und wie es sich in der Praxis verhält, ist eine ganz andere Frage. Aber das Problem gibt es überall, nicht bloß in der islamischen Welt. Nehmen Sie sich das Grundgesetz der Bundesrepublik Deutschland als Beispiel, in dem es heißt, die Parteien wirken bei der politischen Willensbildung mit. In der Praxis ist doch aus dieser ›Mitwirkung‹ schon längst ein Monopol geworden.«

Damit traf er ins Schwarze und rannte bei mir offene Türen ein. Ich hatte mir schon oft gedacht, dass nach der friedlichen Revolution von 1989 die Angliederung unserer DDR an die Bundesrepublik vom dortigen politischen Establishment derart rasch betrieben wurde, damit von vornherein keine Zeit blieb, irgendwelche Alternativen zur westlichen Parteiendiktatur praktisch zu erproben. Die uns leichtgläubigen Ossis versprochene Verfassungsreform blieb dann ja auch eine reine Schauveranstaltung ohne jeden politischen Inhalt.

»Herr Professor Erbakan, es beschämt mich, wie viel Unwissenheit Sie mir nachweisen können. Trotzdem, gerade weil ich Ihre Ansicht über das Christentum teile, scheint mir darin ein starkes Argument für den laizistischen Verfassungsstaat zu liegen – von dessen Existenz hoffentlich auch irgendwann die deutschen Muslime profitieren werden.«

Wieder lächelte er sein feines Lächeln. »Hoffen wir es. Im Übrigen möchte ich es mit dem großen Weisen Jalaluddin Rumi halten, der gesagt hat:

›*Wenn ein Mensch ganz weise wäre und keinerlei Unwissenheit mehr hätte, so würde ihn das vernichten. Deshalb ist Unwissenheit begrüßenswert, denn sie bedeutet die Fortdauer der Existenz. Unwissenheit arbeitet mit Weisheit zusammen, und im Sinne eines Wechsels wie dem von Tag und Nacht ergänzen sie einander.*‹«

Ich war ein wenig aus dem Konzept gebracht. Vielleicht wäre es sinnvoll, wieder festeres Terrain zu betreten: »Herr Professor, ich bin über sehr verwickelte Pfade zu Ihnen gekommen. Der Auftrag meiner Redaktion hatte ursprünglich mit dem Friedensnobelpreis zu tun. Zunächst nahm ich deshalb Kontakt mit einer Gruppe von Journalistinnen auf, die türkische Soldaten über ihren Kampfeinsatz in Kurdistan interviewten. Sie sind darüber bestimmt sehr viel besser informiert als ich – was denken Sie über diesen Krieg?«

Er wiegte langsam den Kopf hin und her. »Das Allerwichtigste ist, dass er ein Ende gefunden hat – sofern Allah, gepriesen sei sein Name, das will. Dieser Krieg hätte niemals beginnen dürfen. Aber, mit Verlaub, in gewisser Weise war er eine Frucht des von Ihnen gepriesenen laizistischen Staates westlicher Prägung.«

»Wie das?«

»Sehen Sie, Mustafa Kemal, genannt Atatürk, hat – das bleibt zweifellos sein größtes Verdienst – die Türkei vor der Zerstückelung durch die Siegermächte des Ersten Weltkrieges gerettet. Aber dann hat er die Türkei mit drakonischen Maßnahmen europäisieren wollen – Sie kennen das ja. Welchen Sinn macht es, das Tragen des Fez zu verbieten, wie er, Mustafa Kemal, das im Jahr 1925 angeordnet hat? Da er die Religion zur reinen Privatsache erklären wollte, was blieb dann noch als Fixpunkt für die Identifikation der Menschen mit dem Staat? Die Nation. Es ist der türkische Nationalismus, der dazu geführt hat, dass man jahrelang nicht von Kurden, sondern nur von ›Bergtürken‹ sprechen durfte. Wenn ich recht unterrichtet bin, hat der Nationalismus auch in Europa fatale Folgen gehabt. Aber lassen wir das, man soll nicht ironisch werden, wo es um Millionen Tote geht. Jedenfalls ist die Nation für den Islam kein Begriff von großer Bedeutung, wie sie es auch im christlichen Mittelalter nicht war. Denken Sie an das ottomanische Reich – ich will seine Schwächen und Fehler nicht verteidigen, aber es war ein Vielvölkerstaat, in gewisser Weise eine multikulturelle Gesellschaft, um das bei Ihnen so beliebte Wort aufzugreifen. Jedenfalls herrschte gegenüber ethnischen Minderheiten eine ziemlich große Toleranz – ganz anders als in der neuen Republik nach 1923.«

»Weshalb haben Sie Ihren Lehrstuhl verloren?«

»Das war bereits im März 1997, nur wenige Wochen nachdem mein Vetter als Regierungschef abgesetzt worden war. Beides hat bestimmt eine Menge miteinander zu tun. Offiziell wurde allerdings stets meine kritische Haltung gegenüber dem südanatolischen Bewässerungsprojekt als Grund zitiert. Nun, das eine schließt das andere nicht unbedingt aus. Man ist wohl aus beiden Gründen froh gewesen, mich endgültig los zu werden.«

»Und was haben Sie an diesem Projekt auszusetzen? Es ist doch *das* Prestigeprojekt der Türkei schlechthin?«

»Ja eben! Wissen Sie, meine Kritik steht sozusagen auf zwei Beinen. Zum einen sind Staudämme generell sehr fragwürdige Mittel, um ökologische Probleme zu lösen. In Ägypten hat man längst erkannt, dass der Assuan-Damm eine zweischneidige Sache ist. Und in China und Indien wird man auch noch merken, dass die wahnwitzigen Projekte, die man dort vorantreibt, auf lange Sicht mehr Schaden als Nutzen bringen. Auch in einer trockenen Gegend, zum Beispiel in Ostanatolien, kann es plötzlich sehr stark regnen. Es ist ja eine der typischen Konsequenzen der Klimaveränderung, dass die Regenmenge pro Jahr zwar nicht größer wird, dass aber der Niederschlag pro Ereignis zunimmt – und die Dürreperioden zwischen diesen starken Regenfällen sind dann logischerweise länger. Und was passiert, wenn das Wasser aus den randvollen Seen über die Staumauern läuft? Wir haben in Mosambik im März 2000 gesehen, was das bedeutet, als der Kariba- und der Cabora-Bassa-Staudamm nach heftigen Regenfällen geflutet wurden. Staudämme schaffen fast immer mehr Probleme, als sie lösen. Das ist die eine Seite, wir können morgen gerne genauer darüber reden.

Das andere Problem, und dazu möchte ich Ihnen lieber nichts aufs Tonband sprechen, ist mehr politischer Art. Die Art und Weise, wie wir mit dem Wasser von Euphrat und Tigris umgehen, bringt uns schwere Konflikte mit Syrien und dem Irak. Ich verabscheue die dortigen Regime – beide sind übrigens laizistisch, und der Irak war bis 1991 stark prowestlich ausgerichtet –, aber es handelt sich um Völker, mit denen wir freundschaftlichen Umgang pflegen müssen, weil uns viele Traditionen verbinden. Das Bewässerungsprojekt entfremdet uns von ihnen, denn sie kritisieren es mit Recht. Statt die Beziehungen zu unseren Nachbarn zu verbessern, stärkt dieser wahnwitzige Plan die Achse Türkei – Israel.«

»Wie bitte? Was hat denn Israel mit den Stauseen und Dämmen hier in Anatolien zu tun?«

»Sehr viel mehr, als Sie denken. Die Türkei hat schon immer freundschaftliche Beziehungen zu Israel gepflegt – sie hat das Land bereits 1948 diplomatisch anerkannt, was damals eine Sensation gewesen ist. Danach gab es eine stille Zusammenarbeit auf vielen Ebenen. Und als türkische Agenten im Sommer 1999 den Kurdenführer Öcalan in Nairobi gekidnappt haben, kam die entscheidende Hilfestellung vom israelischen Geheimdienst.«

»Das mag ja sein. Aber die Verbindung von dort zum Wasserproblem kann ich noch nicht erkennen.«

»So? Na, hören Sie – das liegt doch auf der Hand! Seit die Israelis die Regierung Netanjahu davongejagt haben, wird ja endlich wenigstens halbwegs ernsthaft mit den Palästinensern, den Jordaniern und den Syrern verhandelt. Und bei diesen Gesprächen steht insbesondere die Wasserproblematik im Mittelpunkt. In Israel ist man an eine Wasserverschwendung in gigantischem Ausmaß gewöhnt, man verbraucht dort 275 Liter Wasser pro Kopf und Tag – zehn Prozent mehr als bei Ihnen in Deutschland. Man hat in Israel diesen leichtfertigen Missbrauch nur dadurch aufrechterhalten können, dass man den Nachbarländern wortwörtlich das Wasser abgrub – für Jordanien, beispielsweise, wäre die Vergleichszahl 68 Liter für jeden Einwohner täglich, weniger als ein Viertel der in Israel verbrauchten Wassermenge. Dieses Missverhältnis wird in Zukunft so nicht mehr beibehalten werden können. Welchen Weg die Verhandlungen auch immer nehmen, die Israelis werden den Palästinensern und auch den Jordaniern künftig mehr von den Wasservorräten abgeben müssen, über die sie bisher so selbstherrlich verfügten.«

»Und wo ist nun die Verbindung mit der Türkei? Gibt es da wirklich Zusammenhänge?«

»Sehr viele sogar. Seit etlichen Jahren wird bei uns das Problem der ›Friedenspipeline‹ diskutiert. Man will mit riesigen Rohrleitungen aus den Stauseen Anatoliens Wasser nach Osten pumpen, um den gravierenden Mangel dort zu beheben der Völkerfreundschaft wegen, wie es heißt, und vermutlich auch nicht völlig umsonst. Offiziell wird vor allem von Syrien als Nachbarland gesprochen, dem man Wasser liefern will. Inoffiziell sieht die Sache ganz anders aus. Verstehen Sie jetzt, warum die Israelis so großes Interesse an unseren Staudämmen haben? Und auch an der Beendigung des Kurdenkrieges – der in jenem Gebiet geführt wurde, das die Pipeline durchqueren muss? Ich glaube, das ist ein Grund, weshalb der isrealische Geheimdienst Mossad hier in der Türkei so überaus aktiv geworden ist.«

Er wandte, vom Sprechen ein wenig ermüdet, den Kopf zur Seite. Ich folgte seinem Blick und dachte: Hoffentlich kommt er mir jetzt nicht mit irgendwelchen abstrusen Ideen über die Macht der Zionisten. Beide schauten wir aus dem Fenster auf das graue Häusermeer hinaus. Die Stadt lag träge in der Vormittagssonne wie ein großes, sattes und faules Tier. Aber die Menschen, die in ihr lebten, waren keineswegs alle satt, ganz im Gegenteil. Wie viele hungrige Zuwanderer mochten täglich aus den Steppen Anatoliens nach Ankara strömen – hundert, zweihundert, dreihundert? Alle hofften auf ein besseres Leben in der Stadt. Vor allem aber brauchten sie Wasser, um zu überleben, und deshalb galt in den explodierenden Riesenstädten des Südens die Trinkwasserversorgung meist als das dringlichste Problem. Überall sank der Grundwasserspiegel, und Wasser musste, zum Schaden des Hinterlandes, über immer größere Entfernungen herbeitransportiert werden. Das war in Sanaa im Jemen nicht anders als in Mexico City oder im Mumbai – oder eben hier in Ankara.

Die Folgen waren absehbar, aber sie würden erst morgen oder bestenfalls übermorgen spürbar werden. Und eben deshalb kümmerte sich niemand *heute* darum. Es wurde überall dasselbe Spiel gespielt: verdrängen, verleugnen, verzögern und vermeiden. Aktivisten wie die von YILDIRIM konnte ich deshalb durchaus verstehen; es war ja klar, dass die chronische Untätigkeit der Politiker einen solchen Aktionismus hervorrufen musste.

Ich blickte den Professor an, er sah ein wenig müde aus. Auch ich fühlte mich müde, müde und verwirrt. In seinem Wesen, in seiner ganzen Art entsprach Erbakan sehr wenig meinen Vorurteilen. Insbesondere seine letzten Sätze klangen in meinen Ohren höchst plausibel, ganz anders als die vielfältigen Verschwörungstheorien, die sich seit jeher in der arabischen Welt so großer Beliebtheit erfreuten. Aber er war ja auch kein Araber. Wie leicht sind wir geneigt, so vieles in einen Topf zu werfen, ein wenig darin herumzurühren und dann ein Etikett draufzukleben – vor allem wir Journalisten.

Er sah auf seine Uhr. »Ich hoffe, meine Antworten haben Sie nicht allzu sehr ermüdet, Frau Fromm. Was mich betrifft, so bitte ich um Verständnis dafür, dass ich jetzt noch anderen Verpflichtungen nachzukommen habe. Aber ich kann Ihnen gerne einige Artikel mitgeben – keineswegs nur solche, die ich selber verfasst habe. Das ist eine Menge Lesestoff für Sie, und wenn Sie Fragen dazu haben sollten, beantworte ich sie gerne, sofern ich dazu in der Lage bin. Wir können uns dann, wenn Sie sich entsprechend eingelesen haben, morgen oder übermorgen wieder treffen – und dann gerne mit Tonbandgerät.«

Ich verstand seinen Wink und erhob mich. Professor Erbakan stand ebenfalls auf, begleitete mich hinaus und händigte mir im Flur eine Mappe mit Akten aus, die ich in meinem Rucksack verstaute. Ich blickte ihm ins Gesicht und war einen Augenblick unsicher, ob ich ihm die Hand reichen sollte.

»Es war ein sehr interessantes Gespräch, Herr Professor Erbakan. Ich freue mich schon auf morgen.«

»Die Freude ist ganz meinerseits. Güle, güle!«

»Allaha ismarladid«, erwiderte ich korrekt, und er lächelte. Zwar hatte mir Russell gesagt, diese Grußformel (wörtlich: »Gott befohlen«), die in jedem Reiseführer steht, sei in der Türkei überhaupt nicht mehr üblich, sie sei ein typisches Touristenidiom. Aber das war vermutlich eine Übertreibung gewesen, und hier, in der Wohnung von Professor Erbakan, schienen mir diese traditionellen Worte auf jeden Fall angebracht.

Während ich die Treppe hinunterstieg, stand er noch auf der Schwelle seiner Wohnungstür und blickte mir nach.

Doch aus der Fortsetzung des Interviews am nächsten Tag wurde nichts. Als ich gerade die Haustür öffnen wollte, löste sich aus dem Schatten eines Seiteneingangs eine wuchtige, breite Gestalt und trat hinter mich.

Irgendetwas bohrte sich in meinen Rücken; und ich zweifelte keine Sekunde daran, was es war. Ich fühlte mich, als strichen mir dutzende von eisigen Handschuhen über die nackte Haut und meine Knie verwandelten sich in Gummiklumpen.

»Ganz ruhig bleiben«, sagte eine träge, kehlige Stimme. »Dann wird dir nichts passieren. Du kannst dich umdrehen – aber langsam. Ganz langsam. Und keinen Mucks, sonst schieße ich sofort.«

Im milchigen Glas der Eingangstür sah ich seine gedrungene Silhouette, eine korpulente Figur und einen Kopf, der ohne jeden Hals direkt auf dem Körper saß …

Ich drehte mich langsam um, und da stand er vor mir: ein unüberwindliches Hindernis. Ich starrte auf einen dicken, einen geradezu fetten Mann. Er stand jetzt vor mir, eine Pistole in der rechten Hand und ein Bündel aus Stoff in der linken.

Ich versuchte, so gewinnend wie möglich zu lächeln, aber irgendwie war mir die Gesichtsmuskulatur eingefroren.

»Hallo. Haben wir uns nicht schon irgendwo gesehen? Sie kommen mir so bekannt vor, junger Mann.«

Ich hatte mit einer harschen Antwort gerechnet, aber der Kerl grinste breit. »Keine dummen Witze jetzt«, sagte er und warf mir das Bündel zu, das er in der linken Hand getragen hatte. Es war ein Schleierkleid, wie es die strenggläubigen Musliminnen tragen – es verhüllt den ganzen Körper und lässt nur einen Schlitz für die Augen frei.

»Es ist groß genug für Sie. Ziehen Sie es über, aber rasch.«

Ich tat wie befohlen. »Sehr gut«, zischte er, bohrte mir die Pistole in die Seite und öffnete die Haustür. Nachdem er kurz hinausgespäht hatte, stieß er mich grob nach draußen, wo das Sonnenlicht mich traf wie ein plötzlicher Schlag. Ich erkannte eine Absperrung aus rotem Klebeband, die man vor der Tür des Hauses aufgespannt hatte; an einem der Pfosten hing ein Schild, wahrscheinlich stand »Zugang nicht möglich« oder etwas Ähnliches darauf. Raffiniert! Vor der Tür parkte ein schmutziger Lieferwagen mit einem aufgepinselten Schriftzug. Ein Mann im Monteursanzug stand daneben, eine Schweißerbrille vor dem Gesicht. Die Entführer hatten sich also als Monteure getarnt.

Ob Erbakan davon wusste? Ob er die Szene vor seinem Haus von oben beobachtete? Ich hatte nicht viel Zeit, darüber nachzudenken. Außerdem wollte ich versuchen, mir die Aufschrift des Wagens und sein Nummernschild einzuprägen, aber auch dazu reichte es nicht. Die Heckklappe des Lieferwagens stand offen, und der feiste Mann bugsierte mich unsanft genau dorthin.

»Da hinein!«

Eine unendlich lange Sekunde zögerte ich. Widerstand leisten, schreien, davonlaufen? Die Waffe bohrte sich wieder in meine Nierengegend, und ich kapitulierte. Sekunden später schloss sich die Klappe zum Laderaum, die Fenster waren von außen verklebt – und ich saß im Dunkeln. Der Motor jaulte auf wie ein getretener Hund, Türen wurden zugeschlagen, und schon setzte sich das Auto in Bewegung.

Ich saß hilflos im Dunkeln, biss mir in die Hand und weinte leise – mehr aus Wut als aus Angst.

Dritter Teil: Am Arsch der Welt

Unter diesen Vorzeichen kann auch der Vorschlag der Türkei, die Nachbarn mittels zweier riesiger Leitungen mit Wasser zu versorgen, diese nur misstrauisch stimmen. Dieses vom türkischen Präsidenten Özal »Friedenspipeline« genannte Projekt soll Wasser aus den ostanatolischen Flüssen Seyhan und Ceyhan, welche heute ungenutzt ins Mittelmeer fließen, nach Israel, Syrien, Jordanien und in die Golfregion führen. Syrien hat wissen lassen, es werde nicht als Durchgangsland für Wasser dienen, das für Israel bestimmt sei, solange kein Frieden mit Israel zustande gekommen sei. Bedingung für einen Frieden ist jedoch aus syrischer Sicht die unbedingte Rückgabe der Golan-Höhen durch Israel.
Die Bedenken der Nachbarn rühren aber auch daher, dass die Türkei durch eine solche Pipeline faktisch zum Wassermonopolisten der Region würde. Sie säße an den Hähnen, von denen die Wasserversorgung des ganzen Nahen Ostens abhinge. Die Nachbarstaaten befürchten, dass türkische Regierungen dies für ihre machtpolitischen Ambitionen ausnutzen könnten.

Günther Bächler, Volker Böge, Stefan Klötzli, Stephan Libiszewski: *Umweltzerstörung – Krieg oder Kooperation? Ökologische Konflikte im internationalen System und Möglichkeiten der friedlichen Bearbeitung*, Münster 1993, S. 66

Die Türkei soll eine eigene Atombombe entwickeln, meinen Nationalisten in der türkischen Regierung. Es sei das »heilige Recht« der Türkei, sich mit Nuklearwaffen zu verteidigen, sagte Transportminister Enis Öksüz von der Nationalistischen Bewegung, die auch den Verteidigungsminister stellt. »Wenn andere Atomwaffen haben, wir aber nicht, dann sollten die anderen abrüsten«, so Öksüz. »Tun sie das nicht, dann muss auch die Türkei die Bombe haben.«

FORUM der Internationalen Ärzte für die Verhütung des Atomkrieges, IPPNW, Berlin, April 2000, S. 4

1.

Der Wagen fuhr, in hohem Tempo, eine weite Strecke, und obwohl man im Inneren des Laderaums eine Matratze auf den Boden gelegt und eine Wolldecke darüber gebreitet hatte, war es doch höllisch unbequem für mich. Am Anfang der Fahrt hatte ich noch versucht, mir die Details der Streckenführung einzuprägen, aber bald gab ich auf. Um mich abzulenken, konzentrierte ich mich auf meinen Geruchssinn und versuchte herauszufinden, was als Letztes in diesem Lieferwagen transportiert worden war. Es hätte Erde sein können. Das passte ja gut – falls der Wagen für mich zum Grab werden sollte. Die Wolldecke hingegen stank nach Ziege – eindeutig.

Ich wollte mich zur Ruhe zwingen, aber das war nahezu unmöglich. Ich fühlte mich aufgeregt und niedergeschlagen zugleich, ein ekelhaftes Gemisch. Entführt! Warum? Wozu? Tausenderlei Dinge gehen dir in einer solchen Lage durch den Kopf, sie widersprechen einander und drängen doch alle gleichzeitig auf dich ein. Es ist ein Mückenschwarm aus Ideen, Erinnerungen und Ängsten, der dich plagt, und du wirst höchst schmerzhaft mal hierhin, mal dorthin gestochen.

Eine Entführung. Und ich die Entführte. Was konnte der Grund sein? Wer steckte dahinter? Vor etwa fünf, sechs Jahren hatte ich ein Interview gemacht mit einer in der DDR ausgebildeten Hebamme, die im Jemen gearbeitet hatte und dort von einem Beduinenstamm entführt worden war. Dort wird so etwas häufig praktiziert, um die Zentralregierung in Sanaa unter Druck zu setzen, deren Macht außerhalb der Hauptstadt nur sehr gering ist. Damals hatte ein deutscher Entwicklungshelfer, der ebenfalls von mir befragt worden war, reichlich zynisch von »der jemenitischen Form der Dienstaufsichtsbeschwerde« gesprochen. Die Opfer werden dort recht willkürlich ausgewählt, denn es kommt den Entführern eigentlich nur darauf an, dass sich mit ihrem »Fall« öffentliches Aufsehen erregen lässt. Aber hier waren wir in der Türkei, hier ging es – mit Osmins Worten – nach einem anderen Tone, hier galten besondere, mir großenteils unbekannte Gesetze. Obendrein lag die Vermutung nahe, dass mein Fall einen politischen Hintergrund hatte. Hing er irgendwie mit Kevins Dienstreise zusammen? Mit seinen Kontakten zum türkischen Militär? Oder lagen die Ursachen ganz woanders – bei der umstrittenen Journalistinnengruppe etwa? Bei Professor Erbakan? Hofften die Entführer auf ein Lösegeld, oder ging es ihnen um andere Forderungen, um die Freilassung von Inhaftierten beispielsweise? Hatte die Entführung etwas mit meinem Versuch zu schaffen, Näheres über die Gruppe YILDIRIM herauszufinden? Die Szenarien polterten durch meinen Kopf, stießen gegeneinander, überstürzten sich. Würde ich je erfahren, was hier gespielt wurde, oder hatte man schon jetzt meinen Tod beschlossen? Doch eines war mir trotz alledem klar: Ich musste kämpfen. Und die wichtigste Voraussetzung für diesen Kampf lag in der Fähigkeit, den Überblick zu behalten, sich niemals in falscher Sicherheit zu wiegen.

So versuchte ich, mir selbst Mut zuzusprechen, als der Wagen plötzlich deutlich langsamer wurde und dann, nach mehreren scharfen Kurven, zum Stillstand kam. Ich spürte, wie die Handbremse angezogen wurde, dann stellte der Fahrer den Motor ab. Aber es wurden keinerlei Worte gewechselt.

Ich richtete mich langsam auf. Der Wagen stand auf ebenem Boden. Man hatte ihn offensichtlich im Schatten geparkt, allerdings war es trotzdem heiß und stickig in meinem Blechgefängnis. Draußen blieb alles still, absolut still. Aber nutzte mir dieses Wissen irgendetwas? Wohl kaum. Doch es konnte nichts schaden, die Sinne zu schärfen – zumal es nichts anderes zu tun gab.

Jetzt wurde vorn eine Tür geöffnet. Ein Mann schlurfte an der linken Seite des Autos entlang. Ich tippte auf den Halslosen, also war er der Fahrer gewesen. Jetzt machte er sich an der Heckklappe zu schaffen, öffnete sie langsam und vorsichtig – Licht flutete herein und stach mir schmerzhaft in die Augen.

Eine Hand ragte in den Raum und hielt mir etwas entgegen. Ich musste lange blinzeln, um erkennen zu können, dass es eine Wollmütze war. »Anziehen. Und dann legen Sie sich flach und lang ausgestreckt auf den Boden. Und halten Sie still. Keinen Laut – verstanden?«

An der Stimme hatte ich sofort den Halslosen erkannt. Wie ein Felsen stand er vor der Ladeöffnung – breit, schwer und gemein. Ich nickte und tat, was er sagte. Was blieb mir auch anderes übrig? Dann merkte ich, wie die heftig riechende Wolldecke, auf der ich lag, über mir zusammengeschlagen wurde. Sie wickelten mich einfach ein, dann wurde das Bündel, in dem ich stak, emporgehoben, und irgendjemand, es konnte wohl nicht nur dieser fette Fiesling sein, wuchtete mich aus dem Auto heraus und trug mich irgendwohin. Es waren nicht nur ein paar Meter, und der Transport dauerte eine Weile. Fast wäre mir übel geworden wegen des Ziegengestanks, der aus dem verfilzten Gewebe auf mich eindrang. Schließlich legten sie ihre Last auf einem halbwegs weichen Untergrund ab – auf einer Matratze oder etwas Ähnlichem.

Wieder hörte ich die kehlige Stimme: »Sie bleiben genau fünf Minuten hier liegen und rühren sich nicht. Danach können Sie tun, was Sie wollen.«

Leise Schritte, die sich entfernten – wie viele Füße es waren, konnte ich leider nicht ausmachen. Eine Türe wurde geschlossen. Dann war es still. Ich zählte bis dreihundert, dann befreite ich mich aus meinem stickig-stinkigen Kokon.

Ich befand mich in einem rechteckigen Raum, der vielleicht sechs auf vier Meter messen mochte. Er war fensterlos, aber an einer der Wände schimmerte durch ein Quadrat aus Glasbausteinen ein trübes Licht herein. An den beiden Schmalseiten befanden sich, einander exakt gegenüber, zwei Türen. Neben der einen lehnte mein Rucksack. Offenbar war das die Tür, durch die die Männer den Raum verlassen hatten, dabei hatten sie mein Gepäckstück dort abgestellt.

Ich saß auf einer eher harten Matratze, die ziemlich neu aussah. Neben dieser Matratze stand ein großer Korb. Ich lüftete den Deckel: Bettwäsche und Handtücher. Das Mobiliar war kärglich: ein Holztisch mit zwei Stühlen und an der Wand mit den Glasbausteinen ein Waschbecken aus Porzellan, daneben ein Kühlschrank – immerhin. Ich stand auf und ging mit schmerzenden, auch ein wenig zitternden Beinen hinüber und öffnete die Kühlschranktür. Das Gerät war angeschaltet und barg sechs Flaschen Mineralwasser. Bei einer davon öffnete ich den Schraubverschluss und goss mir das Wasser in den Mund – ich war nicht sonderlich durstig, aber ich hatte wenig andere Möglichkeiten, mir selber etwas Gutes zu tun.

Jetzt fühlte ich mich ein wenig besser. Ich stellte die Flasche auf den Tisch und setzte mich auf einen der Stühle. Die Tür, neben der mein Rucksack stand, war vermutlich abgeschlossen – ich wollte lieber nicht hinübergehen und es überprüfen, denn ich hatte Angst, meine mühsam bewahrte Selbstbeherrschung könnte Schaden leiden, sobald ich wirklich begriff, dass die Tür nach draußen sich nicht öffnen ließ, dass man mich hier eingesperrt hatte, dass ich nichts, gar nichts dagegen tun konnte, dass ich hier warten musste, bis sich irgendwann diese verdammte Tür wieder öffnete. Und dass ich damit rechnen musste, dass der oder die Menschen, die durch diese Tür hereinkamen, womöglich Dinge mit mir vorhatten, mit denen ich ganz und gar nicht einverstanden sein konnte – um es zurückhaltend auszudrücken. Und ich würde mich wohl kaum so wirksam wehren können wie das Blondchen in der »Entführung aus dem Serail« gegen den mürrischen alten Osmin.

Hirngespinste! Ich durfte mich nicht von meinen Befürchtungen mitreißen lassen. Also versuchte ich es mit der anderen Tür. Sie führte in eine kleine Kammer, in der man jene sinnreiche sanitäre Einrichtung untergebracht hatte, die ich aus Griechenland kannte – ein Stehklo, das zugleich als Dusche diente. Nicht sehr einladend, das Ganze, aber immerhin sauber. Noch ... In der Ecke ein Eimer, dessen Deckel ich jetzt lieber nicht anheben wollte, daneben zwei Rollen Klopapier. Das Beste wäre vermutlich, überhaupt nichts mehr zu essen, dachte ich mir, dann musste ich hier auch nichts von mir geben. Die Tür des Waschraums war, kaum überraschend, nicht abschließbar. Auch diese hässliche Kammer wurde durch drei Glasbausteine in der Wand erhellt. Darüber waren drei schmale Lüftungsschlitze in die Mauer eingelassen. Immerhin, es wäre möglich, einen Zettel Papier hindurchzustecken. Und wenn ich einen Stuhl holte und mich darauf stellte, konnte ich nach draußen sehen. Aber als ich dies tat, zerstoben meine romantischen Hoffnungen, so irgendwelche Botschaften nach draußen schmuggeln zu können, in einem bitteren Nichts: Die Öffnungen für Licht und Luft mündeten in einen engen, quadratischen Schacht ohne jeden Kontakt mit der Außenwelt.

Ich kehrte an den Tisch zurück, auf dem die Mineralwasserflasche stand. Auf meinem Weg dorthin hatte ich noch versucht, durch die Glasbausteine in der Wand des großen Zimmers zu spähen – vergebens. Das Glas war milchig, trüb und gewellt, und es ließen sich beim Versuch hindurchzustarren allenfalls undeutliche Konturen erkennen.

Jetzt musste ich wirklich hart gegen eine wachsende Mutlosigkeit anarbeiten. Meine Situation schien mir plötzlich so ausweglos – wortwörtlich.

Ausweglos. Ich stand auf, um mir meinen Rucksack zu holen und meine Habseligkeiten zu sortieren – das brachte Ordnung und Sinn in mein Gefangenenleben, kurzfristig jedenfalls, und das war besser als gar nichts. Es war das Einzige, was ich tun konnte, und deshalb war es zugleich das Beste für mich.

Als ich dann vor der Tür stand, konnte ich natürlich trotz allem, trotz aller sinnvollen Enttäuschungsprophylaxe, nicht der Versuchung widerstehen, auf die Klinke zu drücken. Keine Enttäuschung – die Tür war offen. Ich hielt vor Verblüffung den Atem an. Langsam öffnete ich diesen Ausgang in eine andere Welt und blickte in ein Zimmer, etwa ebenso groß wie jenes, in das man mich gebracht hatte, bloß nicht ganz so spärlich möbliert. Von der Decke baumelte eine schmucklose Lampe, an der einen Längswand, neben den unvermeidlichen Glasbausteinen, stand ein Schrank und daneben eine Art Couchgarnitur. Darauf saß der Halslose und blätterte in einer Zeitung. Er blickte mich aus ausdruckslosen Augen an und schwieg.

»Guten Tag«, begann ich einfach. »Warum halten Sie mich hier fest, und wie soll das weitergehen?«

Er faltete die Zeitung ordentlich zusammen und legte sie auf den Beistelltisch – neben seine Pistole.

»Es hat keinen Zweck, dass Sie danach fragen – Sie bekommen sowieso keine Antwort, und außerdem geht mir das auf die Nerven. Ich kann aber sagen, dass Ihnen nichts passieren wird, wenn Sie sich vernünftig verhalten. Sie werden hier gut versorgt, sofern Sie keinen Blödsinn machen, und ob Sie sich langweilen, hängt von Ihnen selbst ab. Mir ist das egal. Scheißegal. Verstanden?«

»Wir haben uns doch schon in München gesehen! In diesem türkischen Lokal. Und dann haben Sie mit dem Auto in der Tiefgarage unter meinem Büro geparkt. Sie wissen, dass ich Sie jederzeit identifizieren könnte. Und da soll ich Ihnen glauben, dass mir nichts passieren wird? Sie wollen mir etwas vorgaukeln, klar, aber ich habe nicht vor, auf diese Lügen hereinzufallen.«

»Wissen Sie, es ist mir völlig gleichgültig, was Sie glauben. Was ich Ihnen sagen kann, habe ich Ihnen gesagt. Mehr Auskünfte gibt es nicht. Und benehmen Sie sich gut, sonst können meine Freunde und ich sehr ungemütlich werden. Verstanden?«

»Warum haben Sie die Tür nicht abgeschlossen?«

»Warum sollte ich? Könnte doch sein, dass Sie nachts plötzlich Sehnsucht nach mir bekommen? Aber ich rate Ihnen, das nächste Mal zu klopfen, bevor Sie die Tür öffnen. Könnte ja sein, dass ich gerade ein Nickerchen mache und nervös werde, wenn man mich plötzlich weckt. Und dann …« Er griff nach seiner Pistole. »Dann macht es plötzlich peng.«

»Schon gut, ich werde Sie nicht heimtückisch überfallen. Gibt es eigentlich keine Speisekarte in diesem verkommenen Hotel? Außerdem könnte ich eine Flasche Rotwein vertragen.«

Er grinste und deutete mit der Pistole auf die Tür. »Nur nicht frech werden! Wir bringen Ihnen etwas, aber erst in ein paar Stunden. Und jetzt verschwinden Sie in Ihre Kammer und verhalten Sie sich ruhig – verstanden? Bevor einer von uns zu Ihnen reinkommt, wird er dreimal an die Tür klopfen. Und Sie setzen sich dann brav an den Tisch und legen beide Hände auf die Tischplatte. Bei irgendwelchen Tricks gibt es Ärger. Begriffen? Sehr gut, ich wusste, dass Sie ein schlaues Mädchen sind. Und jetzt hauen Sie ab, ich will meine Ruhe haben.«

»Schon verstanden, Quasimodo«, sagte ich und zog mich in mein Zimmer zurück. Ich stellte meinen Rucksack auf den Tisch, setzte mich auf einen der klapprigen Stühle und ließ den Kopf auf die verschränkten Arme sinken. Ich fühlte mich unbeschreiblich elend, hilflos und einsam.

Diverse Tagebucheintragungen in Folge

11. August
an einem unbekannten Ort

Sie haben mir gegen 19 Uhr am Abend tatsächlich Essen gebracht, dazu eine Dose Bier. Das Essen war gar nicht mal schlecht, eine Art Zucchini-Ragout, dazu einer von jenen Teigfladen, die sie hier Börek nennen.

Das Essen versetzte mich, als unbestreitbar sinnvolle Tätigkeit, wieder in eine etwas ausgeglichenere Stimmung. Die drei, vier Stunden davor waren furchtbar. Wie ein Tier im Zoo wanderte ich durch meinen Käfig – hin und her, hierhin und dorthin, immer wieder presste ich das Gesicht gegen die Glasbausteine, um wenigstens einen kurzen Eindruck von der Welt dort draußen zu erhaschen – vergebens. Eingesperrt! Gefangen! Ich war der Willkür anderer Menschen ausgeliefert, die eine absolute Macht über mich besaßen. Mir wurde körperlich übel, speiübel, das Umhergehen in dem engen Raum war das einzige Mittel dagegen, nicht irgendwo in die Gegend zu kotzen. Und so ging ich auf und ab, auf und ab – bis es klopfte. Blitzschnell setzte ich mich an den Tisch. Wortlos stellte der Halslose das Tablett vor mich hin und verschwand. So war das gewesen – heute, vor zwei Stunden.

Das Essen hat aus dem verzweifelten, ruhelosen Wesen mit einem Schlag wieder einen vernunftbegabten Verstandesmenschen gemacht – ich staunte selbst über diese plötzliche Verwandlung. Aber es ist so. Hoffentlich bleibt es auch so. Ich möchte allerdings nicht die Hand dafür ins Feuer legen.

Ich muss jetzt Vorsorge treffen, damit ich nicht wieder abstürze. Das Tagebuch ist ein gutes Heilmittel, aber es genügt nicht. Ich muss mir ein richtiges Trainingsprogramm überlegen, um seelisch fit zu bleiben und nicht durchzudrehen. Es ist vor allem die Leere der Zeit, die einen Menschen in meiner Lage fertig macht. Dieses Abgetrenntsein von allen Veränderungen der Außenwelt. Also muss ich mich in meiner eigenen kleinen Welt zurechtfinden. Ich will sie bis in die hintersten Winkel erforschen.

Das hilft auch gegen die zweite große Gefahr, die Hilflosigkeit, das völlige Ausgeliefertsein. Natürlich ist diese Ohnmacht real – ich bin die Gefangene, und sie sind die Wärter. Jeden Moment kann die Türe aufgehen und einer hereinkommen, um mich zu erschießen. Zu foltern. Zu vergewaltigen. Alles ist möglich, und ich kann nichts dagegen tun, nicht das Geringste. Es hat keinen Zweck, das zu verdrängen, sich darüber hinwegzutäuschen. Ich bin nicht der Typ, der sich Illusionen macht – das war ich noch nie. Aber die Ohnmacht darf nicht zur Selbstaufgabe führen. Das darf einfach nicht sein! Ich muss irgendwie nach Wegen suchen, wie ich mir in dieser Lage helfen kann. Noch besser wäre, mir aus dieser Lage herauszuhelfen. Aber wie? Bis jetzt ist mir nichts eingefallen.

Als Erstes packte ich natürlich meinen Rucksack aus. Das Handy haben mir meine Bewacher abgenommen, aber sonst ist noch alles da. Gut, dass ich etwas zu lesen dabeihabe und auch Tagebuch schreiben kann. Ich hoffe, gerade die Ablenkung hilft dabei, dass mir doch noch irgendein Ausweg in den Sinn kommt. Doch bis jetzt bin ich völlig ideenlos. Soll ich eine Krankheit vortäuschen und behaupten, dass ich Medikamente brauche? Oder einen Arzt? Was würde das nützen? Der Schuss könnte nach hinten losgehen – sie könnten zu der Überzeugung kommen, ich sei schwierig und lästig und es sei am besten, mich sofort zu beseitigen. Außerdem werde ich das Gefühl nicht los, dass meine Entführer sehr gut über mich Bescheid wissen. Woher? Wieso?

Das Schlimmste ist, dass ich völlig im Dunkeln tappe, keine Ahnung habe, was hinter der Sache steckt. Immer wieder quäle ich mich mit denselben Fragen herum. Was wollen meine Entführer erreichen? Lösegeld ist bei mir nicht drin. Hat die Entführung etwas mit meinen Recherchen zu tun? Oder mit Kevin? Oder mit Professor Erbakan? Bin ich ein zufällig ausgewähltes Opfer? Nein, diese Möglichkeit scheidet aus, denn man hat mich schon in Deutschland beobachtet. Warum? Jedenfalls ist das Ganze von langer Hand vorbereitet worden. Und sorgfältig geplant. Gerade das macht mich argwöhnisch. Wieso bin ich diesen Aufwand wert? Ich würde gerne darauf verzichten.

Es wird schwierig sein, Schlaf zu finden in dieser Komforthölle. Aber die Nacht durchzuwachen ist auch keine Alternative. Das Licht ist einfach scheußlich, wenn ich wenigstens eine Kerze hätte. Vielleicht werde ich morgen darum bitten.

12. August

Mit dem Schlafen ging es gar nicht so schlecht, besser jedenfalls als in den Hotels von Ankara. Und nicht die Spur von unangenehmen Träumen – seltsam!

Ich habe gestern sehr lange gelesen, vor allem in den Türkeibüchern, die ich mir in München noch rasch besorgt hatte. Es ist für Journalisten leider ziemlich typisch, dass sie sich meist erst nach ihren Dienstreisen darüber *informieren, in welchem Land sie eigentlich gewesen sind. Deshalb wird ja auch so viel Mist geschrieben. Gute Reportagen sind zu Raritäten geworden, und das Genre der »Reiseliteratur« gibt es ja auch nicht mehr. Ich selbst werde bald so gut informiert sein wie noch nie; aber was fange ich damit an, falls ich je hier herauskomme? Falls. Wie leicht sich so ein Wort niederschreiben lässt. Es ist sonderbar, dass ich keine Gänsehaut dabei bekomme, dass ich nicht laut schreien muss oder in Tränen ausbreche. Es ist sonderbar, aber es ist so.*

Wie gut, dass meine Armbanduhr noch mit der Hand aufgezogen wird! Ich achte peinlich genau darauf, dass sie nicht stehen bleibt – eine schreckliche Vorstellung, plötzlich nicht mehr die Uhrzeit zu wissen. Solche kleinen Pflichten bringen Ordnung ins Leben. Wie wichtig die so genannten Kleinigkeiten werden können, wenn sich plötzlich die Perspektive ändert! Wenn sich das Dasein an völlig neuen Erfordernissen orientieren muss. Heute Morgen habe ich, als ich noch auf der Matratze lag, die Risse im Putz an der Wand gemustert. Es war genau 7.17 Uhr, als ich aufwachte, und ich brachte fast eine Stunde mit dieser seltsamen Tätigkeit zu. Ich stellte mir vor, diese Risse wären Flüsse. Einige ähnelten tatsächlich irgendwelchen Stromsystemen. Fast alle größeren Flüsse dieser Erde fließen durch mehrere Länder, habe ich gestern gelesen, es ist einleuchtend, dass dadurch Konflikte und Kriege programmiert sind, wenn irgendwann das Wasser knapp wird.

Eigentlich kann mir die Weltpolitik jetzt ziemlich gleichgültig sein. Ist sie aber nicht. Merkwürdig, vielleicht gibt es so etwas wie eine »Flucht ins Große«, die die eigene Lage erträglich macht, wenn sie eigentlich unerträglich ist. Boethius hat in der Nacht vor seiner Hinrichtung ein philosophisches Werk geschrieben – ich weiß das, weil wir irgendwann in der Schule darüber sprachen und viele Mitschülerinnen das völlig unverständlich fanden, besonders natürlich Gesine Mayer, diese blöde Kuh. Und irgendjemand hat sich in der Todeszelle der Betrachtung mathematischer Probleme gewidmet – ich glaube, Arthur Koestler, bin aber nicht sicher. Und ich? Vielleicht sollte ich noch etwas anderes schreiben als dieses Tagebuch …

Tagebuch! Um 8.30 Uhr hat man mir das Frühstück gebracht, es war nicht nach meinem Geschmack, stark gesüßter Tee und ein Stück Gebäck, ebenfalls furchtbar süß. Ich legte es nach dem ersten Bissen beiseite. Habe sowieso keinen Hunger. Wovon auch? Vielleicht eine gute Gelegenheit, ein wenig abzunehmen unter diesen makabren Bedingungen ... Zum Glück stand auch eine Flasche Mineralwasser auf dem Tablett. Ich saß artig auf meinem Stuhl, die Hände auf der Tischplatte, als es dreimal geklopft hatte, dann kam der Kerl herein – wieder der Halslose, warum bekomme ich sonst niemanden zu sehen? Ich wünschte ihm einen guten Morgen, er erwiderte den Gruß teilnahmslos, ich sagte noch, dass ich für den Abend gerne eine Kerze hätte, er antwortete mit einem knappen Ja, und das war's dann gewesen – er verschwand ohne jedes weitere Wort.

Nach diesem Kurzfrühstück, bei dem ich doch sehr den Kaffee vermisste, wandte ich mich wieder der Lektüre zu, einem bewährten Heilmittel, wenn die Stimmung sich zu verdüstern droht. Ich stellte fest, dass es viele Einzelheiten im deutsch-türkischen Verhältnis gibt, von denen ich bisher keinen blassen Schimmer hatte – und es ist eine gute Ablenkung für mich, das jetzt einmal niederzuschreiben, Zeit dafür hab ich ja genug. Ein Beispiel: dass es seit dem Spätmittelalter in vielen deutschen Städten, etwa in Berlin, Leipzig, Nürnberg und München, osmanische Handelshäuser, türkische Gesandtschaften und »Türkengassen« gab. Stimmt, die Türkenstraße in München ist ein wirklich nettes Quartier. Kevin wohnte mal für kurze Zeit dort.

Zweites Beispiel: dass deutsche Auswanderer im 17. und 18. Jahrhundert unter dem Schutz der Halbmondfahne in Bessarabien und auf dem Balkan ihre neue Heimat fanden.

Drittes Beispiel: die vielen Exilanten, die in den Horrorjahren der Hitlerzeit in der jungen Atatürk-Republik Zuflucht suchten und fanden – Ernst Reuter beispielsweise, zunächst Bürgermeister von Magdeburg (und später, nach seiner Rückkehr, von Westberlin). Sein Sohn Edzard, der spätere Daimler-Boss, ist hier in der Türkei aufgewachsen. Auch Eduard Zuckmayer gehört zu diesen Emigranten, der Bruder des Schriftstellers Kurt Z., der in Ankara ein Musikinstitut gründete und dort 1972 gestorben ist.

Ich habe hier kein Buch zur Verfügung, dem ich entnehmen kann, wie viele Türken derzeit in Deutschland leben – so etwa zwei Millionen? Oder mehr? Seit dem 1. Januar 2000 können sie ja leichter deutsche Staatsbürger werden. Aber wie wenig wissen wir von ihrem Land! In der DDR war das natürlich kein Thema, aber die Wessis hätten sich für diesen Zustrom neuer Mitbürger doch interessieren müssen. Hätten sogar an die alten Traditionen anknüpfen können. Haben sie aber nicht. Haben lieber die Zugbrücken runtergelassen und sich Scheuklappen aufgesetzt. Kein Ruhmesblatt. Die Fremdenfeindlichkeit in den so genannten neuen Bundesländern allerdings auch nicht – für mich der Grund, von dort wegzugehen, obwohl man mir einen guten Job bei der Mitteldeutschen Zeitung in Halle angeboten hat, als die einen neuen Chefredakteur bekam.

In meinem Kolbenfüller geht die Tinte aus – übrigens ein teures Stück, hat Peter mir vor Jahren zu Weihnachten geschenkt. Das genaue Jahr fällt mir leider nicht ein, kann es 1998 gewesen sein? Egal, bald schreibt der Füller nicht mehr. Soll ich außer der Kerze auch noch Tinte bestellen? Und wenn sie das misstrauisch macht? Einstweilen kann ich auch mit dem Bleistift weiterschreiben.

Aber jetzt mache ich erst mal eine Pause, das Handgelenk tut mir weh. Und wennschon. Hauptsache, ich schaffe es, die blauen Flecken auf meiner Seele zuzuschminken.

13. August

Die zweite Nacht habe ich hinter mich gebracht, der dritte Tag in diesem Gefängnis liegt vor mir. Riesig wie ein Berg. Ich schreibe – jetzt mit Bleistift – verzweifelt gegen die Verzweiflung an. Wenn doch wenigstens irgendetwas passierte! Fast wünschte ich mir, sie würden mich verhören, mich zur Preisgabe irgendwelcher Geheimnisse überreden wollen, vielleicht sogar zwingen. Dann könnte ich wenigstens kämpfen! So kann ich gar nichts tun, bloß warten und mir irgendwie die Zeit vertreiben. Aber wie?

Ich glaube, vieles, was ich hier aufschreibe, klingt cool, fürchterlich cool – die Passagen von gestern etwa, ich habe sie gerade noch mal durchgelesen. Türkengassen in Deutschland! Deutsche Emigranten in der Türkei! Was hat das alles mit mir und meiner schlimmen Situation zu tun? Aber trotzdem, das Lesen und das Aufschreiben haben geholfen. Auch wenn es nur Schminke ist, mit der ich die blauen Flecken übertünche. Schminke nützt viel. Frauen wissen das.

So geht es mir immer wieder, und auch hier. Es ist so, als stünde ich neben mir. Ich kenne das aus meiner Kindheit, schon im Hort war es so. Da gab es in einem Jahr – ich glaube, 1978 – drei Kinder, die mir immer wieder auflauerten, ein Junge und zwei Mädchen. Sie quälten mich, sie verprügelten mich, sie steckten mir Sand und Erde in den Mund. Ich schützte mich davor (innerlich, meine ich), indem ich gar nichts tat und mir das Ganze wie von außen betrachtete: Ich guckte gleichsam von oben zu, wie ein kleines Mädchen von knapp fünf Jahren von drei anderen Kindern misshandelt wurde. Zu Hause erzählte ich dann irgendwann Kevin davon. Ich weiß nicht, wie, aber er sorgte schon am nächsten Tag dafür, dass das aufhörte. Es kam nie wieder vor. Ein paar Jahre später erhielt ich einmal die Gelegenheit, diese Schuld abzutragen.

Auch jetzt schaffe ich es, neben mich zu treten, ganz so wie damals. Aber ich merke, dass diese Fähigkeit nur begrenzt verfügbar ist. Es könnte wieder ein Zustand kommen, in dem ich in Panik gerate, hin und her laufe und mir das Gesicht an den Glausbausteinen platt drücke, um nach draußen zu starren, obwohl es nichts, gar nichts zu sehen gibt.

Jedenfalls begreife ich, warum entführte, in Gefangenschaft gehaltene Menschen um die Zuneigung ihrer Bewacher buhlen, sich mit ihnen anfreunden, ja sogar Liebschaften mit ihnen beginnen. Es geht schlicht und einfach darum, durch Kontakt der Hilflosigkeit, dem Ausgeliefertsein zu entkommen. Das mag eine Illusion sein, aber auch Illusionen trösten und ändern die Situation wenigstens für den nächsten Moment.

Ich werde mich gewiss nicht in Zärtlichkeiten mit dem Halslosen flüchten, falls er dafür überhaupt empfänglich wäre. Er wirkt ja so, als ob ihm auch noch andere Körperteile fehlen, und wenn es so ist, bin ich die Letzte, die darüber unglücklich wäre. Aber obwohl er ein widerliches Dreckschwein ist, ertappe ich mich dabei, wie ich darauf warte, wie ich sehnlichst darauf warte, dass er an die Tür klopft, dass er diese Tür öffnet, dass er hereinkommt, mich anstarrt mit seinem ausdruckslosen Fischgesicht und das Tablett auf den Tisch stellt. Das sind dann diese Momente, in denen ich nicht neben mir stehe, Augenblicke, in denen ich plötzlich nichts anderes bin als ein verzweifeltes, verschüchtertes Mädchen, das sich gequält und misshandelt fühlt. Und keiner hilft, weder Kevin noch irgendjemand sonst.

Irgendwie muss ich es schaffen, meine Situation anders zu gestalten. Das muss doch möglich sein. Dutzende von Malen habe ich das spärliche Mobiliar meiner Klause gründlichst inspiziert, habe überlegt, ob sich irgendetwas als Waffe verwenden lässt. Leider sind die Mineralwasserflaschen aus Plastik, und zum Essen geben sie mir nur Löffel und Gabel, ebenfalls aus Plastik. Es muss doch irgendeine Chance geben! Ich bin alles andere als ängstlich, bin gut durchtrainiert, habe schnelle Reflexe und eine rasche Auffassungsgabe. Was ich am meisten fürchten muss, sind der Leerlauf, die Langeweile und die Passivität. Ich spüre, dass ich das nicht lange aushalten kann, vielleicht eine Woche, vielleicht zwei – aber dann wird irgendetwas in mir zerbrechen. Ich muss handeln können, muss mich wehren können – solange ich dazu noch in der Lage bin.

Ich werde versuchen, auf völlig andere Gedanken zu kommen. Ich will ein Gedicht schreiben. Das habe ich bestimmt seit zehn Jahren nicht mehr getan. In der Schule schon, aber dann fand Mutter ein Oktavheft, in dem ich meine Verse aufgeschrieben hatte, und sie las – ohne böse Absicht – Vater daraus vor. Ich schämte mich so arg, dass sofort Schluss war mit der Dichterei.

Jetzt könnte ich es wieder versuchen. Ich muss es irgendwie schaffen, mehr Abstand zu mir selbst zu gewinnen. Nur dann kann ich auch eine Perspektive finden, bei der mein Blick auf des Rätsels Lösung fällt. Vielleicht ist das auch eine vollkommen absurde Hoffnung. Nun gut, es wird sich mit der Zeit herausstellen.

Aber wenn es klappt, dann nur so und nicht anders.

* * *

Tatsächlich habe ich heute die langen Stunden zwischen Frühstück und Mittagessen als frisch gebackene Dichterin hinter mich gebracht. Es fesselte mich am Ende richtiggehend. Plötzlich schaue ich auf die Uhr und *merke: Fast drei Stunden sind um. Wahnsinn! Ein guter Zeitvertreib. Aber vielleicht funktioniert dieser Trick nur, wenn es irgendeinen Anlass gibt, einen Grund, die Zeit vertreiben zu müssen.*

Ich hatte lange überlegt, was ich als Thema nehmen könnte. Plötzlich war die rettende Idee da – ich versuche es mit einem Liebesgedicht. Und wenn es kitschig wird – wen stört's?

Ich musste an Peter denken, an die gemeinsame Zeit mit ihm, den Urlaub auf Elba, an unsere Trennung, an die Nacht neulich in seiner Wohnung. Das beschäftigte mich eine ganze Weile, und als ich das Papier zur Hand nahm, entstand etwas ganz anderes als zunächst gedacht, aber es gefällt mir gut. Ich übertrage es jetzt von den vielen Notizzetteln, die überall auf dem Tisch liegen, in Schönschrift in mein Tagebuch. Und die Zettel? Ich will auf jeden Fall vermeiden, dass der Halslose sie findet – er kann ja Deutsch. Bevor er mit dem Mittagessen kam, versteckte ich sie. Er hätte ja fragen können: »Was machen Sie denn da?« Aber er fragte nicht. Ich sagte: »Denken Sie an die Kerze?« Und er brummte nur etwas vor sich hin, es klang allerdings zustimmend.

Jetzt liegen die Zettel wieder überall herum. Ich stecke sie nachher am besten in den Eimer im Klo, den wird der Kerl bestimmt nicht durchwühlen.

Hier also das Gedicht:

Blass sahst du aus, und schienst auch arg zu frieren,
als ich in aller Frühe aus der Türe trat.
So groß ist deine Angst, mich zu verlieren –
die Frau, die sich bei dir noch nicht gefunden hat.

Mir gefällt es.

Wenn ich hier je herauskomme, werde ich es nochmal abschreiben. In meiner allerbesten Handschrift.

Und das Exemplar bekommt dann Peter, wenn ich wieder in München bin.

Was wohl seine Miriam dazu sagen wird?

Aber eigentlich ist mir das scheißegal …

13. August
später

Wie plötzlich eines zum andern kommt! Mein Plan ist fertig. Ich finde ihn genial. Er ist ziemlich riskant, das kann ich nicht leugnen, aber es ist den Versuch wert. Alles ist besser, als abzuwarten.

Heute Nacht muss ich allerdings noch einiges vorbereiten.

Und morgen geht es los.

2.

Als ich erwachte, musste ich erst einmal darüber nachdenken, wo ich mich überhaupt befand. Offenbar hatte ich sehr fest geschlafen, vielleicht auch lebhaft geträumt; allerdings erinnerte ich mich nicht mehr daran, nicht mal mit jenem flüchtigen bitteren Nachgeschmack, der so oft von Träumen übrig bleibt, deren Einzelheiten wir längst vergessen haben. Und die uns dennoch verfolgen.

Aber mein Plan war sofort wieder da. Ich saß auf der Matratze und ich ging ihn wieder und wieder durch. Doch ich fand keinen Grund, irgendetwas zu ändern.

6.43 Uhr. Jetzt musste ich noch fast zwei Stunden warten, bis es an die Türe klopfte und der Halslose mir das Frühstück servierte. Diese Warterei war bitter. Aber es blieb mir nicht anderes übrig, als mich zu gedulden. Ich hatte schon in der Nacht alles vorbereitet, und jetzt gab es nur noch wenig zu tun.

Außer warten.

Ich stand auf und ging in mein Luxusbad, wo ich erst die Toilette, dann die Dusche benutzte. Ich trocknete mich mit dem größten der Handtücher, das man mir überlassen hatte, sorgfältig ab und schlüpfte in die Kleider.

In meinen Reiseutensilien findet sich als vielfach bewährter Nothelfer ein kleiner Plastikhaken mit Saugfuß, der mir schon in manchem unzureichend ausgestatteten Hotelzimmer gute Dienste leistete. Diesen Haken befestigte ich sorgfältig an der Tür des Badezimmers – eine Stahltür, die ich zuvor mit Klopapier von einer dicken Schicht aus Seifenschmiere befreit hatte. Der Haken – an der Innenseite – hielt gut; ich hängte das große

Handtuch daran, und zwar so, dass es die Türklinke fast völlig verdeckte.

Sehr gut! Gestern Abend, als ich mir die Zähne putzen wollte, war mir nämlich aufgefallen – und in ebenjenem Moment entstand auch mein Plan –, dass die Schrauben an der Metallplatte, aus der die Klinke der Tür herausragte, sehr locker in den Bohrlöchern saßen: Die ganze Halterung wackelte. Vorsicht, hatte ich mir gesagt, wenn du die Klinke herausreißt, lässt sie sich nicht mehr öffnen, und du musst den Halslosen rufen, damit er dich aus diesem nassen Loch befreit – eine Komplikation, die ich gerne vermeiden wollte. Und just da geschah es, so abgedroschen es immer wieder klingt: Plötzlich, urplötzlich ging mir ein Licht auf!

Jetzt hatte ich, wie gesagt, das Handtuch an den Haken gehängt. Ich öffnete die Tür: Ab einem Winkel von etwa sechzig Grad fiel sie nicht mehr zu, sondern blieb offen stehen. So auch jetzt. Dann entfernte ich mit einer Nagelfeile – als meine einzige Waffe trug ich sie seit Tagen in der Hosentasche – die vier Metallschrauben, die ich schon in der Nacht weiter gelockert hatte, zog die Klinke samt der Befestigungsplatte aus der Tür und legte sie vorsichtig in den Abfalleimer. Darüber deckte ich Klopapier – benutztes.

Sorgsam prüfte ich jetzt den Mechanismus des Türschlosses. Der Sperrriegel war ja noch vorhanden, und er funktionierte gut – fiel die Tür zu, ließ sie sich von innen nicht mehr öffnen, es sei denn, dass man einen geeigneten Gegenstand in jenes Loch schob, über dem zuvor die Klinke befestigt war, und herumdrehte. Aber das war gar nicht so einfach.

Sehr gut. Ich überprüfte noch einmal die Lage des herabhängenden Handtuchs. Es deckte die Stelle, an der jetzt keine Klinke mehr war, vollständig ab. Die Manipulation an der Tür war also zumindest auf den ersten Blick nicht zu erkennen. Trotzdem hatte ich mir noch ein zusätzliches Ablenkungsmanöver ausgedacht.

Jetzt blieb mir nichts mehr zu tun, als mich an den Tisch zu setzen und zu warten. Das allerdings war eine schwere Prüfung. Immer wieder gingen mir alle möglichen Eventualitäten durch den Kopf – jene Risiken, die ich beim besten Willen nicht vorhersehen und auf die ich auch nicht einwirken konnte; Risiken, die ich einfach ertragen musste, wenn ich nicht auf meinen Plan verzichten wollte.

Und das wollte ich nicht.

Endlich klopfte es.

Dann kam der Halslose herein, die Pistole im Gürtel und das Frühstückstablett in den Händen. Noch während er es niedersetzte, sprach ich ihn, artig auf meinem Sessel sitzend und die Hände brav auf der Tischplatte, direkt an: »Es gibt da noch eine Sache, die mir etwas peinlich ist, aber ich muss sie leider trotzdem erwähnen. Ich habe gestern meine Tage bekommen – meine Monatsblutung, Sie verstehen? Etwas verfrüht, aber das ist kein Wunder bei diesem Stress. Und jetzt brauche ich dringend Tampons.«

Er sah plötzlich aus, als habe man ihm eine Nacktschnecke oder sonst etwas Ekelhaftes in das Glas mit dem süßen Cay getan. Männer! Manche von ihnen würden die Frauen wohl heute noch am liebsten einmal im Monat in die Einöde verbannen, wie es früher in vielen Stammesgesellschaften üblich war. Jetzt allerdings freute ich mich über seine Reaktion, genau so hatte ich es mir erhofft.

Und nun setzte ich noch eins drauf: »Heute Nacht habe ich mich mit Klopapier beholfen, aber sehr bequem ist das nicht. Ich blute immer ziemlich heftig, wissen Sie. Das Klopapier habe ich in den Eimer im Waschraum gesteckt. Ich würde Sie bitten, ihn bald zu leeren. Es könnte sein, dass es sonst ein wenig zu riechen beginnt.«

Er runzelte die Stirn und sah richtig verzweifelt aus. Wunderbar! Und auch eine zweite Hoffnung erfüllte sich: Sonst hatte er jeden Morgen erst das Tablett abgesetzt und dann, mit freien

Händen, die Zimmertür, die jetzt noch ein Stück offen stand, zugezogen.

Heute vergaß er das.

Sorgenvoll blickte er auf mich hinunter und dann hinüber zum Bad, dessen Tür ich absichtsvoll offen gelassen hatte, sodass er direkt auf den ominösen Eimer blicken konnte.

»Ich erledige das gleich«, sagte er. »Bleiben Sie hier sitzen.«

Und er schlurfte zum Bad hinüber.

Selbstverständlich blieb ich nicht sitzen, sondern stand geräuschlos auf – in der Nacht hatte ich das dutzendfach geübt und Tisch und Stuhl in entsprechende Positionen gerückt, und kaum hatte er das Duschklo betreten, war ich hinter ihm und warf schwungvoll die Tür zu.

Und als er »He, was soll das!« rief, war ich schon an der anderen Tür und öffnete sie vorsichtig.

Ich hatte Glück. Der Nebenraum war leer. Auf dem Tisch lag die Zeitung, Gläser standen herum und dazwischen sah ich ein kleines Notizbuch liegen.

Und die Tür nach draußen war geöffnet – zum ersten Mal. Ich blickte auf eine Art Hof und Mauern aus Kalkstein.

Im Duschraum fing der eingesperrte Mann an, heftig gegen die Tür zu schlagen. Ich musste mich beeilen. Ich nahm das grüne Notizbuch vom Tisch, steckte es in die Gesäßtasche meiner Jeans, stellte mich neben den Türstock und spähte vorsichtig nach draußen.

Der Gebäudekomplex, in den man mich gebracht hatte, war offenbar ein altes Fabrikgelände. Auf dem großen Hof stand der mir nur allzu gut bekannte Lieferwagen – ein Mann, dessen Gesichtszüge ich nicht erkennen konnte, hatte einen Schlauch in der Hand, aus dem das Wasser spritzte. Autowäsche! Für mich ein doppeltes Glück, denn der Mann hatte offenbar noch nicht gehört, dass sein eingesperrter Komplize nach ihm rief und laut gegen die Stahltür hämmerte.

Ich trat rasch durch die Tür, ohne bemerkt zu werden. In einer

Ecke des Hofes standen zwei alte Ölfässer, hinter denen ich mich versteckte. Diesen Teil meiner Flucht musste ich improvisieren. Ich hoffte, der Mann mit dem Schlauch würde, von seinem Freund gerufen, ins Innere des Gebäudes eilen.

Nun ertönte drinnen ein Schuss.

Der Mann auf dem Hof schreckte auf und ließ den Schlauch fallen. Er riss eine Waffe aus der Tasche und lief auf das Haus zu, dabei rief er irgendetwas auf Türkisch – vermutlich »Was ist los?« oder etwas Ähnliches.

Und in diesem Augenblick verließ mich mein Glück.

Aus irgendeinem Grund verlor ich in meiner kauernden Haltung das Gleichgewicht und stieß mit der linken Schulter gegen das Ölfass. Das Ölfass schwankte. Eine Konservendose, die oben auf dem Fass gelegen hatte, rollte zur Seite. Es war kein sonderlich lautes Geräusch, aber es genügte, um den Mann aufmerksam zu machen.

Mitten im Lauf auf die Tür zu hielt er abrupt inne. Misstrauisch drehte er sich um, blickte in meine Richtung, und dann geschah das, was ich am meisten fürchten musste: Mit der Waffe in der Hand kam er langsam auf mich zu.

Alles hatte so gut begonnen, aber jetzt saß ich wie eine Ratte in der Falle.

Ich schloss die Augen und presste mir die geballten Fäuste vors Gesicht. Die Knöchel drückten fest gegen meine Augenlider. Niemand sollte mich weinen sehen.

In diesem Moment krachte ein zweiter Schuss.

Meine Hände sanken nach unten, als gehörten sie nicht mehr zu mir. Ich riss die Augen auf.

Der Mann lag leblos am Boden. Unter seinem Körper quoll Blut hervor und bildete eine große Pfütze.

Ich verlor jede Selbstkontrolle und sprang aus meinem Versteck, ohne darüber nachzudenken.

Das hätte ich nicht tun sollen, denn in diesem Moment tauchte der Halslose in der Tür des Fabrikgebäudes auf. Irgendwie hatte er sich aus dem Bad befreien können. Da ich mich aufgerichtet hatte, entdeckte er mich sofort. Er hob die Waffe und richtete den Lauf auf mich.

Es ist nicht wahr, dass in solchen Momenten das bisherige Leben an einem vorbeizieht wie ein Film, dass sich die Zeit verlangsamt oder was man sonst noch alles in den Büchern lesen kann – es ist alles nicht wahr. Jedenfalls habe ich nichts von alledem bemerkt. Ich stand da und staunte über die Banalität meiner Gedanken, von denen ich wusste, dass sie meine letzten sein würden.

Ich hätte Kevin einen Brief schreiben sollen, dachte ich. Irgendwie wäre er vielleicht zu ihm gelangt. Als Lebenszeichen. Wäre ja möglich. Aber jetzt ist es zu spät. Jetzt gibt es keine Lebenszeichen mehr. Jetzt ist alles vorbei.

Ein dritter Schuss krachte.

Der Körper des Halslosen zuckte zusammen, wirbelte in einer grotesken Pirouette zur Seite und sackte zu Boden.

Erst jetzt wurde mir klar, dass nicht er geschossen hatte.

Und erst jetzt begriff ich: Ich lebte noch – und er war tot. Und sein Komplize vermutlich auch.

In diesem Augenblick richtete ich den Blick nach oben.

Auf dem Dach des Fabrikgebäudes, über meiner rechten Schulter, sah ich zwei Männer stehen. Beide trugen schwarze Kleidung, beide hatten sich Schutzhelme mit Visier über den Kopf gestülpt. Der eine hielt ein Gewehr mit Zielfernrohr in der Hand, der andere ein Megafon. Irgendwie erinnerten sie an einen Sciencefiction-Film. Und einige Herzschläge lang fragte ich mich, ob sie *wirklich* waren …

»Hier spricht die Polizei«, sagte der Mann mit dem Megafon in schlechtem Englisch, das durch die Verstärkung seltsam scheppernd klang. »Es ist alles zu Ende. Hoffentlich sind Sie in Ordnung. Bleiben Sie, wo Sie sind, wir kommen zu Ihnen hinunter, und ein Arzt wird auch gleich da sein. Es kann Ihnen nichts mehr geschehen. Herzlichen Glückwunsch.«

Ich hörte Motorengeräusch, und ein ganzer Autokonvoi fuhr auf den Hof der Fabrik, auf dem die beiden toten Männer lagen.

Ich stand in der Morgensonne, blinzelte – und lebte.

Dann wischte ich mir mit dem Ärmel über das Gesicht.

Niemand sollte mich weinen sehen.

3.

Der Polizeioffizier war ein schlanker, nervöser Mann mit unruhigen, dunklen Augen und schmalen Händen, die er ratlos hin und her bewegte. Die Fingernägel hatte er fast völlig abgekaut. Sein dunkles Gesicht war klassisch schön geschnitten, wurde aber von einem düsteren Mienenspiel beschattet – ein Erzpessimist, vermutete ich, und höchstwahrscheinlich magenkrank. Sein Mund war gut geformt, wenn auch schmallippig, und diese Lippen presste er zudem noch fest aufeinander. Er konnte oder wollte nicht Deutsch mit mir sprechen, und somit wurde unsere Unterredung auf Englisch geführt, obwohl er offensichtlich lieber geschwiegen hätte.

Mir hingegen lagen tausend Fragen auf der Zunge, während ich mich auf den weichen Polstern seiner schweren Limousine dehnte und streckte.

»Was steckt hinter alledem, Herr General? Was waren die Motive meiner Entführer?«

»Mein Dienstgrad ist der eines Majors, nicht dass Sie mich überschätzen. Und was Ihre Frage betrifft: Um es offen und ehrlich zu sagen, Frau Fromm, wir tappen völlig im Dunkeln. Die beiden Männer, die wir erschossen haben, sind völlig unbeschriebene Blätter, sicherlich nur ausführende Organe. Aber über ihre Hintermänner wissen wir überhaupt nichts – außer, dass es sie geben muss. Es ist wirklich eine vertrackte Angelegenheit. Wir hoffen sehr darauf, dass Sie uns weiterhelfen können.«

»Ich? Na, hören Sie mal. Ich weiß vermutlich am allerwenigsten von allen Beteiligten. Haben die beiden denn keine Forderungen gestellt? Lösegeld oder etwas anderes?«

»Das ist ja das Seltsame. Uns ist diesbezüglich nichts bekannt. Jedenfalls wurden solche Forderungen bislang nicht öffentlich erhoben. Und an wen hätten sie sich richten sollen? Das ist ein ganzes Bündel voller Fragen, bei deren Beantwortung wir auf Ihre Mitarbeit angewiesen sind, Frau Fromm.«

»Wohin fahren wir überhaupt?«

»Zurück nach Ankara. Es ist nicht weit. In der deutschen Botschaft wird man Sie ärztlich untersuchen. Und natürlich gibt es dort auch einige Menschen, die gerne mit Ihnen sprechen möchten. Wenn Sie mir sagen, in welchem Hotel Sie in Ankara gewohnt haben, werde ich sofort veranlassen, dass man Ihr Gepäck in die Botschaft bringt.«

»Im Bulvar Palace am Atatürk-Boulevard.«

Der Polizeioffizier wechselte einige türkische Worte mit dem Fahrer, der daraufhin zum Funktelefon griff.

In die deutsche Botschaft. Mir war nicht ganz klar, welchen Sinn dieser Aufwand hatte.

»Ist ja sehr zuvorkommend, dass Sie mein Gepäck im Hotel abholen lassen – aber warum eigentlich? Wer will in der deutschen Botschaft mit mir reden? Und wie hat man dort überhaupt von der Angelegenheit erfahren? Sie sagten doch, die Entführer hätten sich bisher nicht an die Öffentlichkeit gewandt?«

Er hüllte sich in Schweigen, als habe er einen dicken Vorhang zwischen uns gezogen. Mit einem schönen silbernen Feuerzeug zündete er sich eine Zigarette an und inhalierte tief.

»Es ist besser so, bitte glauben Sie mir das«, sagte er dann. »Wir müssen irgendwo ungestört miteinander reden können. Wie gesagt, auch deutsche Behörden sind an dieser Angelegenheit interessiert. Das ist doch nicht weiter verwunderlich. Warum also nicht in die Botschaft? Sie wissen doch genau, wie wichtig es ist, bestimmte Leute vor der Zudringlichkeit der Medien zu schützen.«

Ich ließ diese anzügliche Bemerkung unbeantwortet. Zugleich sog ich seine spärlichen Mitteilungen mindestens ebenso gierig in mich auf wie er den Rauch seiner Zigarette, und rasch wurde mir klar, dass diese Story aus lauter Ungereimtheiten bestand.

»Sie haben doch selbst gesagt, dass die Öffentlichkeit von meiner Entführung gar nichts weiß. Das ist wirklich alles sehr seltsam, um es vorsichtig auszudrücken. Eine Entführung ohne Forderungen, vielleicht kam es ihnen nicht auf das Lösegeld an, sondern darauf, mich aus dem Verkehr zu ziehen, mich von irgendetwas fern zu halten. Und wieso haben Sie mich so schnell gefunden, wenn die Entführer sich verborgen hielten und keinen Kontakt mit der Öffentlichkeit aufgenommen haben?«

Er spitzte die Lippen und ließ ein Kringelchen aus grauem Rauch zum Autodach emporsteigen. Dann blickte er mich mit seinen schönen schwarzen Augen nachdenklich an.

»Wissen Sie, diese Entführung hätte gar nicht stattfinden dürfen«, sagte er ruhig und im Tonfall eines Mannes, der vor kurzem einen schmerzlichen Verlust erlitten hat. »Seit Sie türkischen Boden betreten haben, Frau Fromm, haben wir Ihre Aktivitäten hierzulande mit großer Aufmerksamkeit begleitet, wenn ich so sagen darf. Diese beiden Männer haben uns, warum auch immer, dazwischengefunkt ... Das war sehr ärgerlich, nicht nur für Sie – aber zum Glück ist es uns ja relativ rasch gelungen, diesem unerfreulichen Intermezzo ein Ende zu bereiten.«

Relativ rasch? Ich wusste gar nicht, mit welcher von meinen sich überstürzenden Fragen ich mich zuerst an ihn wenden sollte. »Die türkische Polizei hat mich also beschattet? Warum denn? Wegen der Journalistinnen, die türkische Soldaten im Kurdenkrieg interviewt haben? Wegen Professor Erbakan?«

»Aber nicht doch. Sowohl Frau Caliskan wie auch unser ehemaliger Professor sind Menschen, die vielleicht zu etwas extremen politischen Anschauungen neigen, aber das ist ja nicht verboten. Beide sind unbescholtene Staatsbürger – und die Zwistigkeiten des Professors mit der Universität gehen mich als Polizisten nichts an. Gewiss, als türkischer Staatsbürger bedaure ich es, wenn unsere Gäste – wie es insbesondere Deutsche gerne tun – sich vor allem bei Menschen informieren, die Außenseiterpositionen innehaben, um so ein vermeintlich treffendes Bild unseres Landes zeichnen zu können; aber in einer Demokratie ist das legitim. Sie als Journalistin ...«

Bitte keinen staatsbürgerlichen Unterricht jetzt, hätte ich ihm am liebsten gesagt, dagegen bin ich seit meiner DDR-Jugend allergisch. Aber ich schluckte den Satz hinunter. Für meine Herkunftsgeschichte konnte der Mann nichts, und außerdem war er mir gar nicht unsympathisch. »Ich möchte wissen, aus welchem Grund Sie mich überwacht haben. Offensichtlich nicht wegen meiner journalistischen Recherchen. Und wenn Sie mich schon observieren mussten, wieso ist es dann nicht gelungen, meine Entführung zu verhindern?«

»Sehr viele Fragen auf einmal. Gut, ich drücke mich so knapp und präzise aus wie möglich: Dass wir eine Auge auf Sie geworfen hatten, geschah wegen Ihres Bruders.«

Diese Auskunft verblüffte mich so sehr, dass ich den zweiten Teil meiner Frage völlig vergaß.

»Wegen meines Bruders? Wegen Kevin? Aber, du meine Güte, ich habe noch gar nicht gefragt, ob Sie ihn schon erreicht haben. So was Dummes, ich bin ja wirklich völlig durcheinander! Haben Sie ihn kontaktiert? Kommt er in die deutsche Botschaft?«

»Wir hätten sehr gerne Kontakt mit Ihrem Bruder aufgenommen, Frau Fromm, aus den verschiedensten Gründen, aber es ist leider unmöglich. Sogar für uns. Er ist nämlich spurlos verschwunden.«

Verschwunden – mit einem Mal wurde mir schwarz vor den Augen, und ich sank in eine weiche, wattige Finsternis.

* * *

Ich erwachte in einer Art Krankenzimmer. Neben meinem Bett saß der Arzt, der den Major und mich bereits bei der Autofahrt nach Ankara begleitet hatte. Ich hatte ihm nicht viel Aufmerksamkeit geschenkt, aber an seinen riesigen, völlig haarlosen Schädel erinnerte ich mich noch gut. Jetzt ließ das Licht der Neonröhre, die völlig unnötigerweise an der Zimmerdecke flackerte, seltsame Lichteffekte über diesen Kahlkopf flimmern.

»Was ist los? Wo bin ich?«

»Sie haben im Auto einen Kreislaufkollaps erlitten – kein Wunder nach den Strapazen der letzten Tage. Ich habe Ihnen ein Beruhigungsmittel gespritzt, damit Sie den Rest der Fahrt friedlich schlafen. Wir sind jetzt in der deutschen Botschaft in Ankara, die diesen Raum zur medizinischen Notfallversorgung benützt. Sobald es Ihnen wieder etwas besser geht, möchte ich einige ärztliche Untersuchungen durchführen – reine Routine. Ich habe mich bereits davon überzeugen können, dass Sie in guter körperlicher Verfassung sind, vom niedrigen Blutdruck einmal abgesehen, aber das ist keine Krankheit, sondern erhöht sogar Ihre Lebenserwartung. Auch nicht übel, oder?«

In meinem Kopf schwirrten die Gedanken und Einfälle durcheinander wie aufgeschreckte Vögel in einer Voliere. Ein besonders düsteres Federvieh flatterte frech in den Vordergrund.

»Der Polizist hat mir gesagt, mein Bruder Kevin sei verschwunden. Das war es, was mich umgehauen hat. Verschwunden! Wie kann das sein? Was steckt dahinter?«

»Tut mir Leid, Frau Fromm, aber solche Fragen sind ein Thema für die Polizei, nicht für einen Mediziner wie mich. Ganz sicher werden Sie schon bald Gelegenheit zu einer ausführlichen Unterredung haben. Es ist eigentlich nur noch nötig, dass ich meine Zustimmung gebe. Und das ist kein Problem, wenn ich mit meiner Untersuchung fertig bin.«

Er maß meinen Blutdruck, dann kramte er sein Stethoskop hervor, um mir das Herz abzuhören. Die Notwendigkeit dafür sah ich zwar nicht ganz ein, aber meinetwegen sollte er sein Vergnügen haben.

»Wo sind eigentlich meine Kleider?«, fragte ich nach dem Abschluss der Prozedur.

»Dort hinten, im Schrank. Entschuldigen Sie bitte, dass ich es nicht gleich erwähnt habe. Keine Angst, es ist nichts weggekommen. Ein Notizbuch, das aus Ihrer Hosentasche herausgefallen ist, habe ich in den Rucksack gesteckt, und der ist auch dort im Schrank. Und der Wagen, der das restliche Gepäck aus dem Hotel bringen wird, ist schon unterwegs.«

Notizbuch? Das grüne Notizbuch … ich hatte es völlig vergessen. Ich beschloss, es erst einmal zu behalten, der Polizei konnte ich es später immer noch übergeben. Warum ich das nicht sofort tat, wusste ich auch nicht. Reiner Trotz und vermutlich der Versuch, ein kleines Stück Kontrolle zu behalten, da ich mich seit dem elften August ja überwiegend als Spielball der Ereignisse fühlen musste.

»Ja, danke«, sagte ich lahm.

»Keine Ursache. Ich möchte Ihnen jetzt noch Blut abnehmen«, erwiderte er und klopfte mit den Fingern auf die Venen meines rechten Arms, dessen Durchblutung er mit einem Plastikschlauch gestaut hatte. Eine Spritze und mehrere Glasröhrchen lagen in einer Nierenschale auf dem Nachttisch bereit.

Bevor er mir die Kanüle in die Ader bohrte, fragte er noch, vermutlich der Ablenkung wegen: »Was mich verwundert hat, wenn Sie die persönliche Anmerkung gestatten, sind Ihre Namen – Ihre Vornamen. Sie heißen Randy und Ihr Bruder Kevin. Ist das für deutsche Geschwister nicht reichlich ungewöhnlich?«

»Für Menschen der DDR, meinen Sie? Doch, schon. Aber es war meinen Eltern irgendwie wichtig – ein leiser Protest, vermute ich. In unseren DDR-Geburtsurkunden steht natürlich etwas anderes. Hilde bei mir und Benjamin bei meinem Bruder – auch so ein seltsamer Scherz meiner Eltern. In unserem Alltag hat das aber keine Rolle gespielt. Bei Kevin stand ein englischer Fußballer Pate und für Randy ein amerikanischer Popsänger.«

»Aha.« Er löste den Stauschlauch, und als er die Kanüle aus meinem Arm zog, drückte er einen Tupfer auf die Einstichstelle. »Halten Sie das fest. Ja genau, am besten den Arm beugen. Also,

Ihr Bruder wurde Kevin Fromm genannt nach dem Fußballstar Kevin Keegan. Ja, den habe auch ich sehr bewundert während seiner Zeit beim HSV. Und später, als britischen Nationaltrainer, erst recht. Ich habe damals in Berlin gearbeitet …«

»Ach ja?«, fragte ich ohne echtes Interesse. »Wie auch immer, jetzt möchte ich Sie etwas Medizinisches fragen. Von meinen Entführern, den Männern, die die Polizei erschossen hat – da hatte einer von den beiden eine etwas seltsame Figur, praktisch vollkommen ohne Hals, verstehen Sie. Sein Kopf saß direkt auf dem Rumpf. Ist das …«

Er lächelte und fiel mir ohne Zögern ins Wort. »Ja, ich weiß, was Sie meinen. Ich habe die Leiche gesehen. Es ist eine Anomalie der Halswirbelsäule, die oberen Wirbel sind zu einem Block verschmolzen, das ist die Ursache für diesen seltsamen Habitus. Man nennt es Klippel-Feil-Syndrom, und zwar …«

In diesem Augenblick klopfte es an die Tür – einmal, nicht dreimal, aber ich fuhr trotzdem zusammen. Der Arzt begriff sofort und legte mir sanft die Hand auf die Schulter. Ich hätte ihn küssen können dafür. Er rief ein paar türkische Worte, die Tür ging auf, und drei Männer kamen herein. Ich kannte nur den Polizeioffizier. Er nickte mir flüchtig zu und blickte dann erwartungsvoll den Arzt an.

»Frau Fromm geht es glücklicherweise recht gut«, erwiderte dieser. »Gegen ein kurzes Gespräch ist nichts einzuwenden.« Und mit einer seltsamen Unterwürfigkeit schleppte er aus einer Ecke des Zimmers mehrere Stühle herbei.

»Es freut mich sehr, dass Sie zumindest körperlich alles heil überstanden haben«, sagte der Offizier. »Wir kennen uns ja schon, die beiden Herren neben mir sind Dr. Wilhelm Kuhnau, Legationsrat hier an der deutschen Botschaft, und Herr Paul Klein, ebenfalls ein Landsmann von Ihnen. Wir dürfen doch Platz nehmen?«

Und sie setzten sich, noch bevor ich geantwortet hatte.

Trio infernal oder die drei Musketiere, schoss es mir durch den

Kopf. Na, egal. Ich versuchte so etwas wie ein Lächeln und sagte zu dem türkischen Polizisten: »Wir haben uns allerdings unter ziemlich unerfreulichen Umständen kennen gelernt, und daran mag es liegen, dass ich Ihren Namen vergessen habe.«

»Oh, entschuldigen Sie bitte. Ich bin Major Akbulut.«

»Mit Vornamen Yildirim, das heißt ›der Blitz‹. Eine sehr treffende Benennung, Major Akbulut hatte Eltern, die über prophetische Gaben verfügten«, sagte Herr Klein mit einem Lächeln, das auf mich so dümmlich wie anmaßend wirkte. Ich wollte mit einer frechen Bemerkung kontern, aber dann wurde ich nachdenklich. Yildirim, der Blitz, nun gut, dieser Name war in der Türkei populär, es gab hunderte von Türken, die mit Vornamen so hießen, das besagte gar nichts. Allerdings ... Leider konnte ich meinen Einfällen nicht ungestört nachspüren, denn an dieser Stelle schaltete sich etwas umständlich Herr Kuhnau von der Botschaft ein.

»Im Namen des deutschen Botschafters, Frau Fromm, darf ich Sie unseres Mitgefühls versichern. Wir werden alles tun, um die schlimme Lage, in die Sie geraten sind, so erträglich wie möglich zu gestalten. Dass sowohl die türkischen wie die deutschen Ermittlungsbehörden den Dingen auf den Grund gehen wollen, ist gewiss verständlich, auch wenn es für Sie lästig sein mag. Letztlich liegt das ja auch in Ihrem eigenen Interesse.«

»Schon gut, schon gut. Wenn ich Sie reden höre, komme ich mir vor wie ein Zaungast bei meiner eigenen Beerdigung. Ich habe gegen meine Befragung ja gar nichts einzuwenden. Sie können gerne damit anfangen. Am neugierigsten sieht Herr Klein aus – oder muss ich sagen ›Kommissar Klein‹?«

Der Angesprochene, ein großer, vierschrötiger Mann mit rotem Gesicht, deutete eine Verbeugung an, was ihn mir noch unsympathischer machte, antwortete aber nicht auf meine Frage. Mein Eindruck hatte nicht getrogen: Obwohl er wenig Worte machte, war er derjenige, der bei diesem Gespräch Regie führte.

»Frau Fromm, die ganze Sache ist leider ziemlich verworren.

Das Hauptproblem ist, dass wir es mit zwei Ereignissträngen zu tun haben, von denen wir nicht wissen, ob und wie wir sie verknüpfen sollen. Da ist einerseits Ihre Entführung, über deren Einzelheiten wir Sie natürlich noch sehr ausführlich befragen müssen – das wird Major Akbulut übernehmen. Er hat Ihnen ja schon gesagt, dass diese Angelegenheit uns ziemlich rätselhaft vorkommt – es gibt kein erkennbares Motiv, keine uns bekannten Hintermänner, keine Forderungen, die an irgendjemanden gerichtet worden wären. Und dazu kommt das Verschwinden Ihres Bruders Kevin, der zuletzt vor zwei Tagen in einem Hotel in Kayseri gesehen worden ist. Das beunruhigt uns natürlich – und Sie auch, aber ja, ich weiß, das ist doch selbstverständlich.«

Er wehrte meine Zwischenfrage mit einer Handbewegung ab, die den Eindruck erweckte, er wolle ein Stück dicke Luft beiseite schieben.

»Gerade deshalb ist es notwendig, dass Sie uns helfen. Wir sind darauf dringend angewiesen. Wir wissen ja nicht einmal, ob Ihr Bruder möglicherweise ebenfalls entführt worden ist. Es wäre also sehr von Vorteil, wenn Sie uns alles erzählten, was Sie über Ziel und Zweck der Türkeireise Ihres Bruders wissen.«

Das tat ich – hatten sie denn etwas anderes erwartet? Aber während ich, immer wieder von Rückfragen unterbrochen, meinen Bericht abstattete, fiel mir auf, wie wenig ich eigentlich wusste. Immerhin, da war unsere Unterhaltung im Flugzeug (auch Kevins Geheimniskrämerei verschwieg ich nicht), da war das Abendessen mit Mister Güler, da war der grüne VW-Bus.

Noch während ich sprach, verließ Major Akbulut den Raum, kehrte aber schon nach einer halben Minute zurück.

Dann schwieg ich – traurig und ein wenig erschöpft.

»Jetzt möchte ich aber auch von Ihnen etwas wissen«, sagte ich nach einer Weile. »Was meinen Sie eigentlich damit, wenn Sie sagen, Kevin sei ›verschwunden‹. Woher wissen Sie das überhaupt? Sie haben ihn offenbar ebenso beschatten lassen wie mich! Warum?«

Wieder hieb Paul Klein mit seiner rechten Hand durch die Luft, als sei sie ihm feindlich gesinnt und müsse energisch in die Schranken gewiesen werden.

»Das sind natürlich berechtigte Fragen, Frau Fromm, deren Bedeutung ich keineswegs herunterspielen will. Aber worum es uns geht, wird Ihnen wohl am ehesten klar werden, wenn ich Ihnen Folgendes mitteile: Ihr Bruder war Zeitsoldat bei der Bundeswehr, das ist richtig. Er bekleidete zuletzt den Rang eines Generalstabsoffiziers und hat den Verteidigungsminister im Dezember 1999 bei einem Besuch der Türkei begleitet – der im Übrigen eine ziemlich heikle Sache war. Aber was Ihnen offenbar völlig unbekannt ist und uns auch deshalb sehr nachdenklich macht: Kurz danach, zum Jahresende, hat Ihr Bruder sein Dienstverhältnis bei der Bundeswehr beendet – auf eigenen Wunsch. Wir hatten gehofft, *von Ihnen* Genaueres darüber erfahren zu können, was er nach diesem Datum getan hat. Es sieht allerdings ganz danach aus, als habe der Generalstabsoffizier a. D. seiner eigenen Schwester etwas vorgespielt. Aber warum?«

Ich schnappte nach Luft. Was hätte ich antworten sollen? Ich war vollkommen überrascht von dieser plötzlichen Wendung der Dinge. Kevin bei der Bundeswehr ausgeschieden, freiwillig – wirklich freiwillig? Und das schon Ende 1999. Ich wusste nicht das Geringste davon. Nie hatte er mir etwas davon erzählt, niemals. Offenbar hielt er es ähnlich wie jene japanischen Männer, die am Morgen um sieben Uhr das Haus verlassen und dabei so tun, als gingen sie zur Arbeit, jeden Tag, und nur aus dem einzigen Grund, weil sie sich schämen, der Familie zu sagen, dass sie von der Firma entlassen worden sind. Gut, das ist Japan. Aber Kevin? Was war mit ihm los? Was war vorgefallen? Aus der Bundeswehr ausgeschieden – und ich wusste nichts darüber! Es erschreckte mich, aber es verletzte auch. Es tat weh wie eine Brandwunde.

Ohne auf meine Antwort zu warten, schaltete sich Major Akbulut ein. »Ganz ähnlich«, ergänzte er, »verhält es sich mit diesem

Herrn Güler, von dem Sie uns erzählt haben. Bitte denken Sie nicht, dass ich an Ihren Worten zweifle, aber eines ist sicher: Ein Verbindungsmann zu den türkischen Streitkräften ist dieser Mensch nicht. Er hat genau das getan, was man in Deutschland mit wenig freundlichen Worten ›einen Türken bauen‹ nennt. Und Ihr Bruder muss davon gewusst haben. Die beiden haben Ihnen etwas vorgemacht. Warum?«

Warum, warum, warum? Das Wort hämmerte schmerzhaft gegen meine Trommelfelle, drang in mein Gehirn wie ein Insektenschwarm. Dann wurde mir abermals schwarz vor Augen.

* * *

Als ich diesmal erwachte, saß nicht der glatzköpfige Arzt, sondern der Mann von der Botschaft an meinem Bett. Der Name blitzte in mir auf wie eine Leuchtreklame – Dr. Kuhnau, Wilhelm Kuhnau. Ich schaute ihn lange aus müden Augen an – und er schaute zurück. Dieser Blick hatte es in sich: ein wenig sorgenvoll, aber auch mit einem stillen Lächeln im Hintergrund – vielgestaltig und tief. Wie er so dasaß, die Hände vor der Brust verschränkt, ruhig und gelassen, hatte er etwas sehr Anziehendes. Das lag vielleicht auch daran, dass hier endlich einmal ein Mensch nichts von mir wollte, mich nicht mit Fragen bedrängte, nicht versuchte, irgendwelche Auskünfte aus mir herauszupressen. Er saß einfach da und blickte mich freundlich an.

»Guten Morgen«, sagte er schließlich mit leiser, humorvoller Stimme. »Störe ich Sie? Soll ich gehen und die Krankenschwester rufen?«

Ich dachte einen Moment an *Guten Morgen, du Schöne*, das nicht nur in der DDR überaus populäre Buch von Maxie Wander, und ich überlegte, ob ich mich nicht lieber in eine Traumwelt flüchten sollte, als zu antworten.

»Nein, es ist gut«, sagte ich dann. »Bleiben Sie nur. Habe ich lange geschlafen?«

Er zog eine Taschenuhr aus einer Tasche seiner Lederweste, ein hübsches, offenbar altes Stück. »Ziemlich lange, in der Tat. Der Arzt hat Ihnen noch einmal eine Spritze gegeben. Es ist jetzt Montagmorgen, gleich acht Uhr. Und als die Polizisten Sie befragten, war es Sonntagnachmittag. Der Arzt meinte, man solle Ihnen unbedingt eine längere Pause gönnen.«

Seine Stimme war wirklich angenehm: klar, aber nicht laut, moduliert und nicht verschliffen. Außerdem roch er gut, ohne irgendeine grobschlächtige Zumutung von Duft. Die meisten Männer ahnen ja nicht, wie wichtig der Geruch für Frauen ist. Der Geruch und die Stimme. Vor unserem Abflug hatte ich in einer deutschen Zeitung gelesen, es lasse sich klar beweisen, dass Frauen große Männer bevorzugen. Na ja, da ist schon was dran, jedenfalls bei mir – aber vor allem deshalb, weil ich selbst sehr groß bin, und natürlich kann ich wenig anfangen mit Männern, die so klein geraten sind, dass sie mir bei jeder Umarmung ihre Nase in den Busen bohren. Aber sonst sollte die reine Körperlichkeit nicht überschätzt werden. Ein Mann ist dann attraktiv, wenn er es schafft, seinen Körper mit einer bestimmten Atmosphäre zu umgeben, mit einer Aura aus Gerüchen und Tönen. Auch der Fluss der Bewegungen gehört dazu. Und hier saß ein Naturtalent, das merkte ich sofort.

Plötzlich sah mich Kuhnau ganz erschrocken an. Erst nach einem kurzen Moment bemerkte ich, warum: Eine dicke Träne kullerte mir über die rechte Wange. Seltsam, es störte mich nicht im Geringsten.

»Soll ich Ihnen ein Taschentuch holen?«

»Aber nein, lassen Sie nur. Es ist sehr angenehm, wenn Sie so ruhig dasitzen«, erwiderte ich. »Ich hatte genug Hektik in den letzten Tagen.« Und nach einer Pause: »Was soll nun werden?«

Er hob die flachen Hände nach oben, als wolle er seine völlige Hilflosigkeit deutlich machen. »Das hängt nicht von mir ab. Ich bin ja nur Ihr Gastgeber und sozusagen gleich noch der Hausdiener – und ich möchte betonen, dass ich diese Rolle keineswegs als unangenehm empfinde. Sie müssen übrigens nicht hier in diesem hässlichen Krankenzimmer bleiben. Ich habe ein kleines Gästeapartment für Sie vorbereiten lassen. Wenn der Arzt Sie noch einmal begutachtet hat, können Sie dorthin übersiedeln. Ich hoffe, Sie werden sich dort wohl fühlen, es ist recht komfortabel. Man ...«, und hier zögerte er ein wenig, »man legt nun einmal großen Wert darauf, dass Sie hier im Haus wohnen.«

»Das klingt ja so, als wäre mein Fall eine richtige Staatsaffäre.«

Er schmunzelte: »In gewisser Weise haben Sie ein recht treffendes Wort gebraucht. Die deutsch-türkischen Beziehungen sind schon immer eine schwierige Partnerschaft gewesen, und dass der größte Widerstand gegen die Entscheidung der Europäischen Union, der Türkei den Rang eines Beitrittskandidaten zuzuerkennen, ausgerechnet aus Deutschland kam, hat die Dinge gewiss nicht erleichtert. Darüber hinaus gibt es noch die Bemühungen um eine gemeinsame EU-Außen-und-Militär-Politik, und daneben steht die NATO, die von den Amerikanern dominiert wird und deren Interessen keineswegs deckungsgleich mit denen der Europäer sind. Und dann gibt es noch ganz andere Kräfte und Mächte. Und, so viel darf ich sagen, dank Ihres Bruders sind Sie irgendwie auf dieses gefährliche Gelände geraten. Zum Glück ist Ihnen nichts Schlimmeres passiert, aber ...«

»Dank meines Bruders! Was soll das heißen? Gibt es etwas Neues über ihn? Niemand hat sich bisher die Mühe gemacht, meine Sorgen ernst zu nehmen, geschweige denn meine Fragen zu beantworten.«

Er seufzte und rutschte ein wenig auf seinem Stuhl herum. »Sie haben natürlich vollkommen Recht, und ich verstehe gut, dass Sie diese Lage bedrückt und stört. Andererseits sollten Sie fair sein: Herr Akbulut und Herr Klein hätten sich bestimmt nicht davor gescheut, Ihnen alles Wesentliche mitzuteilen, aber dann sind Sie plötzlich in Ohnmacht gefallen. Das Problem besteht doch darin, dass Ihr Bruder hier weder in deutschem noch in türkischem Auftrag tätig gewesen ist – deshalb wurde er ja auch überwacht. Man hat ihn im Auge behalten wollen, weil seine Reise einige höhere Instanzen äußerst nervös gemacht hat, um es einmal so auszudrücken. Und Sie desgleichen, denn es war zunächst noch nicht erkennbar, in welchem Verhältnis Ihr Aufenthalt hier zu den Zielen Ihres Bruders steht. Und dann diese doppelte Panne: Die Aufpasser verlieren den Kontakt, und sofort beginnen die Probleme – Sie werden entführt, und Ihr Bruder verschwindet spurlos, zusammen mit diesem ominösen ›Herrn Güler‹, wie Sie ihn nennen, um das gleich anzufügen. Gut, die eine Sache ist ausgebügelt worden, wenngleich für meinen Geschmack mit etwas rabiaten Mitteln. Aber das andere, das größere Malheur bleibt.« Er zögerte einen Moment und sah mich nachdenklich an.

»Was ist denn?«, fragte ich ein wenig gereizt. »Denken Sie plötzlich darüber nach, ob ich in Wirklichkeit mein Bruder sein könnte – oder was? Wenn es das ist, kostet es mich nur wenige Sekunden, um Sie vom Gegenteil zu überzeugen.«

Plötzlich errötete er vom Kinn bis zum Haaransatz. Es war wirklich reizend, wenn man ihn so einfach in Verlegenheit bringen konnte.

»Nein, nein«, sagte er und lächelte hinreißend. »Ich habe keineswegs an Ihrer weiblichen Identität gezweifelt, die mir, wie soll ich sagen, sehr deutlich ist. Nein, ich … also, um ganz offen zu sein: Ich weiß gar nicht, ob ich das sagen darf, aber … also, rundheraus gesagt, Frau Fromm, könnte es eventuell sein, dass es Ihr Bruder gewesen ist, der Ihre Entführung inszeniert hat, um auf diese Weise von seinem eigenen Abtauchen besser ablenken zu können? Haben Sie irgendwelche Hinweise bemerkt, die …«

Ich warf ihm einen Blick zu, unter dem er sich förmlich duckte. »Raus mit Ihnen«, sagte ich wütend. »Rufen Sie den kahlköpfigen Medizinmann, damit ich endlich aus dieser Gummizelle entlassen werde. Wenn er keine Einwände hat, möchte ich in das von Ihnen erwähnte Apartment übersiedeln, damit ich die Vernehmungen durch diese Multikulti-Bullen möglichst schnell hinter mich bringen kann. Und je seltener Sie mir dort unter die Augen kommen, umso besser!«

Ich hörte ihn irgendetwas stammeln, was nach Entschuldigung klang, aber ich zog einfach die Decke über den Kopf und wartete, bis ich das Schlagen der Tür hörte. Erst dann wagte ich mich, tränenüberströmt, wieder an die Luft.

So ein Schuft! So ein gemeiner Fiesling. Erst tat er so liebenswürdig, und dann versuchte er, mich aufs Glatteis zu locken. Gut, dass ich ihn so rasch hinausgeworfen hatte.

Aber das Schlimmste an der ganzen Sache war, dass in Kuhnaus Worten ein Verdacht zum Vorschein kam, den ich selber bereits in mir gespürt hatte und der mich in höchstem Maße beunruhigte – so sehr, dass ich mich am liebsten nicht weiter mit ihm auseinander gesetzt hätte.

4.

Die folgenden Tage waren eine Qual, in mancher Hinsicht noch schlimmer als die Stunden meiner Entführung.

Das Apartment, das mir die Botschaft zur Verfügung gestellt hatte, war bequem und durchaus geschmackvoll eingerichtet. Es gab dort eine wohlgefüllte Hausbar, einen Fernseher mit Satellitenempfang und ein ganzes Arsenal an Zeitschriften. Das Essen, das man mir aufs Zimmer brachte, war sehr gut, und auf Verlangen servierte man mir sogar einen vorzüglichen Rotwein, zwar keinen italienischen, aber immerhin einen Trollinger aus Baden-Württemberg, der vermutlich im Diplomatengepäck in dieses Haus gebracht worden war. Mein eigenes Gepäck war wohlbehalten aus dem Hotel hierher gelangt (die deutsche Botschaft hatte sogar die dortige Rechnung bezahlt), nur mein Handy hatte ich noch nicht wiederbekommen. Das einzige Manko in meiner neuen Unterkunft war ein ziemlich starker Geruch nach Bohnerwachs und Putzmitteln.

Die Logistik stimmte also weitgehend. Doch das alles änderte nichts an der zermürbenden Routine der polizeilichen Befragungen, die morgens begannen – erstmals am Montagvormittag, sofort nach meinem Umzug in das neue Quartier –, zur Mittagspause unterbrochen wurden und abends endeten. So ging das zwei Tage lang. Die Befragung wurde von Major Akbulut geleitet, der sich mit zwei Männern seiner Dienststelle abwechselte, die beide im Gegensatz zu ihrem Chef vorzüglich Deutsch sprachen. Bisweilen schaltete sich auch die ominöse graue Eminenz, Herr Paul Klein, in das Gespräch ein, aber meist saß er teilnahmslos im Hintergrund und starrte an die Decke.

»Ich muss mich bei meiner Redaktion melden. Die werden sonst langsam unruhig. Schließlich haben sie am Zehnten das letzte Mal von mir gehört, vor meinem Besuch bei Professor Erbakan. Haben Sie etwas dagegen, wenn ich Kontakt mit München aufnehme?«, so hatte ich Klein schon am Morgen des 16. August gefragt, an jenem Montag, an dem dieser routinierte Stumpfsinn begonnen hatte. Klein meinte, ich solle damit noch ein wenig warten – die Botschaft habe die Zeitung schon unterrichtet, man habe mitgeteilt, es läge ein Unfall vor, nichts Ernstes, aber immerhin eine Gehirnerschütterung, ich bräuchte deshalb noch ein paar Tage Ruhe, bevor ich die Arbeit wieder aufnehmen könne.

Diese Auskunft gefiel mir gar nicht, insbesondere, weil Wiedemayer mich am Ende noch für linkisch oder tollpatschig halten mochte. Andererseits war ich froh, ihn fürs Erste vom Hals zu haben. Selbstverständlich wäre ich lieber wieder meiner Arbeit nachgegangen, als hier herumzusitzen und Befragungsprotokolle abzuzeichnen. Aber solange ich keine Klarheit darüber hatte, was mit Kevin geschehen war, mangelte es mir doch arg an der nötigen Ruhe und Konzentration.

Die Männer von der Polizei interessierten sich für alles. Auch nach den kleinsten Details fragten sie immer und immer wieder. Und ständig hieß es: »Können wir jetzt noch einmal ganz von vorn anfangen, bitte?« Das Unangenehmste daran war: Ich hatte gar nichts dagegen einzuwenden, ich wusste, sie taten ihre Pflicht – routiniert und gestützt auf lange Erfahrung. Ich hätte es ja auch nicht anders gemacht als sie. Ich konnte also nicht einmal wütend sein. Ich war nur müde.

Meine Gegenfragen beantworteten sie sehr höflich, aber äußerst knapp. Irgendetwas Neues ließ sich aus ihren Auskünften nicht entnehmen. Was die Fakten anbetraf, gaben sie vor, selbst im Dunkeln zu tappen – ebendeshalb seien sie ja so dringlich auf meine Mitarbeit angewiesen und so weiter, und so fort, doch ihre Vermutungen behielten sie wohlweislich für sich.

Höchst frustrierend, das Ganze.

In den deutschen Zeitschriften stand nicht das Geringste von der leidigen Angelegenheit. Dort wusste man offenbar nichts von meiner kurzen Entführung – auch mein eigenes Magazin nicht. Im Grunde war mir das sehr recht so. Den Kontakt mit Wiedemayer überließ ich nach unserem kurzen Wortwechsel zunächst der Polizei und der deutschen Botschaft. Rückfragen kamen offenbar keine, außer einem Fax, in dem man mir eine rasche Genesung wünschte.

An jenem Montagvormittag – unmittelbar nach dem Krach mit Dr. Kuhnau und meiner ärztlichen Abschlussuntersuchung inklusive Elektrokardiogramm, nach meiner Übersiedlung in das erwähnte Apartment und nach dem kurzen Gespräch über meinen Brötchengeber – hatte mich Klein, den ich immer noch für einen Kotzbrocken hielt, allerdings für einen klugen und listigen Kotzbrocken, unter vier Augen darum gebeten, über die gesamte Untersuchung vorläufig Stillschweigen zu bewahren. Obwohl mich das hart in meiner Journalistinnenehre traf, willigte ich ein. Nicht meinetwegen – wegen Kevin. Natürlich wusste Klein sehr gut, dass das und nichts anderes mein Motiv war; und ich wusste, dass er es wusste, und ebenso, dass er das weidlich ausnutzen würde. Aber daran ließ sich nichts ändern. Jedenfalls nicht, solange ich nicht in Erfahrung gebracht hatte, was mit Kevin passiert war, und solange ich gute Miene zum schlimmen Räuber-und Gendarm-Spiel machen musste, um das herauszufinden.

»Muss ich eigentlich ewig in diesen heiligen Hallen bleiben?«, fragte ich Klein einen Tag später – Paul Klein, von dem ich mittlerweile immerhin wusste, dass er für das Wiesbadener Bundeskriminalamt arbeitete.

»Es wäre uns schon sehr angenehm«, antwortete er freimütig. »Wenn wir mit unseren Ermittlungen einen Punkt erreicht haben, an dem sich daran etwas ändern lässt, werden wir Ihnen das so rasch wie möglich mitteilen. Es ist keineswegs so, dass wir

Ihnen misstrauen, Frau Fromm. Ihre Geschichte klingt für mich rundum glaubwürdig. Aber es ist ein Faktum, dass Sie nicht nur unsere wichtigste, sondern fürs Erste leider auch unsere einzige Zeugin sind – und dass wir Sie deshalb gerne immer in unserer Nähe wissen.«

»Besten Dank für die herzliche Zuneigung«, konterte ich. »Ich sehe das ja durchaus ein, aber angenehm ist es trotzdem nicht, das eine Gefängnis gegen das nächste auszutauschen. Auch wenn es hier deutlich komfortabler ist.«

»Ich verstehe Sie gut. Wenn es einmal ganz unerträglich wird, ist Herr Dr. Kuhnau sicher gerne bereit, Sie irgendwohin zu begleiten oder Sie zum Essen auszuführen. Aber es wäre mir wirklich sehr lieb, wenn Sie auf seine Begleitung nicht verzichten.«

Ich verzog schweigend das Gesicht.

So verzichtete ich also auf den Ausgang, saß am Abend in meinem neuen Wohnzimmer, blätterte lustlos in deutschen Frauenzeitschriften – seltsame Sorgen haben die Menschen, dachte ich mir bei dieser Lektüre –, trank reichlich vom Württemberger Rotwein (der auf Dauer dann doch etwas fade schmeckte) und glotzte starr ins Pantoffelkino. Es gab im ZDF eine neue Vorabendserie – »Journalistinnen«. Na prost!

Vierter Teil: Ankara, zum Zweiten

Die Verödung des Landes bleibt, bis sie vom Anstieg des Meeresspiegels überboten wird, der Hauptbeweggrund für Umweltflüchtlinge. Diese Tendenzen werden sich in den nächsten Jahrzehnten verschärfen, wenn es nicht gelingt, die Probleme zu bekämpfen, die durch die Umweltflüchtlinge nur deutlich gemacht werden. Immer größere Flächen werden unfruchtbar oder unbewohnbar, sei es durch Wüstenbildung, Verseuchung oder unnatürliche Katastrophen. Zur Mitte des nächsten Jahrhunderts wird die Zahl der Umweltflüchtlinge die heutige Gesamtzahl aller Flüchtlinge wahrscheinlich um das Sechsfache überschreiten. Die Aussicht, dass Millionen Menschen ihre Heimat verlassen müssen, ist erschreckend; sie ist ohne Beispiel und übertrifft in ihren Folgen vermutlich alle bisher dagewesenen und noch stattfindenden Kriege. Die heute schon wachsende Zahl der Umweltflüchtlinge vermittelt nur einen groben Eindruck von der Schwere der Umweltschäden. Mag der Maßstab auch ungenau sein; die Botschaft ist deutlich genug.

Jodi L. Jacobson, »Umweltflüchtlinge«, in: Worldwatch Institute: *Zur Lage der Welt*, Frankfurt a.M. 1989, S. 126

WASHINGTON *(ap) – Das weltweite Ökosystem ist einer im Auftrag der Vereinten Nationen erstellten Studie zufolge durch die wachsende Rohstoffnachfrage stärker gefährdet als jemals zuvor. Die Verschlechterung des Zustandes von Wäldern, Süßwassergebieten und Küsten könne für die Menschheit verheerende Auswirkungen haben, hieß es in den am Sonntag vom World Resources Institute veröffentlichten Bericht. Zu lange hätten arme und reiche Staaten den Folgen ihres Handelns zu wenig Beachtung geschenkt.*

Schwäbische Zeitung, 18. April 2000

I.

Meine Lage deprimierte mich mit der Zeit immer mehr, trotz des nicht versiegenden Nachschubs an deutschem Rotwein, trotz immer häufigerer abendlicher Fernsehexzesse.

Einmal sah ich einen Magazinbericht über die Klimakonferenz, die in acht Tagen in der osttürkischen Stadt Diyarbakir eröffnet werden sollte. Ein Experte des Bundesumweltministeriums wurde vor laufender Kamera befragt, ob er sich von dieser Konferenz große Fortschritte erhoffe. Der Mann zog ein Gesicht, als habe er eine rohe Zitrone verzehren müssen, und sagte dann, da die Chancen zu eingreifenden Veränderungen am Ende des letzten Jahrhunderts vertan wurden, sei die Situation mittlerweile schwierig – *schwierig!* –, die Wandlungsprozesse, die weltweit bereits in Gang gekommen seien, ließen sich nicht mehr aufhalten, allenfalls modulieren. So müsse man zum Beispiel mit einer Zunahme der Windgeschwindigkeiten rechnen, infolgedessen auch mit häufiger auftretenden Orkanen, wovon es in jüngster Vergangenheit ja einige Beispiele gegeben habe. Für den Süden Deutschlands erwarte man auch ergiebigere Niederschläge im Winterhalbjahr, während für viele andere Regionen der Erde eher mit wachsender Trockenheit zu rechnen sei, ergo – er sagte wirklich *»ergo«!* – mit wachsenden Schwierigkeiten in der Wasserversorgung. Das sei ja das Problem mit dieser globalen Krise, dass sie die Kluft zwischen Arm und Reich weiter vertiefe und vor allem die Menschen besonders hart treffe, die ohnehin schon zu den Benachteiligten dieser Erde zählten.

In der Nacht zuvor, nach dieser albernen Sendung mit den Reporterinnen, war auch mein Albtraum wieder aufgetaucht –

seltsam, dass er offenbar eine bestimmte Grundstimmung benötigte, um sich entwickeln zu können, eine Gestimmheit, wie sie in der Situation der Entführung mit ihrer höchst unmittelbaren Bedrohung für Leben und Überleben nicht gegeben war. Das Opfer einer Entführung schwankt zwischen Wut und Verzweiflung, das wusste ich jetzt aus eigener Erfahrung, jede Melancholie liegt ihm fern. Erst jetzt, nach meiner Befreiung, breitete sich rings um mich her, vor allem aber in mir selbst wieder jene Atmosphäre der Betrübnis und der Resignation aus, die offenbar die Grundlage für solche Albträume darstellt.

Jetzt allerdings, womöglich unter dem Eindruck dieser Tage der Gefangenschaft, hatte der Traum sich verändert, sich länger und differenzierter in mein Wachbewusstsein eingekerbt, sich vielfältig mit den Gedanken des Tages verknotet und verwoben, vielleicht auch deshalb, weil mein Tagesablauf zwar nicht mehr von der Lebensgefahr, aber umso stärker von anhaltender Langeweile bestimmt wurde.

Abermals formte sich jene Szene mit dem Wasserhahn, dem nur einige wenige Tropfen Flüssigkeit zu entlocken waren, wieder bedrängte mich die wütende Menschenmenge vor dem Haus. Aber plötzlich, als ich mich umdrehte, um ins Innere des Gebäudes zu flüchten, stand Kevin da, in einer Art Paradeuniform, seltsam prächtig und unnahbar sah er aus.

»Solche Zusammenrottungen können nicht gestattet werden«, sagte er zu mir, »das ist gefährlich. Wenn der Funke des Aufruhrs einmal überspringt, gibt es kein Halten mehr. Im Interesse der Sicherheit.«

Ich unterbrach ihn wütend: »Diese Menschen haben kein Wasser, Kevin. Es gibt kein Wasser mehr. Sie sind hunderte von Kilometern gewandert. Wir können nicht …«

Aber er blickte mich abweisend an und zog eine goldene Taschenuhr aus seiner Uniformweste: »Was können wir nicht? Du bist doch auch hier drin, und nicht draußen bei *denen*, du hast dich doch selbst in Sicherheit gebracht, du weißt doch, wo es

Wasser gibt. Wir können die Dinge nicht mehr ungeschehen machen, wir müssen darauf achten, dass …«

In diesem Moment fielen drei Schüsse.

Und wieder einmal erwachte ich in Schweiß gebadet. Aber diesmal wollte ich nichts davon in mein Tagebuch schreiben. Ich hatte plötzlich das Gefühl, ich müsse diesen Traum und seine Wiederkehr mit Nichtbeachtung strafen, denn falls ich ihm zu viel Bedeutung beimaß, würde ich ihn nie wieder los. Ein seltsamer Einfall, aber mitten in der Nacht, wenn jede Selbstkontrolle versagt, kriechen solche Ideen plötzlich aus irgendwelchen Verstecken hervor.

Jedenfalls hatte es lange gedauert, bis ich wieder einschlafen konnte, und ich war am nächsten Morgen entsprechend griesgrämig.

Der neue Tag schleppte sich, wieder einmal, unter endlosen Befragungen dahin; es war, als hätte das Leben mir einen gebrauchten Tag angedreht. Alles schon einmal dagewesen – auch meine Antworten wiederholten sich, eine ermüdende Prozedur, die nichts ans LIcht förderte, was nicht schon zuvor offensichtlich gewesen wäre. Die Polizei schien über keinerlei neue Erkenntnisse zu verfügen, und falls doch, teilte man sie mir nicht mit.

Am Spätnachmittag, nach einer geraumen Zeit unter der Dusche, setzte ich mich wieder an meinen kleinen Schreibtisch. An Wassermangel wollte ich jetzt nicht denken.

Aber an Kevin sehr wohl. Wo mochte er sein, wie mochte es ihm gehen? Immer wieder kam mir der Frühstücksraum im Sheraton-Hotel in den Sinn. Unsere Distanz und unsere Unfähigkeit, sie zu überwinden. Unsere Sprachlosigkeit. *Und wenn es niemand sieht, weine ich, weil ich begreife, was für dumme Kinder wir waren.*

Tagebucheintrag vom Dienstag, 16. August in der deutschen Botschaft in Ankara

Die Lage deprimiert mich. Ich weiß, ich weiß, eigentlich müsste ich meinem Glück danken, dass alles nicht noch schlimmer gekommen ist. Aber so fühle ich mich nicht. So fühle ich mich überhaupt nicht. Bin ich undankbar dem Glück, dem Schicksal gegenüber? Aber wer ist das – das Schicksal, das Glück? Nichts anderes als eine Verkettung von Zufällen, und wir mogeln, um alles zu unseren Gunsten zu beeinflussen. Das Schlimmste ist verhindert worden: Ich lebe noch. Aber Kevin?

Ein bisschen klarer ist das Bild jetzt aber doch, und es tut gut, die wenigen Details niederzuschreiben, die mir deutlich vor Augen stehen. Vielleicht muss ich es, danach, wieder einmal mit einem Gedicht versuchen, um den Zirkel in sich kreisender Gedanken aufzubrechen. Wäre vielleicht keine schlechte Idee. Aber jetzt erst einmal die Niederschrift dessen, was ich mittlerweile über Kevins Verschwinden weiß.

Nach unserem gemeinsamen Frühstück damals im Sheraton-Hotel – mir ist, als läge es schon Lichtjahre zurück! – fuhr Kevin samt »Herrn Güler« tatsächlich nach Konya. Am Morgen nach jener Nacht, in der ich, nebenbei bemerkt, das erste Mal unter diesem Albtraum litt. Ob das eine mit dem anderen zu tun hat, weiß ich nicht. Aber ich will es nicht unerwähnt lassen.

Der türkische Secret Service (oder wie immer das hier heißen mag, irgendein Wort mit zweihundert Üs vermutlich) hat ihn gründlich observiert, hat festgestellt, in welchem Hotel sein Begleiter und er abgestiegen sind et cetera. Der Grund für diesen Aufwand liegt offensichtlich in ihrer Vermutung, Kevin habe nach seinem Ausscheiden aus der Bundeswehr für den Geheimdienst einer anderen Macht gearbeitet. Für welchen, sagen sie mir natürlich nicht. Für die CIA, wo man befürchtet, dass mit der Annäherung der Türkei an die EU deren bedingungslose Ausrichtung auf die NATO schwankend werden könnte? Oder gar für einen der ehemaligen Gegner im »Kalten Krieg«?

Jedenfalls haben die beiden sich in Konya offenbar wie völlig normale Touristen verhalten und sind anderntags nach Kayseri weitergefahren, das fast dreihundertfünfzig Kilometer von Ankara entfernt ist (und, nebenbei bemerkt, ebenso weit östlich liegt wie Jerusalem). Diese Fahrt nach Kayseri fand statt an jenem Tag, an dem ich die Ruinen von Hattusas besichtigte und den archäologischen Rauschgoldengel namens Russell Myers kennen lernte, der so scharf darauf war, mit mir eine schnelle Nummer zu schieben. Na ja, lieber wieder zurück zu Kevin und »Güler«. Auch in Kayseri übernachteten die beiden nur einmal. Kevin trug sich im Hotel mit seinem richtigen Namen ein, aber »Güler« hatte sich, wie schon in Konya, einen anderen Namen zugelegt: »Özek«. Seltsam. An ihrem Verhalten sei allerdings nichts auffällig gewesen – kein Kontakt zu verdächtigen Personen oder dergleichen.

Am nächsten Morgen sind die beiden dann sehr früh aufgebrochen. Das war der Tag, an dem ich zunächst in Professor Erbakans Wohnzimmer saß und dann meinen Entführern in die Arme lief. Kevin und sein Begleiter hatten im Hotel erzählt, sie wollten den »Nemrut Dag« in Ostanatolien besteigen, einen über zweitausend Meter hohen Berg, auf dessen Gipfel ein größenwahnsinniger hellenistischer Herrscher für sich selbst ein Grabmal und drumherum etliche Kolossalstatuen hat errichten lassen. Das Ganze ist ein beliebtes Touristenziel und von Kayseri rund fünfhundert Kilometer entfernt. Der frühe Aufbruch war also alles andere als ungewöhnlich. Aber dann, sagt Major Akbulut, sind die beiden rund acht Kilometer vor einem Ort, der Adyaman heißt und von dem aus man nach Katha weiterfährt, wo die Straße auf den Gipfel beginnt, nach Süden abgebogen, in Richtung auf die Stadt Urfa, das Edessa der Antike. Und irgendwo hinter dieser Abzweigung ging ihre Spur verloren. »Es war, als habe sie der Erdboden verschluckt«, sagte der Major, und er sah dabei aus, als seien ihm die Magengeschwüre gleich dutzendfach aufgebrochen.

Ich habe mir die ganze Sache auf der Straßenkarte angesehen, und eines ist mir dabei aufgefallen: Der Nemrut Dag liegt nördlich vom Atatürk-Stausee, über den ich schon so viel gehört habe – wie über das ganze anatolische Bewässerungsprojekt, die »Friedenspipeline« und so weiter.

Die Straße, die Kevin und »Güler« benutzt haben, führt hingegen am Südufer des riesigen Sees vorbei. Und sie verläuft recht nahe an der Staumauer. Kann das Zufall sein?

Natürlich muss ich an unsere Unterhaltungen denken. An Kevins obsessives Interesse an der Wasserproblematik und dergleichen. Er ist doch gewiss mit einer bestimmten Absicht dorthin gefahren, und wenn es mir gelingt, mehr über sein Vorhaben herauszufinden – dann vielleicht auch über sein Verschwinden.

Aber ich bin total unsicher, ob ich mit Akbulut und Klein darüber sprechen soll.

Ich hatte diesen Satz soeben beendet, als es an der Tür klopfte – zweimal. Ich zuckte zusammen, klappte das Tagebuch zu und legte es rasch in die Schreibtischschublade. Dann stand ich auf.

»Wer ist da?«, rief ich, ein wenig aufgeregt.

»Wilhelm Kuhnau. Kann ich Sie kurz sprechen?«

Fast hätte ich geantwortet, er solle bleiben, wo der Pfeffer wächst, und am besten für immer. Aber die Einsamkeit siegte über den Verdruss, und schweigend stand ich auf und öffnete ihm die Tür.

»Kommen Sie rein«, sagte ich. »Was kann ich für Sie tun?«

Ich bot ihm keinen Stuhl an, und er setzte sich nicht – Männer im diplomatischen Dienst haben wenigstens noch Manieren. Er stand stumm wie eine Statue mitten im Raum, ein wenig schüchtern.

»Nun?«, fragte ich spitz, um ihn weiter zu quälen.

Er sprach sehr langsam und mit großen Pausen, als müsse er jedes Wort einzeln prüfen wie ein Handwerker ein Stück Holz. »Ich … ich hatte ja gehofft, von Ihnen zu hören. Nun gut. Wenn, äh, der Berg nicht zum Propheten kommt, dann eben umgekehrt. Also, ich bin gekommen, um Sie um Entschuldigung zu bitten. Ich habe mich ziemlich tölpelhaft benommen, gestern Morgen, als ich diesen Verdacht hinsichtlich Ihres Bruders geäußert habe. Was auch immer vorgefallen sein mag – so etwas steht mir einfach nicht zu. Ich bin nicht mit den Ermittlungen in dieser Sache befasst. Ich sollte mich um Ihre Unterkunft und Ihr

Wohlergehen kümmern, und damit basta. Aber irgendwie … irgendwie habe ich Ihnen wohl imponieren wollen. Daher diese … diese Großtuerei. Es wäre wirklich schön, Sie würden es mir nicht weiter übel nehmen.«

»Gut«, sagte ich. »Ich nehme es Ihnen nicht weiter übel.« Und weiter sagte ich nichts mehr.

»Das freut mich sehr«, erwiderte er und drehte sich zur Tür um. »Also dann, ich wünsche Ihnen eine gute Nacht. Ich hoffe sehr, morgen können die Befragungen abgeschlossen werden. Aber Polizisten sind nun einmal so.«

Männer sind eben so, dachte ich mir und wartete, bis er die Tür erreicht hatte. Aber wir Frauen können auch ganz schön biestig sein, bloß auf eine andere Art. »Haben Sie es denn sehr eilig? Wenn nicht, könnten wir ja noch ein Glas Wein miteinander trinken, falls Sie Lust haben. Zur Versöhnung – gewissermaßen.«

Er blickte mich an, als hätte ich ein zentnerschweres Joch von seinen Schultern genommen. »Zur Versöhnung. Da haben Sie Recht. Das ist eine ausgezeichnete Idee.«

»Also dann!« Ich fasste ihn sanft am Ellenbogen und dirigierte ihn zum Sofa hinüber. Und während er sich seufzend niedersetzte, suchte ich bereits nach dem Korkenzieher.

Tagebucheintrag vom 17. August
morgens, 6.30 Uhr

Nein, es kam alles ganz anders als gedacht.

Wilhelm – für den Namen kann er ja nichts. Aber es gibt wenig Alternativen. Soll ich ihn etwa »Willy« nennen? Schreck und Graus!

Aber das ist eigentlich total egal. Wichtig ist seine Persönlichkeit. Und die ist absolut ungewöhnlich, vor allem für einen Mann. Was als Erstes auffällt: Er kann zuhören. Einfach zuhören, ruhig und geduldig – ohne irgendwelche Kommentare abzusondern und ohne zu erklären, was man eigentlich hätte tun sollen. Er hörte einfach zu, und das war gut und war genug.

Ich hatte ja so viel zu erzählen, ich musste einfach reden, reden, reden – es war wie ein Dammbruch. Oder wie das Öffnen von Schleusentoren. Aber er bewahrte die Ruhe. Die meisten Männer hätten mich immer wieder unterbrochen, hätten mir gesagt, was ich falsch gemacht habe und was sie richtig gemacht hätten. Hätten sich selbst überboten mit klugen Kommentaren, Hinweisen, Hypothesen. Er hat einfach nur hingehört. Irgendwie – irgendwie hat er das, was aus mir herausgesprudelt ist, einfach gelten lassen können. Als einen Teil von mir. Das tat wahnsinnig gut.

Als es dann so weit war – als es für mich so weit war –, habe ich ihn natürlich nach seiner Meinung gefragt. Er war, gewarnt durch den Eklat vom Montagmorgen, sehr zurückhaltend und vorsichtig.

»Ich glaube, Akbulut und Klein machen ihre Arbeit gut«, sagte er schließlich. »Sie mögen nicht unbedingt die besten Talkmaster sein, aber sie verstehen ihr Handwerk wirklich. Es ist nicht leicht herauszufinden, was es mit dem Bundeswehroffizier a. D. Kevin Fromm und seiner Türkeireise auf sich hat. Natürlich wissen Akbulut und Klein sehr viel mehr, als sie sagen – aber trotzdem glaube ich ihnen, dass sie noch im Dunkeln stochern. Die Sache hat eine böse Aura.«

In dieser Hinsicht kann ich ihm nur voll und ganz zustimmen. Irgendwann bin ich des ewigen Debattierens müde geworden. Es ist ein sinnloses Herumrühren in einem Haufen Mist, geboren aus dem Drang, wenigstens irgendetwas zu tun – mag es auch so gut wie nichts nützen, so ist es doch zumindest beruhigend: »Wir haben ja alles getan …«

Kevin! Vielleicht sollte ich es mir einfach verbieten, weiter an ihn zu denken. Aber wie? Irgendwie!

Deshalb denke ich lieber an Wilhelm. Ich muss mir unbedingt einen Spitznamen für ihn ausdenken, so geht es einfach nicht weiter. Die Feder sträubt sich regelrecht.

Aber ich sträube mich nicht. Um ehrlich zu sein, mir war bis zuletzt nicht ganz klar, wie dieser Abend enden würde. Ich hatte schon das Lied aus der »Dreigroschenoper« im Kopf: »Ja, da muss man sich doch einfach hinlegen – ja, da kann man nicht kalt und herzlos sein.« Etwa so habe ich *mich gefühlt. Aber er stand kurz vor Mitternacht einfach auf und sagte, dass wir uns Zeit nehmen sollten für unsere Gespräche und überhaupt – und dass er das unbefangene Gespräch mit mir sehr genossen habe, aber denke, morgen sei auch noch ein Tag, und er freue sich schon, mich wieder zu sehen, doch ich hätte ja auch noch anstrengende Termine vor mir. Dafür wünsche er mir viel Glück.*

Und schon war er wieder an der Tür – wie drei Stunden davor bereits einmal. Aber diesmal folgte ich ihm und legte ihm die Hand auf die Schulter.

»Ich bin sehr froh, dass du heute hierher gekommen bist«, sagte ich. »Jetzt weiß ich auch, dass du ein geduldiger und weichherziger Bursche sein kannst. Selbst wenn du dich noch so sehr bemühst, das hinter deinem coolen Diplomatengehabe zu verbergen.« Und dabei biss ich ihn leicht ins rechte Ohrläppchen.

»Ich bin auch froh darüber«, sagte er. »Weichherzig stimmt schon. Viel zu weichherzig. Deshalb muss ich auch manchmal so blöd auftrumpfen. Aber ich habe auch meine harten Stellen, das kann ich dir sagen. Doch das ist ein Thema für später.«

Da hatte er schon die Hand auf die Türklinke gelegt.

»Das hoffe ich sehr, dass das ein Thema bleibt«, sagte ich und schob ihn sanft aus der Tür. Er grinste mich an, sagte »Gute Nacht« und verschwand über den Flur.

Ich setzte die Rotweinflasche an den Mund und trank einen kräftigen Zug. Ganz und gar nicht damenhaft! Na ja, es war ja nur ein Trollinger; um einem Nobile di Montepulciano wäre es wirklich schade gewesen!

An Einschlafen war jedoch nicht zu denken. Ich war einfach zu erregt, um Ruhe zu finden …

2.

Irgendwann kam ein Tag, da verloren Akbulut und Klein plötzlich das Interesse an mir. Das war am 19. August, kurz vor der Mittagspause – und nach einer langen Sitzung. Wieder einmal hatten wir alles durchgekaut. Zuletzt befragten sie mich stundenlang nach allen möglichen (wirklichen und vermeintlichen) Vorlieben meines Bruders, und plötzlich, so schien es, war eine Art Sättigungspunkt erreicht. Die beiden Polizisten blickten einander nachdenklich, fast traurig an, dann seufzte Major Akbulut, verzog schmerzlich den Mund und fingerte eine Zigarette aus dem silbernen Etui.

»Frau Fromm, wir sind, so denke ich, mit unseren Fragen am Ende. Wir danken Ihnen sehr für Ihre Geduld und für die Bereitschaft, mit uns zusammenzuarbeiten. Dass das kein Kinderspiel für Sie war, wissen wir. Es ist sehr bedauerlich, dass wir noch keine Ergebnisse unserer Ermittlungen vorweisen können. Und dass Sie sich nach wie vor Sorgen um Ihren Bruder machen müssen. Dass diese Lage Sie bedrückt, ist nur allzu verständlich. Wie auch immer, wir bitten Sie darum, weiterhin Kontakt zu uns zu halten und Herrn Dr. Kuhnau stets darüber in Kenntnis zu setzen, wo Sie sich aufhalten. Besser noch, Sie lassen sich von ihm begleiten. Was uns betrifft, so werden wir uns mit Sicherheit bei Ihnen melden, sobald wir etwas Neues über das Schicksal Ihres Bruders erfahren haben. Jedenfalls danken wir Ihnen sehr für Ihre Mitarbeit.«

»*Mersi*«, erwiderte ich und neigte höflich den Kopf.

Zum ersten Mal sah ich ein Lächeln über die schmalen Lippen des Major Akbulut huschen. Er sagte nichts weiter, und es schien, als sei er vollauf damit beschäftigt, den Nikotindunst der Zigarette in seinen Körper zu inhalieren.

Zum Ausgleich meldete sich allerdings sein Kollege Paul Klein zu Wort: »Sie sollten fürs Erste in Ankara bleiben, Frau Fromm. Oder jedenfalls keine größeren Touren unternehmen, ohne uns zu informieren. Herr Kuhnau wird sich gerne um Sie kümmern, da bin ich mir sicher. Im Rahmen seiner Möglichkeiten, selbstverständlich.«

Im Rahmen seiner Möglichkeiten ... Ich war drauf und dran zu gehen, als mir noch etwas einfiel. Ich sprach den Major direkt an: »Herr Akbulut, es gibt hier in der Türkei doch eine Aktivistengruppe, die unter dem Namen YILDIRIM operiert.«

Er sah mich entgeistert an, etwa so, als hätte ich gesagt, sein Hosenladen stehe offen und sein Schwanz wäre zu besichtigen. »Ja, die gibt es«, antwortete er dann. »Ökoterroristen. Geben vor, die Welt verbessern zu wollen, und richten dabei eine Menge Schaden an. Wie kommen Sie denn darauf? Eine Verbindung zu Ihrem Entführungsfall – das kann ich mir wirklich kaum vorstellen!«

»Das habe ich auch nicht gemeint. Mein Bruder erwähnte diese Gruppe nur einmal kurz, als wir noch zusammen in Ankara waren. Er wusste allerdings nichts Genaues über sie. Er meinte nur, das sei vielleicht ein interessantes Thema für mich. Journalistisch gesehen.«

»Ich verstehe. Aber dazu würde ich Ihnen, offen gesagt, nicht raten. Wissen Sie, hier in der Türkei wird von staatlicher Seite sehr genau darauf geachtet, dass sich die Presse nicht in polizeiliche Ermittlungsarbeiten einmischt.«

»Schon gut, schon gut. Haben diese Blitzer denn in der letzten Zeit irgendetwas angestellt?«

»Nein«, erwiderte Paul Klein anstelle seines Kollegen. »Es ist recht still um sie geworden. Vor anderthalb Jahren haben sie den illegal errichteten Silo einer Zementfabrik an der Schwarzmeerküste demoliert, seither hat man nichts mehr von ihnen gehört.

Aber möglicherweise ist ja etwas im Gange. Ich kann durchaus verstehen, dass Sie sich als Journalistin auf dieses Thema stürzen wollen, aber ich glaube, es wäre trotzdem sehr weise, dem Rat des Majors Folge zu leisten. Sie sind derzeit in einer anderen Lage als ein x-beliebiger Journalist.«

»Ist das eine Drohung?«

»Nein. Eine Tatsache.«

Unter anderen Bedingungen hätte ich gewiss nicht klein beigegeben, aber jetzt wollte ich den Konflikt nicht eskalieren lassen.

»Ich sagte schon, das ist für mich kein Thema. Ich habe im Moment genug Arbeit, die einstweilen liegen geblieben ist und voller Sehnsucht auf mich wartet. Vermutlich muss ich meine Kollegen in München erst einmal davon überzeugen, dass ich von der ›Gehirnerschütterung‹ nicht meschugge geworden bin und weiter recherchieren kann. Sie sind bestimmt ganz schön ungeduldig.«

Mit einer nichts sagenden Grußformel verließ ich den Raum. *Herrn Kuhnau wird sich um Sie kümmern, im Rahmen seiner Möglichkeiten ...* Über diese Möglichkeiten würde ich wirklich gern Genaueres herausfinden. Vielleicht war die Frage nach YILDIRIM wirklich ein Fehler gewesen, aber immerhin wusste ich jetzt, dass die beiden Polizisten diese Anarchistenclique verdammt ernst nahmen. Seltsam, dass ich in Deutschland nie etwas darüber gelesen hatte. Wie viel Information einem im Alltag durch die Lappen geht! Ich lief durch die langen, öden Gänge des Botschaftsgebäudes in mein Apartment und rief sofort in Wilhelms Büro an. Es dauerte eine Weile, bis ich ihn sprechen konnte – ungeduldig trommelte ich mit den Fingern auf die Glasplatte des Beistelltischchens.

»Ich bin's, Randy.«

»Hallo. Schön, dich zu hören. Du klingst ja richtig heiter. Gibt es denn etwas Neues?«

»Kannst du wohl sagen. Akbulut und Klein haben mir eröffnet, dass mit der Vernehmung erst einmal Schluss ist. Ich soll mich in Bereitschaft halten, aber ich kann meiner Wege gehen. Ist das nicht toll?«

»Allerdings. Gratuliere herzlich. Haben sie denn irgendetwas Spezielles herausgefunden?«

»Leider nein. Jedenfalls sagen sie mir nichts. Angeblich tappen sie immer noch im Dunkeln.«

»Schlimm. Da bleibt leider nur Abwarten.«

»Abwarten und Tee trinken – beides nicht mein Fall. Sag mal, das Wochenende steht doch vor der Tür. Können wir nicht einen Ausflug machen? Ich will raus aus dieser Stadt.«

Er zögerte ein wenig mit der Antwort, und ich konnte das nachdenkliche Gesicht am anderen Ende der Leitung in allen Einzelheiten vor mir sehen.

»Wenn du das gerne möchtest. Es kommt drauf an, wohin. In Anatolien ist es heiß und staubig. Aber wir könnten zusammen ans Meer fahren, ans Schwarze Meer oder ans Mittelmeer: *Ak Deniz*, das ›wahre Meer‹, wie es auf Türkisch heißt. Die Schwarzmeerküste wäre natürlich sehr viel näher.«

»Tut mir Leid, wenn es deinen Vorstellungen zuwiderläuft, aber ich möchte lieber ins Gebirge. Es gibt doch diesen Berg mit dem Grabmal und den Kolossalstatuen – den Nemrut Dag. Ich habe im Reiseführer darüber gelesen. Das Gelände dort würde ich sehr gerne sehen. Ist das zu machen?«

Wieder eine Pause am anderen Ende der Leitung.

»Das ist verdammt weit weg, weißt du, über fünfhundert Kilometer. Auf keinen Fall an einem Tag zu schaffen. Wir müssten unterwegs übernachten, mindestens einmal. Aber wenn du es unbedingt möchtest ...«

»Unbedingt. Ohne Wenn und Aber.«

Er lachte. »In Ordnung, ich unterwerfe mich. Aber wir können erst übermorgen starten, am Samstag. Ich habe morgen noch alle Hände voll zu tun. Und am Samstagmorgen müssen wir dann verdammt früh aufbrechen.«

Sehr früh aufbrechen – es fröstelte mich bei diesen Worten.

Warum bin ich nicht ehrlich zu ihm, fragte ich mich plötzlich und beruhigte mich sofort: Auf der langen Fahrt haben wir genug Zeit. Ich will ihm von Anfang an reinen Wein einschenken. Sonst steht alles unter einem schlechten Stern. Irgendwie begann ich, mich in einem Gewebe aus Lügen und Halbwahrheiten zu verheddern – wie eine Spinne, die plötzlich ihre instinktive Übersicht verliert und im eigenen Netz an den Fäden kleben bleibt.

»Das macht mir überhaupt nichts aus«, hörte ich mich lügen. »Es ist ja schon übermorgen. In der Zwischenzeit kann ich meine Arbeit wieder aufnehmen. Ich werde gleich in München anrufen. Und du? Was hast du denn morgen zu tun?«

»Jede Menge. Soll ich dir nicht besser beim Mittagessen davon erzählen?«

* * *

Als disziplinierter deutscher Diplomat trank Wilhelm zum Mittagessen nur Mineralwasser.

»Ich weiß nicht, wie gut du informiert bist über diese Klimakonferenz, die in der nächsten Woche in der Stadt Diyarbakir beginnt«, sagte er bedächtig und stellte das schmucklose Wasserglas so vorsichtig auf den Tisch, als sei es eine antike Kostbarkeit. »Das ist ziemlich weit im Südosten. Diyarbakir ist eine alte Stadt, eigentlich die Hauptstadt der kurdischen Bevölkerung und von daher seit Jahrzehnten ein Zentrum der Unruhe. Die Türkei hat ausgerechnet dort ihren Staatsgerichtshof angesiedelt, und tausende von Menschen sind unter höchst fragwürdigen Umständen hinter Gefängnismauern verschwunden. Jetzt haben sich die Zeiten geändert, offiziell jedenfalls. Aber der Bürgermeister von Diyarbakir, ein Kurde, ist noch neun Monate nach Kriegsende festgenommen und abgesetzt worden, weil er die PKK unterstützt haben soll. Wie auch immer, für die Regierung ist diese Tagung auf jeden Fall ein wichtiges Prestigeprojekt: Man will der Weltöffentlichkeit demonstrieren, wie schön und friedlich das Kurdengebiet ist, jetzt, wo der Krieg endlich ein Ende gefunden hat. Ob das stimmt oder nicht, sei dahingestellt. Jedenfalls gibt es auf dieser Konferenz eine von uns, von deutschen Experten, vorzubereitende Arbeitsgruppe, und das Treffen dieses Initiativteams beginnt schon morgen. Auch meine Wenigkeit ist mit von der Partie.«

»Das hört sich ziemlich interessant an. Ist es eine Klausurtagung, oder kann ich dabei sein?«

»Klar kannst du – wenn du möchtest. Sie tagen auch noch Samstag und Sonntag, aber dann ist meine Anwesenheit nicht mehr unbedingt erforderlich. Nur morgen, am Eröffnungstag.«

»Ja, ich verstehe schon. Dann könnten wir am Samstag tatsächlich zum Nemrut Dag fahren?«

»Ja, sicher«, antwortete er ohne Begeisterung. »Wenn du unbedingt möchtest. Aber ich warne dich noch einmal, es ist wirklich nicht der nächste Weg. Und von dort nach Diyarbakir ist es auch noch ein hübsches Stück. Ich werde uns Zimmer für die Übernachtungen reservieren lassen. Wie schon gesagt, ohne Zwischenstopp kommen wir nicht aus.«

»Können wir nicht einfach losfahren und unterwegs sehen, ob wir irgendwo etwas finden?«

Er orderte mit einer Handbewegung die Rechnung.

»Das ist in dieser Gegend nicht so einfach. Ich wäre doch mehr für die sichere Lösung.«

Und für die damit verbundene Kontrolle, dachte ich, sagte aber: »Na gut. Ehrlich gesagt, ist mir die Hauptsache, wir kommen irgendwie aus Ankara raus.«

»Ja, ich kann verstehen, dass du aus der Stadt wegwillst.« Er blickte auf seine Taschenuhr. »Ich muss wieder unters Joch. Was wirst du heute Nachmittag tun?«

»Weiß nicht. Ein wenig Korrespondenz erledigen, vielleicht. Material sichten. Vielleicht wieder Kontakt mit dieser Journalistengruppe aufnehmen. Und mit Professor Erbakan. Immerhin habe ich einen Auftrag zu erledigen. In München waren sie nicht sehr begeistert von der Verzögerung. Das Wichtigste war, dass keine zusätzlichen Reisekosten entstehen. Aber ich konnte sie beruhigen, meine Krankenversicherung würde das direkt mit der Botschaft regeln, habe ich behauptet. Jetzt wollen sie rasch Ergebnisse sehen. Wann beginnt die Konferenz in Diyarbakir?«

»Am Mittwoch nächster Woche. Das Vorbereitungstreffen hier bei uns ist bis Montagabend angesetzt.«

»Die Tagung könnte mich interessieren. Die in Diyarbakir, meine ich. Und das Vorbereitungstreffen hier bei euch in der Botschaft auch, das sagte ich ja schon. Ich sollte vielleicht nochmals die Redaktion kontaktieren, eventuell kommt ja einer vom Wissenschaftsressort. Dann sehen wir weiter.«

»Gute Idee. Tu das!«

Er legte mehrere Scheine als Trinkgeld auf seine Serviette.

Ich beobachtete seine Hände.

Es wäre interessant, etwas Genaueres über diese YILDIRIM-Gruppe herauszufinden, dachte ich. Andererseits darf ich mich nicht verzetteln. Was auch immer der fette Wiedemayer erwartet, in erster Linie geht es mir um Kevin. Alles andere muss zurückstehen, selbst Blitz und Donner.

* * *

Wilhelm hatte beim Mittagessen merkwürdig abwesend gewirkt, fast schon desinteressiert. Es gab natürlich tausend Vernunftgründe dafür, aber trotzdem hatte es mich getroffen.

Am Nachmittag telefonierte ich mit Peter. Er schien sehr besorgt, deutete leise Vorwürfe an, immerhin hatte ich mich am 10. August das letzte Mal bei ihm gemeldet. Ich beeilte mich, ihn zu beruhigen; die Geschichte von meinem angeblichen Unfall konnte ich mittlerweile auswendig, am Ende würde ich noch selber daran glauben. Ich fühlte mich nicht gut bei dieser Lügerei, aber was blieb mir übrig? Obwohl ich Kommissar Klein zutiefst verabscheute, wollte ich mich dennoch an unsere Abmachung halten. Jedenfalls fürs Erste.

»Na ja«, erwiderte er ruhig, »ein kurzer Anruf hätte mich trotzdem gefreut. Aber du musst wissen, was du tust.« Und das war einer von jenen Sätzen, mit denen er mich auf die höchste Palme jagen konnte, vor allem dann, wenn seine Kritik keineswegs aus der Luft gegriffen war. »Wo bist du denn jetzt zu erreichen?«

»Über die deutsche Botschaft. Ich gebe dir gleich die E-Mail-Adresse. Aber sag mir zuerst, ob du etwas über diese Klimakonferenz weißt, die am nächsten Mittwoch in der Osttürkei beginnt, in Diyarbakir? Ich überlege gerade, ob ich daran teilnehmen soll.«

»Das würde ich sehr begrüßen. Dann sehen wir uns nämlich. Ich komme auch dorthin.«

Diese Auskunft verschlug mir glatt die Sprache.

»Hallo, Randy? Bist du noch dran?«

»Ja, natürlich. Habe mir gerade eben etwas zum Mitschreiben gegriffen. Das ist ja toll, dass du auch nach Diyarbakir kommst. Kannst du mich mit Unterlagen zu der Konferenz versorgen? Es gibt hier in der Botschaft so eine Art Vorbereitungstreffen. Na, das scheint ja eine interessante Sache zu werden. Also pass auf, die Kennnummer ist …«

Warum lüge ich?, fragte ich mich und fühlte mich noch unbehaglicher als zuvor, als ich begonnen hatte, die Wahrheit zu verbiegen. Warum lüge ich schon wieder? Es kam mir vor, als habe die Atmosphäre von Gewalt, Arglist und Intrige, von der ich in der letzten Woche umgeben war, nun auch auf mich abgefärbt. Die Rolle eines hilflosen Opfers konnte ich jetzt jedenfalls nicht mehr spielen. Das Ende der Unschuld, zweifellos.

Ich goss mir ein Glas Trollinger ein und dachte nach.

Ich hatte Peter noch nichts von meinem Gedicht gesagt. Warum eigentlich? Na ja, ich hätte dann vermutlich auch irgendetwas zu den Gründen sagen müssen, die mich veranlasst hatten, es niederzuschreiben. Besser, ich hob mir das für nächste Woche auf. Diese neue Wendung der Dinge, derzufolge wir uns in der nächsten Woche im Osten Anatoliens begegnen würden, hatte ja auch ihre Vorteile. Von Angesicht zu Angesicht lässt sich doch vieles sehr viel besser besprechen.

Als der Weinpegel bis auf etwa zwei Zentimeter über dem Flaschenboden abgesunken war, beschloss ich, Peter am Tag darauf noch einmal anzurufen.

Und unter Wilhelms Nummer meldete sich niemand.

Na gut, dachte ich mir, wenn die Welt mich verschmäht ... Ich warf wieder einmal zwei Kapseln Chloraldurat ein und verzog mich nach den Tagesthemen ins Bett. Schnell sank ich in einen drückenden, traumlosen Schlaf.

3.

Die Sitzung in der deutschen Botschaft, die sich mit der Erdatmosphäre, der globalen Klimaveränderung und ihren regionalen Folgen befassen sollte, war geprägt von einer höchst seltsamen Stimmung. Es war eine Mischung aus Geschäftigkeit, Zynismus und Resignation, ich kann es nicht genauer fassen – aber dieses giftige Gebräu hing spürbar über dem Ganzen. Jedenfalls lastete es auf mir.

Wilhelm, der mich freundlich, aber förmlich begrüßt hatte, eröffnete die Sitzung mit einem kurzen Statement. Er hatte mich den Teilnehmern als Journalistin vorgestellt, aber angefügt, ich würde nur von ihm autorisierte Texte veröffentlichen. Mir war das recht, obwohl es mich etwas überraschte, denn wir hatten diesen Punkt zuvor nicht erörtert und erst recht nichts Konkretes miteinander vereinbart.

Zuerst verwies er darauf, dass die Klimaerwärmung ja leider – und das sei allen Anwesenden ohnehin klar – kein drohendes Ereignis sei, sondern ein bereits in Gang befindlicher Prozess. Verhindern lasse er sich nicht mehr, aber bremsen und in seinen Folgen abmildern. Er erinnerte dann an die Feiern zum Beginn des Jahres 2000 – auf den Kiribati-Inseln unmittelbar westlich der Datumsgrenze hätten in der Nacht vom 31. Dezember 1999 zum 1. Januar 2000 einheimische Musiker mit Trommelklang das neue Jahr und mithin, nach landläufiger Meinung, auch das neue Jahrhundert begrüßt. Aber leider sei gerade diese Inselgruppe von den Folgen der Klimaerwärmung, vom Anstieg des Meeresspiegels, besonders bedroht – vermutlich werde sie noch in diesem Jahrhundert, dessen Beginn man soeben überschwänglich gefeiert habe, von den Wassermassen des Pazifischen Ozeans überflutet werden. Was nützte es da, dass der Inselstaat im Jahr 1999 als 188. Mitglied in die Vereinten Nationen aufgenommen worden sei!

An dieser Stelle legte Wilhelm eine kleine Pause ein; ob aus dramaturgischen Gründen oder aus innerer Bewegung, war nicht ersichtlich. Dann fuhr er fort: Der Konferenz, die am nächsten Mittwoch im östlichen Anatolien beginne, sei ein Erfolg von Herzen zu wünschen – obwohl, leider, allgemein die Skepsis überwiege. Wie auch immer, die jetzige, von der deutschen Botschaft und der GTZ, der bundeseigenen Gesellschaft für technische Zusammenarbeit, gemeinsam organisierte Vorabtagung diene dazu, mit deutschem Expertenwissen die Folgen der Klimaerwärmung für die Türkei abzuschätzen. Dies sei eine wissenschaftlich-technische Hilfestellung der Bundesrepublik Deutschland für ein Land, dem sie – trotz aller Spannungen – seit Jahrzehnten freundschaftlich verbunden sei.

An dieser Stelle betrat Wilhelms Sekretärin leise den Raum, huschte zu mir und drückte mir einen dicken Stapel Papier in die Hand – offenbar die Unterlagen, die Peter mir per E-Mail zugesandt hatte. Ich bedankte mich. Im selben Moment beendete Wilhelm seine Ausführungen und übergab die Tagungsregie an einen unauffälligen Herrn von der GTZ, der uns alle mit ebenso langweiligen wie umständlichen Ausführungen über das weitere Vorgehen nervte. Wie immer in solchen Fällen stieg der Geräuschpegel im Saal erheblich an.

Als die bürokratischen Prozeduren endlich geregelt waren, fanden alle, es sei Zeit für die erste Kaffeepause.

Die Atmosphäre war hektisch bis geschäftig, und es dauerte eine ganze Weile, bis ich halbwegs ungestört ein paar Sätze mit Wilhelm reden konnte.

»Du hast bei deiner Rede eine kleine Pause eingelegt, ganz am Anfang. Was war los mit dir? Du hast plötzlich ganz bekümmert dreingeschaut?«

»Ist dir das aufgefallen? Alle Achtung. Ja, du hast vollkommen Recht. Die allmähliche Verfertigung der Gedanken beim Reden – du kennst wahrscheinlich diesen Aufsatz von Kleist, mit dem man sich im Gymnasium abquälen muss. Genau so ist es mir vorhin passiert. Während ich meine Rede abspulte, wurde mir plötzlich klar, von welchem Wahnsinn da die Rede ist. Denk doch mal: August 1999 – das angebliche ›Jahrhundertereignis‹ der Sonnenfinsternis, einen Tag darauf ist es schon wieder völlig vergessen. Vier Monate später der ›Jahrtausendwechsel‹ – noch großartiger inszeniert, noch mehr Events, noch mehr Kommerz. Und schon im Januar fragten sich die Leute: War da was? Je mehr solcher Großereignisse öffentlich abgefeiert werden, desto weniger kümmert sich die Menschheit um die wirklich entscheidenden Fragen. Das ist mir plötzlich unheimlich deutlich geworden, als ich vorhin von den Kiribati-Inseln sprach.«

Er schluckte trocken und schlürfte jede Menge Kaffee in sich hinein. Ich legte ihm vorsichtig die Hand auf den Arm.

»Recht hast du, die entscheidenden Fragen. Aber wer entscheidet, was entscheidend ist? Für mich kommt es im Moment nur auf eine Sache ganz entscheidend an: auf die Frage, was mit meinem Bruder geschehen ist.« Er nickte und sah irgendwie dankbar aus, und das wollte ich ausnützen: »Sag mal, in allen Botschaften gibt es doch bestimmte Räume, von denen aus man telefonieren kann, ohne abgehört zu werden?«

Er grinste: »Nein, gibt es nicht. Wer hat dir denn diesen Bären aufgebunden? Es gibt Besprechungsräume, die abhörsicher sind, das schon. Doch das mit dem Telefon, das ist nicht zu machen. Rein technisch nicht. Aber ich habe ein Handy, das nicht registriert ist. Wenn du es haben willst – du fährst mit dem Taxi ein paar Kilometer weg, dann bist du aus der Reichweite aller Richtfunksender und kannst ohne Risiko telefonieren. Was ist es denn, was so dringend der Geheimhaltung bedarf?«

»Du bist ganz schön neugierig. Aber mach dir keine unnötigen Gedanken, es ist rein familiär«, log ich. »Weißt du, Akbulut und

Klein müssen nicht sofort erfahren, was ich mit meinen Eltern bespreche.«

Meine Eltern waren seit fünf Jahren tot und begraben, aber eine andere Ausrede fiel mir nicht ein. Es war ein klassischer Fall von Flucht nach vorn, und ich fühlte mich dabei ziemlich elend. »Außerdem würde ich mich gerne noch einmal mit Professor Erbakan treffen. Und, wenn es möglich ist, auch mit dieser Journalistin. Gestern habe ich es schon versucht, aber sie war nicht zu erreichen. Auch kein Anrufbeantworter. Ihre Handynummer habe ich nicht.«

Meine Worte schienen ihn kaum zu überraschen. »Okay, aber unter einer Bedingung: dass du die Fahrbereitschaft der Botschaft nutzt. Ich werde das gleich abklären. Ich regle es persönlich, und du kannst mir vertrauen, dass das mit Schnüffelei nichts zu tun hat. Es ist nur eine Sicherheitsmaßnahme. Deine Telefongespräche und deine Unterredung mit Erbakan und anderen bleiben deine Privatsache. Einverstanden?«

»Einverstanden.«

In diesem Moment klatschte der GTZ-Langweiler in die Hände und rief die Anwesenden mit Leichenbittermiene dazu auf, wieder Platz zu nehmen.

Ich folgte dieser Weisung und bemühte mich sehr, ebenso wichtig dreinzuschauen wie die anderen Kongressteilnehmer. Ob es mir auch gelang, da bin ich nicht so sicher.

Nach wiederum sehr weitschweifigen Vorbemerkungen des Tagungsleiters begann der erste Referent mit seinem Vortrag, ein blasser, rothaariger Hautarzt aus München, der aussah, als habe man ihn im Keller gezüchtet, und der mich insofern irritierte, als er es nicht für nötig hielt, beim Sprechen den Kaugummi auch nur für Sekundenbruchteile aus dem Mund zu nehmen.

Sein Thema war die Gefahr der verstärkten Einstrahlung von UV-Licht, die wiederum bedingt ist durch das, was volkstümlich »Ozonloch« genannt wird, also durch die Abnahme der Ozonkonzentration in den obersten Schichten der Erdatmosphäre.

Das reaktionsarme, stabile Edelgas Ozon wirkt dort wie ein Schutzschild gegen ultraviolettes Licht, und das möglicherweise gesundheitsschädliche UV-Licht, das normalerweise vom Ozon zurückgehalten wird, trifft jetzt in viel größerer Menge auf den Erdboden auf – und damit auch auf die dort lebenden Menschen. Dies sei zweifellos die Ursache einer steigenden Zahl von Hautkrebserkrankungen, meinte er, insbesondere, was den bösartigen schwarzen Hautkrebs, das »maligne Melanom«, anbetrifft. Leider gebe es für die Türkei keine exakten Zahlen, aber da das Land gebirgig sei, mit weiten Hochebenen, in denen sich die Menschen viel im Freien aufhielten, müsse die Lage als dramatisch eingeschätzt werden. Das Problem liege – erstens – darin, den Menschen passive Schutzmaßnahmen nahe zu bringen; die Forderung der islamischen Fundamentalisten, den weiblichen Körper sehr weitgehend zu verhüllen, müsse unter dem Aspekt der Hautkrebsvermeidung als positiv betrachtet werden. Zweitens komme es darauf an, ein wirksames System der Hautkrebs-Früherkennung zu etablieren, das dann greifen könne, wenn der passive Reizschutz versagt habe. Hier gebe es aber beträchtliche Schwierigkeiten, die nicht nur im zu grobmaschig strukturierten Gesundheitswesen festzumachen seien, sondern auch in der landestypischen Mentalität, die vor allem …

An diesem Punkt begann bei mir eine andere Form von Reizschutz zu wirken, und ich schaltete innerlich ab. Der Mann hatte zweifellos Recht und er trug wichtige Dinge vor, aber sein völlig monotoner Vortragsstil ohne jeden Versuch einer Intonation – wobei er das Ende seiner ineinander geschachtelten Sätze regelmäßig verschluckte – hatte auf mich den Effekt eines starken Schlafmittels.

Es versetzte mir einen spürbaren Adrenalinstoß, als ich die neben mir sitzenden Männer plötzlich auf die Tische klopfen hörte und irgendwo vorn etwas gesagt wurde wie » … für diese präzisen Ausführungen. In der nächsten Woche werden wir ausführlich Gelegenheit haben, uns der Umsetzungsproblematik zu widmen. Jetzt machen wir eine kurze Pause, bevor wir zum nächsten Thema übergehen.«

Irgendetwas war grundlegend falsch an dieser Art, das Thema anzupacken, aber ich konnte beim besten Willen nicht sagen, was. Es war, so schien mir, nichts Verkehrtes gesagt worden, und dennoch ... Ich beeilte mich, auf Wilhelm zuzugehen. Der war gerade in eine Unterhaltung mit dem GTZ-Mann vertieft, und es dauerte eine ganze Weile, bis ich eine günstige Gelegenheit fand, mich in den Gesprächsverlauf einzuschalten.

»Entschuldige die Störung, aber ich möchte jetzt gern in die Stadt zu meiner Verabredung. Kann ich denn nun einen von euren Wagen benutzen?«

»Ja, klar. Geh einfach zum Eingang. Ich rufe an, und wenn du dort bist, wissen sie schon Bescheid.«

»Ich danke dir. Ich versuche dann auch gleich, Kontakt mit Erbakan zu bekommen. Sehen wir uns zum Abendessen?«

»Wenn du ertragen kannst, dass du mich nicht für dich allein hast, sondern mit einigen anderen Teilnehmern dieses Meetings zusammen sein musst, unter diesen Bedingungen sehr gerne!«

Was hatte er nur? Merkte er, dass ich nicht ehrlich zu ihm war? Ich fühlte mich ja selber beschissen dabei!

Langsam ging ich zum Ausgang, aber während ich die freudlosen Flure des Botschaftsgebäudes querte, merkte ich, wie sich meine Schritte ganz von selber beschleunigten. Raus hier – endlich raus! Es war höchste Zeit, mich wieder selbstständig zu machen.

* * *

Wenig später saß ich im Fond einer Audi-Limousine und ließ mich die kurvige Straße zum Atatürk-Mausoleum hinaufkutschieren.

An diesem riesigen Gebäude, architektonisch einem antiken Tempel nachempfunden, das man 1944 bis 1953 auf dem Raseteppe-Hügel errichtet hatte, ließen sich nach meinem Gefühl der ganze Glanz und das ganze Elend der türkischen Republik erkennen: ein Monument, 55 mal 72 Meter im Grundriss – diese Abmessungen hatte ich meinem Reiseführer entnommen –, ein in Stein gehauener, wuchtiger Ausdruck des neuen Machtwillens, Größe statt Geschichte. Der Versuch eines Neuanfangs, dessen Dimensionen für alle Zukunft bedrücken. Der Mann, der sich hier zur Ruhe hatte betten lassen – an seinem fünfzehnten Todestag wurde sein Sarg aus dem heutigen ethnographischen Museum hierher gebracht – , hatte auf »sein« Land wie eine politische Dampfwalze gewirkt: immer vorwärts, und das mit einer Kraft, die alles, aber auch alles niederdrückt.

Ich ließ mich an der Allee absetzen, die – fast dreihundert Meter lang und dreißig Meter breit – auf den Klotz des Mausoleums zuführt. Ich stellte mich an den Straßenrand, blickte auf die Hügelstadt Ankara hinunter und gab Peters Nummer in das Handy ein. Zuerst war seine Sekretärin am Apparat und erzählte mir etwas von einer wichtigen Sitzung, aber ich machte es sehr dramatisch und wurde schließlich doch durchgestellt.

»Randy, hallo! Was ist denn? Ist etwas Schlimmes passiert? Deine Stimme klingt so – so seltsam!«

»Na ja, schon. Aber mir geht es gut, du brauchst dir keine Sorgen zu machen. Ich habe mich ganz gut erholt.«

»Habe ich aber getan. Hattest du das Handy abgestellt? Ich habe ein paar Mal versucht, dich zu erreichen.«

»Ja, es ist kaputt.« Das war nur zum Teil gelogen. Der Halslose, in welchen Tiefen der Hölle er jetzt auch schmoren mochte, hatte das Gerät irgendwo verschwinden lassen, und die Polizei konnte es bisher nicht finden. Mir hier in der Türkei Ersatz zu beschaffen, hatte ich bisher nicht versucht, aber mit Wilhelms Hilfe könnte es klappen. »Nein, es gibt keinen Grund, dass du dich beunruhigst. Nein, absolut nicht, jedenfalls *nicht meinetwegen*.

Hör mal, ich kann hier nicht ausführlich sprechen, verstehst du? Ich erzähle dir alle Einzelheiten, wenn wir uns nächste Woche in Diyarbakir treffen. Es geht um Kevin. Er sitzt irgendwie in der Scheiße – wie tief, weiß ich noch nicht. Aber ich versuche, ihm zu helfen. Der Haken an der Sache ist, dass niemand weiß, wo er steckt, er ist spurlos verschwunden. Verschwunden, ja.

Hör zu, Peter, unterbrich mich jetzt bitte nicht. Es ist sehr wichtig. Ich habe erst hier erfahren, dass Kevin bereits Ende Dezember 1999 bei der Bundeswehr ausgeschieden ist. Ja, genau, es ist schon eine ganze Weile her! Verrückt, nicht wahr? Nein, ich habe nicht das Geringste davon gewusst, das ist es ja. Eben. Er hat mir nie etwas davon erzählt. Ja, mehr als seltsam. Als habe er ein Doppelleben geführt. Vielleicht hat das damit zu tun, dass jetzt ... Ja, mit seinem Verschwinden. Nein, ich kann es dir am Mittwoch in allen Einzelheiten erklären.

Aber pass auf, ich möchte, dass du versuchst, alles darüber in Erfahrung zu bringen, was sich in Deutschland recherchieren lässt. Vertraulich, verstehst du? Ja. Danke. Ich weiß, dass ich mich auf dich verlassen kann. Danke. Nein, bitte nichts per E-Mail. Ja, es genügt, wenn du am Mittwoch mündlich berichtest. Danke. Bis dann. Pass auf dich auf. Bis dann, ich freue mich.«

Ich musste nach diesem Gespräch tief Luft holen. Es war ... ach je, es war alles schlicht beschissen.

Ich schlenderte einige Minuten die Allee auf und ab – ratlos, ziellos. Dann ging ich zu dem wartenden Auto zurück, öffnete die Beifahrertür und ließ mich auf die Rückbank fallen.

Der Fahrer blickte von seiner Zeitung auf, drehte sich zu mir herum und wartete darauf, dass ich das Wort an ihn richtete; aber ich blieb stumm. So drehte er nach einer langen Pause den Kopf noch weiter zu mir herum und fragte vorsichtig: »Wollen Sie denn nicht das Mausoleum besichtigen?«

Ich betrachtete die Männer der Ehrengarde mit ihren weißen Helmen und den auf die Gewehre aufgepflanzten Bajonetten. Sie standen regungslos auf ihren Posten. Es gab keinen sichtbaren Unterschied zwischen den Soldaten der Ehrenwache vor dem

Lenin-Mausoleum an der Kremlmauer in Moskau und den Soldaten hier und den Posten vor irgendwelchen anderen Mausoleen und Grabmälern irgendwo in der Welt, die die letzte Ruhe so genannter großer Männer zu bewachen hatten. Es sah so aus, als fürchteten sich diese »großen Männer« noch im Sarg vor Belästigung und Ruhestörung durch das »einfache Volk«.

Nein, ich wollte das Mausoleum nicht besichtigen – mir genügte der Blick auf die Wache, auf diese martialische Dekoration für ein martialisches Monument. Sie erinnerte mich allzu sehr an ein Lied, das man in der DDR nicht hatte hören, geschweige denn singen dürfen: »Soldaten sind sich alle gleich, lebendig und als Leich' ...«

»Nein, lieber nicht«, sagte ich freundlich, doch bestimmt. »Aber ich will noch rasch telefonieren. Und wenn es geht, will ich in der Stadt ein Interview machen.«

* * *

»Herr Professor Erbakan, nehmen Sie denn auch an der Klimaschutzkonferenz teil, die am Mittwoch in Diyarbakir beginnt?«

Der alte Herr schaute mich freundlich an. Wir hatten uns in einem Gartenlokal verabredet – sein Haus hatte ich nicht mehr betreten wollen. Zum Glück fragte er nicht nach dem Grund dafür. Aber warum ich mich nicht mehr bei ihm gemeldet hatte, das wollte er natürlich schon wissen. Ich hatte ihn am 11. August besucht, und heute schrieben wir den 20. Ich spulte wieder mein Sprüchlein ab, die Geschichte mit dem Sturz, mit der Gehirnerschütterung, dem ärztlichen Rat, bei größter Ruhe im Bett zu liegen. Er hatte sich mehr höflich als interessiert nach den Einzelheiten erkundigt, ob ich jetzt wiederhergestellt sei und so fort; aber es war, als schwebe ein Wölkchen aus Misstrauen zwischen uns. Glaubte er mir nicht? Und wenn ja, warum? Jedenfalls war ich froh, mit der Klimakonferenz ein »neutrales« Thema ansprechen zu können.

»Nun ja«, sagte er und deutete mit einer winzigen Mundbewegung ein feines Lächeln an, »zum offiziellen Teil bin ich nicht eingeladen. Aber es wird aller Voraussicht nach noch ein Parallelmeeting in der Stadt veranstaltet, und dort werde ich auf jeden Fall dabei sein. Kommen Sie denn auch nach Diyarbakir, Frau Fromm?«

»Ich habe es vor, ja.«

»Das freut mich. Die Stadt ist reich an Sehenswürdigkeiten. Für mich hat ihr Name freilich einen düsteren Klang. Dass mein Vetter sich dort vor dem Staatsgerichtshof verantworten musste, habe ich ja schon bei unserem letzten Treffen erwähnt. Die alten Stadtmauern von Diyarbakir sind berühmt, aber man könnte meinen, dass sich darin der Geist der Despotie durch die Jahrhunderte erhalten hat. Die Stadt ist sozusagen ein Freilichtmuseum für Willkür und Herrschsucht. Aber, wie schon erwähnt, es gibt auch viele Kulturdenkmäler zu besichtigen.«

»Herr Erbakan, Ihr Land ist derart reich an Sehenswürdigkeiten, dass ich mich Monate hier aufhalten müsste, um auch nur eine grobe Ahnung davon zu bekommen. Ich täte das, nebenbei bemerkt, auch wirklich gerne. Nur fürchte ich, dass meine Redaktion nicht unbedingt einverstanden sein wird. Sie sind ohnehin nicht glücklich mit dieser Verzögerung wegen meines Unfalls. Morgen hoffe ich übrigens zu einer Fahrt nach Anatolien aufbrechen zu können. Wir werden den Gipfel des Nemrut Dag besichtigen und, da wir schon einmal in der Gegend sind, auch den Atatürk-Stausee. Sie wissen ja, dass seit unserem letzten Treffen auch mein besonderes Interesse den Wasserproblemen gilt, die wir für die Zukunft erwarten müssen.«

Er lachte nun ganz offen, zog aber zugleich die hohe Stirn in Falten. »Nun, meines ja bekanntlich auch. Es ist eine Schlüsselfrage für unser aller Zukunft. Aber ich bin leider sehr im Zweifel, ob das Thema bei der Konferenz von Diyarbakir die gebührende Beachtung findet.«

»Was bedeutet denn die Klimaerwärmung für die Türkei? Welche Auswirkungen wird sie auf die Wasserversorgung des Landes haben und welche auf die Landwirtschaft?«

»Das ist es ja eben – niemand nimmt sich ernsthaft dieser dringlichen Fragen an. Sie kommen doch aus München, nicht wahr? Die bayerische Staatsregierung gilt nicht als übermäßig grün angehaucht – aber sie hat immerhin eine Untersuchung über die Auswirkungen der Klimaveränderung auf Bayern in Auftrag gegeben. Dieser Bericht ist Anfang 2000 veröffentlicht worden. Ich habe ihn mir sofort schicken lassen – ein höchst interessantes Dokument. Man hat zum Beispiel vorhergesagt, dass sich in der Bodenseegegend das lokale Kleinklima stärker erwärmen wird als am Chiemsee. Man erwartet auch, dass es in den Wintermonaten Dezember, Januar und Februar in den Alpen mehr Niederschläge geben wird. Die Niederschlagsmenge könnte um fünfzig Millimeter pro Jahr steigen. Dazu kommen auch noch stärkere Winde. Das bedeutet mehr Schnee – und mehr Lawinen, um nur diese spektakulären Einzelheiten zu nennen.«

Ich schluckte. Ich hatte von diesem bayerischen Klimabericht bisher nichts gewusst, und jetzt machte mich, hier in Ankara, ein zwangspensionierter türkischer Professor auf dieses Gutachten aufmerksam. Irgendwie peinlich. Und ich rechnete mich noch zu den eher gut informierten Zeitgenossinnen! Wie viele andere Mitmenschen mag es geben, die von alledem nichts wissen und auch *nichts wissen wollen*? Die den Kopf in den Sand stecken und sich sagen: So schlimm wird es schon nicht kommen. Die denken: Ist doch egal, nach uns die Sintflut. Oder modern ausgedrückt: Nach uns der Anstieg des Meeresspiegels!

Und war ich eigentlich so viel anders? Auch ich kümmerte mich doch im Wesentlichen um die Alltagsroutine, um meinen Beruf, um die tausend Dinge des Lebens, die vermeintlich wichtig sind; und erst Erlebnisse wie eine Entführung und das Verschwinden des eigenen Bruders reißen dich aus alledem heraus und zeigen dir das Hamsterrad, in dem du die ganze Zeit munter gelaufen bist, ohne zu begreifen, um welche Tretmühle es sich handelt. *Die entscheidenden Fragen* ... Noch einmal: Wer entscheidet, was entscheidend ist? Ich war doch auch nichts Besseres als ein etwas zickiges junges Mädchen mit allen möglichen Flausen im Kopf und einem Arsenal an flapsig-coolen Verhaltensweisen, die mir freilich jetzt nichts mehr nützen konnten. War ich nicht gerade eben drauf und dran, mich irgendwie immer tiefer in irgendwelchen Sackgassen zu verirren in meinem trotzigen Einzelkämpferinnengehabe?

Professor Erbakan sah mich zögern, und ich wette, er ahnte etwas von den Gründen, doch vornehm, wie er nun einmal war, ging er elegant darüber hinweg.

»Wissen Sie, Frau Fromm, von so differenzierten Prognosen können wir hier in der Türkei nur träumen. Dabei hätten wir sie viel nötiger. Unser Land ist sehr gebirgig, unser höchster Berg ist über fünftausend Meter hoch, und über die riesigen Hochebenen fegt der Wind. Wird er bald auch die letzten Reste fruchtbaren Bodens fortwehen? Wir werden vermutlich stärkere Niederschläge in den Wintern haben, vielleicht wird die Kälte, die in Nordostanatolien im Winter oft richtig grausam ist, etwas gemildert werden. Aber, und das ist die andere Seite, die Sommer werden länger, noch heißer und noch trockener werden. Die Flucht in die Städte wird zunehmen, und in den Städten wird der Grundwasserspiegel weiter sinken. Wenn in unseren Seen die Wassertemperatur steigt, bilden sie ideale Brutstätten für Mikroorganismen aller Art. Und ihre Überträger – die Anophelesmücken, die uns mit dem Malariaerreger infizieren – brauchen bei zwanzig Grad Celsius drei Wochen, um sich zum Blut saugenden Insekt zu entwickeln, bei einunddreißig Grad aber nur noch sieben Tage. An diesem Beispiel lässt sich vielleicht begreifen, was alles auf uns zukommt.

In Ihrem Land sind die Probleme lange nicht so groß wie bei uns, außerdem gibt es Geld, Know-how und die nötige Infrastruktur, um sich schützen zu können; obwohl Vorbeugung natürlich viel besser wäre. Uns wird es jedenfalls härter treffen, aber niemand in der politischen Führungsschicht denkt an Vorbeugung und auch nicht an Schutz. Und wieder einmal werden die Armen alles besonders heftig zu spüren bekommen, im eigenen Land, aber auch auf der ganzen Welt.«

Er hielt einen Moment inne und nippte an seinem Teeglas, dann fügte er nachdenklich hinzu: »Es ist das Übermaß, das unsere Welt zu ruinieren droht: das Übermaß der Industrialisierung, die Maßlosigkeit des globalen Kapitalismus. Die Erde ist durch all das völlig aus dem Gleichgewicht geraten. Earth in Balance, so hatte der amerikanische Politiker Al Gore seine Vision überschrieben, damals, da er noch als engagierter Umweltschützer gelten wollte, 1992, im Jahr der großen UNO-Umweltkonferenz von Rio de Janeiro. Ich bin selbst dort gewesen, und das war eine Epoche, in der auch ich noch optimistisch war, was ein weltweites Umdenken angeht. Und heute, rund zehn Jahre später? Nun, ich will Sie nicht weiter mit diesen philosophischen Gedanken langweilen. Aber Sie sollten wissen, dass es in der zweiten Sure des Korans, Al-Baqarah, heißt: ›*Überschreitet das Maß nicht, denn Allah liebt nicht die Maßlosen.*‹«

»Sie langweilen mich nicht im Geringsten. Aber Sie werden es mir nicht verübeln, wenn ich zu einer sehr konkreten Frage übergehe: Wem ist der Atatürk-Staudamm – ich nenne ihn stellvertretend für das ganze anatolische Bewässerungsprojekt – ein Dorn im Auge? Und noch konkreter: Gibt es eine Gefahr durch Terroristen, durch Freischärler?«

Er kniff die Augen zusammen, dann blickte er lange und schweigend über die graue Stadt hinweg in die Ferne, als sei irgendwo am Horizont ebenjene Gefahr zu erkennen, nach der ich gefragt hatte, und als käme sie allmählich näher wie ein feindliches Heer bewaffneter Panzerreiter in den Zeiten der Kreuzzüge.

»Ja«, erwiderte er langsam und gedehnt, »ja, also ... wie man es nimmt. Also, offen gesagt, ich glaube, unsere Staudämme sind vor allem durch Verlandung und durch Erdbeben gefährdet.

Einen Staudamm zu sprengen, gut, General Tschiang Kai-schek hat 1939 im chinesischen Bürgerkrieg einen Damm in Nordchina zerstören lassen, damals hat man über eine Million Todesopfer gezählt. Grauenhaft, nicht wahr? Der Gelbe Fluss galt ja schon immer als der ›Kummer Chinas‹, aber damals, 1939, hat sich das Leid noch ins schier Unermessliche gesteigert.«

Einen Augenblick sah es so aus, als wollten seine gelockerten Assoziationen ihn in irgendwelche Regionen davontragen, die weit entfernt von meiner Frage lagen, aber dann nahm er sich plötzlich wieder zusammen.

Er blickte mich nachdenklich an, zwinkerte ein wenig ins Licht und sagte bedächtig: »Wissen Sie, die Staaten am Unterlauf von Euphrat und Tigris sind natürlich gar nicht froh über dieses türkische Projekt. Aber das wissen Sie bereits. Der Irak leidet schon seit Jahren an zunehmender Trockenheit, und das Problem hat sich im Jahr 2000 deutlich verschlimmert. Dazu kommen noch die Folgen der UNO-Sanktionen, die seit 1990 in Kraft sind, also schon über ein Jahrzehnt. Die Produktion von Gerste ist im Irak seit 1990 um ein, die von Weizen um zwei Drittel zurückgegangen, Millionen Tiere sind bisher verendet – wegen der Dürre, aber auch an Maul- und Klauenseuche.

Sanktionen! Die Welt macht es sich zu einfach, wenn sie ganze Länder sozusagen für vogelfrei erklärt, wenn man die Bevölkerung dieser Länder aus Abscheu über ihre Herrscher zu Geiseln macht – einmal die Irakis, ein anderes Mal die Serben. Ich verteidige die dortigen Machthaber keineswegs, aber solche Maßnahmen sind schlicht ungerecht. Ihre Folgen hat natürlich nicht Saddam Hussein, sondern das einfache Volk zu ertragen.

Aber ob die irakische Regierung deshalb Terrorakte auf türkischem Territorium unterstützen würde ... ich halte das für sehr fraglich. Im Kurdenkrieg hat Saddam Hussein die türkische Armee stets unterstützt, selbst dann, wenn unsere Truppen auf irakisches Gebiet vorgedrungen sind, was ja mehrfach der Fall gewesen ist. Also, hier sehe ich eigentlich keine Gefahr. Bliebe noch Syrien. Und es könnte natürlich noch andere Mächte geben, die die innere Lage unseres Landes destabilisieren wollen. Das Wasserproblem könnte ein vorgeschobenes Motiv sein, wer weiß? Nun, das sind weitläufige Spekulationen.

Wie ich bereits erwähnt habe, wird die Lage ohnehin immer instabiler, schon aus ökologischen Gründen. Die Welt verstrickt sich in eine von uns Menschen inszenierte Tragödie, daran sind keine Terroristen schuld. Die Urheber sind wir selbst, wir alle – unser Geschäftssinn, unser Wunsch, aus allem Profit zu schlagen.

In der Marktwirtschaft wird alles ruiniert, was keinen Marktwert hat, unsere Umwelt zum Beispiel, die Atmosphäre, das Klima.«

In diesem Moment trat mein Fahrer zu uns an den Tisch. Er begrüßte Professor Erbakan höflich und sagte dann leise zu mir: »Frau Fromm, ich komme wegen einer Nachricht aus der Botschaft. Herr Kuhnau hat gesagt, es wäre gut, wenn Sie sich rasch bei ihm meldeten.«

Ich entschuldigte mich bei Professor Erbakan, weil ich so plötzlich und unerwartet aufbrechen müsse, mitten in einem derart anregenden Gespräch. Ich bot ihm an, ihn noch nach Hause zu bringen, was er jedoch ablehnte, und nun folgte das in der Türkei allgegenwärtige Ritual – selbstverständlich wollte er die Rechnung bezahlen, aber mit einer Mischung aus Charme und Härte wusste ich mich schließlich durchzusetzen.

»Wir werden ja beide in Diyarbakir sein, wenn am Mittwoch die Tagung eröffnet wird – ich hoffe, wir sehen uns dort. Können Sie mir die Adresse Ihrer Unterkunft geben?«

»Aber selbstverständlich.«

Er kritzelte etwas auf einen kleinen, gelben Zettel. Ich sah ihm nachdenklich dabei zu und fühlte mich gedrängt, zum Abschied noch etwas Verbindliches zu sagen. Schließlich versuchte ich es so: »Herr Professor Erbakan, ich denke immer noch an das, was Sie vorhin über das Übermaß sagten. Sie haben eine Sure aus dem Koran zitiert. Mir ist dazu eingefallen, dass im antiken Griechenland doch auch sehr viel von Maß und Maßlosigkeit gesprochen wurde – von der Hybris, der Verblendung, die die Menschen ins Verderben führt, und so weiter. Ich glaube …«

Er fiel mir etwas abrupt ins Wort: »Aber ja doch. Wissen Sie, die ganze moderne Wissenschaft ist doch eigentlich eine Synthese aus griechischem und islamischem Denken. Als Europa im Mittelalter wieder damit begann, die Werke des Aristoteles zu studieren, nahm man dafür arabische Texte zur Hand. Um das Jahr 1000 beispielsweise waren Córdoba und Palermo die größten Städte Europas, und es gab weltberühmte islamische Hochschulen, lange bevor in Bologna und Oxford die ersten christlichen Universitäten eröffnet wurden. Gut, es würde zu weit führen, das jetzt erklären zu wollen; aber es ist so. Ich habe Ihnen übrigens noch eine kleine Broschüre mitgebracht. Da können Sie etwas zu diesem Thema nachlesen.«

Ich beschloss, darauf nichts zu erwidern, und verabschiedete mich, das dünne Heft in der Hand, das er mir lächelnd überreicht hatte. »Islam und Wissenschaft« stand auf dem Einband.

Dann folgte ich dem Fahrer, der schon ungeduldig mit dem Autoschlüssel spielte, auf den Parkplatz vor dem Lokal.

»Wir fahren also zur Botschaft zurück?«, fragte er.

»Ja, bitte.«

Er öffnete mir die Tür, und ich stieg ein. Der Fahrer wartete, bis ich den Gurt angelegt hatte, ließ den Motor an, und dann quälten wir uns durch den Verkehr der Großstadt – Meter um Meter.

* * *

Während unser Wagen sich durch die völlig verstopften Straßen in Richtung Botschaft kämpfte, entdeckte ich plötzlich einen Mitsubishi Pinin im Rückspiegel. Ich starrte durch die staubigen Scheiben, und es dauerte nicht lange, bis ich erkannte, dass tatsächlich Russell Myers am Steuer saß. Ich ließ das Seitenfenster herunter und winkte ihm zu – er erkannte mich, aber es dauerte bei diesem Stop-and-go-Verkehr noch eine ganze Weile, bis die Fahrer ihre beiden Autos so manövrieren konnten, dass an irgendeiner Ampel der schwere Geländewagen rechts neben unserer Limousine zum Halten kam.

Russell beugte sich so weit aus dem Fenster, dass ich schon Angst hatte, er würde auf die Straße fallen.

»Hey, guten Abend!«, rief er vergnügt. »Schön, dich wieder zu sehen. Wie geht es dir?«

»Gut, danke der Nachfrage«, log ich.

»Aber wo hast du gesteckt? Ich habe immer wieder im Hotel Bulvar angerufen und dich nicht erreicht; und dann hörte ich, du seiest in die deutsche Botschaft umgezogen. Was treibst du ausgerechnet dort?«

»Unzucht, was denn sonst! Im Ernst, ich nehme an dieser Klimakonferenz nächste Woche in Diyarbakir teil, und da gibt es vorher einiges zu recherchieren, und für so was brauche ich nun mal den Kontakt zu unserem diplomatischen Dienst. Aber worauf ich mich besonders freue: Morgen werde ich nach Anatolien fahren, zum Nemrut Dag. Ich möchte diese verrückten Kolossalstatuen sehen, weißt du.«

»Ach was. Hör mal, vielleicht bin ich dann ganz in der Nähe. In Aslantepe, dem Löwenhügel, gibt es eine berühmte Grabungsstätte. Das Löwentor hier im Museum von Ankara stammt von dort. Ruf mich doch an. Hier ist meine neue Handynummer.«

Er hielt mir eine bedruckte Karte entgegen, die ich rasch an mich nahm. Die Ampel sprang auf Grün, und sofort ertönte hinter uns ein vielstimmiges Hupkonzert, obwohl man sowieso kaum schneller als Schritttempo fahren konnte. Russell winkte aus dem Fenster zu mir herüber und bog dann an der nächsten Kreuzung gemächlich nach rechts ab.

Ich ließ mich in die Polster sinken.

Schon wieder gelogen!

Würde das allmählich zur Gewohnheit werden? Ich kannte mich so nicht, und ich mochte mich so nicht. Im Gegenteil, ich fand mich abstoßend. Aber ich war auch noch nie in meinem Leben in einer derart verzwickten Lage gewesen – und so ratlos. Wie die Spinne, die sich ins eigene Netz verstrickt, weil sie mit der Situation einfach nicht fertig wird. Aber anders als Spinnen könnten Menschen darüber reden, doch dafür müsste das Klima stimmen. Das Klima … das Klima zwischen den Menschen änderte sich. Noch vor einer Woche hatte ich daran gezweifelt, aber jetzt war ich mir sicher. Es änderte sich.

Und nicht zum Besseren.

* * *

»Was gibt es denn so Eiliges?«, fragte ich Wilhelm und war selbst erschrocken über den gereizten Klang meiner Stimme.

»E-Mail für dich«, erwiderte er lakonisch und ohne sichtbare Gemütsbewegung. »Hier!« Er deutete auf den Computerausdruck, der vor ihm auf dem Schreibtisch lag. Ich griff danach und bemerkte erschrocken, dass meine Hand leicht zitterte.

»WICHTIG«, war als Erstes auf dem Text vermerkt. »Sofort Frau Randy Fromm verständigen. Dr. Peter Kutschinsky, Rückversicherung für Deutschland.«

»Ich habe natürlich nur das Anschreiben gelesen«, betonte Wilhelm. Diese Behauptung klang ein wenig mokant, aber ich hatte weder Zeit noch Lust, mich darum zu kümmern. Doch es kam noch ärger. »Ich wusste gar nicht, dass du für die Versicherungsbranche arbeitest«, fuhr er fort.

»Doch, ich bin private Ermittlerin, hatte ich dir das nicht erzählt? Es geht um die Lebensversicherung meines Bruders, wir recherchieren, an wen sie ausgezahlt werden soll, falls er nicht mehr am Leben sein sollte. Hättest du dir eigentlich denken können.«

»Hör mal, ich … jetzt werd doch nicht gleich zynisch, Randy. Ich kann sehr gut verstehen, wie nah dir das alles geht, das ist doch klar. Willst du lieber allein sein? Ich hol dich dann morgen ab – wenn dir an unserem Ausflug noch gelegen ist.«

»Natürlich ist es das. Verdammt nochmal, es mag ja stimmen, dass meine Nerven momentan nicht die besten sind, aber was ist eigentlich *mit dir*? Du führst dich auf wie die wandelnde Weltvernunft in Tiefkühlverpackung, immer völlig ungerührt.«

»Vielleicht bin ich ohne Kühlung nicht lange haltbar. Jedenfalls im Moment. Es ist alles so hektisch, Randy. Ich muss heute noch eine Menge arbeiten. Leider. Dieses Vorbereitungstreffen kostet mich jede Menge Zeit, das wirst du doch verstehen können. Aber ich habe dir gesagt, dass ich am Wochenende eine Pause einlege, und selbstverständlich bleibt es dabei, das ist doch Ehrensache. Morgen ist endlich Samstag, und dann fahren wir gemeinsam los. Ich hole dich um sechs Uhr ab. Oder ist dir das zu früh?«

Ein Mann, ein Wort! Vermutlich fühlte er sich jetzt echt stark, so überaus pflichtbewusst und prinzipientreu. *Ich stehe dazu.* Gefühle und anderer Weiberkram spielen dabei keine Rolle. *Ist doch Ehrensache.* Es fehlte nur noch das Ehrenwort, diese deutsche Zauberformel von Uwe Barschel bis Helmut Kohl.

Ich drückte dem deutschen Ehrenmann sein abhörsicheres Supertelefon in die Hand und schüttelte nur stumm den Kopf. Ich schluckte trocken und spürte, wie meine Speiseröhre sich immer enger zusammenzog.

Dann hatte ich es plötzlich sehr eilig, wieder auf mein Zimmer zu kommen. Dort legte ich mich aufs Bett und heulte.

Aber schon eine halbe Stunde später rief ich bei Wilhelm an und fragte, wie es denn mit dem Abendessen stehe.

4.

Wie Wilhelm es mir angekündigt hatte, waren wir beim Abendessen nicht allein. Der Münchner Hautarzt saß mit am Tisch und drei andere Teilnehmer des Vorbereitungstreffens waren ebenfalls gekommen, darunter nur eine Frau, die sich allerdings als besonders unangenehm erwies – ihr Lachen war zu laut, ihr Parfüm zu aufdringlich, ihr Kleid zu grell geblümt. Sie war Biologin und arbeitete an der Universität Münster; als sie mir kurz und herablassend erläuterte, was ihr Arbeitsschwerpunkt sei, begriff ich kein Wort, und das ärgerte mich besonders. Sie quittierte meine Verstimmung mit einem Lächeln süß wie türkischer Sirup.

»Tut mir Leid, wenn ich mich ein wenig kompliziert ausgedrückt habe. Es ist eben ein ambitioniertes Forschungsprojekt. Die Details sind wohl wirklich nicht leicht zu begreifen.«

Und dazu hatte sie Wilhelm permanent angestrahlt. Ich hätte ihr am liebsten meine Joghurtsoße in die dünnen Haare geschmiert. Das teure, aber aufdringliche Moschusparfüm, das sie benutzte, machte die Sache auch nicht besser.

Schon während der Vorspeisen bereute ich, dass ich meine Meinung geändert hatte und nicht in der Botschaft geblieben war, zumal ich den Gesprächen wenig abgewinnen konnte: zu viel Fachsimpelei, zu viel bürokratisches Insiderwissen, kaum etwas von allgemeinem Interesse über das Selbstverständnis dieses bornierten Expertenzirkels hinaus. Es wäre besser gewesen, sich länger mit Binur Caliskan zu unterhalten. Ich hatte sie heute endlich erreicht und mich kurz mit ihr getroffen, wieder bei einer Margerita, und fragte sie dies und das, aber es kam kein unbefangenes Gespräch in Gang. Natürlich erzählte ich auch ihr von meinem »Unfall« und versuchte dabei vergeblich herauszubekommen, wie eng ihre Beziehung zu Russell Myers sein mochte. Plötzlich gesellte sich ein vierschrötiger junger Mann zu uns und setzte sich ohne lange Formalitäten an unseren Tisch.

»Das ist Sevil Cakir«, sagte Frau Caliskan und strahlte den eher muffig wirkenden Neuankömmling an. »Er ist einer der besten Umweltreporter der Türkei. Er recherchiert vor allem wegen des Atomkraftwerks, das in der Region Antalya gebaut werden soll – mitten in einem Erdbebengebiet. Sevil, das ist Frau Fromm aus Deutschland. Sie will etwas über uns schreiben, weil es heißt, unsere Gruppe sei für den Friedensnobelpreis vorgeschlagen worden.«

»Ja, das stimmt«, erwiderte der junge Mann, dessen wichtigstes Merkmal offenbar seine Übellaunigkeit war. »Aber das ist eine Luftnummer. Ein Professor aus Istanbul hat uns vorgeschlagen, ein Psychiater. Er ist Mitglied bei Amnesty International und bei den Ärzten für die Verhinderung des Atomkriegs. Und da diese Vereine selbst mit dem Nobelpreis ausgezeichnet worden sind, hat er das Recht, ganz offiziell einen Kandidaten zu benennen. So sind die Regularien. Aber ich glaube nicht, dass der Vorschlag eine echte Chance hat. Sorry, Frau Fromm, aus der großen Story wird nichts. Eher baut Siemens hier ein Atomkraftwerk, als dass Frau Mater und ihr Team den Nobelpreis bekommen.«

Arschloch, hatte ich mir gedacht, und gesagt, dass die Arbeit, von der Frau Caliskan mir erzählt hatte, es auch ohne Nobelpreis verdient hätte, in Deutschland mehr Aufmerksamkeit zu finden. Aber es erwies sich als schwierig, sich weiter zu unterhalten, denn meine türkische Kollegin war offenbar ernsthaft in diesen Blindgänger verliebt, der sie behandelte, als sei sie eine lästige Fliege auf seinem *Adana kebap*. Nun gut, wenn sich die Story über den Nobelpreis als Flop erwies, konnte ich mich mit gutem Gewissen auf die Recherche in Umweltfragen konzentrieren.

Zumal, wie ich mittlerweile wusste, niemand aus der Wissenschaftsredaktion nach Diyarbakir fuhr.

»Natürlich, Randy«, hatte Wiedemayer ins Telefon geschleimt, »Sie sind jetzt unser Mann in der Türkei, nehmen Sie das Thema mit der Konferenz gleich mit. Aber sehen Sie zu, dass Sie einen Aufhänger finden, der irgendwie als neu rüberkommt. Das Thema ›Klima‹ ist doch ziemlich ausgelutscht, alle wissen ja, dass es auf diesen Konferenzen nicht richtig vorwärts geht. Na ja, vielleicht finden Sie ja den richtigen Dreh.«

Mein Gott, war ich nur noch von Idioten umgeben? Kein Wunder, dass meine Laune ihren Tiefpunkt erreicht hatte, als ich mich vom Botschaftschauffeur in das Lokal kutschieren ließ, wo sich das Wissenschaftlerteam versammelt hatte.

Und was ich dort erlebte, trug auch nicht gerade zur Verbesserung meines Befindens bei.

»Wird Keith Muller denn nun nach Diyarbakir kommen oder nicht?«, fragte die Biologin affektiert, als ginge es um die Offenbarung einer neuen Weltreligion.

Keith Muller? Ich glaubte mich zu erinnern, irgendwann einmal von Peter diesen Namen gehört zu haben, wusste aber nicht mehr, wo ich ihn einordnen sollte.

»Muss ich den kennen?«, fragte ich leise den Münchner Arzt, der an meiner rechten Seite saß und noch zu den Nettesten in dieser Runde gehörte – von Wilhelm Kuhnau einmal abgesehen, der mir allerdings empörend wenig Aufmerksamkeit schenkte.

»Sie müssen natürlich nicht«, erwiderte der Mediziner lachend. »Andererseits ist er schon eine bedeutende Persönlichkeit. Und zwar weniger als Wissenschaftler denn politisch. Er leitet seit über zwanzig Jahren das One-Earth-Institute in Washington, D. C., eine ausschließlich aus privaten Mitteln finanzierte, unabhängige Forschungseinrichtung, die jedes Jahr einen ›Bericht zur Lage der Welt‹ herausgibt – stets unmittelbar im Anschluss an die Rede ›Zur Lage der Nation‹ des US-Präsidenten. Da werden dann die Themen prägnant zusammengefasst, die alle angehen, über die viele auch schon Bescheid wissen und von denen trotzdem niemand das Entscheidende hören will: das, was sich ändern muss. Ein Sammelsurium aller unbequemen Wahrheiten, sozusagen. Die Welt nimmt's zur Kenntnis und taumelt unbeirrt der Katastrophe entgegen.«

»Ja, es sieht ganz danach aus. *Mit der Welt geht es unaufhaltsam zu Ende, aber dauernd kommen neue Leute nach, die zu dumm sind, um das zu begreifen, und so tun, als fange der Spaß erst richtig an ...*«

»Wie bitte?«, fragte der Mediziner.

»Das war von John Updike«, erwiderte ich und spielte mit Wonne die Belesene, die ich gar nicht war. »Es gibt in den USA eine Menge kluger Leute.«

»Da haben Sie gewiss Recht. Was Muller betrifft, so stammt er allerdings aus Kanada.«

»Aha!« Ich schob nachdenklich mein Weinglas hin und her, worauf der aufmerksame Kellner, der meine Geste missverstand, es sofort wieder bis zum Rand füllte. Nur zu, ich konnte es durchaus gebrauchen – und dass Wilhelm mir einen besorgten Blick zuwarf, als ich fast das ganze Glas mit einem Zug leer trank, tat mir richtig gut. »Und was ist nun mit diesem phänomenalen Mister Muller? Er soll nach Diyarbakir kommen, aber es gibt irgendwelchen Streit?«

»Ja, das ist allerdings wahr.« Der Arzt hielt die Hand über das Glas, als der Kellner ihm nachschenken wollte. »Danke, nein, ich möchte nichts mehr. Muller hätte gleich am Anfang der Konferenz ein Referat über Umweltflüchtlinge halten sollen – ein Spezialthema seines Instituts. Aber dann gab es irgendwie Meinungsverschiedenheiten wegen der Tagesordnung und der Redezeit, einige vermuten dahinter eine Intrige der türkischen Regierung, und schließlich hat Muller einige Bedingungen gestellt und querköpfig, wie er nun einmal ist, dabei gleich angekündigt, er würde auf seinen Vortrag lieber ganz verzichten, wenn das Präsidium ihm nicht garantieren könne, dass seine

Forderungen in jeder Hinsicht erfüllt werden. Meines Wissens ist dieser Streit noch nicht ausgestanden.«

»Die Sache gefällt mir.«

Ich sah, dass Wilhelm einen nervösen Blick auf seine Taschenuhr warf.

»Es scheint mir ohnehin«, setzte ich jetzt noch einen drauf, »dass viele dieser Probleme sehr theoretisch und sehr wissenschaftlich angegangen werden – als handle es sich darum, dass einige Experten ihre Gedankenexperimente korrekt zu Ende führen. Aber es geht doch um die Zukunft von Millionen Menschen, und zwar in der Hauptsache von denen, die von unserem entfesselten Turbo-Kapitalismus ohnehin mehr und mehr an den Rand gedrängt werden. Ist es denn nicht so, dass die Klimaerwärmung gerade die Bevölkerung der Südhalbkugel besonders hart trifft – also die, denen es schon jetzt dreckig geht? Sie als Experte müssten das doch besser wissen als alle anderen – Sie und Ihre cleveren Kollegen hier am Tisch.«

»Ja, im Grunde ist es so«, schaltete sich Wilhelm ein. »Aber es gibt durchaus Versuche, diese Kluft zu verringern. Es gibt den Vorschlag einer Wassercharta, mit der jedem Menschen das lebensnotwendige Minimum an Wasser garantiert wird, eine Menge, die er notfalls einklagen kann, auch bei Verhandlungen wie denen zwischen Israel und seinen Nachbarn. Oder der Türkei und Syrien. Es gibt den Vorschlag für ein Weltbürgerrecht, in dem festgelegt wird, was jeder Mensch konsumieren darf und welche Grenzen für den Schadstoffanfall pro Kopf festgesetzt werden müssen.«

»Es käme darauf an, die Teilung der Welt durch Teilen zu überwinden«, flötete die Biologin. »Bei uns in den Industrieländern ist gewiss in mancherlei Hinsicht Verzicht angesagt, aber in den armen Ländern muss ein gewisses Wachstum möglich sein, weil …«

»Die Teilung durch Teilen überwinden«, sagte ich zornig und eine Spur zu laut. »Das glauben Sie doch wohl selbst nicht. Das hat doch schon zwischen Deutschland Ost und Deutschland West nicht funktioniert. Wie soll es im Weltmaßstab klappen? Mit Appellen, dass die reichen Deutschen seltener ihr Auto waschen und nicht mehr so oft ein Vollbad nehmen?«

»Aber ohne vernünftige Argumente …«

Ich hatte mich richtig in Fahrt geredet und wollte diesen wohl abgewogenen Schwachsinn jetzt nicht mehr hören. »Appelle, Vernunft!«, rief ich mit laut erhobener Stimme (»Ein Organ«, hätte Mutter gesagt) und schnaubte durch die Nase wie ein Stier. »Das ist doch verlorene Liebesmüh. Es gibt auch Menschen, die nach anderen Wegen suchen. Denken Sie doch mal an diese Gruppe YILDIRIM, die hier in der Türkei operiert.«

Offenbar dachten alle sehr intensiv daran, denn plötzlich wurde es ringsum totenstill.

Schließlich ergriff der Münchner Arzt wieder das Wort: »Damit sprechen Sie ein sehr heikles Thema an. Ich weiß nicht, was Sie über YILDIRIM wissen, aber verlässliche Informationen sind rar, weil die türkische Regierung auf größte Geheimhaltung achtet. Jedenfalls ist auch das ein Punkt, der zu dem Streit über das Referat von Keith Muller beigetragen hat. Die Türkei wirft ihm nämlich vor, ein ehemaliger Mitarbeiter des One-Earth-Institute sei in führender Position bei YILDIRIM tätig, wobei sie allerdings eisern schweigen, was die Identität dieses Menschen anbetrifft. Wie auch immer, sie haben verlangt, Muller müsse sich in seinem Vortrag von solchen Methoden klar distanzieren. Er hat das bisher strikt abgelehnt, und jetzt geht der Streit hinter den Kulissen weiter. Ich bin gespannt, was jetzt passiert und ob es wirklich zu einem Eklat kommt.«

»Wenn es dabei hilft, die Perspektive wieder zurechtzurücken und öffentlich deutlich zu machen, dass es nicht darauf ankommt, was man *weiß*, sondern darauf, was man *tut*, dann wäre es vielleicht gar nicht so schlecht, wenn es auf dieser Konferenz in Diyarbakir zu einem kleinen Eklat käme.«

Im selben Moment, als ich mich so entschieden zur Sache

äußerte, stieß meine gestikulierende Hand heftig gegen das Weinglas. Das Glas fiel um, und leider hatte der Kellner kurz zuvor noch einmal nachgeschenkt – so spritzte der Wein direkt auf das Kleid der Biologin aus Münster. Jammerschade um den Wein.

Tagebucheintrag vom 20. August
22.40 Uhr, in meinem Apartment

Zum Glück ist das Abendessen vorbei, und ich bin wieder allein. Ich weiß, dass ich mich blöde benommen habe. Aber im Moment fällt es mir immer schwerer, die Nerven zu behalten. Gerade mitten unter den Menschen fühle ich mich so – so einsam. Allein. Wie von allen guten Geistern verlassen.

Es war unfair und dumm, Wilhelm diese blöde Szene zu machen. Dumm und unfair. Wie ein Teenager in der Tanzstunde. Lächerlich. Er muss mich jetzt doch für total zickig und abgedreht halten. Wie es später beim Abendessen gelaufen ist – das hat die Sache auch nicht besser gemacht. Ich habe mich wirklich ziemlich blöd benommen. Was gibt mir eigentlich das Recht, eine derart große Lippe zu riskieren?

Es ist nicht nur die Anspannung der letzten Tage, die mich fertig macht. Schon auch, aber wichtiger ist der Grund dieser Anspannung. Einerseits mein spurlos verschwundener Bruder. Und andererseits sind da noch all die Männer, die jetzt um mich kreisen, wenn auch in unterschiedlichen Umlaufbahnen: Wilhelm, derzeit mein ständiger Begleiter, und dann dieser Russell. Gut, der ist sehr viel weiter entfernt. Aber er hat trotzdem irgendetwas – ich habe es heute deutlich gespürt. Eine seltsame Faszination geht von ihm aus. Nicht unbedingt eine positive, aber eine anziehende Kraft.

Wilhelm ist dazu der Gegenpol. Er ist rührend bemüht, auch wenn er sich jetzt zurückhält. Trotzdem. Aber manchmal kommt er mir doch ein bisschen bieder vor. Und obendrein, als Dritter im Bunde, kreuzt dann noch Peter bei dieser Konferenz in Diyarbakir auf. Er will sogar einen Tag früher kommen, am Dienstag. Das war der erste Punkt seiner E-Mail. Einen Tag früher ... als ob ich nicht schon genug Probleme hätte. Es sei wichtig, schrieb er, er habe neue Informationen, die mich interessieren könnten. Von Berufs wegen (also hat es nichts mit Kevin zu tun, nehme ich an). Außerdem soll ich mich wegen des »Versicherungsfalls« an eine Adresse in Ankara wenden, einen Repräsentanten seiner Gesellschaft. Dieser Mann ist allerdings erst ab Montag wieder zu erreichen.

Dieses Chaos von Ereignissen und Beziehungen wächst mir über den Kopf. Resultat: Ich belüge sie alle.

Versicherungsfall – damit meint Peter doch wahrscheinlich Kevin? Und der ist nicht hier. Weiß der Teufel, wo er steckt. Vielleicht ist er tot? Ich habe irgendwie ein verdammt mieses Gefühl.

Es wird gut sein, morgen hier herauszukommen. Heraus aus dieser heißen, stickigen Stadt. Heraus aus diesem deutschen Ghetto. Heraus aus dieser Clique selbstverliebter Experten, die mit ihren Overheadfolien die Welt, vor allem aber das eigene Ansehen in der Welt verbessern wollen (in ihren Augen kommt es wohl ziemlich auf dasselbe heraus). Vielleicht ist es Wahnwitz, dass ich ausgerechnet zum Nemrut Dag fahren will. Wilhelm wirkt nicht sehr begeistert. Aber egal, ich muss die Gegend sehen, in der Kevin verschwunden ist. Ich muss. Es ist wie ein Zwang. Ich weiß, ich werde sonst nicht zur Ruhe kommen. Dass ich Wilhelm da mit hineinziehe, ist vermutlich nicht ganz fair. Aber wie soll es anders gehen?

Und dann ist noch etwas passiert.

Ich habe meine Koffer und den Rucksack ausgeräumt und dann zusammengepackt, was ich morgen auf unseren »Wochenendausflug« mitnehmen will. Und was fällt mir entgegen? Ein Notizbuch. Das Notizbuch des Halslosen. Ich hatte es damals vom Tisch aufgehoben und eingesteckt – und jetzt liegt es in meinem Schrank.

Ein wichtiges Beweisstück. Ich habe es an mich genommen und der Polizei vorenthalten. Soll ich jetzt zu Major Akbulut gehen und sagen: Hier, sehen Sie mal, das Notizbuch eines Entführers, den Ihre Bullen erschossen haben. Hatte ich leider ganz vergessen. Er würde doch antworten: »Frau Fromm, das können Sie jemand anderem erzählen – so blöd können Sie doch gar nicht sein.«

Und wenn es nun einmal so ist? Wenn ich wirklich so blöd bin? Es ist ja tatsächlich so – ich hatte dieses Notizbuch schlicht vergessen und dann tagelang mit mir herumgetragen, ohne weiter daran zu denken. Obwohl dieser glatzköpfige Arzt mich sogar daran erinnert hat.

Oder war es doch mehr als ein Vergessen? Vielleicht wollte ich das Büchlein behalten, wollte es nicht der Polizei übergeben? Ein Stück Macht, ein Stück Kontrolle … endlich irgendetwas, das ich in der Hand habe. Ich muss in Ruhe darüber nachdenken. Morgen – nicht mehr heute.

Ich habe vorhin ein wenig darin herumgeblättert. Er hat ziemlich viel eingetragen. Leider auf Türkisch. Auf den ersten Blick war nichts zu finden, was für mich von Bedeutung gewesen wäre.

Was jetzt?

Ich glaube, ich werde morgen Wilhelm fragen. Wäre ohnehin an der Zeit, ihn ins Vertrauen zu ziehen. Eigentlich bin ich ganz schön biestig zu ihm.

Ganz schön biestig, das stimmt.

Aber was bleibt mir übrig? Ich fühle mich mehr denn je wie eine Ratte im Käfig, am liebsten möchte ich in alle Hände beißen, die nach mir greifen. Auch in die, die mich vielleicht füttern oder streicheln wollen.

Bevor ich einschlafe, will ich mir vornehmen, dass morgen alles ganz anders werden muss. Ganz anders.

Und deshalb genug für heute, was das Tagebuch angeht. Im Bett wollte ich eigentlich noch kurz in die Broschüre gucken, die Professor Erbakan mir zugesteckt hat: Islam und Wissenschaft, von einem Physiker aus Pakistan verfasst, der irgendwann sogar den Nobelpreis bekommen hat.

Auf dem Titelblatt heißt es: »So zieht eine Lehre daraus, o, die ihr Augen habt.« Das ist die 59. Sure des Koran. Aber ich werde wohl nicht weit kommen mit dieser Lektüre, denn meine Augen fallen mir schon jetzt zu.

Vielleicht wäre das ja auch mal ein Thema für unsere Zeitung, das mit dem Islam und der Wissenschaft. Ein Interview mit Erbakan. Was Wiedemayer wohl dazu sagen würde?

Egal. Jetzt wird das Buch zugeklappt.

Ich hoffe auf eine Nacht ohne Albtraum.

Fünfter Teil: Anatolien

An den Befürchtungen, die das Gros der internationalen Wissenschaft hegt, hat sich im Kern nichts verändert. Die Prognosen der Klimafachleute gründen auf Computersimulationen. Diese liefern nur eine annähernde Darstellung des unendlich komplexen Klimasystems. Es gibt Unsicherheitsfaktoren, aber sie sind nicht größer als bei Wirtschaftsmodellen, auf deren Basis die Politik langfristige und gravierende Entscheidungen trifft. Die Klimaforscher haben manche Vorhersagen im Lauf der Zeit korrigiert und deren Treffsicherheit gesteigert. Die Gefahr, dass die vom Menschen vermehrt in die Atmosphäre eingebrachten Treibhausgase das Klima verändern, ist demnach eher gestiegen. Wahrscheinlich ist eine globale Erwärmung um 1 bis 3,5 Grad Celsius in den nächsten hundert Jahren – vorausgesetzt, die Menschheit wirtschaftet weiter so wie bisher. Es muss nicht so kommen, aber wenn es so kommt, dann werden die Folgen im nächsten Jahrhundert einschneidender sein als alle Klimaänderungen seit Menschengedenken. Man geht davon aus, dass der Meeresspiegel bis zum Jahr 2100 um 15 bis 95 Zentimeter ansteigt, dass sich Klimazonen verschieben und mit ihnen Ökosysteme und die Art der Landbewirtschaftung. Die Niederschläge würden vermutlich zunehmen, und es käme zu schnellen, unerwarteten Klimasprüngen und Naturkatastrophen.

»Arm und Reich im großen Treibhaus«, Leitartikel der *Süddeutschen Zeitung* vom 23. Oktober 1999 anlässlich der wenig später eröffneten Bonner Klimaschutzkonferenz (Oktober/November 1999)

Wenn man die Messdaten der täglichen Niederschläge über Nordamerika, Teilen Europas, großen Teilen Eurasiens und Australiens auswertet, dann schält sich ein einheitlicher Trend heraus: Man beobachtete im letzten Jahrhundert eine signifikante

Zunahme der Fläche, die jährlich von einem besonders heftigen Niederschlagsereignis betroffen wird, zum Beispiel um etwa 30 Prozent in den USA. Diese so genannten Flash Floods haben dort stark zugenommen. In vielen der untersuchten Regionen hat sich der Jahresniederschlag weniger vergrößert als die Regenmenge pro Ereignis, oder sie ist sogar zurückgegangen. Das heißt, auch der Zeitraum zwischen den Niederschlägen hat zugenommen. Dies bedeutet, Dürreperioden werden länger.

Der Klimaforscher Hartmut Graßl in der *Süddeutschen Zeitung*, 14. März 2000

1.

Wir brachen tatsächlich um sechs Uhr morgens auf. Ich hatte Wilhelm am Abend zuvor noch einmal angerufen – unmittelbar nachdem ich das Tagebuch zugeklappt hatte und kurz bevor ich zu Bett ging –, sagte ihm, erstens sei es jetzt wohl an mir, ihn um Entschuldigung zu bitten, und zweitens brauche er sich wegen des Frühstücks keine Sorgen zu machen, ich hätte hier in meinem Apartment ohnehin alles, was ich bräuchte – und das sei im Wesentlichen die Kaffeemaschine.

»Na gut«, erwiderte er, »und mach dir ansonsten keine unnötigen Gedanken. Wir haben morgen eine lange Fahrt vor uns, und genug Zeit zum Reden haben wir auch.«

Als ich nun in seinen Wagen stieg – selbstverständlich einen Mercedes-Geländewagen, wahrscheinlich war es für Botschaftsangestellte Pflicht, mit solchen Karossen durch die Gegend zu kurven –, war es schon recht warm und gleißend hell, aber noch längst nicht so staubig wie später am Tag.

»Das ist doch eine herrliche Stimmung, nicht wahr?«, meinte Wilhelm. »Dieses Licht, dieses zarte Morgenlicht. Alles glänzt noch wie neu, alles hat etwas Reines – wie ein Kind. Es mag hoffnungslos romantisch klingen, aber mir fällt dazu immer ein Vers ein:

Ein weißer Glanz ruht über Land und Meer,
und duftend schwebt der Äther ohne Wolken …«

»Aber hallo«, erwiderte ich. »Vom Meer kann ich hier zwar nicht allzu viel erkennen, aber ansonsten ist das ein schöner Vers. Der ist doch nicht etwa von dir?«

»Nein, von Goethe. Morgenstimmung in Palermo. Aber es passt hier auch sehr gut. Na komm, nimm es mir nicht übel, deutsche Diplomaten müssen Bildungsbürger sein, sonst werden sie gar nicht erst eingestellt. Und wenn das Auswärtige Amt reihenweise die Goethe-Institute im Ausland schließt, dann müssen wir das Zitieren des Altmeisters eben selbst übernehmen. Komm, steig ein!«

Wir machten es uns im Wagen bequem, und er ließ den Motor an. Dann schob er eine Cassette in den Schlitz des Recorders. Ich hatte klassische Musik erwartet – aber wie damals in Russells Mitshubishi lag ich mit meiner Einschätzung schon wieder daneben, völlig daneben sogar. Es war ein Band mit Stücken von »Karat«, einer jener Rockgruppen, die einst als Aushängeschild der DDR firmierten, etwa so wie die »Puhdys«. Musste aus den frühen achtziger Jahren stammen.

»Woher hast du denn *diese* Musik?«

»Tja, ich war auch mal jung, und damals habe ich sehr für diese Gruppe geschwärmt. Übrigens hat sich auch Frau Merkel, unsere Renommier-Ostdeutsche, als Anhängerin von KARAT geoutet. Pass auf, gleich erzähl ich von den großen Friedensdemos in den achtziger Jahren, Nato-Doppelbeschluss, Menschenkette Stuttgart – Ulm und so weiter. Etwa so, wie unsere Eltern uns vom Krieg erzählt haben.«

»Haben meine nicht, offen gesagt. Die waren dafür viel zu jung. Ich bin Jahrgang neunundsiebzig, mein Lieber. Die Stücke auf deinem Band kenne ich von meinem Bruder, der hat sie auch gehört. Ich selber war damals noch klein, aber ich kann mich gut an das Plattencover erinnern. Es war ein Streichholz darauf abgebildet, und die Weltkugel klebte am Ende – als der Streichholzkopf.«

»Stimmt genau. Es ging natürlich um den Atomkrieg, der die Welt in Brand zu stecken droht. Aber heute, rund zwanzig Jahre später, ist das Bild eigentlich immer noch nicht falsch, wenn man an die Klimaveränderung denkt. Die Welt bekommt auch so genug Feuer unter dem Hintern, bloß ein wenig langsamer. – Also dein Bruder hat die Platte gehabt?«

»Ja, sag ich doch.«

Mein Bruder. Er sah den Schatten, der über mein Gesicht flog, und legte, während er den schweren Wagen bedächtig durch den Morgenverkehr lenkte, eine Hand auf mein linkes Bein, unmittelbar über dem Knie. Das tat richtig gut. Leider musste er gleich darauf einen Gang zurückschalten.

Eine ganze Weile beschäftigte er sich mehr mit den anderen Verkehrsteilnehmern als mit mir. Endlich hatten wir die Straße nach Kirikkalle erreicht, die auf diesem ersten Abschnitt zur Autobahn ausgebaut worden war. Nach etwa siebzig Kilometern mussten wir dann in südöstlicher Richtung abbiegen – auf die Straße 260 nach Kayseri.

Mach es nochmal, los, trau dich endlich, dachte ich.

»Wir sind hier gut tausend Meter hoch«, sagte Wilhelm. »Es geht jetzt erst mal bergauf.«

»Aha!«

Ich mochte jetzt nicht reden, schon gar nicht über die Besonderheiten der Landschaft ringsum oder über den Straßenverlauf, also hörte ich dem Leadsänger zu.

Tanzt unsre Welt mit sich selbst schon im Fieber?
Liegt unser Glück nur im Spiel der Neutronen?
Wird dieser Kuss und das Wort, das ich dir gestern gab,
schon das Letzte sein?
Soll nur noch Staub und Gestein ausgebrannt allezeit
auf der Erde sein?
Uns hilft kein Gott, unsre Welt zu erhalten …

Ich blickte aus dem Fenster. Die DDR war jämmerlich zugrunde gegangen, und ich weinte ihr keine Träne nach, aber an diese Sätze glaubte ich noch immer: »Uns hilft kein Gott, unsre Welt zu erhalten.« Oder, wie es in einem etwas älteren Top-Hit so treffend hieß: »Es rettet uns kein höh'res Wesen, kein Gott, kein Kaiser, kein Tribun.«

»Die Hethiter hätten das allerdings anders gesehen«, sagte ich nach einer Weile.

»Wie bitte?«

»Na, die Hethiter, mit ihrer Hauptstadt Hattusas. Die haben vor viertausend Jahren den Gott der Winde um Beistand angefleht, dass er sie an der Macht erhalte.«

»Ja, allerdings. Aber was hat es genutzt? Was ist von ihnen geblieben? Und von denen, die nach ihnen kamen? Zu welchen Göttern sie auch gebetet haben mögen, in einem sind sich alle einig – ihre Umwelt haben sie so strapaziert, dass kaum noch etwas davon übrig geblieben ist. Schau dir doch diese kahle Steppe an – hier gab es früher einmal Bäume dicht an dicht.«

Wir hatten die Randzonen der Stadt durchquert, jetzt ging es mitten hinein in die endlosen Weiten Anatoliens. Ja, einst war diese Gegend bewaldet, jetzt wirkte sie, als sei sie schon immer Steppe gewesen und dazu verdammt, immer Steppe zu sein. Falls sie nicht bald zur Wüste wurde. So, wie unsere Städte im biologischen Sinn bereits Wüsten sind. Asphaltwüsten. »Epidatische Wüsten« lautet der wissenschaftliche Fachbegriff. Ich hatte mal einen Essay über Stadtklima geschrieben – daher kannte ich diese Bezeichnung.

Früher, kurz nach der Schulzeit, träumte ich immer davon, einmal eine Wüste zu Fuß zu durchqueren – entweder die Sahara oder die große australische Wüste. Damals las ich begeistert den Bestseller von Robin Davison, die mit Kamelen die australische Wüste durchquert hatte – war ja einst ein richtiges Kultbuch gewesen, noch zu meiner Schulzeit, in einer Reihe »neue frau«; meine Mutter hatte es mir empfohlen, als ich sechzehn wurde. Ein Junge, mit dem ich einige Zeit später eine kurze, heftige Affäre hatte – ein Berliner Gestaltpsychologe, der genau jenes Vokabular zu benutzen wusste, mit dem man vielen von uns Ossis so ungeheuer imponieren konnte –, der hatte abschätzig gemeint:

»Wenn du die Wüste suchst, fliehst du vor etwas, das du in dir trägst. Du hast die Wüste in dir.« Kurze Zeit später beendete ich die Beziehung, denn er wurde mit der Zeit völlig unerträglich, dieser arrogante Kerl.

Aber irgendwo hatte er gar nicht so Unrecht gehabt. Es gibt da irgendetwas Inneres – eine Art Zwang oder Besessenheit. Diese innere Unruhe macht den Menschen zum größten Zerstörer dieser Welt. Ein Wüstenbildner und Ruinenbaumeister. Der Satz war mir präsent geblieben, seit ich durch die Ruinenfelder von Hattusas spaziert war und dabei an die Metropolen der Gegenwart denken musste: Von unseren Häusern wird bleiben, der durch sie hindurchging – der Wind. Und der Rest wird unaufhaltsam zur Wüste – staubig, trocken, leer …

Wilhelm zog mich mit sanfter Stimme aus dem Treibsand düsterer Gedanken: »Randy, ich kann mir gut vorstellen, wie nah dir das mit Kevin geht. Ist ja auch kein Wunder. Vielleicht willst du einfach mal ein bisschen was von ihm erzählen?«

Das war's. Es war, als ob man vor einer Wand mit vielen Schaltern steht – einer muss der Richtige sein, aber welcher? Wilhelm hatte den richtigen gefunden. Ich erzählte und erzählte – ich redete mich richtiggehend leer, über hundertfünfzig Kilometer hinweg. Manchmal lachte ich, und bisweilen flossen die Tränen. Und manchmal legte er mir die Hand aufs Knie. Manchmal auch ein wenig höher. Es war sehr schön. Es war irgendwie – so unbefangen, so arglos. Oder schien es nur so zu sein, kam es mir bloß so vor, weil ich erst jetzt begriff, wie sehr ich mich nach diesem Moment gesehnt hatte? Möglich. Meine Verletzungen heilten noch nicht, aber der Redefluss hatte die Wirkung eines Blutstroms, der die Wunde reinigt. Wenigstens das.

Wilhelm hörte mir mit wohl temperierter Aufmerksamkeit unerschütterlich zu. Einmal spürte ich allerdings, dass ich ihn doch erschütterte. Das war, als ich davon berichtete, wie zwei Jungen Kevin auf dem Heimweg von der Schule überfallen hatten. Der eine nahm ihn in den Schwitzkasten, und der andere schlug ihm mit einer dünnen Gerte gegen die nackten Beine – das tat sicher scheußlich weh. Es war reiner Zufall, dass ich zur selben Zeit diesen Weg ging; ich war später dran als sonst, und nur deshalb begegnete ich den »Großen«.

Als ich die Szene sah, war ich zunächst wie vom Donner gerührt – wie gelähmt. Deutlich wie in einer Zeitlupenaufnahme sah ich meinen strampelnden, sich verzweifelt wehrenden Bruder – sein rotes Gesicht, seine weißen Beine, über die sich mehrere hässliche Striemen zogen.

Und dann war ich plötzlich, ich wusste selber nicht wie, ein Teil dieses Knäuels aus Kinderkörpern. Ein sehr aktiver Teil. Ich war jünger als die drei Kerle, aber ich war groß – größer als Kevin – und kräftig. Vor allem war ich zornig, eine richtige Furie. Ich trat, ich schlug, ich kratzte, ich biss – und ich schrie, ich schrie aus Leibeskräften. Eine laute Stimme hatte ich ja schon immer gehabt. »Mein Gott, die hat ein Organ«, sagte Mutter immer wieder. Worauf Vater gerne anfügte: »Wenn es mit einem anderen Beruf nichts wird, kann sie sich überall als Alarmanlage anstellen lassen.« Was auch immer den Ausschlag gegeben haben mochte, plötzlich liefen die beiden heimtückischen Angreifer in heller Panik davon.

»Danke«, sagte Kevin. »Du bist große Klasse, Schwester. Manchmal jedenfalls.«

Und er hatte nicht »Schwesterchen« gesagt. Diesmal nicht.

Wilhelm sah mich lange von der Seite an. Dann legte er mir die Hand auf die Schulter. Sein Lächeln – halb melancholisch, halb verliebt – war hinreißend. Der blöde Sicherheitsgurt! Ich löste die Halterung, um mich an Wilhelms Schulter lehnen zu können. Er strich mir mit seiner großen, warmen Hand übers Haar – ich griff nach dieser Hand und hielt sie fest. Ganz fest.

»Eine bewegende Szene«, sagte er, und ich erkannte, dass es in seinen Augenwinkeln ein wenig glitzerte. »Ach, Randy ... es wäre so schön, wenn sich das wiederholen ließe. Davon träumst du doch, nicht wahr?«

Ich nickte stumm. Hätte ich nicht geschwiegen – ich hätte die nächsten hundert Kilometer nur noch geweint. Und was das Beste an der Fahrt mit Wilhelm war: Ich wusste, wenn es hart auf hart kommt, darf ich das, dann darf ich auch hundert Kilometer weinen, es wird nicht gleich ein Riesenproblem draus. Wie gut, dachte ich mir, wie gut, dass ich mich nicht dauernd darum kümmern muss, was ich ihm zumuten kann, und wie lange. Der hält es aus, der hält *mich* aus!

* * *

In Kirsehir machten wir Halt und tranken Tee, in einer Kleinstadt auf etwa tausend Meter Höhe, die sich endlos lang am Ufer eines Flüsschens dahinzieht, das Kilicözu heißt. Da hier kein Wassermangel herrscht, haben die Einwohner zahlreiche prächtige Gärten am Ufer angelegt. Wilhelm erzählte mir, dass dieser Ort in der Seldschukenzeit, also vor über sechshundert Jahren, sehr viel bedeutender gewesen sei – der Einfluss Rumis und seiner Derwische, deren Zentrum in Konya ansässig war, hatte damals bis hierher gereicht.

»Wenn wir mehr Zeit hätten, könnten wir am Ortsende nach Haci Bektas abbiegen – das sind nur etwa zwanzig Kilometer. Der Ortsname ist auch der Name eines anderen Ordensgründers, der ebenfalls eine mythische Bruderschaft begründet hat, die der Bektaschis. Auch sie ist von Atatürk verboten worden. Sie soll damals zwei Millionen Anhänger gehabt haben.«

Ich stocherte mit dem Löffel ziellos in den Teeblättern herum und sagte nichts.

»Ich kann verstehen, dass dich das nicht interessiert«, meinte er nach einer Pause. »Das aktuelle Hemd liegt dir eben doch näher als die historische Jacke. Ich brauche nicht viel Spürsinn, um zu raten, dass du an Kevin denkst.«

Ich nickte und spürte einen Kloß im Hals. So geht es nicht weiter, dachte ich.

»Wilhelm, wir wollen zueinander offen sein. Mich interessiert der Nemrut Dag überhaupt nicht, mögen auch noch so viele Fürsten dort oben begraben sein und von irgendwelchen riesigen Statuen bewacht werden. Ich wollte in diese Gegend fahren, weil Kevin dort verschwunden ist. Ich komme nicht zur Ruhe, bevor ich es nicht mit eigenen Augen gesehen habe. Das verstehst du doch?«

Jetzt war es an ihm, stumm zu nicken. Und dann fuhren wir weiter.

Wie endlos Anatolien ist! Hundertdreißig Kilometer und über zwei Stunden später passierten wir Kayseri, die alte Stadt am Fuße eines riesigen, mit einer Schneemütze bedeckten, erloschenen Vulkankegels. Nach noch einmal anderthalb Stunden und hundertzwanzig Streckenkilometern kamen wir in Pinarbarsi an, einem kleinen Flecken, der über fünfzehnhundert Meter hoch liegt. Hier wollte Wilhelm etwas essen.

»Wir können uns dann in Ruhe überlegen, ob wir eine nördliche oder eine südliche Route nehmen. Wenn wir am Tisch sitzen, zeige ich es dir auf der Karte. Von der Entfernung her kommt es auf dasselbe hinaus.«

Wir betraten ein kleines Lokal. Es war völlig leer. Sofort kam der Kellner herbei, um uns an einen Tisch zu führen und uns nach unseren Wünschen zu fragen, über seinem Unterarm hing ein Leinentuch, mit dem er hektisch die Tischplatte säuberte. Das irritierte mich, denn mit demselben Tuch hatte er kurz zuvor noch die Gläser ausgewischt, die auf dem Nachbartisch standen. Na ja, solange die Reihenfolge nicht andersherum war …

Das Essen wurde erstaunlich schnell serviert, aber mein Appetit litt erheblich unter dem Geruch nach altem Fett, der in dicken Schwaden aus der Küche zu uns herüberzog. Die Mahlzeit verlief schweigend, ein Gespräch, das über die üblichen Floskeln hinausging – »Danke sehr«, »Ja, bitte noch etwas Brot« –, wollte nicht in Gang kommen.

Als der Kellner das Geschirr abgeräumt hatte, überlegte ich

eine Weile, dann gab ich mir einen Ruck: »Wilhelm, du weißt doch mehr, als du mir sagst. Major Akbulut und der Mann von der deutschen Kripo, dieser seltsame Herr Klein, haben dich mit Sicherheit ins Vertrauen gezogen. Und sie haben dich engagiert, damit du in diskreter Weise auf mich aufpasst. Ich habe ja gar nichts dagegen – aber ich will Bescheid wissen. Ist es so?«

»Na ja, weitgehend schon.«

»Und was weißt du über Kevins Verschwinden? Hast du irgendeine Theorie? Glaubst du, dass er noch am Leben ist?«

»Allzu große Spekulationen braucht man da gar nicht anzustellen, Randy. Natürlich wird vermutet, dass dein Bruder, seit er aus der Bundeswehr ausgeschieden ist, für einen ausländischen Geheimdienst arbeitet. Die Frage ist allerdings, für welchen. Als Exoffizier unterliegt er natürlich gewissen Restriktionen – auch, was Auslandsreisen betrifft. Ich vermute, dass man ihm die Türkei-Reise gestattet hat, weil man hoffte, dass sich daraus irgendwelche Anhaltspunkte ergeben. Andererseits wusste Kevin natürlich ganz genau, dass er überwacht wird – und du mit ihm. Nur *du* wusstest nichts davon.«

»Okay, das alles hatten wir schon mal. Erstaunlich – die Polizei ist wirklich nicht besser informiert? Das klingt doch alles ziemlich dürftig.«

»Ja, das stimmt. Vielleicht wissen sie mehr, aber *ich* weiß jedenfalls nicht mehr. Du kannst es mir glauben, Randy. Ich bin froh, dass wir so offen darüber sprechen. Das war überfällig. Aber in den letzten Tagen hatte ich das Gefühl, dass du mir ausweichst.«

»Ich hatte dasselbe Gefühl bei dir.«

Er lachte und wirkte erleichtert dabei, dann bestellte er Mokka, was in der Türkei heute eher ungewöhnlich ist: Der Preisanstieg hat die überkommene Kaffeekultur zum Untergang verurteilt. Der Kellner vergewisserte sich mit einer Rückfrage unserer Wünsche, dann verschwand er in der Küche. Kurze Zeit später stellte er, nicht ohne noch einmal über den Tisch zu wischen, zwei Mokkatässchen vor uns hin – Porzellanschälchen in einem messingfarbenen Blechgestell. Auch zwei neue Gläser und eine Karaffe mit Wasser hatte er mitgebracht, und ich griff rasch nach einem der Gläser, um zu verhindern, dass er es zu säubern versuchte.

Wilhelm begriff und grinste. Dann wurde er plötzlich sehr ernst: »Was nicht ins Tableau passt, ist deine Entführung. Und ich hoffe, du gehst jetzt nicht gleich wieder in die Luft – der Verdacht, dass Kevin sie inszeniert hat, um seine Bewacher abzuschütteln, ist wirklich nicht von der Hand zu weisen. Akbulut und Klein wären Dummköpfe, wenn sie das nicht überdenken würden, und das sind sie gewiss nicht – gleichgültig, ob wir sie mögen oder nicht. Du hast erzählt, Kevin war zunächst gar nicht davon begeistert, dass du mit ihm reisen willst. Aber dann hat er erstaunlich schnell die Waffen gestreckt. Vielleicht hat er begriffen, welche Chance sich da eröffnet. Du sagst ja selbst, deine Entführer hätten dich relativ gut behandelt. Vielleicht hätten sie dich schon zwei Tage später freigelassen, wer weiß. Dazu passt auch, dass sie an niemanden irgendwelche Forderungen gerichtet haben, was ja eher ungewöhnlich ist.«

»Wie … wie hat die Polizei uns überhaupt gefunden?«

»Über dein Handy. Es war ein Peilsender eingebaut. Sie haben relativ bald gewusst, wo die Entführer dich gefangen halten. Aber sie ließen sich Zeit, weil sie dich nicht gefährden wollten. Das, finde ich, geht in Ordnung. Dass du dann einen Fluchtversuch wagst, haben sie nicht ahnen können. Gut, mehr weiß ich selbst nicht, vor allem keine Einzelheiten.«

Das mit dem Handy musste ich erst einmal verdauen. Wie hatten sie das gemacht? Hatte ich es deshalb bisher nicht wieder bekommen? Sie hatten mich vermutlich frech angelogen, als sie behauptet hatten, der Halslose habe es verschwinden lassen.

»Vielleicht«, fragte ich leise, »haben sie zunächst auch gedacht, ich stecke mit den Entführern unter einer Decke?«

»Durchaus möglich. Dein dramatischer Fluchtversuch dürfte diesen Verdacht aber ziemlich rasch ausgeräumt haben.«

War das wirklich so? Darüber musste ich noch nachdenken. Aber noch mehr interessierte mich etwas anderes.

»Und wenn du jetzt mit mir durch die Gegend reist, Wilhelm, steckt da vielleicht auch die Idee dahinter, ich könnte doch mehr wissen, als ich sage, und euch auf Kevins Spuren führen?«

Es tat mir ausgesprochen gut, dass er keine Sekunde mit seiner Antwort zögerte.

»Offiziell weiß ich von solchen Absichten nichts. Ich halte es allerdings für sehr wahrscheinlich, dass es so ist, wie du sagst. Alle Erfahrung spricht dafür. Die Polizei ist so, und sie muss auch so sein.«

»Da hast du vermutlich Recht. Aber ich muss euch alle enttäuschen. Ich weiß nichts. Ich weiß noch weniger als Akbulut und Klein. Ich habe keine Ahnung. Ich tappe völlig im Dunkeln. Glaubst du mir das?«

»Ich glaube dir, Randy.«

Wir blickten einander lange an. Dann überraschte er mich mit einer unerwarteten Pointe. »Ich muss mal für Knaben. Der Mokka, weißt du. Bin gleich wieder da. Dann können wir meinetwegen auch weiterfahren.«

Ich nickte. Diese Männer, irgendwie sind sie nicht dazu erzogen worden, ihre Blase zu kontrollieren. Kein Wunder, da sie sich hinter jedem Busch die Freiheit nehmen zu pinkeln.

In diesem Moment erschien Russell Myers in der Tür der Gaststätte. Er zwinkerte maulwurfsartig in die Gegend; auf der Suche nach seiner Brille kramte er in der Tasche seines Overalls. Offensichtlich war er mit einem Motorrad unterwegs, denn er trug die entsprechende Ledermontur, allerdings keinen Helm.

Ich stand auf und trat auf ihn zu. »Dr. Myers, I presume?«

»Hi, Randy! Du hier? So ein Zufall. Macht ihr hier Zwischenstation? Ich bin unterwegs zum Löwenhügel. Sagte ich dir ja gestern.«

Er umarmte mich heftiger, als mir angenehm war. Als ich mich aus seinem Zugriff befreit hatte, trat ich einen Schritt zurück.

Endlich einmal konnte ich diesen alten Spruch von Jean Harlow anbringen: »Hast du eine Pistole in der Tasche, oder bist du bloß froh, mich zu sehen?«

Er grinste breit. »Schön, zu hören, dass du nicht an meiner Männlichkeit zweifelst. Aber ich habe tatsächlich eine Waffe bei mir. Es ist ein weites Land, weißt du, und wenn ich zu den diversen Grabungsorten unterwegs bin, muss ich oft durch einsame Gegenden. Da fühle ich mich doch sehr viel sicherer so.«

Ich hatte keine Lust, ihm klarzumachen, dass ich zwischen Stahl und Fleisch sehr gut unterscheiden konnte (was für Freunde, um Himmels willen, hatte damals Jean Harlow?) und dass mein dummer Scherz in der Hauptsache aus der Absicht geboren worden war, ihn mir vom Hals und auf Distanz zu halten. Ohnehin war mir die Situation irgendwie peinlich, zumal just in diesem Moment Wilhelm von der Toilette zurückkehrte. Falls er überrascht war, ließ er sich nichts anmerken. Er blieb ein Diplomat vom Scheitel bis zur Sohle.

»Ich bin Wilhelm Kuhnau von der deutschen Botschaft in Ankara. Guten Tag.«

»Hallo. Ich heiße Russell Myers und bin seit vielen Jahren als Archäologe in der Türkei tätig. Normalerweise grabe ich bei Karkemis, aber heute will ich zum Löwenhügel nach Aslantepe. Randy hat mir erzählt, dass Sie zum Nemrut Dag unterwegs sind. Für türkische Verhältnisse ist das sozusagen ganz in der Nähe, mal eben zweihundert Kilometer. Wenn ihr am Sonntag vorbeikommen wollt, kann ich euch die Ausgrabungen zeigen. Wo übernachtet ihr denn?«

»Heute Abend in Malatya«, erwiderte Wilhelm zu meiner Überraschung, denn mir hatte er etwas von einem Hotel in Adiyaman erzählt. »Und das ist noch ein ganzes Stück. Deshalb wollen wir jetzt los. Wir können ja heute Abend Kontakt aufnehmen.«

»Selbstverständlich. Lasst euch nicht aufhalten, wenn ihr es so eilig habt. Ich will hier erst mal etwas essen. Randy hat ja meine Handynummer. Ich wünsche eine gute Fahrt.«

»Danke, gleichfalls«, sagten Wilhelm und ich gleichzeitig. Dann verließen wir das Lokal, während Russell sich genau auf jenem Stuhl niederließ, auf dem ich eben noch gesessen hatte – irgendwie war es mir nicht recht, dass er dort noch meine Körperwärme spüren konnte. Als wir die Tür öffneten, winkte er uns leutselig zu, während der Kellner eifrig den Tisch abwischte.

Wir traten ins Freie – die Sommerhitze fiel über uns her wie ein wütendes Raubtier. Im Hinterhof drängte sich ein Rudel Kinder um die schwere, metallisch glänzende Harley-Davidson. Ein Halbwüchsiger mit einem Stock in der Hand hielt sie auf Distanz – offensichtlich vom Besitzer des Restaurants oder von Russell selbst damit beauftragt. Ich warf noch einen forschenden Blick auf das Motorrad – in meinen Augen ein richtiges Angeberfahrzeug. Ein seltsamer Kerl, dieser Dr. Russell Myers. Auf den Tank seiner Maschine hatte er eine Plakette mit einem seltsamen Spruch geklebt: *This Machine kills*.

Wilhelm öffnete mir die Tür seines Wagens, und ich setzte mich schweigend auf den Beifahrersitz.

Ich hätte eigentlich gerne ein Gespräch begonnen, aber ich wusste einfach nicht, wie ich es anfangen sollte. Ich spürte, dass es noch eine ganze Menge Dinge gab, über die wir miteinander reden mussten oder schon längst hätten reden sollen, aber offensichtlich einfach nicht reden konnten. Aus Angst? Aus Unvermögen? Ich hatte keine Ahnung.

Und darüber hinaus konnte ich sehr deutlich fühlen, dass es Wilhelm auch nicht anders ging.

* * *

»Woher kennst du denn den?«, fragte mich Wilhelm.

Bevor ich antwortete, schob ich wieder die Cassette in den Recorder.

Tanzt unsre Welt mit sich selbst schon im Fieber?
Liegt unser Glück nur im Spiel der Neutronen?

»Ich bin auf ihn gestoßen, als ich die Ruinen von Hattusas besichtigte. Mein Gott, es kommt mir vor, als sei es in einem anderen Leben gewesen, in einem anderen Erdzeitalter. Er kreuzte plötzlich dort auf – oder nein, es war noch anders: Die junge Journalistin, die ich am Tag davor interviewt hatte, Frau Caliskan, empfahl ihn als idealen Fremdenführer und wollte ihm vorschlagen, sich mit mir zu treffen, schließlich ist er ja Archäologe. Offenbar war er neugierig genug, diesem Vorschlag zu folgen. Er erklärte mir ausführlich die Ausgrabungen, dafür hat er wirklich Talent, und dann sind wir zusammen nach Ankara zurückgefahren. Im Hotel bin ich ihn allerdings nur mit Mühe losgeworden. Er ist eigentlich ein netter Kerl, aber ein wenig zu sehr von sich überzeugt. Gut, das war alles. Sag mal, du wirst doch nicht etwa eifersüchtig werden?«

»Das ist es nicht, Randy. Mich macht etwas anderes nervös. Der Bursche hat einen ziemlich schlechten Ruf, weißt du. In ganz Ankara pfeifen es die Spatzen von den Dächern, dass er in der Hauptsache nicht als Archäologe arbeitet, und auch nicht für Großbritannien. Eine äußerst zwielichtige Gestalt, wenn du mich fragst.«

Ich hatte ihn aber nicht gefragt, und ich fragte ihn auch weiterhin nicht – erst einmal wollte ich das alles mit mir selbst abklären. Als ich stumm blieb, kramte er sein – angeblich abhörsicheres – Handy hervor und wählte eine der einprogrammierten Nummern. Er sprach türkisch, und zwar ziemlich schnell – immerhin erriet ich, dass er Major Akbulut anrief, und dass während ihres Gesprächs mehrfach der Name Russell Myers fiel, war unüberhörbar.

Ich hatte währenddessen die Musik leiser gedreht. »Hast du Geheimnisse?«, fragte ich ein wenig bitter, als Wilhelm sein Gespräch beendet hatte.

»Wieso? Weil ich türkisch mit ihm geredet habe? Aber Randy, du weißt doch, dass Akbulut kein Deutsch kann – und sein Englisch ist um einiges schlechter als mein Türkisch. Ich kann verstehen, dass du misstrauisch geworden bist. Aber dazu gibt es jetzt keinen Anlass.«

»Gut«, erwiderte ich. »Aber du bist doch selber misstrauisch. Warum hast du ihm gesagt, wir würden nach Malatya fahren?«

Wilhelm zuckte die Achseln. »Ehrlich gesagt, es war ein ganz spontaner Einfall. Ich habe nicht lange darüber nachgedacht. Aus irgendeinem dunklen Grund wollte ich nicht, dass dieser Mensch über uns Bescheid weiß. Vielleicht steckt doch ein geheimer Groll dahinter. Um ganz offen zu sein, ich gäbe viel für ein ungestörtes Wochenende mit dir. Ganz privat – und niemand weiß, wo wir sind. Es muss auch gar nicht unbedingt in der Türkei sein. Rhodos zum Beispiel wäre mir deutlich lieber. Oder Korfu.«

»Klingt alles sehr schön«, erwiderte ich. »Aber leider sehen unsere Pläne im Augenblick etwas anders aus.«

»Ja, natürlich.« Plötzlich schwang ein gereizter Unterton in seiner Stimme mit. »Ich weiß ja selbst, dass die momentane Lage nicht das Optimum ist. Aber niemand hindert uns, das Beste draus zu machen.«

»Niemand ...«

Er blickte mich über die Schulter an, lange und irgendwie richtig feierlich – ein Blick, den ich bisher nicht kannte an ihm. »Wir können es uns höchstens selber vermiesen«, fügte er noch hinzu.

»Amen!« Ich drehte die Musik wieder lauter.

* * *

Allmählich näherten wir uns der Stelle, wo die damaligen Bewacher den Kontakt zu Kevin und »Herrn Güler« verloren hatten.

Die Landschaft war karg – »tohuwabohu«, wüst und leer. Eine seltsame Nervosität ergriff mich, und deshalb begann ich wieder ein Gespräch.

»Wilhelm?«

»Hm?«

»Du hast doch vorhin den Nato-Doppelbeschluss von 1979 erwähnt, die neuen Raketen, die damals stationiert worden sind, die Demonstrationen. Eine so starke oppositionelle Strömung, wie es damals die Friedensbewegung war, hatte es in Deutschland noch nie zuvor gegeben. Warum ist so wenig davon übrig geblieben?«

Er kratzte sich an der Schläfe und zuckte die Achseln. »Was ist von all den Träumen von einer besseren Welt geblieben? Es ist doch so viel in sich zusammengebrochen. Wo ist die Vision, für die man sich noch engagieren will? Wenn es nicht möglich ist, eine Welt zu schaffen, die besser ist als die gegenwärtige – dann muss man sich irgendwie damit abfinden. Man feiert und versucht, möglichst gut zu leben, und dazu braucht man Geld. Was ist denn noch wichtig in dieser Welt, außer Geld? Shareholder-Value, das ist die Klammer, die alles zusammenhält. Die jungen Leute bekommen es ja überall so vorgemacht – bis hin zu Helmut Kohl und seinen schwarzen Kassen. Warum sollen sie anders sein wollen?«

Ich schwieg. Wahrscheinlich hatte er Recht – ob man die Konzentration des Kohlendioxids in der Erdatmosphäre auf ein Blatt malte oder den Verkauf des Deutschen Aktienindex: es lief auf dasselbe hinaus – dieselbe ansteigende Kurve. Immer schneller, immer mehr.

»Sag mal, Akbulut und Klein haben richtig vergrätzt reagiert, als ich sie nach dieser YILDIRIM-Gruppierung gefragt habe. Ist das denn wirklich ein so heißes Thema?«

»Hey, du hast sogar die beiden Polizisten angemacht? Ich dachte, die Tischrede gestern beim Abendessen wäre dein einziger Vorstoß in diese Richtung gewesen! Na ja, diese Gruppe ist für die Polizei schon eine harte Nuss. Und zwar vor allem deshalb, weil man Nachahmer befürchtet, Trittbrettfahrer, alle möglichen Leute, die darüber frustriert sind, dass im Umweltschutz so wenig vorangeht, und die deshalb zur Selbsthilfe greifen und die

Welt wachrütteln wollen – oder was weiß ich. Partisanen im Dienste der Ökologie, sozusagen. Was den Tierschutz anbetrifft, passiert da ja schon einiges, vor allem in Großbritannien – Überfälle auf Pelztierzüchter, auf Rindermästereien, auf medizinische Versuchslabors und so weiter. Für Tiere engagieren sich die Menschen gerne, insbesondere für Säugetiere, vor allem, wenn sie niedlich und kuschelig sind. Konsequenz ist natürlich eine andere Sache, über die Ausrottung des Lassa-Virus würde sich niemand beklagen, obwohl er auch ein Mitgeschöpf ist.«

»Du hast Recht, aber davon reden wir jetzt nicht. Bitte zurück zu YILDIRIM. Man schweigt sie deshalb tot, damit ihr Beispiel nicht ansteckend wirkt, meinst du?«

»Na ja, jedenfalls denken die Politiker und die Polizeiführung so. Ich glaube, das wäre bei uns in Deutschland vom Grundsatz her auch nicht anders, nur ist ein Stillhalteabkommen mit der Presse dort nicht so leicht durchzusetzen. Was YILDIRIM angeht, so ist es offenbar ein kleines Team, das nur wenige Aktionen durchführt, aber die sind allesamt ausgezeichnet organisiert. Der Anschlag auf die Reederei nach dem Tankerunglück beispielsweise hat außerordentlich viel Aufsehen erregt. Dann die Zerstörung der Baumaschinen bei Fethiye, das war schon eher eine umstrittene Sache. Es gibt zu viele Türken, die davon träumen, irgendwo an der Küste ein Hotel oder ein Restaurant zu bauen und damit eine schnelle Mark zu verdienen. Und das ist genau das Kernproblem beim Umweltschutz, auch bei der globalen Klimaveränderung – das, was kurzfristig Vorteil bringt: das neue Häuschen, der Inhalt der Lohntüte, der Arbeitsplatz. Wer will da zurückstecken? Das so genannte ›Menschheitsinteresse‹, das langfristige Überleben der Biosphäre, die Zukunft unserer Kinder: alles recht abstrakte Größen. Was kümmert mich, was in zwanzig Jahren sein wird? Es zählt nur, wie viel Geld ich *jetzt* in der Tasche habe.«

»Du glaubst, solche Aktionen sind ein Irrweg?«

»Ja, ich denke schon. Früher, als ich noch Student war, nannte man das Stellvertreterpolitik. Eigentlich ist sie immer und überall gescheitert. Oder weißt du ein positives Beispiel?«

Ich wusste keines. Allerdings musste das nicht bedeuten, dass in alle Zukunft … »Dann bleibt nur noch die Resignation? Die Flucht ins Privatleben? In die Esoterik?«

Er grinste schief. »Ich weiß es doch auch nicht, Randy. Ich bin genauso ratlos wie du. Aber ich bin sehr skeptisch gegenüber allen Patentlösungen.« Er musste die Geschwindigkeit reduzieren, weil die Straße plötzlich steil bergauf führte. Wir krochen hinter einem Fuhrwerk her, das sich wegen der engen Kurven nicht überholen ließ. Auf dem Anhänger, der von einem Traktor gezogen wurde, saßen auf einigen prall gefüllten Säcken zwei Kinder, ein Hund und eine Ziege. Die Kinder winkten uns zu, und indem sie zwei Finger vor den Mund hielten, deuteten sie an, wir sollten ihnen Zigaretten schenken.

»Denkst du denn, die beiden da vorn verschwenden auch nur einen einzigen Gedanken an die Klimakatastrophe?«, fragte Wilhelm anzüglich.

»Nein, natürlich nicht. Wie sollten sie auch, sie sind vielleicht fünf und sieben Jahre alt, wenn überhaupt. Aber was beweist das schon? Gar nichts! Außerdem werden sie bald davon betroffen sein. Vielleicht ist das Land, das ihr Vater bebaut, schon in fünf Jahren Brachland. Kein Regen mehr, und auch kein Wasser für künstliche Bewässerung. Und was dann?«

»Tja, was dann? Keine Ahnung. Vielleicht gehen wir ja auch deshalb auf solche Konferenzen wie auf die nächste Woche in Diyarbakir, weil wir tief in uns drin die Hoffnung haben: Irgendwann kommt doch ein Redner, der sagt, was wir tun müssen. Der weiß, wo es langgeht. Der eine Lösung aus der Tasche zieht.«

»Und deshalb lassen wir es uns gefallen, dass wir immer wieder enttäuscht werden?«

»Ja, genau. Ist es nicht so? Im Privatleben ist es doch auch nicht anders: Wir geben die Suche nicht auf, obwohl wir immer wieder auf die Nase fallen.«

»Mag sein. Was bleibt uns auch anderes übrig?«

Wilhelm antwortete nicht, sondern schaltete herunter, gab mächtig Gas und zog an dem Fuhrwerk vorbei. Die Kinder waren aufgesprungen und ruderten mit den Armen, der Hund stellte seine Vorderpfoten auf den Rücken der Ziege und kläffte. Auch der Traktorfahrer winkte uns freundlich zu.

Ja, was bleibt uns anderes übrig?, dachte ich und spürte, dass die Fahrerei mir allmählich auf die Nerven ging. Ich wollte einfach ankommen, endlich ankommen – irgendwo.

* * *

»Biegst du hier rechts ab?«

»Das ist die Straße nach Urfa. Wir kommen dann direkt an die Staumauer des Atatürk-Dammes.«

»Ja, eben. Biegst du ab? Wir brauchen nur das kurze Stück bis zum See zu fahren. Aber ich möchte den Damm gerne einmal sehen.«

Schon nach einer Strecke von wenigen Kilometern kamen wir ganz nahe an den Stausee heran, dessen riesige Wasserfläche mit vielfach gezackten Ausläufern und Seitenarmen die Gebirgstäler füllte.

Auf meine Bitte hin hielt Wilhelm an, wir stiegen aus, standen schweigend nebeneinander und musterten die kahlen, alten und abgenutzten Bergrücken, zwischen denen ruhig und graugrün das Wasser lag, schwer wie geschmolzenes Blei. Es war heiß und die Luft staubig. Es roch nach vertrockneter Erde und nach Pflanzenresten, die in der Sonne verdorrten. Und darüber lagerte sich ein ganz leichter Duft, fast nur ein Hauch, der mich an irgendein Sommergewürz erinnerte. Wilder Quendel vielleicht? Gab es das hier?

Quendel oder was auch immer, diese Straße war Kevin gefahren, aber wohin? Irgendwo hier war er verschwunden. Und niemand hatte ihn seither aufspüren können, nirgendwo war ein

Lebenszeichen von ihm registriert worden. Was hatte er hier gewollt? Hatte auch er, hier oder anderswo, das gigantische Reservoir betrachtet, in dem die türkische Regierung die größte aller Kostbarkeiten hortete, die unentbehrliche Ressource allen Lebens – strittig, begehrt und umkämpft?

»Im Koran spielt die Bewässerung eine große Rolle«, sagte Wilhelm leise. »In Südarabien, im heutigen Jemen, hat es einst einen berühmten Staudamm gegeben – ich habe ihn öfters besichtigt, als ich an der Botschaft in Sanaa gewesen bin. Das Deutsche Archäologische Institut ist dort tätig. Egal, es geht um den großen Damm von Ma'rib, der einst zwei ausgedehnte Oasen bewässert hat, jeweils fast fünftausend Hektar, das sind die berühmten zwei Gärten von Saba, von denen der Koran spricht. In der 34. Sure wird die Zerstörung des Dammes beschrieben – eine Strafe für die Abwendung der Sabäer vom rechten Glauben. Dieser letzte und endgültige Dammbruch ereignete sich so etwa im Jahr 600, und er muss einen ungeheuren Eindruck auf die frühislamische Welt gemacht haben.«

»Kann man verstehen. Wie lange war dieser Damm im Jemen denn in Betrieb?«

»Über fünfzehnhundert Jahre. Jetzt hat dort im Jemen, fast an derselben Stelle, eine türkische Firma 1986 einen neuen Damm gebaut. Er ist ungleich größer, aber – das ist der Treppenwitz der Geschichte – das moderne Bewässerungssystem funktioniert viel schlechter, der Stausee wird binnen weniger Jahrzehnte verlandet sein, und bis dahin verseucht er die Region mit Malaria und Bilharziose. Die Ingenieure des Altertums haben mit ihren bescheidenen Mitteln die bessere Arbeit geleistet. Vielleicht deshalb, weil sie geduldiger waren – wer weiß.«

»Tja«, sagte ich, »ob dieser Damm hier anderthalb Jahrtausende halten wird, ist auch keineswegs sicher.«

»Da hast du verdammt Recht.«

Ich blickte immer noch unverwandt auf das glitzernde Wasser. Es wirkte auf mich wie ein Spiegel, hinter dem eine andere, seltsame Welt lag, aber ich war nicht Alice, und ich fand den Weg hinter die Spiegel nicht. Vor allem war ich kein kleines Mädchen mehr. Vielleicht gab es auch gar keine Spiegel, möglicherweise war alles nur eine optische Täuschung, ein aufgemaltes Trugbild, und ich rannte gegen harte, unnachgiebige Wände an, und es war nichts dahinter. Nichts.

»Komm, Randy«, sagte Wilhelm. »Wir müssen noch ein ganzes Stück fahren. Und ich freue mich schon auf eine Dusche.«

Ich nickte stumm. Was blieb mir übrig, als ihm zuzustimmen? Außerdem hatte eine resignative Stimmung von mir Besitz ergriffen: Ich war enttäuscht und niedergeschlagen. So idiotisch diese Erwartung, im Licht der Vernunft betrachtet, auch sein mochte, irgendwie hatte ich doch gehofft, an diesem Ort eine Spur von Kevin finden, riechen, fühlen zu können – von ihm, der eben hier verschwunden war und von dem bis heute jede Spur fehlte. Aber nichts war zu entdecken, nichts außer der unermesslichen Weite des Wassers, des Himmels, der Steppe. Riesig und feindselig lag das Land vor mir, die menschlichen Bauwerke wirkten zierlich, kleine Wunden und Narben. Aber dieser Eindruck täuschte. Riesig waren vor allem die Probleme, die der Mensch seiner Umgebung aufgebürdet hatte, indem er glaubte, nach Belieben mit ihr spielen zu können.

Ich legte Wilhelm die Hand auf die Schulter. »Lass uns fahren. Für mich und meine Sorgen gibt es hier keinen Ort. Nirgends.«

2.

Das Motel »Antiochos« in der Stadt Adiyaman, unser Reiseziel heute Abend, erwies sich als ein halbwegs komfortables Haus. Nur die Klimaanlage funktionierte nicht so, wie sie sollte, obwohl sie sehr laut war. Manchmal klang es, als sei im Inneren des Gebläses eine alte Konservendose vergessen worden. Vielleicht lag es am Lärm, vielleicht an der stickigen, verbrauchten Luft, dass ich am Sonntagmorgen schon überaus früh erwachte.

Am Abend zuvor hatten Wilhelm und ich nach dem wenig bemerkenswerten Abendessen noch sehr lange zusammengesessen – nichts ist schlimmer, als wenn in einem Etablissement wie diesem »internationale Küche« geprobt wird. Aber genau das wird immer öfter zum Regelfall.

Es war ein schöner Abend gewesen – rundweg, rundum. Wilhelm erzählte mir zum ersten Mal ausführlich von sich, überwiegend traurige Geschichten. Er war verheiratet gewesen – in Deutschland, schon vor etlichen Jahren. Seine Frau Marianne und er hatten sich dazu entschlossen, Kinder zu bekommen, und Marianne wurde auch schon bald nach dieser Entscheidung schwanger. Wilhelm beantragte sogar »Vaterschaftsurlaub«, denn Marianne hatte sich nach der Geburt dem zunächst aufgeschobenen Staatsexamen widmen wollen. Doch eine Woche vor dem errechneten Geburtstermin setzten urplötzlich die Herztöne des Kindes aus, ohne dass dafür ein Grund ersichtlich gewesen wäre. Marianne brachte infolgedessen eine gut entwickelte kleine Leiche zur Welt – einen Jungen, wie die Eltern schon von der Ultraschalluntersuchung her wussten. Er hätte Tobias heißen sollen.

An diesem schrecklichen Erlebnis zerbrach die Beziehung. Wilhelm, aus dessen Beurlaubung vom Dienst jetzt nichts mehr wurde, stürzte sich auf seine Akten und flüchtete ins Büro, Marianne hingegen in den Alkohol und in rasch wechselnde Männerbekanntschaften. Irgendwann beschloss man, sich zu trennen, und Wilhelm ließ sich an die deutsche Botschaft in Sanaa im Jemen versetzen. Zwei Jahre später erfuhr er, dass Marianne nachts mit ihrem Auto einen Brückenpfeiler gerammt hatte – sie war sofort tot. Ein Fremdverschulden konnte die Polizei ausschließen; der Blutalkoholpegel der Fahrerin hatte bei 2,4 Promille gelegen.

Wir schwiegen lange nach Wilhelms Erzählung. Wir saßen auf einer etwas zerschlissenen Couchgarnitur mit einem Holztischchen, das gut in eine Ausstellung über die sechziger Jahre gepasst hätte. Ich musste an meine Eltern denken, die vor fünfeinhalb Jahren gemeinsam durch eine Gasvergiftung ums Leben gekommen waren, auf einer Urlaubsreise, für die sie lange gespart hatten. In ihrem Wohnmobil gab es einen Heizofen, den sie nicht richtig bedient hatten, und am nächsten Morgen waren sie beide tot. Ich erinnerte mich noch gut und mit leisem Grauen an den Anblick der beiden Leichen, unverletzt und mit unnatürlich rosiger Gesichtsfarbe.

Ich blickte Wilhelm an und er mich. Nur mühsam kam das Gespräch wieder in Gang, und wohl auch nur deshalb, weil ich es behutsam in eine andere Richtung lenkte. Wilhelm, der eine Weile wie versteinert gewirkte hatte, fand allmählich wieder ins Leben zurück, als ich ihn zu seinen Auslandserfahrungen befragte, über seine Erlebnisse im Jemen, mit der orientalischen Kultur ganz allgemein, und schließlich über seine Versetzung hierher nach Ankara, die ihm allerdings ganz und gar nicht willkommen gewesen war. Wir hielten einander die Hand wie zwei Schulkinder, die sich gemeinsam zu schützen versuchen vor den Gefahren einer unbekannten, unberechenbaren Welt, die man mit zunehmendem Alter als immer weniger vertrauenswürdig empfindet. Es war eine seltsame Ebene, auf der mir dieser Mann immer näher kam (und ich wohl auch ihm), sie hatte durchaus ihre Erotik, aber es war eine Erotik von ganz anderer, ungewohnter Art. Es war alles sehr neu für mich, und es tat mir sehr gut.

»Es ist Mitternacht, Dr. Schweitzer«, sagte ich irgendwann. »Im Ernst, Wilhelm, wir sollten wirklich bald ins Bett gehen. Wir müssen ja morgen recht früh raus, wenn wir auf dem Gipfel sein wollen, bevor es heiß und staubig wird. Das hast du selber gesagt.«

»Stimmt«, erwiderte er, irgendwie abwesend. »Du hast völlig Recht. Es ist aber leider so, dass ich mich jetzt nicht gerne von dir trennen mag. Ich bin zwar hundemüde, aber am liebsten würde ich die ganze Nacht hier mit dir sitzen bleiben.«

Ich drückte ihm vorsichtig einen Kuss auf die Wange. »Mir geht es im Grund ganz ähnlich. Und obwohl ich große Lust dazu hätte, glaube ich nicht, dass es klug wäre, jetzt miteinander ins Bett zu gehen. Von der Müdigkeit einmal ganz abgesehen – wir sind beide irgendwie unfrei. Befangen. Ich selber bin jedenfalls verstrickt in so viele Sorgen und Gedanken, dass es mir schwer fällt, in eine Situation ganz hineinzufallen. Es ist blöd, aber ich bin eigentlich immer noch irgendwo anders. Ich muß erst wieder ruhiger werden. Ich glaube, das gäbe heute eine ziemlich verkrampfte Sache. Aber das ändert nichts daran, dass ich dich gerne mag. Sehr gerne sogar, wie ich heute Abend deutlich gemerkt habe.«

»Wie war das gewesen mit der tiefgekühlten Vernunft? Egal, du hast ganz Recht. Gehen wir also in unsere eigenen Betten, jeder schön brav für sich allein.« Und er erhob sich ächzend. »Verdammt nochmal, jetzt ist mir tatsächlich das Bein eingeschlafen.« Ich stützte ihn wie Florence Nightingale einen Soldaten des Krimkriegs, und er humpelte an meiner Seite den Flur entlang.

Der Abschiedskuss hatte es in sich – das muss ich sagen. Fast wäre ich noch schwankend geworden, aber nur fast. Die Müdigkeit hielt mich dann doch vor solchen Verirrungen ab. Als ich im Bett lag, schlief ich sofort ein. Beim Einschlafen spürte ich ein wenig Angst. Angst wovor? Ob wohl mein Albtraum wiederkehren würde? Womöglich in einer neuen Variante? Es war so viel, das auf mir lastete und nicht nur meine Tage, sondern auch meine Nächte zu vergiften drohte.

* * *

Aber es gab keinen Albtraum – jedenfalls keinen, an den ich mich später erinnern konnte –, und ich erwachte früh. Zu früh. Andererseits war es leider schon so spät, dass es sich nicht mehr lohnte, wieder einzuschlafen. Ärgerlich und übellaunig trat ich ans Fenster und blickte auf den Hof des Motels hinunter.

Neben Wilhelms Mercedes stand ein großer Toyota, der mir gestern Abend nicht aufgefallen war. Mit gleichgültiger Routine musterte ich das Fahrzeug. Dann, bei der Betrachtung der Ablage hinter der Frontscheibe, einer bunten Mischung aus Warenlager und Müllhalde, zuckte ich plötzlich zusammen. Die Sonnenbrille – diese Sonnenbrille …

Ich lief schnell zum Schrank, um einen kleinen Feldstecher aus meinem Rucksack zu holen, mit dessen Hilfe ich alles äußerst genau und gründlich inspizierte.

Diese Sonnenbrille: Da lag Kevins Brille. Kein Wunder, dass ich sie auf Anhieb erkannte, schließlich war ich es, die sie ihm geschenkt hatte, zu Weihnachten, das war jetzt zwei Jahre her. Aber halt, sagte etwas in mir, vielleicht ist es ja nur dasselbe Modell. Es kann natürlich auch hier jemanden geben, der diese Brille besitzt. Aber es ist ein recht seltenes Modell, Fabrikat Julbo, und das Besondere sind abnehmbare Nasen- und Seitenschutzteile aus Leder – gerade darauf hatte Kevin so großen Wert gelegt, und ebenso auf das an den Bügeln befestigte Band, mit dem man sich die Brille um den Hals hängen kann. Genau deshalb suchte ich dieses Modell aus.

An Kevins Brille war das Monogramm K. F. in das linke Seitenteil eingebrannt. Möglicherweise konnte ich deshalb mit einem raschen Blick feststellen … In fieberhafter Eile zog ich mich an. Dann trat ich noch einmal ans Fenster.

Ein Mann kam aus der Hintertür des Hotels und ging auf den Wagen zu. Er war unauffällig gekleidet, sein Gesicht konnte ich nicht erkennen: Erstens drehte er mir den Rücken zu und zweitens hielt er ein Handy an sein Ohr. Dann öffnete er, immer noch telefonierend, die Fahrertür. Und gleich darauf – war das die Möglichkeit! – griff er doch tatsächlich nach jener Sonnenbrille und hob sie hoch. Das Autodach machte es mir unmöglich, mehr als die untere Hälfte seines Gesichts zu erkennen, aber dennoch schien es mir so, als ob er die Brille prüfend betrachtete. Ich starrte so lange auf ihn hinunter, bis ich mir einbildete, die Stimme des Mannes, mit dem er telefonierte, deutlich hören zu können: »Ja genau, ich habe meine Sonnenbrille in Ihrem Wagen liegen lassen, vorne rechts, hinter der Windschutzscheibe. Sie haben sie bereits gefunden? Ausgezeichnet! Herzlichen Dank für die Mühe!« War es Kevins Stimme, die so sprach?

Der Unbekannte stieg wieder aus dem Auto. Die Sonnenbrille schob er in die Jackentasche.

Was mochte er geantwortet haben? »Ist gut, ich bringe sie Ihnen gleich vorbei« – oder etwas Ähnliches?

Nun gab es kein Halten mehr für mich. Ich verließ das Zimmer und lief, so leise und so schnell ich konnte, in die Hotelhalle, wo – wie in der Türkei offenbar üblich – ein verschlafener Portier mich aus geröteten Augen anstarrte. Ein Glück, dass ich meinen Trainingsanzug trug. Mit einer Geste deutete ich an, dass ich Joggen gehen wolle. Er nickte lächelnd – so sind sie, die Deutschen. Zum Glück war die Tür schon aufgeschlossen. Ich rannte ohne weitere Erläuterungen – Joggerinnen sind so – durch den Windfang nach draußen und sah in der Ferne eine männliche Gestalt. Das musste er sein! Ich versuchte, die Entfernung zu verkürzen, ohne ihm aufzufallen. Das war gar nicht so einfach, aber zum

Glück blickte er nur einmal zurück, und in diesem Moment war ich durch einen parkenden Lastwagen halb verdeckt. Offenbar fühlte der Mann sich völlig sicher.

Jetzt bog er in eine Seitenstraße ein. Es war ein ziemlich ärmliches Stadtviertel, es stank nach Abfall und Kot, und ich hatte Angst, ich müsste mich irgendwelcher streunenden Köter erwehren. Aber dazu kam es zum Glück nicht, nur einige Ziegen kreuzten meinen Weg, der jetzt steil bergauf führte. Wir verließen das bewohnte Gebiet. Es war keine richtige Straße, eher ein Feldweg, dem wir folgten, und er führte auf einen kahlen Bergrücken, aus dem verwitterte Gesteinsblöcke hervorragten wie Alterswarzen aus der Haut eines Greises. Der Sonnenaufgang stand unmittelbar bevor, das Morgenlicht wurde mit jeder Sekunde klarer und heller.

Hinter einem riesigen Steinquader blieb ich stehen und beobachtete den Mann. Er näherte sich mit schnellen, zielbewussten Schritten einer kleinen Hütte – einer Alm, auf Türkisch *Yaila*. Das unscheinbare Haus war innen nicht beleuchtet. Der Mann ging darauf zu und verschwand im Schatten eines Vordachs.

Mir klopfte das Herz in der Brust, im Hals, im Kopf, ich weiß nicht, wo; es war, als sei mein Körper ein einziges heftiges Pulsieren, und zwar derart laut, dass jeder Mensch zwischen Adiyaman und Ankara es hätte hören müssen. Ich zwang mich zur Ruhe, kramte das Fernglas aus der Tasche des Trainingsanzuges hervor, und dann versuchte ich, geschickt – hoffentlich geschickt genug! – die Deckung der Felsen ausnutzend, dem Haus so weit näher zu kommen, dass ich es von oben betrachten konnte.

Plötzlich erstarrte ich mitten in der Bewegung. Fast hätte ich mich auf ein freies Feld gewagt, auf dem sie mich leicht hätten entdecken können. Sie – denn es saßen zwei Männer auf einer Veranda des kleinen Hauses. Der eine war Kevin, das konnte ich auch mit bloßem Auge erkennen, und der andere musste jener Mann sein, der ihm seine Brille gebracht hatte.

Die beiden saßen nebeneinander und unterhielten sich friedlich: eine idyllische Szene. Ich spürte, wie die Wut in mir emporstieg, langsam und machtvoll. Aber ich konnte jetzt nicht hinüberrennen und die beiden kratzen und beißen. Es blieb mir nichts anderes übrig, als in der Hocke hinter diesem Felsblock zu kauern und die beiden Männer mit dem Feldstecher zu beobachten. Die Sonnenbrille, das sah ich sofort, lag auf dem Tisch. Jetzt nahm Kevin sie in die Hand und spielte damit herum. Offenbar war er froh, das teure Stück wieder bei sich zu haben. Er redete fast pausenlos, der andere hörte schweigend und geduldig zu. Ich musterte ihn lange. Der Mann war mir völlig unbekannt.

In diesem Moment kräuselte sich meine Haut, die winzigen Körperhaare richteten sich auf und begannen zu zittern. Es war wie ein inneres Frösteln, und es dauerte zwei Sekunden, bis ich erkannte, was da geschah, und noch einmal drei Sekunden, bis ich die Ursache begriff. Mein Körper hatte schneller reagiert als mein Verstand. Dann allerdings, als mir endlich bewusst wurde, was geschah, erstarrte ich innerlich zu Eis. Mein Unterkiefer sank herab, und meine Zähne klapperten wie die Kastagnetten einer Flamencotänzerin.

Es war eine akustische Wahrnehmung, die mich alarmiert hatte: Ich hörte etwas, aber was? Ich lauschte mit äußerster Konzentration – ängstlich, frierend, aber immer noch beherrscht.

Ja, das war es. Jetzt hörte ich es wieder – und ich begriff. Menschliche Füße, die in schweren Schuhen steckten. Und unter diesen Schuhen knirschten leise die Kiesel.

Direkt hinter mir stand irgendjemand – ein Mensch, der beobachtete, wie ich die zwei Männer auf der Veranda dort drüben beobachtete. Ich hatte mich an sie herangepirscht, und jetzt wurde ich selbst belauert.

Was tun? Bloß nicht nervös werden! Dieser Jemand konnte ja ein Mensch sein, der ganz zufällig des Weges kam. Das war immerhin möglich. Aber ich wusste, dass ich mich mit diesen hektischen Gedanken über die Realität hinwegtäuschen wollte.

Denn wer auch immer in meinem Rücken stand – er hatte sich heimlich genähert, und das sprach nicht für freundliche Absichten. Wie sollte ich die Wahrheit herausfinden? Indem ich mich zu dieser unbekannten Person herumdrehte. Aber wie? Ganz langsam – oder schnell? Was war für welchen Fall richtig? Was war in jedem Fall falsch?

Von meiner Stirn rannen die Schweißtropfen wie ein kleiner Wasserfall über mein Gesicht. So geht es nicht weiter, dachte ich. Lieber ein Ende mit Schrecken als ein Schrecken, der niemals endet. Und deshalb drehte ich mich um. Schnell – ziemlich schnell sogar.

Doch was ich jetzt sah, brachte mich völlig aus der Fassung.

* * *

Der Mensch, der hinter mir stand, war Russell. Der britische Archäologe Dr. Russell Myers.

»Hi«, flüsterte er, »Frollein Fromm, I presume?« Dann kauerte er sich an meine Seite, und dadurch wurde offensichtlich, dass auch er von Kevin und seinem Gesprächspartner nicht entdeckt werden wollte. Es hat den Anschein, dass er nicht ihr Komplize ist, dachte ich mir – aber was, zum Teufel, ist er dann?

Ich wollte etwas sagen, aber er kam mir zuvor.

»Wir belauern offensichtlich dasselbe Wild«, sagte er leise. »Eine interessante Fügung. Aber ich hatte schon lange vermutet, was mit dir los ist. Du bist clever, das muss ich sagen. Aber jetzt bin ich im Vorteil. Sieh mal her, was ich für ein kluger Junge bin.«

Er legte einen Lederbeutel vor uns auf den Boden, öffnete ihn und zog ein kleines elektronisches Gerät hervor, an das ein Kopfhörer angeschlossen war. Offenbar ein Empfänger und/oder Verstärker.

»Du hast dort im Haus ein Abhörgerät installiert?«, fragte ich atemlos.

»Mh, hm. Die beiden treffen sich ja nicht das erste Mal hier.

Aber heute, denke ich, stehen wichtige Entscheidungen an. Trotzdem will ich dich mal reinhören lassen. Ich bin ja kein Unmensch.«

Er weiß offensichtlich nicht, dass Kevin mein Bruder ist, fuhr es mir durch den Kopf. Wirklich nicht?

»Liegst du denn schon lange hier auf der Lauer?«, fragte ich zweifelnd.

»Seit gestern Abend. Offensichtlich sind wir beide genau zur selben Zeit in Adiyaman aufgetaucht – und beide auf der Suche nach demselben Mann.«

»Wo hast du denn dein Motorrad gelassen?«

»Dort hinten, zwischen den Felsen. Jetzt ist aber Schluss mit dieser Fragerei.« Und im selben Moment streifte er mir den Kopfhörer über.

Gerade redete der Mann, der mit Kevin am Tisch saß. Er hatte eine hässliche, näselnde Stimme. Oder lag das nur an der Funkübermittlung? Wie auch immer, es kam ja nicht drauf an, wie er es sagte, sondern was. Und er sprach in gutem Englisch, allerdings mit einem harten Unterton, der für meine Ohren etwas anders klang als der übliche türkische Akzent.

»Wir werden die Sache regeln. Sie können sich darauf verlassen – aber ich denke, das ist Ihnen klar. Erst der Blitz, dann der Donner. So muss es sein. Allah ist mit den Standhaften!«

Kevin nickte nur, dann ging er ins Haus.

Ich riss mir den Kopfhörer herunter.

»War ja nicht gerade aufschlussreich. Du hast nicht mithören können?«

»Nein, aber keine Sorge. Es ist alles auf Band aufgenommen.«

In diesem Moment wurde ein Automotor gestartet.

»Einer haut ab – aber wer von beiden?«, flüsterte ich Russell zu.

»Keine Ahnung. Vermutlich der Deutsche.«

Damit war es offensichtlich – Russell wusste nicht, dass »der Deutsche« dort drüben mein Bruder war. Im Übrigen hatte er Recht. Im Schuppen neben dem Haus hatte offensichtlich ein

Toyota-Pick-up gestanden, darin saß jetzt Kevin und fuhr auf uns zu.

»Kommt er hier vorbei?«

»Klar. Genau hier. Zwischen diesen beiden Felsen, du siehst doch die Karrenspuren. Das ist der alte Fahrweg, und den muss auch er benutzen, wenn er hinunter in die Stadt will. Aber hör mal, was ist denn mit dir los, du willst doch nicht ...«

»Ich höre nichts. Bin völlig taub. Kümmre du dich um den Kerl, der da oben sitzt. Ich nehme mir den im Auto vor. Und außerdem gibst du bitte in meinem Motel Bescheid.«

Darauf, dass er meine letzte Anweisung in die Tat umsetzen würde, konnte ich nicht hoffen, das war klar. Allerdings widersprach er auch nicht. Er sagte noch irgendetwas, das ich nicht mehr verstehen konnte, denn das Motorengeräusch kam rasch näher. Wir hatten uns im Schatten der Felsen versteckt – zwei Sekunden später rumpelte der Pick-up langsam und mit quietschenden Achsen an uns vorbei, Kevin saß hoch konzentriert am Steuer, die teure Sonnenbrille um den Hals gehängt.

Ich zögerte nicht lange, sprang aus meinem Versteck und lief hinter dem Wagen her. Nach wenigen Metern schon – ich war immer eine gute Sprinterin gewesen, und was mir an Training fehlte, ersetzte der Zorn – hatte ich das Auto eingeholt; ein Aufschwung, und ich landete auf der Ladefläche. Dort presste ich mich platt auf den Boden, auf dem einige Säcke lagen, die einen widerwärtigen Gestank verströmten.

Ganz offensichtlich hatte Kevin nicht bemerkt, dass ich auf seinen Wagen aufgesprungen war.

* * *

Nach etwa zehn Minuten holpriger Fahrt, die mir schier alle Knochen zu brechen drohte, hielt er plötzlich an. Ich hob den Kopf ein wenig und schaute mich vorsichtig um. Wir hatten mitten in der anatolischen Steppe gehalten, am Rand einer tiefen

Schlucht. Ringsum konnte ich nichts entdecken, was nach menschlichem Leben, nach menschlichen Behausungen aussah.

Die Fahrertür wurde geöffnet und wieder geschlossen. Kevin ging rasch um das Auto herum, zum Glück vorn, er hatte es offenbar eilig. Er stellte sich an den Rand der Schlucht, dann hörte ich es plätschern, begleitet von einem tiefen Seufzen.

Du meine Güte – jetzt muss er pinkeln. Männer!

Vorsichtig richtete ich mich auf. Es waren bestimmt anderthalb Liter, die mein Bruder in die Gegend spritzte, dann war er fertig und begann damit, seinen Pimmel wieder einzupacken. Es sieht immer so vollendet lächerlich aus, wenn die Männer sich dieser Verrichtung widmen. Außerdem konzentrieren sie sich so stark auf sich und ihr famoses Organ, dass sie kaum noch etwas von ihrer Umgebung bemerken.

Das war mein Glück. Ich richtete mich zu meiner vollen Größe auf, stellte mich mit beiden Füßen auf die Bordwand, balancierte eine halbe Sekunde – und dann sprang ich Kevin, der sich gerade die Hose zuknöpfte, von oben an.

Es muss ein großer Schreck für ihn gewesen sein – und der Aufprall war so stark, dass er ihn umwarf; mich auch, aber ich klammerte mich an ihm fest. So rollten wir beide den Abhang hinunter, über Steine und durch Gestrüpp, etliches davon ziemlich dornig. Es tat saumäßig weh. Schließlich landeten wir in einem trockenen Flussbett. Kevin lag auf dem Rücken, und ich kniete auf seinen Hüften. Man hätte uns für ein Liebespaar halten können. Er war am Gesicht und an den Armen völlig zerkratzt und blutete aus vielen kleinen Wunden – ich vermutete, dass es mir nicht anders ging, aber das war mir egal. Ich trommelte mit meinen Fäusten auf seinen Brustkorb, und als er meine Unterarme festhalten wollte, biss ich ihn in die Faust. Er schrie laut auf.

»Randy! Wo kommst denn du her? Verdammt nochmal, was machst du denn? Was ist los mit dir? Bist du völlig verrückt geworden? Du bringst mich um! Ich glaube, mein linkes Bein ist gebrochen. Hör sofort auf, verdammt.«

Aber ich dachte nicht daran. »Du hast mich entführen lassen, du mieses Dreckschwein!«, schrie ich. »Du bist in irgendwelche schmutzigen Geheimdienstgeschäfte verwickelt, deshalb hast du dich hier versteckt und dich mit diesem Typen getroffen, dem Kerl, der deine Sonnenbrille in seinem Auto hatte. Und um das Abtauchen des Exoffiziers Kevin Fromm zu tarnen, hast du mich von deinen beiden widerlichen Komplizen entführen lassen. Zwei Männer mussten sterben, und ich habe Höllenqualen ausgestanden – nur wegen dir, wegen dir, wegen dir!«

Und ich gab ihm eine kräftige Ohrfeige.

»Randy, hör auf! Es ist wahr, ich bin nicht mehr bei der Bundeswehr und habe dir nichts davon gesagt – es ging einfach nicht. Ich wusste einfach nicht, wie. Es ist wahr, ich habe einen Auftrag, der schwierig und gefährlich ist. Aber von einer Entführung weiß ich nichts! Ich habe damit nichts zu tun. Ist dir etwas passiert? Lass uns in Ruhe darüber reden!«

»Ich bin aber nicht ruhig! Ich bin wütend, Mensch! Wer hat mir denn sonst diese Scheiße eingebrockt, wenn nicht du?«

»Ich hab dir überhaupt nichts eingebrockt. Ich bin verletzt, verdammt nochmal, vielleicht kapierst du das endlich! Ich bin nicht schuld an dem, was dir passiert ist. So glaub mir doch endlich! Ich lüge nicht.«

Ich packte ihn am Haar und bei den Ohren, dann zog ich seinen Kopf zu mir herauf und beugte den meinen hinab – er wehrte sich nicht. Unsere Augen waren vielleicht zwanzig Zentimeter voneinander entfernt.

»Ja, du lügst nicht«, sagte ich dann.

»Siehst du«, erwiderte er und stöhnte. »Wir müssen weg von hier. Du musst mich stützen. Sonst schaffe ich es nicht den Hang hinauf bis zum Auto.«

Er stand mühsam und stöhnend auf, das heißt, eigentlich wurde er von mir hochgezogen, dann legte er mir seinen Arm um die Schultern und so arbeiteten wir uns mühsam den Steilhang empor.

»Es tut mir Leid, Kevin«, sagte ich und fühlte mich mehr als elend.

Er antwortete zunächst nicht. Erst nach etlichen schmerzhaften Schritten, die wir gemeinsam gestolpert und gehumpelt waren, hielt er einen Moment inne, stöhnte leise, holte tief Luft und sagte: »Nun gut, Randy, wir müssen vorsichtig sein. Du hast uns in eine schwierige Lage gebracht. Pass auf, ich ...«

Ich erfuhr nicht mehr, was er in diesem Moment hatte sagen wollen, denn plötzlich verkrampfte sich sein Körper, zuckte zusammen wie unter einem lautlosen Schlag, sein Kopf fiel jäh nach hinten, seine Hände griffen in die Luft, als wollten sie sich irgendwo festhalten. Blut quoll aus Kevins Brust wie aus einem lecken Wasserrohr – Blut, das auf mein Haar, mein Gesicht, meinen Körper spritzte.

Und erst jetzt hörte ich den Schuss.

Ich konnte Kevin nicht lange festhalten, er entglitt mir, fiel zur Seite und schlug schwer zu Boden.

Ich schrie aus Leibeskräften. Ich weiß nicht, was, und ich weiß nicht, wie lange. Dann kauerte ich mich neben ihm nieder, mitten in die Blutlache, die in das warme Erdreich sickerte.

Plötzlich hörte ich irgendwo über uns ein Motorrad aufheulen, und ich blickte mit schmerzenden Augen nach oben. Zuerst erkannte ich nur eine Staubwolke, aber dort, wo die Straße steil bergab führte, wurde das Bild deutlich: Es war eine schwere Harley-Davidson, die in höllischem Tempo davonraste – ein Mann in schwarzer Ledermontur, aber ohne Helm, am Lenker.

* * *

Es ist überaus schwierig, den seelischen Zustand zu beschreiben, in dem ich mich jetzt befand. Nicht, weil es an treffenden Worten fehlen würde – sie passten alle, und sie passten alle auch wieder nicht. Es war so viel auf einmal: Wut, Schmerz, Trauer – doch ebenso Angst und Verzweiflung; vor allem aber Scham.

Eine Scham, deren Ursache mir nicht recht klar wurde, die mich aber mit furchtbarer Wucht traf.

Einen kurzen Moment war ich ohne Orientierung, fast besinnungslos. Dann erfasste mich, von innen her, eine lähmende Kälte und Gleichgültigkeit. Ich wusste: Wenn überhaupt etwas Kevin noch retten konnte, dann nur meine Fähigkeit, jetzt mechanisch und schnell die richtigen Handgriffe zu tun, wie ich sie schon zu Schulzeiten gelernt hatte. ABC-Regel … *Atmung* – es war wohl allenfalls ein Hauch, was ich da über seinen Nasenlöchern, über seinem halb geöffneten Mund noch spürte. Ich drehte Kevins Körper zur Seite und versuchte, ihn in eine stabile Lage zu bringen, damit er nicht noch am eigenen Erbrochenen erstickte, falls er sich übergeben musste. *Blutung*: Das Einschussloch lag in der Mitte des linken Schulterblattes, die Kugel war auf der Brust, unter dem Schlüsselbein, wieder ausgetreten. Mit viel Glück konnte es sein, dass sie das Herz und die großen Gefäße verfehlt hatte. Ich zerriss das Oberteil meines Trainingsanzugs und versuchte, irgendwie eine Art Notverband anzulegen, aber die Blutung war kaum zu stoppen, und als es dann so aussah, als lasse sie endlich nach, lag das wohl in erster Linie daran, dass in Kevins Körper kaum noch Blut zirkulierte. *Cor*: Über der Halsschlagader war noch ein zarter, schneller Puls zu fühlen – das Schlagen von Schmetterlingsflügeln. Damit war alles getan, damit war ich mit meinem Alphabet für Ersthelfer am Ende.

Während ich Kevin untersuchte und notdürftig verband, fiel mir auf, dass er eine kleine Pistole schräg im Hosengürtel trug. Ich zog sie aus dieser Halterung heraus und steckte sie in die Tasche meiner Trainingshose.

»Kevin«, sagte ich leise. »Kevin. Lass mich nicht allein. Bitte!«

Er war bewusstlos – oder schon tot?

In diesem Moment fiel mir ein, dass es in dem Auto oben an der Straße vielleicht einen Verbandskasten gab. Ich richtete mich mühsam auf – mein Körper schmerzte so stark, als wären Pferde über mich hinweggetrabt.

In diesem Moment hörte ich ein leises, aber rasch anschwellendes Geräusch: ein Hubschrauber. Ein Hubschrauber!

Ich kletterte, so rasch ich konnte, zur Straße empor, stieg auf die Ladefläche des Pick-up, winkte und schrie.

Sie hatten mich gesehen. Das muss ein ziemlich bemerkenswerter Anblick gewesen sein – ich trug ja nur noch die Trainingshose und meinen BH und war über und über mit Erde und Blut bedeckt.

Wie ein gefährliches Insekt landete der Hubschrauber mitten auf der Straße in einer Wolke von Staub, Gras und Gebüsch. Der Rotor drehte sich noch, als sich schon die Seitentüren öffneten und Major Akbulut heraussprang, gefolgt von einem halben Dutzend Jandarmas.

Ich lief auf ihn zu und fiel ihm um den Hals. Er streichelte mir erstaunlich zart über das Haar, dann brachte einer seiner Männer eine Decke, die er mir um die Schulter legte.

»Sie sehen schlimm aus«, sagte er.

»Das ist doch gar nichts«, schluchzte ich. »Er liegt da unten.« Und ich ruderte mit dem rechten Arm vage in der Luft umher. »Kevin. Man hat auf ihn geschossen. Er stirbt. Er muss sofort ins Krankenhaus.«

Zwei Gendarmen rannten sofort den Abhang hinunter, zwei andere holten eine Tragbahre und einen Verbandskasten aus dem Hubschrauber und folgten ihnen. Die letzten beiden blieben neben Akbulut und mir stehen und warteten auf Anweisungen.

»Ihr Bruder?«, fragte Akbulut. »Wer hat das getan?«

»Russell Myers, das Schwein. Er ist mit dem Motorrad abgehauen, hier, diese Straße hinunter.«

Akbulut nickte. »Wir haben dieses Motorrad gesehen. Der Fahrer hatte ein höllisches Tempo drauf. Natürlich habe ich sofort alle Polizeikräfte in der Umgebung verständigt. Ich hoffe, man erwischt ihn, aber ein Mann auf einem Motorrad hat in diesem Gelände gute Chancen. Klar, wir hätten ihn mit unserem Hubschrauber verfolgen können, aber wir haben es vorgezogen, nach Ihnen zu suchen. Das war ein Glück für Ihren Bruder, denn jetzt können wir ihn ins Krankenhaus fliegen.«

»*Mersi!*«, sagte ich warm und drückte ihm fest die Hand, er wirkte fast ein wenig verlegen. Jetzt tauchten die beiden Männer mit der Tragbahre, auf der Kevin lag, an der Kante des Hanges auf. Einer der beiden anderen hielt eine Infusion, die er dem Schwerverletzten angelegt hatte. Offenbar waren die Männer gut in erster Hilfe ausgebildet und führten auch das notwendige Handwerkszeug mit sich. Aber was konnte das noch nützen? Seine Blicke kreuzten sich mit den meinen, er schnalzte leise mit der Zunge und hob die Achseln, was in der Türkei als Zeichen des Bedauerns gilt. In seinen Augen las ich, dass er meinem Bruder wenig Chancen gab.

»Wo ist Wilhelm – Wilhelm Kuhnau?«

»Keine Ahnung. Er hat den Hubschrauber angefordert und sich dann auf eigene Faust auf die Suche nach Ihnen gemacht. Er ist irgendwo im Gelände und wir werden ihn hierher beordern.« Er sagte ein paar Worte zu dem Mann, der neben ihm stand, und der sprach daraufhin lange in das Sprechfunkgerät. »Fordern Sie auch noch einen Krankenwagen an«, sagte Akbulut über die Schulter zu ihm.

Sie verstauten die Tragbahre im Hubschrauber, und ich drückte Kevin noch einen Kuss auf die blutige Stirn.

Akbulut legte mir seine Hand auf die Schulter. »Wir schicken den Helikopter sofort ins Krankenhaus nach Malatya, Frau Fromm. Dort wird man alles für ihn tun, was möglich ist. Sie können ihm jetzt nicht helfen. Es wäre deshalb am besten, Sie blieben bei mir, ich lasse Sie selbstverständlich ebenfalls sofort ins Krankenhaus bringen. Auf dem Weg dorthin möchte ich mich mit Ihnen unterhalten und mir von Ihnen schildern lassen, was vorgefallen ist.«

»Sicher.« In der Ferne hörte ich eine Sirene – dann startete der Helikopter und übertönte jedes Geräusch. Ich konnte sehen, wie der Pilot seinen Daumen nach oben reckte.

Akbulut, seine zwei Männer und ich sahen wortlos zu, wie sich die stählerne Libelle in den makellos blauen Himmel schraubte. Nach wenigen Sekunden verschwand sie in östlicher Richtung.

Einer der Männer hielt sein Funkgerät ans Ohr; aus dem Lautsprecher gellte eine Meldung. Er hörte schweigend zu und sagte dann etwas zu Akbulut.

»Der Krankenwagen wird in etwa fünf Minuten hier sein«, sagte der Major zu mir.

»Werden Sie den Kerl erwischen, Major?«, fragte ich.

Er zuckte die Achseln. »Wir werden unser Bestes tun.«

»Wenn Sie ihn gefasst haben, lassen Sie ihn mit mir alleine? Nur fünf Minuten lang – damit ich ihm die Augen auskratzen kann?«

Er sah mich mit einer seltsamen Mischung aus Strenge und Wärme an. »Die Türkei steht zu den international gültigen Menschenrechten, Frau Fromm. Gefangene dürfen nicht misshandelt werden, was auch immer sie getan haben mögen.«

In diesem Moment erschien in der Ferne ein Polizeifahrzeug und raste die Straße heran, die an der Seite der Schlucht entlangführte. Ihm folgte ein Krankenwagen.

Bremsen quietschten, die Türen des Fahrzeuges öffneten sich, und Herr Klein stürzte heraus. Er lief auf uns zu und streckte mir die Hand entgegen, die ich ohne Nachdenken schüttelte, als mache eine solche Geste jetzt irgendwelchen Sinn.

»Es tut mir wirklich Leid, Frau Fromm. Aber wenn Sie wenigstens das trösten kann: Was Ihren Bruder betrifft, so ist keinerlei Verdacht gegen ihn zurückgeblieben. Ich erzähle Ihnen später die Einzelheiten. Ihr Bruder stand …«, hier biss er sich auf die Lippen und tauschte nervös einen raschen Blick mit Akbulut, »… Ihr Bruder steht auf der richtigen Seite. Hoffen wir, dass er den Anschlag überlebt.«

»Und ich wünschte, ich könnte sicher sagen, was richtig und was falsch ist. Allmählich verliere ich den Überblick.«

Die Männer erwiderten nichts.

Dann kletterte ich in den Krankenwagen, wo eine Schwester und ein Pfleger warteten. Ich legte mich auf die Trage, der Wagen fuhr los, und das Polizeifahrzeug folgte.

Die Schwester strich mir übers Haar. Es war eine ältere Frau mit hartem Gesicht, aber mit freundlichen Augen.

»Du schlimm aussehen«, sagte sie. »Ich jetzt deine Wunden desinfizieren. Die richtige Versorgung erst im Krankenhaus machen.« Und sie deutete mit einer Handbewegung an, dass ich meine Hose ausziehen sollte.

Das tat ich. Dabei merkte ich, dass Kevins Pistole noch immer in der Hosentasche steckte. Was tun damit? Der Polizei aushändigen? Vermutlich hätte ich das tun sollen, aber ich wollte nicht. Wer weiß, ob mir viele Erinnerungen an Kevin bleiben würden.

Die Krankenschwester streckte mir die Hand entgegen, damit ich ihr die Hose geben könne.

»Nein, nein«, sagte ich rasch. »Danke.« Ich rollte die Hose zusammen und schob sie mir wie ein Kissen unter den Kopf. Es war ein reichlich hartes Kissen.

3.

Diesmal brachten sie mich nicht in die deutsche Botschaft nach Ankara. Sie fuhren mich sofort ins nächste größere Krankenhaus, in die Provinzstadt Malatya, wo mein Bruder bereits auf der Intensivstation versorgt wurde. Das war es jedenfalls, was sie mir erzählten – die offizielle Version.

Sobald ich meine fünf Sinne wieder halbwegs beisammenhatte, setzte ich alle Hebel in Bewegung, um herauszufinden, wie es wirklich um ihn stand. Aber das erwies sich als schwierig. Der Arzt, der mir eine Tetanusspritze gegeben hatte und danach meine Blutergüsse und Schürfwunden versorgte, während eine Krankenschwester ein Elektrokardiogramm ableitete, blickte mir streng ins Gesicht.

»Sie können sicher sein, dass alles für Ihren Bruder getan wird, was menschenmöglich ist«, sagte er in gebrochenem Englisch. »Aber seine Situation, das weiß ich von meinem Kollegen, ist sehr ernst. Er ist jetzt im Operationssaal – es bleibt nichts übrig, als abzuwarten.«

Ich hätte ihn erwürgen können, gerade weil ich wusste, dass er Recht hatte.

Man hatte mich auf der Krankentrage mit Fahrgestell in dieses Zimmer gerollt. Dann wollte mir die Krankenschwester helfen, doch ich lehnte dankend ab. »Ist schon in Ordnung so, es geht ganz gut. Aber ich muss dringend aufs Klo.«

Sie zeigte mir, dass das Zimmer über eine eigene Nasszelle verfügte. Dorthin ging ich, die Trainingshose, die mir als Kissen gedient hatte, in der Hand.

Als ich wieder ins Krankenzimmer zurückkam, fragte ich nach

einem Schrank für meine Kleider, und sie wiesen auf einen Spind in der Ecke. Darin verstaute ich meine schmutzige Hose, in der immer noch Kevins Pistole steckte.

»Ich hoffe, ich bekomme bald mein Gepäck aus dem Hotel in Adiyaman«, sagte ich, um von diesem Manöver abzulenken.

»Wir haben alles hier, was Sie brauchen«, erwiderte der Arzt stirnrunzelnd. »Legen Sie sich jetzt bitte hier hin, ich möchte mir nochmals Ihre Wunden ansehen.«

Wenig später, ich war am ganzen Körper mit Pflaster bedeckt, kamen Akbulut und Klein ins Zimmer.

»Guten Tag, Frau Fromm. Von Ihrem Bruder gibt es derzeit nichts Neues zu berichten«, sagte Klein mit routinierter Trauerstimme. »Es steht sehr schlecht um ihn, das ist leider die traurige Wahrheit. Sie versuchen gerade eine Notoperation, aber seine Chancen sind nicht gut. Tut mir Leid, dass ich keine besseren Nachrichten habe.«

»Kann man ihn nicht nach Deutschland bringen? Mit Flugzeug oder Hubschrauber?«

»Daran habe ich auch schon gedacht, aber ich bin natürlich kein medizinischer Experte. Ich werde in einer halben Stunde mit dem Chefarzt darüber sprechen.« Er blickte auf die Uhr. »In fünfundzwanzig Minuten, um genau zu sein. Um zwölf Uhr fünfzehn. Einstweilen können wir uns kurz unterhalten.«

»Gut.«

Er holte aus einer kleinen Aktenmappe, die er unter dem Arm trug, zwei Fotos hervor. Dann hielt er mir eines davon vors Gesicht.

»Kennen Sie diesen Mann?«

Ich schluckte trocken vor Aufregung.

»Aber selbstverständlich. Das ist dieser Herr Güler, der Kevin und mich am Flughafen abgeholt hat und dann mit meinem Bruder nach Konya gefahren ist. Eindeutig!«

Klein blickte Akbulut an, und Akbulut Klein. Beide schwiegen so laut, dass es zu dröhnen schien.

»Mossad«, knurrte Akbulut dann mit verkniffenen Lippen, und es hörte sich eher unwillig an.

»Mossad?«, rief ich aus. »Der israelische Geheimdienst? Aber …«

»Ich erkläre es Ihnen sofort, Frau Fromm. Eine Sekunde. Hier haben wir noch ein anderes Foto.«

Das Bild zeigte denselben Mann, allerdings aus etwas größerer Entfernung. Er schien auf dieser Aufnahme auch etwas jünger zu sein.

»Das ist er ebenfalls – Güler. Kein Zweifel.«

»Gut. Und was ist mit jenem Mann, mit dem Ihr Bruder heute Morgen zusammensaß? Der Mann, der ihm seine Sonnenbrille gebracht hat, diese Brille, derentwegen Sie misstrauisch geworden sind, die Geschichte, die Sie uns bei der Fahrt im Krankenwagen erzählt haben. Könnte das nicht derselbe Mann gewesen sein?«

»Ausgeschlossen. Er sah völlig anders aus, außerdem sprach er Englisch mit einem härteren Akzent, ganz anders als Güler.«

Wieder tauschten Akbulut und Klein einen Blick.

»Hizbullah«, stieß Akbulut hervor, noch etwas unfreundlicher.

»Hisbollah? Diesen Verein gibt es doch nur im Libanon! Jetzt hören Sie mir mal gut zu, ich …«

»Nein, besser hören Sie uns zu, Frau Fromm. Ich werde versuchen, Ihnen alles zu erklären«, erwiderte Klein. Major Akbulut hob derweil die Hand zum Gruß und verließ mit verfinsterter Miene, Gewitterstürme im Blick, das Krankenzimmer.

»Ich glaube nur zu gerne, dass Ihnen das alles sehr seltsam vorkommt, Frau Fromm. Uns ging es ja genauso. Das Problem ist das Folgende: Die Vorgänge, mit denen wir es hier zu schaffen haben, kamen auf einer politischen Ebene in Gang, die normalerweise viel zu hoch liegt, als dass derart kleine Lichter wie Major Akbulut und ich mit Informationen darüber versorgt würden, was man auf diesem Niveau plant und tut.« Er legte eine Kunstpause ein, die mir nicht gefiel, aber ich schwieg. Zwanghafte Menschen, das wusste ich von meinem Vater, darf man nicht unterbrechen, sonst fangen sie wieder ganz von vorne an, und alles dauert noch länger.

»Und das ist die Ursache der ganzen Verwirrung: Das diplomatische Manöver, das dazu geführt hat, dass Ihr Bruder seinen Dienst bei der Bundeswehr beendet hat, ist eben auch auf höchster Ebene eingefädelt worden. Die hohen Chargen dort oben, die wussten natürlich, dass Kevin Fromm von deutscher Seite dafür abgestellt worden war, mit dem Mossad zusammenzuarbeiten. Oder sagen wir genauer: für den Mossad zu arbeiten. Nur wir, wir zwei Kanalarbeiter hier vor Ort, wir wussten von solchen Kleinigkeiten natürlich nichts. Zunächst jedenfalls. Dann wird die Angelegenheit immer undurchsichtiger, die Wolken verdichten sich, bis irgendwann irgendjemand ganz da oben im hohen Olymp sich sagte: Jetzt muss ich da unten auf der Erde für etwas mehr Klarheit sorgen, sonst gerät noch alles völlig durcheinander. Und deshalb wissen wir mittlerweile besser Bescheid. Jedenfalls über die Tätigkeit Ihres Bruders. Seit zwei Stunden, um genau zu sein.«

Ich schwieg eine Weile.

»Das macht alles keinen Sinn«, sagte ich dann, ebenso ärgerlich wie verständnislos. Und wirklich kam ich mir vor wie in einem Roman von Graham Greene oder John le Carré: Schiebungen, Coups und Intrigen in Hülle und Fülle, alles wirkt gut geplant und raffiniert eingefädelt, aber in Wahrheit herrschen Chaos und Schlamperei. Die spielen Räuber und Gendarm im großen Maßstab, dachte ich, im Grunde war die ganze Angelegenheit durch und durch kindisch. Nur die blutigen Folgen, die waren kein Spiel, kein Roman. »Warum hat Kevin mir von seinem Ausscheiden aus der Bundeswehr nichts erzählt? Es hätte doch doppelt verdächtig wirken müssen, wenn ich irgendwann dahintergekommen wäre. Er hat mir vorhin kurz gesagt: ›Es ging nicht‹, und das hört sich nicht nach einem gut geplanten Manöver an.«

»Da haben Sie vollkommen Recht. Ich kann diese Frage leider nicht beantworten. Es scheint so, als ob einige seiner Freunde wussten, dass er nicht mehr Offizier der Bundeswehr ist. Offiziell hat er seit Januar 2000 für ein Ingenieurbüro gearbeitet. Nun, er lebte sehr zurückgezogen. Aber dass ausgerechnet Sie – ich begreife das selber nicht.«

»Peter Kutschinsky wusste auch nichts davon.«

»Wer? Peter Kutschinsky, der Abteilungsleiter bei der Deutschen Rückversicherung – meinen Sie den? Dieser Klimaexperte, der demnächst hierher nach Diyarbakir kommt? Wir können ihn ja fragen, sobald er hier ist. Ich habe nichts davon gehört, dass er sonderlich viel Kontakt mit Ihrem Bruder gehabt hätte – sonst hätten wir ihn ausführlicher befragt. Wie auch immer, es sieht so aus, als habe Kevin wirklich nur Sie im Unklaren gelassen. Mehrere Freunde gingen, wie gesagt, davon aus, dass er bei diesem Ingenieurbüro tätig ist.« Klein zuckte die Achseln. »Das Leben läuft nicht immer geradlinig ab, es ist nicht immer rational. Wir glauben viel zu oft an exakte Pläne und eindeutige Absichten, wo in Wirklichkeit der Zufall herrscht. Oder die Dummheit. Vielleicht war da etwas Persönliches zwischen Ihnen, ich kann dazu wirklich nicht mehr sagen. Uns kam das schon die ganze Zeit sehr merkwürdig vor ... Hoffen wir, dass Ihr Bruder in eine Lage kommt, in der er Ihre Fragen beantworten kann. Oder dass Sie in München irgendetwas finden, was nachträglich Klarheit schafft.«

Du bist mir vielleicht ein zartfühlender Drecksack, dachte ich, aber ich war zu erschöpft für Widerworte. »Und die Hisbollah? Diese radikalislamistische Terrororganisation ist mir nur aus dem Libanon bekannt ... Mein Bruder soll also einerseits für den Mossad gearbeitet und sich andererseits ausgerechnet mit einem von denen getroffen haben? Nebenbei – habe ich mich verhört, oder hat der Major den Namen anders ausgesprochen?«

»Das hat er. In der Türkei heißt dieser Verein ›Hizbullah‹, und der Geheimdienst geht davon aus, dass er mit der libanesischen

Organisation gleichen Namens wenig zu tun hat. Verbindungen zwischen dieser Gruppe und Ihrem Bruder – warum denn nicht? Der Mann, mit dem er sich in den Hügeln bei Adiyaman verabredet hatte, wusste gewiss nicht, wo Ihr Bruder wirklich steht; das wird man ihm nicht auf die Nase gebunden haben. Wahrscheinlich wollte er ihm Informationen über die Bundeswehr abkaufen, oder er ist mit anderem Material geködert worden. Jedenfalls war es Ihr Bruder, der den anderen in eine Falle locken wollte. Dann allerdings ging die Sache schief. Eine dritte Person griff ein. In wessen Auftrag? Wir wissen es nicht. Mit welchem Ziel? Wissen wir nicht. In mehr als einer Hinsicht tappen wir noch im Dunkeln. Der so genannte Herr Güler, der es uns wahrscheinlich erzählen könnte, ist fürs Erste abgetaucht.«

Er spielte nachdenklich mit einem leeren Plastikbecher, während ich spürte, wie das Gemisch aus Wut und Ohnmacht sich in mir immer stärker verdichtete. Es ist nicht Räuber und Gendarm, es ist ein Schachspiel mit Menschen, die zynisch hierhin und dorthin geschoben werden, jeder glaubt, dass er für seine Partei – für die gute Sache! – das Richtige tut, am Ende gleicht sich wahrscheinlich alles aus, echte Vorteile hat keiner, und man hätte den ganzen Quatsch ebenso gut lassen können. Aber es hat sich alles schon längst verselbstständigt, es gibt Ämter, Dienststellen, Planungsabteilungen, es gibt Etats, die natürlich nicht gekürzt werden sollen, weshalb man wiederum Hinweise auf die äußere Bedrohung und die eigenen Erfolge braucht, also werden die menschlichen Schachfiguren weiter hin und her geschoben, nötigenfalls auch mal vom Brett gekegelt: *Wo gehobelt wird, fallen Späne. Wer nichts riskiert, gewinnt auch nichts …*

»Und die Hizbullah?«, fragte ich matt.

»Ja, die Hizbullah ist auch in die Sache verwickelt«, erwiderte Klein und zerdrückte den Plastikbecher mit der rechten Hand. »Und nicht nur in diese Sache. Wissen Sie, im Januar 2000 hat man hier in der Türkei eine ganze Menge Leichen gefunden – darunter eine vierzehn Monate zuvor entführte Journalistin, die jenen Kreisen nahe stand, zu denen Sie in Ankara Kontakt aufgenommen hatten. Es hieß damals, diese Morde gingen aufs Konto der Hizbullah. Seither ist die Gruppe so eine Art Sündenbock für alles – auch unser Freund Akbulut denkt so ähnlich. Aber ich bin mir, offen gesagt, nicht sicher. Es gibt noch weitere Fundamentalisten, und es gibt wieder andere, die sich als Fundamentalisten tarnen. Wie auch immer, dass man damals in Israel hellhörig wurde und sich sagte, jetzt muss genau nachgeforscht werden, was sich in der Türkei tut – das glaube ich ohne weiteres. Es sind Spezialisten unterwegs, die in diesen Dingen besser Bescheid wissen als ich, aus Deutschland und wahrscheinlich auch aus Israel. Sicherlich mit Wissen des famosen Herrn Güler, der jetzt vermutlich in der israelischen Botschaft sitzt. Das wüssten wir natürlich auch gerne – aber wenn es einen Geheimdienst gibt, der sich nicht den kleinsten Moment in die Karten schauen lässt, dann der Mossad.«

»Und was ist die Rolle von Russell Myers?«

»Auch das kann ich Ihnen noch nicht beantworten. Er ist flüchtig und steht unter Mordverdacht, so viel steht fest. Um mehr zu erfahren, müssten wir ihn erst einmal haben.«

»Gut, das leuchtet ein. Nun noch etwas ganz anderes: Ich möchte am Mittwoch nach Diyarbakir fahren. Zu dieser Konferenz.«

»Wieso denn das?«

»Erstens ist es ein Thema, das mich interessiert. Von Berufs wegen sozusagen. Ich sollte nicht völlig vergessen, dass ich eigentlich mal als Journalistin in die Türkei gereist bin. Und zweitens habe ich so eine Ahnung, dass Myers dort auftauchen wird.«

Klein zog eine Grimasse. »Darüber sprechen wir noch. Jedenfalls werden wir die Aufsicht über Sie dann nicht mehr in die Hände von Herrn Kuhnau legen, der offensichtlich nicht in der Lage ist, eine so temperamentvolle Frau wie Sie zu bändigen.«

»Wenn es Ihr Hauptaugenmerk ist, mich zu ›bändigen‹, wie Sie so nett sagen, dann sollten Sie wissen, dass schon meine Eltern an dieser Aufgabe schier verzweifelt sind. Außerdem sehe ich für eine solche Dressur keinerlei Anlass. Aber lassen wir das. Ich möchte etwas anderes wissen. Die Freunde von der Gruppe YILDIRIM – gibt es einen Hinweis darauf, dass sie auch in Diyarbakir aufkreuzen werden? Es müsste sie vom Thema her eigentlich interessieren?«

Klein war dunkelrot angelaufen, und ich fürchtete schon für seine Gesundheit. Hätte ich ihm den Blutdruck messen wollen, wäre wahrscheinlich die Manschette geplatzt. Aber er hatte sich perfekt unter Kontrolle.

»Sie sollten Ihre hübsche Nase wirklich nicht in allzu viele Kehrichthaufen stecken, Frau Fromm. Was diese Ökoterroristen angeht, ich glaube nicht, dass sie an einer wissenschaftlichen Konferenz viel Interesse haben. Das muss in ihren Augen doch eine alberne Schwatzbude sein. Na gut, man kann nie wissen, und Sie können sicher sein, dass die Vorgesetzten von Major Akbulut ein Auge auf diese Dinge haben. Was Ihre Reise nach Diyarbakir betrifft – wie gesagt, darüber reden wir noch. Ich muss jetzt zum Chefarzt. Und Sie sollten ein wenig schlafen. Es war ein sehr harter Vormittag für Sie. Soll ich den Arzt rufen? Brauchen Sie ein Beruhigungsmittel?«

»Nein danke. Ich will es lieber so versuchen. Und sagen Sie dem Chefarzt, dass ich meinen Bruder sehen will. So bald wie möglich.«

»Das mache ich. Sie können sich darauf verlassen.«

Er ging ohne ein weiteres Wort. Als er die Tür öffnete, sah ich einen bewaffneten Soldaten auf dem Flur sitzen.

* * *

Obwohl meine Schürfwunden heftig schmerzten, gelang es mir, rasch einzuschlafen, aber Erfrischung fand ich nicht. Der Schlaf lastete auf mir wie eine bleierne Decke, wie ein tonnenschweres Gewicht. Ein traumloser Schlaf? Oder waren meine Träume mittlerweile so entsetzlich, dass ich sie beim Erwachen schon aus reinem Selbstschutz vergessen oder, besser gesagt, verdrängen musste? Eine der vielen Fragen, auf die es keine Antwort gab. Jedenfalls lag ich wieder einmal schweißgebadet im Bett, als Stück um Stück mein Wachbewusstsein wiederkehrte. Mit der Orientierung dauerte es etwas länger. Aber schließlich begriff ich, wo ich war. Ich blickte auf die Uhr, die auf dem Nachtkästchen lag: 15.22 Uhr. Also hatte ich über drei Stunden geschlafen.

Es klopfte an der Tür, ziemlich zaghaft – und nur ein Mal. Trotzdem fuhr ich zusammen und fragte mich, ob mir diese Schreckhaftigkeit wohl erhalten bleiben würde. Natürlich, der halslose Fettsack schmorte in der Hölle, und der hatte ganz anders geklopft, fordernd und unverschämt, aber trotzdem ...

»Herein!«, rief ich, und die Tür öffnete sich. Meine Hoffnung hatte nicht getrogen, es war Wilhelm.

Er kam schweigend zu mir, setzte sich neben mich auf das Bett und drückte mir den Kopf auf die Schulter. »Es tut mir Leid«, sagte er leise. »Es tut mir wirklich sehr Leid. Ich werde mir nie verzeihen, dass ich das alles nicht verhindern konnte.«

Obwohl ich mit mir selber genug zu tun hatte, musste ich in einem fort daran denken, wie es diesem Mann vor Jahren ergangen sein mochte. Damals, als plötzlich das Telefon klingelte, er den Hörer abhob und sich die Stimme eines Polizeiobermeisters von der Autobahnpolizei meldete. Ob es nun so gewesen sein mochte oder ganz anders, es beschäftigte mich. Er hatte mich schon ein ganzes Stück in seine Welt hineingezogen!

»Was glaubst du denn, wie hart es mich trifft, dass *ich* es nicht verhindern konnte«, erwiderte ich ebenso leise.

Eine Weile saßen wir schweigend nebeneinander, jeder gefangen in der Erinnerung an die eigene Welt, an eine Welt voller Niederlagen, voller Verluste und Beschämungen.

Dann plötzlich kam – bezeichnenderweise ohne anzuklopfen – der Chefarzt herein, ein großer, unglaublich dünner Mann, der sehr zurückhaltend wirkte, fast gehemmt.

Mir fiel es schwer, ähnlich reserviert zu sein: Es war eine Wortkaskade von mindestens zwölf Fragen, die ich ihm entgegenschleuderte, und jene erste Frage, wie es nun um Kevin stünde, und die zweite, ob man ihn nicht besser nach Deutschland brächte, kamen sozusagen gleichzeitig bei ihm an.

Der Mann knickte ein wenig vornüber, nahm langsam die Brille ab und putzte sie sorgfältig mit einem Seidentaschentuch.

»Jeder wird verstehen, dass Sie aufgeregt und besorgt sind, meine Dame, das ist klar. Wir hingegen müssen die Nerven behalten, das ist auch klar. Mein Oberarzt hat Ihren Bruder operiert, dreieinhalb Stunden lang. Es sah zuerst so aus, als sei alles verloren – aber ich freue mich, sagen zu können, dass sein Zustand sich doch ein wenig stabilisiert hat. Ein wahres Wunder. Er hat eine unglaubliche Konstitution. Und es gibt auch in der Türkei gute Chirurgen, Frau Fromm.«

»Selbstverständlich«, stotterte ich, »ich ... ich wollte niemanden beleidigen, keinesfalls. Aber Sie verstehen, dass ich ...«

»Ich verstehe Sie durchaus. Ich kann sehr gut begreifen, dass Sie die Verlegung Ihres Bruders nach Deutschland wünschen. Aber augenblicklich kann ich dazu meine Zustimmung nicht geben. Wir müssen abwarten, ob eine Nachoperation nötig wird. Das kann durchaus der Fall sein, und es wäre schlecht, wenn das im Flugzeug passiert. Ich denke, übermorgen können wir unsere Entscheidung treffen. Und davor werden wir natürlich mit Ihnen sprechen. Aber Sie müssen in der Lage sein, eine kompetente Entscheidung zu treffen, und deshalb bitte ich Sie nachdrücklich, auch sich selbst ein wenig Ruhe zu gönnen.«

Das alles klang, trotz der etwas umständlichen Wortwahl, die seinem stockenden Deutsch eigen war, durchaus vernünftig. Innerlich leistete ich diesem Mann sofort Abbitte. Wie wir alle doch voller Vorurteile stecken! Wäre Kevin während der Operation gestorben, hätte ich mich vermutlich an *eine* Vorstellung geklammert: In Deutschland, da hätte man ihn vielleicht noch retten können.

»Gut«, sagte ich, ließ mich auf dem Bett nach hinten sinken und richtete den Blick an die Decke. »Ich bin Ihnen sehr dankbar, und ich habe keinen Zweifel, dass Sie alles getan haben, was in Ihrer Macht steht, und dass Sie das auch weiterhin tun werden. Sie haben mein vollstes Vertrauen.«

Abermals knickte der hagere Körper nach vorn ein, und jetzt begriff ich, dass der Chefarzt damit eine Verbeugung andeuten wollte. Ohne jedes weitere Wort zog er sich zurück und ließ Wilhelm und mich allein.

»Ich habe ihn unterschätzt. Aber Verzweiflung macht ungerecht und misstrauisch«, sagte ich zu Wilhelm. Ich hätte noch »verlogen« anfügen können, aber das versagte ich mir.

»Ach Gott, Randy, sei nicht so hart zu dir selbst. Der Mann hat Recht, du brauchst Ruhe. Erst die Entführung. Jetzt der Schuss auf Kevin. Du tust, als könntest du das alles wegstecken wie eine Sommergrippe. Und von uns Männern wird behauptet, wir müssten immer die Starken spielen ...«

Es gelang mir, ein klein wenig zu lächeln. »Sag mal, weiß man mittlerweile mehr über die ganze Angelegenheit? Kevin arbeitete, mit Billigung höchster deutscher Stellen, für den israelischen Geheimdienst. Er traf sich in deren Auftrag mit diesem Mann, der das Auto vor unserem Motel geparkt hatte. Major Akbulut meint, der Mann gehöre der Hizbullah an, Klein ist eher skeptisch. Und Myers hatte erstens ein Abhörgerät installiert und zweitens auf Kevin geschossen. Warum? Warum nicht auch auf mich? Und worum ging es denn bei diesem geheimnisvollen Treffen?«

»Niemand weiß es. Du hast ganz Recht, Klein und Akbulut sind sich nicht ganz sicher, wo sie diese Terrorgruppe einordnen sollen. Aber eine neue Erkenntnis gibt es jedenfalls, so hat es mir Akbulut gesagt. Die Hizbullah plant offenbar einen Anschlag auf die Konferenz von Diyarbakir. Auf die Tagung, die jetzt am Mittwoch beginnt. Vermutlich hat Kevin den Kontakt zu diesem Mann knüpfen sollen, um darüber mehr in Erfahrung bringen zu können.«

»Hm. Und Myers?«

»Das ist ziemlich unklar. Möglicherweise ist er ja bei dieser Gruppe mit von der Partie. Vielleicht ahnten sie, dass Kevin ein doppeltes Spiel treibt, und wollten ihn deshalb liquidieren.«

Das alles leuchtete mir irgendwie nicht ein, aber ich hatte nun schon so viele Wendungen des Schicksals erlebt, die verrückt und aberwitzig anmuteten und sich am Ende doch als bittere, brutale Realität herausstellten!

Wilhelm verabschiedete sich wenig später. Er wolle noch nach Ankara, das sei, wie ich wisse, eine ziemlich lange und anstrengende Fahrt, vor Mitternacht werde er auf keinen Fall eintreffen, mit ein wenig Glück kurz vor Anbruch der Morgendämmerung. Am Dienstag komme er wieder hierher und werde, nachdem er bei mir vorbeigeschaut habe, dann gleich nach Diyarbakir weiterfahren.

»Viel Glück«, sagte ich. »Und pass gut auf dich auf.«

Er nahm mich in den Arm – überaus vorsichtig – und hielt mich dennoch fest, sehr fest. Das tat unendlich gut, und ich hätte mich stundenlang so halten lassen können.

»Ich hoffe, wir erleben eine Zeit, wo wir uns um solchen Mist nicht mehr kümmern müssen. Wo nur ...«

Er legte mir zart seinen Finger auf die Lippen.

»Es hat keinen Zweck, mit dem Schicksal zu hadern, Randy. Das macht alles nur noch schlimmer. Natürlich kommen wieder andere Tage. Und ich möchte dich noch einmal an die goldenen Worte des Chefarztes erinnern: Gönne dir ein wenig Ruhe. Der Mann hat tausendmal Recht! Du bist körperlich angeschlagen, und was nützt es, wenn du dich auch noch seelisch ruinierst.«

Er küsste mich vorsichtig – viel zu vorsichtig, meiner Meinung nach –, stand auf, winkte mir kurz zu und sagte »Allaha ismarladid ...«

»Güle, güle«, erwiderte ich.

Die Türe schloss sich, und wieder einmal blieb ich allein zurück.

Draußen vergoldete das helle Abendlicht des Augusts die Berge, die Hügel und die Stadt, von deren karger Nüchternheit jetzt wenig zu spüren war. Ein Sommertag in Anatolien, irgendwo dort draußen, mitten im goldenen Licht, lief ein Mann frei herum, der auf meinen Bruder geschossen hatte, weil er ihn töten wollte. Irgendwo hier drinnen, vielleicht nur wenige Meter von mir entfernt, vielleicht nur durch einige dünne Wände von mir getrennt, lag mein Bruder bewusstlos in einem Krankenhausbett, wurde intensivmedizinisch betreut und kämpfte gegen den drohenden Tod an. Wenn er noch kämpfen konnte. »*Eine unglaubliche Konstitution* …« Ob das genügen würde?

Eine Krankenschwester – jene Frau, die schon bei mir im Krankenwagen gesessen hatte – kam rasch und leise herein und brachte das Abendessen. Ich verzehrte es mit Heißhunger. Dann hätte ich gerne etwas in mein Tagebuch geschrieben. Aber das lag leider noch im Motel Antiochos.

Als die Schwester das Tablett wieder abholte, fragte sie: »Schlafpille?«

»O ja. Am besten zwei. Die volle Dröhnung.«

»Wie bitte?«

»*Affedersiniz.*« Ich entschuldigte mich und streckte zwei Finger in die Luft. Sie strahlte über das ganze Gesicht. Dann schaute sie mich nachdenklich an.

»Sehr schlimm mit deinem Bruder. Schöner Mann, sehr stark. Du aber auch stark, vielleicht stärker wie er. Warum man hat auf ihn geschossen? Schlimm, sehr schlimm. Männer immer kämpfen – wir Frauen sie wieder zusammenflicken. Wenn möglich. Mein Bruder, so alt wie deiner, im Krieg …« Und sie machte mit der Hand die Geste einer durchschnittenen Kehle.

Ich drückte ihr fest die Hand. Ihre Augen wurden feucht, dann riss sie sich rasch wieder los und sagte: »Ich hole Medikamente.«

Als sie wiederkam, wurde sie vom Chefarzt begleitet.

»Ihrem Bruder geht es nicht gut, aber besser, Frau Fromm«, sagte der hagere Mann leise. »Ich dachte, diese Nachricht erleichtert Ihnen das Einschlafen, denn Schlaf haben Sie wirklich nötig. Morgen, nach Ihrem Frühstück, bringen wir Sie zu ihm. Gute Nacht.«

Ich nickte schwach. Und dank der chemischen Keule fiel ich in der Tat bald in einen Schlaf, der aber immer noch lastend war. Alles um mich herum klebte an mir – wie im Fieber.

Und plötzlich war sie wieder da, die Traumszene, vor der ich mich so lange gefürchtet hatte. Sie hüllte mich ein wie ein Mantel – wie ein Umhang, der schwer auf den Schultern lastete, der kratzte und brannte, sich aber dennoch nicht abstreifen ließ. Ein Nessoshemd.

Ich stand allein vor dem Emaillewaschbecken und versuchte, den Hahn zu öffnen – vergeblich, wie immer. Aber ich hatte Durst, schrecklichen Durst, die Zunge schmerzte, die Mundhöhle war wie verätzt. Kein Tropfen Wasser. Es war völlig ruhig draußen. Ich schlich vorsichtig ans Fenster, spähte hinaus, ängstlich den fliegenden Stein, das Klirren der splitternden Scheibe erwartend. Aber nichts passierte. Draußen, vor dem Haus, war niemand.

Und im Haus war auch niemand. Ich war allein, vollkommen allein, und ich hatte keine Ahnung, was ich tun sollte – und dennoch quälte mich das Gefühl, ich müsse mich entscheiden. Wofür? Wogegen? Es war ja keiner da, der etwas von mir erwartete. Oder doch? Wurde ich heimlich beobachtet? Ich musterte meine Umgebung, und plötzlich begriff ich, dass in der Wand dieser schäbigen Küche – einer kahlen, schmutzigen Wand, die ich noch nie zuvor gesehen hatte – eine Tür ins Nebenzimmer führte. Diese Tür war angelehnt, und aus dem Raum dahinter drangen seltsame Geräusche zu mir her, ein leises Quietschen wie von einem Mahlwerk oder von einem schlecht geölten Gelenk. Ich ging auf die Tür zu und drückte dagegen, bis sie langsam zur Seite wich. Sie öffnete mir den Zutritt zu einem riesigen, vollkommen leeren Zimmer. Das einzige Möbelstück war ein hölzerner Schaukelstuhl, der quietschend vor- und zurückschwang, vor und zurück, und in diesem Stuhl nahm ich den massigen Körper eines Mannes wahr: den Halslosen. Passend zum Quietschen des Stuhles sang er mit einer hohen Fistelstimme vor sich hin: »Uns hilft kein Gott, unsre Welt zu erhalten …«

»Hören Sie auf!«, rief ich laut. »Hören Sie sofort auf damit. Das ist doch scheußlich!«

Das Schaukeln endete jäh, der Mann schwieg und starrte mich böse an.

»Sie haben es gerade nötig, anderen Menschen Vorschriften zu machen«, sagte er dann mit giftigem Ingrimm. »Wo immer Sie auftauchen, meine Dame, geht doch sofort alles drunter und drüber. Überall müssen Sie sich einmischen und machen damit alles nur noch schlimmer. Sie behaupten, dass Sie es gut meinen, aber gut gemeint ist das Gegenteil von wirklich gut – es ist dumm, es ist leichtsinnig, es ist schädlich. Sie haben eben kein Gefühl für die wirklich entscheidenden Dinge, für die wirklich entscheidenden Dinge, die entscheidenden Dinge, entscheidenden Dinge, entscheidend, entscheidend, entscheidend …«

Ganz plötzlich veränderte sich alles ringsum. Wie ein aus dem Wasser nach oben schießendes Stück Holz schnellte ich aus dem Schlaf in die Wirklichkeit des bewussten Lebens zurück, unvermittelt und atemlos. Ich fand mich im Krankenhausbett wieder, und ich fühlte eine Hand in der meinen. Eine Hand. Meine Augen erfassten eine Krankenschwester, die neben mir stand und meine Hand ergriffen hatte. Erst auf den zweiten Blick erkannte ich, dass es nicht jene Schwester war, die von ihrem im Krieg getöteten Bruder berichtet hatte, natürlich nicht, sie konnte ja nicht rund um die Uhr Dienst haben. Jetzt, in der Nacht, war neues Personal zum Schichtdienst eingeteilt. Die Frau, die neben meinem Bett stand, war jung, schlank, groß. Als ich sie näher betrachtete, sah ich eine große, zackige Narbe, die ihre rechte Gesichtshälfte brutal entstellte. Das Auge in der Mitte des zerstörten Gewebes schimmerte matt und wirkte starr.

»Erschrecken Sie nicht über mein Gesicht«, sagte die Schwester in ausgezeichnetem Deutsch. »Es ist eine Kriegsverletzung. Ich trage seit damals ein Glasauge.«

»Ich bin nicht erschrocken«, erwiderte ich wahrheitsgemäß. »Aber ich bewundere, wie gelassen Sie darüber sprechen können. Und ich bewundere Ihr gutes Deutsch. Es gibt so viele Menschen hier, die ausgezeichnet Deutsch sprechen.«

»Warum wundert Sie das? Viele Türken haben in Deutschland gearbeitet. Ich zum Beispiel bin acht Jahre Schwester in der Kinderintensivstation an der Uniklinik Heidelberg gewesen. Es war ein harter Job, aber ich war mit Leib und Seele dabei. Dann hatte ich, als ich in den Ferien nach Hause, in die Provinz Hakkari fuhr, das Pech, in ein Feuergefecht zu geraten. Davon stammen diese hässlichen Narben. Jetzt kann ich die schwere Arbeit auf der Intensivstation nicht mehr machen, aber zur Nachtschwester reicht's noch.«

»Ich bin froh, dass es eine Nachtschwester wie Sie gibt. Ich habe schreckliche Dinge geträumt. Habe ich geschrien?«

»Sie haben gerufen. Es muss wirklich ein sehr böser Traum gewesen sein. Sie haben sich schnell beruhigt, als ich Ihnen die Hand hielt, aber Sie haben gemurmelt: ›Ich muss mich entscheiden. Ich muss mich entscheiden … ‹«

»Habe ich das? Na ja, vielleicht muss ich mich wirklich entscheiden. Wenn ich bloß wüsste, was die Alternativen sind.«

Sie lächelte mich an, wobei ihr rechter Mundwinkel der Bewegung der Lippen nur mühsam folgte. Trotzdem, es war ein feines Lächeln.

»Ja«, sagte sie dann, »das ist oft gar nicht so leicht herauszufinden. Aber Sie wissen vermutlich, was Sie so sehr beunruhigt hat.«

»Ich glaube schon. Meine Eltern sind seit fünf Jahren tot – sie starben gemeinsam, bei einem Unfall. Mein Bruder – andere Geschwister habe ich nicht – liegt schwer verletzt hier auf der Intensivstation, und ob er durchkommt, ist keineswegs sicher. Ich bin nicht verheiratet, und ich habe keine Kinder. Ich bin ganz allein, das wurde in diesem Traum schrecklich deutlich. Ich begriff, dass ich mich darauf einstellen muss, allein durchs

Leben zu gehen. Aber ich fühle mich dazu nicht reif genug. Ich komme mir vor wie ein kleines Kind, das darauf wartet, von den Eltern bei der Hand genommen zu werden. Obwohl ich immer so tue, als könnte mich nichts erschüttern. Das Gegenteil ist der Fall. Und dann plötzlich dieses Gefühl, sich entscheiden zu müssen. Aber wie und wofür?«

»Oder wogegen«, erwiderte die Frau und blickte mich nachdenklich an. »Wissen Sie«, sagte sie, »vor fünf Jahren, nachdem *das hier* passiert war, stand ich vor der Frage, ob ich weiterhin im Krankenhaus arbeiten will. Ich wusste nicht, ob meine Kräfte reichen würden, aber auch aus anderen Gründen war ich lange Zeit sehr unsicher. Da hat mir das Buch eines deutschen Dichters sehr geholfen – ein wunderbares Buch: *Der Zauberberg* von Thomas Mann. Sie werden sich wundern, dass eine türkische Krankenschwester dieses Buch kennt, aber es war schon immer mein Lieblingsbuch, bereits an der Uni Heidelberg. Und darin steht, unter anderem, ein höchst bemerkenswerter Satz. Eine Art Leitmotiv: *›Der Mensch soll um der Güte und Liebe willen dem Tod keine Herrschaft einräumen über seine Gedanken.‹* Ich habe mich schlicht und einfach entschieden, es selber so zu halten. Dem Tod keine Herrschaft über meine Gedanken einräumen, das hieß für mich: weiter im Krankenhaus arbeiten. Und deshalb bin ich noch hier.«

»Dem Tod keine Herrschaft einräumen – das schaffen Sie?«

Wieder lächelte sie ihr feines, leicht asymmetrisches Lächeln: »Sagen wir, ich versuche es.«

Ich lehnte mich in die Kissen zurück und schloss einen Augenblick die Augen. Bunte Muster flimmerten im Zickzack vor meinen überanstrengten Netzhäuten. Dann öffnete ich die Augen wieder und versuchte mir in Ruhe alles genau einzuprägen, als sähe ich es zum ersten Mal: das kahle Krankenzimmer, jetzt in das milde Licht der Notbeleuchtung getaucht, der dunkle Umriss des Spindes dort hinten an der Wand, in dem ich immer noch die Hose mit Kevins Pistole verwahrte, das Fenster, vor dem die

Jalousie heruntergelassen war, und die schlanke Frau in ihrer grausam zerstörten Schönheit, die da ruhig neben meinem Bett stand, statuenhaft wie eine Figur aus dem Hethiter-Museum in Ankara. Erst jetzt wurde mir bewusst, dass ich immer noch ihre Hand mit der meinen umklammerte.

»Dem Tod nicht mehr die Herrschaft über unsere Gedanken einräumen sollen ... was bedeutet das eigentlich? Was heißt es konkret?«

»Ich kann nur für mich antworten. Der Tod beherrscht die Gedanken der meisten Menschen vor allem dadurch, dass sie ihn um jeden Preis vermeiden wollen. Dass sie so leben, als gäbe es keinen Tod und als könnten sie ewig jung und leistungsfähig bleiben. Weil der Tod so mächtig ist, muss er verdrängt werden. Mich dieser Macht nicht mehr zu unterwerfen – das heißt für mich: sterben können. Nicht gegen die eigene Verletzlichkeit ankämpfen. Nicht alles kontrollieren müssen. Nicht Gott sein wollen. Nicht dem Größenwahn verfallen. Das ist es ja, was die Gegenwart prägt: der Größenwahn. Das Vertrauen auf die Technik und die Illusion, alle Krisen meistern zu können. Militärs, Politiker und Wirtschaftsbosse denken so. Und leider auch ziemlich viele ›kleine Leute‹. Aber ohne kleine Leute keine großen Kriege. Das gilt auch für den Krieg, den wir gegen die Natur führen. Doch die Natur wehrt sich. Sie rächt sich und schlägt zurück. Die Zustände, die auf uns zukommen, werden uns noch Bescheidenheit lehren, verlassen Sie sich drauf. Das Ende des Größenwahns ist angesagt, auch wenn das viele noch nicht begriffen haben. Vor allem unter den Männern nicht.«

»Sie hätten Philosophin werden sollen. Was Sie gesagt haben, ist ja druckreif.«

Sie lachte fröhlich und zog sanft ihre Hand aus der meinen. »Das finde ich nicht. Außerdem bin ich zufrieden mit dem, was ich habe. Sie werden es kaum glauben nach diesem langen Vortrag, doch ich bin es eigentlich nicht gewöhnt, viele Worte zu machen. Meine Arbeit ist mir lieber. Aber heute Abend ist nicht viel zu tun. Auf der Intensivstation, wo Ihr Bruder liegt, haben andere Schwestern Dienst.«

»Morgen werde ich ihn sehen können.«

»Ja. Ich wünsche Ihnen alles Gute. Und jetzt muss ich weiter. Brauchen Sie noch etwas?«

Ich schüttelte stumm den Kopf und starrte ihr mit offenem Mund nach, als sie das Zimmer verließ. Thomas Mann, dachte ich noch, und spürte bereits, wie ich entspannt in das verhangene, samtige Weltreich des Schlafes hinüberdriftete. Bei uns in der DDR war ja mehr sein Bruder Heinrich populär, Thomas wurde sozusagen in Kauf genommen, und in der BRD war es wohl gerade umgekehrt. Und jetzt hält mir eine türkische Krankenschwester eine Privatvorlesung über Thomas Mann. So was hat der also auch geschrieben! Nie gelesen, weder den *Zauberberg* noch die *Buddenbrooks*. Für mich war er immer ein Weltmeister der manirierten Langeweile mit diesen Schachtelsätzen, die über zwei Seiten gehen. Da hatte mich auch seine antifaschistische Gesinnung nicht zum Lesen seiner Romane verlocken können, wovon in der DDR so viel die Rede war. Vielleicht war ich einfach zu jung gewesen, vielleicht sollte ich es jetzt noch einmal versuchen. *Dem Tod keine Herrschaft einräumen über seine Gedanken* … das heißt ja keineswegs, dass du nicht mehr an den Tod denken sollst, sondern ihm nicht mehr die Macht …

Während ich wie auf einer sanft geneigten Rutschbahn in den Schlaf hinüberglitt, stand mir immer noch das vernarbte Gesicht dieser Frau vor Augen. Und wie wird Kevin aussehen, falls er das hier überlebt?

4.

Am nächsten Morgen, gleich nach dem Frühstück, durfte ich endlich zu Kevin. Ich war noch ziemlich erschöpft von der letzten Nacht, vor allem wegen dieses grässlichen Traums, aber ich versuchte, mir nichts anmerken zu lassen. Außerdem musste ich immer wieder an meine Begegnung mit der einäugigen Nachtschwester denken. Eine außergewöhnliche, fast ein wenig erschreckende Frau. Vielleicht ergab sich in der kommenden Nacht eine neue Gelegenheit, zumindest kurz mit ihr zu sprechen.

Aber das alles war im Moment nicht so wichtig. Jetzt wollte ich meinen Bruder sehen, und ich hastete dieser Begegnung mit seltsam freudig-bangen Gefühlen entgegen. Zunächst waren freilich umfängliche Initiationsriten zu durchlaufen, um aus meinem Normalkrankenzimmer in den innersten Tempelbezirk der Intensivmedizin zu gelangen. Ich war weit davon entfernt, diesen Prozeduren ihre sachliche Berechtigung abzusprechen, und doch fiel mir auf, wie sehr die fundamentalen Wesenselemente aus den Tagen der Babylonier und Ägypter bis über das nachchristliche Jahr 2000 hinaus die gleichen geblieben sind: Waschungen und Wechsel der Kleidung …

Endlich konnte ich mich, gesäubert und gereinigt, mit dem grünen Kittel am Leib, eine Haube auf dem Kopf und den Mundschutz vor dem Gesicht, neben Kevins Bett auf einem Plastikhocker niedersetzen. Und was ich sah, war entsetzlich. Mit einer schrecklichen, erschütternden Mischung aus Liebe und Verzweiflung, aus Abscheu und Neugier, starrte ich auf diesen bewusstlosen, zerschundenen und gequälten Körper, der Millimeter, Milliliter, Milligramm und Millisekunden vom Zusammenbruch aller Vitalfunktionen entfernt dahindämmerte und der der Körper meines Bruders war. Mit Augen wie Saugnäpfen heftete ich mich – denn was hätte ich sonst tun sollen, tun können, tun dürfen – an jede Einzelheit, jedes Detail: an die große Operationsnarbe auf Kevins Brust mit den leicht verkrusteten Rändern, an die Haut, die ringsum gelb verfärbt war, an die Stichkanäle entlang jener Wunde, aus denen widerborstig noch die verknoteten Fäden der oberflächlichen Nähte ragten, an die Fülle der Schläuche, die aus diesem Körper heraus- und in ihn hineinführten, die Blut, Urin, Infusionsflüssigkeit und was auch immer in jene Richtung fließen lassen sollten, die den Ärzten notwendig und lebenserhaltend schien, an den bläulichen Schimmer der Bildschirme und Messgeräte, an die Fülle der Kabel, die wie Marionettenschnüre den Menschen, für den noch zwischen Leben und Sterben entschieden werden musste, an eine Fülle von Apparaten banden, die mit Summen und leisem Klicken den Raum akustisch füllten … eine Übermacht an Technik, die mir unter anderen Bedingungen als Symbol technokratischer Ingenieursmedizin unangenehm ins Auge gefallen wäre und die *hier*, in *diesem* Moment und zu *dieser* Zeit und bei *diesem* Menschen, meinem Bruder, zu einer erheblichen Beruhigung führte. Hinzu kam das Wissen, dass die Entscheidung über Leben und Tod meines Bruders in einem Prozess gefällt wurde, bei dem so viele Faktoren zusammenwirkten, sich teilweise verstärkten, teilweise abschwächten oder gar neutralisierten, dass es hoffnungslos war, einen Überblick gewinnen zu wollen. Was getan werden konnte, war entweder schon getan worden – die Operation –, oder es geschah jetzt im Moment – die intensivmedizinische Überwachung. Was für mich übrig blieb, war allein das Warten.

Ich betrachtete Kevins Hände, die neben seinem Körper lagen, als gehörten sie nicht dazu. Schon als wir zwölf, dreizehn Jahre alt waren, wurde er wegen dieser schönen, schlanken Hände, die er geschmeidig und elegant zu bewegen wusste, allgemein bewundert. Ich hingegen, damals noch erheblich größer als er, fiel als Teenager nicht nur wegen meiner knochigen Gestalt unangenehm auf, sondern auch wegen meiner linkischen Bewegungen. Mich selbst störten damals vor allem meine Hände, riesige Pranken (»wie Abortdeckel« hörte ich meine Mutter liebevoll sagen). Am liebsten hätte ich sie mir damals abgehackt.

Jetzt waren Kevins Hände faltig und dünn, die Venen traten hervor, Pflaster war darüber geklebt, und aus Schlitzen in den Pflastern quollen Schläuche hervor, die irgendwo endeten ... Es gibt – ich glaube, von Jack London – eine Kurzgeschichte, in der ein Goldgräber der Einsicht nicht mehr ausweichen kann, dass er in der bevorstehenden Nacht von Wölfen gefressen werden wird, und er betrachtet noch einmal genau seine eigene Hand: dieses sinnreiche Kunstwerk aus Sehnen und Muskeln, Knochen und Gelenken, das den Menschen erst zu dem gemacht hat, was er ist, weil es ihn die Früchte des aufrechten Ganges genießen ließ (in gewisser Weise sogar wortwörtlich), ein Kunstwerk, das bald zerrissen und zerfetzt sein würde, das Fleisch gefressen, die Knochen abgenagt ...

Hier in Anatolien gab es noch Wölfe – der »graue Wolf« hatte lange genug als Leitfigur der halbfaschistischen Sammlungsbewegung von Alparslan Türkesch gedient, diesem Oberfaschisten, der absichtsvoll den Namen jenes Herrschers trug, der am Van-See vor über neunhundert Jahren das Byzantinerheer vernichtet hatte. Ja, Wölfe, hier in Anatolien. Schon die Hethiter kämpften gegen die Wölfe – später die Römer, die Byzantiner, die Osmanen ... Heute sind diese Tiere keine Bedrohung mehr. Das Problem ist der Mensch.

Und wer angesichts dessen »Der Mensch ist des Menschen Wolf« sagt, der beleidigt die Wölfe.

* * *

»Wir werden Ihren Bruder morgen nach Deutschland bringen können. Die technischen Voraussetzungen stehen uns zur Verfügung. Allerdings bedürfen wir Ihrer schriftlichen Einverständniserklärung. Und Sie müssen uns auch bestätigen, dass Sie alle denkbaren Risiken zu verantworten bereit sind. Die gesundheitlichen Risiken, meine ich – nicht die finanziellen. Für alle Kosten steht die deutsche Botschaft gerade.«

Das hatte mir der Chefarzt eröffnet, nachdem ich etwa vier Stunden am Bett meines Bruders gesessen hatte.

Selbstverständlich unterschrieb ich eine Stunde später, in seinem höchst ungemütlichen Büro und unter den Augen Kemal Atatürks, dessen unvermeidliches Bild auch hier an der Wand prangte, den entsprechenden Wisch – oder Revers, wie die Mediziner den Zettel nennen, sonderbarerweise weltweit.

Und dann, selbstverständlich nach einem neuerlichen Initiationsritual samt Waschung und Kleiderwechsel, ging ich wieder zurück zu Kevin.

Erneut saß ich schweigend an seiner Seite. Irgendwann versuchte ich, innerlich mit ihm Kontakt aufzunehmen. Eine Kommunikation ohne Worte, von Seele zu Seele, obwohl ich doch fürchten musste, dass seine arme Seele längst blind und taub geworden war. Aber ich wollte es dennoch versuchen.

Morgen fliegst du nach Deutschland zurück, Kevin. Ich reise einen Tag später nach Osten ab. Hätte ich mit dir kommen sollen? Wenn du wüsstest, wie sehr ich im Zweifel bin! Darf ich, ohne dich nach Deutschland zu begleiten, zu dieser Konferenz fahren? In Deutschland kümmern sich die Ärzte um dich, ich kann nichts weiter für dich tun. *Hier* kann ich versuchen, den Mann zu finden, der auf dich geschossen hat. Ich *muss* ihn finden – ob du das verstehen kannst? Aber dann kann ich nicht mit dir gehen; und es ist nicht sicher, ob wir einander je lebend wieder sehen. Was immer ich tue, das Gefühl, das Falsche getan zu haben, werde ich vermutlich nie mehr los. Verstehst du das?

Eigentlich ist nur das offensichtlich geworden, was ich damals schon empfunden habe, damals im Sheraton-Hotel in Ankara, als wir miteinander beim Frühstück saßen. Ich hatte mich so unbehaglich gefühlt. Irgendetwas war faul, oberfaul. Warum hast du mir damals nichts anderes zu sagen gewusst, als mich Nebensächlichkeiten über Mozartopern zu fragen? Warum? Du wusstest, was du vorhast, und du wusstest, dass ich davon keine Ahnung hatte. Warum hast du dich in die Belanglosigkeit geflüchtet? Hättest du anders die Situation nicht aushalten können? Und warum hat es so weit kommen müssen? Warum? Wie hat es überhaupt angefangen mit dieser Sprachlosigkeit zwischen uns? Was ist der Sinn von alledem?

Irgendwie, Kevin, zerfällt alles in Trümmer. Es ist, wie wenn du ein altes Möbelstück in die Hand nimmst und dann merkst, es ist vom Holzwurm zerfressen, und plötzlich zerbricht es dir unter den Fingern. So löst sich auch das Leben auf. Es gibt nur noch Fetzen, Fragmente, Einzelteile ... Alles driftet auseinander, alles wirkt zentrifugal, gehorcht nur noch der Fliehkraft.

Auch wir sind auseinander gedriftet, Kevin. Jeder für sich. Alle gegen alle, das ist der Trend. Und trotzdem, Kevin, das habe ich gestern gelernt, gibt es noch Menschen, die sich *entscheiden*. Die dem Tod, der Gier, der Gewalt, nicht die Macht über ihr Leben einräumen wollen. Ja, es gibt solche Menschen. Aber was bedeutet das für mich, was bedeutet das für uns? Ich fühle mich so hilflos, Kevin. So überfordert und so allein ...

Ich muss an unsere Eltern denken, Kevin, wie sie so stumm dagelegen haben, nebeneinander, im Leichenschauhaus von Klagenfurt. Es waren nicht mehr meine Eltern gewesen, es waren *die Leichen meiner Eltern*. Es ist schwer, diesen Unterschied zu begreifen. Es ist so seltsam, einen toten Körper zu sehen, der nicht verletzt und der nicht von Krankheit gezeichnet ist. Dieser Mensch sieht noch immer genauso aus wie der, den du kanntest, und du weißt, *er ist es nicht*, er wird es nie wieder sein. Jetzt liegst *du* hier, Kevin, stumm und bewegungslos, zum Glück lebst du noch, du sollst sogar nach Deutschland geflogen werden, aber trotzdem, du wirst nie mehr der sein, der du einmal warst, und mit uns wird es nie wieder sein wie früher, denn du hast mich hintergangen, und ich war, ich bin wütend darüber, und in dieser Wut habe ich vielleicht alles noch schlimmer gemacht, habe dazu beigetragen, dass man dich niedergeschossen hat, es war vielleicht alles falsch, was ich getan habe, auch wenn es gut gemeint war. Gut gemeint genügt eben nicht. Aber hinterher ist das leicht einzusehen. Und jetzt weiß ich schon wieder nicht, was ich tun soll, aber nun muss ich mich wirklich entscheiden, muss mich entscheiden, Kevin, ob ich mit dir nach Deutschland fliege oder ob ich zu dieser Konferenz nach Diyarbakir fahre, die demnächst beginnt und auf der vielleicht alle Fäden dieses verschlungenen Gewebes zusammenlaufen und ich endlich ein Muster erkennen kann, das sich aus all diesen Teilen zusammensetzt, aus Akbulut und Güler, Paul Klein und Russell Myers, Mossad und Hizbullah, YILDIRIM und Professor Erbakan, und all den anderen Menschen, die unbeirrbar ihren Weg gehen und nicht begreifen wollen, dass die Zukunft keine Zukunft hat.

Auch mir fällt es schwer, das alles zu begreifen, aber eines ist klar, ich muss mich entscheiden, *muss mich entscheiden, entscheiden …*

»Haben Sie gerufen?«, fragte eine Krankenschwester, die plötzlich hinter mir stand.

Ich erschrak und schämte mich.

* * *

Als ich drei Stunden später, von einer anderen Krankenschwester begleitet, noch einmal zurück in mein Zimmer ging, kamen mir zwei Jandarmas entgegen, die meine beiden Reisetaschen samt Rucksack aus dem Motel in mein Krankenzimmer bringen wollten. Ich dankte und nahm ihnen, gegen vielfältigen Protest, die Taschen ab und trug sie selbst. Das wurde jetzt wohl zum Normalzustand, dass die türkische Polizei bei mir Gepäckträgerdienste übernahm! Ich wuchtete die Reisetaschen in mein Zimmer – die Schwester, den Rucksack in der Hand, hielt die Tür auf – und setzte sie vor dem Schränkchen ab. Dann nahm ich noch meinen Rucksack entgegen und verabschiedete mich.

»Schlafpille?«, fragte die Krankenschwester. Ich lehnte dankend ab, und sie schloss die Tür. Die Jandarmas hatten sich in ein Gespräch mit dem Wachtposten auf dem Gang vertieft.

Endlich allein. Ich war hundemüde.

Dennoch räumte ich vor dem Schlafen noch meine Habseligkeiten in den Spind. Kevins Pistole verstaute ich vorsichtig in einer Plastiktüte mit Schmutzwäsche.

Beim Auspacken meines Rucksacks machte ich eine seltsame Entdeckung: Mein Tagebuch fehlte und ebenso das grüne Notizbuch, das ich dem Halslosen geklaut hatte.

Es war wie ein Schlag ins Gesicht. Wie konnte das sein? Jemand musste mir die Sachen gestohlen haben. Wer? Warum? Gab es denn keinen Ort mehr, wo man den Menschen trauen konnte? Musste ich überall auf der Hut sein? Sollte ich mir ein Messer unter das Kopfkissen legen – für den Fall, dass mir noch andere, schlimmere Überraschungen drohten?

Die Polizei zu verständigen schien mir auch kein guter Gedanke zu sein, schon wegen des grünen Notizbuchs nicht. Alles auf sich beruhen lassen und mich weiter zurückziehen in einen Kokon aus Misstrauen, Argwohn und Rachsucht?

Ich legte mich auf das Bett und starrte in die Dunkelheit. Hoffentlich würde ich bald einschlafen können – die so bereitwillig angebotene »Schlafpille« wollte ich nicht. Morgen würden sie Kevin nach Deutschland bringen. Morgen würde Wilhelm auf der Fahrt von Ankara nach Diyarbakir hier vorbeikommen. Auch Peter, mein Ex, hatte mich benachrichtigen lassen, dass er mich morgen besuchen wolle. Morgen musste ich außerdem mit Klein und Akbulut über meine Pläne sprechen. Allmählich kam ich an einen Punkt, an dem es mir schwer fiel, überhaupt noch an dieses Morgen zu glauben.

Just in diesem Moment betrat die Nachtschwester mit dem Glasauge das Zimmer.

»Guten Abend«, sagte sie leise. »Wie geht es Ihnen? Es ist schwierig einzuschlafen, nicht wahr?«

»Ja. Sagen Sie, gestern haben Sie davon gesprochen, dass Sie sich nach Ihrer schlimmen Verletzung dafür entschieden hätten, als Krankenschwester weiterzuarbeiten – wenn auch nicht mehr auf der Intensivstation. Aber Sie haben nicht gesagt, was die Alternative gewesen wäre. Anders gefragt: Wogegen haben Sie sich damals entschieden?«

Sie lächelte wieder dieses feine, ein wenig schiefe Lächeln. »Gegen den bewaffneten Kampf. Das hatte ich ernsthaft erwogen. Wissen Sie, nicht nur ich wurde damals verletzt. Ich hatte sogar noch Glück – Glück im Unglück. Mein Dorf war ein sehr kleines Dorf, wissen Sie. Als plötzlich überall die Granaten einschlugen, war es, als hätte sich die Erde aufgetan und als sei zugleich der Himmel heruntergefallen. Es war furchtbar. Das Ganze dauerte keine zehn Minuten, und danach war die Hälfte der Bewohner tot, die anderen schwer verletzt, zum Teil für immer verstümmelt.«

Es war vielleicht nicht ganz passend, aber ich wollte frank und frei mit ihr sprechen. »Sie sind immer noch eine schöne Frau.«

Sie lachte leise und ein wenig gurgelnd. »Danke. Ich muss zufrieden sein mit dem, was ist, und ich bin zufrieden. Aber Sie hätten mich früher sehen sollen.«

* * *

Am nächsten Tag – es war Dienstag, der 24. August – wurde mein Bruder zurück nach Deutschland geflogen, in die »Heimat«. Für tote Soldaten stehen Zinksärge oder, bei hohen Bedarfszahlen, Leichensäcke aus Plastik zur Verfügung, das war ihm zum Glück erspart geblieben. Diesmal. Und Soldat ist er ja immer noch, wenn auch ohne Uniform und in einem schmutzigen Krieg ohne

Frontlinien. Aber wie in jedem Krieg wird behauptet, es gebe höhere Ziele und die eigene Seite stehe im Dienste der guten Sache und Opfer müssten bedauerlicherweise nun einmal gebracht werden und das sei schon immer so gewesen und so ist nun einmal der Mensch und am Ende steht dann eben der Zinksarg und daneben vielleicht ein Pfarrer mit frommen Sprüchen. Bei Kevin noch nicht, der hatte Glück im Unglück, und falls er doch noch beerdigt werden musste, würde ich jeden Pfaffen höchstpersönlich verjagen. Aber andere haben kein Glück, die vielen Mehmetciks, die die türkische Regierung in den Guerillakrieg geschickt hat und die dort »für die gute Sache« geopfert worden sind, wie der Bruder der Krankenschwester hier im Hause und die Menschen aus dem Dorf der Nachtschwester mit dem Glasauge und tausende andere auch, die Kindersoldaten unter den Guerilleros natürlich ebenso, geopfert für eine noch bessere Sache, und immer noch wissen viel zu viele, was gut und was richtig ist. Wie es in dem Lied heißt: »Soldaten sind sich alle gleich, lebendig und als Leich' …«

Das alles und noch viel mehr blitzte mir durch den Kopf wie ein Feuerwerk, ein Feuerwerk ohne Farben, alles grau in grau. Stumm beobachtete ich den Vorgang, das heißt, ich stand herum, war meistens im Weg, konnte nichts tun und fühlte mich überflüssig. Wäre es nicht doch besser gewesen, Kevin zu begleiten? Vielleicht war es sein letzter Flug …

Wie es vermutlich immer sein muss in solchen Situationen, verzögerte sich alles ein wenig, und erst gegen halb zehn wurde Kevin in einen Hubschrauber verladen, der ihn nach Ankara bringen sollte, und der Oberarzt, der ihn operiert hatte, begleitete ihn auf diesem Flug. In Ankara wartete bereits eine Bundeswehrmaschine mit einem eigenen medizinischen Team, das den »Fall« sofort übernehmen würde. Meinen Bruder.

Ich stand am Fenster und schaute schweigend zu, wie das stählerne Insekt ratternd den blauen Morgenhimmel durchquerte und rasch in westlicher Richtung verschwand.

Wieder einmal war ich sehr unsicher, ob ich richtig gehandelt hatte. Aber es gab keinen Weg zurück. Ich hatte mich entschieden zu bleiben.

Im Hof des Krankenhauses erkannte ich die schlanke Gestalt der einäugigen Krankenschwester. Sie unterhielt sich gestenreich mit einem Mann von gedrungener Figur, der mir irgendwie bekannt vorkam, obwohl ich sein Gesicht nicht erkennen konnte. Einen kurzen Moment keimte ein böser Verdacht in mir. Diese Frau war so offenherzig, so freimütig zu mir gewesen, hatte mir unbefangen von ihrer Entscheidung erzählt, keine Guerillakämpferin zu werden – eine ganze Menge Information für zwei kurze Begegnungen. Hatten Akbulut und Klein sie beauftragt, mich auszuhorchen? Oder jemand anders? Aber nach einigen Augenblicken des Nachdenkens verwarf ich diesen Einfall als Ausdruck einer chronisch überreizten Stimmungslage und des aus ihr folgenden Misstrauens und sah in dem Paar auf dem Hof nur noch zwei Menschen, die sich in einen harmlosen Schwatz vertieft hatten. Für die beiden bedeutete der Hubschrauber eine Routineangelegenheit, mehr nicht.

* * *

Ich aß mechanisch mein Mittagessen, ohne die Speisen zu schmecken – hier hätte der Begriff »Sättigungsbeilage« wirklich gepasst, etwas anderes erwartete ich ohnehin nicht: reine Kalorienzufuhr, um bei Kräften zu bleiben. Aus demselben Grund versuchte ich auch, einen Mittagsschlaf zu halten, aber mir wollte nur eine verschwitzte Döserei ohne großen Erholungswert gelingen.

Wenig später kam Peter in mein Krankenzimmer. Schüchtern stand er in der Tür und blickte mich an.

»Komm her, Peter«, sagte ich und richtete mich im Bett auf. »Schön, dass du da bist! Du musst nicht erschrecken, ich bin nicht krank, nur meine Beine sind voller Schrammen und blauer Flecken. Deshalb liege ich hier auf dem Bett.« Ich setzte mich auf, ausgerechnet jetzt schmerzten die verheilenden Schürfwunden ganz erheblich, aber ich ließ mir nichts anmerken. »Komm, hol dir den Stuhl und setz dich.«

Das tat er. »Ich hätte dich wirklich lieber unter anderen Umständen wieder gesehen, Randy. Mein Gott, es kommt mir vor, als sei es erst gestern gewesen, dass du mich besucht hast. Für dich ist das wahrscheinlich schon Lichtjahre entfernt nach allem, was passiert ist.«

Er hatte Recht, aber damit wollte ich das Gespräch nun wirklich nicht beginnen. »Es ist schon seltsam«, sagte ich. »Eine Luftwaffenmaschine hat Kevin heute nach Deutschland gebracht, ins Bundeswehrkrankenhaus nach Koblenz, und du bist in die andere Richtung geflogen. Ihr müsst euch eigentlich in der Luft begegnet sein. Nun gut, er hätte es nicht bemerkt, wenn du ihm zugewinkt hättest.«

»Ich weiß nicht genau, um wen ich mir mehr Sorgen machen muss, um ihn oder um dich, Randy. Warum bist du eigentlich nicht mitgeflogen?«

Ich blickte ihn lange an. Es gibt Dinge, die dir selbst absolut klar sind, so deutlich wie nichts anderes, aber sobald du sie erläutern sollst, schmilzt alle Gewissheit dahin wie Schnee in der Sonne. Was hätte ich ihm sagen können, um meine Entscheidung zu erläutern?

»Also, weißt du, ich habe lange hin und her überlegt. Wenn … wenn Kevin jetzt stirbt, dann wird er vorher kaum mehr das Bewusstsein erlangt haben, und es hätte nicht viel Sinn, bei ihm zu sein, um sich von ihm verabschieden zu wollen. Und dafür, dass er nicht stirbt, dafür kann ich leider nichts tun. Das ist Schicksal, Glück, Sache der ärztlichen Kunst, ich stehe nur hilflos daneben. Die ganze Zeit hier im Krankenhaus habe ich mich so gefühlt: ein Zaungast, überflüssig, fast lästig. Trotzdem wäre ich selbstverständlich mitgeflogen, hätte ich nicht irgendwie das Gefühl, dass es hier noch etwas Wichtiges zu tun gibt. Die ganze

Angelegenheit ist noch nicht beendet, die Sache mit dem Attentat auf Kevin, meine ich. Morgen beginnt diese Konferenz in Diyarbakir, und ich werde das Gefühl nicht los, dass ich dabei sein muss. Weil der Mann, der versucht hat, Kevin zu töten, und den ich kenne, vielleicht auch dorthin kommt. Ich kann es natürlich nicht beweisen, aber ich bin felsenfest davon überzeugt.«

Peter blickte mich nachdenklich an. Ich merkte, dass Unbehagen und Zorn in mir aufstiegen, denn er sah drein wie ein Lehrer, der sich überlegt, welche Zensur der Schüler verdient, den er an die Tafel gerufen hat. Aber ich nahm mir vor, mich weiterhin zu beherrschen.

»Ich weiß, wie hartnäckig du sein kannst, Randy«, sagte er schließlich. »Aber in diesem Fall ... hör zu, wahrscheinlich hast du über all das schon mehrfach berichtet und kannst die Geschichte längst nicht mehr hören. Und trotzdem: Wäre es nicht besser, wenn du mir von A bis Z erzählst, was gelaufen ist, denn wie soll ich mir sonst ein Bild machen können?«

»Du hast Recht.« Ich öffnete die Flasche Mineralwasser, die auf dem Nachttisch stand, fragte Peter, ob er etwas trinken wolle – er lehnte dankend ab –, und goss mir einen Plastikbecher voll. Dann trank ich einen kräftigen Schluck und begann zu erzählen.

Ich staunte selbst, was für eine lange Geschichte das war. Zweimal wurden wir unterbrochen: Zuerst klopfte es, und Wilhelm kam herein.

»Ich bin unterwegs nach Diyarbakir«, sagte er höflich und mit distanziertem Diplomatencharme, »ich wollte nur kurz vorbeischauen und hören, wie es dir geht. Schön, dass du dich hast erholen können. Ja, Kevin müsste jetzt angekommen sein.«

Wilhelm verhielt sich taktvoll und zurückhaltend, setzte sich kurz zu uns, hörte mir kurz zu, ging kurz hinaus und sagte dann, als er wieder ins Zimmer kam: »Wir werden ein Bulletin vom Koblenzer Krankenhaus bekommen, und sie geben dir hier sofort Bescheid. Jetzt muss ich aber nach Diyarbakir weiterfahren. Bis morgen.«

Daraufhin verabschiedete er sich so freundlich wie konventionell und ging, nicht ohne bei mir einen leichten Geschmack von Bitterkeit zu hinterlassen. Etwa anderthalb Stunden später trat, ohne anzuklopfen, die Schwester ins Zimmer und stellte mir das Abendessen auf den Beistelltisch, das, wie in allen Krankenhäusern der Welt, stets zu einer Zeit serviert wurde, zu der vernünftige Menschen ihren Fünf-Uhr-Tee zu trinken pflegen. Ich rührte nichts davon an.

Peter bewährte sich als ein unerschütterlicher Zeuge all dieser Geschehnisse und ebenso meines Berichtes – ein schlanker Buddha, nicht ganz glatt rasiert, mit leichter Glatzenbildung und einem unverlierbaren aufmunternden Lächeln, das in seiner Beständigkeit zu sagen schien: Das kann doch noch nicht alles gewesen sein. Den ganzen Rest möchte ich auch noch hören. Nur Geduld, Zeit spielt für mich keine Rolle.

Endlich war ich fertig mit meinem Lagebericht. Ich verschränkte die Hände im Nacken und fixierte einen Punkt an der Decke – ein mittlerweile erprobtes Mittel, um mich selbst zu beruhigen und die Fassung nicht zu verlieren.

Peter schwieg ziemlich lange.

»Ich bin zwar in der Versicherungsbranche tätig und habe nicht Psychologie studiert, aber es hat mal irgendjemand behauptet, ein guter Versicherungsvertreter sei jedem Psychologen ebenbürtig. Wie auch immer, es springt ja ins Auge, dass Kevins Mission mit dem Anschlag zu tun hatte, den diese Terroristengruppe auf die Konferenz in Diyarbakir plant. Ich glaube, dass du, wenn du dorthin fährst, nicht nur seinen Attentäter zu überführen hoffst, sondern dass es dir auch darum geht, seinen – Kevins – Auftrag auszuführen. Du willst sozusagen an seiner Stelle tätig werden, obwohl dich niemand darum gebeten hat. Hast du dir das wirklich klargemacht?«

Wie er das so sagte, hörte es sich tollkühn, nein, größenwahnsinnig an, aber seine Einschätzung war nicht ganz falsch, das musste ich leider zugestehen.

»Lass es gut sein, Peter«, erwiderte ich müde. »Es ist jetzt nicht der rechte Moment, in meinem Seelenleben herumzustochern. Du liegst bestimmt nicht völlig daneben. Aber was soll's? Es gibt im Augenblick nur noch einige wenige Dinge, an denen ich mich festhalten kann, um nicht völlig aus dem Gleichgewicht zu geraten, und die Fahrt nach Diyarbakir gehört auf jeden Fall dazu. Deshalb habe ich mich dafür entschieden, Kevin nicht zu begleiten, obwohl mir das schwer gefallen ist und obwohl ich es vielleicht einmal bereuen werde.«

»Habe ich gesagt, dass ich dich davon abbringen will?«

Nein, das hatte er nicht. Mir schien es allerdings besser, das Thema zu wechseln, sonst verwickelte sich unsere Auseinandersetzung am Ende noch in einen jener hoffnungslosen Beziehungsknoten, die ich nur allzu gut kannte.

»Sag mal, da ich ja nun seit Sonntag hier im Krankenhaus bin, habe ich diesen Kontaktmann in Ankara nicht aufsuchen können, dessen Adresse du mir in die Botschaft gemailt hast. Es klang sehr wichtig. Worum ging es denn?«

Er lächelte. »Ach, weißt du, es war nicht wirklich wichtig. Hinrich Blankenburg – das ist unser Mitarbeiter, falls du den Namen vergessen hast – hat Kontakt zu einem türkischen Wissenschaftler, der sehr originelle Theorien über mögliche Folgen der Veränderungen in der Erdatmosphäre entwickelt hat. Da du dich mittlerweile auch für das globale Klimaproblem mit allem Drum und Dran interessierst und da du ja erzählt hast, du wolltest zu der Konferenz von Diyarbakir fahren, habe ich gedacht, hier gibt es etwas, was deine Neugier weckt. Ich hatte auch gehofft, dich damit ein wenig ablenken zu können, um es ganz offen zu sagen, denn du hast so düster am Telefon geklungen, als du mich aus Ankara angerufen hast.«

»Aha. Heute hätte ich wohl noch mehr Grund dazu! Wie auch immer, schieß schon los: Worum geht es denn, und warum ist es für eine Rückversicherung von Interesse?«

»Na, das Letzte wirst du ohne weiteres einsehen: Es geht um

diese Eisklötze, die seit einigen Jahren auf die Erde fallen. Und zwar allem Anschein nach in wachsender Zahl.«

»Eisklötze? Machst du Witze?«

»Nein, überhaupt nicht, obwohl das Thema offenbar zu dieser Annahme verführt. Seltsam eigentlich, denn das Ganze ist eine durchaus ernste Sache. Die Schäden können beträchtlich sein. Deshalb interessiert es uns ja.«

»Erzähl weiter.«

»Na ja, in knappen Worten zusammengefasst, ist es etwa so: Es gab immer wieder Eisklumpen, die irgendwo ein Dach durchschlagen haben, und man nahm dabei an, es sei gefrorenes Wasser aus Flugzeugtoiletten, und des öfteren stimmte das auch. Dann fiel aber einigen Menschen auf, dass die Zusammensetzung des Eises anders ist, dass zum Beispiel die Urinbeigabe fehlt. So war es bei einem großen Eisklumpen in China 1995, und ebenso in Brasilien 1998. Im Winter ein Jahr später gab es mehrere solcher Einschläge in Spanien und dann, im Januar 2000, auch in Italien. In Spanien hat man die Sache sehr ernst genommen und sogar eine Expertenkommission einberufen. Natürlich stellte sich heraus, dass – nachdem die ersten Berichte vom Fernsehen ausgestrahlt worden waren – viele der vermeintlichen Himmelsgaben von irgendwelchen Witzbolden in der Tiefkühltruhe hergestellt worden waren. Fünf Fälle hielt die Kommission allerdings für authentisch – darunter ein Eisblock von 1,8 Kilo, der in Sevilla die Windschutzscheibe eines Autos zertrümmert hatte. Zum Glück kam niemand zu Schaden. Jedenfalls hat man festgestellt, dass das Eis aus der Stratosphäre stammt und dass meteorologische Vorgänge hinter dieser Klumpenbildung stecken, zu Deutsch: das Wetter. Es gab danach noch mehrere ähnliche Fälle, auch in Deutschland, und alle sahen nach dem gleichen Muster aus.«

»Ach! Na ja, dann ist es nicht sonderlich abwegig, sich darüber Gedanken zu machen, ob solche Ereignisse nicht mit Veränderungen in der Erdatmosphäre zusammenhängen.«

»Eigentlich nicht. Aber gerade Wissenschaftler neigen allzu oft zu einer Philosophie des ›Was nicht sein kann, das darf nicht sein‹. Und obwohl seither noch einiger solche Klumpen gefunden wurden, ist der Einzige, der sozusagen halböffentlich auf diese Zusammenhänge hinweist, ein türkischer Wissenschaftler. Und der wird in Kollegenkreisen nicht so recht ernst genommen. Sehr zu Unrecht, meint Blankenburg, und ich mittlerweile auch.«

»Das hört sich ja wirklich nach einer großen Story an. Wie heißt dieser gelehrte Mann?«

»Er heißt Professor Erbakan. Der Verwandte eines früheren Ministerpräsidenten, nebenbei bemerkt.«

Mir blieb vor Erstaunen der Mund offen stehen – ich muss ausgesehen haben wie ein Goldfisch mit Luftnot. »Erbakan? Den kenne ich. Mit dem habe ich zweimal gesprochen. Und in Diyarbakir will ich ihn noch einmal treffen. Das ist ja eine heiße Sache.«

»Kann man wohl sagen. Er hat seine Professur an der Universität verloren. Es wird behauptet, er stehe den radikalen Muslimen nahe – wie sein Verwandter, der Exministerpräsident. Und deshalb wird er geschnitten. Na, für mich heißt das nicht ...«

Es klopfte, und ohne eine Antwort abzuwarten, trat ein junger Mann ein: Maßanzug, Pilotenköfferchen, adrette Frisur – wie das Klischee eines Börsenbrokers sah er aus. Er begrüßte mich flüchtig und sagte dann: »Herr Kutschinsky, es wird Zeit. Wir müssen aufbrechen.«

»Ja, das ist leider richtig. Ich komme sofort, Heinsohn.«

Der Mann nickte und zog die Tür zu.

»Um Himmels willen«, sagte ich, »das hatte ich völlig vergessen. Du musst ja heute noch nach Diyarbakir. Es ist jetzt kurz nach sieben, und es sind ungefähr dreihundert Kilometer bis dort, wenn ich die Landkarte halbwegs richtig im Kopf habe.«

»Ja, das stimmt. Aber du brauchst dir keine Sorgen zu machen. Wir sind nicht mit dem Auto unterwegs. Zwanzig Kilometer von hier ist der Regionalflughafen, und dort steht unsere Chartermaschine. Ich habe noch einige Mitarbeiter dabei, weißt du. Wir fliegen in etwa einer Stunde ab und sind lange vor Einbruch der Dunkelheit am Flughafen Diyarbakir. Ich habe es besser als der Mann von der deutschen Botschaft, der vorhin kurz hereingeschaut hat und der mit dem Auto unterwegs ist. Kennst du ihn näher?«

Himmel und Hölle, das hatte ja kommen müssen. Er hatte wahrscheinlich schon lange auf eine passende Gelegenheit für diese Frage gewartet.

»Nein, das kann ich nicht sagen. Er war sozusagen mein Babysitter während der Zeit dort. Gut, Peter, es ist Zeit für euren Abflug. Wir sehen uns morgen in Diyarbakir. Tut mir Leid, dass ich keine bessere Gesellschafterin bin.«

»Ist schon recht. Unter diesen Umständen ... Hauptsache, du erholst dich. Kevin natürlich auch. Und obwohl ich von deiner Idee nicht sehr begeistert bin, freue ich mich, dass wir uns morgen sehen. Wie kommst denn du nach Diyarbakir?«

»Tja, das ist der Vorteil, wenn man in eine Staatsaffäre verwickelt ist. Major Akbulut wird mich morgen mit dem Hubschrauber mitnehmen. Vermutlich schon deshalb, damit ich mich nicht unterwegs abseilen kann. Und natürlich hofft er, dass ich es mir noch anders überlege.«

»Ich auch. Aber ich wette, wir hoffen beide vergebens.«

»Gewonnen. Ciao, Peter.«

»Ciao, Randy.« Er drückte mir einen vorsichtigen Kuss auf die Wange, sah mich lange an und wandte sich dann zum Gehen.

Ich klingelte nach der Schwester, damit sie das Tablett mit dem Abendessen abräumen konnte. Sie kam sofort.

»Du kein Hunger? *Schlafpille?*«

»Danke, nein. Gute Nacht.«

Aber es hätte vielleicht nichts geschadet, wenn ich ein wenig Chemie eingeworfen hätte, denn es dauerte sehr lange, bis ich einschlafen konnte.

Tausenderlei Bilder tanzten mir durch den Kopf, stießen aneinander, verwoben sich und lösten sich wieder auf. Ich musste an Peter denken. An das Gedicht, das ich ihm hatte zeigen wollen. An mein verschwundenes Tagebuch. An Kevin. An Kevins Pistole. An Russell Myers. An den Mossad. An die Hizbullah. An Major Akbulut. An Wilhelm. An Peter. An Professor Erbakan. An die Eisklumpen aus der Stratosphäre. An mein Apartment in der deutschen Botschaft. An den Halslosen. An den Eimer im Duschklo. An Kevin. An Wilhelm.

An YILDIRIM. An die radikalen Islamisten ... an morgen.

Und irgendwann kurz vor Mitternacht schlief ich ein.

Sechster Teil: Auf des Messers Schneide

MADRID/ROM (dpa) – Während in Spanien die jüngst vom Himmel gefallenen Eisbrocken den Experten weiter Rätsel aufgeben, ist nun auch in Italien ein solcher Klumpen auf die Erde gestürzt. Der fünf Kilogramm schwere Brocken sei auf einen Schulhof in der Nähe der norditalienischen Stadt Padua aufgeschlagen, berichtete die Zeitung La Repubblica am Sonntag. Es sei niemand verletzt worden. Der Eisklumpen sei zur wissenschaftlichen Untersuchung ins Eisfach gelegt worden. In Spanien konnte eine Kommission von Wissenschaftlern den Ursprung der Eisbrocken bislang nicht definitiv klären. Die Klumpen seien vermutlich überdimensionale Hagelkörner, deren Entstehung auf ein »natürliches, aber ungewöhnliches meteorologisches Phänomen« in den oberen Schichten der Erdatmosphäre zurückzuführen sei, teilte das mit der Untersuchung beauftragte staatliche Forschungszentrum CSIC in Madrid mit.

Von der deutschen Tagespresse verbreitete dpa-Meldung vom 24. Januar 2000

WIEN (dpa) – Nachdem in Spanien und Italien Anfang des Jahres Eisbrocken vom Himmel gefallen waren, ist das rätselhafte Phänomen nun auch in Österreich aufgetreten. Dutzende fußballgroße Eisklumpen seien am Mittwochmorgen vom Himmel gestürzt, berichtete ein Mann aus Königswiesen. Einer der Eisbrocken habe sein Hausdach durchschlagen und ein zwei Quadratmeter großes Loch gerissen. Die Polizei vermutet, die Eisklumpen hätten sich von einem Flugzeug gelöst. Im Januar hatten Experten diese Theorie allerdings verworfen. Der Niederschlag komme vielmehr aus den Höhen der Stratosphäre.

Ebenfalls von der Presse verbreitete dpa-Meldung vom 13. April 2000

I.

In wenig fröhlicher Stimmung saßen wir im Freien – Professor Erbakan, Peter Kutschinsky und ich.

Es war Mittwoch, der 25. August. Wilhelm sah ich heute Morgen nur sehr kurz – er hatte mir noch gestern spätabends bei einem Anruf im Krankenhaus von Malatya deutlich gemacht, er werde heute, berufsbedingt, den ganzen Tag über sehr beschäftigt sein und sich kaum um mich kümmern können. Ob er sich deshalb zurückzog, weil Peter plötzlich auf der Bildfläche erschienen war? Peter brachte mir heute Morgen das Bulletin mit, das das Bundeswehrkrankenhaus Koblenz an die deutsche Botschaft gefaxt hatte (das Wichtigste daraus hatte er mir natürlich schon gestern Abend vorgelesen: Knapp zusammengefasst, ging es Kevin demnach zwar etwas besser, aber noch lange nicht gut …). Wir hatten uns für einen Schlummertrunk in der Hotelbar verabredet – so gegen zehn Uhr, oder etwas später. Bis dahin würden wir einander wohl höchstens zufällig über den Weg laufen, und Wilhelm schien überaus großen Wert darauf zu legen, mir zu signalisieren, welch viel beschäftigter Mann er war. »Ich bin sicher, du brauchst mich nicht mehr als Aufpasser«, sagte er und glaubte wohl selbst, das klinge tröstlich für mich. »Erstens bin ich in dieser Rolle sowieso eine ziemliche Niete, und zweitens hat dir Major Akbulut gewiss genügend Beschützer zugeteilt. Also, viel Spaß und pass auf dich auf, allen Schutzengeln zum Trotz.«

In der Tat, irgendwo an einem der anderen Tische war gewiss jemand postiert, der ein Auge auf unsere Gruppe warf. Wie viele andere Teilnehmer nutzten wir die Pause nach der Eröffnungszeremonie des Kongresses, um eines der wenigen Kaffeehäuser in Diyarbakir aufzusuchen – einer weitgehend schmucklosen, modernen Stadt, über deren Straßen jetzt rudelweise Tagungsteilnehmer und Polizisten pilgerten (es war schwer auszumachen, welche Gruppe zahlenmäßig im Vorteil war – ich hätte aber auf die Polizisten getippt).

Vielleicht war der Schlafmangel daran schuld, jedenfalls konnte ich mich nicht so recht auf die hektische Tagungsatmosphäre konzentrieren, auch jetzt in der Pause nicht. Meine Gedanken wanderten immer wieder zurück zu dem morgendlichen Hubschrauberflug von Malatya hierher nach Diyarbakir – unter uns die riesige Wasserfläche des Atatürk-Sees, die in der Morgensonne das Licht reflektierte wie ein alterstrüber Spiegel. Auch der gemeinsame Flug nach Ankara kam mir in den Sinn und Kevins Artikel »Wasser ist Macht«. Auf ganz andere Weise als erwartet hatte ich mittlerweile begriffen, was die so simpel anmutende Schlagzeile bedeuten kann.

Vor mir auf dem Tisch stand mein Tonbandgerät, auf dem ich vor anderthalb Stunden die Eröffnungsrede des türkischen Ministers mitgeschnitten hatte. Jetzt wollte ich kurz überprüfen, ob meine Aufnahme wirklich keine technischen Mängel hatte, und drückte auf die Wiedergabetaste.

»Als eine der größten Herausforderungen für die Menschheit im neuen Jahrtausend …«, sagte die herrische, leicht näselnde Stimme, die ihren Text auf Englisch, aber mit jener preußischen Sprechweise vortrug, mit der ein Unteroffizier beim Morgenappell die verschlafenen Rekruten vergattert, »… erwärmt sich die Erdatmosphäre um durchschnittlich 0,13 Grad Celsius pro Jahrzehnt, mit steigender Tendenz. Vom Berg Ararat bis zum Ericyas Dag gehen auch bei uns in der Türkei die Gletscher zurück, in den Alpen hat man einen Masseverlust von über zwanzig Prozent gemessen, die Freigabe von Menschenkörpern, die über Jahrtausende hinweg im Eis konserviert waren, wie im italienischen Ötztal und später in Kanada, sind eine direkte Folge der gegenwärtigen Klimaerwärmung.

Der Meeresspiegel ist bereits im letzten Jahrhundert um fünfundzwanzig Zentimeter gestiegen, für unser Jahrhundert, das ja noch in den Kinderschuhen steckt, werden weitere neunzig Zentimeter vorhergesagt – es kommt aber nicht auf exakte Zahlen an, denn da wir wissen, dass die Hälfte der derzeit sechs Milliarden Menschen auf diesem Erdball an Küsten und Flussmündungen siedelt, ist ohnehin jedem denkenden Menschen klar, welche gewaltige Gefahr sich hinter diesen Dimensionen versteckt. In unserem Land sind Städte wie Istanbul, Izmir und Antalya direkt bedroht – andernorts geht es nicht allein um die Rettung von Venedig in Italien und Alexandria in Ägypten, sondern um den Untergang ganzer Länder wie zum Beispiel Bangladesch, wo fünfzig Prozent der gesamten Landesfläche weniger als fünf Meter über dem Meeresspiegel liegen.

Aber auch das Landesinnere wird vom Klimawandel nicht verschont bleiben – die Hochebenen Anatoliens werden unter trockenen Sommern und heftigeren Winden zu leiden haben, die Bodenfeuchtigkeit wird ab-, die Erosion wird zunehmen, und um die noch vorhandenen Wasserreservoirs wird zwangsläufig ein heftiger Konkurrenzkampf zwischen den rasch wachsenden Städten einerseits und der auf die Bewässerung ihrer Anbauflächen immer dringender angewiesenen Landwirtschaft andererseits entbrennen.«

Ich schaltete wieder ab.

»Hat man zwar alles schon mal irgendwo gelesen«, meinte Peter nachdenklich, »aber trotzdem sind es für einen Politiker erstaunlich klare Worte. Wenigstens vertuscht oder relativiert er nichts, und er kommt uns auch nicht mit dem Hinweis, man wisse noch viel zu wenig, um klare Aussagen machen zu können.«

»Soweit pflichte ich Ihnen gerne bei«, sagte Professor Erbakan und trank einen Schluck *Otçayi*, wie man hier den Kräutertee nennt. »Die Frage ist allerdings, welche Schlussfolgerungen aus alledem gezogen werden. So gut wie keine, fürchte ich, und schon gar nicht die Richtigen. Alle wissen um die Krankheit, aber kaum einer wagt den Finger auf die wirklichen Ursachen zu legen. Es wäre wichtig, eine Menge Dinge zu unterlassen, stattdessen fragen sich alle, was man tun kann, und tun dann so gut wie nichts, oder jedenfalls nichts Neues. Oder was soll man von einer Umweltkonferenz wie dieser halten, wo die Hälfte der Teilnehmer mit dem Flugzeug anreist? Als gebe es bei uns in der Türkei keine Eisenbahnen und keine Autobusse. Für den Welt-Umweltgipfel in Rio 1992 hatte man sogar eine neue Autobahn vom Flugplatz zum Konferenzzentrum gebaut – damit die Tagungsgäste nicht die Elendsquartiere der Stadt durchqueren müssen. Für mich wäre das damals fast ein Grund gewesen, meine Teilnahme wieder abzusagen. Allah, gepriesen sei sein Name, liebt die Heuchler nicht.«

Peter und ich sahen einander wortlos an. Dabei fiel mir auf, dass er sich beim Rasieren geschnitten hatte, hart über dem rechten Jochbein. Außerdem – im Krankenhaus von Malatya hatte ich das noch nicht bemerkt –, benutzte er ein neues, etwas dezenteres Rasierwasser.

»Ich möchte die Stelle mit dem Mittelmeer noch einmal hören«, meinte Peter dann. »Das trifft wohl genau das, was Sie meinen, Herr Erbakan. Statt mit dem Alltagsleben zu beginnen, bei unserer derzeitigen Lebensform mit ihrem ungeheuren Ausmaß an Stoff- und Materialverschwendung, gewiss auch, was Konferenzen und Tagungen betrifft – statt alledem flüchtet man sich lieber in Visionen, die möglichst großartig, aber dafür unverbindlich sind. Denken Sie doch nur an Al Gore, der 1992, im Jahr der Rio-Konferenz, seinen ›Marshallplan zur Rettung der Erde‹ vorschlug, und kaum hatte er selbst politische Verantwortung übernommen, hörte man kein Wort mehr davon. Und jetzt das hier. Kannst du die Stelle suchen, Randy?«

»Bin schon dabei.«

Aus dem Tonbandgerät zwitscherte es wie aus einer Vogelvoliere, während ich die Kassette vor- und zurückspulte. Schließlich war ich so weit, und wieder ertönte die näselnde Stimme: »Wissenschaftler haben uns auf ältere Entwürfe für ein großes Menschheitsprojekt hingewiesen, das schon vor Jahrzehnten von einem deutschen Ingenieur entwickelt worden ist. Dieser Plan läuft, kurz zusammengefasst, darauf hinaus, das Mittelmeer an der Meeresenge von Gibraltar durch einen Staudamm vom Atlantik abzuriegeln und so in ein Binnengewässer zu verwandeln, und dessen Wassermassen an seiner anderen, der Ostseite, durch ein Röhrensystem ins Tote Meer abzuleiten. Hierdurch könnte in gewaltigem Umfang erneuerbare, also nicht klimarelevante Energie erzeugt werden, und zugleich wäre es möglich, den Wasserstand des Mittelmeeres zu regulieren und so seine Küstenlinie zu schützen. Die Regierung der türkischen Republik wird dieses Vorhaben in enger Abstimmung mit allen Anrainerstaaten des Mittelmeeres überprüfen, um diese Vision einer gemeinsamen friedlichen Zukunft ...«

Ich drückte die Stopptaste.

»Es war ein deutscher Ingenieur namens Hermann Sörgel gewesen, der diesen Plan entworfen hat, das so genannte Atlantropa-Projekt, und zwar schon in den dreißiger Jahren«, sagte Peter. »Unser Erdkundelehrer am Max-Gymnasium, ein durch und durch strammer Altnazi, hat uns ausführlich davon erzählt, mit leuchtenden Augen. Dass dieses Projekt ausgerechnet hier und jetzt Auferstehung feiert, ist wirklich grotesk.«

»Ich stimme Ihnen vollkommen zu«, meinte Erbakan. »Die Probleme der Großtechnik werden mit jedem Tag deutlicher sichtbar, und man versucht, sie mit noch gigantischerer Technik zu meistern. Wenn China sein Fünf-Schluchten-Projekt hat, dann braucht die Türkei ihre Friedenspipeline, oder besser noch, ihren eigenen Sörgel-Plan. Wobei die Frage ist, wie das überhaupt funktionieren soll. Man müsste gewaltige Wassermassen ins Tote Meer ableiten – und dann? Ich glaube, hier hat die Effekthascherei über die Vernunft triumphiert, ebenso wie bei den Plänen für ein türkisches Atomkraftwerk.«

Meine Gedanken schweiften einen Moment ab, und das lag an dem Stichwort »Friedenspipeline«, das mir Erbakan gegeben hatte, und heute Morgen hatte in der Tat auch der Minister kurz von diesem anderen, allerdings etwas realistischeren, Großprojekt gesprochen. Doch aus meinen Erinnerungen, Assoziationen und Gedanken formte sich – wieder einmal – keine greifbare Gestalt, sie blieben allesamt flüchtig und stoben auseinander, als ich mich auf sie konzentrieren und sie in Worte fassen wollte.

»Wie kamen Sie eigentlich auf die Idee, diese Eisklumpen, die auf die Erde gefallen sind, könnten etwas mit der globalen Klimaveränderung zu schaffen haben, Herr Professor Erbakan?«, fragte ich, um wieder zu einem Gegenstand zurückzufinden, der sich konkret in Worten benennen ließ. »Und warum haben Sie mir nie etwas davon erzählt?«

»Nun, Sie haben ja auch nicht gefragt. Sie waren fasziniert von meinen kurzen Anmerkungen über Islam und Politik, Sie haben mich – völlig berechtigt – über die Rolle der Frau und über den Fundamentalismus befragt. Über das Weltklima haben wir eigentlich nur sehr kurz gesprochen. Ich wusste nicht, ob Sie das Thema überhaupt interessiert, und außerdem behandle ich es am liebsten mit einer gewissen Vorsicht, wissen Sie. Meine bisherigen Erfahrungen waren nicht so, dass sie mich in Hochstimmung versetzt hätten, denn alle Versuche, meine Publikationen in Fachzeitschriften unterzubringen, sind an der Ablehnung der Review-Committées gescheitert. So ist das eben.«

»Aber warum bloß?«, fragte ich verblüfft.

Der Professor zögerte ein wenig, und Peter, der Erbakans Verlegenheit spürte, antwortete an seiner Stelle: »Wissenschaftler sind vorsichtige Leute. Keiner möchte der Erste sein, der sich auf ein gefährliches Terrain wagt und sich dabei möglicherweise seinen Ruf ruiniert. Stell dir doch mal vor, wie sich die öffentliche Meinung zur globalen Klimaerwärmung wandeln würde, wenn sich die ›Erbakan-Hypothese‹ – Sie nehmen mir diese Kurzformel gewiss nicht übel, Herr Professor – als zutreffend herausstellte. Denk doch nur einmal an Deutschland – wen betrifft das Thema dort direkt? Oder besser gesagt, wer unter unseren Mitmenschen fühlt sich davon unmittelbar betroffen, ärmer, kränker, benachteiligt? Niemand ... Nicht einmal die Patienten mit schwarzem Hautkrebs, denn sie müssten sich ja sonst eingestehen, dass sie mit dazu beigetragen haben, dass alles so kommen kann, wie es jetzt kommt ... Also lügt man sich lieber selbst in die Tasche!

Meeresspiegelanstieg? Gut, einige behaupten, dass der Sandstrand von Sylt verschwinden wird, aber sonst? Dann muss man eben die Deiche ein wenig aufstocken – sei's drum. Im Winter wird es schwierig werden, lawinensichere Skigebiete zu finden, aber auch das ist nicht die Welt, sollen die Österreicher doch ein paar Betonmauern mehr bauen. Stürme wie der Orkan ›Lothar‹ Weihnachten 1999? Die Wettervorhersage muss endlich besser werden, den Rest regeln die Versicherungen. Und wenn irgendwo im Osten halb Bangladesch im Ozean versinkt – was schert das uns? Wenn Ägypten und der Sudan einen Krieg um das Nilwasser führen – ist doch ihr Problem. Es ist noch genauso wie zu Goethes Zeiten, im Grunde ist es uns völlig egal, *wenn hinten, weit, in der Türkei, die Völker aufeinander schlagen ... Sie mögen sich die Schädel spalten, nur in der Heimat bleibt's beim Alten ...* «

»Wenn hinten, weit, in der Türkei ...«, wiederholte ich leise. Hatte nicht Paul R. Wiedemayer, der alte Kotzbrocken, just diesen Vers zitiert, als er mich in die Türkei schickte?

Ich musste an das Buch von Frau Mater über die jungen Mehmetciks und ihr Schicksal denken, das eigentlich der Anlass meiner Reise gewesen war, an den Bruder der Krankenschwester aus Malatya, an meinen eigenen Bruder, der jetzt im Bundeswehrkrankenhaus Koblenz-Rübenach medizinisch versorgt wurde. Warum schlagen die Völker eigentlich permanent aufeinander los, haben sie denn nichts Besseres zu tun ... Ach, diese weibliche Naivität, hätte Wiedemayer süffisant gesagt.

»Ist etwas mit dir?«, hörte ich Peter fragen.

»Schon gut. Es tut weh, wenn man begreift, wie Recht du hast. Die Klimaveränderung macht uns nicht betroffen, weil sie uns nicht betrifft, weil sie keine direkte Gefahr für uns darstellt.«

»Genau. Es ist wie mit den Krankheiten der Südhalbkugel – in Afrika sterben jedes Jahr etwa fünf- bis zehntausend Menschen am Lassafieber; wenn einmal eine deutsche Touristin dasselbe Schicksal trifft, berichten alle Massenmedien plötzlich tagelang über nichts anderes mehr. Es ist fast immer nur der schiere Egoismus, der die Menschen wachrüttelt, leider. Und, um auf die Angelegenheit mit dem Eisregen zurückzukommen: Das wäre ein Thema, bei dem sich plötzlich die Befürchtung einstellen könnte: Jetzt trifft es vielleicht auch mich. Im Einzelfall vielleicht sogar wortwörtlich! Und gerade deshalb sind die Wissenschaftler vorsichtig. Es gibt bestimmt einige, die sich mit diesem Problem auseinander setzen. Aber niemand will als derjenige dastehen, der Panikmache betreibt – wie es die Politiker dann sofort nennen würden. Seit den Diskussionen um das Waldsterben sitzt diese Vorsicht sehr tief.«

Ich merkte, dass Erbakan sich aus dem Gespräch zurückgezogen hatte, vermutlich in voller Absicht. Ich schaute ihn an, er erwiderte meinen Blick, und in seinen Augen las ich etwas, das mich neugierig machte.

»Ich würde sehr gerne mehr dazu hören«, sagte ich.

»Selbstverständlich«, erwiderte der Professor höflich. »Sie müssen mir allerdings versprechen, dass Sie bei allen Veröffentlichungen vorher Rücksprache mit mir halten und meine Genehmigung einholen, wenn Sie mich zitieren wollen.«

»Auf jeden Fall.«

Peter blickte auf die Uhr. »Ich will zur nächsten Sitzung. In zehn Minuten geht es los. Kommst du mit?«

»Ich weiß noch nicht recht. Wird Muller denn sprechen?«

»Es ist noch nicht sicher«, erwiderte Peter. »Sie haben sich bis zuletzt gestritten wie die Kesselflicker. Aber ich glaube, er wird. Ich habe dir schon mal erzählt, dass ich ihn ganz gut kenne. Und ich denke, er wird sich ein solches Forum nicht entgehen lassen.«

»Na gut, dann komme ich mit dir. Ich muss mir diesen Guru doch mal aus der Nähe ansehen. In Ankara habe ich eine Menge über ihn gehört. Und Sie, Herr Professor, Sie ziehen es vor, hier zu bleiben?«

»Ja, ich habe mich mit einem Freund verabredet. Ich wünsche Ihnen, dass Sie viel Anregendes zu hören bekommen.«

»Danke, das hoffen wir auch. Wir sehen uns bestimmt noch. Bis später, Herr Professor. Ich hoffe, Sie haben später noch Zeit, mir Ihre Theorie zu erläutern.«

»Aber sicher. Es wird mir ein Vergnügen sein. Auf bald!«

Peter und ich erhoben uns von unseren Stühlen. Und sofort, das erkannte ich aus den Augenwinkeln, standen auch zwei andere Männer auf, etwa fünf Tische von uns entfernt. Einer der beiden stopfte rasch das Handy in seine Jackentasche, der andere legte ein paar Münzen auf den Tisch.

Peter grinste und massierte sich mit den Fingern die kleine Wunde auf der rechten Wange.

»Du wirst gut behütet, Randy.«

»Na klar, was hast denn du gedacht? Na komm schon, wir gehen hinein.«

* * *

Wenig später saßen wir in einer der vorderen Reihen des Auditoriums. »Ist es denn wahr«, fragte ich Peter, »dass ein Abtrünniger aus Mullers One-Earth-Institute bei dieser YILDIRIM-Gruppe mitmacht, die hier für Furore sorgt?«

»Das kann ich dir nicht sagen, Randy. Ich habe auch nur Gerüchte gehört, aber so etwas wird in der Tat behauptet. Muller selber lehnt es ab, sich dazu zu äußern. Das würde nur neues Gerede provozieren, meint er. Allerdings steht nicht fest, ob es diese Gruppe noch gibt oder ob sie sich bereits aufgelöst hat.«

In diesem Moment begann irgendeiner der Honoratioren, wortreich *our next speaker* anzukündigen, und schon kurz darauf trat Keith Muller persönlich ans Rednerpult – ein schlaksiger Mann in legerer Kleidung, der jünger wirkte, als er war, was vielleicht auch mit seiner üppigen Haarpracht zu tun hatte, deren Farbe mir ein wenig zu intensiv zu sein schien. Bevor er seinen Vortrag begann, holte er tief Luft, es sah fast aus, als wolle er sich aufpumpen wie ein Maikäfer. Vielleicht braucht er das, um in Fahrt zu kommen, dachte ich. Männer haben da ja manchmal etwas seltsame Rituale. Aber dann legte er einfach los.

»Sehr geehrter Herr Präsident, meine Damen und Herren! Die Klimakatastrophe ist nichts, was uns irgendwann in der Zukunft droht, sie ist schon heute Realität, und genau das ist die Botschaft, die wir überall auf der Erde verbreiten müssen. Es mag sein, dass ihr euch um all das nicht kümmern wollt – so lautet die Botschaft weiter –, aber seid versichert, das Klima kümmert sich um euch. Es hat Einfluss auf jedes Lebewesen, ob groß oder klein, ob Virus oder Pflanze, Mensch oder Tier.

Chris Thomas und Jack Lennon von der University of Leeds haben bewiesen, dass sich die Brutgrenze der Vögel in Großbritannien binnen zwanzig Jahren um zwanzig Kilometer nach Norden verlagert hat – weil sich das Klima verändert hat. Weil es wärmer wird. Zwei andere Wissenschaftler, Humphrey Crick und Timothy Sparks, haben diese Daten in einer zweiten Untersuchung ausdrücklich bestätigt. Anette Menzel von der Universität München hat belegen können, dass die Blätter in Europa im Durchschnitt sechs Tage früher austreiben als vor dreißig Jahren – weil die Winter milder geworden sind, weil sich das Klima verändert hat.

Ich könnte mit dieser Aufzählung fortfahren und stundenlang Befund an Befund reihen, aber wofür? Die meisten unter Ihnen kennen die Datenlage nur zu gut. Es ist auch nicht der Einzelfakt, der uns erschrecken müsste, sondern es ist das Kaleidoskop. Oder anders gesagt: die vielen Puzzleteile, die wir heute schon zusammenfügen können. Sie ergeben, wenn wir sie gemeinsam betrachten, ein zutiefst beunruhigendes Bild.

Andererseits sieht es so aus, als wüssten sich viele Menschen mit großem Geschick davor zu schützen, über das zu erschrecken, was – unbefangen betrachtet – wirklich erschreckend ist. Das hat schon der chinesische Weise Laotse beobachtet, von dem die Legende ja nicht zu Unrecht berichtet, er habe seine berühmte Sprüchesammlung – das *Taoteking* – auf dem Weg in die Emigration verfasst. ›Wenn die Leute das Schreckliche nicht fürchten, dann kommt der große Schrecken‹, hat Laotse geschrieben.

Noch vor zwanzig Jahren war es sehr beliebt, diese treffenden Sätze auf das nukleare Wettrüsten zu beziehen, das atomare Vernichtungskapazitäten von schier wahnwitzigen Dimensionen angehäuft hatte – genügend Bomben zur siebenundsechzigfachen Ausrottung der Weltbevölkerung. Heute können wir diesen Sinnspruch aber ebenso gut und vielleicht mit noch größerem Recht auf die Gefahr der schleichenden ökologischen Zerstörung beziehen, von der die Veränderung des Weltklimas nur ein Teilfaktor ist.

Aber anders als die damalige Drohung der Supermächte, die ganze Menschheit als Geisel zu nehmen und, wenn es die eigene Vorherrschaft erfordert hätte, nötigenfalls den gesamten Erdball in die Luft zu sprengen, hat die sich beschleunigende Naturzerstörung nicht eine weltweite Friedensbewegung hervorrufen können. Es gibt keine internationale Bewegung, die mit gleichem Nachdruck den unbedingten Erhalt des Friedens zwischen Mensch und Mitwelt fordert. Warum? Weil ein glaubhafter Einsatz für die Erhaltung unserer Umwelt mehr von uns fordert als ein Plakat, auf das wir ›No nukes‹ schreiben. Er erfordert mehr als Protest und Widerspruch – er erfordert eine nachhaltige Änderung unserer alltäglichen Lebensweise. Er erfordert Änderungen in der Ernährungsweise, in der Art der Fortbewegung, im Konsumverhalten. All das fällt uns schwer, insbesondere uns Menschen in den reichen Industrienationen der Nordhalbkugel. Aber es gibt keine andere Chance, es gibt keinen anderen Weg. Die Botschaft, für die unser Institut seit Jahren eintritt, ist schlicht. Ist sie zu schlicht, um Gehör zu finden? Wie dem auch sei, diese Botschaft lautet: LIVE SIMPLY – SO THAT OTHERS SIMPLY COULD LIVE …«

Er hatte diese Worte auf eine Folie geschrieben, die er jetzt auf den Overheadprojektor legte. Es entstand ein wenig Unruhe, als diese Worte riesig auf der Leinwand prangten, wie einst das an Belsazar gerichtete Menetekel, aber es brandete auch Beifall auf.

»Der Mann gefällt mir«, flüsterte ich Peter zu. »Er nennt die Dinge beim Namen und redet nicht abstrakt und wissenschaftlich drum herum. Kein Wunder, dass es Widerstände dagegen gab, ihn einzuladen.«

Peter nickte.

Muller trank einen Schluck Mineralwasser und fuhr dann fort. »Es ist nicht das Internet, es ist nicht die Digitalisierung der Welt, die das Angesicht des Erdballs in diesem eben erst begonnenen Jahrhundert dramatisch verändern wird. Diese schönen neuen virtuellen Welten helfen unter anderem dabei, bittere Realitäten des Lebens auszublenden, die für Millionen von Menschen mit steigender Tendenz schon längst traurige Realität sind. Sie verschärfen damit die Kluft zwischen Arm und Reich, die ohnehin immer tiefer geworden ist. Was hat ein zehnjähriger Junge davon, der mit seiner Familie auf einer der Müllkippen der Zwanzig-Millionen-Stadt Mexico City lebt und sein Dasein vom Einsammeln verwertbaren Abfalls bestreitet, wenn er sich über das Internet bei einer Herrenschneiderei in Hongkong einen neuen Maßanzug bestellen könnte? Was hat ein ägyptischer Fellache, den die Degradation des Bodens samt seiner Familie in die Metropole Kairo treibt – wie, nebenbei bemerkt, etwa tausend Schicksalsgenossen pro Tag –, wo er irrigerweise eine Arbeit zu finden hofft … was hat dieser Mensch davon, dass er am Bildschirm in den verschiedensten Datenbanken darüber nachlesen könnte, welche Diskussionen unter Wissenschaftlern dieser Welt über das weltweite Vorrücken der Wüsten geführt werden?

Meine Damen und Herren, wir dürfen uns nicht blenden lassen, wir müssen uns – als Wissenschaftler, aber auch als politisch engagierte Weltbürger – eine klare Sicht auf die Dinge bewahren. Die einfache Wahrheit ist die: Reines, hygienisch einwandfreies Trinkwasser und fruchtbarer Boden, auf dem alles Lebensnotwendige angebaut werden kann, sind beim Einkauf im World Wide Web nicht erhältlich – und es besteht keinerlei Anlass, zu glauben, dass es jemals so sein könnte. Der Mangel an Wasser und die Abnahme der landwirtschaftlich nutzbaren Fläche, nicht nur in Quadratmetern pro Kopf, sondern auch in absoluten Zahlen, gehören zu den dramatischen Konsequenzen der Klimaerwärmung, die ja schon seit dem letzten Jahrhundert im Gange ist, sich aber in den letzten Jahren noch weiter beschleunigt hat. Und infolgedessen werden wir mit einem neuen Problem konfrontiert, das die vor uns liegenden Jahre prägen wird wie kein zweites, denn rasche Abhilfe ist nicht mehr in Sicht. Ich meine das Problem der Umweltflüchtlinge mit all seinen Sekundärphänomenen – der Urbanisierung, der politischen Instabilität und der schnelleren Ausbreitung von Seuchen und Krankheiten aller Art, um nur diese drei apokalyptischen Reiter zu nennen.

Etwa drei Prozent der gegenwärtigen Weltbevölkerung von über sechs Milliarden Menschen sind dauerhaft auf der Flucht – entwurzelt, entrechtet, heimatlos. Das sind fast zweihundert Millionen Menschen – erheblich mehr, als die Bevölkerung Deutschlands und der Türkei zusammengerechnet. Und die Zahl dieser Flüchtlinge wird immer noch weiter ansteigen. Und was das Schlimmste dabei ist: Die im Durchschnitt dreißig bis vierzig Kriege, die auf diesem seltsamen Planeten immer noch jedes Jahr ausgefochten werden – manche davon ziehen sich schon Jahrzehnte hin – und die mit wachsender Härte vor allem die Zivilbevölkerung treffen, Frauen, Kinder und Greise, diese Kriege sind, so schrecklich sie sind und so finster sie uns anmuten, nicht die Hauptursache für das gegenwärtige, künftig noch wachsende Flüchtlingselend.

Die Gründe für die ständige Zunahme von Nichtsesshaftigkeit und Migration liegen schlicht und einfach darin, dass es zum einen immer mehr Menschen gibt. Erst um das Jahr 2050, so wird heute geschätzt, soll sich die Weltbevölkerung auf eine stabile Größe von elfeinhalb Milliarden Menschen einpendeln, immerhin fast das Doppelte der gegenwärtigen Kopfzahl. Andererseits aber nehmen die Flächen, auf denen diese Menschen leben und sich mit Nahrung und Trinkwasser versorgen können, dramatisch ab. Wir müssen schon in naher Zukunft damit rechnen, dass fruchtbare Küstenregionen vom Nildelta bis zum Golf von Bengalen großflächig überschwemmt werden. Und gerade diese Regionen sind Gebiete, die bisher sehr wesentlich zur Nahrungsmittelversorgung beigetragen haben.

Zahlreiche Flüchtlingstrecks werden ins höher gelegene Landesinnere strömen, aber es steht zu befürchten, dass sie dort anderen Karawanen des Elends begegnen, die aus den Hochebenen kommen, wo die Niederschlagsmenge sinkt, die Sommer heißer und trockener werden und immer heftigere Winde jene fruchtbare Lockermaterialschicht, die wir ›Boden‹ nennen, davontragen, weil die rissig gewordene, immer weniger durchwurzelte Erdoberfläche sie nicht mehr festhalten kann. Der Grundwasserspiegel sinkt, in Großstädten wie Kairo, Mexico City, Sanaa und Ankara um durchschnittlich etwa einen Meter pro Jahr, die Bevölkerungszahl dieser Städte indessen wächst stetig, so dass das dringend benötigte Wasser aus immer entfernteren Regionen herbeigepumpt werden muss – zum Schaden der Landwirtschaft, die dieselben Reservoirs dringend benötigt, um ihre intensiv bewirtschafteten Anbauflächen bewässern zu können. Wo die Flüsse noch Wasser führen, wird es durch eine veränderte Wetterlage, bei der immer öfter in kurzen Zeiteinheiten gewaltige Niederschlagsmengen anfallen, und wegen der durch bauliche Maßnahmen veränderten Flusslandschaften immer häufiger zu großen Überschwemmungen kommen, die erheblichen Schaden anrichten. Schon heute gehören Überschwemmungen zu den kostspieligsten Schäden, die die weltweiten Rückversicherungen zu begleichen haben, und zwar mit steigender Tendenz.

Die Statistiken dieser Versicherungen sind ohnehin hochinteressant. Ein international renommierter Wissenschaftler – ein Mann, den ich zudem meinen Freund nennen darf –, Dr. Peter Kutschinsky aus München, der für den Marktführer der Versicherungsbranche die internationalen Trends beobachtet, hat mir dankenswerterweise einige eindrucksvolle Übersichten zur Verfügung gestellt, die ich hier rasch darstellen möchte. Die Daten bedürfen eigentlich kaum noch eines Kommentars, da sie für sich selber aussagekräftig genug sind.«

Während Muller noch seine Overheadfolien sortierte, stieß ich Peter mit dem Ellenbogen in die Rippen. »Du bist mir vielleicht ein Tiefstapler«, zischte ich ihm zu. »Dass ihr euch kennt, wusste ich ja, aber du hättest mir ruhig davon erzählen können, dass ihr so eng miteinander befreundet seid. Das ist doch eine höchst bemerkenswerte Angelegenheit und nicht nur in den Augen der Journalistin.«

Peter zuckte zusammen und wurde ein wenig rot. »Ich halte nichts davon, mit solchen Kontakten zu renommieren. Zumal gerade du mich für einen Aufschneider halten könntest.«

Muller hatte die erste Folie auf den Projektor gelegt, und auf der Leinwand wurden seine Schaubilder mit großer Schärfe sichtbar, was fast ein wenig aggressiv wirkte.

In diesem Moment entstand auf der Seitengalerie ein Tumult. Zwei Männer sprangen auf, hatten plötzlich Papierstapel in der Hand, die sie sich von irgendwoher gegriffen hatten, und warfen die Blätter über die Brüstung auf uns herunter. Sofort eilten Ordner und Polizisten auf sie zu, umringten sie und führten sie ab, während einige der Anwesenden sich von ihren Plätzen erhoben, um besser sehen zu können, was da vor sich ging. Andere hingegen blieben demonstrativ sitzen und versuchten peinlich berührt, so zu wirken, als sei nichts geschehen und als gehe sie das, was doch geschehen sein mochte, auf jeden Fall nichts an. Es dauerte eine ganze Weile, bis sich die Unruhe gelegt hatte. Die Flugblätter hatten sich dank der Klimaanlage, die das Konferenzzentrum belüftete, rasch im Raum verteilt und segelten langsam wie Papierflieger auf das Publikum herunter. Viele Hände griffen danach – auch meine, während etliche Saalordner sich nicht scheuten, die Blätter einzeln einzusammeln und an sich zu nehmen.

Muller, neben dem Projektor stehend und eine Folie in der Hand, gehörte zu den wenigen, die ihre Gelassenheit bewahrten. Nach einer Weile sagte er ruhig: »Nun, das Unangenehmste an diesem Intermezzo ist, dass alles von meiner Redezeit abgeht, und die ist ohnehin knapp bemessen. Auch eine Diskussion hat die Tagungsregie leider nicht vorgesehen. Aber ich höre, dass es morgen Vormittag ein eigenes Forum geben wird, das sich der weiterführenden Debatte widmet, und selbstverständlich werde ich dort Rede und Antwort stehen. Meine Damen und Herren, ich darf Sie herzlich bitten, die Mitteilungen unserer unbekannten Freunde in der Mittagspause zu studieren. Ich fahre jetzt weiter mit meinem Vortrag fort …«

Aber natürlich ging es mir so wie vielen anderen: Ich las das Flugblatt selbstverständlich doch. Es war in Englisch verfasst – und zwar in sehr gutem Englisch –, und der in schmucklosem Layout dargebotene Aufruf lautete so:

Sehr geehrte Anwesende, wir wünschen Ihnen eine anregende Konferenz! Aber während Sie hier tagen und das erörtern, was auch schon auf dutzenden von anderen Konferenzen erörtert worden ist – mit denselben Rednern, demselben Zahlenmaterial, denselben Beispielen –, dreht die Erde sich weiter. Wälder werden abgeholzt, Kleinbauern von ihrem Land vertrieben, Schadstoffe in die Atmosphäre geblasen und in Flüsse und Meere gekippt … Wissen wir darüber nicht bereits mehr als genug? Ist das gravierendste Problem nicht das, dass wir so viel wissen, aber nichts tun?

Während Sie hier miteinander diskutieren, werden wir handeln. Denn nur die Tat zählt. Unsere Umwelt ist zu wichtig, um sie den Politikern und Journalisten zu überlassen. Der entfesselte Kapitalismus und sein weltweites Netz aus Zahlungen und Profiten werden diese Erde endgültig zerstören, wenn wir dem nicht Einhalt gebieten. Das muss nicht morgen, sondern schon heute geschehen – schnell wie der Blitz.

Wie schon gesagt: Wir wünschen Ihrer Tagung einen guten Verlauf.

Aber bitte haben Sie Verständnis dafür, dass wir nicht teilnehmen werden. Wir haben anderes zu tun. Die Einzelheiten entnehmen Sie bitte der Funk- und Fernsehwerbung.

YILDIRIM

Und unter dem Text war quer über das Blatt ein zackiger Blitzstrahl gemalt.

2.

Als wir in das Straßencafé zurückkehrten, trafen wir dort auf Professor Erbakan, der immer noch auf demselben Platz saß und in großer Gemütsruhe eine Zeitung studierte. Er war aber nicht so sehr in das Blatt vertieft, dass er unser Kommen nicht bemerkt hätte. Ganz im Gegenteil, er winkte uns freundlich zu. So setzten auch wir uns nach einer kurzen Begrüßung wieder an denselben Tisch.

»Und wie ist es, sind Sie zufrieden mit Mullers Vortrag?«

»Ja«, erwiderte ich spontan. »Ein echtes Highlight. Und es gab noch eine Einlage, die für zusätzliche Spannung sorgte.« Ich reichte ihm das Flugblatt. Seine Augen funkelten hinter den Brillengläsern, während er las. Dann gab er mir das Papier zurück.

»Etwas Ähnliches wird auch hier in der Stadt verteilt«, sagte er. »Das hält die Polizei mächtig auf Trab. Muller wird übrigens auch auf der Alternativkonferenz sein, die morgen im Volksbildungsheim beginnt – morgen um zehn Uhr vormittags. Er wird sich dort im Rahmen einer Arbeitsgruppe den Fragen der Anwesenden stellen – ich habe die Ehre, sagen zu dürfen, in *meiner* Arbeitsgruppe. Das macht die Polizei noch zusätzlich nervös.«

»Das kann ich mir vorstellen«, erwiderte Peter. Ich hingegen sagte lieber nichts, ich musste ständig an Major Akbulut denken. Fast tat er mir Leid, aber andererseits hatte er sich diesen Job freiwillig ausgesucht und wissen müssen, dass er nicht nur Taschendiebe fängt, sondern auch in politische Konflikte hineingezogen wird. Er war gewiss alles andere als ein Faschist, aber die Polizei ist nun mal ein Organ der Macht und nicht der Beschützer der Rechtlosen. Und trotzdem … ach je, wenn die

Welt doch nur ganz einfach in Gut und Böse einzuteilen wäre, aber leider ist das nicht so leicht, wie viele denken.

»Ich finde, es war ein anstrengender Vormittag. Ich habe vor, heute nochmal im Krankenhaus in Koblenz anzurufen und zu fragen, wie es um Kevin steht. Ein kleiner Mittagsschlaf wäre auch nicht schlecht. Und du, Peter, was hast du vor?«

»Ich will versuchen, Muller abzupassen und ihn irgendwohin zu entführen, wo ich in Ruhe mit ihm reden kann. Was vermutlich schwierig sein wird. Vielleicht klappt es auch erst zum Abendessen. Hättest du Lust, mit dabei zu sein?«

»Klar. Sag mal, Peter, vorhin kam mir ein seltsamer Gedanke. Meinst du, Muller hat von diesen Flugblättern gewusst?«

Peter zuckte die Achseln. »Keine Ahnung. Er lässt sich nicht in die Karten schauen, weißt du. Ein richtiges Pokerface. Zuzutrauen wäre es ihm durchaus. Aber ich glaube nicht, dass er sich zu einer Andeutung verleiten lässt.«

»Na, wir werden sehen. Gut, Peter, dann gehe ich jetzt ins Hotel zurück. Ich könnte auch eine ausgiebige Dusche vertragen – trotz Wasservergeudung.«

»Darf ich Sie begleiten, Frau Fromm?«, fragte Erbakan. »Wir wohnen, glaube ich, im selben Haus.«

»Aber natürlich, sehr gerne.«

Wieder erhoben sich zwei Männer an einem Nebentisch, als sie mich aufstehen sahen.

»Es sieht wirklich so aus, als könnte ich euch unbesorgt eures Weges ziehen lassen«, meinte Peter. »Ich hoffe, wir sehen uns spätestens zum Abendessen, Randy.«

»Das hoffe ich auch. Vielleicht bummle ich an Nachmittag noch ein wenig durch die Straßen – später, wenn es kühler ist. So groß ist die Entfernung zwischen Hotel und Kongresszentrum auch wieder nicht, dass ich mich verlaufen werde. Außerdem habe ich ja Begleitschutz. Bis später!«

* * *

Professor Erbakan erwies sich abermals als ausnehmend wohlerzogener Mann, und so vermittelte er mir, während wir durch die Straßen von Diyarbakir spazierten, mit großem Nachdruck das Gefühl, ich stünde, obwohl ich etwa fünfzehn Zentimeter größer bin als er, selbstredend unter seinem ganz persönlichen Schutz und er werde beim Barte des Propheten jedermann sofort zum Zweikampf fordern, der auch nur ein einziges unpassendes Wort in meine Richtung zu äußern wagte.

Im Abstand von etwa zwanzig Metern folgten uns die beiden Männer – Hand in Hand, wie es in der Türkei durchaus üblich ist, vor allem hier im Osten. Ich drehte mich kurz um und winkte ihnen zu, und der eine von beiden winkte mit einer sehr charmanten Geste zurück. Erbakan, dem dies natürlich keineswegs entgangen war, lächelte mich an.

»Nach all dem Schlimmen, das Sie erlebt haben, ist es doch gewiss beruhigend für Sie, dass man jetzt deutlich ein Auge auf Sie hat – nicht wahr? Zu den beiden dahinten gehören doch vermutlich noch mindestens zwei andere, die sorgsam drauf achten, dass man sie *nicht* bemerkt …«

Das war mir noch gar nicht in den Sinn gekommen, aber es stimmte natürlich: Wahrscheinlich hatten diese beiden weniger die Funktion, mich wirklich effizient zu bewachen, als vielmehr die, öffentlich deutlich zu machen, dass ich bewacht wurde.

Ich war ja von Klein und Akbulut zum Schweigen über die Einzelheiten meines »Falles« verpflichtet worden, aber einiges hatte ich Erbakan dennoch erzählt, jedenfalls in groben Umrissen, was ihm auch vollauf zu genügen schien. Nach irgendwelchen Details fragte er jedenfalls nicht.

»Ja, doch, es gibt schon ein Gefühl der Sicherheit. Obwohl es mir lieber wäre, ich hätte diese Fürsorge gar nicht erst nötig.«

»Tja«, meinte er mit einer vagen Handbewegung, »das kann ich gut verstehen.«

Wir bogen nach rechts ab. Es war ein hässliches, gesichtsloses Neubauviertel, das wir zu durchqueren hatten. Irgendwo im

Häusergewirr musste eine Schlachterei versteckt sein, denn es roch deutlich nach Blut. Wenn wir der Straße jetzt noch vierhundert Meter folgten, standen wir vor dem Hotel.

»Mir kommt es allmählich so vor, als sei das Wesentliche an der Klimaveränderung gar nicht der Anstieg des Meeresspiegels oder die Austrocknung des Bodens«, sagte ich zu meinem Begleiter. »Oder vielmehr – es scheint so, als sei das alles zwar real, aber zugleich Teil eines umfassenderen Gesamtprozesses. Eines Vorgangs, der sich vielleicht noch nicht begreifen, sehr wohl aber fühlen lässt – ein Prozess der Diffusion, der Entkoppelung, der Auflösung von Bindungen und Strukturen. So, wie Krebszellen und später das vom Krebs zerfressene Gewebe amorph werden – strukturlos, undifferenziert. Auch das System Gaia, das seit Jahrtausenden fein austarierte ökologische Wechselspiel unseres Erdballs, erstickt an Wucherungen, am unkontrollierten Wachstum, an den sich anhäufenden Schlacken und Abfallstoffen. Da sind keine feinen Regulierungen mehr möglich – da zählt nur noch Gier, Grobheit und Gewalt. Es ist nicht nur die Lufthülle, welche den Globus umgibt, die wir zugrunde richten – es ist auch die Atmosphäre zwischen den Menschen.«

Ich staunte selbst über diesen Erguss mit seiner geschwollenen Sprache, aber Erbakan hatte mir geduldig zugehört.

»Ich verstehe genau, was Sie meinen. Ich gebe Ihnen nahezu vollkommen Recht. Meine Konsequenz aus dieser Beobachtung ist allerdings eine andere als Ihre – es ist der Islam.«

Ein Lieferwagen überholte uns, hupte, hielt einige Meter vor uns am linken Straßenrand. In meine Bewacher, die uns immer noch in mehreren Metern Entfernung folgten, kam Bewegung – einer von ihnen lief auf das Auto zu und brüllte etwas zu dem Fahrer hinüber, der andere rannte an uns vorbei, bedeutete uns, beiseite zu treten, und postierte sich am Straßenrand. Der Fahrer des Wagens stieg aus, der gespannten Atmosphäre wohl bewusst, rief den Männern ein paar beruhigende Worte zu, umrundete sein Fahrzeug und öffnete die Hecktüren. Im Inneren des Lieferwagens hingen zwei gehäutete Schafe an einer Querstange; ansonsten war er leer.

Auch von Erbakan hörte ich einen erleichterten Seufzer, als der eine der beiden Polizisten uns zuwinkte, wir sollten weitergehen.

Ich versuchte, den Professor nicht merken zu lassen, wie sehr die Szene mich aufgewühlt hatte – der Lieferwagen, seine Türen am Heck, der dunkle und schmutzige Innenraum, der süßliche Geruch, der vom Fleisch der frisch geschlachteten Tiere zu uns hinüberwehte, die schwarzen Blutflecken auf dem Boden des Wagens. Ich riss mich zusammen, indem ich versuchte, den jäh zerrissenen Gesprächsfaden wieder neu zu knüpfen.

»Herr Professor Erbakan, es heißt, in den Fall meines Bruders seien auch Aktivisten der Hizbullah verwickelt. Was halten Sie von diesen Menschen? Die verstehen sich doch als radikale Islamisten, und sie haben etliche Verbrechen auf dem Kerbholz, oder?«

Er seufzte. »Es gibt auch unter den Muslimen irregeleitete Menschen, und ihre fürchterlichen Taten haben mit den Lehren des Islam nicht das Geringste gemein. Aber das gibt es doch auch im Christentum, nicht wahr – Menschen, die für den Erhalt des Lebens und gegen die Abtreibung kämpfen und für dieses Ziel Ärzte ermorden und so fort … Ja, diese Menschen missbrauchen die Worte Allahs und des Propheten, gepriesen sei sein Name, zu schrecklichen Taten. Wir sollten allerdings nicht vergessen, dass es überall dort, wo der Terrorismus blüht, Ungerechtigkeiten gibt, die Anlass zu berechtigter Empörung bieten. Nur dort, wo keine Gerechtigkeit herrscht, kommt es zum Terror. Die Regierung dieses Landes hat ja lange genug behauptet, es gebe kein Kurden- sondern lediglich ein Terroristenproblem. Dabei hat sie mit der Unterdrückung der kurdischen Kultur selbst den Boden bereitet, auf dem der Terrorismus gedeihen konnte. Und mit der Unterdrückung des Islams ist es nicht besser. Schauen Sie, 1999 hat man den Bürgermeister von Istanbul abgesetzt, zu einer Gefängnisstrafe verurteilt und ihm für den Rest seines Lebens verboten, ein politisches Amt zu bekleiden. Den Anlass für diese drakonische Strafe bildete ein islamisches *Gedicht*, das er zitiert hatte, stellen Sie sich das nur einmal vor. Hier in Diyarbakir ist übrigens auch ein Bürgermeister abgesetzt worden – allerdings nicht, weil er mit dem Islam, sondern weil er mit der Kurdischen Arbeiterpartei PKK sympathisiert haben soll. Damit ist man sehr schnell bei der Hand hierzulande.«

»Ich stimme Ihnen vollkommen zu und habe überhaupt kein Verständnis für solche Vorgehensweisen. Aber Überreaktionen aller Art sind mir, offen gesagt, in der Türkei schon häufig aufgefallen. Quer durch alle Lager, so scheint mir, hat die Toleranz in diesem Land keinen leichten Stand.«

»Es ist leider nur zu wahr, was Sie sagen. Aber quer durch alle Lager, scheint mir, wächst die Zahl der Menschen, die damit ganz und gar nicht einverstanden sind.«

»Das wäre höchst erfreulich«, erwiderte ich, »denn ich habe es ja von niemand anderem als von Ihnen, Herr Professor Erbakan, gelernt: *Allah liebt nicht die Maßlosen.*«

»Sie sagen es. Freut mich, dass Sie das nicht vergessen haben! Übrigens, was die Hisbollah im Libanon betrifft, die eigentliche ›Partei Gottes‹, so hat sie sich nach dem Abzug der Israelis aus dem besetzten Südlibanon rasch in eine recht moderate politische Partei verwandelt, die den kulturellen Pluralismus des Landes bejaht – das gibt es also auch, wenn der Druck nachlässt. Die Gruppe hier in der Türkei, die von den Medien ›Hizbullah‹ buchstabiert wird, scheint ohnehin eine recht sonderbare Mixtur zu sein, angerührt möglicherweise von Köchen, die mit dem Islam gar nichts im Sinn haben.«

Ich überlegte mir, ob es richtig wäre, ihn nach dieser Auskunft auch noch nach Yildirim und seiner Meinung zu dieser Gruppe zu fragen, war mir aber unschlüssig, ob ich mir dieses Thema nicht für eine andere Gelegenheit aufheben sollte. Auf der rechten Seite der Straße sah ich ein großes Gebäude mit vielen Schaukästen, in denen alle möglichen Plakate hingen. Gruppen von diskutierenden Menschen standen davor, dazwischen ein Trupp uniformierter Polizisten. Erbakan wies mit der Hand dort hinüber.

»Sehen Sie, Frau Fromm, das ist ein Volksbildungshaus, in dem Theateraufführungen und Konzerte stattfinden. Dort wird morgen Vormittag das NGO-Meeting zur Klimakatastrophe eröffnet, wie gesagt um zehn Uhr. Um zwölf Uhr dreißig beginnt dann eine Arbeitsgruppe, zu deren Anfang ich meine Thesen vorstellen möchte. Das ist jene Gruppe, bei der auch Herr Muller aus Washington teilnehmen wird. Der Eintritt ist frei. Wollen Sie kommen?«

»Gewiss werde ich vorbeischauen, ich kann nur nicht genau sagen, wann. Ich muss ja auch noch den Kontakt mit dem Krankenhaus in Deutschland halten, außerdem will ich morgen früh mit dem Wissenschaftsredakteur unserer Zeitschrift telefonieren und ihm kurz erläutern, was ich bisher recherchiert habe. Wer wird denn noch auf Ihrer Alternativtagung morgen sprechen?«

Er lachte. »*Meine* Alternativtagung ist es ja glücklicherweise nicht. Und was die Vortragenden betrifft, so werden die meisten Namen Ihnen wohl nicht viel sagen. Ich kann Ihnen im Hotel aber eine Menge Material geben. Ein Teilnehmer, der Sie besonders interessieren könnte, ist ein Journalist aus Ankara, der viel über das Atomkraftwerk recherchiert hat, das die Türkei bauen will. Er wird erläutern, warum die Atomenergie nichts taugt, um der Klimaveränderung vorzubeugen, auch in der Türkei nicht. Und erst recht nicht, wenn der Atommeiler in einer seismisch aktiven Zone liegt. Der Mann heißt Sevil Cakir. Ein kluger Kopf – vielleicht ein wenig zurückhaltend.«

Sevil Cakir – bei dem Namen tauchte ein Bild auf: das eines untersetzten, übellaunigen Mannes. Er war in das Lokal gekommen, in dem ich mich zum letzten Mal mit Frau Caliskan getroffen hatte. Und sie war offenbar heftig in ihn verliebt, was ich in keiner Weise nachvollziehen konnte. Von seiner Recherche in

Sachen Atomkraft hatte die junge Journalistin auch etwas gesagt, daran erinnerte ich mich deutlich. Und noch eine andere Szene tauchte zuerst unscharf, dann aber immer klarer vor meinem inneren Rückblick auf. Es war, das begriff ich erst jetzt, dieser Sevil Cakir gewesen, mit dem die einäugige Krankenschwester auf dem Hof des Krankenhauses von Malatya so angeregt gesprochen hatte. Nach meinem Geschmack eine ziemlich sonderbare Folge von Zufällen und Querverbindungen.

»Es ist übrigens ein Wunder, dass dieser Saal für ein solches Treffen zur Verfügung gestellt wurde«, erzählte der Professor munter weiter. Offensichtlich hatte er meine plötzliche Nachdenklichkeit nicht bemerkt. »Wahrscheinlich geschieht das wegen der internationalen Medien, die heute hier in Diyarbakir sind. Damit hat man die Gelegenheit benutzt, um zu demonstrieren, dass sich die Türkei wieder ein Stück weit den europäischen Gepflogenheiten angenähert hat. War die internationale Presse denn heute Morgen bei der Eröffnungsveranstaltung stark präsent?«

»Leider nicht. Das Thema Umwelt und Ökologie ist heute bedauerlicherweise kein großes Medienereignis mehr. Traurig, aber wahr. Das Einzige, was die Medien interessiert, ist ein Eklat – etwa so wie die Sache mit den Flugblättern. Doch *warum* so etwas passiert, das ist dann schon nicht mehr so wichtig. Aber immerhin kann die türkische Regierung jetzt kaum noch öffentlich leugnen, dass es diese Gruppe YILDIRIM wirklich gibt.«

»Das ist in der Tat wahr«, stimmte der Professor mir zu. »Allerdings war der Text auf dem Flugblatt recht moderat abgefasst und ziemlich vieldeutig. Taktisch sehr klug. Ich glaube, es sollte vermieden werden, dass die Behörden die Konferenz morgen Vormittag verbieten. Früher wäre das bei einem solchen Anlass sofort geschehen. Insofern hat sich doch einiges verändert.«

Wir waren bei unserem Hotel angekommen. Während wir eintraten und durch die Lobby zur Rezeption schlenderten – meine beiden »Schatten« kamen kurz nach uns an und ließen sich sogleich in zwei Polstersessel fallen –, sagte ich: »Ich hatte heute Morgen den Eindruck, dass Sie nicht ganz einverstanden waren mit dem, was Peter Kutschinsky über den Egoismus sagte, der die Welt wachrüttelt?«

»Das haben Sie richtig bemerkt. – Für die Dame Zimmer 301 bitte, für mich 510. Danke. – Ja, das trifft zu. Es ruht in allen Menschen ein großes Maß an Eigensucht, das ist gewiss, aber es gibt auch andere Kräfte in uns. Es liegt in der Macht Allahs, welche Seite die Oberhand gewinnt. Uns bleibt aufgetragen, uns zu bemühen. Was übrigens die ursprüngliche, die wahre Bedeutung von *jehad* ist: ›streben, fleißig und hart an einer Sache arbeiten‹ – und an sich selbst. Das Wort hat weder etwas mit ›heilig‹ noch mit ›Krieg‹ zu tun ... Wobei die Christen schon ›heilige Kriege‹ führten, lange bevor der Prophet, gepriesen sei sein Name, geboren wurde. Aber ich schweife wieder einmal ab ... Wollen Sie denn später noch etwas über meine Klimatheorien hören? Über die mögliche Entstehung dieses stratosphärischen Makrohagels? Das ist nämlich der wissenschaftliche Fachausdruck, den ich dafür vorgeschlagen habe.«

»Ja, ich würde sehr gerne mehr darüber erfahren. Und ich verspreche Ihnen auch, keinen Gebrauch von diesen Informationen zu machen, wenn ich nicht eigens von Ihnen dazu autorisiert worden bin.«

»Sehr zuvorkommend. Es ist jetzt kurz nach halb eins. Hoffentlich sind unsere Zimmer schon gemacht. Nun, wir könnten uns vielleicht so um halb zwei hier in der Lobby treffen, wenn es Ihnen recht ist? Ich suche Ihnen vielleicht noch ein paar Fotokopien heraus, falls Sie sich wirklich für die Sache mit den Eisbrocken interessieren.«

»Ja, das tue ich. Und das mit den Fotokopien wäre wirklich nett. Also abgemacht, hier, um halb zwei. Bis dann!«

»Bis dann. Und hetzen Sie sich meinetwegen nicht ab. Es macht mir nichts aus, wenn ich eine Weile auf Sie warten muss.«

Da das Hotel über zwei Treppenhäuser verfügte und unsere

Zimmer in verschiedenen Flügeln lagen, trennten sich unsere Wege schon in der Eingangshalle. Ich blieb auf dem ersten Absatz stehen und sah dem Professor lange nach. Seine kleine, schmächtige, aber irgendwie imponierende Gestalt bewegte sich in kerzengerader Haltung die Stufen empor und verschwand im Treppenhaus.

Ich bemerkte jetzt zum ersten Mal, wie sehr ich diesen Mann um seine innere Ruhe beneidete. Das war nicht nur eine Frage des Altersunterschiedes; der spielte zwar eine Rolle, aber sicherlich nicht die entscheidende. Es war etwas anderes. Er sah den Dingen ins Auge, feilte im Rahmen seiner Möglichkeiten an Theorien, die die Fachwelt nicht zur Kenntnis nahm, ließ sich nicht beirren und ging seiner Wege. Es war, als habe er eine Art inneren Kompass. Genau das, was mir fehlte.

* * *

In meinem Zimmer im dritten Stock, Nummer 301, hatte kein großes Aufräumen stattfinden müssen – ich war ja erst heute Morgen, kurz nach sieben, hier angekommen, hatte rasch das Gepäck im Zimmer abgestellt und mich kurz danach in der Hotelhalle wieder mit Major Akbulut getroffen, der mich und Peter – dieser hatte sich wenig später zu uns gesellt – bereitwillig mit seinem Wagen zum neuen Kongresszentrum fuhr. Dort winkte er einen Polizisten herbei, welcher uns ins Innere des Gebäudes und zu den reservierten Plätzen führte. Akbulut verabschiedete sich vor der Tür von uns. »Ich habe genug zu tun«, sagte er und steckte mir eine kleine Karte zu. »Im Fall der Fälle diese Nummer wählen.«

»Haben Sie denn ernst zu nehmende Hinweise für einen Anschlag auf die Konferenz, den irgendjemand geplant haben könnte? Oder gibt es einzelne Teilnehmer, die besonders gefährdet sind?«

Er schaute mich daraufhin an, als hätte ich eine neunschwänzige Peitsche gegen ihn geschwungen. »Nein, bis jetzt haben wir nichts gefunden, was uns über das normale Polizistenmisstrauen hinaus argwöhnisch machen müsste. Aber selbstverständlich werden wir auf alles gefasst sein. Ein Treffen wie dieses zieht seltsame Wesen an, wie eine Kerze die Insekten.«

»Seltsame Wesen – von der Hizbullah bis YILDIRIM.«

»In der Tat, und noch viele andere dazu. Und oft haben sie nicht mit dem Staat und der Polizei, sondern vor allem untereinander die härtesten Kämpfe auszufechten. Bitte achten Sie darauf, dass Sie nicht irgendwo zwischen die Fronten geraten. Mir scheint, Sie haben ein Talent für solche, ähm, Abenteuer. Und meine Männer können keine Wunder vollbringen.«

»Ich habe verstanden, Commandante!«

Er lächelte verkniffen. »Hoffentlich. So oder so, ich denke, wir sehen uns noch.«

Wir sehen uns noch … Die verschiedenen Szenen des Tages standen jetzt, in diesem Moment plötzlicher Ruhe, nebeneinander vor meinem inneren Auge, wie Bilder, die man an eine Pinnwand hängt: Major Akbulut, seine Sorge um meine Sicherheit und der Groll über meine Eigenmächtigkeiten; Wilhelm mit seinen vorsorglichen Hinweisen darauf, wie beschäftigt er den ganzen Tag sein werde; Peter, Erbakan und ich im Straßencafé; der Vortrag von Keith Muller und das von ihm gemalte, erschreckende Panorama; das Volksbildungsheim, wo morgen die Alternativtagung beginnen sollte. Nur drei Puzzleteile fehlten mir, um die einzelnen Bilder zu einer Gesamtschau zusammenzufügen: Russell Myers, von dem ich vermutete, ohne eindeutige Hinweise dafür zu haben, dass er sich irgendwo hier herumtrieb; die Hizbullah, von der es hieß, dass sie einen Anschlag plante und zu der, aus welchen Gründen auch immer, Kevin einen konspirativen Kontaktfaden geknüpft hatte; und die Aktivisten von YILDIRIM, die heute die Flugblätter verteilt hatten und von denen vermutet werden dürfte, dass sie in irgendeiner Form morgen bei der Versammlung im Volksbildungshaus anwesend sein würden. Ein undurchschaubares Spiel mit vielen Akteuren, über deren Interessenlage ich wenig, über deren Koalitionen ich kaum irgendetwas und über deren Strategie ich rein gar nichts wusste. Hatten nicht alle die freundlichen Mahner Recht – Major Yildirim Akbulut, Wilhelm Kuhnau und Peter Kutschinsky? Sollte ich mich nicht wirklich besser raushalten aus alledem?

Aber was auch immer ich tat, es konnte nichts schaden, auf alles gefasst zu sein. Auf alles gefasst … Ich zog mein Shirt aus, warf es auf einen Sessel und dehnte und streckte mich auf dem Bett, bis meine Gelenke knackten. Obwohl der Deckenventilator die Luft zerschnitt wie ein großes Rührwerk, war es doch recht stickig und heiß. Ich sollte ein Glas Mineralwasser trinken, dachte ich mir, und richtete mich langsam auf. In diesem Moment sah ich ein Blatt Papier auf dem kleinen Schminktisch am Fenster liegen, das ich von meinem morgendlichen Kurzaufenthalt in diesem Raum nicht in Erinnerung hatte. Vermutlich ein Informationszettel der Hoteldirektion oder eine aktuelle Mitteilung der Kongressleitung … nichts von Interesse. Aber dann, als ich aufstand und zur Minibar hinüberging, nahm ich das Blatt doch zur Hand – und blieb stehen wie vom Donner gerührt. Ich hatte mich geirrt, diese Nachricht war hochinteressant. Sie war mit Schreibmaschine oder Computer geschrieben, das konnte ich nicht erkennen, und in englischer Sprache abgefasst. Ihr Wortlaut war knapp, aber eindeutig:

> PISS OFF, YOU DIRTY BITCH!
> LEAVE US ALONE!
> LEAVE THE COUNTRY AS SOON AS POSSIBLE!
> OTHERWISE WE WILL GET YOU!
> THIS IS YOUR LAST CHANCE TO STAY ALIVE …

Ich pfiff durch die Zähne und legte das Papier wieder auf den Tisch. Die Aufforderung ließ an Deutlichkeit kaum zu wünschen übrig … und der Zeitpunkt ihres Auftauchens kam für mich ziemlich überraschend. Echt, aber nicht zugewandt, um es im Jargon der Gestalttherapeuten zu sagen. Was mochte das Motiv für diese Feindseligkeit sein? Gut, der Personenkreis, der aus eigener Anschauung wusste, dass ich heute Morgen mit dem Polizeihubschrauber hierher nach Diyarbakir gekommen war, war nicht klein – der Kreis, der davon aus zweiter Hand gehört hatte, noch erheblich größer. Wie groß wiederum der Kreis jener Menschen sein mochte, die mich aus irgendwelchen Gründen von hier vertreiben wollten, das vermochte ich beim besten Willen nicht abzuschätzen. Und ob sich diese diversen Kreise überschnitten, lag erst recht im Dunkeln.

Aber eines schien sicher: Irgendetwas Bedrohliches ging in dieser Stadt vor sich. Meine Vermutungen und Befürchtungen konnten jetzt kaum mehr als Hirngespinst gelten.

Aber wer auch immer versuchte, mir Angst einzujagen, genau das hatte er nicht geschafft. Ich staunte selbst, wie ich mich in diesem Moment fühlte: in erster Linie kalt, eiskalt, und zudem zu allem entschlossen. *Ich hatte mich entschieden.* Plötzlich, und endgültig. Auch ich wollte der *Drohung mit dem Tod keine Herrschaft einräumen über meine Gedanken.* Und erst recht nicht über meine Taten.

Ich blickte einen Moment aus dem Fenster auf die Straße vor dem Hotel. Eine Gruppe von tief verschleierten Frauen ging die Straße entlang, und ein etwa zehnjähriger Junge kreuzte ihren Weg, ein Tablett mit Tassen, Wassergläsern und einer Schale mit Nüssen balancierend, das er in eine Eisenwarenhandlung trug, aus deren Tür zwei junge Männer traten. Der eine hielt eine zusammengefaltete Zeitung in der Hand, mit der er in der Luft herumfuchtelte, während er dem anderen irgendetwas erklärte, was dieser nicht begreifen zu wollen schien. Ein Tagesablauf, der sich in nichts von dutzenden anderer Tage unterschied, eine geschäftige Großstadtatmosphäre in Südostanatolien. Aber in ihrer Mitte wucherte etwas, noch verborgen wie ein Pilz im Erdreich, etwas Giftiges und Gemeines, nicht recht greifbar, aber dennoch deutlich zu spüren, jedenfalls für diejenigen, die die Anzeichen zu deuten wissen und die gewarnt worden sind – so wie ich. Wenn ich nur bessere, klarere Zeichen erkennen könnte, die mir deutlich machen würden, wann und wie ich zu reagieren hätte. Aber wo auch immer der Ansatzpunkt für mein Handeln liegen mochte – ich war bereit.

Bereit, doch noch nicht vorbereitet. Zweierlei galt es jetzt zu tun. Erstens: ging ich zum Schrank, öffnete die Reisetasche, wühlte in der Plastiktüte mit der Schmutzwäsche – »Käfer-Markthallen« stand in bunten Lettern darauf, wirklich passend! –, bis ich endlich das kalte Metall fühlte, und zog die Pistole hervor. Ich wusste recht gut, wie man damit umging. Es war Kevin, der es mir gezeigt hatte, es war zwar schon eine Weile her, aber ich hatte nichts vergessen. Ich schlüpfte in eine neue Bluse, darüber streifte ich eine Lederweste, die eine tiefe Innentasche hatte, in der sich die Pistole gut verstauen ließ. Ich probierte es sofort aus. Es ging nicht ganz so gut wie erhofft; es fühlte sich an der linken Brust seltsam an, denn der Pistolengriff stieß von unten dagegen. Ich wechselte also den BH, mit einem, der festere Körbchen hatte, war es besser. Gut! Ich zog die Lederweste wieder aus und hängte sie, mit der Pistole in der Innentasche, über einen Kleiderbügel, darüber drapierte ich noch einen Blazer. Es würde der Moment kommen, da ich diese Weste aus dem Schrank holte, um angemessen gekleidet zu sein. Zweitens: musste ich Akbulut anrufen und ihm mitteilen, was vorgefallen war. Dafür kramte ich das Kärtchen aus der Hosentasche, das er mir zugesteckt hatte, und wählte die Nummer. Er meldete sich sofort mit einem mürrischen »Hallo?«

»Hier ist Randy Fromm. Tut mir Leid, dass ich Sie stören muss, Major, aber ich hatte Besuch auf meinem Zimmer. Ja, in meinem Hotelzimmer, offensichtlich, während ich heute Vormittag im Kongresszentrum gewesen bin. Der Besucher hat mir einen Brief hinterlassen. Ja, einen Brief, hören Sie gut zu ...«

Und ich las ihm den Text vor.

Ich hörte ihn am anderen Ende der Leitung schlucken und stellte mir vor, wie er den Mund verzog.

»Legen Sie den Brief bitte wieder auf den Tisch – ganz genau so, wie er dort lag, als er Ihnen zum ersten Mal auffiel. Fassen Sie möglichst nichts mehr an und verändern Sie so wenig wie möglich. Am besten bleiben Sie einfach stehen, wo Sie sind. Es dauert nicht lange. Wir sind sofort bei Ihnen.«

Und das stimmte. Genau acht Minuten später fiel eine ganze Armee in mein Zimmer ein, mit Major Akbulut als Kommandant. Seine Lippen waren zu schmalen Strichen geworden, und er sah aus, als habe er gerade ein Medikament von besonders widerwärtigem Geschmack hinunterwürgen müssen, Rizinusöl oder Tinctura amara oder irgendetwas anderes in dieser Richtung.

Er blickte lange auf den Zettel. »Hizbullah?«, fragte ich und sah ihn forschend an.

Er zuckte nur die Achseln.

3.

Als ich wieder in die Hotelhalle kam, war es schon kurz vor zwei – aber Professor Erbakan saß, ohne im Mindesten verärgert zu wirken, in einem der großen, etwas altertümlichen Lederfauteuils, vor sich auf dem Tisch ein Messingtablett mit dem obligatorischen Glas Tee, daneben eine Schale mit Pistazien.

Ich eilte auf ihn zu. »Entschuldigen Sie bitte meine Verspätung, aber es gab einen ziemlich ärgerlichen Zwischenfall.« Und ich erzählte ihm ohne Umschweife, was geschehen war.

Major Akbulut und seine Männer hatten mich nach einer kurzen Befragung erst einmal in ein anderes Hotelzimmer verbannt, das sie sofort bei der Direktion bestellten. In *diesem* Zimmer müsse jetzt nach den Spuren des Menschen gefahndet werden, der den anonymen Brief hergebracht habe. Sobald es der Fortgang der Untersuchung erlaube, werde man mir mein Gepäck in das neue Zimmer bringen (das kannte ich nun schon zur Genüge). Dann durfte ich meiner Wege gehen, woraufhin ich mich sofort zu Professor Erbakan in die Hotelhalle begab.

Der hörte sich meinen Bericht ernst, aber gelassen an. »Das klingt recht unerfreulich.«

»Ja, allerdings. Aber ich lasse mich gewiss nicht vertreiben. Außerdem möchte ich jetzt gerne mehr über Ihre Forschungen hören – auch, wenn das kaum der Grund dafür sein kann, dass man mich aus der Stadt verjagen will.«

Er lachte freundlich. »Nein, gewiss nicht. Sind Sie ein wenig vertraut mit der Bedeutung des stratosphärischen Ozons und mit den Folgen von dessen sinkender Konzentration?«

»Na ja, in groben Zügen schon. In der Stratosphäre, der obersten Schicht der Erdatmosphäre, ist die Luft bereits sehr dünn, und es ist dort außerordentlich kalt. Die Konzentration von Ozon, dem dreiatomigen Sauerstoff, war in der Stratosphäre ohnehin sehr gering, auch unter natürlichen Bedingungen, aber sie hat in den letzten Jahren sehr stark abgenommen – vor allem über dem Südpol, aber mittlerweile auch über dem Nordpol. Und das nennt man ›Ozonloch‹. Diese Ozonverdünnung ist ziemlich problematisch, denn das Ozon hält das ultraviolette Licht ab, und wenn mehr UV-Licht durch die Erdatmosphäre zu uns herunterstrahlt, nimmt die Zahl von Hautkrebserkrankungen zu. Ist das so weit richtig?«

»Durchaus, mein Kompliment – ich wünschte, meine Studenten wären auch so eloquent gewesen. Eines muss ich allerdings anmerken: dass nämlich schon vor Jahren insbesondere afrikanische Wissenschaftler sich voller Ironie darüber geäußert haben, ob es denn wirklich das Schlimmste an der Veränderung der Erdatmosphäre ist, wenn den Weißen ihre liebste Freizeitbeschäftigung vermiest wird, nämlich sich im Urlaub in der Sonne braten zu lassen.«

»Na gut, diesen Spott kann ich nachvollziehen. Aber was sind die anderen Folgen der Ozonverdünnung?«

»Nun, es ist durchaus wahrscheinlich, dass der vermehrte Durchtritt von UV-Licht – es ist vor allem das so genannte UV-B, auf das es ankommt – auch andere Ökosysteme beschädigt. Viel spricht dafür, dass etliche landwirtschaftlich wichtige Kulturpflanzen – zum Beispiel Sojabohnen und verschiedene Getreidesorten – besonders empfindlich reagieren. Es könnte also zu durchaus schwer wiegenden Einbrüchen in der Nahrungsmittelversorgung kommen. Auch das Phytoplankton im Meer könnte geschädigt werden.«

»Gut, das wäre in der Tat schlimmer als das verdorbene Sonnenbad. Aber Ihnen, Herr Professor Erbakan, ging es doch weniger um das Plankton der Ozeane als speziell um die Entstehung dieser Eisklumpen, die in Spanien und andernorts auf die Erde gefallen sind.«

»Sehr richtig. Zwei Fälle dieser Art hat es übrigens auch in der Türkei gegeben – zwei, von denen wir wissen: einen bei Mardin 1998 und einen hier in der Nähe von Ankara. Und dieser letzte Fall liegt gerade eben acht Monate zurück. Immerhin hat er den Anstoß gegeben, dass ich meine Theorien endgültig schriftlich zusammengefasst habe. Als Pensionär hat man ja Zeit für solche Hobbys ... Also zurück zum Ozon. Die jährliche Abnahme der Ozonkonzentration ist nicht nur stärker als früher, sie hat sich auch noch beschleunigt. Und sie ist in bestimmten Höhen besonders stark. Etwa achtzehn Kilometer über der Erdoberfläche gibt es über dem Südpol zu bestimmten Zeiten praktisch kein Ozon mehr.«

Erbakan zückte einen Füllfederhalter, nahm ein Blatt Papier zur Hand und begann mit schöner, regelmäßiger Handschrift eine chemische Formel darauf zu malen.

»Ozon, dessen Existenz in der Stratosphäre für alle Lebewesen so extrem wichtig ist, O_3, wird durch katalytische Abbaureaktionen zerstört, wobei der Katalysator ein Stickstoffradikal sein kann, aber auch ein Chlorradikal. Das Chlor – Cl – in der Stratosphäre stammt fast ausschließlich aus den Fluorchlorkohlenwasserstoffen, den FCKWs, die in der Natur nicht vorkommen, sondern Menschenwerk sind. Es handelt sich nämlich um Laborprodukte, die es auf der Welt nicht gegeben hat, bevor der Mensch auf die Idee kam, sie zusammenzubasteln, um seine Kühlschränke besser zu isolieren und andere sinnvolle Dinge zu tun. Ein anderes Element, Stickstoff – N –, ist natürlicherweise in der Atmosphäre vorhanden, nimmt aber zu, weil wir Menschen Stickoxide – NO_x – in die Atmosphäre blasen: aus der Landwirtschaft, aus Zentralheizungen, aus Verbrennungsmotoren und aus anderen Quellen.

Normalerweise – oder ich sollte besser sagen: unter jenen Bedingungen, als die menschliche Einwirkung auf die Erdatmosphäre noch gleich null oder jedenfalls sehr gering gewesen war – entsteht Ozon durch den Einfluss kurzwelliger Strahlung aus dem Weltall. Ein zweiatomiges Sauerstoffmolekül – O_2 – wird in die beiden O-Atome aufgespalten, die sehr reaktionsfreudig sind und sich sofort an andere O_2-Moleküle anlagern, wodurch dann unser berühmt-berüchtigtes Ozon – O_3 – entsteht. Diese Aufbauprozesse standen über Jahrtausende hindurch mit dem Abbau im Gleichgewicht, und dieser Abbau erfolgte fotochemisch, das heißt unter Lichteinwirkung. Stickoxide – No_x – dienten dabei als Katalysator. Aber das durch die menschlichen Einflüsse jetzt plötzlich in der Stratosphäre reichlich vorhandene Chlor stört dieses Gleichgewicht auf komplizierte Weise. Die Einzelheiten will ich hier nicht erörtern – entscheidend ist das Endergebnis. Und dieses Ergebnis ist der bekannte Netto-Ozonverlust.

Wir haben aber immer noch viel Stickstoff in der Atmosphäre, mehr als zuvor, denn erstens wird mehr eingeleitet, zweitens wird weniger Stickstoff für die Abbauvorgänge des Ozons benötigt. In diesen Abbau hat sich ja, salopp ausgedrückt, das Chlor massiv eingemischt. Immer mehr Stickstoffpartikel kondensieren in der immer kälteren Luft – denn die Ozonverdünnung sorgt für einen Temperatursturz –, gefrieren und werden in Eispartikel eingebaut. Diese Eispartikel bilden die so genannten polaren stratosphärischen Wolken. Diese Wolken sind den Meteorologen schon lange bekannt; sie bilden im arktischen Winter die Grundlage für die Entstehung seltsamer Lichteffekte. Da nun die Temperatur sinkt und mehr NO_x zu Verfügung steht, werden die Eispartikel größer, die polaren Wolken kompakter. In ihnen können sich unter bestimmten meteorologischen Bedingungen lokale Bezirke bilden, in denen das Eis sozusagen verklumpt und irgendwann zur Erde stürzt. Das kommt über der Antarktis vermutlich recht häufig vor, nur fällt es dort niemandem auf. Die Pinguine werden sich jedenfalls kaum darüber beschweren, wenn plötzlich ringsum Eisbrocken vom Himmel fallen ... Über der Arktis ist es wohl auch nicht mehr selten, dass etwas Derartiges passiert, aber auch dort gilt: wo kein Kläger, da kein Richter. Und keine Wissenschaftler. Da nun aber die Ozonverdünnung mittlerweile leider kein polares, sondern ein weltweites Problem ist, kann es offenbar geschehen, dass ganze Bezirke aus den polaren Eiswolken abreißen, ein Eigenleben führen, davondriften und bei entsprechenden Windverhältnissen um die halbe Welt segeln. Dabei werden sie natürlich immer kleiner, bis der Rest ihrer Eisfracht schließlich irgendwo als Klumpen zu Boden fällt, wo er – wenn wir Pech haben – erheblichen Schaden anrichten kann. Bis jetzt hatten wir allerdings Glück, und für die meisten Menschen ist das natürlich Anlass genug, sich nicht weiter um diese Dinge zu kümmern.«

Er schwieg und trank mit gelassener Hingabe mehrere Schlucke von seinem Tee. Ich beobachtete ihn verstohlen. Er sah rundweg zufrieden aus – ganz und gar nicht verbittert. Er wirkte wie ein Handwerker, der sich freut, weil er ein schönes Stück Arbeit geliefert hat, und dem es gleichgültig ist, ob sich sein Kunde dafür begeistern mag oder nicht. Solche innere Ruhe gab es also noch. Sein Glaube mochte ihm da eine Hilfe sein.

Außerdem war ich sehr beeindruckt von Erbakans Kurzvortrag, dem ich wie gebannt zugehört hatte – aber ich hatte wenig Zeit, noch irgendwelche Fragen an den Professor zu richten, denn Major Akbulut kam aus der Tiefe der Hotelhalle auf uns zu.

»Entschuldigen Sie bitte die Störung, Herr Professor Erbakan, aber ich muss Frau Fromm für einen Augenblick sprechen. Möglichst sofort.«

»Aber selbstverständlich.«

Ich hatte mich bereits erhoben, und Akbulut bat mich, ihm zu folgen. Ich durchkreuzte seine Pläne mit der Frage, ob ich ihn zu einem Kaffee einladen dürfe. Er runzelte die Stirn. »Also … ja, warum eigentlich nicht«, sagte er dann, und so gingen wir gemeinsam zu der kleinen Bar am anderen Ende der riesigen Halle und setzten uns dort auf zwei Hocker. Außer dem Kellner war niemand zugegen, und der, ein Junge von etwa vierzehn Jahren, verzog sich sofort respektvoll in seine Kleinküche, um dort den Mokka zu brauen. Natürlich spitzte er beide Ohren, doch zu seinem Pech unterhielten wir uns auf Englisch, und das schien nicht seine Stärke zu sein.

»Sagen Sie, Frau Fromm, dieser Archäologe, Russell Myers – ich muss einen Punkt noch einmal abklären: Sie haben kein Liebesverhältnis mit ihm? Oder doch?«

»Nein, habe ich nicht. Er ist zwar ein attraktiver Mann und ich will keineswegs verschweigen, dass sich unsere Beziehung durchaus in diese Richtung hätte entwickeln können, aber es kam anders, und mittlerweile bin ich sehr froh darüber. Er war mir einfach zu – zu arrogant. Aber warum fragen Sie?«

Er zog das silberne Etui hervor. »Zigarette?«

»Nein danke. Aber ich würde gerne mal eine Wasserpfeife rauchen.«

Er zündete sich seine Zigarette an und lachte wie ein kleiner Junge. Endlich sah er einmal etwas gelassener aus.

»Wenn das hier jemals vorbei sein sollte, lade ich Sie höchstpersönlich dazu ein, wenn Sie die Zeremonie mit der Wasserpfeife wirklich kennen lernen möchten. Es hat etwas sehr Geruhsames, fast wie eine Meditation. Zigaretten sind eine Sache für Hektiker wie mich. Ganz sicher, es wäre mir ein Vergnügen. Aber jetzt zurück zu Ihrer und zu meiner Frage: Könnte es sein, dass er noch immer in Sie verliebt ist? Dass er Sie vor irgendetwas Schlimmem beschützen will und deshalb möchte, dass Sie die Stadt verlassen? Um beispielsweise bei einem Bombenattentat nicht zu den Opfern zu gehören?«

Der Kellner brachte uns den Kaffee, und ich bat ihn, den Betrag auf mein Zimmer zu buchen. Akbulut übersetzte meine Worte ins Türkische – ich hoffte jedenfalls, dass er das tat. Das Trinkgeld legte ich bar auf die Theke.

»Nun ja«, erwiderte ich, den Unterteller in der einen, die Mokkatasse in der anderen Hand, »möglich wäre das schon. Wobei Sie mittlerweile offenbar selbst davon ausgehen, dass Myers

NATURRÄTSEL

Gefrorene Geschosse

In Spanien und Italien stürzen neuerdings fußballgroße Eisklötze vom Himmel – Wissenschaftler rätseln über die bizarre Form von Niederschlag.

Sie wogen bis zu fünf Kilogramm und ihre Farbe war von reinem Weiß. Eines der ersten Geschosse zerbeulte ein Auto im südspanischen Tocina, ein anderes traf eine 62-Jährige an der Schulter. Im italienischen Ancona fiel einem Straßenarbeiter ein 750 Gramm schwerer Eisklumpen sogar auf den Kopf. Der Mann kam mit einer Gehirnerschütterung davon – ihn schützten seine zwei Mützen, die er wegen der beißenden Kälte übereinander gezogen hatte, vor schlimmeren Verletzungen.

Kurz nach der Jahrtausendwende erleben die Südeuropäer eine neue Form von Niederschlag: Zunächst nur in Spanien, seit vergangener Woche aber auch in Italien stürzen einzelne, teilweise fußballgroße Eisblöcke vom meist wolkenlosen Himmel herab.

Kaum hatten die Fernsehanstalten beider Länder Bilder der sonderbaren Flugobjekte ausgestrahlt, da wurden es immer mehr. Von überall her meldeten sich Augenzeugen, die todernst behaupteten, ebenfalls welche entdeckt zu haben. Schon bei flüchtiger Begutachtung der rätselhaften Klumpen kam allerdings heraus: Viele der Eisbälle waren keineswegs in atmosphärischen Höhen entstanden; die meisten von ihnen wurden vielmehr von Menschen gemacht – meist mit Hilfe heimischer Tiefkühltruhen.

Gleichwohl sind spanische Forscher nach wochenlanger Untersuchung des Phänomens davon überzeugt, dass längst nicht alle Eisbrocken das Werk von Witzbolden waren. Fünf examinierte Findlinge, so das Fazit des „Obersten Rates für Wissenschaftliche Untersuchungen“ (CSIC) in Madrid, sind wohl keine Scherzartikel.

Eine wirklich plausible Erklärung für den bizarren Niederschlag vermögen die iberischen Gelehrten einstweilen aber nicht zu liefern. Trotz der Unterstützung von Meteorologen, Mineralogen und Mikrobiologen verkünden die CSIC-Experten in ihrem vorläufigen Untersuchungsbericht lediglich, „dass sich die Eisblöcke wahrscheinlich durch einen seltenen meteorologischen Prozess in hohen Schichten der Atmosphäre gebildet haben“.

Hartmut Graßl, Direktor des Max-Planck-Instituts für Meteorologie in Hamburg, hält das Eisblock-Rätsel damit noch lange nicht für gelöst. „In seltenen Fällen wurde zwar schon beobachtet, dass einzelne Riesenhagelkörner zu Boden sausten“, erläutert Graßl, „aber bei heiterem Himmel ist so etwas völlig unmöglich.“

Hagelkörner oder -kugeln können sich nur in Wolken bilden, in denen kleinste Partikel als Kondensationskeime wirken, an die sich dann unterkühlte Wassertröpfchen anlagern und sofort gefrieren. Auch sind für die Entstehung von Hagel starke Aufwinde etwa von Gewittern notwendig, die das neugeborene Hagelkorn hochwirbeln und damit sein Wachstum befördern.

Meteorologe Graßl geht deshalb eher

davon
an der
stand
wide
Luftf
„Die
enorm
nicht v
ges Ei

Ein
stamm
gibt der
wieder
undicht
Vorgärt
viel kle
Übrigen
leicht zu e

So geh
objekte a
ist der Rie
es verein
China,
Deutsc
lograr
ein m
binger

„Mit
bericht
Meter e
genzeug
das Gesc
kel auf u
spritzen.

Der H
gang We
des gespl

Stellenweise vereist Dokumentierte Eisbrockenfunde

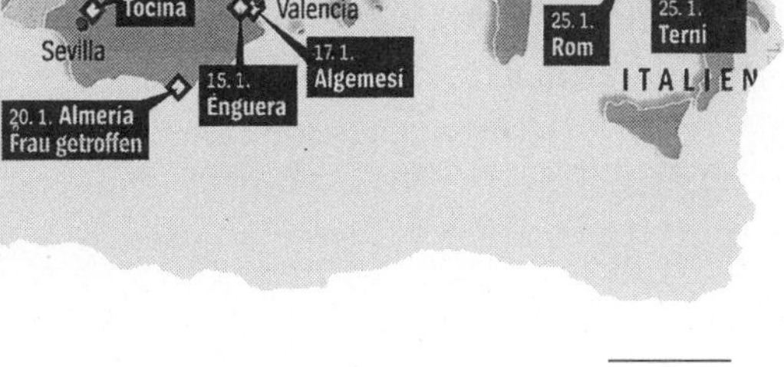

sich hier in Diyarbakir aufhält. Und andererseits sind Sie, wie es scheint, jetzt auch davon überzeugt, dass er in die Planung eines Anschlags verwickelt sein könnte – wie immer das im Einzelnen aussehen mag. Das Erste hatte ich auch angenommen, allerdings rein intuitiv. Ihr zweiter Punkt allerdings überrascht mich doch.«

Akbulut, die Zigarette in der Hand, leerte die Tasse mit einem Schluck. Dann stellte er sie mit einer raschen Bewegung auf den Tresen. Das glaube ich gerne, dass du Magenschmerzen hast, dachte ich. Um einen solchen Lebenswandel zu verkraften, müsste man über Magenwände aus Stahlbeton verfügen.

»Wir müssen in alle Richtungen ermitteln«, sagte er knapp. »Einstweilen herzlichen Dank für Ihre Auskünfte. Wir sehen uns noch. Und das mit der Wasserpfeife merke ich mir.«

»Das wäre toll. Es ist eine großartige Idee. Hoffentlich klappt's noch vor Ihrer Pensionierung.«

»Bestimmt. Ich soll Sie übrigens noch von Kommissar Klein grüßen. Er ist heute Mittag in einer dringenden Angelegenheit zurück nach Deutschland geflogen. Er bittet, dass Sie sich sofort mit ihm in Verbindung setzen, wenn Sie wieder in Deutschland sind.« Er hielt mir eine Visitenkarte entgegen.

Ich nahm das Kärtchen und steckte es ein.

Irgendwie war ich unschlüssig, was ich jetzt tun sollte. Ich verabschiedete mich von Major Akbulut und schlenderte quer durch die Hotelhalle zu Professor Erbakan hinüber. Der saß immer noch ruhig an seinem Tisch, vor sich Tee und Pistazien, und blätterte in einer Zeitung.

»Hier habe ich die Kopie eines Artikels aus einer deutschen Zeitung«, sagte er freundlich, als wäre ich überhaupt nie aufgestanden und mit Akbulut weggegangen. »Sie können ihn zu Ihren Unterlagen nehmen, vielleicht eine kleine Gedächtnisstütze, falls Sie etwas zu dem Thema schreiben wollen.«

4.

Es war schon fast halb drei. Ich hatte mich von Professor Erbakan verabschiedet, als dieser meinte, er wolle eine Kleinigkeit essen gehen und danach in seinem Hotelzimmer ein Mittagsschläfchen halten. Im Übrigen würde er sich wirklich sehr freuen, wenn ich Zeit hätte, morgen Vormittag auf die Konferenz im Volksbildungsheim zu kommen …

»Ja, das habe ich fest vor. Allerdings wird dort doch sicher Türkisch gesprochen?«

»Aber wo denken Sie hin? Natürlich auch, aber es gibt viele Redner, die in Englisch referieren werden. Wir haben schließlich auch Keith Muller eingeladen. Vielleicht wird die Verständigung nicht immer ganz einfach sein, aber ich bin mir sicher, dass die Sprachprobleme nicht im Vordergrund stehen werden.«

»Umso besser!« Ich hatte ein wenig ratlos genickt und ihm versichert, ich würde es mir gewiss sehr genau überlegen.

Jetzt stand ich unschlüssig in der Hotelhalle. Sie war fast leer – nur einige wenige Menschen saßen gelangweilt und in großen Abständen voneinander in den altertümlichen Ledersesseln, die die eigentlichen, die angestammten Herren des Hauses zu sein schienen. Zwischen ihnen hastete der pubertierende Kellner umher, der sie mit seinem Service quasi zu einer funktionellen Einheit vernetzte. Von meinen Bewachern war keiner zu sehen – ich fühlte mich richtig vereinsamt.

Plötzlich kam mit ruhigen, gemessenen Schritten eine große Frau, die einen Hosenanzug trug, eine der beiden Hoteltreppen herunter. Ich erkannte sie sofort – die Nachtschwester aus Malatya. Die Frau mit der Gesichtsverletzung und dem Glasauge.

Ich ging, nein, ich lief sofort auf sie zu und stand dann ein wenig linkisch vor ihr, unsicher, wie ich sie begrüßen sollte, denn am liebsten hätte ich sie umarmt. Meine Verlegenheit entging ihr nicht. Sie reichte mir die Hand und lächelte in ihrer vertrauten Art. »Hallo«, sagte sie schlicht.

»Aber hallo! Damit habe ich wirklich nicht gerechnet, dass wir uns hier wieder treffen.«

»Warum eigentlich nicht? Ich interessiere mich sehr für ökologische Fragen. Und da ich den Rest der Woche frei habe, möchte ich gerne an der Konferenz teilnehmen, die morgen beginnt. Und Sie? Kommen Sie auch dorthin?«

»Ja, ich glaube schon. Wollen wir uns nicht setzen? Ich würde Sie gerne zu einer Tasse Tee einladen.«

Sie lächelte abermals und legte mir die Hand auf den Unterarm. »Das mit dem Tee ist eine sehr gute Idee, das mit der Einladung nicht. Kommen Sie, setzen wir uns, wir haben die Halle ja fast für uns allein.«

Kaum hatten wir in den wuchtigen Ledersesseln Platz genommen, die uns geradezu aufzusaugen schienen, da näherte sich auch schon der pubertierende Kellner. Sobald wir unsere Bestellung aufgegeben hatten, verschwand er eilig, nicht ohne einige neugierige Blicke zu mir zurückzuwerfen.

»Ich weiß gar nicht, wie Sie heißen«, sagte ich und musterte ihr Gesicht. »Es tut mir Leid, dass ich Sie nicht schon früher danach gefragt habe.«

»Aber das macht doch nichts. Ich heiße Dilek.«

»Das klingt schön. Wie eine Melodie. Was bedeutet der Name?«

»›Verlangen‹; und wie heißen Sie? Ihr Vorname war auf dem Krankenblatt immer nur abgekürzt – R. Fromm.«

»Das R. steht für ›Randy‹, im Deutschen eigentlich sehr ungebräuchlich. Auf Englisch bedeutet der Name etwa so viel wie – wie ›Dilek‹. Nur etwas weniger vornehm, fürchte ich.«

Wir lachten beide, als der Kellner uns den Tee brachte und sich nur zögernd wieder entfernte.

»Kennen Sie die Leute, die die Konferenz morgen organisieren?«, fragte ich nach einer Weile. »Haben Sie eine Ahnung, wer dorthin kommt?«

»Nicht genau. Es wird ein ziemlich bunter Haufen sein, schätze ich. Wie das bei solchen Alternativveranstaltungen immer ist. Sie locken stets eine Menge seltsamer Vögel an. Aber das hat auch seine Vorteile. Jedenfalls wird es bunt werden, vielleicht ein bisschen schrill. Und hoffentlich nicht allzu fanatisch; die Gefahr ist in der Türkei immer sehr groß. Leider.«

Das hoffe ich, dass die bunten Vögel ins Volksbildungshaus einfliegen, dachte ich. Besonders einen gab es, den ich gerne mit einer Ladung Schrot vom Himmel holen möchte. Aber das wollte ich jetzt nicht weiter erörtern.

»Sind Sie denn alleine hierher gekommen?«, fragte ich nach.

Zum ersten Mal beobachtete ich, wie ihre so unbefangen wirkende Art von einem leisen Zögern gebremst wurde.

»Nein«, sagte sie, nachdem sie einen Schluck Tee getrunken hatte. »Das bin ich nicht. Ein Journalist aus Ankara, den ich seit Jahren kenne, hat mich in Malatya abgeholt. Wir sind zusammen gekommen. Er wird morgen etwas über Atomkraftwerke in der Türkei sagen.«

Wenn es so war, wenn das wirklich die ganze Geschichte war, warum hatte sie mit ihrer Antwort gezögert? Andererseits – würde Sevil Cakir ihr nicht von der deutschen Journalistin berichtet haben, der er in Ankara begegnet war? Hätte sie nicht bemerken müssen, dass ich mit dieser Person identisch bin? Welchen Grund mochte es haben, wenn sie nicht ganz ehrlich zu mir war? Wie auch immer, ich beschloss, das Thema wieder zu wechseln.

»Die Polizei beobachtet diese Alternativkonferenz mit sehr gemischten Gefühlen, ist mein Eindruck. Sehen Sie das ähnlich?«

»Nein, ganz und gar nicht. Es steht natürlich vieles im Zeichen dieses YILDIRIM-Manifestes, das heute hier in Diyarbakir verbreitet worden ist. Es hat mehrere Festnahmen gegeben, aber damit stößt die Polizei völlig ins Leere. Die Verhafteten haben die Flugblätter zugesteckt bekommen, und aus Sympathie haben sie sie weiterverbreitet. Daraus lässt sich nicht viel ableiten, und der Text ist so weit gefasst, dass er – für sich genommen – nichts Strafbares enthält. Aber die Nervosität wächst trotzdem. Besonders seit heute Mittag.«

»Seit heute Mittag? Wieso?«

»Wieso? Sie sind doch Journalistin, dachte ich? Ich habe geglaubt, Menschen wie Sie haben heutzutage einen Weltempfänger eingebaut und hören ständig mit einem Ohr CNN, während man mit ihnen redet. Nein, verzeihen Sie, ich war boshaft. Ich weiß natürlich, dass Sie im Moment andere Sorgen haben. Also haben Sie nicht die Nachrichten gehört?«

»Nein, habe ich nicht. Erzählen Sie mir, was es Neues gibt!«

»Gern. Ich weiß nicht, ob Sie die Stadt Izmit kennen – sie wurde vor einiger Zeit bei einem Erdbeben schwer zerstört. Aber so ein Erdbeben ist alles andere als nur eine Naturkatastrophe. Die Schäden damals waren vor allem deshalb so schwer, weil man Häuser auf Grund gebaut hatte, wo niemals ein Haus hätte stehen dürfen, und weil man obendrein minderwertigen Beton verwendet hatte. Na, Sie haben sicher von diesen Dingen gehört. Besonders ein Bauunternehmer, der selber in Izmit wohnt, geriet deshalb sehr ins Zwielicht. Es wurde gegen ihn ermittelt und sogar einmal Anklage gegen ihn erhoben – aber passiert ist gar nichts. Jedenfalls blieb der Mann auf freiem Fuß.

Jetzt, im August, war er in Urlaub an der Mittelmeerküste. Und was geschieht? Vor seiner Luxusvilla in Izmit fährt heute ganz früh am Morgen ein riesiger Lkw vor, walzt den Zaun einfach nieder – und gießt eine riesige Ladung Beton ins Schwimmbad des Bauunternehmers. Der Beton ist mittlerweile hart. Oben drauf hat jemand mit einem Stock eine Inschrift eingeritzt: ›Kerle wie du sollen nicht schwimmen, sondern ersaufen.‹ Und darunter ein riesiger, zackiger Blitz.«

»Eine beeindruckende Aktion.«

»Nicht wahr? Die Sache hat noch eine besondere Pointe: In der Villa eines reichen türkischen Unternehmers ist immer viel Personal vorhanden – das Haus steht nicht einfach leer, wenn der Besitzer in Urlaub fährt. So auch hier. Trotzdem hat niemand die Polizei gerufen. Im Gegenteil, das Hausmeisterehepaar ist spurlos verschwunden. Es muss mit den Lieferanten des Betons unter einer Decke gesteckt haben.«

»Aha. Und wie ist die Reaktion der Öffentlichkeit?«

»Das können Sie sich doch ausmalen! Dort, im Erdbebengebiet, wo immer noch viele Familien in Containern oder in Zelten hausen, lässt sich eine solche Sache natürlich nicht verheimlichen. Die Nachricht hat sich verbreitet wie ein Lauffeuer. Auch das Fernsehen berichtete darüber. Und es zeigte sogar den Blitz – wenn auch nur kurz und ohne Kommentar. Aber jetzt weiß die halbe Türkei: Diese Gruppe YILDIRIM gibt es noch. Sie verteilt nicht bloß Flugblätter. Sie handelt auch.«

»Und rein zufällig am selben Tag, an dem hier die Konferenz eröffnet wird.«

»Ja, genau. Jetzt gibt es natürlich viele Leute, die gerne wüssten, ob noch mehr passieren wird – heute oder vielleicht auch morgen. Und wie es morgen hier auf der Konferenz zugehen wird. Ob noch andere Flugblätter auftauchen oder sonstige Mitteilungen. Ganz schön spannend, nicht wahr?«

»Da haben Sie wirklich Recht. Sehr spannend.« Und aus mehr als einem Grund, dachte ich.

In diesem Moment strömte eine Gruppe von Tagungsteilnehmern durch die Eingangstür. Plastikschildchen am Revers, die Tagungsmappen unter dem Arm, hatten sie allesamt den typischen, von den Formalismen eines pseudowissenschaftlichen Zeremoniells hypnotisierten Blick und das von der eigenen Bedeutung überzeugte Gehabe des Homo omnipräsens hypertrophicus, einer aufdringlichen Subspezies des Homo sapiens sapiens, die mit ihrer lärmenden Arroganz insbesondere jene Zusammenrottungen prägt, wie sie von den Vereinten Nationen, der Europäischen Union oder ähnlichen Institutionen organisiert werden.

Nach einer kleinen Pause, ähnlich der Stille zwischen zwei Wogen, die gegen die Felsen branden, kam noch eine zweite Gruppe durch die Türe, unter ihnen – und das gefiel mir gar nicht – auch Wilhelm Kuhnau und Peter Kutschinsky, beide offensichtlich in ein intensives Gespräch miteinander vertieft. Heinsohn, Peters Assistent, den ich aus dem Krankenhaus kannte, folgte den beiden in einigem Abstand. Seltsam, heute Morgen war mir der alerte junge Mann gar nicht aufgefallen.

»Entschuldigen Sie mich bitte einen Moment«, sagte ich zu Dilek.

»Geht schon in Ordnung«, erwiderte sie. »Lassen Sie sich nicht stören. Ich warte hier auf Sie.«

»Gut.« Ich erhob mich und ging langsam auf die Gruppe zu. Peter war der Erste, der den Blick hob und mich sah.

»Hallo, Randy!«, rief er leutselig. »Ich hoffe, du hast eine gute Zeit gehabt.«

»Na, es ging so.« Von dem Drohbrief, so entschied ich spontan, wollte ich lieber nichts erzählen. »Hallo, Peter. Hallo, Wilhelm! War es eine anregende dritte Sitzung?«

»Ach, es ging. Nicht nur die Welt dreht sich im Kreis, sondern auch unsere Diskussionen. Die Menschen der Südhalbkugel kritisieren den Ressourcenverbrauch unserer Verschwendungswirtschaft, die zum entsprechenden Schadstoffausstoß führt – die Experten der Nordhalbkugel beharren darauf, dass der Süden sein Bevölkerungswachstum in den Griff bekommen soll. Dabei ist doch schlicht *beides* richtig – nur reibt jeder dem anderen dessen wunde Punkte unter die Nase, um selber gut dazustehen und möglichst wenig verändern zu müssen. Und so bleibt alles beim Alten. Sehen Sie das nicht ähnlich?« Peter blickte von der Seite auf Wilhelm, der gerade eben von der Toilette wiedergekommen war.

»Ich habe nur die beiden letzten Sätze gehört, aber ich schätze, ich bin völlig Ihrer Meinung. Allerdings glaubt ja ohnehin niemand, dass auf solchen Konferenzen entscheidende Weichenstellungen erfolgen. Sie sind ein Zeichen politischer Imagepflege im Zeitalter der Massenmedien, nicht mehr und nicht weniger. Manchmal komme ich mir selbst wie eine Art Entertainer vor, wenn ich bei einer solchen Show mitmischen muss.«

»Und die Drohung, die ganze Konferenz in die Luft zu sprengen, führt eigentlich nur die Show bis zum Äußersten fort«, ergänzte ich nachdenklich. »Falls es diese Drohung wirklich gibt. Meine Herren, ich danke Ihnen sehr für Ihre überaus lichtvollen Ausführungen. Wie steht es eigentlich mit dem gemeinsamen Abendessen? Es ist ja noch ein bisschen Zeit bis dahin, aber vielleicht könnten wir jetzt schon klären, wann und wo.«

»Und wer mit wem«, meinte Peter. »Eine ausgezeichnete Idee. Ich bringe nur schnell meine Sachen aufs Zimmer und ziehe mir ein frisches Hemd an. Überlegt ihr euch doch schon mal ein nettes Lokal. Eines, wo man nicht übers Weltklima reden muss und das eine gute Klimaanlage hat. Ich rufe dann Muller an, ob er uns Gesellschaft leisten will. Ich habe ihm gesagt, ich würde mich nochmal bei ihm melden. Wir können uns ja hier in der Halle treffen, ich bin in einer halben Stunde wieder da.« Und schon strebte er der Menschentraube an der Rezeption zu, die die zuvor so ruhige Hotelhalle urplötzlich mit Geräuschen erfüllte, welche den Lärm auf dem Pausenhof einer Grundschule mühelos übertrumpften.

»Und du?«, fragte ich Wilhelm, der unschlüssig neben mir stehen geblieben war. »Was ist mit dir? Ich wollte dich ohnehin schon seit einer Weile fragen, ob dir irgendeine Laus über die Leber gelaufen ist. Oder ob *ich* vielleicht diese Laus bin. Du bist so merkwürdig, so völlig in dich gekehrt, richtig abweisend.«

»Also hör mal, Randy«, gab er zurück, »ich glaube, ehrlich gesagt, dass das auf Gegenseitigkeit beruht. Ich kann gut verstehen, dass du mit deinen Gedanken jetzt vor allem bei deinem Bruder bist und zweitens bei dieser Affäre, in die er verwickelt war und in die er dich dann noch mit hineingezogen hat. Da bleibt für mich wohl nicht mehr allzu viel Platz. Ich weiß nicht, ob es wirklich die allerbeste Idee von dir war, hierher zu kommen; aber es ist nun mal so gelaufen. Jedenfalls halte ich mich im Hintergrund und warte erst einmal ab, was passiert – ist das denn so schwer verständlich?«

»Nein«, erwiderte ich und dachte, ohne es auszusprechen: Im Grunde bin ich darüber gar nicht böse. Es ist vielleicht nicht fair, aber es geht nicht anders. Ich blickte mich nach Dilek um, die immer noch auf mich wartete, aber eine Gruppe lärmender Diskutanten verstellte mir den Blick.

»Und nun?«, fragte ich ihn. »Willst du denn beim Abendessen dabei sein, oder gehst du deine eigenen Wege?«

»Kann ich noch nicht genau abschätzen. Ich habe dir mehr als einmal gesagt, dass ich heute sehr beschäftigt bin. Du kannst mich ja anrufen und mir sagen, was läuft, dann kann ich spontan entscheiden, ob ich mitkomme. Ist das okay so?«

»Vollkommen.«

Er seufzte erleichtert, drückte mir die Andeutung eines Kusses auf die Wange und verschwand im Gewühl.

Ich schaute auf die Uhr. Viertel nach vier mittlerweile. In einer halben Stunde käme er hierher in die Halle zurück, hatte Peter gemeint. Und ich hatte vereinbart, dass ich um halb fünf nochmal in Koblenz anrufen wollte, um mich über Kevins Befinden zu informieren. Das passte ja alles ganz gut zusammen, dachte ich zufrieden. Blieben noch ein paar Minuten, um mit Dilek zu plaudern. Vielleicht konnte ich ja mit ihr …

Dilek! Ich blickte zu dem Tisch hinüber, neben dem wir noch vor ein paar Minuten in den Kissen der großen Sessel versunken waren.

Aber da saß niemand mehr. Dilek war fort, war schlicht und einfach verschwunden.

* * *

Dreieinhalb Stunden später saßen wir zu dritt in einem klimatisierten Restaurant – Keith Muller, Peter und ich –, und selbstverständlich sprachen wir doch über das Weltklima.

Der Teller mit meiner »Hochzeitssuppe« – einer mit Ei und Zitrone legierten Fleischbrühe, die für meinen Geschmack eine Spur zu stark mit Paprika gewürzt worden war – stand leer vor mir; ich hatte mir das Gericht bestellt und die gutmütigen Witzeleien der beiden Männer still erduldet; als zweite Vorspeise hatte ich »tscherkessisches Huhn« geordert, weil ich auf die Nusssoße neugierig war, die zu diesem Gericht gehörte. Es war seit jenem Abend beim »Belgier« in Ankara, wo ich vergeblich auf den Ton der »Glocken der Heimat« gehofft hatte, das erste Mal, dass ich mich wieder mit Muße und innerer Ruhe der türkischen Küche widmete.

»Ich finde Erbakans Theorie eigentlich recht einleuchtend«, sagte ich. »Wird er sie denn je beweisen können?«

»Na ja, genau das ist das Problem«, meinte Peter. »Seine Theorie ist in den Grundzügen durchaus plausibel. Ich habe mit Wissenschaftlern vom Fraunhofer-Institut gesprochen, und sie werden die Angelegenheit sowohl im Computer simulieren wie auch im Labor überprüfen. Wenn die Ergebnisse vorliegen, wissen wir immerhin recht genau, ob die Vorgänge, wie sie Erbakan beschreibt, überhaupt *möglich* sind. Ich vermute schon jetzt, dass diese Experimente positiv ausfallen werden. Allerdings heißt *möglich* eben noch lange nicht *zutreffend*. Im Grunde gibt es nur einen Beweis, der über jeden Zweifel erhaben wäre: dass die Ozonverdünnung weiter dramatisch zunimmt, und zwar nicht nur über den Polen, sondern auch in unseren Breiten, und dass uns dann plötzlich überall die Eisbrocken auf die Dächer regnen. Hoffen wir lieber, dass sich das verhindern lässt – und wir im Ungewissen bleiben.«

Er trank ein Glas *Yeni Raki* und wischte sich mit einer Serviette den Mund ab. »Ich begreife nicht«, meinte er dann und stocherte mit der Gabel in seiner Vorspeise herum, »ob sie hierzulande so viel Raki trinken, weil das Essen so fett ist, oder ob sie die Auberginen im Öl ertränken, damit es einen besseren Vorwand für den Raki gibt …«

»Auch das sind Kausalzusammenhänge, die sich nicht exakt beweisen lassen«, meinte Keith Muller trocken, »und zwar weder so noch andersherum.« Er hatte sich bisher recht wenig am Gespräch beteiligt. So unterhaltsam er zweifelsohne sein konnte, so schweigsam war er jetzt.

»Aber was heißt denn eigentlich ›beweisen‹?«, fragte ich in der Absicht, Muller aus der Reserve zu locken. »Und selbst wenn man sich einigen könnte, was wirklich als ›exakter Beweis‹ zu gelten hat – brauchen wir solche Exaktheit überhaupt? Im Leben handeln wir doch nie auf der Grundlage von lückenlosen Theorien. Wer setzt sich denn hin und rechnet sich aus, ob er sich in einen anderen Menschen verlieben möchte?«

»Stimmt genau«, entgegnete Muller. »Das ist ja gerade das Problem, und zwar nicht nur bei der Klimaveränderung. Wir bewegen uns ständig auf zwei Ebenen – auf der einen, auf der sich die Frage stellt, was beweisbar ist, und auf der anderen, auf der es zu erörtern gilt, was getan werden muss. Beides ist nötig, aber es lässt sich nicht unter einen Hut bringen.«

»Sehr schön gesagt«, erwiderte Peter, dessen Gesicht von einer leichten Röte überzogen war. »Es gibt ja immer noch Wissenschaftler, die die globale Erwärmung rundweg leugnen, vor allem bei euch in den USA.« Er sah mich an, als bedürfe ich der folgenden Information in besonderem Maße. »Man hat allerdings nachgewiesen, dass viele von ihnen von der dortigen Kohle-und-Öl-Lobby bezahlt worden sind.«

»Ach ja?«, fragte ich interessiert nach, während der Kellner das tscherkessische Huhn vor mir auf den Tisch stellte. »Gibt es dafür Belege?«

»Haufenweise«, schaltete Muller sich ein. »In dem Buch von Ross Gelbspan, *Der Klima-GAU*, finden Sie jede Menge Material dazu.«

Ich notierte mir den Titel auf meiner Serviette, dann probierte ich von der Nusssoße.

»Ist es in Ordnung?«, fragte Peter.

»Ja, schon, aber eine richtige Kalorienbombe. ›Ziemlich mächtig‹, hätte meine Mutter gesagt. Danach brauche ich bestimmt auch ein Glas Raki.«

Keith Muller winkte dem Kellner, und Peter fuhr mit seiner Erzählung fort. Nicht schlecht, mit zwei Männern zusammen zu sein, die sich beide sichtlich um dich bemühen ... auf die Dauer vielleicht etwas anstrengend.

»Das Hauptproblem ist, dass aus dem Satz ›Wir wissen noch zu wenig‹ fast immer der zweite abgeleitet wird, ›und deshalb ist es nicht nötig, etwas zu tun.‹ Wenn wir dann irgendwann einmal besser Bescheid wissen, ist die Zeit, in der man etwas hätte tun können, vorbei«, erläuterte Peter und öffnete sich den Hemdkragen. »Es ist so, als ob du ein Kind siehst, das auf der Straße sitzt und spielt, und aus dem Hintergrund nähert sich ein Auto. Es ist natürlich nicht sicher, dass das Auto das Kind überfahren wird, niemand kann beweisen, dass es so und nicht anders kommen *muss* – vielleicht läuft das Balg rechtzeitig weg, vielleicht bremst das Auto ja noch im letzten Moment. Trotzdem wird jeder vernünftige Mensch eingreifen und das Kind von der Fahrbahn ziehen. Und wenn er es nicht täte, würde er wegen unterlassener Hilfeleistung belangt.«

»Ein gutes Beispiel«, meinte ich und schnitt das Hühnerfleisch in kleine Stücke.

»Ja und nein«, entgegnete Muller. »Das Problem ist, dass sich die meisten Menschen für das Kind verantwortlich fühlen werden; deshalb warten sie nicht tatenlos ab, sondern handeln. Beim Klima ist es anders. Hier fühlt sich *niemand* verantwortlich. Viele Menschen sind durchaus überzeugt, dass etwas für unsere Umwelt geschehen muss – nur sollen die anderen damit anfangen. Und obendrein ist es so, dass man ja auch eine Menge Extraprofit machen kann, wenn man sich einen Dreck um das Klima kümmert. Deshalb, fürchte ich, werden wir den Eisbrockenregen vielleicht noch erleben, wie schlimm er dann im Einzelnen auch ausfallen mag.«

»*Taoteking*«, sagte ich und blickte in vier fragende Augen. »*Taoteking*«, wiederholte ich. »Sie haben es doch heute selber zitiert, Mister Muller. Ich meine das vierundsechzigste Lehrgedicht: ›Man muss wirken auf das, was noch nicht da ist. Man muss ordnen, was noch nicht in Verwirrung ist.‹«

»Ein wunderbarer Satz«, meinte Muller. »Sie haben mir damit auch einen guten Tipp gegeben, wie ich meine nächsten zweihundert Vorträge einleiten kann. Es scheint allerdings so zu sein, dass ein solches Verhalten uns Menschen ziemlich schwer fällt, sonst hätte es Laotse ja nicht in seiner Sprüchesammlung als weises Handeln anpreisen müssen. Es hat sich wohl nicht allzu viel verändert in den zweitausendfünfhundert Jahren seit damals.«

»Nein, offenbar nicht«, meinte Peter. »Unsere Möglichkeiten haben sich sehr verändert, in jeder Hinsicht. Aber die Art und Weise, wie wir Gebrauch davon machen, ist nicht viel intelligenter als damals, als man den Turm von Babel geplant hat. Der Mensch ist ganz der Alte geblieben.«

»Und was nun?«, fragte ich. »Den Menschen ändern?«

Peter unterbrach mich, indem er sein Glas hob: »Den Menschen ändern – das ist doch einen Trinkspruch wert. Etwa so: ›Sozialismus ist 'ne Tugend, sagt Walter Ulbricht, Freund der Jugend.‹ Na denn prost, ihr Lieben.«

»So ein Blödsinn! Es hieß übrigens ganz anders: ›Wer ist mit uns jung geblieben? Walter Ulbricht, den wir lieben.‹ Aber davon einmal ganz abgesehen – nur weil die DDR gescheitert ist, muss man sich doch nicht mit allem abfinden, was auf der Welt gespielt wird, oder?«

»Nein, natürlich nicht«, meinte Peter und stellte sein Glas auf den Tisch. »Ich wollte dich doch nur ein wenig ärgern.«

Eine Pause entstand.

»Beinahe hätte ich's nicht gemerkt, vielen Dank«, gab ich nach einer ganzen Weile kühl zurück.

Muller gähnte herzhaft. Ich nahm die Anregung auf und sagte, es sei wirklich ein anstrengender Tag für uns alle gewesen, voll gestopft mit Informationen und …

»Ich verstehe schon«, sagte Peter. »Gut, dann bezahle ich jetzt. Nein, keine Widerrede, die Rechnung übernehme ich. Das ist wenigstens *eine* vernünftige Sache, die ich tun kann. Ansonsten ist die Frage ›Was tun?‹ ja immer noch offen. Vielleicht ist es gar nicht möglich, darauf eine eindeutige Antwort zu geben. Vielleicht müssen alle, die nicht zu Fundamentalisten irgendwelcher Art werden wollen, mit vorläufigen Antworten leben lernen. Und vielleicht genügt es, wenn die Menschen an den allergrößten Torheiten gehindert werden. Und sich ansonsten weiter durchs Leben wursteln. Etwas Besseres fällt mir auch nicht ein. Und deshalb zahle ich jetzt und gehe mit euch ins Hotel und trinke noch einen Whisky an der Bar.«

Der Kellner brachte die Rechnung. »Danke für die Einladung«, sagte ich, und Muller ergänzte: »Ich schließe mich meiner Vorrednerin an.«

In diesem Moment klirrten Gläser und Fensterscheiben. Ein Knall war zu hören – wie ein Donner, aber schärfer, heller. Draußen erleuchtete ein heller Schein die Konturen der Straße. Menschen rannten, Menschen schrien, dann schraubte sich eine Sirene metallisch heulend durch die Luft.

»Was war das?«, rief ich erschrocken.

»Verdammte Scheiße«, erwiderte Muller. »Da draußen ist eine Bombe explodiert.«

Für einen kurzen Moment erlosch das elektrische Licht, flammte aber sofort wieder auf. Das Personal des Restaurants lief zusammen, der Wirt, heftig gestikulierend, griff nach dem Telefon. Peter schien der Einzige zu sein, der halbwegs die Ruhe bewahrte.

Eine Bombe …

Ich fühlte mich, als sei ein Teil meiner Selbstbeherrschung weggesprengt worden. Ein Damm war gebrochen, von allen Seiten brandeten die schwarzen Wellen der Panik auf mich ein, und ich wäre fast darin ertrunken.

* * *

Neugier ist, zumindest auf die Dauer, stärker als Schrecken und Panik. Es folgte keine zweite Explosion – und irgendwann traten wir wie die Kellner, wie der Wirt, wie der Koch hinaus auf die Straße. Dort standen zwei Polizisten in Zivil, die ich schon kannte – es waren die beiden, die Erbakan und mir Hand in Hand durch die Stadt gefolgt waren. Man hatte sie nach einer Pause offenbar abermals zu meiner Bewachung eingeteilt.

Nur wenige Meter entfernt drängte sich eine aufgeregte Menschenmenge und belagerte eine Straßenkreuzung, die soeben von uniformierten Polizisten abgesperrt wurde. Unsere beiden Bewacher wechselten einige Worte miteinander, dann benutzten sie ausgiebig das Sprechfunkgerät, während Muller, Peter und ich die düstere Szenerie musterten, ohne irgendwelche Einzelheiten erkennen zu können. Blaulicht pulsierte durch die Nacht, spiegelte sich in einem rhythmischen Flackern in den Fenstern der Häuser. Überall lagen Scherben auf der Straße wie Schnee, etliche Glasscheiben waren bei der Detonation zu Bruch gegangen.

Dann kamen mit heulenden Sirenen mehrere Mannschaftswagen angefahren und aus ihnen stiegen noch mehr Polizisten, die sofort damit begannen, die Menschen beiseite zu drängen und die Straße zu räumen. Dadurch wurde unser Gesichtsfeld frei. Ich erkannte ein völlig zerstörtes Autowrack, das nichts anderes mehr war als ein bizarres Knäuel aus Blech und Chrom, daneben standen zwei Polizeiautos und ein Feuerwehrwagen. Menschen gingen hektisch dazwischen hin und her, und irgendwann erkannte ich Major Akbulut in der Mitte der Gruppe.

Neben uns, dort, wo die Polizei die Schaulustigen zurückzuhalten versuchte, entstand eine heftige Bewegung. Ein Mann löste sich, nach einem heftigen Wortwechsel, aus der Menge, kam – von zwei Polizisten eskortiert, auf uns zu. Es war Wilhelm, ein Diplomatenpass in der Hand, er sah aufgeregt und wütend aus. Die Männer in Uniform unterhielten sich lange mit den beiden Zivilpolizisten, dann zogen sie sich zurück.

»Ich dachte schon, sie würden mich nicht mehr zu euch durchlassen«, sagte Wilhelm ein wenig atemlos. »Ein Glück, dass ihr im Hotel den Namen des Lokals hinterlassen habt. Ich hatte eigentlich gehofft, wir könnten wenigstens noch den Nachtisch miteinander essen. War gerade auf dem Weg zu euch, als das hier ... das hier passierte.«

»Aber was ist denn überhaupt passiert?«, fragte ich heftig. »Eine Bombe? Ein Attentat? Hat es Tote gegeben?«

»Keine Ahnung«, erwiderte Wilhelm und blickte zu dem Autowrack hinüber, neben dem Akbuluts dünne Gestalt immer noch gut zu erkennen war – ein ruhender Pol in einem Wirbel aus Hektik und Aufregung. »Das sieht nach einer Autobombe aus«, meinte Wilhelm dann. »Eine beliebte Methode hier in der Türkei. Das Wrack dort sieht aus wie das Auto von Ahmet Taner Kislali, den die Hizbullah im Oktober 1999 in die Luft gesprengt hat – mitten in Ankara.«

Wilhelm wechselte nun einige Worte mit den beiden Zivilpolizisten. Die betätigten daraufhin ihr Sprechfunkgerät, und man konnte erkennen, wie einer der Polizisten an Akbulut herantrat und auf ihn einredete. Dann ging Akbulut zu einem der Polizeiwagen und nahm das Mikrofon des Funkgerätes in die Hand. Er blickte in unsere Richtung und nickte kurz mit dem Kopf.

Der Zivilpolizist hielt Wilhelm das Funkgerät hin und der sprach auf Türkisch einige Worte hinein. Drüben sah man Akbulut abermals nicken. Dann tönte näselnd seine Stimme aus dem Gerät, das der Polizist in die Luft hob, damit wir besser verstehen konnten.

»Guten Abend, Frau Fromm«, hörten wir Akbulut aus dem Lautsprecher sagen, während wir ihn dort drüben, vielleicht achtzig Meter entfernt, in das Mikrofon sprechen sahen – eine gespenstische und zugleich irgendwie groteske Szenerie. »Sie werden verstehen, dass ich wenig Zeit für Sie habe, aber ich weiß auch, dass es mehr ist als bloße Neugier, wenn Sie wissen wollen, was hier vorgefallen ist. Also: Es war eine Autobombe, die das hier angerichtet hat. Es saß eine Einzelperson in diesem Wagen hier, und es ist nicht viel von ihr übrig. Wir wissen eigentlich nur, dass es eine Frau gewesen ist.«

»Eine Frau!«, rief ich laut, es klang wie ein schreckhaftes Echo.

»Das ist im Moment alles, was wir wissen«, war Akbulut weiter zu hören. »Noch gibt es keinerlei Hinweise auf den Täter. Natürlich sind wir in Zusammenhang mit dem, was wir schon vorher ermittelt haben, sehr beunruhigt. So, und jetzt muss ich wieder an die Arbeit. Ich empfehle Ihnen, in Ihr Hotel zurückzukehren. Meine Männer werden Sie selbstverständlich begleiten. Guten Abend.«

»Hizbullah?«, fragte ich, aber Akbulut hatte die Verbindung bereits abgebrochen.

Wilhelm zuckte die Achseln. »So was können auch andere«, meinte er lakonisch. »Eine Bombe unter die Motorhaube gepackt, und dann ... nun, das siehst du ja. Ich finde, Akbulut hat Recht. Wir sollten wirklich ins Hotel zurück.«

»Da stimme ich zu«, meinte Muller. »Wir können hier sowieso nichts tun, als dumm herumzustehen wie alle anderen Schaulustigen auch. Scheußliche Sache! Natürlich wird alle Welt glauben, das Attentat habe etwas mit der Konferenz zu tun. Aber möglicherweise steckt etwas ganz anderes dahinter. Vielleicht erfahren wir morgen mehr. Ich gehe jedenfalls wieder in mein Hotel. Es ist, glaube ich, derselbe Weg wie für euch, nur zwei Straßen weiter.«

»Ja, das stimmt«, sagte Peter, dessen blasses Gesicht auch in der Dunkelheit auffiel. »Dann gehen wir doch alle zusammen.«

Und zu mir gewandt: »Vielleicht sehen wir uns ja später noch an unserer Hotelbar. Falls uns noch nach Geselligkeit zumute ist. Es hat keinen Zweck, lange über dieses Ereignis zu spekulieren. Wir können nichts daran ändern, auch wenn sich das zynisch anhört.«

»Sie haben Recht«, meinte Wilhelm. »Es ist, auch wenn es brutal klingt, leider ein Stück türkischer Alltag. Und möglicherweise gibt es wirklich keinen Zusammenhang mit der Konferenz. Wie auch immer, ich muss sowieso erst einmal Verbindung mit der Botschaft aufnehmen. Also gehen wir gemeinsam ins Hotel.«

Ich brachte es kaum über mich, wenigstens die kürzesten Höflichkeitsfloskeln zu sprechen.

So wanderten wir, ein seltsamer Zug dreier Paare, durch die Straßen von Diyarbakir: Muller und Peter vornweg, schon bald wieder eifrig miteinander diskutierend, dann in einigem Abstand Wilhelm und ich, beide in tiefes Schweigen versunken – ich aus Wut und Trauer, Wilhelm vermutlich aus Respekt vor meinen Gefühlen –, und in wieder etwas größerem Abstand die beiden Polizisten. Sie sagten hie und da etwas, aber nicht viel. Gewiss warteten sie auf die Ablösung. Der eine der beiden sprach immer wieder kurze Mitteilungen in sein Sprechfunkgerät. Ich hätte Wilhelm, der ja Türkisch konnte, fragen können, ob er etwas davon verstand, aber es erschien mir überflüssig. Wie so vieles. Drei Viertel von dem ganzen Gerede, das ich am heutigen Tag gehört hatte, waren aller Wahrscheinlichkeit nach vollkommen überflüssig ... Schweigen ist Gold, Reden ist Blech. Die wirklich wichtigen Dinge, so schien es mir, geschahen alle im Verborgenen.

»Glaubst du wirklich, das Muller Recht haben könnte?«, fragte ich nach einer Weile.

»Randy, ich habe nicht die leiseste Ahnung. Woher auch? Es hat wirklich keinen Sinn, sich jetzt den Kopf zu zermartern.«

Aber damit wollte ich mich nicht zufrieden geben. »Ob das die Sache war, in der Kevin *undercover* ermittelt hat?«, fragte ich nach einer weiteren Pause, in der ich das Schweigen als immer unerträglicher empfand.

»Schon möglich. Er und Güler wollten ja offenbar mit der Hizbullah ins Geschäft kommen, um die Jungs auszuhebeln. Aber das scheint gründlich misslungen zu sein.«

Dank Russell Myers, dachte ich, und das tat weh. Er hatte dieses Treffen beobachtet, hatte das Gespräch abgehört und dann versucht, Kevin zu erschießen. Er hatte es getan, nachdem ich mich eingemischt hatte, aber vermutlich nicht *deswegen*. Vielleicht muss ich mir doch keine Vorwürfe machen, dass ich alles durcheinander gebracht hatte. Vielleicht wäre Kevins Ermordung ohne mein Eingreifen geglückt – einfach so, ohne viel Federlesens, irgendwo auf einer staubigen Straße in Anatolien: Motorrad überholt Auto und – *peng*! Vielleicht … Und warum hatte er nicht auf mich geschossen? Warum hatte er nicht uns beide erledigt?

»Warum hat Russell, als er Kevin niedergeschossen hatte, mich nicht auch noch umgelegt?«, fragte ich Wilhelm.

»Noch ist nicht klar bewiesen, dass er es war«, gab er bedächtig zurück. »Er ist verdächtig, nicht verurteilt, Randy. Wie auch immer – vielleicht mochte er dich. Es gab einen wichtigen Grund, Kevin zu töten. Vielleicht gab es einen wichtigen Grund, dich am Leben zu lassen. Solange der Täter nicht gefasst ist, muss die Frage offen bleiben.«

Eine wohl durchdachte, ausgewogene Diplomatenantwort! Wie viele offene Fragen es auch geben mochte, eines war Tatsache: Auf jeden Fall lief der Kerl noch frei herum und hatte möglicherweise auch bei dem Anschlag heute Abend seine dreckigen Finger im Spiel.

Wir erreichten jetzt das Hotel und traten durch die Drehtür in die Halle. Muller und Peter standen nebeneinander, immer noch ins Gespräch vertieft, den Rest der Welt schienen sie kaum noch wahrzunehmen.

Wir holten unsere Schlüssel an der Rezeption ab.

»Und nun?«, fragte Wilhelm vorsichtig. »Dein Freund Peter hat ja mehrfach betont, dass er noch einen Whisky an der Bar …«

»In dem Sinn, den du andeuten willst, ist er nicht mein Freund. Zweitens hasse ich Whisky. Drittens möchte ich nicht allein sein. Wäre es sehr schlimm für dich, wenn du noch mit auf mein Zimmer kommst?«

Er lächelte verhalten. »Nein, ganz gewiss nicht. Du brauchst mich nicht so anzufunkeln wie die Jungfrau von Orléans mit deinen blauen Augen, ich ergebe mich freiwillig in mein Schicksal.«

Und mit ineinander gehakten Armen gingen wir langsam die Treppe hinauf. Ob Peter uns bemerkte? Oder war er so versunken in seinen Fachdisput, dass er den Rest der Welt völlig aus den Augen verlor?

»Du denkst an den Film von Luc Besson, nicht wahr?«, sagte ich zu Wilhelm. »Du hast schon Recht, eine gewisse Ähnlichkeit ist nicht zu übersehen, das sagen viele. Aber in einem Punkt kann ich dich beruhigen, mit der Jungfräulichkeit ist es schon lange vorbei …«

»Umso besser«, erwiderte er vergnügt. »Du glaubst doch nicht etwa, dass ich Angst vor dir habe.«

»Hoffentlich nicht«, sagte ich.

* * *

Aber diese Nacht stand, wie eigentlich meine gesamte Reise in die Türkei, unter einem schlechten Stern.

Dabei begann alles recht gut. Wir tranken ein Glas Wein, unterhielten uns ein wenig, dann duschten wir gemeinsam, und das machte eine Menge Spaß, zumal sich Wilhelm als sehr zartfühlend und durchaus geduldig erwies – meine anfänglichen Bedenken, er würde sofort losrammeln wollen wie so viele Männer, erwiesen sich als unbegründet. Nach dem Duschen trocknete er mich ab, und das konnte ich fast gedankenlos genießen. In das Handtuch gehüllt, ging ich aus dem Bad ins Hotelzimmer hinüber und wollte mich gerade auf das Bett setzen, als das Telefon klingelte.

»Geh nicht dran!«, rief Wilhelm aus dem Bad.

»Ach, Wilhelm«, sagte ich etwas ungehalten, »zu Hause in München würde ich es bestimmt nicht tun. Aber hier? Vielleicht ist was mit Kevin.«

Die Verbindung am Nachmittag war erst nach langen Mühen zustande gekommen, und dann hatte man mich mit nichts sagenden Floskeln abgespeist. Der Dienst habende Arzt sei in einer wichtigen Sache unterwegs und so weiter, und so fort.

Ich hob den Hörer ab, und eine Frauenstimme teilte mir in gebrochenem Englisch mit, dass ich so schnell wie möglich weiterverbunden würde. Durch die geöffnete Badezimmertür beobachtete ich Wilhelm und betrachtete interessiert seinen gut geformten Schwanz. In diesem Moment meldete sich die Stimme von Major Akbulut.

»Hallo, Frau Fromm. Ich weiß, es ist keine gute Zeit, mich bei Ihnen zu melden mitten in der Nacht. Wahrscheinlich haben Sie schon geschlafen ...«

»Nein, durchaus nicht. Was gibt es denn?«

»Dieser Anschlag mit der Autobombe hat einige Fragen aufgeworfen, die für uns von großem Interesse sind. Es gibt da ein paar Punkte, die ich gerne mit Ihnen besprechen möchte, und wenn es geht, möglichst sofort.«

»Das geht selbstverständlich. Ich muss mich nur erst wieder anziehen, denn ich habe gerade eben geduscht.«

»In Ordnung. Ich warte in der Hotelhalle auf Sie.«

Ich legte auf, ging langsam ins Bad hinüber und umarmte Wilhelm, der noch immer vor dem Spiegel stand, von hinten und drückte meinen Kopf an seine Schulter. Seine Haut war babyweich und roch angenehm nach frischer, warmer Milch.

»Es war Akbulut. Es gibt irgendetwas, worüber er mit mir reden will, etwas im Zusammenhang mit dem Attentat.«

»Oje. Dann verziehe ich mich lieber auf mein Zimmer. Wer weiß, wie lange das dauern wird.«

»Ja. Kann ich zwar verstehen, aber schade ist es trotzdem. Es war ein schöner Anfang.«

»Ja. Das fand ich auch. Aber wir sind eben Pechvögel. Die Verhältnisse sind gegen uns.«

Ich hätte mir gerne das Handtuch vom Leib gerissen, mich ganz nah an seinen warmen, nackten Körper gedrängt, ihn geküsst, gestreichelt und ein wenig gekitzelt. Ich hätte gerne gefühlt, wie er langsam, aber stetig ... Doch ich riss mich von meinen Fantasien und von Wilhelm los. *Doch die Verhältnisse, die wirklichen Verhältnisse ...* »Gut«, hörte ich mich sagen. »Es ist wohl wirklich die beste Lösung. Wir sehen uns morgen früh, dann können wir beratschlagen, wie die Dinge liegen. Ich werde, wenn ich mit München telefoniert habe, wahrscheinlich bei Erbakans Alternativkonferenz vorbeischauen.«

Ich ging ins Zimmer hinüber, um mich anzuziehen, und war gerade mit der Strumpfhose beschäftigt, als ich die Tür ins Schloss fallen hörte. Was für ein eigenartiger Typ, dachte ich. Ein kurzes Wort zum Abschied wäre ja vielleicht ganz nett gewesen.

* * *

Langsam ging ich die Treppe hinunter. Einer von Akbuluts Assistenten erwartete mich schon – ich kannte ihn von Adiyaman, er hatte damals mit den anderen Männern im Hubschrauber gesessen – und führte mich zu dem Major, der sich in einer durch Trennwände abgeschirmten Ecke der Hotelhalle gleichsam ein Miniaturbüro eingerichtet hatte. Aktenstapel lagen auf dem Tisch, ein Mann, der in einem der Sessel saß, betrachtete großformatige Fotografien, ein zweiter telefonierte mit dem Handy. Und mitten in diesem Trubel stand Akbulut – groß und schlank, ein wenig gebeugt und den Mund noch schmallippiger als sonst. Er war bleich wie der Tod und sah aus, als ob er fröre.

Zum zweiten Mal an diesem Tag tat er mir Leid. Er roch sogar nach Übermüdung.

Ich selber fror nicht nur, es war, als ob mein Körper nur noch von einer Säule aus Eis zusammengehalten würde, die das Rückgrat ersetzte. War ich noch ich selber oder meine Klonin – äußerlich identisch, innerlich von allen Gefühlen entleert? Nur Misstrauen und Kälte waren zurückgeblieben. Starr wie eine Roboterfrau trat ich dem Major entgegen und reichte ihm mechanisch die Hand.

»Guten Abend«, sagte der Major. »Sie sind gewiss müde, und glauben Sie mir, ich bin es auch.«

»Das sieht man.«

»Wirklich?«, fragte er irritiert. »So schlimm ist es schon? Kommen Sie, setzen wir uns.«

Ich nahm schweigend Platz. Ich hatte keine Lust, irgendetwas zu sagen; er würde früh genug auf die Dinge zu sprechen kommen, die er mit mir klären wollte.

Genauso war es. »Ich habe Sie um das Gespräch gebeten, weil wir mittlerweile etwas mehr über das Bombenattentat von heute …« Er warf einen Blick auf die Armbanduhr. »… halt, von gestern Abend wissen. Leider nicht über den oder die Attentäter. Alle diesbezüglichen Vermutungen sind einstweilen reine Spekulation. Natürlich ist die Hizbullah eine der Möglichkeiten, aber nicht mehr. Inzwischen konnten wir allerdings etwas anderes klären, nämlich die Identität des Opfers. Es war eine Frau, das sagte ich ja schon. Es gibt vielleicht eine Chance, dass Sie uns weiterhelfen könnten. Ein kleines Detail hat uns auf eine Spur gebracht.«

Er wandte sich zu einem seiner Mitarbeiter um und sagte etwas auf Türkisch. Der Mann kramte in einer Aktentasche und zog einen Plastikbeutel hervor, in dem, so weit ich sehen konnte, ein glitzernder runder Gegenstand eingeschweißt worden war. Der Mann legte den Beutel vor Akbulut und mir auf den Tisch, und ich konnte den Inhalt genauer betrachten.

Es war ein Glasauge.

Noch vor einer Woche, nach meiner Entführung, als ich mich in der deutschen Botschaft in Ankara aufgehalten hatte, wäre ich jetzt wahrscheinlich ohnmächtig geworden. Aber das war vorbei. Was auch immer Akbulut zu dieser Schockbehandlung veranlasst haben mochte – eine Mischung aus Gedankenlosigkeit und Übermüdung oder irgendein sinistrer Plan –, die Wirkung bestand nicht in Erregung, sondern in Erstarrung. Ich gefror sozusagen völlig zu Eis: zu einem harten Klotz, der auf Außenreize reagierte wie ein Automat und sich durch Reglosigkeit vor allen Erschütterungen schützte.

»Die Nachtschwester aus dem Krankenhaus in Malatya«, flüsterte ich. »Ich kenne nur ihren Vornamen – Dilek. Sie hat man in die Luft gesprengt? Warum?«

Akbulut ignorierte meine Frage. »Ich dachte mir schon, dass Sie sie gekannt haben müssen. Wie war Ihr Verhältnis zu dieser Frau? Wussten Sie überhaupt, dass Sie hierher nach Diyarbakir gekommen ist?«

»Ja, das wusste ich. Ich habe sie nur dreimal gesehen – das dritte und letzte Mal hier in der Hotelhalle. Eine kluge, warmherzige Frau. Sehr sympathisch. Sie hat lange in Heidelberg gearbeitet – vor ihrer Verletzung. Und, wie gesagt, dass sie hier in Diyarbakir ist, wusste ich bereits. Ich bin ihr hier im Hotel begegnet. Reiner Zufall.« Oder auch nicht, dachte ich und fügte noch an: »Es war nicht lange nachdem wir gemeinsam Kaffee getrunken haben.«

»Aha. Worüber haben Sie sich unterhalten?«

»Ach, eigentlich über nichts Konkretes. Sie hat mir erzählt, dass in den Nachrichten berichtet worden war, die Aktivisten von YILDIRIM hätten bei Izmit Beton in das Schwimmbad eines korrupten Bauunternehmers gekippt. Davon wusste ich noch nichts. Wir wurden dann unterbrochen, weil eine Gruppe von Kongressteilnehmern ins Hotel zurückkam, auch Dr. Kutschinsky und Dr. Kuhnau. Ich stand auf – wir saßen dort drüben am Tisch und tranken Tee – und wechselte einige Worte mit Peter und Wilhelm. Es ging darum, ob und wo wir zusammen zu Abend essen. Als ich an den Tisch zurückkehrte, war Dilek verschwunden. Wie hieß sie mit vollem Namen?«

»Dilek Binaygün. Sie war also einfach fort, ohne irgendeine Nachricht oder etwas Ähnliches hinterlassen zu haben?«

»Ich habe jedenfalls nichts gefunden. Natürlich hat mich dieses plötzliche Verschwinden überrascht. Ich dachte, vielleicht hat sie gefürchtet, dass ich mit den beiden Männern, Wilhelm und Peter, zu ihr an den Tisch komme und sie miteinander bekannt machen möchte. Vielleicht hat sie das vermeiden wollen. Mir kam es *schon* so vor, als sei sie etwas menschenscheu. So könnte es gewesen sein. Aber wir werden es nicht mehr herausfinden, jetzt, wo sie tot ist.«

»Nein, vermutlich nicht. Aber sagen Sie mir noch eines: Sie haben sich nicht miteinander irgendwo verabredet?«

»Nein, haben wir nicht. Wie kommen Sie auf diese Idee?«

Akbulut schwieg. Nach einer kurzen Denkpause antwortete ich an seiner Stelle.

»Sie denken vermutlich an den Drohbrief von heute Mittag? Sie glauben, dass das Attentat auch mir gegolten haben könnte? Frau Binaygün hätte mich hier im Hotel abgeholt, hätte mich mit dem Auto mitgenommen und wir wären dann gemeinsam in die Luft geflogen?«

»Das wäre doch immerhin möglich. Es gibt sogar einen Anhaltspunkt dafür. Frau Binaygün ist heute Abend noch einmal hier im Hotel gewesen. Sie hat nach Ihnen gefragt. Das war um zwanzig Uhr dreißig – als Sie mit Keith Muller, Peter Kutschinsky und Wilhelm Kuhnau schon beim Abendessen saßen. Gut, das beweist nichts, aber es veranlasst mich natürlich, in diese Richtung zu ermitteln.«

Ich wollte ihn korrigieren, denn Wilhelm war ja erst nach dem Essen zu uns gestoßen, aber er ließ mich nicht zu Wort kommen.

»Frau Binaygün war, so sagt der Portier, sehr erstaunt, dass sie Sie nicht hier angetroffen hat. Sie wartete eine Weile und spielte dabei nervös mit dem Autoschlüssel herum. Dann verließ sie, nach etwa einer Viertelstunde, das Hotel – offenbar ziemlich verärgert. Vorher hat sie noch kurz telefoniert, aber wir wissen leider nicht, mit wem. Ich weiß nicht, wie Sie darüber denken, Frau Fromm, aber mein müdes Polizistengehirn sagt mir, das alles spricht sehr dafür, dass Frau Binaygün und Sie verabredet waren. Oder sagen wir es so: dass jedenfalls Frau Binaygün *geglaubt* hat, sie wäre mit Ihnen verabredet. Dann ist sie enttäuscht und wütend in ihren roten Peugeot gestiegen. Und fünfundzwanzig Minuten später in die Luft geflogen. Gott sei Dank kamen keine Passanten zu Schaden, nur Fensterscheiben.«

»Ja, Sie haben Recht, es spricht viel dafür, dass es so gewesen ist. Seltsam nur, dass ich von dieser Verabredung so rein gar nichts wusste.«

»Das stimmt. Übrigens, wissen Sie, ob Frau Binaygün in Begleitung nach Diyarbakir gekommen ist?«

Mit dieser Frage hatte ich schon seit geraumer Zeit gerechnet, und ich hatte mich entschlossen – die Gründe dafür waren mir selbst nicht ganz klar –, sie nicht konkret zu beantworten. Möglicherweise war Sevil Cakir, der Atomkraftexperte, die Person, mit der sie hier im Hotel telefoniert hatte. Es konnte sogar sein, dass sie mit ihm verabredet gewesen war – nicht mit mir. Akbulut hatte offenbar von der Existenz dieses Mannes keine Ahnung. Oder bluffte er nur und wollte mich auf schlüpfriges Gelände locken?

»Wenn ich mich recht erinnere, kann es sein, dass Frau Binaygün einmal von ›wir‹ gesprochen hat. Aber ich bin mir nicht mehr ganz sicher. Etwas Genaueres weiß ich aber nicht, tut mir Leid.«

Akbulut schwieg.

»Glauben Sie mir nicht?«, fragte ich.

Er hob den Kopf und seine traurigen Augen musterten mich gründlich. »Ich glaube Ihnen«, sagte er dann. »Aber ich frage mich, was hinter alledem steckt. Die ganze Sache kommt mir vor wie ein plötzlicher Sandsturm – heftig und zerstörerisch, vor allem aber undurchsichtig. Nun gut, Sie sollten jetzt schlafen gehen. Morgen wissen wir vielleicht mehr, ich halte Sie auf dem Laufenden.«

»Danke. Ich hoffe, Sie kommen auch selber noch irgendwann zum Schlafen.«

Er verzog den Mund, zuckte wieder einmal die Achseln und zündete sich eine Zigarette an.

Als ich mich zum Gehen wandte, rief er mich noch einmal zurück. »Frau Fromm?«

»Ja, was ist denn noch?«

Er blies eine Rauchwolke zur Decke hinauf und legte die Zigarette in den Aschenbecher. Dann stand er auf und kam zu mir. Er war ein wenig kleiner als ich, sodass ich auf ihn hinabsehen musste, aber das schien ihm wenig auszumachen.

»Da ist noch etwas, das Sie wissen sollten. Ich hatte Ihnen ja gesagt, dass die Tote aus dem roten Peugeot, diese Krankenschwester aus Malatya, Dilek Binaygün heißt. Das ist richtig und doch wieder nicht. Binaygün ist ihr Mädchenname, den sie nach der Scheidung wieder angenommen hat. Sie war nämlich drei Jahre verheiratet und ist erst vor kurzem geschieden worden. Das war bereits nach ihrem Unfall. Während ihrer Ehe hieß sie Myers. Dilek Myers.«

Er hatte mich genau beobachtet bei dieser Mitteilung. Aber ich war längst über den Punkt hinaus, wo mich noch irgendetwas erschüttert hätte. Jedenfalls äußerlich.

5.

Als ich endlich wieder in meinem Hotelzimmer war, legte ich mich angezogen aufs Bett, löschte das Licht und starrte ins Dunkel. Die Wände schienen sich zu drehen. Ein schwacher Lichtschein drang durch die Lamellen der Jalousie herein, und das leise Summen der Klimaanlage, die hier, anders als in Adiyaman, nahezu lautlos funktionierte, erfüllte das Zimmer mit einem Grundton, der fast körperlich spürbar war.

Alles drehte sich, und ich lag hilflos im Zentrum dieses sich beschleunigenden Strudels und begriff nichts mehr. Ich begriff nichts und wollte nichts mehr begreifen. Die Informationen, mit denen ich im Verlauf der Nacht überflutet worden war, drangen mir nicht mehr unter die Haut, sie tropften an mir ab wie Regentropfen an einer gut gewachsten Pelerine.

Ein Hit aus den achtziger Jahren fiel mir ein, der damals, als mich mit fünfzehn, sechzehn der erste Liebeskummer plagte, zu meinen Lieblingsliedern gehörte. Ich hatte mir die Platte seinerzeit bei Kevin geklaut und heimlich auf eine Kassette überspielt:

We are lonely people, wearing a ring of ice
dancing in the night
trying to disguise.

Dilek, die Nachtschwester, war tot. In ihrem Auto in die Luft gesprengt. Von wem? Akbulut glaubte, der Anschlag könne ihr *und mir* gegolten haben. Und sie war mit Russell Myers verheiratet gewesen – *nach* ihrem Unfall – und ließ sich wieder von ihm scheiden. Hatte er die Bombe gelegt? Andererseits glaubte Akbulut, der Drohbrief auf meinem Hotelzimmer könnte von ihm stammen – um mich zu warnen. Wie passte das zusammen? Hatte Myers seine Exfrau zusammen mit diesem vierschrötigen Journalisten namens Sevil Cakir aus dem Weg räumen wollen, und der Mann war dem Anschlag durch irgendeinen Zufall glücklich entkommen? Ich begriff das alles nicht und gab die Hoffnung auf, es zu begreifen. Musste ich es denn überhaupt verstehen? Warum war ich darauf so fixiert? Was ging mich das alles an? Sollte ich nicht versuchen, so rasch wie möglich zu verschwinden – genauso, wie es der anonyme Schreiber empfohlen hatte? Falls es ein Mann gewesen war. Oder stammte der Brief von Dilek? Oder von jemand völlig anderem?

Die Klimaanlage änderte ihre Tonlage und summte jetzt etwas tiefer. Die Klimaanlage – sie sorgte für eine angenehme, fast etwas zu kühle Temperatur hier im Raum, und dafür verbrauchte sie sehr viel Energie, ebenso wie der Gefrierschrank, aus dem die Eiswürfel in Peters Whisky stammten, der Heizungskessel, der das Wasser für Wilhelms und meine zärtlichen Spiele unter der Dusche erwärmt hatte. Das Kleinklima, das den Menschen so wichtig war, um den eigenen Alltag möglichst angenehm zu gestalten. Und auch die Habenichtse dieser Erde träumten ständig davon, sie könnten an diesem Wohlstand teilhaben. Es zerstörte das Weltklima, durch dessen Feinabstimmung das Leben auf dieser Erde erst möglich geworden ist. Die Welt geriet aus den Fugen, und wir – widersprüchlich, inkonsequent und abhängig – nahmen es teilnahmslos hin. Die meisten von uns jedenfalls, ich ja auch.

Ich dachte an die Klimakonferenz hier in Diyarbakir und daran, was ich gestern alles an klugen Worten gehört hatte. Die Ansprache des türkischen Ministers. Keith Mullers Appell, nicht das Wesentliche aus den Augen zu verlieren. Und dann Erbakans Außenseitertheorie über die aus der Stratosphäre zur Erde rasenden Eisklötze. Sie hatte mich, musste ich gestehen, besonders fasziniert. Sie war seriös, plausibel und kurios zugleich.

Niemand würde deswegen sein Verhalten ändern. Falls die Fachwelt Erbakan jemals zur Kenntnis nehmen oder gar anerkennen sollte, der Rest der Welt würde mit einem lächelnden »Na, so was!« zur Tagesordnung übergehen. Die Flüchtlingsströme, die drohenden Kriege, die weltweiten Seuchen, das machte schon eher Angst. Aber auch hier war es sehr wahrscheinlich, dass man das Problem zwecks »Lösung« dem Militär bzw. der Medizin überantwortete – wofür gab es schließlich derart hoch bezahlte Fachleute!

»Die Teilung der Welt durch Teilen überwinden«, absolut lächerlich, was dieses aufdringliche Huhn aus Münster sich da zusammengereimt hatte. Als hätten die Privilegierten in der Menschheitsgeschichte je freiwillig etwas von ihren Vorrechten, von ihrer Übermacht abgegeben! Viel wahrscheinlicher war es doch, dass die »Festung Europa« sich immer stärker von der Welt abgrenzte, sich einigelte und mit ihrer neuen Militärmacht die eigenen Grenzen schützte gegen den Ansturm der halb verhungerten Elendsgestalten aus dem Süden.

Ja, schöne, kluge Worte hatte ich an diesem Tag überreichlich gehört. Aber es schien mir immer mehr so, als seien diese Worte sozusagen eine Schrifttafel auf der Außenseite der Dinge, hübsch kalligraphiert und nicht ohne Charme, aber völlig ohne Bezug zum eigentlichen Geschehen der Dinge. Die wirklichen Veränderungen spielten sich vielmehr im Inneren ab, gut verborgen und abgeschirmt – dort, wo sich mächtige Interessengruppen teils miteinander verbündeten, teils gegeneinander kämpften, um Märkte abzustecken und aufzuteilen, wo Konzerne einander durch »feindliche Übernahmen« auffressen konnten und bereits die Nachricht von solchen Transaktionen genügte, um das Vermögen eines Börsenspekulanten über Nacht auf das Dreifache anschwellen zu lassen; wo aus ihrer Firma hinauskomplimentierte Manager mit Summen bis zu sechzig Millionen Mark abgefunden werden, eine Geldmenge, die wahrscheinlich genügen würde, alle verhungernden Kinder Schwarzafrikas ein ganzes Jahr lang mit ausreichend Nahrung zu versorgen. Es war eine Welt, von der der »Krieg im Dunkeln«, mit dem ich hier in der Türkei konfrontiert worden war und in den sich Kevin Fromm, »Herr Güler« und Russell Myers irgendwie hatten verwickeln lassen, mir vermutlich nur einen schwachen Abglanz widergespiegelt hatte.

Draußen veränderte sich das Licht, es wurde hell. Morgendämmerung. Irgendwo im Osten, an der Grenze zum Iran, stieg jetzt die Sonne hinter verkarsteten Berggipfeln empor. Diese Sonne, die genug Wärme lieferte, um die Biosphäre am Leben zu halten, wusste nichts von all dem Kleinkram, mit dem böse, trotzige Kinder einander quälten, sie strahlte ihre Wärme unterschiedslos für alle ab, für die Konzernherren und Manager, für die Geheimdienstchefs und Generäle, für Politiker und Wissenschaftler, für die Aktivisten von YILDIRIM ebenso wie für ihre Kontrahenten am anderen Ende des politischen Spektrums, die Terroristen der Hizbullah.

Das waren Menschen, die der Worte überdrüssig waren, die alles auf eine Karte setzten und herbeizwingen wollten, was sie für die Wendung zum Besseren hielten. Ich konnte YILDIRIM meinen Respekt und meine Sympathie nicht versagen – und war dennoch skeptisch: Sie wandten, wie es hieß, zwar nur Gewalt gegen Sachen an, aber Sachen werden von Menschen geschützt, irgendwann würde das Ganze entgleisen, und sei es nur durch weniger talentierte, weniger skrupulöse Nachahmer und Trittbrettfahrer. Jeder Terror verselbstständigt sich eines Tages, das war immer so gewesen, von Maximilien de Robespierre bis zu Ulrike Meinhof. Und eigentlich konnte man sogar der Hizbullah den Respekt nicht versagen, denn auch in ihren Reihen gab es – neben gewissenlosen Opportunisten und Doppelagenten – vermutlich Menschen, die ehrlich vom moralischen Wert der eigenen Ziele überzeugt waren, von der Lauterkeit der gottgefälligen Gemeinschaft, des Kalifatsstaates, den sie mit ihren Anschlägen herbeibomben wollten.

Ich wälzte mich auf dem Bett herum. Hatte ich überhaupt geschlafen in dieser Nacht?

Und in diesem Moment fasste ich einen Entschluss.

Noch vor Ablauf der Woche würde ich wieder nach Deutschland zurückkehren. Was wollte ich hier noch? Wenn ich mich vor dem Rückflug noch einen Tag in Ankara aufhielt, war das Zeit genug, für meinen Artikel zu recherchieren und das mittlerweile gesammelte Material derart in Form zu bringen, dass es sich dann in München endgültig aufbereiten ließ. Was hatte es für einen Sinn, hier nach Russell Myers zu suchen – vermutlich würde ihn irgendwann die Polizei schnappen, vielleicht auch nicht. Was kümmerte es mich? Ich musste damit aufhören, in einem Spiel mithalten zu wollen, das – erstens – nicht das meine und – zweitens – menschenfeindlich und lebensbedrohlich war. Kevin war bereits schwer verletzt ausgeschieden. Er würde mir, so hoffte ich jedenfalls, irgendwann einmal seine Version der Dinge erzählen können, ich mochte sie ihm glauben oder nicht, mich vielleicht ein wenig mit ihm streiten oder auch nicht. Und das war eigentlich alles, womit ich noch zu schaffen hatte. Der Rest – vergiss es.

Ich stand auf, ging ins Bad und duschte ausgiebig. Wieder einmal.

6.

Es war Donnerstag, der 26. August. Ich betrat den Frühstückssaal, der zum Glück fast völlig menschenleer war. Heute trug ich über einer gelben Bluse erstmals meine Ziegenlederweste, deren linkes Revers mit der Pistole in der Innentasche beim Gehen schwer gegen meine Brust schlug. Das fühlte sich ungewohnt an, und doch gab es mir, wie ich den Raum betrat, ein neues Gefühl von Sicherheit, vielleicht noch mehr als das: Macht ...

Das Frühstücksbüfett wurde von drei Kellnern in roter Montur aufgebaut, einer der Männer trug zwei große Krüge mit Obstsaft herbei, die er schwer atmend auf den Tisch niedersetzte. Ich deutete auf den einen Krug.

»Isn't it grapefruit?«, fragte ich.

»Pompelmo, si«, erwiderte der Kellner mit einer weit ausholenden Geste, als wolle er andeuten, wie man die Früchte pflücken müsse, dann drehte er sich um und verschwand eilig. Ich rätselte, warum er mich für eine Italienerin hielt – eigentlich bin ich groß, blond und blauäugig. Aber vielleicht verwechselte er ja Italienisch und Schwedisch.

Ich schenkte mir ein Glas Saft ein und wandte mich um. Mitten in der Bewegung stieß ich gegen einen kleinen Mann, dessen Brille heftig mit meiner Hand und meinem Glas zusammenprallte. Leider spritzte ihm dabei eine Ladung Saft ins Gesicht.

»Um Himmels willen – entschuldigen Sie«, stammelte ich.

»It doesn't matter«, sagte der Mann, schaltete dann aber sofort auf Deutsch um, da ich ja Deutsch gesprochen hatte. »Eine kleine Erfrischung am Morgen. Aber ich hoffe, Sie haben mich nicht etwa taufen wollen. Zum Glück habe ich nichts davon in die Augen bekommen.«

Er nahm die Brille ab, zog ein riesiges Taschentuch hervor – vom Format her schon fast ein kleines Handtuch, etwa in jener Größe, wie man sie auf Gästetoiletten findet – und reinigte sich damit sein nasses Gesicht.

Ich musste über seinen trockenen Humor lachen. »Sie hatten vermutlich auch Obstsaft trinken wollen. Kommen Sie, ich hole uns zwei neue Gläser, und dann setzen wir uns irgendwohin und frühstücken. Übrigens, ich bin Randy Fromm, von Beruf Journalistin, und komme aus München.«

»Und ich bin Haranda Kakar und lebe in Zürich. Ich habe schon einen Platz dort drüben. Ja, ich wollte mir ein Glas Orangensaft holen.«

»Jetzt erledige ich das für Sie. Setzen Sie sich schon mal, ich komme gleich zu Ihnen.«

Als ich mit den beiden Gläsern zu ihm an den Tisch kam, ließ er es sich allerdings nicht nehmen, wieder aufzustehen und zu warten, bis ich Platz genommen hatte. Ein Gentleman der alten Schule, dachte ich, britisches Styling.

»Essen Sie nichts?«, fragte er.

»Danke, ich bin nicht hungrig. Aber Kaffee ist so früh am Morgen unverzichtbar für mich.«

Dr. Kakar war ein Mann von etwa sechzig Jahren, mit dunkler Gesichtsfarbe, pechschwarzem Haar, einem grau melierten Bart und lebhaften Augen hinter dicken Brillengläsern. Er war, wie er mir bereitwillig erzählte, in Bangalore geboren, hatte lange in Großbritannien gelebt und sich dann in der Schweiz niedergelassen, wo er in Zürich ein eigenes, offenbar sehr erfolgreiches Ingenieurbüro unterhielt. Auch ihn hatte die Klimakonferenz nach Ostanatolien gelockt, und als er mich fragte, was ich vom gestrigen Eröffnungstag hielte, begann ich mit einem langen Klagelied über die vielen nichts sagenden Fensterreden, die am Ende doch ohne Konsequenzen bleiben.

Er schob den leeren Teller beiseite, nachdem er mit gesegnetem Appetit mehrere Spiegeleier vertilgt hatte.

»Sie haben vollkommen Recht«, meinte er dann. »Aber das ist nur ein Teil der Sache, den Sie nicht für das Ganze nehmen dürfen. Denken Sie zum Beispiel an Keith Muller. Ich kenne ihn seit vielen Jahren. Seine Rede war gut, obwohl sie nichts enthielt, was nicht allgemein bekannt gewesen wäre. Aber sein Institut hat einen ungeheuren Einfluss, und sein Auftritt war schon deshalb wichtig, weil er diesen Einfluss deutlich werden lässt. Es werden viele Kontakte geknüpft auf Konferenzen wie dieser, und das ist ein Netzwerk, das vielleicht nicht immer und überall in Erscheinung tritt, das aber doch eine Art Gegenstück bildet zu all den Negativerscheinungen, die wir erleben.

Erinnern Sie sich an Seattle 1999, wie all die großen Bosse der Welt aus allen Wolken fielen, als ihnen ganz unerwartet zigtausende von Demonstranten entgegentraten? Schließlich ging die Konferenz ergebnislos zu Ende, statt den völlig freien Welthandel einzuführen, den die Welt in Wahrheit überhaupt nicht vertragen kann. Es geschieht sehr viel auf dieser Ebene, das vielleicht nicht so sehr ins Auge fällt, weil die Zeitungen und das Fernsehen nicht darüber berichten – aber es geschieht trotzdem, und wie eine Klammer hält es vieles von dem zusammen, was es auf der Welt an positiven Tendenzen gibt.

Wir Inder, wissen Sie, denken nicht so sehr in Gut und Böse, wie es das Christentum tut und in seinem Gefolge auch der Islam. Christen und Muslime sind sich in dieser Hinsicht viel ähnlicher, als sie das selber wahrhaben wollen. In unseren Augen gehört immer beides zusammen, das Helle und das Dunkle, und es kommt darauf an, das Mischungsverhältnis zu verändern. Wenn Sie in der Nacht ein Licht anzünden, wird die Finsternis etwas heller werden. Mehr ist sowieso nicht möglich. Es bleibt nur die Hoffnung, dass es andere gibt, die dasselbe tun. Aber nur der Dummkopf wird sagen: Ich zünde meine Taschenlampe erst dann an, wenn es auch die anderen tun.«

Seine für mich ungewohnte Art, die Dinge zu sehen, war ein gutes Mittel gegen meine aus Müdigkeit und Melancholie zusammengemixte Stimmungslage – der kalte Waschlappen auf der Stirn einer Fieberkranken. »Und was halten Sie von der Gruppe YILDIRIM?«

»*Gosh*! Das sind doch Fanatiker! Genau wie diese anderen, die gestern Abend ein Auto in die Luft gesprengt haben. Leider nimmt die Zahl der Fanatiker überall in der Welt zu, auch bei uns in Indien und gerade unter den Hindus: ein trauriges Kapitel. Mit Fanatismus lässt sich nichts erreichen, Ungeduld macht alles kaputt. Aber natürlich ist es richtig, dass man nicht bloß reden darf, sondern etwas tun muss. Je mehr Menschen sich daran halten, umso eher wird den Fanatikern aller Prägung der Boden für ihre Propaganda entzogen.«

»Und was tun Sie?«

Er zog ein senffarbenes Visitenkärtchen aus der Tasche und hielt es mir mit großer Geste hin – etwa so, als sei darauf die Lösung aller offenen Weltenrätsel zu finden. Leider war das nicht der Fall. »Renewables for Peace – RFP – Dr. Haranda Kakar – Bangalore/Zürich«, stand darauf. Und noch bevor ich nachfragen konnte, beugte er sich über den Tisch und sagte: »Ich habe eine Genossenschaft zur Förderung der erneuerbaren Energie gegründet, wissen Sie. In den armen Ländern, wie zum Beispiel bei uns in Indien, brauchen wir Energie, um Arbeitsplätze zu schaffen, das Gesundheitswesen zu verbessern und die Menschen ausbilden zu können. Vor allem die Frauen. Es ist ja kein Geheimnis: Wenn die Frauen gebildet sind und einen Arbeitsplatz haben, also nicht in Abhängigkeit von den Männern leben, dann geht die Geburtenrate sofort zurück. So muss man das Problem angehen, statt den Armen zu predigen, sie sollten weniger Kinder bekommen.«

»Ich bin völlig Ihrer Meinung. Und weiter?«

»Um das Problem des Energiebedarfs zu lösen, braucht man neue Energiequellen. Aber eben nicht Kohle- oder Gaskraftwerke und erst recht keine Atomenergie, sondern Anlagen, die mit erneuerbaren Rohstoffen arbeiten. Keine Großkraftwerke – kleine Anlagen, tausende davon übers ganze Land verteilt, dort, wo Bedarf besteht. Biomasse, zum Beispiel – Pflanzenreste, Tierdung –, Solarenergie oder Wind- und Wasserkraft. Meine Firma hat in Indien eine kleine Biogasanlage gebaut, mit der jetzt eine Papierfabrik betrieben wird. Das Papier wird dort völlig ohne Chemikalien hergestellt, die einzige Ausnahme ist Alaun, Kaliumaluminiumsulfat, Sie kennen es vielleicht als Deo. In dieser Papierfabrik sind ausschließlich Frauen angestellt. Zwanzig Arbeitsplätze haben wir geschaffen. Wenn ich nach Indien reise, bringe ich auf dem Rückweg immer das Papier in die Schweiz, das wird dann in Dritte-Welt-Läden und anderswo verkauft. So geht das auch! Wir werden noch viele solcher Anlagen bauen, wenn wir das dafür nötige Geld zusammenbekommen können. Ich nenne das ›Globalisierung von unten‹, ein echtes *grass-roots-movement*.

Man darf nicht immer nur auf die dunkle Seite der Entwicklung starren. Es liegt doch an uns, was wir ihr entgegensetzen. Wenn wir es nicht tun, räumen wir der anderen Seite die Macht über unser Denken und Handeln ein. Warum? Wir sind frei, wir können uns frei entscheiden. Müssen wir eine Erfolgsgarantie in der Tasche haben? Verzeihen Sie, ich will Ihnen nicht zu nahe treten, Frau Frahm, aber in meinen Augen ist das typisch europäisches Denken.«

»Das klingt alles sehr interessant, Herr Kakar, und ich würde gern mehr darüber hören. Ich heiße übrigens Fromm, Randy Fromm. – Aber das macht doch nichts«, fügte ich an, als er sich entschuldigen wollte.

In diesem Moment legte sich eine Hand auf meine Schulter, und Wilhelms ruhige Stimme sagte: »Guten Morgen, Randy. So früh schon auf den Beinen? Ich hoffe, du hast gut geschlafen.«

»Nein, verdammt nochmal, habe ich nicht«, sagte ich ein wenig zu laut. »Ich glaube, du kennst den Grund.«

»Sorry. Darf ich trotzdem Platz nehmen?«

Kakar war aufgestanden und streckte dem Neuankömmling die Hand entgegen.

»Gut«, sagte ich mürrisch und wunderte mich selbst, weshalb ich so wütend auf Wilhelm war. Irgendetwas war in die Brüche gegangen letzte Nacht, irgendeine Verbindung zwischen uns gerissen. Wieder etwas, was ich nicht begriff. Und trotzdem schien es mir irgendwie folgerichtig.

7.

Ich schlenderte mit Wilhelm die Straßen entlang. Gestern, bei meinem Spaziergang mit Erbakan, hatte ich mich noch hin und wieder umgedreht, um einen prüfenden Blick auf meinen Begleitschutz zu werfen. Heute dachte ich gar nicht mehr daran. Wie schnell man sich an solche Situationen gewöhnt!

Es war kurz nach acht Uhr morgens.

»Ein sympathischer Mann, dieser Dr. Kakar«, sagte Wilhelm. »Besonders gut hat mir der Spruch gefallen, mit dem er die Lebensweise in der Schweiz und in Deutschland aufs Korn genommen hat: Was nicht verboten ist, ist Zwang. Das trifft wirklich den Nagel auf den Kopf.«

»Hm«, erwiderte ich.

»Das, was er über die Kleinkraftwerke gesagt hat, schien mir auch ziemlich vernünftig zu sein. Wenn es mehr Menschen gäbe, die sich entschließen könnten, eine solche Arbeit zu unterstützen, sähe vieles besser aus. Es handelt sich ja nur um ganz geringe Summen, die dafür nötig sind. Ich habe mich jedenfalls entschlossen, seiner Genossenschaft beizutreten. Wäre das nicht auch etwas für dich?«

»Hm.«

Eine Pause entstand.

»Du bist wohl sauer auf mich?«, fragte er nach einer ganzen Weile.

Ich wirbelte herum wie eine Tänzerin bei einer Pirouette. Auge in Auge stand ich ihm gegenüber und fauchte ihn an: »Natürlich bin ich das, du Blödmann! Bist du denn aus Holz, dass du das nicht verstehen kannst? Selten hätte ich so dringend einen Menschen gebraucht, der bei mir ist und zu mir hält, wie in der letzten Nacht. Ich war völlig fertig, als ich von dem Gespräch mit Akbulut wiederkam, wie erstarrt, wie gefroren. Nichts und niemand, woran ich mich hätte wärmen können. Wo warst du? Als er mich angerufen und zum Gespräch einbestellt hat, hast du nicht schnell genug auf dein Zimmer fliehen können. Du hast Reißaus genommen wie ein Feigling. Ob ich eventuell Beistand nötig haben könnte, hat dich nicht weiter interessiert, nachdem es mit dem Beischlaf fürs Erste nicht geklappt hat. Aber eine Frau besteht nicht nur aus Titten und Möse, sondern manchmal auch aus Angst und Verzweiflung. So war das bei mir, und sofort suchst du dein Heil in Flucht und Rückzug. Und am nächsten Tag kapierst du noch nicht einmal, warum ich sauer bin. Das ist wirklich der Gipfel.«

»Randy, bitte …«

Ich sah über seine Schulter hinweg zwei Männer, die vor einem Schaufenster standen und auf unseren Streit mit offenkundiger Ratlosigkeit reagierten. Schließlich zog der eine von ihnen ein Funkgerät aus der Tasche, wie ich missvergnügt registrierte. Es waren für mich noch unbekannte Gesichter – meine unvermeidlichen Bewacher, und jetzt die Donnerstagmorgenschicht.

»Was heißt hier ›bitte‹? Danke bestens«, sagte ich und ging weiter, ohne mich um ihn zu kümmern. Er folgte mir, sagte aber nichts mehr.

Nach einer Weile standen wir vor dem Volksbildungshaus, in dem um zehn Uhr die Alternativkonferenz beginnen sollte. Hier herrschte schon jetzt, früh am Morgen, reges Leben und Treiben, die Türen des Gebäudes waren geöffnet, und eine Menge Leute eilten hinein und wieder heraus.

»Willst du denn hier dabei sein?«, fragte Wilhelm.

»Ich weiß es noch nicht genau. Ich muss noch mit München telefonieren, dann, glaube ich, will ich wirklich hier teilnehmen. Aber was kümmert dich das? Du bist doch bestimmt anderswo beschäftigt«, erwiderte ich schnippisch und betrachtete eine

Gruppe von Motorrädern, die am Straßenrand geparkt worden waren. Eines davon, eine stark verschmutzte Geländemaschine, hatte einen Tank, der mit vielen Aufklebern bepflastert war.

Ich trat einen Schritt näher und las die verschiedenen Sprüche. »Join the Army. Go to exotic countries, meet amazing people – and kill them« stand auf einem davon, »Better too late in this world than too early in the next one« auf einem anderen. Als ich einen dritten Satz las, wurde mir sehr seltsam zumute: »THIS MACHINE KILLS«, stand da.

»Seit wann interessierst du dich für Enduros?«, fragte Wilhelm.

Ich blickte wachsam in alle Richtungen. Das übliche Treiben einer morgendlichen, erwachenden orientalischen Stadt, außer einem kräftigen Geruch nach frisch gebackenem Brot fiel mir nichts Besonderes auf. Vor einer Apotheke auf der anderen Straßenseite standen meine beiden Bewacher. Sie unterhielten sich angeregt und heftig gestikulierend miteinander.

»Diese Maschine tötet«, sagte ich nachdenklich. »Ein etwas seltsamer Spruch.«

»Findest du? Motorradfahrer lieben solche Scherze. Es gab übrigens in den sechziger Jahren einen bekannten Sänger namens Donovan; du bist vermutlich zu jung, um dich an ihn erinnern zu können. Das war damals die große Zeit von Flower-Power, und Donovan hatte diesen Spruch auf seiner Gitarre stehen, glaube ich. Ist allerdings auch möglich, dass ich ihn verwechsle. Verdammt lang her.«

»Ja, das stimmt. Ist aber eigentlich egal.«

Im Grunde hatte dieser Aufkleber natürlich nichts zu besagen, dachte ich mir. Aber wenn doch? Wenn Russell nun seine Harley irgendwo versteckt hatte und auf ein anderes Motorrad umgestiegen war, zum Beispiel auf dieses hier.

»Ich will mal kurz reinschauen«, sagte ich zu Wilhelm. »Vielleicht gibt es irgendwelches Material, das ich gebrauchen kann. Möglicherweise haben sie auch ein Programm, wie die Veranstaltung eigentlich ablaufen soll.«

»Bestimmt nicht«, antwortete Wilhelm. »Und wenn doch, dann hält sich sowieso keiner dran.«

Aber ich hörte nicht auf ihn, sondern ging auf die Eingangstür zu. Wilhelm folgte mir sichtlich widerwillig. Als ich vor der Tür angekommen war und einen Moment stehen blieb, weil zwei Männer gerade eine große Kiste nach draußen bugsierten, legte er mir vorsichtig die Hand auf die Schulter.

»Randy, geh nicht hinein. Du handelst dir nur neuen Ärger ein. Lass es lieber und komm mit mir ins Kongresszentrum.«

Ich schüttelte seine Hand ab wie ein lästiges Insekt, ohne dabei ein einziges Wort zu sagen.

Dann betrat ich ein großes Foyer, das offenbar der Schmalseite des Festsaales entsprach. Große Flügeltüren führten ins Innere, und auf der rechten Seite konnte man über ein Treppenhaus auf die Empore gelangen. Ich staunte, wie groß das Gebäude war; die Fassade zur Straße hin hatte eher klein und unscheinbar gewirkt.

Wilhelm war mir gefolgt. Soll er doch, dieser Blödmann, dachte ich mir, entschlossen, ihn keines Blickes zu würdigen, und zugleich erschrocken über meine plötzliche Gehässigkeit.

Hinter uns, ich sah es aus den Augenwinkeln, betraten jetzt auch meine beiden Bewacher das Gebäude. Das wiederum blieb nicht unbemerkt. An einem Büchertisch, auf dem stapelweise Broschüren lagen, gerieten drei junge Männer heftig in Bewegung – zwei von ihnen standen auf und sprangen auf meine »unauffälligen Begleiter« zu, die sofort als Zivilbullen erkannt wurden, und verwickelten sie in eine heftige Diskussion, während der dritte aus einer Plastiktüte, die er unter dem Tisch verstaut hatte, ein Megafon hervorzog, mit dessen Verstärkerwirkung er in atemberaubendem Tempo und sich überschlagender Stimme eine Art Ansprache hielt. Sofort strömten von überall her Menschen ins Foyer.

»Du liebe Güte, was ist denn jetzt los?«

»Nun geht es rund«, meinte Wilhelm lakonisch. »Er fragt die

Anwesenden, ob eine solche Veranstaltung wie diese, in einem Haus des Volkes, auch der Geheimpolizei offen stehen soll. Jetzt gibt es bestimmt eine lange Debatte, und wenn es hart auf hart kommt, im Anschluss daran gleich noch eine Massenschlägerei. Wie in Deutschland zu SDS-Zeiten, nur ist der Fanatismus hierzulande noch um etliche Grade hitziger.«

Es wurde rings um uns her in der Tat bedrohlich eng und laut: Stimmen gellten durch den Raum, es wurde hin und her geschrien, ein zweites Megafon antwortete dem ersten, durch eine der Saaltüren betraten kräftige Männer mit weißen Armbinden das Foyer (wahrscheinlich stand »Ordner« darauf), und von oben, von den Treppen, die zur Empore führten, warf irgendjemand Flugblätter in die Menge.

»Da hätte der Genosse Mielke aber seine Freude dran gehabt!«, rief ich Wilhelm zu und wollte noch anfügen »Ich liebe euch doch alle«, aber in diesem Moment drängte sich ein ganzer Pulk halbwüchsiger Mädchen kichernd und lachend zwischen Wilhelm und mich, und das Stimmengewirr verstärkte sich um einige schrille Töne, bis schließlich ein bärtiger, älterer Mann, der offenbar Autorität genoss, auf einen Stuhl stieg, mit rudernden Armbewegungen vermutlich um Ruhe bat und dabei etwas rief, was ich natürlich nicht verstand. Schließlich wurde auch ihm ein Megafon gereicht.

Ein schönes Chaos, aber ich fühlte mich nicht im Geringsten dafür verantwortlich. Durch eine der offenen Türen trat ich in den Tagungsraum, ohne dass irgendjemand auf mich geachtet hätte.

Drinnen hatte man begonnen, Stühle in Reihen aufzustellen, war aber noch nicht fertig damit. An den beiden Längsseiten des Raumes, zwischen den Türen, wurden Büchertische aufgebaut – das heißt, sie hätten aufgebaut und bestückt werden sollen, denn jetzt war der Saal weitgehend leer, fast alle Anwesenden hatten sich neugierig ins Foyer begeben, nur auf einigen Stühlen saßen ein paar ältere Männer, die Zeitung lasen oder sich etwas notierten, und an einem einzigen Büchertisch stand eine junge Frau, packte Broschüren aus Kisten, legte sie auf den Tisch und drapierte sie sorgfältig. Zwei Männer in blauen Overalls waren damit beschäftigt, ein langes Transparent an der Brüstung der Empore zu befestigen, und ein dritter, der in der Mitte des Saales stand, rief ihnen Anweisungen zu. Auf der Tribüne war ein Podium aufgebaut, eine junge Frau verteilte aus einem Korb Mineralwasserflaschen auf dem Tisch, auf dem schon die Mikrofone standen und etliche Namensschilder herumlagen.

Auch auf der anderen Seite des Saales, mir gegenüber, sah ich mehrere Türen, vermutlich Notausgänge, die in einen Hinterhof mündeten, denn dass man dort drüben noch ein zweites Foyer angebaut hatte, schien mir äußerst unwahrscheinlich.

Ich beobachtete die Szenerie gründlich und ohne großes Interesse. Hauptsache, ich hatte Wilhelm abgeschüttelt. Das tat wirklich gut. Und auf meinen Begleitschutz konnte ich auch gerne verzichten, was sollte mir hier drin schon zustoßen können?

* * *

Aber genau in diesem Moment geschah etwas sehr Bemerkenswertes, etwas, worauf ich instinktiv – und ohne mir dessen bewusst zu sein – gewartet hatte.

Auf der anderen Seite des Saales öffnete sich eine der Türen. Ein Mann trat in den Raum, den ich sofort erkannte – es war Russell Myers. Ich zog mich rasch hinter eine der Säulen zurück, die die Empore von unten her abstützten, und hoffte inbrünstig, dass er mich nicht gesehen haben möge. Und es schien in der Tat, als hätte ich Glück gehabt.

Ich fuhr mit der Hand über meine Lederweste und spürte, wie sich durch den Futterstoff das Metall der Pistole gegen meine linke Brust drückte. Das tat gut, richtig gut. Meine Nippel wurden plötzlich groß wie Erdbeeren ... Mochte das Metall auch kalt sein, ich war noch kälter. Eine bewaffnete Frau.

Russell stand dort drüben an der Längsseite des Raumes, blickte lange prüfend um sich, dann trat er ein paar Schritte zur Seite und besah sich die Literatur, die auf einem der Tische lag. Aber das war wohl nur Tarnung, denn immer wieder blickte er auf und musterte die Umgebung.

Draußen, im Foyer, herrschte immer noch ein Höllenlärm, und weder von Wilhelm noch von den beiden Polizisten war etwas zu sehen.

Russell hingegen schien sich um all das nicht weiter zu kümmern. Er entfernte sich von dem Büchertisch und betrachtete prüfend die Stuhlreihen in der Mitte des Saales. Ich zog mich etwas weiter hinter meine Säule zurück. Es war wirklich ein seltsam erregendes Gefühl, diesen Mann zu beobachten, wie er dort drüben stand und forschend seine Umgebung betrachtete. Er war eigentlich kein Mensch mehr – er war *Beute*.

Jetzt ging er langsam auf das Podium zu, das man über eine kleine Treppe betreten konnte. In die Seite dieses Treppenaufganges war eine kleine Tür eingelassen, deren Schwelle versenkt worden war, so dass ich sie von hier aus nicht sehen konnte.

Russell sah sich vorsichtig um, aber niemand – außer mir – achtete auf ihn. Er trat an diese kleine Tür heran, prüfte offenbar, ob sie verschlossen war – dann öffnete er sie, trat in eine Art Gang, von dem ich nicht viel erkennen konnte. Er verschwand darin und schloss die Türe von innen. Jetzt befand er sich also unter dem Podium, auf der um zehn Uhr die Veranstaltung beginnen sollte. Was hatte er dort zu schaffen? Was immer es war – es konnte nichts Gutes bedeuten.

Ich trat hinter der schützenden Säule hervor, ging rasch durch den Saal, ohne zu rennen, dann an der Bühne vorbei – niemand achtete auf mich, zumal die Männer in den blauen Overalls gerade mit lauten Worten und großen Gesten auf ein Missgeschick in der Befestigung ihres Transparentes gestoßen waren – und erreichte jene Tür. Kein Mensch folgte mir, Wilhelm und meine Bewacher waren offenbar immer noch in den Tumult draußen im Foyer verwickelt, dessen Lärm sich nur wenig gemildert hatte. Aber lange warten konnte ich nicht.

Es hätte eine ebensolche Tür auch auf der linken Seite des Podiums gegeben, zu der symmetrisch ein zweiter Treppenaufstieg führte, aber da ich nicht wissen konnte, ob man durch die beiden Türen auch in denselben Raum unter dem Podium gelangte, benutzte ich lieber genau dieselbe Tür wie Russell. Zum Glück stand sie offen. Innen führte eine stählerne Wendeltreppe in die Tiefe. Es war sehr dunkel, aber daran konnte ich nichts ändern, eine Taschenlampe hatte ich nicht zur Verfügung, und nach einem Lichtschalter zu suchen wagte ich nicht. Vorsichtig tastete ich mich nach unten, Stufe um Stufe. Allmählich gewöhnten sich meine Augen an die Dunkelheit, und endlich hatte ich das Ende der Stahltreppe erreicht.

Ich konnte immerhin erkennen, dass ich mich jetzt in einem großen Raum befand – offenbar so groß wie das gesamte Podium. Er war aber keineswegs leer, im Gegenteil, es war die reinste Rumpelkammer – Stühle standen herum, Kisten und irgendwelche anderen Dinge, von denen ich allenfalls die Umrisse erkennen konnte. Und es roch muffig – nach alter Kleidung, Leim, Abfall und verrottendem Papier. Außerdem war es heiß und stickig.

Ich musste sehr vorsichtig sein, um nicht irgendwelchen Lärm zu verursachen, und deshalb konnte ich mich nur sehr langsam durch den großen dunklen Raum bewegen. Endlich bemerkte ich weit hinten rechts ein kleines Flackerlicht – ein Feuerzeug oder eine kleine Taschenlampe. Russell! Dort war er.

Ich tastete mich dorthin – und stieß mit dem Kopf gegen einen Pfeiler. In meinem Schädel krachte es laut, und es tat höllisch weh. Einen Klagelaut konnte ich zum Glück unterdrücken, aber ich musste mich einen Moment niederknien.

Nach zwei Minuten hatte ich mich wieder im Griff. Mit dem Ärmel wischte ich mir über die Augen und bemerkte dabei, dass der Stoff feucht wurde – egal … Das Licht dort hinten tanzte immer noch auf und ab, aber jetzt etwas weiter entfernt. Dort musste Russell sein, doch was, zum Teufel, tat er dort? Und vielleicht – diese Möglichkeit gefiel mir gar nicht – war er gar nicht allein.

Ich fingerte die Pistole aus meiner Weste und nahm sie fest in die rechte Hand. Dann arbeitete ich mich langsam vorwärts – auf Knien und Ellenbogen. Die Schuhe hatte ich ausgezogen.

Schließlich verbarg ich mich hinter einem alten Garderobenschrank, der hier mitten im Raum abgestellt worden war. Jetzt konnte ich Russell deutlich erkennen. Er kniete mit dem Rücken zu mir auf dem Boden, und seine Taschenlampe beleuchtete eine Tasche mit Werkzeug, die er vor sich auf dem Boden abgestellt hatte. Was trieb er da? Eine etwas sonderbare Umgebung für eine Bastelstunde ... Nun, wie auch immer, es gab eine Möglichkeit, das herauszufinden, und ich war fest entschlossen, diese Chance nicht zu verpassen.

Ich kam mir vor wie V. I. Warshawsky, die Detektivin, deren Abenteuer ich immer so gerne gelesen hatte, als ich jetzt plötzlich aus dem Dunkeln trat, die Pistole in der rechten Hand, die ich mit einer raschen Bewegung durchgeladen hatte – aber dann siegte meine Wut über solche belletristischen Gedanken und Assoziationen.

»Hab ich dich endlich erwischt, du Oberschwein«, sagte ich und richtete die Pistole auf Russell. »Du hast auf meinen Bruder geschossen, und dafür sollst du büßen.«

Er drehte sich um, eine Zange in der Hand. Ich erkannte, dass das Licht aus einer kleinen Lampe stammte, die an einem Stirnband befestigt war – wie ein Bergmann oder Höhlenforscher sah er aus. Da er jetzt in meine Richtung blickte, fiel der bläuliche Lichtkegel direkt auf mich.

Da das Licht mich ein wenig blendete, konnte ich seine Bewegungen nicht genau erkennen und seine Gesichtszüge erst recht nicht. Dennoch hatte ich das Gefühl, er sei kurz zusammengezuckt. Aber es dauerte nicht einmal eine Sekunde, und seine Selbstkontrolle und seine alte Schnodderigkeit kehrten zurück.

»Hi, Randy«, sagte er mit einer Gelassenheit, die mir bodenlos unverschämt erschien. »Sonderbar, wie sich unsere Wege immer wieder kreuzen, nicht wahr. In Adiyaman habe ich dich überrascht, und hier überraschst du mich. Ich weiß mittlerweile auch, dass der Mann, nach dem wir beide gesucht hatten, dein Bruder ist, aber auf ihn geschossen habe ich nicht, auch wenn du noch so fest davon überzeugt bist.«

»Und das soll ich dir glauben? Nimm die Flossen hoch, mein Lieber. Ich mache keine Witze, falls du das denken solltest. Und dein Süßholzraspeln verfängt auch nicht mehr.«

»Das merke ich schon selber, dass es dir ernst ist. Ich kann gerne die Hände hoch nehmen, wenn es dir so wichtig ist, aber es wäre für uns alle besser, ich würde meine Hände zum Arbeiten gebrauchen. Sieh mal, was ich hier gefunden habe.«

Und er drehte den Kopf so, dass der Lichtkegel zur Seite wanderte, bis er auf einen Pfosten fiel, und an diesem Pfosten hing, mit Klebeband befestigt, ein seltsames Paket, das aussah wie Kunsthonig – eine bräunliche Masse, aus der mehrere Kabel herausragten, und in der Mitte des Ganzen steckte eine Art Schaltuhr. Ich begriff.

»Eine Bombe«, sagte ich nüchtern. »Das ist also der zweite Anschlag auf die Konferenz von Diyarbakir. Er findet *hier* statt – mit dieser Bombe. Und du hast sie gelegt … Und die andere Bombe auch, mit der du deine Frau in die Luft gejagt hast.«

»Dilek? Du hast sie gekannt? Nein, das war ich nicht. Hör mal, es ist verdammt schade um Dilek, sie war uns eine gute Hilfe, auch nach unserer Scheidung noch. Nein, verdammt nochmal, ich habe die Bombe nicht in ihr Auto gelegt. Die Autobombe stammte von denselben Schweinen, die auch das hier gebastelt haben, von denen, die Dilek ermordet haben – auch, wenn sie jemand anderen im Visier hatten.«

Es fiel mir sofort auf, dass er das Wort »uns« benutzt hatte. Aber was bewies das schon? »Ich glaube dir kein Wort. Du hast mich viel zu oft belogen.«

»Du sollst nicht meinen Worten glauben, sondern dem, was du siehst. Schau doch her – hier ist die Bombe. Semtexsprengstoff, ein tschechisches Fabrikat – das hat auch der Friedensfürst Václav Havel nicht verhindert, dass das Dreckszeug noch in alle Welt exportiert wird. Und was tue ich? Du siehst es doch – ich entschärfe die Bombe. Nimm doch mal deinen Verstand zusammen, Randy. Wann hast du mich zuletzt gesehen? Ich hatte ein Abhörgerät installiert, mit dessen Hilfe das Treffen deines Bruders mit einem anderen Mann auf Band aufgenommen worden ist. *Dieser Mann* gehörte zu der Gruppe, die hier Bomben legt – nicht ich. Dein Bruder war darauf angesetzt, diese Anschläge zu verhindern. Dann ist er leider zusammengeschossen worden – von wem, weiß ich auch nicht. Aber das ist nicht mein Bier. Ich arbeite auf eigene Rechnung. Den Anschlag auf Dilek habe ich nicht verhindern können, aber ich wusste, dass er sein eigentliches Ziel nicht erreicht hat – und dass deshalb noch etwas passieren wird. Irgendjemand hat hier eine Menge Arbeit investiert heute Nacht. Ich habe lange gesucht – und immerhin, ich habe es bis hierher geschafft. Voilà, hier ist die Bombe, der ich seit gestern auf der Spur bin, endlich habe ich sie gefunden. Ich will sie jetzt unschädlich machen, und es wäre das Dümmste, was du tun könntest, wenn du mich ernsthaft daran hindern wolltest.«

Ich war zutiefst verunsichert, wollte mir aber nichts anmerken lassen.

»Mir kommt das alles ziemlich konstruiert vor. Du willst mir bloß Sand in die Augen streuen. Was sollte diese Terrorgruppe damit erreichen wollen? Sie haben deine Frau auf dem Gewissen, sagst du – und behauptest obendrein, Dilek sei aber gar nicht das eigentliche Ziel gewesen. Wer war es dann? Und warum ist die Bombe ausgerechnet hier montiert worden?«

»Ehrlich gesagt, wäre es mir lieber, das Ding *erst* zu entschärfen und mich *dann* dieser Frage zu widmen. Die Ladung wird um …«, er richtete sein Stirnlicht auf die Schaltuhr, »… um genau zwölf Uhr dreißig in die Luft gehen. Wir sind hier unter einem der Räume hinter dem Podium, und wenn ich mich recht erinnere, hält dort oben um halb eins der alte Erbakan seinen Workshop ab. Aber der besondere Gruß unserer Bombarderos gilt gewiss nicht Erbakan und auch nicht Keith Muller. Es steckt noch etwas anderes dahinter. Egal, bin ich froh, dass ich das Ding ausfindig gemacht habe, und es hat den Anschein, als sei es die einzige Sprengladung, jedenfalls habe ich keine andere entdecken können. So, und jetzt muss ich wieder an die Arbeit – und zwar hübsch vorsichtig. Du kannst ja auf mich schießen, wenn du das für klug hältst ...«

Warum das alles? War es möglich, dass es stimmte, was mir dieser Kerl hier erzählte? Dessen war ich mir keineswegs sicher. Aber die Zeit drängte – ich musste die Wahrheit herausbekommen. Denn eines war klar: Selbst wenn es stimmte, dass Russell die Bombe nicht installiert hatte, selbst wenn er sie wirklich entschärfen wollte – er arbeitete trotzdem im Untergrund, in der Illegalität, und dafür musste es einen Grund geben. Die Polizei verfügte hier in Diyarbakir über genügend Sprengstoffexperten, nach dem Attentat gestern Abend sowieso. Es wäre kein Problem gewesen, sie zu verständigen. Aber das wollte er nicht. Warum? Und ebenso wollte er mir gegenüber nicht mit der Wahrheit darüber herausrücken, wem diese Bombe hier gelten sollte.

Also trat ich noch zwei Schritte näher heran, fasste die Pistole mit beiden Händen und spannte den Hahn. Ich zielte sorgfältig und genau auf Russells Kopf.

»Hör zu, junger Freund«, sagte ich. »Ich glaube, du hast mir eine Menge Unsinn erzählt. Es kommt dir in der Hauptsache darauf an, mir etwas vorzumachen. Das ist doch ein billiger Trick, mich mit solchem Quatsch beschwichtigen zu wollen. Ich glaube dir kein einziges Wort, Russell Myers!«

Allmählich schwand seine zuvor noch so selbstverständliche Selbstsicherheit. Er wurde richtig bösartig.

»Es mag ja sein, dass du unbedingt den Racheengel spielen

willst, ich weiß auch nicht, warum, und vor allem verstehe ich nicht, wozu das alles nütze sein soll. Es wäre jedenfalls an der Zeit, dass du begreifst, dass das hier nichts für Amateure ist und dass du dich besser raushältst aus allem, weil du nämlich nicht blickst, was hier gespielt wird. Es gibt hier diese Terrorgruppe, die alle Hizbullah nennen und die schon seit Jahren tätig ist, aber früher konnte man alles der Kurdischen Arbeiterpartei in die Schuhe schieben. Dein Bruder und ein paar andere waren verdammt nahe dran, ihnen das Handwerk zu legen, aber es hat nicht geklappt. Ich arbeite für eine andere Firma und bin dabei, die Bombe unschädlich zu machen, die diese Mistkerle hier angebracht haben, und da kommst du mit deiner Mischung aus Dickköpfigkeit und Ignoranz und Sendungsbewusstsein und glaubst, aus gekränkter Eitelkeit musst du im Alleingang die Welt wieder ins Lot bringen. Lass mich endlich meine Arbeit tun, verdammt nochmal, und …«

»Ich arbeite für eine andere Firma« – dieser Satz gellte mir in den Ohren wie das Geplärr eines Megafons. Konnte es sein, dass ich einer gigantischen Täuschung, einer Selbsttäuschung aufgesessen war? War es möglich, dass dieser britische Archäologe Russell Myers, zusammen mit seiner Frau und einigen anderen Aktivisten, seit Jahren schon …

In diesem Moment war ein metallisches Geräusch zu hören. Russell und ich erstarrten.

»Leuchte dort hinüber«, befahl ich ihm, während ich weiter den Pistolenlauf auf ihn richtete. Er drehte den Kopf, und der schmale Lichtschimmer zitterte über Stühle und alte Spinde hinweg, erfasste schließlich ein Klavier unter einem Plastiküberzug, auf dem eine Ratte saß, vom Lichtschein zur Unbeweglichkeit verdammt. Mit roten Augen starrte sie uns böse entgegen.

Sonst war nichts zu sehen.

Da – plötzlich noch einmal dieses Geräusch.

Und mit einem Mal ergoss sich der Lichtschein einer starken

Taschenlampe über mich, und eine wohlvertraute Stimme war zu hören: »Randy, zum Glück habe ich dich gefunden. Ich hatte schon Angst, ich komme zu spät.«

»Wilhelm! Komm her und hör auf, mich mit deiner Funzel zu blenden. Gut, dass du da bist. Ich habe hier unseren alten Freund Russell Myers in Gewahrsam. Es scheint, als ob er eine Bombe installiert hat. Er behauptet allerdings, er wolle sie entschärfen. Wir sollten sofort Major Akbulut rufen.«

»Was ihr bereuen werdet!«, zischte Russell.

Wilhelm stellte die Taschenlampe auf das Klavier, von dem die Ratte längst geflohen war, und richtete sie so, dass der Lichtkegel nach oben ragte. Somit war auch der Rest des Raumes in ein milchig weißes Kunstlicht getaucht.

Wilhelm kam zu mir und nahm mich in den Arm, und ich drückte ihm dankbar einen Kuss auf die Wange.

»Es hat lange gebraucht, bis ich begriff, wohin du verschwunden bist, du Dickkopf«, sagte er heiser. »Dort oben ist immer noch die Hölle los, sag ich dir. Hier aber anscheinend auch. Eine Bombe, hast du gesagt?«

»Allerdings. Sieh doch mal.« Und ich zeigte auf das seltsame Paket mit den Drähten und der Schaltuhr in der Mitte. Er pfiff durch die Zähne. »Semtex – tschechischer Plastiksprengstoff. Tüchtig. Explodiert wann?«

»Zwölf Uhr dreißig. So hat das jedenfalls unser Spezialist hier behauptet.« Und ich deutete mit der linken Hand, die andere hielt ja immer noch die Pistole, zu Russell Myers hinüber.

»Aha. Ich habe übrigens noch die letzten Sätze mitgehört, als ich die Treppe herunterschlich. Ein Glück, dass du dich von ihm nicht hast beschwatzen lassen.«

Ich wollte jetzt lieber nichts davon sagen, wie nahe dran ich gewesen war. Aber rundweg schweigen konnte ich auch nicht.

»Ja, er hat mir einige seltsame Dinge erzählt. Die Hizbullah habe die beiden Bomben gelegt, sowohl die Autobombe von gestern Abend wie auch diese hier, und er sei dabei, die Sache auf eigene Rechnung aufzuklären, und die Sprengladung hier habe er gerade eben entschärfen wollen.«

»Daran ist gar nichts seltsam«, sagte Russell ruhig. »Es ist schlicht die Wahrheit. Die Bombe hier hat jemand gelegt, der das Podium dort oben in die Luft jagen will, aber nicht wegen des kuriosen Herrn Erbakan, sondern wegen der Aktivisten von YILDIRIM, die man mit Recht auf der Tagung vermutet und die man auslöschen möchte – besonders den Kopf der Gruppe. Die so genannte Hizbullah ist nur eine Marionette, aber die Hintermänner sind reich und mächtig, und sie wollen dafür sorgen, dass eine Gruppe wie YILDIRIM nie mehr ...«

»Donnerwetter«, sagte Wilhelm und pfiff durch die Zähne. »Du hast wirklich jede Menge Fantasie, du Schwein. Gut, dass du nicht auf ihn reingefallen bist, Randy. Dabei ist er derjenige, der deinen Bruder erschießen wollte.«

»Das ist alles erlogen«, ließ sich Russell hören. »Randy, glaub ihm nicht! Es ist eine ...«

Und nun geschah etwas, was die Lage der Dinge von Grund auf veränderte: Wilhelm ging auf Russell zu, schlug ihm zuerst zweimal kräftig ins Gesicht, und dann, als der Körper des anderen leicht einknickte, trat er ihm mit voller Wucht in den Bauch. Russell gurgelte, als habe er ein Stück Seife verschluckt, und sackte ohne jeden weiteren Laut in sich zusammen. Sein Körper blieb reglos auf dem Boden liegen.

»Wilhelm – was soll das?«, rief ich erschrocken.

»Randy – was soll das?« Er imitierte meine Frage in einer Art und Weise, die mir nicht angenehm war. »Das ist der Mann, der deinen Bruder ermorden wollte. Warum so zartfühlend? Hat er das verdient?«

Auf eine Diskussion wollte ich mich nicht einlassen, aber mir stand sehr deutlich das Gesicht des Major Akbulut vor Augen, in jenem Moment, als Kevin mit dem Hubschrauber ins Krankenhaus gebracht worden war und ich gedroht hatte, Russell die Augen auszukratzen.

»Wir sollten den Fall so rasch wie möglich der Polizei übergeben, Wilhelm. Ruf rasch Major Akbulut an, du hast doch ein Handy dabei.«

Aber er schien es damit nicht eilig zu haben. Ohne mir eine Antwort zu geben, begann er damit, ausführlich die Bombe zu inspizieren. Dann erst wandte er sich zu mir. »Du musst nicht die ganze Zeit mit deiner Pistole herumfuchteln wie Wyatt Earp. Du kannst mir das Ding ruhig geben, ich glaube, ich kann besser damit umgehen.«

Und dann er streckte die Hand nach meiner Waffe aus, mit der ich die ganze Zeit über Russell Myers in Schach gehalten hatte, was jetzt in der Tat nicht mehr nötig war, denn der konnte auf Grund Wilhelms Brutalität fürs Erste niemandem mehr gefährlich werden.

Wilhelm meine Pistole aushändigen, das war ein recht sonderbares Ansinnen, aber fast hätte ich ihm gehorcht. Es war der alte Reflex: *Der Mann weiß, was er tut, versteht von diesen Dingen mehr ...* Um ein Haar wäre ich seinem Kommando gefolgt. Allerdings nur fast. Irgendetwas in mir sträubte sich, irgendetwas ließ mich misstrauisch werden – und zugleich flüsterte Russell, der sich stöhnend auf die Seite gerollt hatte und uns beide scharf beobachtete, mit schwacher Stimme: »Tu's nicht, Randy. Tu's nicht. Er wird uns beide umbringen. Hast du nicht kapiert, was hier gespielt wird?«

Wilhelm zuckte die Achseln, drehte sich in Russells Richtung und machte einen Schritt auf ihn zu.

»Hast du immer noch nicht genug?«, herrschte er ihn an. »Pass auf, gleich gibt es die nächste Abreibung, ich werde dir das vorlaute Maul schon stopfen.«

»Halt!« Ich erschrak selber über meine Stimme, die den dunklen Raum durchschnitt wie ein Peitschenhieb. »Lass ihn in Ruhe, verdammt nochmal.« Meine Pistole schwang herum, ohne dass ich lange darüber nachgedacht hätte, und ich zielte jetzt auf Wilhelm. »Du wirst dich nicht noch einmal an ihm vergreifen, verstanden! Und jetzt nimm endlich dein beschissenes Telefon und ruf Major Akbulut an. Ich bin diese Faxen müde.«

Wilhelm wirkte unschlüssig, einen Moment lang schien er zu überlegen.

Dann sagte er: »Na gut, wenn du unbedingt willst. Weißt du seine Nummer auswendig?«

Ich ließ meine Waffe sinken – und das war der größte Fehler meines Lebens. Denn als Wilhelms Hand wieder aus seiner Jackentasche hervorkam, hielt sie kein Telefon, sondern einen Revolver.

Und der zeigte genau auf mich.

»So, jetzt ist Schluss mit den Kindereien. Geh rüber zu ihm und lass die Waffe fallen. Aber ein bisschen plötzlich.«

Was sollte ich tun? Einen Augenblick dachte ich an Widerstand – aber nur einen Augenblick. Dann fiel meine Pistole scheppernd zu Boden. Russell seufzte laut auf.

»Kick sie mit dem Fuß zu mir rüber.«

Ich tat, wie er befohlen hatte. Er bückte sich, hob die kleine Pistole auf und steckte sie in die Gesäßtasche.

»Hübsches Spielzeug. Kevins Waffe?«

»Ja.« Und in diesem Augenblick war mir, als sei plötzlich ein Vorhang beiseite gezogen worden und als sei dort, wo zuvor der Fetzen Stoff gehangen hatte, ein bislang verborgenes Bild zu sehen: ein wüstes, ein widerliches Panorama, eine Szenerie, die Aussicht auf alle möglichen Spielarten der Heimtücke, der Niedertracht und der Gemeinheit bot.

»Du hast auf Kevin geschossen, nicht wahr?«, fragte ich leise.

»In der Tat. Und das war dein Glück, denn ein anderer hätte dich vermutlich gleich mit erledigt. Ich hatte damals gehofft, noch nicht zum Äußersten greifen zu müssen, was dich betrifft. Aber jetzt ...«

»Und du bist mit der Gruppe liiert, die hier die Bomben gelegt hat. Mit dieser so genannten Hizbullah, die in Wirklichkeit das Werkzeug eines mächtigen Auftraggebers ist.«

»Stimmt genau. Äußerst beeindruckend, wie viel dir plötzlich klar wird. Leider kommt der plötzliche Durchblick etwas spät …«

»Besser spät als gar nicht. Du hast mir auch den Drohbrief ins Hotelzimmer gelegt?«

»Stimmt ebenfalls. Allerdings warst du zu blöd, um diese Warnung ernst zu nehmen. Dabei war sie durchaus kein Spaß. Nun gut, jetzt musst du die Folgen tragen. Und vor dem Anschlag mit der Autobombe habe ich dich auch bewahrt. Dilek, die Exfrau unseres Freundes Russell und seine bewährte Komplizin, hatte dir einen Zettel auf den Tisch gelegt, dass sie dich abends im Hotel abholen will. Aber als ich aufs Klo ging, habe ich diese Nachricht abgegriffen. Ich wusste, dass das Auto in die Luft fliegen wird, aber ich war noch immer so blöd, dich vor dem Schlimmsten bewahren zu wollen. Ganz schön sentimental von mir … Zum Dank durfte ich mich heute Morgen von dir beschimpfen lassen. Na gut, jetzt ist es aus und vorbei damit, wie du ja selbst so richtig erkannt hast.«

Ich hörte, wie Russell stöhnte und irgendetwas murmelte, was ich nicht verstand.

»Sentimental, sagst du? Ich sollte dir wohl noch dankbar sein für deine rührende Fürsorge? Du stellst dich hier als Wohltäter dar, obwohl du meinen Bruder ermorden wolltest und Frau Binaygün, die Krankenschwester, auf dem Gewissen hast? Das ist ja wohl der Gipfel der Scheinheiligkeit!«

»Darüber kannst du denken, wie du willst«, gab er gleichmütig zurück. »Es kommt jetzt sowieso nicht mehr darauf an. Jetzt musst du die Suppe auslöffeln, die du dir eingebrockt hast, es ist zu spät, etwas daran zu ändern. Geh da rüber zu deinem Freund und setz dich neben ihn.«

Ich tat, was er gesagt hatte.

»Und jetzt? Was hast du mit uns vor?«

»Das ist doch klar, Randy«, krächzte Russell. »Er wird uns erschießen – und wenn die Bombe explodiert ist, wird man in den Trümmern des Hauses auch unsere Leichen finden. Es wird dann aber kaum noch möglich sein, aus den spärlichen Überresten den Tathergang zu rekonstruieren.«

»Stimmt auffallend, Mister Myers«, sagte Wilhelm fröhlich. »Ich sehe, unter Profis bewegt man sich auf demselben Niveau. Schade, dass unsere Amateurdetektivin hier so viel durcheinander gebracht hat. Na ja, das lässt sich wieder hinbiegen.«

Und nochmals studierte er, die Waffe stets auf uns gerichtet, die Bombe. Dann drehte er sich wieder um, zog mit der linken Hand einen Schalldämpfer aus der Tasche und schraubte ihn auf den Lauf des Revolvers.

»Also gut, bringen wir es hinter uns«, sagte er zu sich selber.

»Ich werde ihn ablenken«, zischte Russell mir zu. »Er wird mich erschießen, aber du kannst in diesem Moment vielleicht entwischen. Es muss so sein, Randy.«

»Nein, muss es nicht. Ich bleibe hier.«

»Quatsch, sei nicht so zimperlich!«, flüsterte er heiser. »Denk an die vielen Opfer da oben, wenn die Bombe hochgeht. Kümmre dich nicht um mich, verstehst du.«

Wilhelm trat zu uns heran und hob den Revolver, der nun mit einem Schalldämpfer ausgerüstet war. »Schluss jetzt mit dem Gequatsche«, sagte er grob.

»Wilhelm, eines noch«, fragte ich hastig. »Warum Erbakan? Warum gerade sein Workshop?«

»Das hat doch unser kluger Freund hier schon sehr treffend bemerkt. Erbakan ist ein kleiner Fisch, den nimmt sowieso niemand ernst – zu Unrecht, aber so ist die Welt. Dass wir Keith Muller gleich miterledigen können, ist schon besser. Aber der Hauptschlag gilt dieser YILDIRIM-Gruppe. Es muss endlich einmal Schluss gemacht werden mit dieser Rattenplage. Diese Aktionen sind mehr als lästig, es besteht große Gefahr, dass sich Nachahmer finden. Und deshalb wird jetzt zugeschlagen. Die beiden Konferenzen hier – die offizielle und die alternative – sind die Lockspeise, die die Vöglein anlocken soll. Und wenn sie da oben sitzen und darüber diskutieren, dass man nicht nur reden, sondern auch handeln soll, macht es plötzlich bumm, und alle Probleme sind gelöst. Vor allem, weil der führende Kopf der Gruppe pulverisiert worden ist. Und weshalb? Weil *wir* gehandelt haben, während die anderen reden. Genial, nicht wahr?«

»Und wer ist dieser führende Kopf?«

»Na, du kennst ihn doch! Dieser feiste Bursche aus Ankara, der den introvertierten Journalisten spielt und so tut, als sei er an nichts anderem interessiert als an diesem Atomkraftwerk bei Antalya. Keine schlechte Tarnung, das muss ich zugeben. Aber wir haben sie am Ende doch durchschaut. Und jetzt wird reiner Tisch gemacht.«

Sevil Cakir – dieser chronisch übellaunige Mensch sollte der Kopf der YILDIRIM-Gruppe sein? Es fiel mir schwer, das zu glauben.

»Du sagst jetzt plötzlich immer ›wir‹? Wer ist das? Doch nicht etwa die Hizbullah?«

»Quatsch, die ist doch eine Marionette, ein Pappkamerad des türkischen Staates – der hat die Organisation doch selber hochgezogen und alle möglichen Wirrköpfe angeworben, um im Kampf gegen die Kurden verlässliche Bündnispartner zu haben, die man rasch wieder loswerden kann, wenn man sie nicht mehr braucht – und genau das ist es, was jetzt passiert. Nein, Randy, die wirklichen Fundamentalisten sitzen ganz woanders, in den obersten Rängen, und sie erfreuen sich höchster Unterstützung, insbesondere seitens ihres treuen Partners, der USA. Sie destabilisieren den Jemen, sie destabilisieren die Türkei, und es gibt Menschen wie mich, auf die sie dabei bauen können, weil sie gewaltige Summen zahlen. Dein Bruder war dieser Sache sehr hartnäckig auf der Spur – das musste unterbunden werden. Und dieser Komiker hier ist auch entbehrlich, obschon ich mir nicht völlig sicher bin, welche Rolle er spielt. Bei seiner Exfrau ist das anders gewesen, die war auch ein führendes Mitglied in der YILDIRIM-Führung, wusstest du das nicht?«

»Nein, wusste ich nicht.«

»Na gut. Dann wirst du deine Unwissenheit mit ins Grab nehmen. Nachdem du leider zu leichtsinnig warst, um meine Warnungen ernst zu nehmen. Ich hatte es gut gemeint, aber eine zweite Chance kann ich dir nicht einräumen. Also …«

»Halt, Wilhelm, nur noch eines: Meine Entführung in Ankara, hast du die auch arrangiert?«

»Nein, Randy, das habe ich nicht. Eine seltsame Sache, nicht wahr? Ich war es nicht, Kevin war es angeblich auch nicht. Also muss es wohl der Teufel selber gewesen sein. Oder eben doch unser hoffnungsvoller Nachwuchsarchäologe hier. Infolgedessen wirst du auch diese offene Frage mit ins Grab nehmen müssen, und dort kann sie dich auch nicht weiter quälen. Ich …«

»Aufpassen! Mein Stiefel!«, zischte Russell mir zu, während Wilhelm einen Schritt näher trat und seinen Revolver hob. »Ich …«

In diesem Moment wurde es gleißend hell im Raum. Mehrere Scheinwerfer durchbohrten mit schmalen Lichtkegeln das Dunkel. Instinktiv rollte ich mich zur Seite. Zugleich gellte das Scheppern eines Lautsprechers durch den Raum.

»Geben Sie auf. Hier spricht die Polizei. Das Gebäude ist umstellt. Sie haben keine Chance …«

»Habe ich doch, ihr Arschlöcher!«, brüllte Wilhelm. »Ich habe hier Frau Randy Fromm als Geisel bei mir, und wenn ihr nicht abhaut, geht es ihr schlecht.« Er rannte zu mir herüber, stellte sich breitbeinig über mich und hielt den Revolver in die Richtung meines Kopfes.

»Lassen Sie sich nicht zu unüberlegten Handlungen hinreißen«, beschwichtigte ihn der Polizeilautsprecher. »Wir können über Ihre Forderungen diskutieren. Unter einer Bedingung: Frau Fromm darf nichts passieren. Hören Sie …«

Ich wollte Wilhelm nicht sehen, nicht in die Mündung seiner Waffe starren – so wälzte ich mich zur Seite und blickte zu Russell hinüber. Der zog vorsichtig irgendetwas aus seinem Stiefel hervor, es sah aus wie ein Metallrohr, aber mehr konnte ich nicht erkennen. Er versuchte, mir mit Gesten etwas zu bedeuten, aber ich begriff nicht. Immerhin sah ich, dass er mit diesem Metallrohr, das er jetzt in der rechten Hand hielt, hantierte.

Wilhelm sah das alles nicht. Er stand breitbeinig über mir, zielte mit dem Revolver auf meinen Kopf, und ich hörte ihn sagen: »Ganz ruhig bleiben, dummes Ding. Du bist jetzt meine Lebensversicherung. Ich warne dich also, sei vorsichtig.«

In diesem Moment erklang ein Fauchen und Zischen, dann ein Höllengetöse. Ich begriff: Russell hatte eine Nebelkerze oder etwas Ähnliches gezündet. Gelblicher Rauch hüllte uns ein, es stank nach Schwefel und nach allen möglichen Hölleningredienzien … Ich konnte Wilhelms Gesicht nicht mehr deutlich erkennen, aber er drehte seinen Körper hinüber zu Russell, ohne allerdings auch nur einen Sekunde den Revolver zu senken.

»Im Zeichen des Blitzes …«, hörte ich Russell flüstern und zuckte zusammen. Aber es war keine Zeit, sich über diese Offenbarung Gedanken zu machen. Jetzt oder nie, sagte ich mir, und ich schlug mit der Hand gegen Wilhelms Arm, während ich ihm zugleich mit dem Fuß so fest wie nur möglich gegen das rechte Bein trat, um ihn dadurch zu Fall zu bringen. Ein Schuss löste sich und fuhr knapp neben meinem Kopf in den Fußboden, dass die Holzsplitter wie Bienen durch die Gegend schwirrten – aber jetzt war ich schon auf den Beinen und warf Wilhelm endgültig zu Boden. Mit beiden Händen hatte ich den Arm gepackt, mit dem er die Waffe hielt, und versuchte, Hand und Waffe von mir wegzudrehen, aber er war stärker, und die Mündung des Revolvers kam näher und näher. Das ist es gewesen, Randy, dachte ich mir, jetzt ist es endgültig aus und vorbei – und plötzlich wurde es ruhig um mich her, alle Geräusche verstummten, die Bewegungen gefroren, meine eigenen, mein verzweifelter Kampf ebenso wie Wilhelms Versuch, die Waffe wieder auf mich zu richten. Es war wie ein Ballett in Zeitlupe, lächerlich, dachte ich mir, absolut lächerlich! Dass das Sterben so albern sein muss. Ich hatte mir das ganz anders vorgestellt, wird man denn immer nur beschissen, hört das denn nie auf, na gut, das war es wohl und überhaupt und Kevin …

Ein Stiefel, ein gut geputzter Stiefel tauchte plötzlich in meinem Gesichtskreis auf, er trat mit aller Kraft auf Wilhelms Hand, Wilhelm stöhnte laut, aus seinen Fingern, die sich öffneten, sich spreizten und den Revolver fallen ließen, quoll das Blut. Dann trat der Stiefel noch einmal zu, Wilhelm stöhnte abermals, lauter, Hände rissen ihn hoch, und ich war frei, frei, frei …

Ein Mann kniete neben mir nieder. Ich sah sein Gesicht, das schmerzverzerrt wirkte, der Mund schmallippig, verkrampft.

Es war Major Akbulut.

»Es ist alles vorbei, Frau Fromm. Was für ein Glück, dass Ihnen nichts passiert ist.«

Alles vorbei? Über ihn hinweg sah ich durch Rauchschwaden und Scheinwerferlicht auf den Pfeiler, an dem sich zwei Polizisten mit Metallgeräten, die ich nicht genauer erkennen konnte, an der Bombe zu schaffen machten. Alles vorbei … Instinktiv warf ich einen Blick auf meine Armbanduhr. Aber sie war stehen geblieben – um genau neun Uhr zehn.

Ich rappelte mich mühsam hoch und versuchte zu begreifen, was um mich herum vorging. Zwei Polizisten führten Wilhelm ab, zwei andere, dazu ein Sanitäter, kümmerten sich um Russell.

Nun tauchte noch ein Gesicht aus dem Halbdunkel auf. Es war ein alter Bekannter – nämlich Herr Güler.

»Sie?«, fragte ich atemlos. »Wirklich nett, Sie wieder zu sehen. Es fiel Ihnen verdammt schwer, ohne mich auszukommen, habe ich Recht? Da mussten Sie einfach mal hier hereinschauen, um herauszufinden, wie es mir geht …«

Er lachte. »Sie sind ein freches Ding. Aber jetzt haben Sie allen Grund, fröhlich zu sein. Dieser Albtraum ist zu Ende, Gott sei Dank.«

Major Akbulut zog eine Zigarette aus seinem Silberetui.

»Wissen Sie«, sagte er und drückte auf das Feuerzeug, bis die Flamme steil emporschlug, »wir wussten schon eine ganze Weile, dass irgendwo im Umfeld der deutschen Botschaft ein Maulwurf arbeitet – ein feindlicher Agent. Es war nicht einfach, ihn aus der Reserve zu locken. Jetzt haben wir ihn.«

Ich schluckte. »Das soll wohl heißen, ich war so eine Art Schachfigur in diesem Spiel?«

Güler und Akbulut blickten einander an und grinsten.

»Was gibt es denn da zu lachen?«, fragte ich irritiert.

»Wissen Sie«, sagte der Major, »eine Schachfigur mit einem derart ausgeprägten Eigenleben und mit einem solchen Dickkopf … das findet man nicht alle Tage.«

»So, meinen Sie?«, sagte ich.

In diesem Moment entstand rechts von uns ein plötzlicher Tumult. Wilhelm rang aus Leibeskräften mit den beiden Polizisten, die ihn festhielten, und für einen kurzen Moment gelang es ihm, die rechte Hand freizubekommen. In diesem Augenblick sah ich in aller Deutlichkeit, wie eine Zeitlupenaufnahme im Film, innerlich jene Szene vor mir, die sich gleich vor meinen Augen abspielen würde. »Vorsicht«, rief ich, »er hat …« Aber es war zu spät. Mit einer flüssigen, kraftvollen Bewegung hatte Wilhelm Kevins Pistole aus der Hosentasche gezogen. Die Polizisten griffen nach ihren Revolvern, aber dieser Reflex war so sinnlos wie überflüssig – Wilhelm hob blitzschnell die kleine Waffe und steckte sich den Lauf der Pistole in den Mund.

Und während ich die Augen schloss, knallte der Schuss.

8.

Der Kellner legte mit einer Zange noch zwei Stücke Glut auf den Tabak in der kleinen Schale ganz oben auf der Wasserpfeife – auf die *Nargile*, wie es auf Türkisch heißt. Major Akbulut nahm sein Mundstück zwischen die Zähne und sog kräftig daran. Luft gurgelte im wassergefüllten Flaschenbauch der Pfeife, und der tropfenförmige Glasbehälter füllte sich mit Rauch.

Akbulut, der seine Lungen ebenfalls gefüllt hatte, machte sich Luft, blies ein Wölkchen Rauch zur Zimmerdecke empor, dann winkte er dem Kellner, der uns einen zweiten Schlauch samt Mundstück brachte. Der Major stöpselte das eine Ende des mit buntem Stoff umhüllten Schlauches mit dem hölzernen Ansatzstück in den Hals der Pfeife und hielt mir lächelnd das andere Ende mit dem Mundstück vors Gesicht: »Da, probieren Sie.«

Das tat ich. Der Rauch war überraschend kalt und dadurch sehr sanft auf der Zunge und im Mund. Er roch angenehm mild, vor allem deshalb, weil man den Tabak mit Honig versetzt hatte.

Eine Weile gurgelten wir um die Wette. »Schmeckt es Ihnen?«, fragte der Major.

»Nicht übel«, erwiderte ich, und das stimmte. Akbulut hatte Recht: Der Zeremonie wohnte viel Ruhe inne, es lag eine meditative Kraft in diesem Ritual. Genau das Richtige für mich.

»Es war schon ein toller Coup«, meinte der Major, nachdem wir beide eine Weile gesaugt, gegurgelt und Rauchwölkchen in die Luft geblasen hatten, als wollten wir einander Signale geben. »Ein wirklich erstaunlicher Coup. Als das Personal Russell Myers auf einer Tragbahre in den Raum rollen wollte, wo eine Magenspiegelung vorgenommen werden sollte, lenkte er die beiden

Krankenpfleger ab, indem er irgendwelchen Blödsinn erzählte, sprang von der Trage, lief ins Treppenhaus und verschwand auf Nimmerwiedersehen. So ein Gauner! Das wird mir noch eine Menge Ärger machen – aber in professioneller Hinsicht bewundere ich ihn. Sehr geistesgegenwärtig, der Mann, gute Reflexe und eine erstaunliche Kaltblütigkeit.«

»Und Sie glauben, er ist der führende Kopf von YILDIRIM?«

»Kein Zweifel. Und seine Frau war der zweite Mann. Ich glaube, es war reine Tarnung, dass sie sich haben scheiden lassen – aber das bekomme ich noch heraus. Nun, die andere Seite hat es geschafft, Frau Binaygün zu erledigen. Und mit der Bombe im Volksbildungshaus wollten sie auch Myers drankriegen, samt Komplizen und Sympathisanten. Dass Keith Muller und Erbakan sich in einem Aufwasch beseitigen ließen, war höchst willkommen, aber nicht das eigentliche Ziel der Organisation.«

»Jedenfalls existiert YILDIRIM immer noch.«

»Im Prinzip, ja. Aber es wird Myers schwer fallen, die Gruppe zu reorganisieren. Er muss ja jetzt vollständig im Untergrund arbeiten, das ist nicht leicht. Zumal er, bei aller Vertrautheit mit der Türkei, kein Einheimischer ist. Früher oder später werden wir ihn schnappen.«

»Ich will ganz ehrlich sein, Major – ich wünsche Ihnen *dabei* kein Glück.«

Wir rauchten eine Weile schweigend vor uns hin und ich merkte, dass ich durch das Nikotin, aber auch durch das plötzliche Abfallen all der Spannung der letzten Tage in einen angenehm dösigen Zustand geriet. Der Eisblock taute wieder auf ... Ich musste allerdings aufpassen, dass ich mich dabei nicht völlig auflöste, denn es gab wenig, was mir im Moment Halt bieten konnte.

Ich musste immer wieder an Russells Flucht denken. Kurz zuvor hatte ich einen Augenblick mit ihm sprechen können. Da lag er schon auf der Bahre, und er legte großen Wert darauf, schwach und erschöpft zu wirken, was ihm auch sehr überzeugend gelang. Ein zufälliger Zeuge des Geschehens hätte bestimmt sein baldiges Ableben erwartet. Mich konnte er freilich nicht täuschen, ich hatte seine Schauspielerei durchschaut, wusste aber noch nicht, was er damit im Schilde führte. Immerhin, als er so tat, als sei er zum Sprechen zu schwach, wurde mir klar, dass er nach einer Gelegenheit suchte, mir etwas ins Ohr zu flüstern. Ich beugte mich über ihn und gab mir den Anschein, als ginge es mir nur darum, ihm die Hände zu streicheln. Aus den Augenwinkeln sah ich, dass das medizinische Personal nicht auf uns achtete, und der zur Bewachung abgestellte uniformierte Polizist saß auf einem Klappstuhl an der Wand des Krankenzimmers und blätterte in einem Comic-Magazin.

»Kuhnau hat sein Wissen mit ins Grab genommen«, flüsterte Russell. »Kein Außenstehender kennt unsere Nummer eins – außer dir. Bitte verrate uns nicht.«

Er hatte den Kopf ganz leicht angehoben und ließ ihn jetzt wieder auf das Kissen sinken. Es schien, als habe er die Augen halb geschlossen, aber er blickte mich erwartungsvoll an.

Ich versagte es mir wohlweislich, ihm in direkter Rede zu antworten. Stattdessen summte ich einen Song von Alan Parsons – ein Lied, das ich zuletzt in Russells Mitsubishi gehört hatte und dessen Text auf einem Gedicht von Poe fußte: »*Thus quote the raven – nevermore* ...«

Und für einen kurzen Augenblick, bevor er wieder die Rolle des Kraftlosen spielte, sah ich Russell Myers richtig breit grinsen.

Und wenig später hatte er, um es mit den Worten des Majors zu sagen, seinen »tollen Coup« gelandet. Und galt seither als die flüchtige Nummer eins der Gruppe, während Sevil Cakir der Aufmerksamkeit der Polizei völlig entgangen war.

* * *

Ich blickte zu Akbulut hinüber. Er hielt das Mundstück in der Hand und starrte ins Leere. »Sie sind eine erstaunliche Frau«, sagte er dann, ohne diese These weiter zu begründen. »Es muss doch ein ziemlicher Schock für Sie gewesen sein, als Ihnen plötzlich klar wurde, auf welcher Seite Herr Kuhnau wirklich stand. Sie hatten doch – hm – ziemlich viel von ihm gehalten, wenn ich mal so sagen darf.«

»Sie dürfen. Ja, ich war ziemlich verliebt in ihn. Aber das war in der Nacht von Mittwoch auf Donnerstag schlagartig zu Ende, damals, als Sie mir liebenswerterweise das Glasauge der toten Frau Binaygün gezeigt hatten. Ich hatte Wilhelms Rolle damals noch nicht durchschaut – dazu kam es erst neun Stunden später. Aber irgendwie hatte ich die Achtung vor ihm verloren, ich hatte instinktiv begriffen, wie wankelmütig er war. Und dieses Gefühl war ja alles andere als trügerisch.«

Akbulut nahm einen kräftigen Zug aus der Pfeife und wälzte den Rauch im Mund hin und her, sodass ich dachte, er werde gleich sagen »Ein guter Jahrgang« – aber das sagte er nicht, sondern: »In der Tat. Dass Sie vorher ein anderes Bild von ihm hatten, ist nur zu verständlich. Ein attraktiver und charmanter Mann. Wir hatten ihn allerdings schon eine Weile in Verdacht, aber er war sehr gerissen.«

»Und als die Sache mit meiner Entführung gelaufen war, da haben Sie sich gedacht, diese seltsame Frau aus Deutschland, diese Reporterin mit einem Bruder, der für den israelischen Geheimdienst arbeitet – das ist der ideale Köder, um unseren Verdächtigen aus der Reserve zu locken. Haben Sie das gedacht?«

»Nun ja, in etwa schon, warum soll ich Ihnen da etwas vormachen. Es war eine Gelegenheit, wie sie nicht wiederkommt. Wir wussten so ungefähr, womit Ihr Bruder befasst war – auch wenn sich der Mossad, was die Einzelheiten betrifft, nie in die Karten gucken lässt. Sie kamen also als neue, unkontrollierbare Figur ins Spiel. Und wir dachten: Na gut, dann schauen wir eben einfach mal zu, wen Sie aus der Reserve locken. Und das haben wir getan.«

»Stimmt, das haben Sie getan. Und es hat sogar geklappt. Alles paletti, so weit. Nur wäre ich fast dabei draufgegangen.«

Akbulut zuckte die Achseln. »Ich kann verstehen, wenn Sie über diese Vorgehensweise verärgert sind. Aber denken Sie doch auch mal an die vielen Opfer, die das Bombenattentat fast gefordert hätte. Vielleicht können Sie unser Verhalten dann ein wenig besser begreifen. Wobei ich durchaus einräumen muss, dass der entscheidende Beitrag dazu, den zweiten Anschlag zu verhindern, von Russell Myers kam. Er hatte natürlich auch ein Interesse daran, und spätestens nach dem tödlichen Anschlag auf seine Frau konnte er nicht mehr im Unklaren darüber sein, was der Gruppe YILDIRIM drohte. Dass etwas im Gange ist, hat er ja schon vorher geahnt. Deshalb hatte er Ihren Bruder und Güler observiert. Wirklich raffiniert, der Bursche. So einen könnte ich gut gebrauchen.«

»Na ja. Aber was die Hintermänner des Attentats anbetrifft – die Männer hinter der so genannten Hizbullah –, Wilhelm hatte eine Andeutung gemacht, wie hochrangig die Sache angesiedelt ist. Er hat gemeint, dass ...«

»Vergessen Sie's. Er ist tot und kann uns nicht mehr weiterhelfen. Und, das will ich Ihnen ganz offen sagen, niemand hier in der Türkei hat ein echtes Interesse daran, herauszufinden, welche Kreise hinter Kuhnau und den Hizbullah-Männern stehen. Es sind sehr mächtige, einflussreiche Leute, so viel ist sicher. Wem sind engagierte Umweltschützer, die Ernst machen mit dem Kampf gegen die Klimakatastrophe, ein Dorn im Auge? Es darf spekuliert werden. Aber das ist nicht mein Job. Güler wäre vermutlich in der Lage, Ihnen weiterzuhelfen, er ist natürlich daran interessiert, mehr darüber zu erfahren – aber er wird kaum jemals wieder in Kontakt mit Ihnen treten. Seit gestern hat der Mossad ihn vom Spielfeld abgezogen. Ich kann Ihnen nicht einmal sagen, wo er heute steckt. So ist das – ich bin nur ein kleines Rädchen im Getriebe und kann leider nicht mehr zu alledem sagen. Das wäre auch politisch alles andere als ... als opportun.«

»Verstehe. Aber was ist eigentlich von meiner Entführung zu halten?«

»Von unserer Seite aus gibt es dazu nichts mehr zu sagen.«

»Nichts? Das ist nicht viel.«

»Nein, allerdings nicht. Aber es ist nicht anders als damals, als wir uns das erste Mal begegnet sind: Wir haben nicht die leiseste Ahnung. Es ist immer noch alles völlig unklar. Die Hauptbeteiligten sind tot, Herr Kuhnau auch, aber der hatte mit der Sache wohl wirklich nichts zu tun, und andere Verdächtige haben sich bisher nicht namhaft machen lassen. Tut mir Leid.«

»Mir auch. Ich werde dieses Rätsel infolgedessen zwar nicht ins Grab, wie Wilhelm Kuhnau so liebenswürdig gehofft hat, aber doch immerhin mit nach Deutschland nehmen.«

»Es sieht leider ganz danach aus.«

Ich nahm noch einen kräftigen Zug aus der Wasserpfeife, obwohl ich mich allmählich recht benebelt fühlte. Jetzt drei Tage am Stück schlafen – das wär's.

Egal. Es gab noch etwas, was mir auf der Zunge brannte, viel stärker als der milde Tabak. Ganz plötzlich. Weil ich nämlich die Zusammenhänge erst jetzt begriffen hatte.

»Herr Major, ich komme doch noch einmal auf meine Entführung zu sprechen – ich merke nämlich, dass ich etwas übersehen habe. Erinnern Sie sich noch an die Fahrt zurück nach Ankara? Ich hatte Ihnen zwei Fragen gestellt – und weil mich die Antwort auf die eine stark verblüffte, habe ich die andere Frage ganz vergessen. Bis heute.«

»Na dann«, meinte er, vordergründig zufrieden, aber innerlich auf der Hut. Das konnte gar nicht anders sein bei ihm.

»Ich hatte Sie zunächst gefragt, warum die türkische Polizei mich beschattet. Wegen meines Bruders, so die Antwort. Das hat mich so sehr getroffen, dass ich meine zweite Frage zunächst ganz vergaß. Aber eben nur zunächst, jetzt ist sie mir wieder eingefallen. Sie haben mich mit Kevin beschatten lassen – gut, aber was ist der wahre Grund, wieso meine Entführung nicht verhindert werden konnte? Bitte schenken Sie mir reinen Wein ein! Belanglosigkeiten und Ausflüchte habe ich mehr als genug gehört.«

Ich sog den Duft des Tabaks und der Holzkohle tief in mich hinein und hörte Akbulut murmeln: »Die Wahrheit, was ist Wahrheit? Was bedeutet ›nichts als die Wahrheit‹? Frau Fromm, um ganz offen zu sein, Ihre Entführung wurde, ähm, zugelassen. Wir dachten, wir kämen so näher an unseren Gegner heran. Weil wir glaubten, dass die Entführer Hizbullah-Männer seien. Aber das stimmte nicht. Ihre Entführung hatte nichts mit Kevin, nichts mit Güler, nichts mit der Hizbullah zu tun. Bis heute wissen wir nicht, wer dahinter steckt. In der Tat, das hat uns selber überrascht. Aber unser Plan … das verstehen Sie doch. Auch wenn es nicht sonderlich fair gewesen sein mag.«

Schluss damit, dachte ich mir, Schluss, Schluss, Schluss! Wer fragt hier nach Prinzipien? Wer rechnet auf Fairness? Wenn ein dummes Blondchen aus Deutschland in einen solchen Sumpf stolpert, macht es sich eben die Kleider schmutzig. Und wohl noch mehr als das. Schwamm drüber, und alles vergessen …

Bis auf eines: »Aber da ist noch etwas anderes. Ich begreife noch immer Herrn Kuhnaus Motive nicht«, sagte ich nach einer unbehaglichen Pause. »Er hat sich als eine doch sehr … nun, sagen wir, vielschichtige Persönlichkeit erwiesen. Vielleicht hat ihn ja die Sache mit seinem Kind und mit seiner Frau so aus der Bahn geworfen«.

»Mit seinem Kind? Was hat er Ihnen denn von einem Kind erzählt?«

»Von seinem Sohn Tobias? Dass seine Frau eine Totgeburt gehabt hatte. Sie hat sich dann später von ihm getrennt – und betrunken einen tödlichen Unfall verursacht.«

Akbulut schüttelte den Kopf.

»Es gibt eine Frau Kuhnau samt drei Kindern, und sie lebt in Göttingen. Wilhelm Kuhnau, ihr Mann, hat sie vor vier Jahren verlassen – wegen einer ägyptischen Filmschauspielerin. Die hat ihm allerdings bald den Laufpass gegeben. Bei dieser Affäre scheint er sich dann stark in Schulden gestürzt zu haben, und das war vermutlich der entscheidende Anlass für seine Überlegungen, sich anderswo Geld zu verschaffen. Das Ergebnis kennen wir ja.«

Ich sagte nichts, sondern griff nach dem Glas mit Raki. Jetzt konnte ich wirklich einen tüchtigen Schluck gebrauchen.

»Wir haben übrigens in seinem Hotelzimmer noch etwas gefunden, was Ihnen gehört«, sagte Major Akbulut und legte mein Tagebuch vor mir auf den Tisch.

Schweigen und Pfeifenrauch mischten sich, durchtränkten gemeinsam die Atmosphäre.

»Was ist denn los, Frau Fromm?«, rief der Major nach einer Weile aus. »Jetzt dürfen Sie die Wasserpfeife aber nicht ausgehen lassen. Ja, kräftig ziehen … genau so!«

9.

Zwei Tage später, am Samstag, saßen Peter und ich im Flugzeug nach Deutschland.

Als wir unsere Reiseflughöhe erreicht hatten, schlug ich die *Süddeutsche Zeitung* auf, die ich mir von der Stewardess hatte geben lassen. Unter »Nachrichten aus dem Ausland« fand ich, was ich suchte.

TUMULTE UND SPESEN – SONST NICHTS GEWESEN?

Samstag, 28. August
Diyarbakir/Instanbul – ky.

Unter strengen Sicherheitsvorkehrungen ging am heutigen Freitag in Diyarbakir in der Osttürkei die Internationale Klimakonferenz zu Ende. Der Verlauf des Treffens war von Attentaten und erheblichen Tumulten überschattet. Schon am Mittwoch, dem Tag der Konferenzeröffnung, wurde bei der Explosion einer Autobombe eine Frau getötet, deren Identität die türkische Polizei noch nicht bekannt gegeben hat. Außerdem wurde am Donnerstagmorgen im Keller eines Gebäudes, in dem verschiedene unabhängige Gruppen eine »Alternativkonferenz« hatten durchführen wollen, ein Sprengsatz gefunden (ausführlicher Bericht auf S. 7). Das Alternativtreffen wurde danach abgesagt, das Gebäude von der Polizei geräumt, was nicht ohne erhebliche Handgreiflichkeiten vonstatten ging. Über den genauen Hergang der Ereignisse ist von den türkischen Sicherheitsbehörden derzeit noch immer kein umfassender Lagebericht zu erhalten.

Fast will es scheinen, als sei der chaotische und blutige Auftakt vom Mittwoch ein böses Omen für den Fortgang des mit hohen Erwartungen überfrachteten umweltpolitischen Treffens gewesen. Jedenfalls endete die Tagung ohne irgendwelche Fortschritte in der Sache. Selbst das für die Abschlussveranstaltung am Freitag ins Auge gefasste »Manifest von Diyarbakir« wurde von der Tagungsregie ersatzlos gestrichen – viel mehr als heiße Luft hätte es ohnehin nicht beinhalten können. Denn was konkrete politische Maßnahmen anbetrifft, mit denen den drohenden Konsequenzen globaler Klimaerwärmung vorgebeugt werden könnte, so ist – wie schon bei anderen Konferenzen dieser Art, von Kyoto über Bonn bis Den Haag – mit einem einheitlichen Vorgehen der Staatengemeinschaft bis auf weiteres nicht zu rechnen. Zu groß sind die Gegensätze der Interessen vor allem zwischen den reichen Industrienationen des Nordens und den verarmenden Ländern der Südhalbkugel, zu stark die nationalen Egoismen allenthalben. Während sich vor allem die USA wieder einmal in der Rolle des umweltpolitischen Bremsers gefielen und nichts daran fanden, auch verbündete Länder öffentlich zu düpieren …

Ich ließ die Zeitung sinken. Welchen Sinn sollte es haben, noch weiterzulesen? Ich kannte das alles. Eigentlich konnte man diese Berichte zu den diversen Klimakonferenzen recyclen – im Grunde genügte es, die jeweiligen Tagungsorte und die Daten einzufügen, der Rest war wieder verwendbar. Immer das Gleiche. Ich kannte es auswendig, ich kannte es bis zum Erbrechen. Und darüber hinaus.

Aber der Artikel brachte mich auf eine Idee. Weil ich so unzufrieden mit ihm war. Es stand ja nichts Falsches darin. Es war ein völlig *normaler* Artikel – in etwa das, was ich in der Position dieses Kollegen (den ich sehr schätzte) auch geschrieben hätte. Aber mittlerweile hatte sich mein Blickwinkel geändert. Es war eine ganz andere Sache, wie *ich* diese fatale Klimakonferenz erlebt hatte. Erlebt und überlebt. Und deshalb …

In meine Gedanken versunken, betrachtete ich Peter, der rechts neben mir saß, am Fenster, und schweigend ein Aktenbündel studierte. Er muss meinen Blick gespürt haben – manche Menschen verfügen über eine Art von sechstem Sinn dafür –, denn er legte das Blatt, das er in der Hand hielt, oben auf den dicken Stapel und schaute zu mir. Er lächelte sogar.

»Hallo, du«, sagte er mit einem Tonfall, bei dem es mir ganz warm wurde an den verschiedensten Körperstellen. »Verzeih mir, dass ich so unachtsam bin. Es wäre viel reizvoller, mich dir zu widmen als dem blöden Papierkram, der unsere Welt ja doch nicht ändert.«

»Niemand hindert dich daran.«

»Da hast du Recht. Ich stehe mir wieder einmal selber im Wege. Aber du siehst auch irgendwie abgelenkt aus – fast entrückt, bist du mit deinen Gedanken sehr weit weg gewesen?«

»Na ja – irgendwie schon. Weißt du eigentlich, dass ich während meiner Entführung ein Gedicht geschrieben habe? Ich wollte es dir schenken …«

Er sah plötzlich richtig gerührt aus. »Na, hör mal – habe ich das verdient? Und außerdem ist eine Menge passiert in der Zwischenzeit. Willst du es mir denn immer noch schenken?«

Ich lachte. »Klar will ich. Und bei der Frage, ob du das verdient hast, möchte ich jeden Anflug von Doppelsinn überhört haben, verstanden!«

Ich kramte meinen Rucksack hervor, den ich vorschriftsmäßig unter dem Vordersitz verstaut hatte, öffnete ihn und zog das Tagebuch heraus. Wie lange hatte ich den blauen Lederband nicht in der Hand gehabt … Ich drückte einen Knopf, und die Schnalle, die die beiden Einbanddeckel zusammenhielt, ließ sich öffnen. Ich blätterte langsam von vorn nach hinten: München, Ankara, Sheraton-Hotel, 8. August, Hotel Bulvar Palace, 10. August. Irgendwo in Gefangenschaft, ab dem 11. August. Hier wölbten sich die Seiten so merkwürdig, und dann – dann lag plötzlich ein schmales grünes Notizbuch vor mir. Irgendjemand hatte es zwischen den Seiten meines Tagebuches versteckt.

»Hoppla«, sagte ich laut.

»Was ist denn?«, fragte Peter, und als er sah, was ich in der Hand hielt, fügte er hinzu: »Ich dachte eigentlich, du wolltest mir jetzt ein Gedicht vortragen – auf deine gesammelten Telefonnummern bin ich nicht sonderlich neugierig.«

»So ein Quatsch! Nein, Peter, das Gedicht kommt gleich, einen Moment. Ich habe hier etwas wieder gefunden.« Ich blätterte aufgeregt in dem Notizbuch herum. »Sag mal, kannst du mir jemanden empfehlen, der mir das hier aus dem Türkischen ins Deutsche übersetzt?«

»Natürlich. Hinrich Blankenburg, unser Repräsentant in Ankara, er sitzt ja auch hier in dieser Maschine. Ich kann euch gerne miteinander bekannt machen. Aber der Preis dafür ist das Gedicht – oder ist es dir plötzlich peinlich geworden, und du suchst jetzt nur nach einer faulen Ausrede?«

»Nein – sei doch nicht so misstrauisch!« Ich lehnte mich an seine Schulter und spielte mit der Hand in seinem Nackenhaar, das zum Glück wieder so lang geworden war, dass es über den Hemdkragen fiel. »Also, hör zu …«

Ich blätterte um – und fing an zu weinen.

»Randy, was ist denn?«

»Dieses Schwein, dieses Megaschwein!«, sagte ich, zitternd vor Wut und Scham. »Wilhelm Kuhnau. Er hatte mir im Krankenhaus von Malatya das Tagebuch geklaut. Und dann hat er eine Seite herausgerissen – und genau die mit dem Gedicht.«

»Randy, beruhige dich doch. Es ist wirklich gemein, aber wir wissen ja mittlerweile, mit was für einem Menschen wir es zu tun gehabt haben. Es tut mir echt Leid, aber es tut mir *deinetwegen* Leid, und das ist auch alles. Das Gedicht wird sich schon rekonstruieren lassen, wenn du das willst.« Mit zarter, aber fester Hand drehte er meinen Kopf herum, bis unsere Blicke sich trafen. Wir schauten einander lange an. Dann küsste er mich auf die Nasenspitze.

»Das Schönste wäre allerdings«, sagte er leise, »wenn die Stimmung zwischen uns wenigstens für eine Weile so bliebe, dass du noch mehr Gedichte schreibst, die du mir schenken möchtest. Wenigstens für eine Weile …«

»Na, mal sehen, was sich tun lässt. Übrigens ist mir gerade ein Gedicht eingefallen, Peter«, antwortete ich. »Es ist allerdings nicht von mir. Aber immerhin stand es auf einer Postkarte, die du mir früher mal geschickt hast – so etwa eine Woche nach unserem Elba-Urlaub: ›Komm, wir wollen Küssen üben … ‹«

»›Ich von hier, und du von drüben‹«, ergänzte Peter. »Eine ausgezeichnete Idee!«

Und dann übten wir etwas, das wir eigentlich schon recht gut konnten.

»In München kaufe ich dir ein neues Rasierwasser«, sagte ich während einer Trainingspause. Und küsste ihn auf die Augen, damit er aufhörte, mich verdutzt anzustarren.

* * *

Kurz bevor unsere Maschine in München landete, hatte ich mich von Peter mit Hinrich Blankenburg bekannt machen lassen. Der meinte freundlich, aber bestimmt, am besten setzten wir uns gleich hier am Flughafen in irgendein Restaurant, denn heute Abend habe er nichts mehr vor, aber morgen sei sein Terminkalender bereits bis zum Bersten gefüllt, und im Rahmen dieser Möglichkeiten würde er mir gerne behilflich sein.

Also folgte ich seinem Vorschlag, und nachdem wir die Passkontrolle, die Gepäckausgabe und den Zoll erfolgreich passiert hatten, setzten wir uns in ein ungemütliches und vermutlich deshalb recht leeres Café.

Peter verbannte ich an einen Nebentisch – was er sich gerne gefallen ließ, weil er dann wieder die Nase in seine Akten stecken konnte. Außerdem solle er, bat ich ihn, mit seinem Handy im Bundeswehrkrankenhaus in Koblenz anrufen, und falls man ihm dort keine Auskunft erteilen wolle, solle er mich an den Apparat rufen.

Herrn Blankenburg bat ich, mir in die Hand zu versprechen, dass er alles, was er aus diesem Büchlein übersetzte, unbedingt für sich behalten solle. Er sagte es mir zu, »beim Barte des Propheten« – was alles andere als eine Phrase war, denn der Mann hatte sich vor zwei Jahren zum Islam bekehren lassen. Unser gemeinsamer Freund, Professor Erbakan, habe eine ganz entscheidende Rolle dabei gespielt, bemerkte er beiläufig.

So sympathisch ich diesen alten Herrn auch fände, das könne ich mir denn doch nicht vorstellen, erwiderte ich. Ich hätte allerdings auf dieser Reise durchaus begriffen, wie einseitig und wie pauschal mein Islambild gewesen sei, und hätte mich vor Erbakan manchmal richtig geschämt deswegen …

Was er mir denn übersetzen solle, fragte er milde und setzte seine Lesebrille auf.

Ich legte das grüne Notizbuch auf den Tisch.

* * *

»Hier ist der Stationsarzt aus Koblenz, Randy«, sagte Peter eine halbe Stunde später und reichte mir sein Handy. Dann fasste er mich scharf ins Auge: »Was ist denn los mit dir? Du bist ja totenblass.«

Ich legte den Finger auf seine Lippen und sagte: »Hallo? Ja, hier ist Randy Fromm – die Schwester, genau.«

Ein paar Minuten später hatte ich das Gespräch beendet und gab Peter sein Handy zurück.

»Danke. Es scheint Kevin deutlich besser zu gehen«, sagte ich zu Peter. »Alle Funktionen hätten sich stabilisiert. Sie wollen demnächst versuchen, das künstliche Koma zu beenden. Kevin kommt wieder zu Bewusstsein – ist das nicht toll?«

»Klar ist das toll«, sagte Peter und küsste mich auf die Stirn. »Das ist die gute Nachricht. Aber da war doch noch etwas anderes, etwas, das dich sehr erschreckt hat, wenn ich mich nicht irre. Hat es vielleicht mit dem kleinen Büchlein zu tun, aus dem Freund Blankenburg dir hat übersetzen müssen?«

»Ja, Peter, das hat es. Und ich bin wirklich sehr erschrocken darüber, da hast du vollkommen Recht. Aber ich möchte jetzt nichts darüber sagen – und Herrn Blankenburg habe ich um Verschwiegenheit gebeten, stimmt's?«

»Stimmt«, sagte mein Übersetzer mit ernster Miene. »Und ich halte selbstverständlich mein Wort.«

»Gut«, fuhr ich fort, »Danke. Versteh mich bitte nicht falsch, Peter – es hat nichts mit uns beiden zu tun, überhaupt nicht. Und ich möchte heute Nacht auch erst einmal allein darüber nachdenken. Ganz allein, verstehst du? Ich war so lange nicht allein! Ich freue mich auf meine Wohnung wie der Dachs auf seinen Bau. Dort muss ich in Ruhe über alles nachdenken. Und am liebsten würde ich vierzehn Stunden schlafen – oder sechzehn, noch besser. Ich erzähle dir dann später, worum es geht, aber jetzt will ich mich erst einmal verkriechen. Sei nicht misstrauisch, bitte nicht – Peter!«

»Bin ich doch nicht, Randy, bin ich ganz und gar nicht. Es ist schließlich kein Misstrauen, wenn ich mir Sorgen mache. Aber ich vertraue dir, das weißt du hoffentlich. Ich will nicht in dich dringen.« Und er blickte mich schief von der Seite an. »Jedenfalls nicht so …«

Ich musste ausnahmsweise lachen über diesen blöden Männerwitz. »Kommt Zeit, kommt Rat, mein Lieber. Also, Abfahrt in die Weltstadt mit Herz. S-Bahn oder Taxi?«

»S-Bahn natürlich«, erwiderte Peter. »Denk doch an Professor Erbakan. Außerdem ist sie sowieso schneller.«

Wir standen auf, ich nahm meine beiden Reisetaschen in die Hände, und die Männer zogen ihre Koffer hinter sich her wie gehorsame Hündchen.

Willkommen in München, der Weltstadt mit Herz. Und als wir zur S-Bahn gingen, fiel mir der alte, aber treffende Witz wieder ein: »Den Flughafen München erreicht man am schnellsten aus der Luft.«

Tagebucheintrag vom 28. August
wieder in meiner Münchner Wohnung – Endlich!
kurz vor Mitternacht …

Es ist schön, dass das Tagebuch wieder da ist – auch wenn ich Wilhelm das mit der fehlenden Seite nie verzeihen werde. Gut, ich werde das Gedicht schon noch rekonstruieren können. Doch es ist nicht das Gleiche. Eine Rekonstruktion ist nicht das Original. Aber egal, es bleibt mir nichts anderes übrig.

Unfassbar, diese Zerstörungswut … Wie mir der ganze Mann unfassslich bleibt. Eine solche Fülle von Widersprüchen. Und als Finale die Selbstzerstörung. Jedenfalls irgendwie konsequent.

Es ist ein sonderbares Gefühl, anhand meiner diversen Eintragungen die Stationen meiner Reise noch einmal Revue passieren zu lassen. Die Ankunft in Ankara, das Sheraton, meine ersten Kontakte mit der jungen Journalistin, die Ruinen von Hattusas, die Begegnung mit Russell, das Hotel Bulvar, in das ich auf seinen Rat hin umgezogen bin, Professor Erbakan, die Entführung, die Zeit in der deutschen Botschaft, der gescheiterte Ausflug zum Nemrut Dag; die Begegnung mit Kevin, das Krankenhaus, die Nachtschwester, die in Wahrheit Russells Exfrau war; und dann, zum Schluss, die Tage in Diyarbakir. Ein letzter Akt voller Enttäuschungen und voller Brutalität.

Und mitten in all dieser Grausamkeit der kleine, aber so wichtige, konstruktive Aspekt, den mir Dr. Kakar aus Zürich vermittelt hat: das Apfelbäumchen, das wir pflanzen können. Ob die Welt untergehen wird, wissen wir nicht. Aber das heißt noch lange nicht, dass wir gar nichts tun können. Dass wir zur Passivität verurteilt sind. Es liegt an uns. Wir müssen uns »nur« entscheiden. Zwischen Hizbullah und YILDIRIM *gibt es noch einen dritten Weg.*

Das Beste an der Sache ist, dass Kevin es offensichtlich überstanden hat. Sagen die Ärzte. Mal sehen, was zurückbleibt. In jeder Hinsicht – als Mossad-Mitarbeiter ist er ja jetzt enttarnt, damit hat es ein Ende. Nun, vielleicht kann er wirklich als Privatgelehrter eine ruhige Kugel schieben. Der bittere Nachgeschmack bei alledem ist und bleibt, dass er mich hintergangen hat. Gleich doppelt sogar. Warum er mir von seinem Ausscheiden aus der Bundeswehr nichts erzählt hat – nicht einmal unter einem Vorwand –, das will mir noch immer nicht in den Kopf.

Auch dass meine Menschenkenntnis so eklatant versagt hat, geht mir nahe. Sowohl Russell Myers wie Wilhelm Kuhnau hatte ich total falsch eingeschätzt. In Russells Fall war das vielleicht gar nicht anders möglich, es ist sozusagen eine lässliche Sünde – wenn überhaupt. Er ist clever, gewiss, aber vielleicht zu clever. Deshalb führt sein Weg in die Irre, soviel Sympathie ich ihm auch entgegenbringe. Aber Wilhelm … Selten habe ich mich in einem Menschen so getäuscht, selten hatte ich das Gefühl, so sehr Spielball der Ereignisse gewesen zu sein, obwohl ich doch gerade das nicht wollte! Aber es ist wie bei bestimmten Arten, einen Menschen zu fesseln – je heftiger er versucht, sich zu befreien, desto fester ziehen sich die Stricke zusammen.

Nun, es war, wie es war. Nichts von alledem lässt sich jetzt noch ändern, und ich muss das akzeptieren.

Nur eines akzeptiere ich nicht – aber das ist etwas, was ich mir für Montag vorgenommen habe. Morgen, am Sonntag, fahre ich nach Koblenz.

So, nun will ich Wiedemayer ein Fax schicken, dass ich am Dienstag wieder in die Redaktion komme.

Und dann geht es ins Bett. In mein eigenes Bett! Das ist es, worauf ich mich am meisten freue.

Vor der Fahrt morgen nach Koblenz graut es mir ein wenig. Aber auf übermorgen, auf Montag, bin ich sehr gespannt. Rache ist süß, sagten wir als Kinder. Oder auch: Rache ist Blutwurst.

Ab Montag weiß ich ja, was stimmt.

Abgesang

GENF (dpa) – Das Vermögen der drei reichsten Männer der Welt ist größer als das Bruttoinlandsprodukt der 48 ärmsten Länder mit einer Bevölkerung von 600 Millionen Menschen. Darauf weist das Entwicklungsprogramm der Vereinten Nationen (UNDP) in einer in Genf veröffentlichten »Armutsstatistik« hin. Danach haben diese Länder, in denen ein Zehntel der Weltbevölkerung lebt, nur einen Anteil von 0,3 Prozent am Welthandel. Ihr Anteil ist damit heute nur noch halb so groß wie vor 20 Jahren. Von den mehr als 1,3 Milliarden Menschen weltweit, die ein Dasein in absoluter Armut fristen, leben 100 Millionen in den Industrienationen.

Süddeutsche Zeitung, 21. März 2000

ISLAMABAD/NEU DELHI (dpa) – Die schlimmste Dürre seit 100 Jahren forderte in Indien und Pakistan bereits hunderte Menschenleben. In der pakistanischen Provinz Belutschistan sind bereits 150 000 Ziegen, Schafe, Kühe und Kamele verhungert. Im indischen Bundesstaat Gujarat kamen 5000 Kühe und Büffel wegen des Wasser- und Futtermangels um. Medien berichteten gestern, dass auch schon mehrere Menschen gestorben seien. Eine offizielle Bestätigung dafür gab es nicht. Der Dürregürtel erstreckt sich von Gujarat und Rajasthan in Indien bis Kandahar im Süden Afghanistans. Regen wird erst für Juni erwartet. Die indische Regierung will Nahrungsmittel in den Westen des Landes schicken, um 50 Millionen Menschen vor einer Hungersnot zu bewahren. Pakistan spendete 4,5 Millionen Dollar für die Hirten in Belutschistan.

Schwäbische Zeitung, 28. April 2000

Tagebucheintrag vom 29. August
in meiner Wohnung,
noch einmal kurz vor Mitternacht

Es wäre schön gewesen, nach all dem Stress in der Türkei den ganzen Sonntag in der eigenen Wohnung zu verbringen, Fernsehen, Filzpantoffeln, Flaschenbier – warum eigentlich nicht. Ich glaube, das hätte ich mir wirklich verdient! Mich hier vergraben, mit niemandem reden, niemanden sehen ... aber es hat nicht sollen sein.

Na ja, der Grund dafür hatte schon etwas für sich. Ich musste heute Morgen in aller Herrgottsfrühe aufbrechen, um Kevin im Bundeswehrkrankenhaus in Koblenz zu besuchen, ganz schön verrückt, zirka zehn Stunden Fahrt, um dort eine Stunde mit meinem Bruder zu verbringen, der Rest war Warten, nichts als Warten – ich weiß auch nicht, warum die Zeit, die man im Krankenhaus verbringt, in der Hauptsache aus Warten besteht. Ich begreife den Grund nicht, aber irgendwie scheint es ein ehernes Gesetz zu sein.

So wartete ich also eine ganze Weile, bis ich endlich zu Kevin hinein konnte. Aber das Warten, ebenso wie die lange Fahrt, hatte sich gelohnt. Kevin war wieder bei Bewusstsein, ich konnte mit ihm reden, und er scheint wirklich über den Berg zu sein – es besteht keine Lebensgefahr mehr, meinen die Ärzte (es war ein ganzes Rudel, dessen Zuständigkeitswirrwarr mir bis zuletzt undurchschaubar blieb). Kein Vergleich mehr mit der Situation in Malatya, damals, an die ich mich nur mit allergrößter Beklemmung erinnere. Aber wie schwach Kevin ist, wie mager! Es wird wohl eine Weile dauern, bis sie ihn wieder hochgepäppelt haben. Wenn er überhaupt je wieder so wird wie zuvor. Der Arzt, der mir am meisten Auskunft gegeben hat, ein ziemlich unangenehmer Besserwisser, meinte, es gäbe gute Chancen, dass Kevin sich so gut erholen wird, als sei nichts gewesen. Jedenfalls körperlich. Er hat ziemlich viel drum herumgeredet, dieser dumme Schwätzer. Na gut, Hauptsache, er versteht etwas von seiner Arbeit. In dieser Hinsicht hat das Krankenhaus eigentlich einen sehr guten Eindruck auf mich gemacht.

Wir haben erst einander nur stumm angeschaut und uns die Hände gehalten. Dann aber, irgendwann, habe ich es doch nicht mehr ausgehalten und Kevin gefragt, warum er mir nichts von seinem Abschied bei der Bundeswehr gesagt hat.

Er machte keine Ausflüchte, obwohl ihm die Antwort nicht leicht fiel.

»Weißt du«, hat er gesagt, »allen meinen Freunden, es sind ja nicht viele, konnte ich gut plausibel machen, dass ich jetzt, nach meiner Zeit als Offizier, in einem Ingenieursbüro arbeite. Aber du – dich kenne ich, du wärst misstrauisch geworden. Hättest sofort gefragt, was da wohl dahinter steckt. Und da ja wirklich etwas dahinter steckte, was unbedingt geheim bleiben sollte, wollte ich vermeiden, dass ein solches Misstrauen aufkommt. Es erschien mir klug – und meine neuen Vorgesetzten stimmten mir zu –, erst einmal gar nichts zu sagen. Dann, einige Monate später, hatte ich dir sagen wollen, dass ich mich ob meiner Entscheidung sehr schäme und sie dir deshalb bis dato verschwiegen hätte. Das hättest du mir vermutlich abgekauft. Du wärst wahrscheinlich ein wenig sauer gewesen, hättest aber – so hoffte ich – nicht weiter nachgebohrt. Das war mein Plan. Tatsächlich wollte ich an jenem Abend im ›Bodrum‹ damit rausrücken, stell dir mal vor. Aber dann hast du gesagt, du willst auch in die Türkei, du willst sogar mit mir fahren – und das hat alle meine Pläne durchkreuzt. Schlagartig. Ich musste mich völlig neu orientieren. Na, was danach passiert ist, weißt du selber so gut wie ich. Oder noch besser, ich war ja lange genug weggetreten. Es tut mir Leid, was du in der Zeit alles mitgemacht hast. Es tut mir wirklich Leid. Irgendwie bin ich ja verantwortlich dafür.«

Und dann schwieg Kevin lange, und ich auch. Seine Erklärung hatte ihn mächtig angestrengt – und gewiss nicht bloß körperlich.

»Im ›Bodrum‹ – weißt du noch? –, dort haben wir doch diesen Menschen gesehen, der später einer deiner Entführer gewesen ist. Der Mensch mit diesem komischen Wirbelsäulensyndrom. Hast du denn in dieser Sache etwas herausbekommen?«, fragte er dann.

»Habe ich. Pass auf, es ist so …«

Ich hatte mich nach vorne gebeugt, denn was dann kam, wollte ich ihm ins Ohr flüstern.

Er hörte mir aufmerksam zu.

»Unglaublich«, sagte er dann. »Und du willst morgen … hast du dir das auch gut überlegt?«

»Ja, allerdings.«

Und das trifft zu – ich habe mir wirklich alles sehr gut überlegt. Auch während der langen Rückfahrt noch … Mein Entschluss steht fest. Morgen, am Montag, geht es zur Sache. Dann kann ich endlich auch das letzte Kapitel der Geschichte abhaken.

Und sehen, was die Zukunft bringt.

Am Montagmorgen ließ ich mich mit dem Taxi in die Tiefgarage fahren und stieg aus dem Auto direkt in den Fahrstuhl. So war ich sicher, dass mein Kommen unbemerkt blieb.

Der Aufzug brachte mich direkt in die Chefetage, dann ging ich sofort (und ohne anzuklopfen) ins Vorzimmer und blickte Frau Meisinger schräg an, die dort – halb Sphinx, halb weiblicher (halb weiblicher?) Cerberus – in ihrer üblichen Pose höflicher Feindseligkeit auf der Lauer saß, um *den Herrn Chefredakteur* gebührend gegen die böse Welt abzuschirmen.

»Ich werde erwartet. Es ist dringend.«

Und ohne ihr die Chance zu einer Antwort zu geben, öffnete ich die Tür zum Büro unseres großen Bosses.

Wiedemayer thronte hinter seinem riesigen Schreibtisch und blickte mich überrascht an. »Randy – Sie?«, stammelte er. »Geht es Ihnen wieder gut? Wie schön, dass Sie wohlbehalten zurückgekehrt sind. Aber ich habe Sie erst für morgen erwartet.«

»Stimmt. Aber es wurde mir richtig langweilig ohne Sie. Wie Sie sehen, ist zum Glück alles in Ordnung mit mir«, sagte ich. »Obwohl es eine Weile gar nicht danach aussah.«

»Sie hätten sich ruhig öfter melden können. Ihre Mitteilungen aus der Türkei waren ziemlich sparsam. Eine Zeit lang habe ich mir richtig Sorgen gemacht. Haben Sie die Gehirnerschütterung gut überwunden? Es heißt ja, dass man lange von Kopfschmerzen geplagt wird, wenn man zu früh aus dem Bett aufsteht.«

»Zum Glück ist nichts dergleichen passiert«, erwiderte ich. »Obwohl es einige Dinge gibt, die mir durchaus Kopfzerbrechen bereiten. Das hier zum Beispiel.«

Damit warf ich das grüne Notizbuch vor ihm auf die Schreibtischplatte. »Und jetzt schalten Sie bitte die Sprechanlage ab. Sofort! Das ist eine Sache nur zwischen uns. Wir brauchen keine Zeugen. Und es ist sicher ganz in Ihrem Sinn, wenn wir ungestört bleiben.«

Er drückte hastig eine Taste, und ich wusste, dass Frau Meisinger jetzt nichts mehr von unserem Wortwechsel hören konnte. Die Tür zu Wiedemayers Büro war dick gepolstert, schon seiner häufigen Wutanfälle wegen – da drang kein Laut nach draußen.

»Was ... was soll das alles, Randy?«, fragte er. »Und was ist das für ein Buch?«

»Lesen Sie mal. Ich habe eine deutsche Übersetzung hineingeklebt. Es ist bestimmt interessant für Sie. Lässt sich vermutlich eine Riesenstory daraus machen.«

Ich hatte mich schräg auf seinen Schreibtisch gesetzt, genau so, wie er es so oft in meinem Büro getan hatte – er stellte sich so, als bemerke er die Respektlosigkeit nicht, und blätterte angestrengt in dem schmalen Bändchen hin und her. Seine Gesichtsfarbe wechselte zwischen Rot und Weiß wie der Sand in der Gezeitenzone zwischen Nass und Trocken, und dann fuhr er sich mit der Hand durch das Haar und stöhnte leise.

»Sie werden das doch nicht ernst nehmen, Randy? Stimmt denn die Übersetzung? Das ist doch unerhört ... Das werden Sie doch nicht ernst nehmen wollen, nicht wahr? Die schmutzigen Fantasien eines schmutzigen türkischen Kameltreibers, da werden Sie doch nicht ...«

»Jetzt hören Sie mir mal zu. Der Mensch, über den Sie jetzt reden, ist tot – und ich war dabei, wie er starb. Leider. Er ist vielleicht nicht derjenige gewesen, von dem man gerne einen Gebrauchtwagen gekauft hätte, aber gegen einen Halunken wie Sie war er immer noch der reinste Ehrenmann. Und aus seinen

Aufzeichnungen geht einwandfrei hervor – dass *Sie* ihn beauftragt haben, meine Entführung zu inszenieren. Der Grund liegt auf der Hand: die große Story, die Sie sich davon versprochen haben. Das hätte sich sogar doppelt vermarkten lassen – erst die Entführung der jungen Reporterin und dann mein Exklusivbericht darüber. So hatten Sie es wohl geplant. Deshalb haben Sie mich überhaupt in die Türkei geschickt – deswegen und wegen nichts anderem. Nur leider wurde nichts draus.«

Es war totenstill im Raum.

»Das ist eine bösartige Unterstellung«, stotterte er nach einer langen Pause. »Völlig abwegig. Unbeweisbar. Wie wollen Sie …«

Ich zog einen Revolver aus der Tasche – heute Morgen hatte ich ihn mir aus Kevins Wohnung geholt. Kevin hatte, nach langem Zögern, darin eingewilligt, ihn mir zu überlassen (seine andere Pistole schimmelte jetzt in irgendeiner Asservatenkammer der türkischen Polizei vor sich hin). Ich hob die Waffe und richtete den Lauf auf einen Punkt genau zwischen seinen Augen.

»Hände hinter den Rücken«, kommandierte ich. »Und jetzt langsam aufstehen.«

»Das können Sie doch nicht machen«, stieß er heiser hervor. »Randy, Sie können doch nicht …«

»Und warum nicht? Begreifen Sie jetzt, was Angst ist? Todesangst? Sie haben aber erst eine Minute davon geschmeckt. Ich habe das Vergnügen sechsundachtzig Stunden genießen dürfen – dank Ihrer Fürsorge. Ich möchte Sie jetzt ein bisschen daran teilhaben lassen, verstehen Sie? Ein reiner Freundschaftsdienst, völlig uneigennützig. Wie heißt es in der Werbung? Wir sind alt genug, alles zu teilen.«

»Randy, Sie …«

»Maul halten. Stehen Sie endlich auf. Und nehmen Sie die Hände hinter den Rücken, wird's bald? Wenn Sie es nicht tun, schieße ich Ihnen genau in die Eier. In die Glocken der Heimat, wie es in der Türkei heißt. Dann können Sie wirklich die Glocken läuten hören.«

Er stand auf, langsam und unsicher. Ich ging um den Schreibtisch herum und stieß seinen Drehstuhl mit dem Fuß nach hinten, dass er gegen die Bürowand rollte.

Einen Augenblick lang standen wir schweigend vis-à-vis. Unsere Blicke stießen hart aneinander, bis er mir nicht mehr in die Augen schauen konnte und sein schweißnasses Gesicht senkte. Dafür hob ich mein Knie und stieß es ihm wuchtig in den Unterleib. Er gurgelte und beugte sich ruckartig nach vorne – wie ein Taschenmesser, das zusammengeklappt wird. Das kam meinen Wünschen sehr entgegen – ich packte seinen Kopf, fasste mit den Händen fest in die chemisch geschwärzte Lockenpracht und schlug diesen engstirnigen Schädel heftig auf die Schreibtischplatte. Es krachte laut, und als ich ihn wieder nach oben riss, war da ein feuchter Abdruck von Blut, Schweiß, Rotz und Speichel.

»Zwei Männer könnten vielleicht noch leben, du Schwein, wenn nicht deine miese kleine Intrige gewesen wäre!«, fauchte ich und staunte selber über den Klang dieser Stimme. »Sie waren Verbrecher, gut, aber was bist du? Dein einziges Glück ist, dass ich begriffen habe, dass es Probleme gibt, die wichtiger sind als du!«

Ich schleifte ihn quer durchs Zimmer, und schließlich schleuderte ich ihn in seinen Sessel, in dem er seufzend und in sich zusammengekrümmt sitzen blieb, die dicken Hände vor dem blutenden Gesicht.

»Das war nur Spielerei. Jetzt wird es ernst. Aufgepasst«, sagte ich. Ich griff in die Tasche, zog eine Diskette hervor und schob sie in Wiedemayers Computer. Nach einer kurzen Spielerei auf der Tastatur leuchtete der Text auf dem Bildschirm auf.

»Was soll ich denn damit?«, fragte der Chefredakteur keuchend.

»Drucken«, erwiderte ich ruhig. »Abdrucken. Sie wollten doch einen Artikel von mir. Dafür bin ich schließlich in die Türkei gefahren. Gesagt, getan, hier ist er. Und wenn Sie ihn nicht drucken, wird jemand anders *das hier* abdrucken. Darauf gebe ich Ihnen mein Wort.« Ich hielt ihm das grüne Notizbuch vor die Nase.

Wiedemayer rieb sich die Augen, setzte sich seine Brille auf und starrte auf den Bildschirm. Er schluckte trocken, als er die Überschrift las.

»Das geht doch nicht«, stammelte er.

»Natürlich geht das. Mag sein, dass es Ärger gibt. Aber das ist Ihr Problem. Es gibt bestimmt mehr Ärger, wenn Sie es nicht tun.«

Ich nahm die Maus zur Hand, und gemeinsam lasen wir, was da Zeile für Zeile über den Bildschirm zuckte.

Petrodollars finanzieren das globale Treibhaus

R. F./Ankara-München – *Dass internationale Konferenzen, die Strategien gegen die Erwärmung des Weltklimas erarbeiten sollen, damit enden, dass sie selber nur heiße Luft produzieren – daran hat sich die Weltöffentlichkeit leider schon gewöhnt. Das im August in der türkischen Stadt Diyarbakir erfolglos beendete Treffen dürfte freilich einen traurigen Höhepunkt in dieser Serie darstellen. Erstmals seit dem UNO-Umweltgipfel in Rio 1992 wurde eine derartige Tagung nicht nur durch diplomatische, sondern auch durch kriminelle Machenschaften gezielt beeinflusst. Schon am Eröffnungstag tötete eine Autobombe eine türkische Krankenschwester, die sich aktiv für Belange des Umweltschutzes eingesetzt hat. Zwölf Stunden später wurde eine Alternativkonferenz, auf der Nicht-Regierungsorganisationen (NGOs) unter anderem über die ihres Erachtens größenwahnsinnige türkische Atompolitik informieren wollten, durch ein zweites Bombenattentat, das nur durch Zufall vereitelt werden konnte, verhindert.*

Dass gerade die Türkei zum Schauplatz einer neuen Militanz bei der Austragung ökologischer Konflikte geworden ist, überrascht Kenner der Materie nicht. Durch seinen reichen Besitz an Wasservorkommen wird das Land zu den wenigen Gewinnern bei der globalen Klimakatastro-

phe gehören und kann die Politik seiner Nachbarländer fast beliebig dominieren. Die israelische Regierung hat dies frühzeitig erkannt und auch auf geheimdienstlicher Ebene eine Allianz mit der Türkei geschmiedet, die in nicht mehr ferner Zukunft in das Projekt einer Wasserpipeline münden soll, da Israel seine eigenen versiegenden Wasserquellen mehr und mehr mit den Palästinensern teilen muss. Wasser ist Macht – und im Nahen Osten gleich doppelt.

Auf der anderen Seite stehen arabische Ölförderländer, insbesondere solche, die fundamentalistisch regiert, aber trotzdem von den USA nachhaltig unterstützt werden – sowohl von der CIA wie von amerikanischen Ölkonzernen. In Zusammenarbeit mit einer obskuren Terrororganisation namens »Hizbullah«, der nachgesagt wird …

Wiedemayer seufzte tief und drehte sich in seinem Bürostuhl zu mir um.

»Es mag weitergehen, wie es will – das kann ich nie und nimmer drucken, Randy. Obwohl es mir fast Leid tut. Sie sind eine Spitzenjournalistin!«

Mann, tat das gut! Aber ich vermied es, direkt darauf zu reagieren.

»Aber leider werden Sie künftig auf meine Mitarbeit verzichten müssen«, sagte ich so kühl wie möglich. »Doch das hier werden Sie drucken. Unbedingt. Schließlich sind es die reinen Fakten! Und ich habe noch eine zweite Bedingung. Es gibt eine Genossenschaft für die Nutzung erneuerbarer Energie.« Ich legte ihm Dr. Kakars hübsches Visitenkärtchen auf den Schreibtisch. »Der werden Sie zehntausend Mark überweisen. Aus der Portokasse oder aus Ihrer Privatschatulle, das ist mir völlig gleichgültig. Aber sie werden es tun. Wenn der Artikel erschienen und das Geld überwiesen ist, bekommen Sie das Notizbuch. Vorher nicht.«

»Aber welche Garantie habe ich, dass Sie mich nicht belügen?«

»Gar keine. Sie haben einfach keine andere Wahl.«

Ich ging zur Tür, blieb aber noch einmal stehen. Ich sah ihn mir lange an, wie er, armselig und in sich zusammengesunken, auf seinem Drehstuhl kauerte. Fast hätte er mir Leid tun können. Aber nur fast.

»Ein kluger Kopf hat mal gesagt, die Pressefreiheit in Deutschland besteht darin, dass zweihundert reiche Leute ihre Meinung verbreiten können. So weit, so schlecht. Aber es stimmt nicht ganz – nicht nur der Reichtum zählt. Mit heutigem Datum sind es 201 Personen. Und nun genug geredet – auf Nimmerwiedersehen! Wagen Sie es nicht, irgendwelchen Blödsinn zu machen. Denken Sie daran, dass ich das hier habe.«

Und ich nahm das grüne Notizbuch vom Tisch und schob es in die Gesäßtasche meiner Jeans – ganz so wie vor etlichen Tagen schon einmal ... in der Türkei, irgendwo, am Arsch der Welt.

* * *

Ich trat hinaus ins Vorzimmer und zog die Tür hinter mir zu.

»Unser Chef braucht jetzt ein wenig Ruhe«, sagte ich zu Frau Meisinger. »Ich soll Ihnen ausrichten, dass er absolut ungestört sein will. Ich habe ihm gerade eben ziemlich viel Material auf den Schreibtisch geknallt – höchst brisante Fakten, und er muss jetzt erst einmal lange darüber nachdenken.«

Sie nickte und blickte mich an – vorsichtig und ein wenig verstört. Natürlich würde sie sofort die Sprechanlage betätigen. Aber wenn Wiedemayer stumm blieb, würde sie mir vermutlich glauben. Und wenn nicht, dann war es mir auch egal. Dann ging sie eben hinein zu ihm. Wahrscheinlich stand er jetzt vor dem Waschbecken in der Schrankwand und kotzte.

»Was mich betrifft«, fuhr ich fort, »ich habe gekündigt. Mit sofortiger Wirkung. Der Chef weiß es schon. Das Klima hier in der Redaktion passt mir schon lange nicht mehr, wissen Sie. Es ist irgendwie ... irgendwie *tödlich.*«

Frau Meisinger sah aus, als wolle sie sofort in Tränen zerfließen. Sie stammelte noch irgendetwas von großem Bedauern, und hoffentlich … Ich kümmerte mich nicht weiter darum. Ich ging schlicht und einfach zur Tür und verließ den Raum.

Und das tat verdammt gut.

Mit dem Aufzug fuhr ich hinunter in die Tiefgarage.

Gott sei Dank war ich allein. Denn plötzlich hatte ich Lust, richtig laut zu singen …

»Uns hilft kein Gott, unsre Welt zu erhalten …«

Für Rat und Unterstützung bei der Niederschrift dieses Romans, dessen Figuren reine Erfindung sind – während die Fakten zum Thema Klimaveränderung leider den Tatsachen entsprechen –, danke ich Hayadatullah Hübsch, Wolfgang Koydl, Ralf Lay, Gerhard Riemann, Ilse Wagner – und, last not least, meiner Frau Maike Bastian.

Außerdem danke ich sehr herzlich Ilona Rühmann, die mir wichtige Hinweise auf die Situation von Journalistinnen in der ehemaligen DDR gegeben hat.

Widmen möchte ich dieses Buch Herrn Professor Dr. med. Metin Özek aus Istanbul, wie ich Mitglied bei den »Internationalen Ärzten für die Verhütung des Atomkrieges« (IPPNW, Friedensnobelpreisträger 1985), der wegen seiner pazifistischen Gesinnung viele Monate in einem türkisches Gefängnis inhaftiert worden war.

Noch heute trage ich in meiner Tasche den liebevoll aus vielen kleinen Plastikperlen gefertigten Schlüsselanhänger, den er mir während dieser Gefangenschaft hergestellt und nach seiner Freilassung geschenkt hatte – für mich eine ständige Mahnung, auch zu Zeiten eigenen Glücks nicht das Schicksal der politischen Häftlinge zu vergessen, von denen es in unserer Welt noch viel zu viele gibt.

Till Bastian, im Frühling des Jahres 2000

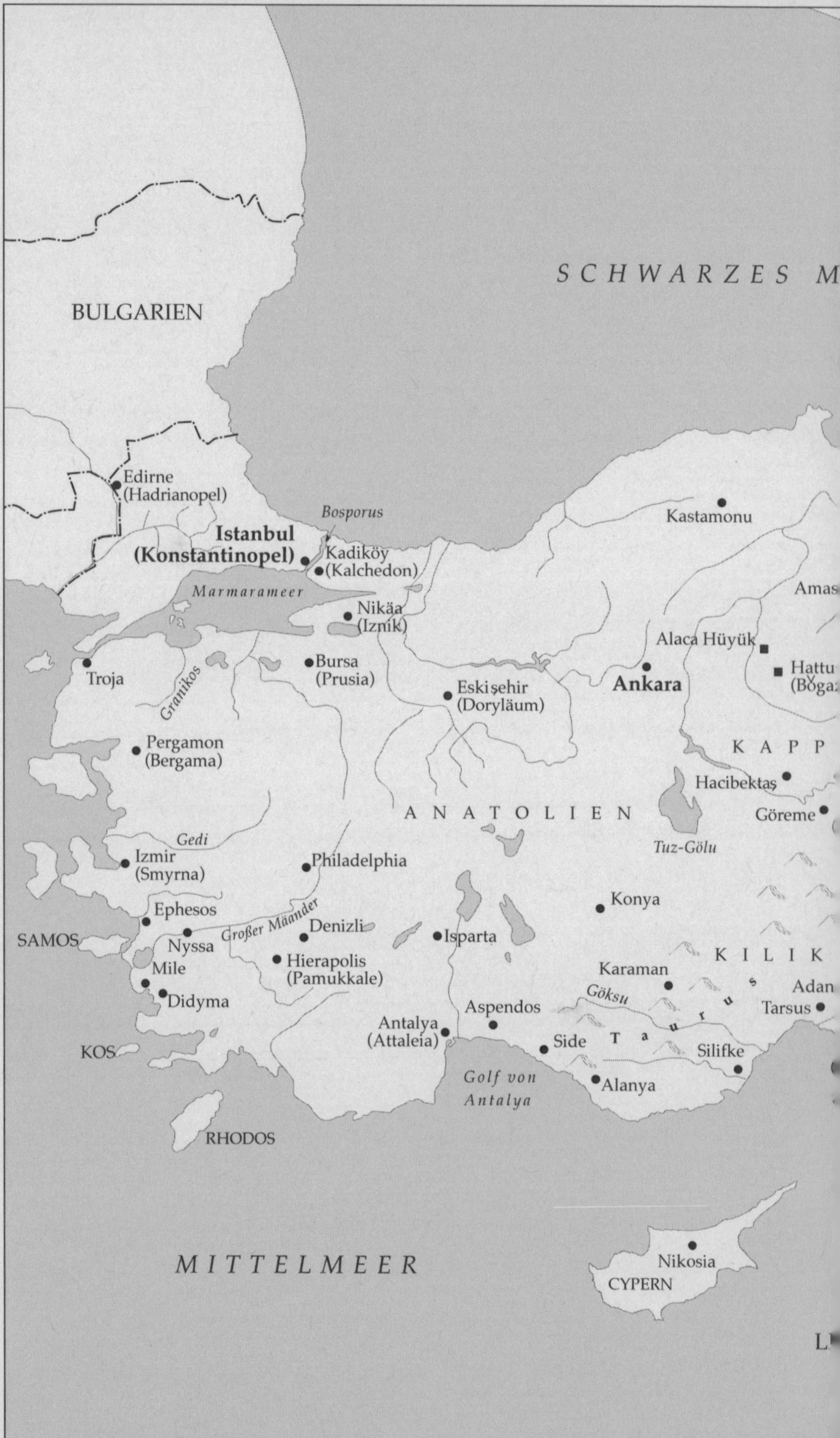
SCHWARZES M
BULGARIEN
Edirne
(Hadrianopel)
Bosporus
Istanbul
(Konstantinopel)
Kadiköy
(Kalchedon)
Marmarameer
Nikäa
(Iznik)
Kastamonu
Amas
Alaca Hüyük
Hattu
Troja
Granikos
Bursa
(Prusia)
Eskişehir
(Doryläum)
Ankara
Pergamon
(Bergama)
K A P P
Hacibektaş
Göreme
A N A T O L I E N
Tuz-Gölu
Gedi
Izmir
(Smyrna)
Philadelphia
Konya
Ephesos
Großer Mäander
Denizli
Isparta
SAMOS
Nyssa
K I L I K
Mile
Hierapolis
(Pamukkale)
Karaman
Didyma
Göksu
Adan
Aspendos
Tarsus
Antalya
(Attaleia)
T a u r u s
Side
Silifke
KOS
Alanya
Golf von
Antalya
RHODOS
MITTELMEER
Nikosia
CYPERN